Soledad Acosta de Samper

Novelas y Cuadros de la vida Sur-Americana

por la señora

Soledad Acosta de Samper

edición de

Flor María Rodríguez-Arenas

- STOCKCERO -

Acosta de Samper, Soledad
    Novelas y cuadros de la vida sur–americana / Soledad Acosta de Samper ; edición
    literaria a cargo de: Flor María Rodríguez-Arenas -
    1a ed. - Buenos Aires : Stock Cero, 2006.
    432 p. ; 22x15 cm.
    ISBN 987-1136-45-5

    1. Estudios Literarios-Literatura Femenina. I. Rodríguez-Arenas, Flor María, ed.
    lit. II. Título
    CDD 809

1° edición: 2006
Stockcero
ISBN: ISBN-10: 987-1136-45-5
ISBN-13: 978-987-1136-45-2
Libro de Edición Argentina.

Hecho el depósito que prevé la ley 11.723.
Printed in the United States of America.

stockcero.com
Viamonte 1592 C1055ABD
Buenos Aires Argentina
54 11 4372 9322
stockcero@stockcero.com

Soledad Acosta de Samper

Novelas y Cuadros de la vida Sur-Americana

por la señora
Soledad Acosta de Samper

basada en el texto de

Gante,
Imprenta de Eug. Vanderhaeghen.
1869

Índice

Soledad Acosta de Samper: Ideología y Realismo vii
Orígenes de la Ideología y el Realismo xv
Novelas y cuadros de la vida sur-americana xxi
Dolores xxiv
«Mi madrina» e «Ilusión y realidad» xxxii
Bibliografía xxxix

Anexo i
Bibliografía de la obra de Soledad Acosta de Samper
Novela: xlvii
Relato: lvi
Teatro: lxii
Otros: lxiii
Bibliografía crítica sobre la obra de Soledad Acosta de Samper.............lxxxvii

Novelas y Cuadros de la vida Sur-Americana
Dos palabras al lector 3
Dolores 7
Teresa la Limeña 61
El corazón de la mujer
I. Matilde 189
II. Manuelita 201
III. Mercedes 210
IV. Juanita 228
V. Margarita 234
VI. Isabel 250
La Perla del Valle 257
Ilusión y realidad 269
Luz y Sombra 281

Tipos sociales
   I. La monja 295
   II. Mi Madrina 303

Un crimen 313

Apéndice i

Memorias íntimas, 1875
   Infancia 327

Soledad Acosta de Samper: Ideología y Realismo

Flor María Rodríguez-Arenas

¿Qué he adelantado? Nada. ¿Cuáles son los pensamientos dignos de inscribirse en las hojas del libro del tiempo? ¿Cuáles los hechos? ¡Ningunos! Así pasan los días sobre mi cabeza sin saber qué se han hecho. ¿Para qué me hizo Dios inteligente? ¡Para qué todos mis sentidos si no han de servir para el bien de mi alma y de la humanidad! ¿Pero qué puede hacer una mujer? Mi conciencia me contesta: si no puedes hacer obras nobles, hechos dignos de memoria por tu sexo y tu corta inteligencia, puedes hacer la felicidad de las personas que te rodean. ¿Qué bien tratas de hacer cuando está en tu poder mejorar la suerte aunque sea de alguna desgraciada?

Soledad Acosta de Samper. *Diario íntimo* (69).[1]

Soledad Acosta de Samper (1833-1913), la escritora más prolífica e importante del siglo XIX colombiano, es un caso particular en la vida intelectual de la Colombia decimonónica por la calidad de su escritura, los amplios campos que cubrió y la intensa labor cultural que efectuó. Nacida del matrimonio de Carolina Kemble[2] y Joaquín Acosta,[3] investigador, científico, esta-

---

[1]   *Diario íntimo y otros escritos de Soledad Acosta de Samper:* Importante trabajo de rescate y edición efectuado por Carolina Alzate, publicado en diciembre del 2004.

[2]   «La madre de Soledad Acosta, doña Carolina Kemble Rou, nació en Kingston, Jamaica, y era hija de don Gedeón Kemble y doña Tomasa Rou, de ascendencia griega. Carolina Kemble se educó en Jamaica y en los Estados Unidos de América. Donde la familia de su padre era propietaria de una afamada fábrica de fundición de cañones, en Terry Town, población cercana a la ciudad de Nueva York. Allí contrajo matrimonio con Joaquín Acosta, el 31 de mayo de 1832, siendo padrino de matrimonio el general Francisco de Paula Santander, a quien el mismo Acosta había sido comisionado para informar oficialmente su nombramiento como Presidente de la República» (Samper Trainer 1995, 135). Sobre la madre de Soledad, José María Samper escribió: «Al día siguiente de mi llegada a Guaduas... Estando en la casa fui presentado a la señora viuda del general Acosta, dama inglesa de las más bellas prendas y el más delicado trato. Aunque tenía los cabellos ya casi blancos y cumplidos los treinta y nueve años, estaba en el esplendor de su hermosura de matrona llena de vida y de frescura (había sido muy bella mujer), y su conversación era digna de una cultísima dama al propio tiempo ilustrada y muy sencilla y candorosa» (Samper 1948, II: 29).

[3]   Tomás Joaquín de Acosta y Pérez de Guzmán (Guaduas 1800-1852). Debido a la inestabi

dista, militar, historiador, Director del Observatorio Astronómico y del Museo Nacional y catedrático de la Universidad en Bogotá. Soledad fue educada en Bogotá, Halifax (Nueva Escocia, Canadá) (1845-1846), Inglaterra (1846) y París (1846-1850), manejaba con perfección el inglés, el francés y el español, como puede observarse en las páginas del *Diario íntimo* (Acosta de Samper 2004); ya casada residió nuevamente en Europa, principalmente en París (1858-1862). Ávida lectora, en sus viajes a Inglaterra y Francia, vivió directamente los debates sobre la presencia de la mujer escritora en público y sobre la influencia que las mujeres debían o podían ejercer en la sociedad, especialmente en la vida de otras mujeres.

Soledad Acosta poseía lo que Bourdieu ha denominado «títulos de nobleza cultural»[4] (1996, 18); es decir, su innata inteligencia, su origen familiar,

---

lidad política de país, dividió su existencia entre la vida castrense y la científica. Alternó su vida militar y política con la geografía, la mineralogía, la geología, el periodismo, la historia y la sociología. En 1819, abandonó el Colegio del Rosario para integrarse al ejército patriota. Bolívar lo nombró subteniente de infantería en el batallón que hizo la campaña en el Valle del Cauca y Chocó, entre 1820 y 1827. Sus labores como militar activo alternaron con las estrategias y planes gubernamentales: en 1821, Acosta fue enviado a examinar en el Chocó los terrenos en los que se proyectaba construir un canal que establecería comunicación directa entre los océanos Atlántico y Pacífico. También fue nombrado secretario del gobernador del Chocó en 1822. Su actividad ese año se concentró en el estudio y la elaboración de un informe detallado de los distritos mineros, y en la vigilancia de los trabajos que se adelantaban para abrir el proyectado Canal de San Pablo. En diciembre de 1822, el general Francisco de Paula Santander lo nombró oficial segundo de la Secretaría de Estado y del Despacho de Guerra. Al finalizar 1825, Joaquín Acosta viajó a Europa, donde permaneció hasta 1831. Su espíritu observador fue vital para sus ocupaciones como geólogo, ingeniero militar e historiador. Tomaba nota del estado de los caminos, los puntos más notables, la posición de los pueblos, el carácter de la gente, la navegación, el estado de los ríos, el clima, la altura, etc. Sus descripciones geográficas se extendieron desde la Nueva Granada hasta los países europeos y norteamericanos, en las que destacaba los detalles arquitectónicos, los monumentos religiosos y políticos y las instituciones socioculturales. El viaje a Europa lo acercó a los estudios de mineralogía, geología e ingeniería militar. En 1832, a su regreso a la Nueva Granada (Colombia), fue nombrado Ingeniero Director de caminos de Cundinamarca; además fue miembro fundador de la Academia Nacional. En 1833 obtuvo el cargo de catedrático de Química en la Universidad y alcanzó el nombramiento de Comandante al mando de medio batallón de artillería. En 1835 fue diputado al Congreso. Hizo parte de las distintas comisiones para la inspección y propuestas de trazado de caminos; para el análisis de los modos de explotación de las minas del país; para el estudio de las prisiones de la Costa y los puntos adecuados para establecer colonias agrícolas; y para la observación de los canales y la navegación a vapor. Como hombre de ciencias, Joaquín Acosta tuvo a su cargo el Observatorio Astronómico y el Museo Nacional; además mantuvo constante comunicación con los científicos europeos y las sociedades geográficas. Como diplomático, fue nombrado en 1837 encargado de negocios de la Nueva Granada en el Ecuador, ministro en Washington, en 1842, y ministro de Relaciones Exteriores en 1843. Su segundo viaje a Europa, en 1845, tuvo una finalidad precisa: consultar el Archivo de Indias en España y publicar en París, en 1848, el *Compendio histórico del descubrimiento y colonización de la Nueva Granada en el siglo XVI*. En París, publicó, también en 1847, su obra sobre la *Geología de la Nueva Granada*, y en ella incluyó un amplio mapa de la República de la Nueva Granada; asimismo, tradujo las *Memorias* que Jean-Baptiste Boussingault había presentado en la Academia de Ciencias de París: *Viajes científicos a los Andes ecuatoriales 1826-1830*, y reprodujo el *Semanario* de Francisco José de Caldas. En 1851, recibió del gobierno el nombramiento de General. Antes de morir, el general Acosta donó a la República su rica colección de libros americanos, que se conserva en la Biblioteca Nacional, y la serie de minerales que poseía (Acosta de Samper 1901).

4   Títulos de nobleza cultural: «Los poseedores de un fuerte capital escolar que han heredado

la clase social, la cultura heredada de sus padres y la educación recibida, aunados a las relaciones socioculturales que estableció a lo largo de su vida, su matrimonio con el publicista, político y estadista José María Samper Agudelo[5] y la perseverante investigación y el continuo estudio que realizó durante toda su existencia, la dotaron con una capacidad intelectual inquisitiva, analítica y crítica, a la misma vez que la proveyeron de una erudición inusual para una mujer en su medio y posiblemente sin parangón en él.

Con el apoyo de su padre, Joaquín Acosta, Soledad creció en el conocimiento y el amor al estudio, convirtiéndose en una joven sólidamente instruida e incesante lectora. Pero, después de la muerte de su progenitor se sintió constantemente frustrada por la falta de interés que los demás tenían en su educación y en sus ideas:

> Hojeando el *Magazine Pittoresque* de repente encontré un extracto que inmediatamente conocí era sacado de una obra que es la que me ha hecho más impresión en mi vida. Cuando la leí por primera vez pareció que había corrido un velo sobre mi espíritu oscurecido por las sombras de la ignorancia y la apatía. Al leer esto conocí la necesidad de aprender, de saber y puse manos a la obra. Pero cuántos obstáculos han venido a interponerse para no dejarme aprender a estudiar. Conocí entonce mi grande ignorancia, tanto más penible[6] que solamente yo sé su extensión. Era el mes de septiembre, recuerdo bien, cuando se abrieron mis ojos a la luz y me decidí a saber. Y hace más de un año. ¿Qué he adelantado? ¡Nada! ¡Nada! [2 de noviembre de 1853] (53).

> Nadie sabe, nadie ha sondeado hasta el fondo de mi alma y ha visto allí el pesar más grande. Perder, ver desaparecer de la tierra a la única persona que me comprendía, a la única persona que sabía lo que era yo porque me

---

un fuerte capital cultural y tienen a la vez los títulos y los cuarteles de nobleza cultural, la seguridad que da la pertenencia legítima y la naturalidad que asegura la familiaridad» (Bourdieu 1996, 80).

5   *José María Samper Agudelo* (1828-1888): fue uno de los intelectuales más importantes de Colombia en el siglo XIX; reconocido estadista, político, constitucionalista y diplomático. Escribió sobre todos los temas que interesaban y conmocionaban a sus coetáneos. Ideólogo y fundador del partido liberal colombiano fue su teórico más importante, su pensador más sistemático durante el siglo XIX (Torres Duque 1994, 150). Terminó sus días como conservador moderado; fue uno de los Constituyentes redactores de la Constitución de 1886, legislación que rigió hasta 1991. Su obra, de gran extensión y variedad, cubre el periodismo, la filosofía, la religión, la poesía, la narrativa, la historia, la sociología, el ensayo, la biografía, la economía, el comercio, el derecho; así como también la estadística, la física y la química experimental; fue miembro de la Sociedad de Geógrafos de París, de la Sociedad Oriental y Americana de Etnografía y del Círculo de las Sociedades Sabias. Como periodista editó o redactó los principales periódicos liberales por varias décadas; también escribió para diarios de Santiago de Chile, Lima, Madrid, Bruselas, París y Londres. Novelas: «Las coincidencias: escenas de la vida Neogranadina». *Revista Americana* (Lima) 1-9 (ene. 1º-mayo 5, 1863): 10-205. «Los claveles de Julia: escenas de la vida peruana». *Revista Americana* (Lima) (1863). «Viajes y aventuras de dos cigarros». *Miscelánea o colección de artículos escogidos*. París: E. Denné Schmitz, 1864. 165-219. *Martín Flores* Bogotá: Imprenta de Gaitán, 1866. *Un drama íntimo*. Bogotá: Foción Mantilla, 1870. *Florencio Conde. Escenas de la vida colombiana*. Bogotá: Imprenta de Echeverría, 1875. «Coroliano» *El Deber* (Bogotá) I.sem 2.52-64 (abr.-mayo, 1879). «Clemencia» *El Deber* (Bogotá) I.sem.2.76-97 (jul.-sept., 1879). *El poeta soldado. Escenas de la vida colombiana*. Bogotá: Zalamea Hermanos, 1881. *Lucas Vargas. Escenas de la vida colombiana*. Bogotá: Imprenta de Luis M. Holguín, 1899 (escrita en 1887, fue publicada póstumamente). Casi todas las novelas tuvieron nuevas ediciones.

6   *Pénible*: del francés: doloroso, penoso.

parecía en sus sentimientos, en el genio.

Desde el día, desde la noche en que pude persuadirme de la realidad de tanta desgracia, desde ese momento me sentí cambiada ¡y cuán cambiada! El pesar había hecho que de una muchacha sin pensamiento, sin ideas, apoyada en mi padre, de repente sintiera que el apoyo se me había ido y que estaba sola. Mi madre estaba ahí, pero ella no me comprende no toma interés en mi instrucción, en mi espíritu. Su amor hacia mí es grande, pero *no me conoce*... Aquella noche tan amarga, tan terrible,... esa noche me volví independiente de todo y sentí que era otra. [18 de noviembre de 1853]. (82-83).

He estado traduciendo algunas cosas del francés. Quiero estudiar, quiero aprender, pero me canso porque *nadie* toma interés en lo que sé |25 de noviembre de 1853| (91).

Qué hago yo aquí entre tanta gente con quien no puedo comunicar mis más íntimos pensamientos. He tratado de hablar algo como pienso, pero nadie me comprende y tengo que volver a sumergir mis ideas en el interior de mi alma |31 de diciembre de 1853| (113). (Acosta de Samper 2004).

En un debate interno entre el querer hacer y la incomprensión social, Soledad se analizaba e intentaba saber cuáles eran las causas de que nadie se interesara en sus ideas; de ahí que al darse cuenta de la falsedad que cada vez más le exigía el mundo exterior, se volvió precavida y escarmentó ante las enormes posibilidades de deslealtad e incomprensión que se le presentaban; por eso escribió sobre sí misma:

Dicen que mi carácter es reservado y es verdad. Yo misma me siento agobiada por esa reserva que me atormenta, por esa falta de fe que me persigue algunas veces. ¿Cuál es la causa? Yo en mi infancia, en mi primera juventud, no era así; entonces todo lo veía brillante, la naturaleza era bella, sin defectos, no había una nube sobre mi horizonte y sólo respiraba el placer; alegre siempre mi Feliz espíritu, vivía en un mundo de ilusiones, sin una lágrima que ofuscara mi mirada, sin un pesar en el alma; cuanto sentía lo decía, lo confiaba a todos... Por fin hallé que *nadie* simpatizaba con mis impresiones y que mis locos pensamientos inspiraban risa y burla; sensible mi corazón al sarcasmo, vi que había hablado más de lo que interesaba a los demás... Mi madre no simpatizaba *conmigo* en nada, mi padre me daba consejos sobre mi ligereza y mi poco juicio. Vi mi error, y creí que jamás habría en el mundo simpatía para mí. Desconfié de todos, amigas como yo las había soñado no existían, y cerré para siempre mi alegre corazón. Cambió mi carácter de contento en profundamente melancólico. Por eso dicen que soy reservada. Pero nadie sufre tanto como yo por esa desconfianza que me llena de tristeza a todas horas (Acosta de Samper 2004, 448).

Esta situación cambió en 1855, cuando contrajo matrimonio con José María Samper Agudelo,[7] quien al comprender a la mujer brillante que era

---

7   José María Samper escribió sobre cómo conoció a Soledad y contrajo matrimonio con ella: «[E]n julio de 1853 ni madre, indispuesta, necesitó mudar de clima por algún tiempo, y se fue a Guaduas con mi hermana. "¿No vendrás, hijo mío, a hacerme una visita y solazarte algo por unos días?", me había escrito m buena madre; y yo la prometí ir a verla. Algunos amigos me instaron para que los aguardase hasta el 14 de agosto, a fin de irnos juntos y aprovechar ellos unas fiestas populares muy sonadas que habían de comenzar en Guaduas el 15, día de la fiesta de la patrona...» (II: 26). «[E]l alma profundamente seria de aquella señorita (se llamaba Soledad, y por abreviación cariñosa le llamaban *Solita*), predispuesta en mi favor sin conocerme, se había juntado para siempre con la mía

su esposa, la apoyó en su búsqueda de erudición e impulsó la difusión de su conocimiento por medio de la escritura.[8] Con él, mostraba sin trabas una expresión auténtica del yo, sin la mediación de códigos o rituales sociales.

El 8 de enero de 1859, en las páginas del periódico la *Biblioteca de Señoritas* (Bogotá), se encuentra el primer artículo suyo: «Revista parisiense», firmado con el seudónimo «Andina» (1859: 1-5), el cual señala el comienzo de su fecunda carrera como escritora; trayectoria que se extendería por seis décadas con la publicación de novelas, cuentos, teatro, biografías, ensayos, revistas de modas, numerosos artículos de diversos tipos y considerables traducciones, convirtiéndola en la pluma más fecunda de Colombia en el siglo XIX.

---

en una mirada...» (II: 29). «Solita no era lo que comúnmente se llama una mujer *bonita*, ni tampoco *hermosa*, porque ni tenía los ojos grandes, ni las mejillas rosadas y llenas, ni el seno turgente, ni sonrisa amable y seductiva, ni cuerpo verdaderamente lozano. Pero tenía ciertos rasgos de *belleza* que a mis ojos eran de mucho precio. Desde luego, en nada había heredado el tipo británico-griego de su madre, sino el español valenciano de su padre, a quien se parecía mucho. Tenía el talle elegante, los ojos muy vivos, de mirada profunda y expresiva, la frente amplia y magnífica, el andar digno y mesurado, un aire que tenía no sé qué de arábigo, con manifiestos signos de fuerte voluntad, energía y reserva, y en toda la fisonomía una gran cosa que se revelaba patentemente: el alma, movida y agitada por el sentimiento del *ideal*... En esto consistía la belleza de Solita: tenía en el semblante aquella luz que nunca ven los ojos vulgares, indicativa de la ardiente vitalidad de una grande alma...» (II: 30).

«En el baile, Solita me impresionó mucho más, y tuvimos gratos momentos de conversación, bien que ella se mostraba tímida y reservada y yo sumamente respetuoso. Yo era apasionadísimo por la danza, como he tenido ocasión de decirlo, y no desconocía ninguna de las que bailaba la gente decente, y sin embargo, me propuse en todos los bailes, durante las fiestas, bailar solamente dos piezas, y ambas con Solita: el primer valse y una contradanza española. Cumplí mi propósito y surtió el mejor efecto, porque ella comprendió la significación de mi conducta.

En suma, pasé en Guaduas ocho días de platónica felicidad, y cuando me alejé de allí, sin haber hecho ni la mínima declaración a Solita, ambos tuvimos la persuasión íntima, invencible, de que algún día uniríamos nuestro destino. En mi alma se había abierto un nuevo horizonte, más bello y vasto que nunca, y con la esperanza de la felicidad renacían mis más fecundos y encantadores ensueños». (II: 31).

«No rechazaba yo en manera alguna la calidad de sacramento dada al matrimonio. Al contrario, consideraba la unión conyugal como esencialmente divina y aun como suficiente para la sociedad, al ser bendecida por la Iglesia, por cuanto así la consideraba la conciencia pública y la habían consagrado las costumbres. De esto provino que yo no celebrase mi matrimonio civil sino algunos meses después del religioso, bien que, como publicista, había sido uno de los más decididos promotores de la ley que organizó el matrimonio puramente civil. Las leyes del honor, sancionadas por las costumbres, tendrán siempre más fuerza obligatoria para los hombres de corazón que todas las leyes civiles.

Al cabo celebré mi matrimonio el 5 de mayo, bendecido por el Arzobispo de Bogotá, señor Herrán, que desde entonces me llamó su *ahijado* y me estimó con mayor aprecio. Al día siguiente, con la bendición de mis padres, nos fuimos a pasar la luna de miel en la quinta de Chapinero que después perteneció, primorosamente mejorada y embellecida, al ilustrísimo señor Arzobispo Arbeláez. Allí pasamos en la soledad algunas semanas de suprema felicidad, entretenidos todos los días en deliciosos paseos a pie o a caballo, en componer versos y dibujar paisajes, y en las más gratas lecturas literarias. Debe de haberme tenido Dios en gran cuenta mi felicidad conyugal, puesto que, acaso para librarme de la soberbia en la dicha, me ha probado con grandes y numerosos infortunios, independientes de voluntad o culpa de mí siempre buena, abnegada y adorada esposa...» (Samper 1944, II: 103-104).

8   En las páginas del *Diario* escribe lo que esperaba de aquél que sería su esposo: «no podría nunca amar, admirar, sino a un hombre que tuviera una noble *ambición*. Sí, ¡ambición de ser más que todos! ¡Noble y santa ambición, aquello que es el deseo de exceder por

En esos días iniciales de la carrera de Soledad Acosta de Samper como polígrafa, Eugenio Díaz Castro, reconocido escritor colombiano autor de *Manuela*, escribió bajo el título «Andina», un elogio sobre ella, en el que definía las características que ya distinguían su quehacer escritural, y que serían una marca permanente de su escritura, como se observará más adelante:

> La Biblioteca de Señoritas tiene que mostrarse profundamente agradecida a su corresponsal «Andina», señora bogotana que le da tanto mérito a sus propias columnas. Las señoras granadinas le deben «gloria», por la parte de señoras, «instrucción» por las noticias y «amor» por sus tiernos consejos de madre. Pero hay un mérito más sobresaliente que levanta la fama de «Andina» sobre los monumentos de su patria, *la moral de sus escritos*. Tierna amiga, les avisa a sus paisanas cuáles de las nuevas producciones literarias de París les convienen, y cuáles no, lamentándose de la *presteza* (es decir de la malignidad) conque se traducen y se propagan entre nosotros los libros corruptores. «Andina» no se alucina porque los libros sean novelas francesas. «Andina» tiene juicio y penetración, y sabe apreciar el pudor en las señoras. «Andina» prohíbe aconsejando que es la mejor de las prohibiciones. Madres, sacerdotes y magistrados de la Nueva Granada ¿habéis pensado lo que debéis a la señora corresponsal de la Biblioteca? (Ortografía modernizada). [Díaz Castro 1859, 84].

Después de casada, regresó con su esposo, su madre y sus hijas a Europa, allá residió hasta 1862. Durante ese tiempo colaboró para varios periódicos colombianos con traducciones, que sustituían a lo que no se escribía en español y mostraban los nuevos géneros que se desarrollaban en diversos países europeos. También, difundía el conocimiento europeo mediante la correspondencia sobre bibliografía, bellas artes y literatura, las crónicas de viaje y de modas; éstas últimas eran de gran importancia, porque mostraban cómo hombres y mujeres pensaban sobre el significado de la vestimenta y su conexión con la vida pública y la privada de los individuos y la sociedad.

Entre 1863 y 1864, la familia radicó en la ciudad de Lima; allá José María Samper redactó *El Comercio* y fundó la *Revista Americana*; publicaciones en las que Soledad Acosta colaboró casi exclusivamente, traduciendo piezas del inglés y del francés. Luego se encargó de escribir revistas de modas y de sociedad para algunos diarios peruanos. Nuevamente en la Nueva Granada (actual Colombia), comenzó a publicar activamente en la prensa periódica, donde se hizo muy conocida bajo los seudónimos de «Adriana», «Aldebarán», «Andina», «Bertilda», «Olga», «Orión», «Renato», «S. A. S.», «S. A. de S.», «Sabogal» (Acosta de Samper 1884, 23 y Pérez Ortiz, 1961, 147).

---

su talento y virtudes a sus compatriotas!¡Y dejar a la posteridad un nombre! ¡Pero qué!, ¡vivir por vegetar, vivir para que cuando le cubra la tierra sus restos mortales no quede nada a la posteridad, estar amarrado a un ser que no pensara más que en la comodidad de la persona! Qué apatía, qué desesperación. Vivir para ser algo, vivir para ser héroe. Para hacer algún bien a la patria, para verse superior a los seres con quien comunica, para conocer que es hombre, que tiene alma, que no es bruto. Mejor es vivir un instante y tener gloria eterna, ¡Que los años que vengan tengan su nombre entre los héroes y que enseñen a sus hijos a respetarlo!» (Acosta de Samper 2004, 76).

Afianzó su posición en el campo de las letras y su pluma adquirió la madurez necesaria como narradora de ficción; en 1864, empezó a publicar una serie de novelas y narraciones en periódicos de Bogotá, que reunió en el volumen titulado: *Novelas y cuadros de la vida sudamericana*, editado en Bélgica en 1869. Con su escritura y con la laboriosa industria de que era capaz, se dedicó al comercio e hizo frente a la precaria situación económica a que se redujo su hogar, cuando, ausente, perseguido políticamente y luego hecho prisionero su esposo José María Samper por el gobierno de Santiago Pérez, éste le confiscó la imprenta y su casa de habitación, durante la guerra civil de 1876; época en que impulsada por las ideas de «Igualdad» e «Integridad» escribe una fuerte carta increpadora al Presidente de la República en demanda de la libertad de su esposo.[9]

Gracias a su dedicación, esta intelectual polígrafa además de fundar 5 revistas y periódicos literarios: *La Mujer*, escrita totalmente por mujeres entre 1878-1881 en Bogotá;[10] *La Familia, Lecturas para el Hogar* (1884-1885), *El Domingo de la Familia Cristiana* (1889-1890), *El Domingo* (1898-1899), y *Lecturas para el Hogar* (1905-1906). También fue colaboradora de *La Prensa, La Ley, La Unión Colombiana, El Hogar, El Deber, El Mosaico, Biblioteca de Señoritas, La Nación* y *El Eco Literario*, entre otras publicaciones periódicas en Colombia. Igualmente sus colaboraciones se difundieron en diversos periódicos ingleses, franceses, españoles e hispanoamericanos.

Como ensayista, sus receptores eran las mujeres de su tierra; para ellas escribió una extensa serie de artículos y libros que la llevaron a ser una de las primeras feministas en suelo hispanoamericano.[11] Preocupada por la posición de la mujer en la sociedad, a través de la escritura, ilustró con ejemplos la necesidad de la educación y señaló medios para que las mujeres fueran protagonistas de su propia historia y reclamaran su posición, tanto en la familia como en la sociedad. Educadora, moralista, historiadora, periodista y traductora, dedicó su vida a guiar e instruir a las mujeres de su patria.

---

9   «Mi esposo no había ejecutado ningún acto de perturbación del orden público. Sostenía de palabra y por la prensa una causa política y os hacía la oposición usando de dos libertades que son, conforme a la Constitución, no solamente absolutas y *esenciales* para la existencia de la Unión Colombiana, sino tan sagradas...

¿Cuál, Ciudadano Presidente, de los pretextos alegados puede ser el verdadero motivo para la prisión de mi esposo? Si se le ha encarcelado por ser periodista, la prisión no tiene objeto; toda vez que han cesado la publicación de todos los periódicos de oposición, que las imprentas están mudas; que por orden vuestra, han sido suspendidas las garantías individuales, bien que los periodistas que os sostienen sí gozan de libertad para escribir, y aún para insultar a sus cofrades encarcelados (...) Nada de esto alego, porque no es mi ánimo haceros oír quejas de una mujer que tiene y debe tener la dignidad de no quejarse ni pedir favor. Lo que os pido Ciudadano Presidente, es equidad, es integridad. Os pido que obréis conforme a los principios que tan valientemente sostuvisteis en *El Mensajero*, en 1866, cuando erais periodista de oposición. (...) Os pido, por tanto, que devolváis a mi esposo la libertad y demás garantías que le habéis privado. (Archivo Soledad Acosta de Samper)», en Samper Trainer 1995, 139-140.

10   La revista *La Mujer* alcanzó 1450 páginas distribuidas en 60 números de 24 páginas a doble columna, recopiladas en 5 volúmenes y publicadas en dos años y ocho meses, entre el 1º de septiembre de 1878 y el 15 de mayo de 1881.

*   Léase el texto sobre esta revista en Rodríguez-Arenas (2005).

11   Véase la sección bibliográfica al final de esta introducción.

Después del deceso de dos de sus cuatro hijas, víctimas de una epidemia que en 1872 había asolado el territorio, de la muerte de su esposo acaecida en 1888, de la profesión de Bertilda —la hija mayor— en el Monasterio de las Benedictinas de La Enseñanza en 1896 a pesar de su oposición y posteriormente de su muerte en el claustro en 1910, Soledad vivió hasta el final de sus días acompañada por Blanca Leonor, su cuarta hija; murió el 17 de marzo de 1913. En la última etapa de su vida optó por la historia pura y se dedicó a estudiar la realidad política y social del país. Varios de estos textos sufrieron la repulsa de sus coetáneos; rechazo que se extendió a su producción escritural total durante casi todo el siglo XX, pasando a ser casi desconocida en Colombia.

A propósito de su fecunda actividad literaria se escribieron las siguientes líneas en una reseña efectuada en Madrid en *La Revista de España*, el 10 de enero de 1887:

> Restablecido el comercio de las ideas y de los afectos con la América española después de tan larga intermitencia, quedamos los españoles agradablemente sorprendidos por el grado de cultura que alcanzan nuestros hermanos de allende los mares... en todos los géneros de cultura, acrecentándolos con el laboreo de su perspicaz inteligencia y el roce, que no han abandonado ni un solo momento, con todos los pueblos civilizados.
>
> Así se explica que pueda encontrarse en aquellas remotas regiones una escritora de las excepcionales cualidades que distinguen a la que es objeto de esta breve reseña, Da. Soledad Acosta de Samper.
>
> Es siempre un fenómeno raro y sorprendente, la facultad de escribir en la mujer. Llamada por la naturaleza a otras funciones, no menos dignas y trascendentales, pero que suponen una dirección completamente distinta a sus energías, apenas concebimos que un individuo del sexo débil pueda elevarse a las altas regiones del arte o de la ciencia, que el hombre mismo solo alcanza a fuerza de muchas vigilias y meditaciones. Se comprende que la mujer deslumbre con ráfagas y destellos de ingenio, como los que se desprenden de sus joyas o de su mirada; pero es más difícil concebir que alcance a crear obras perfectas y complicadas, fruto laborioso de la aplicación y del estudio.
>
> Pues bien; la América española, que ha producido poetisas como la Avellaneda, la Carolina Coronado y otras hijas de las musas, que nada tienen que envidiar a las mujeres más distinguidas del viejo Continente, puede ostentar con orgullo en el mismo sexo un ejemplar, no ya de fantasía y de sensibilidad exquisita, sino de austera penetración, de severo juicio, de grave y reposado análisis, como pocos o ninguno puede ofrecer nuestra antigua civilización.
>
> La señora Da. Soledad Acosta de Samper es una historiadora en toda la extensión de la palabra, y de condiciones tales, que para encontrar algo semejante tendríamos tal vez que remontarnos a César, a Tito Livio u otro de los grandes modelos de la antigüedad o del Renacimiento. La sobriedad de la narración, la viveza de la frase, la majestad y la naturalidad en la descripción de los hechos, la asemejan más bien a aquellos historiadores primitivos, que parecen en vez de testigos/,/ recopiladores de los hechos y graban o cincelan las figuras en sus cuadros inmortales con frase concisa y gráfica, donde quedan moldeados los tipos para pasar a la posteridad (...).

Algunos ensayos que esmaltan las páginas de sus revistas *La Familia* y *La Mujer*, nos permiten asegurar que, si en el campo de la historia ha cosechado lauros inmortales y uno de los puestos más eminentes entre las mujeres ilustres de todos los tiempos, posee condiciones para rivalizar con Mad. Cottin, Mad. Stael o Jorge Sand, en el género novelesco, para el cual, sin duda, la naturaleza ha dotado a la mujer de más idóneas facultades (Anónimo 1907, 3-10).

Su saber y habilidad fueron reconocidos y premiados por diversas instituciones; fue Miembro Honorario de la Asociación de Escritores y Artistas de Madrid, Correspondiente de la Academia Nacional de Historia de Caracas, Honorario de la Sociedad de Geografía de Berna, Miembro de la Sociedad de Historia Nacional de Bogotá, de la Sociedad Jurídico Literaria de Quito y del Instituto de Colombia; póstumamente se la nombró Miembro de la Academia Colombiana de Historia.

De las numerosas publicaciones de Soledad Acosta se ha podido rescatar hasta ahora la información bibliográfica de 287 textos: 42 novelas de larga extensión, 50 cuentos y relatos, 5 obras de teatro, 20 libros de historia, de biografía, de ensayo, de viaje, etc., 165 escritos de variada extensión entre artículos, ensayos y traducciones; además de los 5 periódicos y revistas literarios, ya mencionados.

Orígenes de la Ideología y el Realismo

Ahora, para penetrar la ideología que Soledad Acosta transmitía por medio de los textos recopilados en el volumen *Novelas y cuadros de la vida sur-americana*, debe entenderse lo que sucedía en Inglaterra y Francia, lugares donde había estudiado y vivido y que le servían de inspiración y modelo. El movimiento literario imperante en esos países era el Realismo. Este movimiento durante su época ni fue celebrado, ni la estética realista era la tendencia inevitable de la ficción. De ahí que, en Francia escritores como Balzac y Stendhal tuvieran que trabajar arduamente en un mercado que se debatía con el producido y controlado por las escritoras del momento, quienes favorecían la novela didáctica, la doméstica, de conducta, y algunas vertientes de la sentimental como resultado de la situación social que se vivía, algunas de cuyas ideas habían sido impulsadas por el Socialismo Romántico o sansimonismo.[12]

Los cambios sociales que marcaron el siglo XIX y que condujeron al in-

---

12   Claude Henri de Rouvroy, Conde de Saint-Simon (1760-1825). Noble francés, publicó *De l' industrie* (1817), *Catécisme des Industriels* (1819) y *Le Nouveau christianisme* (1825). Fue uno de los primeros en proponer la creación de una «ciencia positiva de la moral y la política, y de la humanidad en general», es decir, que la sociedad puede ser objeto de un estudio científico. La futura sociedad tendría como única religión un nuevo cristianismo basado en la realidad de la verdad científica positiva y en el amor fraterno entre los hombres. La Edad de Oro sería, en definitiva, una época de progreso y felicidad para los habitantes de la Tierra. Saint-Simon logró fundar una escuela de seguidores que influyó

cremento del dominio de la burguesía y del aumento de la alfabetización y al estímulo de las clases trabajadoras; también afectaron inevitablemente la posición de la mujer. El aumento del poder de la prensa y la proliferación de periódicos y de revistas proporcionaron a las mujeres una mayor audiencia y una amplia gama de caminos a través de los que podían hacer conocer sus ideas. Una de las áreas en las que fueron muy prolíficas porque no tenían restricciones fue la del periodismo. Los periódicos y otras publicaciones feministas les facilitaron oportunidades para dar a conocer sus convicciones y su talento que de otra manera no hubieran podido tener. También las notas y los libros sobre viajes les ofrecieron la oportunidad de encontrar una voz para la autoexpresión (véase Lloyd 200. 120-127).

Hasta mediados del siglo XIX, las escritoras todavía tenían fuertes conexiones con el Romanticismo; pero a partir de 1848, los temas comenzaron a sufrir una transformación. Las novelas que las escritoras publicaron mostraban parejas de jóvenes amantes, relaciones adúlteras, matrimonios por dinero o por conveniencia; junto a representaciones masculinas de inescrupulosos o melancólicos. Con las variaciones, ya los matrimonios se efectuaban con «nuevos ricos», más que con aristócratas; los personajes masculinos no eran de conducta férrea, sino que empezaron a ofrecer rasgos de un cambio de comportamiento. Además, continuó la división ideológica sobre la novela. Algunas la entendían como un medio pedagógico, otras como uno político; no obstante se dio en la producción de las escritoras un mejor entendimiento y un mayor cuidado en las estructuras y en las técnicas narrativas; para las que Balzac fue uno de los grandes modelos (Finch 2000, 79-80).

Las décadas que precedieron a 1848 vieron un gradual crecimiento en el apoyo para la emancipación de la mujer; pero al fallar la Revolución de 1848 y perderse muchas de las esperanzas utópicas se originó una época particularmente difícil para ellas. Mientras que las santsimonianas habían impulsado al menos de palabra el derecho de la mujer de gozar de igualdad de condiciones en el trabajo, el Segundo Imperio (1851-1870) estuvo marcado por un pensamiento abiertamente antifeminista, en el que predominaron hombres como Proudhon, quien circunscribió a la mujer a las dos esferas: ama de casa y cortesana, y Michelet, que insidiosamente presentó a la mujer como un ser inherentemente sufrido y débil.

Sin embargo, hombres y mujeres retaron el prestigio del otro grupo usando códigos que los contemporáneos encontraron atrayentes (véase Cohen 1995); pero a la vez se influenciaron mutuamente, a pesar de los múltiples y continuos rechazos públicos que se hacían (véase Finch 2000, 81-82). De esta forma, modelaron la literatura como una producción social conflictiva que se

---

en una serie de pensadores importantes como Auguste Comte, Karl Marx y John Stuart Mill.

Este movimiento contribuyó a poner en el plano público el papel de la mujer en la sociedad y los derechos que merecía; sin embargo, sus miembros estaban divididos entre la protección de la familia por un lado y el adulterio, los divorcios e incluso los suicidios, por el otro. Las mujeres sansimonianas se dividieron entre las que defendían los principios de moral y ética y las que proclamaban las actitudes liberadoras. Para distinguirse en público, las primeras llevaban una dalia en sus prendas de vestir y las segundas mostraban una cinta roja (Véase Charléty, 1969).

producía en un campo burgués y en la intersección de la historia literaria feminista y de la materialista, con la historia del libro y con la de la sociología de las instituciones culturales.

El Realismo, como movimiento literario expone el tiempo histórico de la expansión del capitalismo; y como forma narrativa corresponde a una visión amplificadora del universo. De ahí que la narrativa de ficción incluya la alteridad, que simplemente es: el «otro», lo antes desconocido como personaje actuante, del que no se representaba sino su reacción. Ahora, ese «otro» se hace visible, pero se lo incluye como parte activa y vital del universo al mantener sus peculiaridades y al describir o representar su formas de pensar y de actuar en la vida. De ahí que Brooks escribiera sobre esta situación:

> Los escritores realistas tuvieron el genio de entender la importancia de crear personajes comparables a los supuestos lectores, situándolos en la vida común como símbolo de la experiencia propia; aunque mostrándolos a través de vivencias tan corrientes, para hacer sus aventuras significativas, incluso ejemplares. (...) Tales personajes han cobrado una realidad imaginaria en sus culturas, se habla de ellos como si fueran reales; o mejor aún, más significativos que si fueran reales; ya que ellos representan más plenamente ciertas decisiones o formas de ser. Esos personajes ofrecen, en el menor de los sentidos, una crítica a la existencia; son instancias que se prestan a la discusión y al debate; a la vez que efectúan preguntas importantes sobre el ser humano en el mundo (Brooks 2005, 5).

Uno de los aspectos del Realismo que se desarrollaba en Francia e Inglaterra era el aportar a la ficción una serie de distintivas estrategias narrativas históricas que incluían la extensa descripción física de los seres, de los lugares y del ambiente social; narradores no didácticos y omniscientes, argumentos llenos de suspenso y revelaciones, y enfocados en búsquedas ambiciosas por el amor o por cualquier forma de poder social; estrategias que se encuentran en las novelas de Balzac, Stendhal, Bernard, Mérimée y otros europeos.

En Francia e Inglaterra a mediados del siglo XIX, las mujeres escribían tanto desde la esfera doméstica como sobre ella, demarcando con sus representaciones el contexto que a la vez que las impulsaba a escribir, las desanimaba por los innumerables problemas que les acarreaba. A pesar de que las mujeres trabajadoras carecían del tiempo y de los recursos que podían apoyar los esfuerzos literarios, las mujeres burguesas gozaron de medios que se iban incrementando con el tiempo y que les permitía alcanzar gradualmente la escritura y la publicación; así, la escritura, junto con la enseñanza eran algunas de las pocas maneras en que las mujeres respetables podían obtener un salario. La exigencia, tanto como el talento, llevaron a muchas a tomar la pluma, incluso cuando tenían que confrontar situaciones que intentaban limitar o eliminar sus esfuerzos. No obstante, esos desafíos en las décadas del siglo XIX, se encuentra una sólida producción escritural femenina, la cual si se leyera aisladamente del contexto de la producción masculina, ofrecería una visión muy diferente a la que se ha difundido sobre esas épocas hasta ahora.

Las escritoras se oponían a las fuerzas sociales que demandaban que la esposa de clase media y la madre de familia debían sublimar todas sus necesidades y deseos en el bienestar de su familia. De ahí que, diversas autoras concentraran su existencia en la observación minuciosa de aspectos vitales de la existencia diaria y en el análisis de las emociones de las mismas mujeres para dejar conocer que el idílico ideal de la domesticidad encerraba serios problemas que debían rectificarse. Por tanto, muchas de ellas fueron conscientes del fuerte efecto que ejercía la infusión de principios y de moralidad en la escritura; sabían que el hecho de que los textos se difundieran y tuvieran una audiencia, los convertía en artefactos poderosamente ideológicos.

En Francia, desde la Revolución Francesa hasta mediados del siglo XIX, se vio el surgimiento y la materialización de un número de tópicos sobre el papel de la mujer en la sociedad. La educación de las mujeres de clase burguesa fue uno de los temas más debatidos; porque fue el momento de la consolidación de la economía burguesa y del poder político después de la Revolución Francesa de 1830. Las clases medias sintieron una especie de autoridad para delimitar la visión cultural de la feminidad francesa que progresivamente se distanciaba de las preocupaciones del modelo aristocrático; pero que hacia mediados del siglo XIX comenzó a delinear sus contornos alrededor del concepto de domesticidad (véase: Thompson 2000). Durante esos años, el género y las relaciones familiares se sopesaron y se refutaron constantemente. La posición de estos debates políticos dieron a la familia una condición central en la sociedad y en la política francesa; a esto, las fuerzas religiosas y feministas contribuyeron poderosamente en la politización de la domesticidad como un estatuto cultural para la mujer burguesa durante esa época.

El desafío feminista hacia las sexistas premisas domésticas burguesas realzó el tema del papel de la mujer en la sociedad especialmente después de las revoluciones de 1830 y de 1848. Sin embargo, el esfuerzo para unir la maternidad con la religión y con los valores morales reflejó al mismo tiempo la feminización de la religión en Francia e introdujo tensiones que se resolvieron políticamente en los debates concernientes a la educación de la mujer. A medida que la educación y sus metas se asociaron con posiciones políticas, los que apoyaban un marco educacional doméstico obtuvieron una fuerza cultural que se oponía a los que promovían que la educación de las niñas fuera más semejante a la de los niños (véase Rogers 2005, 17-32). De esta manera, a medida que la burguesía adquiría una creciente influencia en la sociedad francesa, se delinearon más claramente las posiciones ideológicas de las relaciones entre los sexos.

En Francia tanto como en Inglaterra, la novelística producida por mujeres a partir del siglo XVIII fue mucho más nutrida que la masculina; asimismo, esas escritoras no dejaron la construcción del «discurso femenino» en la novela a los hombres; por el contrario, bastante frecuentemente empleaban su escritura como un vehículo ideológicamente contestatario y subversivo, haciendo uso de la capacidad de la novela para emplear diferentes técnicas perturbadoramente e interrogar en forma sostenida los códigos sociales existentes (véanse Davidoff 1987, Maza 1989). Uno de los elementos de la lucha cultural planteada por las mujeres en la narrativa se realizó en un nivel textual intrínseco al emplearse técnicas que «creaban una impresión de fidelidad al mundo real, al destacar representaciones anteriores, que dependían de las convenciones del estilo y del género» (Brinker, 254); es decir, querían logar representar un tipo de realidad que hiciera que el lector creyera en la verdad del mensaje, como copia de lo real.

Mientras esto sucedía en Francia, en Inglaterra diversos sectores comenzaron a enfatizar la virtud femenina para la salud de la nación al destacar que las raíces de la virtud cívica se originaba en lo privado, en la esfera doméstica. A lo largo de las décadas del siglo XIX, la concepción de la mujer doméstica como el nexo moral de la sociedad no llegó a ser causa de debate. Esta conceptuación de la virtud femenina doméstica representaba, sin embargo, una partida radical del modelo de virtud cívica que había antecedido.

En el contexto del florecimiento del comercio y de los esfuerzos de la clase media para ampliar el alcance de la ciudadanía, provino la trasformación del concepto de virtud doméstica en la cultura del siglo XIX; valor que había estado circunscrito a las clases altas. El surgimiento de una visión privatizada de la virtud doméstica sirvió para legitimizar el concepto de ciudadanía de la clase media al resolver el antagonismo tradicional entre la virtud cívica y el comercio que había servido por largo tiempo como un medio para limitar la participación en la esfera política. La representación que se hacía de la mujer como un compasivo agente civilizado en los tempranos textos modernos, moralizó la esfera privada proporcionando un ancla ética para las prácticas y los valores de la clase media, entre lo que se encontraba la persecución de un interés económico (véase Vallone 1995, 45-67).

En este contexto sociocultural, la escritura decimonónica tanto de hombres como de mujeres era el lugar de un vigoroso encuentro sobre quién podía representar a las mujeres en la narrativa y cómo ellas podían ser representadas estética, cultural y políticamente. A causa de su falta de representación política y a su desigual posición social y legal, la participación en el medio cultural y particularmente en el campo de las letras era una de las maneras más significativas en la que las mujeres del siglo XIX podían moldear y cambiar la forma en que ellas entendían su propio género y su sexualidad, y cómo estos aspectos podían discernirse más generalmente.

Como se sabe la representación cultural no es únicamente una forma de identidad, sino también un lugar de poder y de normatividad (véase McRobbie 1992, 726). Como la escritura de la mujer estaba en gran medida moldeada por la masculina o por las instituciones controladas por el hombre que regulaban la imprenta y por un discurso crítico masculino que era internalizado por escritoras y críticos (véase Pykett 1992), las representaciones que hacían las escritoras sobre la mujer, lo femenino y sobre la sexualidad femenina estaba marcadas por inestables conceptualizaciones desiguales y contradictorias del género femenino y de su sexualidad (Poovey 1988, 4), que proliferaban en las leyes, la ciencia, la medicina, el análisis social y en el reciente campo del psicoanálisis: medios controlados por los hombres, en los que la mujer era construida como una criatura dependiente (véase Basch 1974), que estaba definida por medio de sus relaciones biológicas, efectivas y legales con otros.

Estas percepciones, junto con argumentos sobre la inferioridad evolutiva de las mujeres se hizo parte de la retórica de las esferas separadas y se empleó como argumento contra ellas para que fueran admitidas en el mundo público del trabajo y de la política y para impedir que recibieran la misma educación que los hombres. Además, desde el punto de vista de la época, el cuerpo sexual femenino que se regulaba era un cuerpo de clase y de raza; ya que la normatividad, la respectabilidad, la virtud y la feminidad doméstica eran blancas y de clase media. La mujer era diferente del hombre e inferior a él; pero él por virtud de su clase y de su identidad racial, era diferente y generalmente superior, a las mujeres aristocráticas, a las mujeres de otras razas y a las de otras clases (véase Russet 1989, 55-56).

En este ambiente, la habilidad de la mujer para hablar o escribir en público y obtener una audiencia dependía de su educación. Los cambios sociales, que marcaron el siglo XIX y llevaron a un creciente dominio de la burguesía y al incremento de la instrucción y al puesto ventajoso de las clases trabajadoras, inevitablemente afectaron la posición de la mujer. Incluso, el creciente poder de la imprenta y la proliferación de los impresos proporcionaron a las mujeres una audiencia más amplia y muchas más formas por medio de las que podían apropiarse de sus ideas y pensamientos. Una de las áreas en las que fueron muy productivas, como ya se dijo, fue el periodismo; mediante el que retaron las imágenes sociales patriarcales y establecieron un foro para mostrar y desarrollar visiones alternativas, por las que hacían evidentes las presuposiciones ideológicas que formaban parte de un conocimiento ampliamente compartido.

Novelas y cuadros de la vida sur-americana

Este es el contexto sociocultural en que transcurrió la etapa de educación de Soledad Acosta en Europa. También recibe de sus padres ideas e ideologías diferentes; a esto agregó el ser ávida lectora selectiva en varios idiomas; además de ser católica.[13] En sus viajes a Inglaterra y Francia vivió directamente los debates sobre la presencia de la mujer escritora en público y sobre la educación o falta de ésta que debían obtener las mujeres socialmente; de esas discusiones y reflexiones entendió muy temprano la influencia que las mujeres debían o podían ejercer en la estructuración de la sociedad, especialmente al influir en la vida de otras mujeres.

Como escritora, empleó la narración (novela, cuento y relato) para promover públicamente mensajes revolucionarios en el ámbito colombiano en esos años; ideas que provenían de Europa y con las cuales intentaba junto con la promoción de la lectura mediante el acceso a la letra impresa, la constitución de una representación de lo que debía y podía ser la mujer colombiana de la época; ya que la lectura constituye a la lectora, al mismo tiempo que ésta forma su propia versión de lo leído. A través de la escritura intentó moldear las estructuras de los géneros narrativos para difundir rasgos de la ideología aprendida desde su niñez y fortalecida posteriormente en sus viajes y en su trato con su esposo José María Samper, en que la instrucción, la moral y la virtud son esenciales para la mujer.

En la época en que Soledad Acosta publicó *Novelas y cuadros de la vida sur-americana*, los niveles de analfabetismo eran muy altos en Colombia. Sin embargo, era una norma que aquellos que sabían leer, lo hicieran para otros; además, los impresos: periódicos, revistas y libros circulaban a través del préstamo, de los intercambios y por medio de los textos compartidos.

En este clima cultural, las narraciones que Soledad Acosta reunió en el volumen: *Novelas y cuadros de la vida sur-americana* tienen un objetivo esencial: la circulación de significados, ideas e identidades; la ficción era una nueva forma para que las mujeres se entendieran a ellas mismas y al mundo. Esta colección está compuesta por: «Dolores» (novela),[14] «Teresa la limeña»

---

13   «Yo no soy fanática, pero soy profundamente religiosa y creo que la que yo he escogido es la mejor para adorar a Dios. Yo no soy católica sin haber reflexionado mucho sobre esto... Hasta los doce años viví en Bogotá, después fuimos a vivir diez meses con la Madre de mi Mamá que era protestante. Ella trató de convertirme. Mientra estuve allí no leí más sino libros protestantes, no iba sino a iglesias protestantes. Pero, aunque muy niña, escuchaba todo, leía todo, nunca contradecía, pero no me pude *convencer*. En Francia estudié y comparé los dos cultos, el Católico y el Protestante, y estoy hondamente convencida que el primero es el mejor para *mí*, porque yo creo que la religión de cada uno se encuentra en el fondo de su corazón y en lo que *puede* creer. Yo nunca veo en los sacerdotes a los hombres, sólo veo en ellos el *instrumento* de Dios para servir su altar en nombre del pueblo y para recordarnos los preceptos de la palabra del Señor. Por eso creo que se debe respetar no a ellos, sino a su Santa Misión» (Acosta de Samper 2004, 503).

14   Léase el texto sobre esta novela en Rodríguez-Arenas (1991, 1995, 2005).

(novela),[15] «El corazón de la mujer: Matilde, Manuelita, Mercedes, Juanita, Margarita, Isabel» (novela), «La perla del valle» (cuento), «Ilusión y realidad» (cuento), «Luz y sombra» (cuento), «Tipos sociales: La monja (cuadros), Mi madrina» (cuento), «Un crimen» (cuento).[16]

Consciente de que la ficción llegaba a diversas clases sociales, sus narraciones demuestran tanto lo que las mujeres podían perder al seguir sin educación como tradicionalmente se había establecido, como también lo que ganarían si adoptaran los valores y los patrones de comportamiento de aquellos que tenían un cierto nivel social y poseían educación. Para ella, la falta de educación y de valores eran amenazas para la estabilidad y la integración de la nueva nación; por eso, en un intento para proteger de los peligros de la desestabilización los fundamentos sociales que se perseguían, postuló a las mujeres de su época nuevos modelos de feminidad al reafirmar aspectos de su identidad.

La mujer modelo propuesta a través de estas ficciones debía llegar a adquirir autonomía mediante la cual pudiera controlar su individualidad tanto en lo público como en lo privado. Así, el control moral se oponía a la seducción; la educación a la ignorancia; el respeto a la soberbia; la moderación a la indiscreción, etc., de esta manera el afianzamiento y la difusión de las buenas costumbres harían que el discurso nacionalista liberal burgués que tanto ella como su esposo promovían fuera aceptado y se propagara.

Al igual que muchas de las escritoras francesas e inglesas del siglo XIX con las cuales Soledad Acosta se identificaba y compartía similaridades y preocupaciones, no celebró todos los sentimientos ni las emociones sino que sugirió a través de sus narraciones que las clases de sentimientos apropiados que se requerían en la vida debían estar balanceados por la razón y la educación.

Todas las narraciones de *Novelas y cuadros de la vida sur-americana*, calificadas como «cuadros homogéneos», además de poseer un elevado nivel estructural narrativo, muestran un proyecto de representación de la otredad, de la alteridad; mensajes evidentemente revolucionarios para el contexto sociocultural en que se produjeron. Esta dimensión de representación no es necesariamente el espacio creado por la praxis de representación, sino uno que desarrollaron las mujeres y difundieron las escritoras francesas e inglesas a través de los tiempos y que desafió las construcciones masculinas del universo. Dimensión que Soledad Acosta representó con mutaciones y cambios dentro del espacio asignados para la mujer y designado como femenino (lugar de la otredad) por el hombre en la Colombia del siglo XIX.

Los espacios de representación en los que se ubicaba a la mujer, considerados secundarios, cobran, en la época en que Soledad Acosta se educó y posteriormente escribió, gracias al Realismo aspectos diferentes, causados por la mutabilidad del ámbito, que proporcionó un potencial mayor para trasladar lo silenciado hacia la representación; transmutación que estaba marcada por tensiones y diferencias, porque además de transmitir la ideología que la

15	Léanse los textos sobre esta novela en Rodríguez-Arenas (1991, 1995, 2004, 2005).
16	Léase el texto sobre este cuento en Rodríguez-Arenas (1995).

escritora poseía, intentaba con ella incidir y producir un cambio en las tradicionales estructuras socioculturales de ese medio ambiente decimonónico en que la mujer por costumbre tenía un puesto fuertemente delimitado.

De regreso de Francia, entre 1862-1863, cuando José María Samper fue redactor de *El Comercio* en Lima, ella contribuyó culturalmente a la vida peruana por medio de tres secciones de la *Revista Americana*, fundada en esa capital por su esposo (Samper 1948, II: 356). Es decir, su escritura se hizo presente en el escenario público peruano, antes de que los nombres de Clorinda Matto de Turner, Mercedes Cabello de Carbonera, Teresa González de Fanning, Lastenia Larriva de Llona, y los de otras escritoras figuraran abiertamente en el ámbito cultural de ese país, como sucedió a partir de la década de 1870 (véase Denegri 1996).

Soledad Acosta al haber colaborado desde 1859 con diversos periódicos suramericanos, conocedora de la vida de sus compatriotas y habiendo visto las circunstancias de la mujer peruana de clases media y alta de la época —situación que plasma en *Teresa la limeña*—,[17] al volver a su patria, dirigió sus esfuerzos a difundir la necesidad de educación de la mujer de la época, para beneficio de la nación que se estaba consolidando.

Preocupada por la vida real, ordinaria, «normal» y pragmática de las mujeres, en la escritura de sus ficciones se adscribió y adoptó técnicas del Realismo europeo para efectuar las representaciones ficcionales que se encuentran en *Novelas y cuadros de la vida sur-americana*. Entre estas técnicas, la autora se enfoca en personajes individuales que se perciben en sus vidas cotidianas como el lugar en que se enfrentan múltiples fuerzas sociales y contradicciones que se hallan en la época: como son Dolores, Teresa y Luz; personajes que con su actuación marcan un cambio en los que los rodean. Además, en sus narraciones acepta los cambios sociales que los adelantos científicos han ido produciendo, como es la autoridad que se le ha otorgado a la mirada médica; situación que representa en «Dolores». Para reivindicar el valor de la realidad objetiva intentó prescindir de aspectos bellos e ideales; así sus personajes están monstruosamente desfigurados por la lepra y desean el suicidio o se vuelven ásperos e insensibles por las desgracias que los agobian: Dolores, Pedro, Bonifacio.

Junto a estas técnicas de representación también enmarca sus narraciones ofreciendo una contraposición entre aspectos o secciones del relato como se observa en «Mi madrina» o «Ilusión y realidad»; esta selección preconcebida sostiene un gran vigor polémico con el relato central a la vez que indica que ese marco encierra un valor intrínseco en la narración. En este corto ensayo se estudiaran únicamente algunos de estos aspectos del Realismo en tres de los mundos de ficción de *Novelas y cuadros de la vida sur-americana*.

---

17   Vida cultural plasmada desde otro punto de vista por José María Samper en la novela: «Una taza de claveles. Escenas de la vida peruana. Novela original» (1863), firmada con el seudónimo Juan de la Mina.

Dolores

«Dolores. Cuadros de la vida de una mujer», publicada originalmente en *El Mensajero* (enero de 1867), meses antes de *María* de Jorge Isaacs, es una novela cuya historia está señalada por el aislamiento y la destrucción social, física y mental de la protagonista producida por una enfermedad contagiosa: la lepra. Por ser la novela que abre el volumen, como narración lleva una fuerte carga ideológica al ser presentada desde el punto de vista del discurso clínico proporcionado por la voz de Pedro, primo de la protagonista y estudiante de medicina, quien refuerza su perspectiva con las palabras de su padre, el médico que se encarga de tratar a Dolores.

La naturaleza de la enfermedad: afección progresiva y fatal, encierra una carga de matices abrumadores que estigmatizan a Dolores como el «otro». Desde el momento en que la novela abre, esta experiencia discapacitadora está entreverada en su cuerpo como metáfora de un lenguaje fracturado; ya que en términos lacanianos: «es un cuerpo tenue, pero es cuerpo» (Lacan 1977, 87).

Para ambos, padre e hijo, el color de la piel de Dolores la diferencia de las otras muchachas del lugar; ella: «lucía como un precioso lirio en medio de un campo, la flor más bella de aquellas comarcas» (10). Sin embargo, prontamente esta característica se convierte en una señal de alarma:

> —Es cierto lo que dice usted —exclamó mi padre que se hallaba a mi lado—; la cutis de Dolores no es natural en este clima... ¡Dios mío! —dijo con acento conmovido un momento después—, yo no había pensado en eso antes (10).

En diferentes culturas el blanco —color de la piel y del vestido de Dolores— «es el color del este y del oeste, (...) es el color del pasaje —considerado éste en sentido ritual— por el cual se operan las mutaciones del ser y lo introduce en el mundo lunar, frío y hembra; conduce a la ausencia, al vacío nocturno, y a la desaparición de la conciencia y de los colores diurnos» (Chevalier y Gheerbrant 1986, 190). Desde estas perspectivas, las miradas, especialmente la del médico padre, señalan el comienzo de un cambio radical que llevará la vida de Dolores de la tristeza a la oscuridad y finalmente a la desaparición. A partir de ese momento se desencadenan una serie de circunstancias y situaciones que contribuirán a separar gradualmente a la joven de su grupo familiar y social, hasta conducirla al aislamiento físico y mental y posteriormente a su deceso.

En este transcurso, la protagonista, huérfana joven provinciana con talento y con conciencia de su posición de clase, se despierta a la vida tanto emocional como intelectualmente; se enamora de Antonio González, abogado capitalino con un brillante porvenir con el que espera contraer matrimonio; además, sabe que como mujer tiene la necesidad de estudiar, como lo afirma en una carta:

> Una noche había leído hasta muy tarde, estudiando francés en los libros que me dejaste: procuraba aprender y adelantar en mis estudios, educar mi espíritu e instruirme para ser menos ignorante; el roce con *algunas* personas de la capital me había hecho comprender últimamente cuán indispensable es saber (31).

Encontrándose en estas circunstancias, los anticipos y premoniciones de la silenciosa mirada clínica, mirada que decide, que gobierna, que aísla, que clasifica y que precede a todo otro discurso, encuentra aciagamente en Dolores un cuerpo observable, un objeto pasivo y silencioso. Ambos, Pedro y el padre la escudriñan, se estremecen, pero imposibilitados de hacer algo por ella, piensan y la vigilan a la distancia.

Esa misma mirada masculina, a la vez que hace énfasis en partes del cuerpo de la mujer que poseen contenido erótico para los hombres: la mano, el cabello, ofrece —al leer otra manifestación de la postura de la joven— una imagen premonitoria de lo que sería el porvenir:

> Desde lejos vi a Dolores vestida de blanco y llevando por único adorno su hermoso pelo de matiz oscuro. Recostada sobre un cojín al pie del asiento en que había estado sentada, apoyaba la cabeza sobre el brazo doblado, mientras que la otra manecita blanca y rosada caía inerte a su lado. Detúveme a contemplarla creyéndola dormida, [...] (26).

La posición en que Pedro describe el cuerpo de la joven semeja la de un ser sin vida, cuya mano inánime evidencia el único signo de existencia: lo rosado de esa parte de la piel; color de vida, que aquí paradójicamente señala el primer síntoma de la dolencia que la aniquilará. Esta representación de Dolores como un cuerpo pasivo y como un tropo de la imaginación masculina, efectuada mucho tiempo después de ocurrida, presenta el cuerpo de la joven, como un signo descifrable y anticipatorio de la muerte.

A la misma vez, esta descripción muestra a la protagonista en un instante privado que Pedro viola para quedarse mirándola a su antojo; voluntad que ella trunca abruptamente y resiste rechazando la penetrante mirada escrutadora, que la ha objetivizado y ha invadido su momento de intimidad: «había oído el ruido de mis espuelas al acercarme, y se levantó de repente, tratando de ocultar las lágrimas que se le escapaban y cogiendo al mismo tiempo un papel que tenía sobre su mesita de costura» (26). Esta breve escena explicita la invasión masculina en la esfera privada de Dolores, al mismo tiempo que señala el rechazo que ella hace contra esa intrusión al tratar por todos los medios de encubrir y preservar su interioridad.

Al invadir la privacidad de la prima e iniciar la destrucción de su espacio privado, Pedro hace públicamente irrevocable la capacidad notable de la inteligencia de la joven provinciana, cuyo talento todos habían ignorado hasta ese momento. Pero como hombre representante de su época, además de creer tener derecho a observarla a su antojo, cuando se da cuenta de que es un escrito lo que ella intenta ocultar, empieza a marcarla con la suspicacia y la aprensión y le hace reclamos matizados de insidias e ignominias: «¿Qué es esto prima? —le pregunté señalándole el papel, después de haberla saludado». A lo que ella responde: «Estaba escribiendo y...». El diálogo que sigue a continuación indica el control que Pedro impone en su prima; situación que anticipa el comienzo de estigmatización que trae el prejuicio que nace instintivamente en él: una misiva privada no puede sugerir sino un intercambio epistolar amoroso, que hace explícita la sexualidad que el trueque involucra y que la separación de los corresponsales imposibilita por el momento. De ahí que la interrogue en la siguiente forma: «¿Cómo, Antonio ya logró...?» (26). Ante lo que ella rápidamente responde: «No, Pedro —me contestó con dignidad—; él no me pidió tal cosa, ni yo lo haría». (26).

El primo, como hombre, se siente amo y señor para demandar de la joven explicaciones por atreverse a escribir; además cree tener el derecho para hacer insinuaciones abiertas injuriantes; hasta que fuerza a Dolores para que le muestre lo que contiene el papel; ya que su palabra no basta. La mirada escudriñadora viola un grado más profundo de la intimidad de Dolores: su alma expresada por medio de la escritura. El entrometimiento de Pedro atropella lo que ella desea mantener íntimo y obliga a hacer público lo que escribía para sí misma, junto con sus propios sentimientos.

Luego esa mirada inquiridora masculina se vuelve nuevamente clínica; otra vez el color del cutis destaca la manifestación de un problema:

> Su tez blanca y rosada resaltaba aún con mayor frescura en contraste con su albo vestido y cabello destrenzado. Un temor vago me asaltó a mí también, como a mi padre, al notar el particular colorido de su tez; pero esa impresión fue olvidada nuevamente para recordarla después (27).

En este ambiente donde los médicos observan pero se hallan incapacitados para ayudar al paciente, se encuentran conatos de búsqueda de solución cuando el mal progresa visiblemente en Dolores. La tía desasosegadamente al notar que el médico titulado del lugar, no puede hacer nada, consulta con personas de los alrededores que pasan por médicos prácticos sin estudios. Estos en su sabia ignorancia decretan el mal en su segunda etapa y consideran que emplear remedios es prolongar un padecimiento que no tiene remedio.

Al oír la enferma este dictamen sufre tal impacto emocional que pierde el equilibrio y queda en el suelo anonadada e imposibilitada para obrar. En ese momento comienza el aislamiento y la segregación causada por el prejuicio y la discriminación que conlleva el estigma de la enfermedad.

Para este momento, ya Dolores sabe la historia completa de la desaparición de su padre también enfermo de lepra. La muerte en vida y el aislamiento social que prefirió él para impedir que la sociedad rechazara a la joven marcándola con el estigma de hija de un leproso y posiblemente portadora de la enfermedad. Con esos actos, la protegió socialmente durante seis años; pero desafortunadamente ya le había transmitido la enfermedad, cuyos síntomas iniciales explicita la mirada del primo médico:

> Estaba sentada en un sillón y el cuarto muy oscuro: así con su vestido blanco se veía como un espectro entre las sombras. No quería que yo me acercase a ella; pero usando de mis prerrogativas de primo y hermano le tomé las manos por fuerza y abriendo de improviso una ventana quise contemplar los estragos que aquel mal había hecho en ella.

> Estaba ya empezando el tercer período de la enfermedad. La linda color de rosa que había asustado a mi padre, y que es el primer síntoma del mal, se cambió en desencajamiento y en la palidez amarillenta que había notado en ella en el Espinal: ahora se mostraba abotagada y su cutis áspera tenía un color morado. Su belleza había desaparecido completamente y sólo sus ojos conservaban un brillo demasiado vivo. Comprendí que ya no tenía esperanzas de mejoría, pero procuré ocultar mi sorpresa: ciertamente no esperaba encontrar en ella semejante cambio (44).

La mirada clínica de Pedro al usar «sus prerrogativas de primo y hermano» expresa junto con la autoridad que le confieren sus estudios, un frío juicio desapasionado que manifiesta en él autocontrol y distancia crítica; de esta manera, ofrece una visión fuerte de una realidad social muy conocida en la época.

Hasta este punto, la narración ha desplegado las instancias discursivas que permiten al lector reconocer e identificarse con las ansiedades que produce la enfermedad y, a la vez, generar simpatías o desagrados ante el padecimiento. A partir de esta escena, la joven relata en cartas y en un diario el dolor que sufre en la intimidad por los padecimientos causados por la enfermedad y la soledad; situación que al ser comprendida por el lector produce una fuerte reacción y una demanda a la acción.

La novela hace eco de situaciones sociales existentes. Con el lento progreso de la epidemia de lepra en la Nueva Granada comenzaron a tomarse medidas de control, que tenían como única base la reclusión y el aislamiento de los enfermos para evitar la propagación de la enfermedad. Hacía solamente 5 años se había establecido y funcionaba el lazareto de Contratación, lugar al que se desplazaba a los enfermos rechazados socialmente. Otros evitaban el confinamiento, se escapaban o se albergaban con familiares sanos y los más pudientes tenían aislamiento domiciliario (véase Sevilla casas, 1995). Como ocurrió con el padre de Dolores o con el reticente pedido que efectuó la tía a la joven para que se quedara a vivir en la casa de la hacienda.

Al tomar Dolores la decisión de vivir sola, en parte para protegerse del desprecio y del horror de la tía hacia la lepra y del rechazo y el estigma que le acarrearía a la familia, Pedro parte para Europa como médico de un rico capitalista. En ese lapso, el tío médico cuenta a su hijo por medio de cartas el avance progresivo e irreparable de la enfermedad:

> A pesar de los esfuerzos que hacían, consultando a los médicos más afamados del país, la horrible y misteriosa enfermedad continuaba con su mano desoladora destruyendo la belleza y aun la figura humana de mi infeliz prima (47).

Después de esta doble confirmación médica de la destrucción física, las cartas testimonian el dolor y la desolación. En la escritura se ve gradualmente un repliegue de Dolores hacia sí misma, primero al aislarse socialmente y de su familia en su propia casa mientras le construían «una pequeña choza, aunque aseada y cómoda» en el sitio que ella había seleccionado para vivir con Antonio, en aquellos días de alegría y enamoramiento.

La llegada a su nueva morada evita otro tipo de mirada, esta vez la mirada malévola del *voyerismo* y la curiosidad de los otros hacia el desfiguramiento monstruoso que la iba haciendo sucumbir. En ese ámbito despliega su privacidad, que a la vez la conduce a la libertad de movimiento y de decisión; los que se le habían negado en los últimos días en la casa de la tía. Ahora, esta nueva situación la libera de la coerción, de la invasión y de la intervención de otros y la lleva al desenvolvimiento de sus potencialidades internas.

Ya en este lugar, Pedro se convierte en el receptor de algunos momentos de su intimidad; vida de la que únicamente se pueden hacer inferencias a través de lo que Dolores plasma en las cartas. Al aislarse de todos, sus únicos enlaces con el mundo son los hijos del leproso que auxilió a su padre durante la enfermedad. Esta es la manera en que ella protege su dignidad y construye su espacio privado, espacio que la define y en el cual ella expresa autonomía, autosuficiencia y capacidad para controlar su existencia mientras la enfermedad se lo permite.

Esa vida privada que recupera, marca la intimidad que transmite por medio de la escritura. Intimidad que alude a su interior, a su «mundo propio» que sitúa fuera de la mirada de los demás; región donde busca el aislamiento con respecto a la influencia, compañía o simple curiosidad de los otros, y está relacionada con el secreto y la soledad. Al principio, el secreto es la angustia que siente al separarse de su familia; pero con el tiempo es el dolor físico y después el espiritual; éste último la atenaza a extremos casi imposibles de comprender; aunque ella hace lo posible por transmitir esos significados en su escritura; puesto que Pedro como médico ve diariamente el dolor y lo entiende y en parte por la ausencia y la nostalgia de la tierra y de la familia lo comparte.

Aislamiento, desolación, enfermedad, angustia, soledad, desesperación son marcadores sociales que se comparten y se comprenden; son señales de que la realidad física que se cree perdurable en la juventud es precaria y efímera. Dolores logra subsistir esa vida de desintegración durante varios años; pero la imposibilidad de detener el destino de descomposición mental y de corrupción física total que le esperaba la llevan a sentir instantes de extremada impotencia:

> No me atrevo a leer lo que hay en el fondo de mi alma. (48). Creí, Pedro, que nunca volverías a saber de mí... Quise morir, amigo mío, y no pude lograrlo. (...) llegaron repentinamente a mi choza tu padre y mi tía Juana. Al verme, fue tal el horror que se pintó en sus semblantes, que comprendí en un segundo que yo no debía hacer parte de la humanidad, y sin saber lo que hacía salí de la casa. (...) Estaba completamente exánime: no sé si me dormí o me desmayé, pero caí al suelo como un cuerpo inerte. (...) La muerte se me presentó como un descanso. Me levanté para buscar un precipicio, pero la montaña en aquel sitio está en un declive suave del cerro y no hallé lugar alguno que fuera a propósito. (...) ¿Qué cosa era yo para rebelarme contra la suerte? Esos rayos de luz morían antes de llegar a mi rincón, y sin embargo parecían mirarme con compasión... ¡Compasión! ¿Todos no me tienen horror? (...) te diré la verdad; la memoria de Antonio me salvó (...). No me creas ingrata: también te recordé; tú al menos no te mostraste espantado al verme (50-51).

Dolores articula con gran lucidez y tan vívidamente sus crisis emocionales que Pedro puede entender la profundidad del dolor que la atormenta. Pero a la vez, la fortaleza, la claridad, el entendimiento que enuncian sus palabras, indican la entereza del carácter de la joven.

Mediante las cartas expresa quién es, qué siente, lo que desea: vida, muerte; deseos, decepciones; soledad, compañía; anhelos y desilusiones que compendia en una de esas misivas:

> A veces me propongo estudiar, leer, aprender para hacer algo, dedicarme al trabajo intelectual y olvidar así mi situación; procuro huir de mí misma, pero siempre, siempre el pensamiento me persigue, y como dice un autor francés: «Le chagrín monte en croupe et galope avec moi». / La mujer es esencialmente amante, y en todos los acontecimientos de la vida quiere brillar solamente ante los seres que ama. La vanidad en ella es por amor, como en el hombre es por ambición. ¿Para quién aprendo yo? Mis estudios, mi instrucción, mi talento, si acaso fuera cierto que lo tuviera, todo esto es inútil, pues jamás podré inspirar un sentimiento de admiración: estoy sola, sola para siempre... (58).

Sigue aferrándose a la vida gracias a la evocación de la memoria de Antonio y a la posibilidad de que todavía se acuerde de ella; esta ilusión aunque lejana le hace un poco más llevadera la existencia; esperanza que desaparece junto con su existencia cuando egoístamente Pedro le avisa que se retrasa en visitarla a su regreso de Europa porque se ha detenido en la capital para acompañar a su amigo a celebrar su matrimonio:

> Se casaba con una señorita de las mejores familias de la capital, rica y digna de mucha estimación. Inmediatamente le escribí a Dolores la causa de mi detención, participándole la noticia del brillante matrimonio que hacía Antonio. / El matrimonio fue rumboso si no alegre. La novia no era bella; pero sus modales cultos, educación esmerada y bondad natural, hacían olvidar sus pocos atractivos (53-54).

Con la noticia del matrimonio, muere en Dolores toda esperanza de existir por lo menos en la memoria de alguien. Ya, su vida no tiene sentido ni propósito; para ella no hay esperanza de que la comunicación espiritual que ha forjado con el tiempo y que la ha sustentado pueda existir, ahora que Antonio contrae matrimonio; la desesperanza y la idea de soledad infinita la devastan finalmente. Las descuidadas palabras de Pedro, inconsciente del sufrimiento de Dolores, al compartir con ella alegrías ajenas, le proporcionan el último golpe a esa vida de padecimiento y propician el final definitivo:

> Después de leer las primeras líneas una nube pasó ante mis ojos. Pedro me daba parte del matrimonio de Antonio ¡el matrimonio de Antonio! ¿Por qué rehusaba creerlo al principio? (...) Sin embargo, la desolación más completa, más agobiadora se apoderó de mí: me hinqué sobre la playa y me dejé llevar por toda la tempestad de mi dolor. Me veía sola, ¡oh! ¡cuán sola!, sin la única simpatía que anhelaba. Todo en torno mío me hablaba de Antonio, y sólo su recuerdo poblaba mi triste habitación. No había rincón de mi choza, no había árbol o flor en mi jardín, ni estrella en el azul del cielo, ni pajarillo que trinara, que no me dijera algo en nombre de él. Mi vida hacía parte de su recuerdo; y ¿ahora? (...) Como que mi alma esperaba este último desengaño para desprenderse de este cuerpo miserable. Comprendo que todos los síntomas son de una pronta muerte. Gracias, ¡Dios mío! Dejo ya todo sufrimiento; pero *él* es mi pensamiento en estos momentos supremos: ¡oh! *él* me olvidará y será dichoso! (59).

Las prácticas higiénicas y la necesidad de impulsarlas, permite que Soledad Acosta se apropie del discurso clínico y base en él su autoridad para guiar y educar a las mujeres de su tierra. No obstante, ella hace énfasis con esta protagonista en que con la enfermedad no muere ni el intelecto ni el espíritu femenino; la mujer no es cuerpo débil y sufrido; por el contrario es férreo, adaptable, persistente e inteligente.

El Realismo que se evidencia en esta novela proviene de las visiones inglesa y francesa que existían en la época (véase Rothfield, 1992). La aplicación de la medicina que se observa en este mundo de ficción muestra la autoridad social que va adquiriendo la profesión y la mirada del médico; además, explicita la manera en que científicamente se empieza a reconocer la patología de las enfermedades y la forma en que el discurso médico se convierte en un rasgo esencial del movimiento realista.

Ahora, la lepra como enfermedad aparece en otra de las novelas del volumen: *El corazón de la mujer*.[18] IV: «Juanita», cuyo epígrafe anticipa lo que se va a relatar: «Gran arte de vivir es el sufrimiento; hondo cimiento de la virtud es la paciencia». Esta vida contada por Enrique, uno de los narradores secundarios de la novela, muestra la decisión y la lealtad de la mujer ante el compromiso adquirido a través del matrimonio.

Juanita, descrita por el narrador como: «una delicada flor azotada por una continua tempestad», era hija de una acomodada familia realista venida a menos después de las guerras de Independencia. Al morir los padres, la hermana mayor desciende de clase social al estrato más bajo, gracias a su coquetería, ineptitud, falta de educación y orgullo; hasta contraer matrimonio con un soldado negro para no ver morir de hambre a su madre y a Juanita. Ésta crece en medio de la vida desordenada que la hermana debe soportar con aquel con quien se ha casado. Sale de esa situación para irse a acompañar a una señora y a su familia; pero: «aunque su conducta fue irreprensible, las mujeres envidiosas de su atractivo y las malas lenguas que no comprenden que puede haber virtud verdadera rodeada de tentaciones, se cebaron en su reputación» (229). Para evitar esa vida, contrae matrimonio con Bonifacio, quien «era un hombre de mal genio, exigente y cuyo carácter hacía cada día más difícil la tarea de agradarle»; hasta que después de regresar de un viaje, se encierra en su habitación donde recibe alimentos, pero no sale ni permite la entrada de su esposa o de sus hijos, quienes ya no tienen ningún recurso para subsistir. El narrador, por pedido de Juanita, al hablar con Bonifacio se da cuenta de la realidad: «lo vi tan desfigurado, que comprendí todo; ¡el infeliz estaba *lazarino*!» (230).

Al igual que Dolores, Bonifacio se oculta por el rechazo que otros sienten por su condición; la cual él conocía antes de casarse; sin embargo, no se la informa a su esposa. Cuando ésta se entera de la enfermedad:

> cambió completamente de modales con Bonifacio; en vez de su habitual frialdad manifestó hacia él una infinita compasión que se convirtió en profundo cariño por el desgraciado. Se consagró completamente a servirle y sufría con una santa paciencia el mal humor y las crueles palabras del enfermo, no queriendo separarse de él por ningún pretexto (231).

Forzada por Bonifacio para que buscara protección para los hijos, Juanita abandona al enfermo por unos días; pero cuando los sabe seguros, regresa a su lado para hacerle compañía en su desolación. El hombre reconoce que ella

---

18   Véase el estudio sobre esta novela en: Rodríguez-Arenas (1991, 2005)

es un «ángel» que no merece. Estos hechos permiten al narrador describir en ella un cambio: «Su aspecto era más animado, su mirada más viva y se notaba en ella cierta irradiación del alma: ¡tal es la influencia de una noble acción, y la conciencia de un deber cumplido!»(233). El eje central de esta narración no es la enfermedad, sino la fidelidad y la nobleza de corazón que marca los actos de Juanita, quien a costa de su propia vida cumple con su deber de esposa. Bonifacio es apenas un medio para presentar las cualidades morales y la fortaleza de espíritu de mujeres como Juanita, que a pesar de las circunstancias adversas, demuestran firmeza de genio y constancia que les permite expresar la lealtad y apoyo a su cónyuge hasta en las peores condiciones.

Si Dolores sufre en vida literalmente lo que su nombre significa, a través de Juanita, la autora plantea toda la virtud que debe acompañar a la mujer aún en caso extremos como el relatado. Estas narraciones fueron compuestas con el propósito de enseñar lecciones sobre el comportamiento de la mujer en la sociedad; la ideología doméstica que se explicita en ellas se semeja a la de muchas de las novelas realistas francesas e inglesas escritas por mujeres durante la época (véanse Childers, 1995; Vallono, 1995; Ingham, 2000; Wood, 2003).

La ficción es para Soledad Acosta además de un medio didáctico, un vehículo para transmitir posturas políticas y difundir ideas morales que sirven para consolidar la familia y, por tanto, la sociedad; modelo de escritura aprendido por ella en Europa e implementado en las narraciones del volumen; ya que el valor moral de la escritura y el efecto saludable que causaba en los lectores eran algunos de los puntos que se enfatizaban en Francia e Inglaterra para difundir la escritura de las mujeres (Wood 2003, 62).

«MI MADRINA» E «ILUSIÓN Y REALIDAD»

Otra de las técnicas más comúnmente empleadas para validar los reclamos del Realismo se halla en la representación de personajes o de voces narrativas, que muestran un punto de vista o restrictivo o falso sobre las representaciones convencionales, contrario al de los personajes que ven la realidad con mayor claridad. Esta técnica de interpolación, denominada *ékfrasis*, surgió ya en la retórica helenista y consiste en una elaborada descripción digresiva, cuya función es interrumpir de alguna manera la fluidez del discurso; como técnica muestra la evidencia para persuadir sobre la representación de la realidad (Lausberg II, 224-227), y proporciona un código para interpretar el texto mayor.

La desconexión que ocasiona lo interpolado en la narrativa primaria expone un conflicto representacional entre los dos textos. Una de las formas ekfrásticas más eficaces es el interpolar mundos posibles dentro de la narración. Ryan (1991) creó una tipología de estos mundos dentro del texto, que se distinguen del mundo textual real, a los que denominó «submundos, creados por la actividad mental de los personajes» (5). Es decir, esos mundos interpolados, por lo general muestran una oposición al mundo externo textual en el cual se desenvuelven para ofrecer una visión alternativa pero complementadora a la narración principal.

Con esta perspectiva en mente, en «Mi madrina»,[19] el narrador relata memorias de su infancia, con las que recrea un mundo alegre, descomplicado, lleno de sorpresas agradables, siempre confiable en el cambio, pero permanente en lo esencial; en el que existía un lugar muy especial, la casa de su madrina:

> Doña María Francisca Pedroza (...) tenía unos sesenta y cinco años cuando la conocí, o más bien, cuando mis recuerdos me la muestran por primera vez. Era la última persona que existía de esa rama de nuestra familia; se preciaba de haber conocido mucho a los virreyes y frecuentado el *palacio* en esos tiempos, y lamentábase amargamente de la independencia que había sumido a su familia en la pobreza, quedándole a ella por único patrimonio una casita. Cada vez que estallaba una revolución, mi madrina se mostraba muy chocada, asegurando que este país no se compondría hasta que volvieran los españoles (304).

A ese lugar lo llevaban para que no hiciera estragos o estorbara a los mayores en su propia morada, puesto que en ésta por ser el menor y el único hombre de diez hijos, se le permitía casi cualquier cosa. La vivienda de la madrina era el oasis donde él adquiría una posición diferente al ser el único niño; paraíso idílico en el que había personas, espacios, objetos y situaciones que no existían en su propio hogar. En el relato de sus memorias, se interpola la detallada descripción de aspectos de la vivienda a donde lo trasladaban:

> Ahora veamos como era la casa en que vivía. La habitación de mi madrina, sita en las Nieves, no lejos de la plazuela de San Francisco (perdone el lector, quiero decir, la plaza de Santander), era pequeña pero suficiente para su moradora: a la entrada, después de atravesar el zaguán empedrado toscamente, se encontraba un corredor cuadrado, separado del patiecito por un poyo de adobes y ladrillos, el cual estaba también empedrado, pero lleno de arbustos y flores, por lo que era para mi imaginación infantil un verdadero paraíso, que compraba con los de los príncipes y princesas de los cuentos (...). Todavía me represento aquel sitio como era entonces... veo el alto romero siempre florido, el tomate quiteño, el ciruelo y el retamo, a cuyo pie crecían en alegre desorden, en medio de las piedras arrancadas para darles holgura, algunas plantas de malvarrosa, muchos rosales llamados de *la alameda*, de Jericó &.ª; a la sombra de estos se extendía mullida alfombra de manzanilla, *trinitarias* matizadas y olorosas (los *pensamientos* que remplazan ahora las trinitarias no tienen perfume), y un fresal entre cuyas hojas

---

19 En **Memorias íntimas, 1875,** Soledad Acosta escribe que lo narrado en este cuento se basa en la realidad: «En (...) "Mi madrina", pinto con exactitud la casa y la persona que más campo tiene en mis recuerdos infantiles» (327s).

> me admiraba de encontrar siempre alguna frutilla. En contorno de la pared, crecían algunas matas de *novios*, de *boquiabiertos* y de *patitas de tórtola*. En el poyo que separaba el patio del corredor se veían tazas de flores más cuidadas: contenían farolillos blancos y azules, ridículos amarillos, oscuras y olorosas *pomas*, botón de oro y de plata, *pajaritos* de todos colores, y otras plantas; en las columnas enredaban *don-zenones* y madreselvas (...). Casi todas las flores que prefería mi madrina han perdido su auge y no se encuentran ya sino en las anticuadas huertas de los santafereños rancios (...). Aquel olor a rosa seca y a viejo, olor penetrante que tiene para mí tan tiernos recuerdos... (304-305).

El narrador hace un viaje mental para revivir momentos de su niñez; parece ser objetivo al enumerar, como en un retrato, parajes y plantas; al recordar colores y olores; al presentar ordenada y minuciosamente los distintos espacios que se encontraban hasta llegar al interior, donde describe con lujo de detalles sin olvidar formas, tamaños y ubicación, la mayoría de los componentes de ese «paraíso» infantil: la huerta, la sala, la alcoba, el oratorio. Esta técnica circunscribe cierto efecto al texto que expresa un esfuerzo por resistir la linealidad opresiva y por introducir diferencias de contenidos. La redundancia, el regreso a la memoria, el archivo de lo visto, la jerarquía, la clasificación señalan la importancia de ese fragmento para el personaje y para la narración total. Ahora, lo pormenorizado del inventario hace pensar que el lugar es vasto; sin embargo, al principio ha afirmado que la morada era «pequeña»; asimismo, él se incluye dentro de su descripción. Estos aspectos muestran lo subjetivo de lo descrito y los sentimientos que predominan: admiración, alegría, nostalgia, melancolía.

Se sabe que «una parte importante de las experiencias rememorativas (...) se construye o se inventa en gran medida en el momento de la reminiscencia. El modo en que se recuerda una ocurrencia depende del propósito y de las intenciones en el momento del recuerdo» (Schacter 1996. 21-22). El desciframiento de esta intención es lo que lleva a prestar atención a este otro «mundo» interpolado en el relato del narrador; existencia marcada por «dos plagas: pobreza y mujeres» (304). Ésta clasificación que adjudica a su propia familia se representa vívidamente en las menciones que hace sobre las personas que residían en la casa con su madrina: «dos criadas a quienes había recogido desde pequeñas, y a quienes no pagaba sino como y cuando lo tenía por conveniente, dándoles su ropa vieja, larguísimos regaños y muchos pellizcos por salario» (304).

Para este mundo ficcional, esa descripción no es otra cosa que el lugar de un desplazamiento bajo la forma de nombres de cosas, de lugares, de las cualidades psicológicas o de carácter asignables al personaje infantil del recuerdo. Esa descripción es a la vez una digresión sinecdótica y una información diferida. Los detalles son índices válidos para los acontecimientos ulteriores del relato.

El mundo circundante al «paraíso» creado por el niño se halla en el relato señalado por el orgullo, el clasismo, la pérdida de prestigio, la abyección, transgresiones sociales, delitos, prohibiciones, secretos, complicidades, beatería, corrupción, ignorancia, resignación, miseria, servilismo, tiranía, burlas, escarnios, maltratos, menosprecio; situaciones externas que contrastan fuertemente con la claridad, la alegría y el colorido de lo interpolado; de tal manera que estas características de la descripción insertada parecen dominar totalmente todo el relato, hasta esconder casi por completo esos otros aspectos sórdidos pero reales de la vida de los adultos; sin embargo incomprensibles para el niño; de ahí que años más tarde afirme:

> Oh alegría! Oh emociones inocentes!... aún ahora, después de tantos años, y enfriado ya por la nieve del tiempo, y de los desengaños, me siento enternecido (...) por los dulces recuerdos de mi infancia. (...) veo aparecer retrospectivamente un niño risueño y feliz, en el cual con dificultad me reconozco (310-311).

Esos detalles insertados en el fragmento son un procedimiento anafórico que restablece la coherencia del personaje al vincular su pasado con su futuro. Con el transcurrir del tiempo, ese recuerdo idílico empieza a señalar divergencias al no concordar con la realidad externa de la vida adulta. La tranquilidad, el regocijo, la bondad de que estaba investido ese mundo infantil era apenas una máscara que eludía la existencia dura y fría en la que el sufrimiento diario es producto de las desigualdades de clase, de posición y sobretodo de género, estamentalizadas por la Tradición y la costumbre.

Como técnica realista ekfrástica, la descripción en este caso tiene un sentido técnico literario que está motivado al señalar en el caos del jardín la confusión y la incomprensión de la mente infantil con respecto a su realidad. Así, el jardín es el lugar de una coherencia lógica e ideológica de lo existente; pero hasta ese momento indescifrable para el niño.

Ahora, en «Ilusión y realidad» se narran sucesos de la vida de dos jóvenes primas. Sara, de 15 años, quien vivía con su familia y «su educación consistía en los elementos indispensables y adecuados a la existencia sencilla y retirada a que la destinaban» (273). Sofía, de 16 años, que había sido educada en un colegio de la Habana; había vivido lejos de su familia por muchos años; por lo cual era independiente y tenía ideas claras sobre lo que quería. La diferencia entre las dos jóvenes se hacía evidente en sus aspiraciones para el futuro. Sofía había ideado un esposo adornado de virtudes, con alma elevada y poseedor de nobles sentimientos, que la respetara y valorara; en tanto que Sara sólo pedía un amor verdadero a cambio del suyo y no soñaba con imposibles. Con el paso del tiempo, ambas contrajeron matrimonio. «La una (Sofía) tuvo tanta dicha como no había esperado (...). La otra (Sara) fue desgraciada» (277).

En esta historia de anhelos y desintereses, de oposiciones y contrastes, de ilusión y realidad, el texto insertado que señala una escisión con el texto mayor se halla al comienzo de la narración, inmediatamente después del epígrafe de Byron, que habla de dos jóvenes que se hallan en una verde pradera. El mensaje byroniano y la historia inicial de las dos primas coinciden; sin embargo, el párrafo de apertura de la narración explicita:

> ...El camino serpenteaba por entre dos potreros, en cuyos verdes prados pacían las mansas vacas con sus terneros, emblemas de la fecundidad campestre, y los hatos de estúpidas yeguas precedidas por asnos orgullosos y tiranos, imagen de muchos asnos humanos. De trecho en trecho el camino recibía la sombra de algunos árboles de *guácimo*, de caucho o de *cámbulos*, entonces vestidos de hermosas flores rojas, los cuales, como muchos ingenios, apenas dan flores sin perfume en su juventud, permaneciendo el resto de su vida erguidos pero estériles. La cerca que separaba el camino de los potreros, de piedra en parte y de guadua en otras, la cubrían espinosos cactus, y otros parásitos de tierra templada, los cuales so pretexto de apoyarla la deterioraban, según suele acontecer con las protecciones humanas (271).

Este comienzo se muestra sin conexión evidente con el galanteo entre adolescentes que se narra enseguida. La historia de los personajes relata situaciones normales de enamoramiento, de frialdad y de confidencias, además explica algunos rasgos que sirven para caracterizar a las dos primas. Luego concluye muy rápidamente con el destino que cada una alcanza, sin juzgar esos resultados, pero enviando un mensaje de resignación como premio a las mujeres que saben comportarse dentro de las normas de conducta aceptadas a pesar de las circunstancias. De ahí que, la expresión de críticas muy fuertes entreveradas entre la descripción del camino de entrada a la casa de las jóvenes no concuerde con la historia sentimental con proyecto moral explícito que se expone posteriormente. En ese párrafo se alude mediante metáforas a las mujeres como destinadas únicamente a procrear; y por estultas, mantenidas ignorantes y siguiendo detrás a los «asnos orgullosos y tiranos», porque no conocen algo mejor; lo importante para ellas es dedicarse a ser bellas por un día para permanecer improductivas toda la vida y menoscabadas por el encierro y la incultura; mientras que a los hombres se los califica de lascivos, sensuales y despóticos.

Este párrafo juzga el resultado de la situación social que se relata enseguida. Sara «la que era más digna de ser dichosa, la niña amante y amable» fue profundamente desgraciada y había sufrido mucho, porque «lo que ella creyó dulce realidad, tan sólo había sido una ilusión fugaz, tan pronto forjada como desvanecida» (277-378). Es decir, se había casado mal; educada con los moldes asignados a las mujeres del lugar, no esperaba sino ser bonita y el amor vendría y con él, lo demás. Este error, creado y mantenido por la sociedad en que vivía, no le había permitido estar preparada para la dura realidad, que le había tocado sobrellevar. Su situación era un problema inducido socialmente, que la marcaba como un sujeto dominado que debía aceptar resignadamente su destino. Esta es la causa de la fuerte impugnación que se hace en el párrafo inicial; pero las historias sentimentales de Sara y de Sofía hacen olvidar ese comienzo, que es un pronunciamiento directo de la voz narrativa sobre la viciada situación social de la mujer que debía corregirse, y que alerta sobre esos aspectos sociales instituidos y aceptados, que contribuyen a que la vida de la mujer sea un continuo sufrimiento.

A la ilusión se opone la realidad y viceversa; por eso, este texto no sólo expone el problema, sino que muestra la solución. Ésta se halla en la representación de Sofía; ella había imaginado al esposo como quería que fuera; se había forjado un ideal; había creado un mundo mental sobre las características que él debería y no debería poseer; es decir, su percepción sobre su futuro había sido restrictiva y por tanto diferente a la visión convencional que tenían los personajes femeninos como Sara, que creían que el amor era la culminación de la existencia. La mujer, como Sofía, debía recibir educación, para tener ideas sobre lo que podía esperar y quería alcanzar; para poder imaginar la tristeza de un mundo carente de propósitos; «para poder aspirar a un porvenir más análogo a sus sentimientos y educación» (371).

Ahora, tanto en «Mi madrina» como en «Ilusión y realidad», la memoria juega un papel importante; en cada narración sirve para recrear mundos posibles —uno hacia el pasado y el otro hacia el futuro— que modelan de alguna manera la existencia resultante. En «Mi madrina», la memoria ayuda a regresar a un tiempo primario y simple, que se halla protegido y lejano de los serios problemas sociales de los adultos, en los que las jerarquías, la posición y el género no tienen grandes incidencias en el narrador; lo que permite que vea la vida con la fresca ilusión y el candor de la inocencia. Pero hacen que posteriormente al conocer y comprender cómo funciona la realidad, su vida de adulto esté saturada de desencanto y de tristeza.

Mientras que en «Ilusión y realidad», la memoria fija un ideal y lo hace concreto mediante la constancia y la repetición; cualidades y actos que guían la selección y los hechos futuros del personaje, resultando en la consecución de una existencia fructífera y agradable. Esos mundos rememorados o recreados forman parte de situaciones que reflejan una realidad social, cuya representación se contrasta y se juzga mediante técnicas ekfrásticas, con las que Soledad Acosta buscaba poner el arte al servicio del cambio social.

Ahora, las narraciones del volumen *Novelas y cuadros de la vida sur-americana* fueron publicadas entre 1864 y 1869. Todas ellas tienen como modalidad esencial: representar los males que aquejan a la mujer en la vida diaria y la manera en que las mujeres de diversas clases, representadas en las protagonistas les podían hacer frente. La ideología de la escritora se articula en estas narraciones a través de prácticas discursivas que se implementan por medio de un número de medidas institucionales, tales como la literatura, las ciencias, la religión, etc., que se formulan y funcionan de acuerdo a razones y necesidades diferentes.

La exposición y reformulación de estas asunciones a través de las diferentes narraciones impulsaban un cambio cultural, porque proporcionaban nuevas formas de ver, comprender y ser parte del mundo circundante. A menudo, los discursos que Soledad Acosta empleó, indicaban a las mujeres los problemas sociales que les imposibilitaba ser una parte productiva dentro de la sociedad: la enfermedad, la falta de educación, la liviandad. Del mismo modo, algunos de ellos eran una fuerte crítica a las circunstancias culturales prevalecientes, por lo que ofreció interpretaciones que proporcionaban una alternativa a lo representado.

Soledad Acosta sabía con exactitud la manera en que la narrativa de ficción se había institucionalizado a través de las décadas; también la ideología que trabajaba y que se podía transmitir; además, era consciente de lo que se podía y no se podía decir en este tipo de publicación que estaba destinada a un público general, el cual iba a rechazar o a reforzar las ideas explicitadas al interpretarlas para darles sentido. Dentro de estos parámetros y como miembro de esa sociedad decimonónica, Soledad Acosta empleó la ficción para poner en práctica la función social de la literatura.

Bibliografía

Acosta de Samper, Soledad. *Biografía del general Joaquín Acosta, prócer de la independencia, historiador, geógrafo, hombre científico y filántropo*. Bogotá, Librería Colombiana Camacho Roldán-Tamayo, 1901.

————· *Diario íntimo y otros escritos de Soledad Acosta de Samper.* Edición y notas de Carolina Alzate. Bogotá: Alcaldía Mayor de Bogotá.- Instituto Distrital de Cultura y Turismo, 2004.

————· *Novelas y cuadros de la vida sur-americana*. Gante: Imprenta de Eug. Vanderhaeghen, 1869.

————· «Revista parisiense». *Biblioteca de Señoritas* (Bogotá) II.38 (ene. 8, 1859): 1-5.

————· «Seudónimos». *Papel Periódico Ilustrado* (Bogotá) IV.74 (sept. 1°, 1884): 23. [Los de José María Samper; de Soledad Acosta de Samper; de Bertilda Samper de Acosta]

Anónimo. «Episodios». *Un hidalgo conquistador*. Soledad Acosta de Samper. Bogot: Imprenta de «La Luz», 1907. 3-10.

Basch, Francoise. *Relative Creatures: Victorian Women in Society and the Novel*. London: Allen Lane, 1974.

Bourdieu, Pierre. *A Social Critique of the Judgement of Taste*. 1979. Trans. Richard Nice. 8th Printing. Cambridge, Massachusetts: Harvard University Press, 1996.

Bourdieu, Pierre. *Language and Symbolic Power*. Cambridge, MA: Harvard University Press, 1991.

Brinker, Menachem. «Verisimilitude, Conventions, and Beliefs». *New Literary History* 14 (1983): 253-272.

Brooks, Peter. *Realist Vision*. New Haven & London: Yale University Press, 2005.

Charléty, Sébastien. *Historia del sansimonismo*. Madrid: Alianza Editorial, 1969.

Chevalier, Jean y Alain Gheerbrant. *Diccionario de símbolos*. Barcelona: Editorial Herder, 1986.

Childers, Joseph W. *Novel Possibilities. Fiction and the Formation of Early Victorian Culture*. Philadelphia: University of Pennsylvania Press, 1995.

Cohen, Margaret y Christopher Prendergast (Eds). *Spectacles of Realism. Gender, Body, Genre*. Minneapolis - London: University of Minnesota, 1995.

Crow, Duncan. *The Victorian Woman*. New York: Stein, 1971.

Curtin, Michael. *Propriety and Position: a Study of Victorian Manners*. New York: Garland, 1987.

Davidoff, Leonore. *Best Circles: Women and Society in Victorian England*. Totowa, NJ: Rowman, 1973.

Davidoff, Leonore y Catherine Hall. *Family Fortunes: Men and Women of the English Middle Class, 1780-1850*. Chicago: University of Chivago Press. 1987.

Denegri, Francesca. *El abanico y la cigarrera. La primera generación de muje-res ilustradas en el Perú, 1860-1895*. Lima: IEP (Instituto de Estudios Peruanos) - Flora Tristán, 1995.

Díaz Castro, Eujenio. «Andina». *Biblioteca de Señoritas* (Bogotá) II.67 (jul. 30, 1859): 84.

Finch, Alison. *Women Writing in Nineteenth Century France*. Cambridge: Cambridge University Press, 2000.

Ingham, Patricia. *Invisible Writing and the Victorian Novel. Readings in Language and Ideology*. Manchester and New York: Manchester University Press, 2000.

Lacan, Jacques. *Ecrits: A Selection*. Trad. New York: W. W. Norton, 1977.

Lausberg, Heinrich. *Manual de retórica literaria*. II. Madrid: Editorial Gredos, 1966.

Lloyd, Rosemary. «The nineteenth century: Shaping women». *A History of Women Writing in France*. Sonya Stephens. ed. London: Cambridge University Press, 2000.

Marchese, Angelo y Joaquín Forredellas. *Diccionario de retórica crítica y terminología literaria*. Barcelona: Editorial Ariel, 1994.

Maza, Sarah. «Women's Voices in Literature and Art». *A New History of French Literature*. Dennis Hollier, (ed.). Cambridge, Massachusetts; London: Harvard University Press, 1989. 623-627.

McRobbie, Angela. «Post-Marxism and Cultural Studies: A Post-Cript». *Cultural Studies*. Lawrence Grossberg, Cary Nelson y Paula Treichler, (Eds.). London: Routledge, 1992.

Pérez Ortiz, Rubén. *Seudónimos colombianos*. Bogotá: Instituto Caro y Cuervo, 1961.

Pykett, Lyn. *The 'Improper' Feminine The Women's Sensation Novel and The New Woman Writing*. London: Routledge, 1992.

Poovey, Mary. *Univen Develpments: The Ideological Work of Gender in Mid Victorian England*. Chicago: University of Chicago Press, 1988.

Ryan, Marie-Laure. *Possible Worlds, Artificial Intelligence, and Narrative theory*.Bloomington and Indianapolis: Indiana University Press, 1991.

Rodríguez-Arenas, Flor María. «El realismo de medio siglo en la literatura decimonónica colombiana: José María Samper y Soledad Acosta de Samper». *Estudios de Literatura Colombiana* 14 (ene.-jun., 2004): 55-77.

————. La labor intelectual de Soledad Acosta De Samper en la revista *La Mujer* (1878-1881). *Soledad Acosta de Samper. Textos críticos.* Carolina Alzate y Montserrat Ordóñez (Comp.). Madrid / Frankfurt: Iberoamericana / Vervuert. 2005. 421-448.

————. «La marginación de la narrativa de escritoras decimonónicas colombianas: "El crimen" de Soledad Acosta de Samper (1869).» *Tradición y actualidad de la literatura iberoamericana.* I. Pamela Bacarisse, [Ed]. Actas del XXX Congreso del Instituto Internacional de Literatura Iberoamericana. Pittsburgh: University of Pittsburgh, 1995. 153-159.

————. Soledad Acosta de Samper, pionera de la profesionalización de la escritura femenina colombiana: *Dolores, Teresa la limeña, El corazón de la mujer* (1869)». *¿Y las mujeres? Ensayos sobre literatura colombiana.* Medellín: Universidad de Antioquia, 1991. 133-175.

————. *Soledad Acosta de Samper. Textos críticos.* Carolina Alzate y Montserrat Ordóñez (Comp.). Madrid / Frankfurt: Iberoamericana / Vervuert. 2005. 203-238.

Rogers, Rebecca. *Fron the Salon to the Schoolroom. Education, Bourgeois in Nineteenth-Century France.* University Park, Pennsylvania: The Pensylvania University Press, 2005.

Rothfield, Lawrence. *Vital Signs. Medical Realism in Nineteenth-Century Fiction.* Princeton, New Jersey: Princeton University Press, 1992.

Russet, Cynthia Eagle. *Sexual Science: The Victorian Construction of Womanhood.* Cambridge, MA.: Harvard University Press, 1989.

Samper, José María. *Historia de un alma.* 1881. II. Bogotá: Ministerio de Educación Nacional, 1948.

Samper Trainer, Santiago. «Soledad Acosta de Samper. El eco de un grito». *Las mujeres en la historia de Colombia.* Magdala Velásquez (Ed.). Tomo I. Bogotá: Presidencia de la República y Norma, 1995. 132-155.

Schacter, Daniel. L. *Searching for Memory. The Brain, the Mind, and the Past.* New York: Basic Books, 1996.

Sevilla Casas, Elías. *Los mutilados del oprobio. Estudio sobre la lepra en una región endémica de Colombia*. Bogotá: Tercer Mundo Editores - Colcultura, 1995.

Smith, Mack. *Literary Realism and The Ekfrastic Tradition*. University Park, Pennsylvania: The Pennsylvania State University Press, 1995.

Stone, Lawrence y Jeanne Stone. *An Open Elite? England 1540-1880*. Oxford: Clarendon Press, 1984.

Torres Duque, Óscar. «José María Samper». *Gran Enciclopedia de Colombia*. 5. Santafé de Bogotá: Círculo de Lectores, 1994. 150.

Thompson, Victoria. *The Virtuous Marketplace: Women and Men, Money an Politics in Paris, 1830-1870*. Baltimore: John Hopkins University Press, 2000.

Vallone, Lynne. *Disciplines of Virtue. Girl's Culture in the Eighteenth and Nineteenth Centuries*. New Haven and London: Yale University Press, 1995.

Wood, Lisa. *Modes of Discipline. Women, Conservatism, and the Novel after the French Revolution*. Lewisburg - London: Bucknell University Press - Associated University Presses, 2003.

Anexo I

Flor María Rodríguez-Arenas

BIBLIOGRAFÍAS

BIBLIOGRAFÍA DE LA OBRA DE
SOLEDAD ACOSTA DE SAMPER

NOVELA:

————. «Anales de un paseo: novelas y cuadros de costumbres», [Afectuo-samente dedicados al señor José María Samper, el día de su cumpleaños...]. *El Tradicionista* (Bogotá) I.80 (sept. 7, 1872): 429-430; I.81 (sept. 10, 1872): 433-434; I.82 (sept. 12, 1872): 439-440; I.83 (sept. 14, 1872): 441-442; I.84 (sept. 17, 1872): 446; I.85 (sept. 19, 1872): 449-50; I.86 (sept. 21, 1872): 454; I.87 (sept. 24, 1872): 457-458; I.88 (sept. 26, 1872): 462; I.89 (sept. 28, 1872): 465-466; I.90 (oct. 1°, 1872): 470; I.91 (oct. 3, 1872): 474; I.92 (oct. 5, 1872): 478; I.93 (oct. 8, 1872): 481-482; I.94 (oct. 10, 1872): 485-486; I.95 (oct. 12, 1872): 490; I.97 (oct. 17, 1872): 497-498; I.98 (oct. 19, 1872): 501; I.99 (oct. 22, 1872): 505-506. [Firmado: Aldebarán]

———— *La Mujer. Lecturas para las familias. Revista quincenal, redactada exclusivamente por señoras y señoritas, bajo la dirección de la señora Soledad Acosta de Samper* (Bogotá) II.18 (jun. 20, 1879): 144-146; II.19 (jul. 5, 1879): 168-171; II.20 (jul. 20, 1879): 186-191; II.21 (ag. 5, 1879): 212-218; II.22 (ag. 20, 1879): 237-242; II.23 (sept. 5, 1879): 263-267; II.24 (sept. 20, 1879): 285-291; III.25 (oct. 1°, 1879): 22-26; III.26 (oct. 15, 1879): 49-

52; III.27 (nov. 1°, 1879): 72-75; III.28 (nov. 15, 1879): 96-99; III.29 (dic. 1°, 1879): 117-122; III.30 (dic. 15, 1879): 142-147; III.31 (feb. 1°, 1880): 168-172; III.32 (feb. 15, 1880): 189-195; III.33 (mzo. 1°, 1880): 214-219; III.34 (mzo. 24, 1880): 235-242; III.35 (abr. 15, 1880): 259-267; III.36 (mayo 1°, 1880): 284-286; IV.37 (mayo 15, 1880): 19-26; IV.38 (jun. 1°, 1880): 44-51; IV.39 (jun. 15, 1880): 71-74; IV.40 (jul. 1°, 1880): 96-98; IV.41 (jul. 15, 1880): 119-124; IV.42 (ag. 1°, 1880): 143-148; IV.44 (sept. 1°, 1880): 185-189. [Firmado: S. A. S.]

————. «Aventuras de un español entre los indios de las Antillas». *Lecturas para el Hogar* (Bogotá) I.4 (jun. 1°, 1905): 195-212; I.5 (jul. 1°, 1905): 274-292; I.6 (ag. 1°, 1905): 349-368; (2° semestre) 7 (sept. 1°, 1905): 48-58; 8 (oct. 1°, 1905): 95-109; 9 (nov. 1°, 1905): 143-152; 10 (dic. 1°, 1905): 230-236; 11 (feb. 1°, 1906): 305-313; 12 (mzo. 1°, 1906): 325-337.

————. «Constancia». *El Bien Público* (Bogotá) I.76 (abr. 26, 1871): 302-303; I.77 (abr. 28, 1871): 306-307; I.78 (mayo 2, 1871): 310-311; I.79 (mayo 5, 1871): 314-315; I.80 (mayo 9, 1871): 318-319; I.81 (mayo 12, 1871): 322-323; I.82 (mayo 16, 1871): 326-327; I.83 (mayo 19, 1871): 330-331; I.84 (mayo 23, 1871): 334-335; I.85 (mayo 26, 1871): 338-339; I.86 (mayo 30, 1871): 342-343; I.87 (jun. 2, 1871): 346-347; I.88 (jun. 6, 1871): 350-351; I.89 (jun. 9, 1871): 354-355; I.90 (jun. 13, 1871): 358-359.

————. «Cuadros y relaciones novelescas de la historia de América. Dedicados al bello sexo colombiano: Introducción». *La Mujer. Lecturas para las familias. Revista quincenal, redactada exclusivamente por señoras y señoritas, bajo la dirección de la señora Soledad Acosta de Samper* (Bogotá) I.1 (sept. 1°, 1878): 5. Sebastián Cabot. Primer descubridor de tierra firme. Primera parte. En Inglaterra. 6-12. Segunda parte. En América. I.2 (sept. 18, 1878): 28-32; Los primeros mártires. I.3 (oct. 3, 1878): 54-61; Conclusión. I.4 (oct. 17, 1878): 79-82; El fuerte desamparado. I.5 (nov. 5, 1878): 100-107; I.6 (nov. 25, 1878): 128-131; I.7 (dic. 15, 1878): 149-152; El cacique Chucuramay. I.8 (ene. 5, 1879): 172-176. [Firmado: S. A. de S.]

————. «Dolores. Cuadros de la vida de una mujer». *El Mensajero* (Bogotá)

I.59 (ene. 8, 1867): 234-235; I.60 (ene. 9, 1867): 238-239; I.61
(ene. 10, 1867): 242-243; I.62 (ene. 11, 1867): 246-247; I.63
(ene. 12, 1867): 250-251; I.64 (ene. 13, 1867): 254-255; I.65
(ene. 15, 1867): 258-259; I.66 (ene. 16, 1867): 262-263; I.67
(ene. 17, 1867): 266-267; I.68 (ene. 18, 1867): 270-271; I.69
(ene. 19, 1867): 274-275; I.70 (ene. 20, 1867): 278-279.
[Firmado: Aldebarán] [Trad. al inglés con el título: The
Story of a Leper]

—— *Novelas y cuadros de la vida sur-americana*. Gante: Imprenta de Eug. Vanderhaeghen, 1869. 1-72.

—— *Una nueva lectura*. Soledad Acosta de Samper.
Bogotá: Fondo Cultural Cafetero, 1988. 25-85.

———. «Doña Jerónima. Novela de costumbres neo-granadinas». *La Mujer.*
*Lecturas para las familias. Revista quincenal, redactada exclu-
sivamente por señoras y señoritas, bajo la dirección de la señora
Soledad Acosta de Samper* (Bogotá) I.2 (sept. 18, 1878): 42-45;
Capítulo segundo. Quiénes eran los viajeros. I.3 (oct. 3, 1878):
67-70; Capítulo tercero. Eduardo Montenegro. I.4 (oct. 17,
1878): 90-94; Juliana. I.5 (nov. 5, 1878): 109-113; Las ilusiones
de doña Jerónim». I.6 (nov. 25, 1878): 136-139; La cita. I.7
(dic. 15, 1878): 160-163; Dios no castiga con la muerte, sino
que premia con ella a los que más ama. I.8 (ene. 5, 1879): 181-
187. [Firmado: Olga].

———. «El Almirante Corsario Francisco Drake». *Los piratas en Cartagena*.
Bogotá: Imprenta de «La Luz», 1886. 19-64.

———. «El corazón de la mujer». *Novelas y cuadros de la vida sur-americana*.
Gante: Imprenta de Eug. Vanderhaeghen, 1869. 235-348.

—— *El corazón de la mujer (Ensayo psicológico)*. Curazao,
Imprenta de la Librería de A. Bethencourt e hijos,
1887. 124p.

———. *El descubridor y el fundador*. Bogotá: Instituto Colombiano de
Cultura, 1971. 103p. [Jiménez de Quesada, Cristóbal Colón]

———· «Elisa o Los corazones solitarios (novela psicológica) por Aldebarán». 1876. (Inédito)

————. «El Obispo Piedrahita y el Filibustero Morgan». *Los piratas en Cartagena*. Bogotá: Imprenta de «La Luz», 1886. 151-168.

————. «El talismán de Enrique. Primera parte. Doña Cecilia la heredera». *La Mujer. Lecturas para las familias. Revista quincenal, redactada exclusivamente por señoras y señoritas, bajo la dirección de la señora Soledad Acosta de Samper* (Bogotá) I.11 (feb. 21, 1879): 253-257; I.11 (feb. 21, 1879): 279-282; II.13 (abr. 5, 1879): 23-25; II.14 (abr. 20, 1879): 42-45; II.15 (mayo 5, 1879): 75-76; Carmen la huérfana de Cádiz». II.16 (mayo 20, 1879): 95-99; II.17 (jun. 5, 1879): 117-122. [Firmado: Aldebarán]

————. *Episodios novelescos de la historia patria*. La insurrección de los comuneros. Bogotá: Imprenta de «La Luz», 1887. [s.p].

————. «Francisco Martín» (episodio de la época de la Conquista [Fragmento de una obra inédita titulada «Los conquistadores». Relaciones históricas y novelescas del Siglo XVI]). *El Pasatiempo* (Bogotá) trim. 2.22 (feb. 22, 1878): 173-174; 2.23 (mzo. 6, 1878): 182-183; 2.24 (mzo. 13, 1878): 190-191. [Firmado: Aldebarán]

————. «Gil Bayle; España en 1390; leyenda histórica». *La Ley* (Bogotá). 26-30 (jul., 1876). [Primera novela de la serie: «Los españoles en España»]

———— *El Domingo* (Bogotá) 1.2 (oct. 9, 1878): 59-64; 1.3 (oct. 16. 1878): 77-84; 1.4 (oct. 23, 1878): 113-126; 1.5 (oct. 30, 1878): 142-150; 1.6 (nov. 6, 1878): 161-168; 1.7 (nov. 13, 1878): 216-224; 1.8 (nov. 20, 1878): 261-266; 1.10 (dic. 4, 1878): 304-312.

———— *Hidalgos de Zamora*. Bogotá: Imprenta de «La Luz», 1898. 7-75.

————. «Historia de dos familias; novela de costumbres nacionales». *La Mujer. Lecturas para las familias. Revista quincenal, redactada exclusivamente por señoras y señoritas, bajo la dirección de la señora Soledad Acosta de Samper* (Bogotá) IV.41 (jul. 15, 1880): 115-119; IV.42 (ag. 1°, 1880): 141-143; IV.43 (ag. 15, 1880): 165-169; IV.44 (sept. 1°, 1880): 192-195; IV.45 (sept. 15, 1880): 212-218; IV.46 (oct. 1°, 1880): 237-242; IV.47 (oct. 15, 1880): 261-266; IV.48 (nov. 1°, 1880): 277-289. [Firmado: Olga]

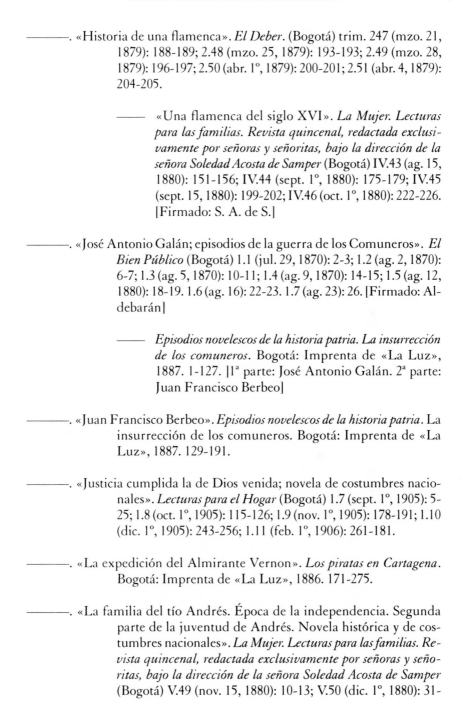

————. «Historia de una flamenca». *El Deber.* (Bogotá) trim. 247 (mzo. 21, 1879): 188-189; 2.48 (mzo. 25, 1879): 193-193; 2.49 (mzo. 28, 1879): 196-197; 2.50 (abr. 1°, 1879): 200-201; 2.51 (abr. 4, 1879): 204-205.

———— «Una flamenca del siglo XVI». *La Mujer. Lecturas para las familias. Revista quincenal, redactada exclusivamente por señoras y señoritas, bajo la dirección de la señora Soledad Acosta de Samper* (Bogotá) IV.43 (ag. 15, 1880): 151-156; IV.44 (sept. 1°, 1880): 175-179; IV.45 (sept. 15, 1880): 199-202; IV.46 (oct. 1°, 1880): 222-226. [Firmado: S. A. de S.]

————. «José Antonio Galán; episodios de la guerra de los Comuneros». *El Bien Público* (Bogotá) 1.1 (jul. 29, 1870): 2-3; 1.2 (ag. 2, 1870): 6-7; 1.3 (ag. 5, 1870): 10-11; 1.4 (ag. 9, 1870): 14-15; 1.5 (ag. 12, 1880): 18-19. 1.6 (ag. 16): 22-23. 1.7 (ag. 23): 26. [Firmado: Aldebarán]

———— *Episodios novelescos de la historia patria. La insurrección de los comuneros.* Bogotá: Imprenta de «La Luz», 1887. 1-127.]1ª parte: José Antonio Galán. 2ª parte: Juan Francisco Berbeo]

————. «Juan Francisco Berbeo». *Episodios novelescos de la historia patria.* La insurrección de los comuneros. Bogotá: Imprenta de «La Luz», 1887. 129-191.

————. «Justicia cumplida la de Dios venida; novela de costumbres nacionales». *Lecturas para el Hogar* (Bogotá) 1.7 (sept. 1°, 1905): 5-25; 1.8 (oct. 1°, 1905): 115-126; 1.9 (nov. 1°, 1905): 178-191; 1.10 (dic. 1°, 1905): 243-256; 1.11 (feb. 1°, 1906): 261-181.

————. «La expedición del Almirante Vernon». *Los piratas en Cartagena.* Bogotá: Imprenta de «La Luz», 1886. 171-275.

————. «La familia del tío Andrés. Época de la independencia. Segunda parte de la juventud de Andrés. Novela histórica y de costumbres nacionales». *La Mujer. Lecturas para las familias. Revista quincenal, redactada exclusivamente por señoras y señoritas, bajo la dirección de la señora Soledad Acosta de Samper* (Bogotá) V.49 (nov. 15, 1880): 10-13; V.50 (dic. 1°, 1880): 31-

37; V.51 (dic. 15, 1880): 56-59; V.52 (ene. 15, 1881): 80-86; V.53
(feb. 1°, 1881): 103-108; V.54 (feb. 15, 1881): 126-134; V.55
(mzo. 1°, 1881): 152-159; V.56 (mzo. 15, 1881): 176-182; V.57
(abr. 1°, 1881): 200-208; V.58 (abr. 15, 1881): 225-230; V.59-60
(mayo 15, 1881): 250-262.

————. «La india de Juan Fernández; (Cuadro histórico-novelesco) 1570».
*La Mujer. Lecturas para las familias. Revista quincenal, re-
dactada exclusivamente por señoras y señoritas, bajo la dirección
de la señora Soledad Acosta de Samper* (Bogotá) IV.47 (oct. 15,
1880): 248-252; IV.48 (nov. 1°, 1880): 271-275.

———— Trad. al francés: «Le esclave de Juan Fernández;
(épisode du temps de la découverte de l'Amérique)».
L'Echo Littéraire de France; organe des intérêts des
femmes de lettres et des femmes artistes (Paris) X.390
(nov. 15, 1891):531-534. X.391 (dic. 1°, 1891):552-555.
X.392 (dic.15, 1991): 567-579.

————. «La juventud de Andrés; novela histórica y de costumbres nacionales; (fin del siglo XVIII)». *La Mujer. Lecturas para las familias. Revista quincenal, redactada exclusivamente por señoras
y señoritas, bajo la dirección de la señora Soledad Acosta de
Samper* (Bogotá) III.29 (dic. 1°, 1879): 112-114; III.30 (dic. 15,
1879): 127-133; III.31 (feb. 1°, 1880): 151-156; III.32 (feb. 15,
1880): 176-181; III.33 (mzo. 1°, 1880): 199-205; III.34 (mzo.
24, 1880): 224-228; III.35 (abr. 15, 1880): 248-252; III.36 (mayo
1°, 1880): 273-276; IV.37 (mayo 15, 1880): 7-12; IV.38 (jun. 1°,
1880): 32-35; IV.39 (jun. 15, 1880): 56-62; IV.40 (jul. 1°, 1880):
79-85; IV.41 (jul. 15, 1880): 103-111; IV.42 (ag. 1°, 1880): 127-
137. [Firmado: S. A. de S.]

————. «La venganza de un piloto». *Los piratas en Cartagena*. Bogotá: Imprenta de «La Luz», 1886. 3-16.

————. «Las dos reinas de Chipre (siglo XV). Cuadros de la historia chi-
priota. La historia de Chipre a grandes rasgos». S. A. de S.
[Soledad Acosta de Samper]. *La Mujer. Lecturas para las familias. Revista quincenal, redactada exclusivamente por señoras
y señoritas, bajo la dirección de la señora Soledad Acosta de
Samper* (Bogotá) I.5 (nov. 5, 1878): 118-120; Una escena en el
palacio del Dux. I.6 (nov. 25, 1878): 141-143; La venganza ve-

neciana. I.7 (dic. 15, 1878): 163-165; Janus. I.8 (ene. 5, 1879): 187-190; Catalina Cornaro. I.9 (ene. 22, 1879): 207-210; Doloroso sacrificio. I.10 (feb. 5, 1879): 235-237; Catalina en Chipre. I.11 (feb. 21, 1879): 260-262; I.11 (feb. 21, 1879): 282-283 [Falta]. El desenlace. II.13 (abr. 5, 1879): 25-27.

—————. «Laura; novela psicológica». *El Bien Público* (Bogotá): 1.34 (nov. 25, 1870): 134-135; 1.35 (nov. 29, 1870): 138-139; 1.36 (dic. 2, 1870): 142-143; 1.37 (dic. 6): 146-147; 1.38 (dic. 9, 1870): 150-151; 1.40 (dic. 16, 1870): 158-159. [Firmado: Aldebarán]

—————. «Los descubridores. Cuadros históricos y novelescos - Siglo XV. Alonso de Ojeda». S. A. de S. [Soledad Acosta de Samper]. *La Mujer. Lecturas para las familias. Revista quincenal, redactada exclusivamente por señoras y señoritas, bajo la dirección de la señora Soledad Acosta de Samper* (Bogotá) I.9 (ene. 22, 1879): 196-200; I.11 (feb. 21, 1879): 243-249; I.12 (mzo. 15, 1879): 269-273; II.13 (abr. 5, 1879): 10-15; II.14 (abr. 20, 1879): 32-38; II.15 (mayo 5, 1879): 56-60; II.16 (mayo 20, 1879): 80-86; II.17 (jun. 5, 1879): 103-110; II.18 (jun. 20, 1879): 127-134; II.19 (jul. 5, 1879): 153-158; II.20 (jul. 20, 1879): 176-182; II.21 (ag. 5, 1879): 199-204; II.22 (ag. 20, 1879): 223-231; II.23 (sept. 5, 1879): 247-254; II.24 (sept. 20, 1879): 271-278; III.25 (oct. 1°, 1879): 8-15; III.26 (oct. 15, 1879): 31-38; III.27 (nov. 1°, 1879): 56-64; III.28 (nov. 15, 1879): 80-88; III.29 (dic. 1°, 1879): 104-108.

—————. *Los españoles en América, episodios histórico-novelescos. Un hidalgo conquistador*. Bogotá: Imprenta de «La Luz», 1907. 298p.

—————. «Los filibusteros y Sancho Jimeno». *Los piratas en Cartagena*. Bogotá: Imprenta de «La Luz», 1886. 67-147.

—————. «Los hidalgos de Zamora. Novela histórica y de costumbres del siglo XVI». *El Deber* (Bogotá) trim 1.1 (oct. 1°, 1878): 2-3; 1.2 (oct. 4, 1878): 6-7; 1.3 (oct. 8, 1878): 10-11; 1.4 (oct. 11, 1878): 14-15; 1.5 (oct. 15, 1878): 18-19; 1.6 (oct. 18, 1878): 22-23; 1.7 (oct. 22, 1878): 26-27; 1.8 (oct. 25, 1878): 30-31; 1.10 (nov. 1°, 1878): 38-39; 1.11 (nov. 5, 1878): 42-43; 1.12 (nov. 8, 1878): 46-47; 1.13 (nov. 12, 1878): 50-51; 1.14 (nov.19, 1878): 54-55; 1.15 (nov. 22, 1878): 58-59; 1.16 (nov. 26, 1878): 62-63; 1.17 (dic. 3, 1878): 66-69; 1.18 (dic. 6, 1878): 72-73; 1.19 (dic. 10, 1878): 76-77; 1.20

(dic. 13, 1878): 80-81; 1.21 (dic. 17, 1878): 84-85; 1.22 (dic. 20, 1878): 88-89; 1.23 (dic. 24, 1878): 92-93.

—— *Gil Bayle - Hidalgos de Zamora*. Bogotá: Imprenta de «La Luz», 1898. 77-237.

—— «Novela histórica; costumbres en España en el Siglo XVI». *El Domingo* (Bogotá) 2.15 (abr. 16, 1899): 97-112; 2.16 (abr. 30, 1899): 161-171; 2.17 (mayo 14, 1899): 193-210; 2.18 (mayo 28, 1899): 270-285; 2.19 (jun. 11, 1899): 297-316; 2.20 (jun. 25, 1899): 375-384; 2.21 (jul. 9, 1899): 394-414; 2.22-23 (jul. 30, 1899): 485-523; 2.24 (sept. 10, 1899): 529-548.

——. *Los piratas en Cartagena*; crónicas histórico-novelescas; carta al Sr. Dr. Don Rafael Núñez; contestación del Sr. Presidente de Colombia; introducción; la venganza de un piloto; el Almirante Corsario Francisco Drake; los Filibusteros y Sancho Jimeno; el Obispo Piedrahita y el Filibustero Morgan; La expedición del Almirante Vernon. Bogotá: Imprenta de «La Luz», 1886. 275p.

—— Bogotá: Ministerio de Educación de Colombia, 1946. 230p.

—— *Boletín Cultural y Bibliográfico* (Bogotá) 7.6 (1964): 1070-1096. 7.7 (1964): 1201-1234. 7.8 (1964): 1442-1449. 7.9 (1964): 1672-1684. 7.10 (1964): 1858-1878. 7.11 (1964): 2066-2076.

—— Medellín: Editorial Bedout, 1969. 261p.

—— Medellín: Editorial Bedout, 1972. 218p.

——. *Novelas y cuadros de la vida sur-americana*. Gante: Imprenta de Eug. Vanderhaeghen, 1869. 469p.

—— Edición y notas, Montserrat Ordóñez. Bogotá: Editorial Pontificia Universidad Javeriana - Uniandes, 2004. 458p.

——. [«Quien busca halla; novela de costumbres nacionales»]. Periódico bogotano de 1903. [Fecha de terminación: 20 de julio de 1899]

————. «Relaciones y cuadros novelescos: Los conquistadores; Hernán Cortés». *La Familia*; *Lecturas para el Hogar* (Bogotá) 1.1 (mayo, 1884): 12-33.

————. «Teresa la limeña; páginas de la vida de una peruana». *La Prensa* (Bogotá) 166-183 (mzo. 31-mayo 29, 1868). [Firmado: Aldebarán]

———— *Novelas y cuadros de la vida sur-americana*. Gante: Imprenta de Eug. Vanderhaeghen, 1869. 73-233.

————. «Un chistoso de aldea. Cuadros de costumbres populares». *Lecturas para el Hogar* (Bogotá) 1.1 (mzo. 1°, 1905): 1-35; 1.2 (abr. 1°, 1905): 87-114; 1.3 (mayo 1°, 1905): 151-178; 1.4 (jun. 1°, 1905): 213-241.

———— *Una nueva lectura*. Soledad Acosta de Samper. Bogotá: Fondo Cultural Cafetero, 1988. 223-351.

————. *Un hidalgo conquistador*. Bogotá: Imprenta de «La Luz», 1907. 298p. [Publicada antes con el título de «Los descubridores»]

————. «Una familia patriota; cuadros de la época de la Independencia de 1812 a 1821»; continuación de «La familia de tío Andrés»; novela histórica y de costumbres nacionales. *La Familia*; *Lecturas para el Hogar*. (Bogotá) 1.2 (jun., 1884): 101-116; 1.3 (jul., 1884): 170-187; 1.4 (ag., 1884): 213-226; 1.5 (sept., 1884): 279-294; 1.6 (oct., 1884): 358-380; 1.7 (nov., 1884): 393-407; 1.8 (dic., 1884): 491-508; 2.9 (ene., 1884): 526-541; 2.10-12 (nov., 1884): 633-690.

————. «Una holandesa en América; novela psicológica y de costumbres». *La Ley* (Bogotá) 2-27 (mzo.-jul. 1876): [s.p].

———— Curazao: A. Bethencourt e Hijos, Editores, 1888. 309p.

————. «Una novela modelo». *La Luz* (Bogotá) (oct., 1881): [s.p].

Relato:

————. «Abnegación». *El Hogar. Periódico literario dedicado al bello sexo* (Bogotá) II (1869): [s.p].

————. «Amor de madre, que todo lo demás es aire». *Revista Nacional* (Bogotá) (1897): [s.p].

————. *Amor de madre. Mas vale muerto que culpable.* Bogotá: Imprenta de Vapor, 1902. 64p.

————. «Bartolomé Sánchez. Cuadro de la época colonial». (Bogotá): [s.edit], (1885): [s.p].

————. «Consecuencias de una contradanza». *El Domingo de la Familia Cristiana* (Bogotá) 1 (1898): [s.p].

————. «El cacique Chucuramay». *La Mujer. Lecturas para las familias. Revista quincenal, redactada exclusivamente por señoras y señoritas, bajo la dirección de la señora Soledad Acosta de Samper* (Bogotá) I.8 (ene. 5, 1879): 172-176.

————. «El diamante de los Estuardos». *El Domingo de la Familia Cristiana* (Bogotá) 1 (1898): [s.p].

————. «El esposo de Carlota». *La Familia; Lecturas para el hogar.* (Bogotá) 1884): [s.p].

————. «El fuerte desamparado». *La Mujer. Lecturas para las familias. Revista quincenal, redactada exclusivamente por señoras y señoritas, bajo la dirección de la señora Soledad Acosta de Samper* (Bogotá) «El fuerte desamparado». I.5 (nov. 5, 1878): 100-107; I.6 (nov. 25, 1878): 128-131; I.7 (dic. 15, 1878): 149-152.

————. «El guante de Conradino». *El Domingo de la Familia Cristiana* (Bogotá) 1 (1898): [s.p].

————. «El nacimiento de Cristóbal Colón. Cuadro histórico fantástico». *El Domingo de la Familia Cristiana* (Bogotá) 1 (1898): [s.p].

————. «Federico. Recuerdo de la infancia». *El Bien Público* (Bogotá) 9 (ag., 1870): [s.p].

————. «Francisco Martín. Episodio de la época de la conquista». *El Pasatiempo* (Bogotá) 1 (1878): [s.p].

————. «Historia del primer asno de la conquista» [Fragmento de una obra titulada «Cuentos y relaciones novelescas de la historia de América»]. *El Pasatiempo* (Bogotá) trim. 3.31 (mayo 2, 1878): 244-245; 3.32 (mayo 9, 1878): 255. [Firmado: Aldebarán] [Los editores del periódico califican el texto como novela]

————. «Ilusión y realidad». *El Iris* II (1866): [s.p].

———— *Novelas y cuadros de la vida sur-americana*. Gante: Imprenta de Eug. Vanderhaeghen, 1869. 363-378.

———— *La Guirnalda literaria*. Guayaquil: [s.edit], 1980. [s.p].

————. «La cruz de la vida. Fantasía». *El Pasatiempo* (Bogotá) 1 (1877): [s.p].

———— *La Mujer. Lecturas para las familias. Revista quincenal, redactada exclusivamente por señoras y señoritas, bajo la dirección de la señora Soledad Acosta de Samper* (Bogotá) III.36 (mayo 1°, 1880): 287-288. [Firmado: S. A. S.]

———— (Fragmento) *Colombia Ilustrada* (Bogotá) (1889): [s.p].

———— *Lecturas para el Hogar* (Bogotá) (1905): [s.p].

————. «La esposa del contador Urbina». *La Luz* (Bogotá) 93 (ene. 1882): [s.p].

————. «La juventud del día». *El Hogar. Periódico literario dedicado al bello sexo* (Bogotá) II (1869): [s.p].

———— *El Bien Público* (Bogotá) 14 (1870): [s.p].

————. «La monja». *El Mosaico* (Bogotá) III.24 (jun. 25, 1864): 188-191. [Firmado: Andina]

——— *Novelas y cuadros de la vida sur-americana*. Gante: Imprenta de Eug. Vanderhaeghen, 1869. 399-410.

——— *Una nueva lectura*. Soledad Acosta de Samper. Bogotá: Fondo Cultural Cafetero, 1988. 89-96.

———. *La nariz de Melchor Vásquez. Crónica del siglo XVI*. [s.l]: [s.edit], 1885. [s.p].

———. «La perla del valle». *El Mosaico* (Bogotá) III.9 (mzo. 12, 1864): 68-71. [Firmado: Andina]

——— *El Céfiro* (Panamá) (1866): [s.p].

——— *Novelas y cuadros de la vida sur-americana*. Gante: Imprenta de Eug. Vanderhaeghen, 1869. 349-362.

———. «La vida de dos mujeres. Cuadro íntimo». *La Tarde* (Bogotá) 10-13 (1874): [s.p].

———. «La violeta (novela)». *El Hogar. Periódico literario dedicado al bello sexo* (Bogotá) II.90 (oct. 30, 1869): 329-332. [Firmado: Aldebarán]

———. «Los primeros mártires». *La Mujer. Lecturas para las familias. Revista quincenal, redactada exclusivamente por señoras y señoritas, bajo la dirección de la señora Soledad Acosta de Samper* (Bogotá) 1 (1878): [s.p].

———. «Luz y sombra. Cuadros de la vida de una coqueta». *El Iris* (Bogotá) I (1866): [s.p].

——— *Novelas y cuadros de la vida sur-americana*. Gante: Imprenta de Eug. Vanderhaeghen, 1869. 379-398.

——— *Varias cuentistas colombianas*. Bogotá: Editorial Minerva, S. A., 1936. 81-102.

——— «La coqueta». *Sesenta plumas escriben para Ud*. Roberto Arrázola. Buenos Aires: Ed. Colombia, 1944. 272-280.

——— *Cuadros de costumbres*. Eugenio Díaz, [et. al]. Cali: Carvajal, 1969. [s.p].

——— *El cuento colombiano*: Generaciones 1820-1840. Eduardo Pachón Padilla. [Ed]. Bogotá: Plaza & Janés, 1980. 55-69.

——— *Literatura costumbrista de Cundinamarca: antología*. José A. Galvis Serrano. Bogotá: Colombia: Gobernación de Cundinamarca: Fondo Mixto para la Promoción de la Cultura y las Artes de Cundinamarca - Instituto Departamental de Cultura, 2000. [s.p].

———. «Más vale muerto que culpable». *El Domingo de la Familia Cristiana* (Bogotá) 1 (1898): [s.p].

———. «Mercedes». *El Hogar. Periódico dedicado al bello sexo* (Bogotá) I.41 (nov. 2, 1868): 321-328. [Firmado: Aldebarán]

——— *Novelas y cuadros de la vida sur-americana*. Gante: Imprenta de Eug. Vanderhaeghen, 1869. 274-301.

———. «Mi madrina (Recuerdo de Santafé)». *El Hogar. Periódico dedicado al bello sexo* (Bogotá) I.4 (feb. 15, 1868): 27-30. [Firmado: Aldebarán]

——— *El Álbum de los Pobres* (Bogotá) (1869): [s.p].

——— *Novelas y cuadros de la vida sur-americana*. Gante: Imprenta de Eug. Vanderhaeghen, 1869. 411-422.

——— *Lirios y azucenas*. Nepomuceno J. Navarro. Socorro: [s.edit], 1871. [s.p].

——— *Una nueva lectura*. Soledad Acosta de Samper. Bogotá: Fondo Cultural Cafetero, 1988. 97-105.

———. «Mis sobrinos y yo». *El Bien Público* (Bogotá) 12-23 (1870): [s.p].

——— *La Mujer. Lecturas para las familias. Revista quincenal, redactada exclusivamente por señoras y señoritas, bajo la dirección de la señora Soledad Acosta de Samper* (Bogotá) II.14 (abr. 20, 1879): 47-50; II.15 (mayo 5, 1879): 70-74; II.16 (mayo 20, 1879): 91-93; «Mis sobrinos en la iglesia». II.19 (jul. 5, 1879): 165-168. [Firmado: Renato]

———— «Don Renato y sus sobrinos» [refundición y ampliación]. *Lecturas para el Hogar* (Bogotá) 2 (1905-1906): [s.p].

————. «Percances de un té». *Lecturas para el Hogar*. (Bogotá) 1 (1905): [s.p].

————. «Sebastián Cabot». *La Mujer. Lecturas para las familias. Revista quincenal, redactada exclusivamente por señoras y señoritas, bajo la dirección de la señora Soledad Acosta de Samper* (Bogotá) 1 (1878): [s.p].

————. «¿Se podrá engañar al diablo? Leyenda fantástica». *La Mujer. Lecturas para las familias. Revista quincenal, redactada exclusivamente por señoras y señoritas, bajo la dirección de la señora Soledad Acosta de Samper* (Bogotá) II.18 (jun. 20, 1879): 138-144.

————. *Tipos populares: La señora de tienda*. [s.l]: [s.edit], 1883. [s.p].

————. «Traición y castigo. Leyenda histórica». *Revista Literaria* (Bogotá) (jul., 1890): 149-157.

———— *Biblioteca Histórica* (Bogotá) 2 [s.f]: 42.

————. «Tristeza». *El Iris* (Bogotá) 4 (1867): [s.p].

————. «Un capricho inexplicable». *La Nación* (Bogotá) (1885): [s.p].

————. «Un corazón de madre». *El Hogar. Periódico literario dedicado al bello sexo* (Bogotá) II.66 (mayo 8, 1869): 139-141. [Firmado: Aldebarán]

————. «Un crimen». *El Hogar. Periódico literario dedicado al bello sexo* (Bogotá) II.72 (jun. 19, 1869): 187-190. [Firmado: Aldebarán]

———— *Novelas y cuadros de la vida sur-americana*. Gante: Imprenta de Eug. Vanderhaeghen, 1869. 423-438.

———— *Una nueva lectura*. Soledad Acosta de Samper. Bogotá: Fondo Cultural Cafetero, 1988. 107-124.

———— *Ellas cuentan: una antología de relatos de escritoras colombianas, de la colonia a nuestros días*. Luz Mary Giraldo B. Santafé de Bogotá : Seix Barral, 1998. [s.p].

————. «Un día bien empleado». *La Mujer. Lecturas para las familias. Revista quincenal, redactada exclusivamente por señoras y señoritas, bajo la dirección de la señora Soledad Acosta de Samper* (Bogotá) I.12 (mzo. 15, 1879): 276-278. [Firmado: S. A. de S.]

————. «Una catástrofe. Cuento nacional». *La Unión Colombiana* (Bogotá) 1-9 (1875): [s.p].

——— 2ª ed. *La Mujer. Lecturas para las familias. Revista quincenal, redactada exclusivamente por señoras y señoritas, bajo la dirección de la señora Soledad Acosta de Samper* (Bogotá) V.59-60 (mayo 15, 1881): 271-285. [Firmado: S. A. de S.]

————. «Una hora en mi ventana». *El Hogar. Periódico dedicado al bello sexo* (Bogotá) I.30 (ag. 22, 1868): 235-237. [Firmado: Renato].

——— *El Bien Público* (Bogotá) 40 (1870): [s.p].

——— *La Mujer. Lecturas para las familias. Revista quincenal, redactada exclusivamente por señoras y señoritas, bajo la dirección de la señora Soledad Acosta de Samper* (Bogotá) II.20 (jul. 20, 1879): 191-194. [Firmado: Renato]

————. «Una mujer modelo». *La Luz* (Bogotá) 4.70 (oct. 21, 1881): 2-4.

——— *El Domingo de la Familia Cristiana* (Bogotá) 1.43 (ene. 12, 1890): 265-270. [Fragmento de una novela de costumbres]

————. «Una pesadilla». *La Caridad* (Bogotá) VIII (1872): [s.p].

————. «Una pesadilla [sobre las mujeres bogotanas]». *La Mujer. Lecturas para las familias. Revista quincenal, redactada exclusivamente por señoras y señoritas, bajo la dirección de la señora Soledad Acosta de Samper* (Bogotá) I.9 (ene. 22, 1879): 210-214. [Firmado: Aldebarán]

————. «Una venganza. Cuadros y costumbres populares». *El Bien Público* (Bogotá) 30-34 (1870): [s.p].

TEATRO:

————. «Diálogo». *La Mujer. Lecturas para las familias. Revista quincenal, redactada exclusivamente por señoras y señoritas, bajo la dirección de la señora Soledad Acosta de Samper* (Bogotá) V.49 (nov. 15, 1880): 8-9.

————. «El viajero. Comedia de costumbres nacionales (dos actos)». *La Mujer. Lecturas para las familias. Revista quincenal, redactada exclusivamente por señoras y señoritas, bajo la dirección de la señora Soledad Acosta de Samper* (Bogotá) 4 (1980): [s.p].

———— Teatro colombiano del siglo XIX. Carlos Reyes Posada (Coomp.). Bogotá: Biblioteca Nacional de Colombia, 1991. 349-388.

————. «Las desdichas de Aurora. Comedia de costumbres (cuatro actos)». *La Mujer. Lecturas para las familias. Revista quincenal, redactada exclusivamente por señoras y señoritas, bajo la dirección de la señora Soledad Acosta de Samper* (Bogotá) V.49 (nov. 15, 1880): 20-26; V.50 (dic. 1°, 1880): 48-50; V.51 (dic. 15, 1880): 70-74; V.52 (ene. 15, 1881): 93-99.

————. «Las víctimas de la guerra (drama en cinco actos)». *La Familia* (Bogotá) (dic., 1884): [s.p].

————. «Los niños desamparados». *La Mujer. Lecturas para las familias. Revista quincenal, redactada exclusivamente por señoras y señoritas, bajo la dirección de la señora Soledad Acosta de Samper* (Bogotá) I.9 (ene. 22, 1879): 200-203. [Firmado: S. A. de S.]

Otros:

—————. *20 de julio de 1810*. Bogotá: Imprenta Moderna, 1909. 2 vols.

—————. [Comp]. «Aforismos de la hermana Rosalía». *La Mujer. Lecturas para las familias. Revista quincenal, redactada exclusivamente por señoras y señoritas, bajo la dirección de la señora Soledad Acosta de Samper* (Bogotá) I.6 (nov. 25, 1878): 127.

—————. [Comp]. «Aforismos de Madama Marcey». *La Mujer. Lecturas para las familias. Revista quincenal, redactada exclusivamente por señoras y señoritas, bajo la dirección de la señora Soledad Acosta de Samper* (Bogotá) I.12 (mzo. 15, 1879): 268.

—————. [Trad]. «Algunas palabras acerca de Juan de la Cosa, piloto de Cristóbal Colón, así como de célebre mapa-mundi». (M. de la Roquette). *La Mujer. Lecturas para las familias. Revista quincenal, redactada exclusivamente por señoras y señoritas, bajo la dirección de la señora Soledad Acosta de Samper* (Bogotá) III.29 (dic. 1°, 1879): 105-108.

—————. «Algunos consejos a las señoritas: La urbanidad en general. Urbanidad en el templo. Tolerancia en materias religiosas. Urbanidad en el interior de la familia. La conducta en las visitas. Urbanidad en los bailes. Correspondencia epistolar. Luto y desgracias». *La Mujer. Lecturas para las familias. Revista quincenal, redactada exclusivamente por señoras y señoritas, bajo la dirección de la señora Soledad Acosta de Samper* (Bogotá) IV.39 (jun. 15, 1880): 74-75; IV.40 (jul. 1°, 1880): 86-88; IV.42 (ag. 1°, 1880): 137-138; IV.44 (sept. 1°, 1880): 183-185; IV.45 (sept. 15, 1880): 208-210; IV.46 (oct. 1°, 1880): 227-228; IV.47 (oct. 15, 1880): 152-153; IV.48 (nov. 1°, 1880): 275-277. [Firmado: S. A. de S.]

————— 2ª ed. «Consejos a las señoritas». *Consejos a las mujeres*. París: Casa Editorial Garnier Hermanos, 1896. 1-48.

—————. «A los lectores». *La Mujer. Lecturas para las familias. Revista quin-*

cenal, redactada exclusivamente por señoras y señoritas, bajo la dirección de la señora Soledad Acosta de Samper (Bogotá) V.59-60 (mayo 15, 1881): 245-246.

————. «A María Tadeo Torres y Pardo». *La Mujer. Lecturas para las familias. Revista quincenal, redactada exclusivamente por señoras y señoritas, bajo la dirección de la señora Soledad Acosta de Samper* (Bogotá) IV.43 (ag. 15, 1880): 172. |art. necrológico|. [Firmado: S. A. de S.]

————. «Anuario de la Academia Colombiana». *La Tarde* (Bogotá) 6 (1874): |s.p|.

————. «A nuestras colaboradoras». La Redacción |Soledad Acosta de Samper|. *La Mujer. Lecturas para las familias. Revista quincenal, redactada exclusivamente por señoras y señoritas, bajo la dirección de la señora Soledad Acosta de Samper* (Bogotá) I.10 (feb. 5, 1879): 240.

————. «Bazar». *La Mujer. Lecturas para las familias. Revista quincenal, redactada exclusivamente por señoras y señoritas, bajo la dirección de la señora Soledad Acosta de Samper* (Bogotá) IV.48 (nov. 1°, 1880): 289-290. [Firmado: S. A. de S.]

————. Beneficencia pública en Bogotá». *La Mujer. Lecturas para las familias. Revista quincenal, redactada exclusivamente por señoras y señoritas, bajo la dirección de la señora Soledad Acosta de Samper* (Bogotá) III.26 (oct. 15, 1879): 46-49.

————. «Bienhechoras de la sociedad». *La mujer en la sociedad moderna.* París: Casa Editorial Garnier Hermanos, 1895. 54-156.

————. «Bienvenida». *La Mujer. Lecturas para las familias. Revista quincenal, redactada exclusivamente por señoras y señoritas, bajo la dirección de la señora Soledad Acosta de Samper* (Bogotá) I.7 (dic. 15, 1878): 168. [S. A. de S.]

————. *Biblioteca del Hogar.* Bogotá: Imprenta de Vapor de Zalamea Hermanos, 1902. 64p. [Contenido: Amor de madre: que todo lo demás es aire. Más vale muerto que culpable|

————. *Biblioteca Histórica: Época de la Independencia.* 2 vols. Bogotá: Imprenta Moderna, 1909-1910. [s.p]. [Contenido. Los Precursores: I. El General Antonio Nariño. II. El General Francisco Miranda. Generales Ilustres: I. Antonio José de Sucre. II. El asesinato del Mariscal Sucre. III. La suerte de los asesinos del gran Mariscal Sucre. El Libertador Simón Bolívar: Primera parte 1793-1821. Segunda parte 1821-1830. Tercera parte 1830. La conspiración del 25 de septiembre de 1828. Preliminares de la guerra de la independencia de Colombia. La revolución de la independencia en las colonias españolas de América: I. El 20 de julio de 1810 en Santafé de Bogotá. II. La mujeres de la época de la independencia. Héroes franceses de nuestra guerra magna: I. El General Manuel de Serviez. II. Pedro Labatut. III. Luis Fernando de Chatillon. IV. Carlos Castelli. V. Perú de la Crix. VI. Alejandro Petion. El General José Sardá y otros españoles patriotas: Cortés Campomanes, José M. Moledo, Francisco Aguilar, Bunch, Jalón, Vaillapol, Campo Elías, Antonio Pallares, José Mires. El General Joaquín París. El General Joaquín Acosta [extractos ya publicados en *Papel Periódico Ilustrado* 105]. Presidentes de la República de la Nueva Granada: I. Francisco de Paula Santander. II. José Ignacio Márquez. III. Pedro Alcántara Herrán. IV. Tomás C. de Mosquera]

———. *Biografía del general Antonio Nariño*. Pasto: Imprenta Departamental, 1910. 220p.

———. «Biografía del General Joaquín Acosta». *El Domingo de la Familia Cristiana* 1-2 (1898-1899). [inconcluso]

———. *Biografía del general Joaquín Acosta, prócer de la Independencia, historiador, geógrafo, hombre científico y filántropo*. Bogotá: Librería Colombiana Camacho Roldán y Tamayo, 1901. 502p.

———. «Biografía del General Joaquín París». *El Repertorio Colombiano* (Bogotá) X (nov., 1883): 193-215; X (dic. 4, 1883): 273-295.

——— *Biografía del General Joaquín París*. Bogotá: Imprenta de Medardo Rivas, 1883. 45p. [Premiada en el Concurso histórico - literario celebrado en Bogotá con ocasión del primer centenario del Libertador Simón Bolívar]

———. «Biografías de hombres ilustres de Hispano-América». *Lecturas para el Hogar* (Bogotá) I-II [s.f]: [s.p]. [Contenido: El General Miranda. I [s.f]: 305. Atahualpa, el último de los Incas. I [s.f]: 369. Los Pizarro y los Almagro. II [s.f]: 26. El General Francisco de Paula Santander. II [s.f]: 69. El General José A. Páez. II [s.f]: 281. El General Manuel Belgrano. II [s.f]: 338. Don José Miguel Sanz, el Liurgo venezolano. II [s.f]: 340]

————. *Biografías de hombres ilustres o notables, relativas a la época del descubrimiento, conquista y colonización de la parte de América denominada actualmente Estados Unidos de Colombia.* Bogotá: Imprenta de «La Luz», 1883. 447p. [Contenido: Los descubridores. Conquistadores. Misioneros y conquistadores subalternos. Los baquianos. Perros de la conquista]

————. «Biografías contemporáneas». *La Familia. Lecturas para el hogar.* (Bogotá) (1884): [s.p]. [Contenido: Andrés Noguer. El General José Sardá. Don Alejandro Vélez]

———— *Boletín de Historia y Antigüedades* (Bogotá) 2 [s.p.i]. [El General Manuel Serviez].

————. «Bogotá en el año 2000». *Lecturas para el Hogar* (Bogotá) (1905): 50-59.

————. «Bocetos biográficos». *Boletín de Historia y Antigüedades* (Bogotá) 2.23 (jul., 1964): 675-683. [sobre Alejandro Vélez]

————. «Breve diccionario de mujeres célebres. Antigüedad». *La Mujer. Lecturas para las familias. Revista quincenal, redactada exclusivamente por señoras y señoritas, bajo la dirección de la señora Soledad Acosta de Samper* (Bogotá) V.53 (feb. 1°, 1881): 124; V.54 (feb. 15, 1881): 148; V.55 (mzo. 1°. 15, 1881): 172; V.56 (mzo. 15, 1881): 195-196.

————. «Breves reflexiones sobre la ciencia antropológica». [Cuatro artículos]. *La Familia*; *Lecturas para el Hogar* (Bogotá) (1905-1906): [s.p].

————. «Cartas a una recién casada». *Consejos a las mujeres*. París: Casa Editorial Garnier Hermanos, 1896. 91-174.

————. *Catecismo de historia de Colombia.* Bogotá: Imprenta Nacional, 1905.116p.

——— 2a ed. Bogotá: Ministerio de Instrucción Pública, 1908. 115p.

———. «Consejos a las madres: Introducción, Primera infancia. El niño de ocho meses a un año. La obediencia. El vestido de la primera niñez». *La Mujer. Lecturas para las familias. Revista quincenal, redactada exclusivamente por señoras y señoritas, bajo la dirección de la señora Soledad Acosta de Samper* (Bogotá) V.51 (dic. 15, 1880): 59-62; V.53 (feb. 1°, 1881): 112-113; V.54 (feb. 15, 1881): 146-147; V.55 (mzo. 1°, 1881): 167-168; V.56 (mzo. 15, 1881): 192-194; V.58 (abr. 15, 1881): 230-231; V.59-60 (mayo 15, 1881): 262-263. [Firmado: S. A. de S.]

——— *Consejos a las mujeres.* París: Casa Editorial Garnier Hermanos, 1896. 49-90.

———. «Consejos a las mujeres: La soberanía de la mujer en la casa. La infancia desamparada. La educación de la niñez. Responsabilidad de la madre de familia. La elección de escuelas y colegio. Enseñanza de la historia». *Lecturas para el hogar.* (Bogotá) (1905-1906): [s.p].

———. *Consejos a las mujeres; consejos a las señoritas, seguidos de los consejos a las madres y carta a una recién casada.* París: Casa Editorial Garnier Hermanos, 1896. 174p.

———. «Consejos a las señoritas en su entrada al mundo». *La Mujer. Lecturas para las familias. Revista quincenal, redactada exclusivamente por señoras y señoritas, bajo la dirección de la señora Soledad Acosta de Samper* (Bogotá) I.7 (dic. 15, 1878): 152-153. [Firmado: S. A. de S.]

———. *Conversaciones y lecturas familiares sobre historia, biografía, crítica, literatura, ciencias y conocimientos útiles.* París: Casa Editorial Garnier Hermanos, Libreros-Editores, 1896. 431p. [Contenido: Lo que es una hacienda en Colombia. Nociones de botánica. Biografías. La mujeres en la historia de Italia. Cuentos y relaciones. Variedades]

———. «Consejos». *La Mujer. Lecturas para las familias. Revista quincenal, redactada exclusivamente por señoras y señoritas, bajo la dirección de la señora Soledad Acosta de Samper* (Bogotá) I.3 (oct. 3, 1878): 70.

—————. «Correspondencia de Europa». *Revista Literaria* (Bogotá) 2.24 (abr., 1892): 754-762.

—————. «Costumbres y tipos europeos: Londres y París». *El Hogar. Periódico dedicado al bello sexo* (Bogotá) 2 (1869): [s.p].

—————. [Trad]. [Craig, M. *El Rey Arturo*]

—————. «Cuadro sinóptico de la literatura española». *El Bien Público* (Bogotá) 5,8 (1870): [s.p].

—————. «Cuadros sinópticos de la literatura francesa». *El Mosaico, periódico de la juventud. Destinado exclusivamente a la literatura* (Bogotá) 3 (feb. 16, 1871): 18-19; 4 (feb. 23, 1871): 31; 7 (mzo. 16, 1871): 56; 9 (mzo. 30, 1871): 72; 10 (abr. 6, 1871): 80; 13 (abr. 27, 1871): 104; 23 (jul. 9, 1871): 184; 24 (jul. 16, 1871): 192. [Firmado: Aldebarán]

—————. «Cuadro sinóptico de la literatura inglesa». *El Bien Público* (Bogotá) 17.21 (1870): [s.p].

—————. «Cuadro sinóptico de la literatura neogranadina». *El Bien Público* (Bogotá) 10 (1870): [s.p].

—————. «Cuatro mujeres de la Revolución francesa». *La mujer en la sociedad moderna*. París: Casa Editorial Garnier Hermanos, 1895. 2-53.

—————. «Curiosidades: agujas. Medias». *La Mujer. Lecturas para las familias. Revista quincenal, redactada exclusivamente por señoras y señoritas, bajo la dirección de la señora Soledad Acosta de Samper* (Bogotá) I.5 (nov. 5, 1878): 118.

—————. «Curiosidades. Caprichos de los músicos». *La Mujer. Lecturas para las familias. Revista quincenal, redactada exclusivamente por señoras y señoritas, bajo la dirección de la señora Soledad Acosta de Samper* (Bogotá) II.14 (abr. 20, 1879): 50-51.

—————. «Curiosidades: dedal. Alfileres». *La Mujer. Lecturas para las familias. Revista quincenal, redactada exclusivamente por señoras y señoritas, bajo la dirección de la señora Soledad Acosta de Samper* (Bogotá) I.4 (oct. 17, 1878): 94.

————. «Curiosidades. El baile». *La Mujer. Lecturas para las familias. Revista quincenal, redactada exclusivamente por señoras y señoritas, bajo la dirección de la señora Soledad Acosta de Samper* (Bogotá) I.10 (feb. 5, 1879): 227.

————. «Curiosidades. El fariseo musulmán». *La Mujer. Lecturas para las familias. Revista quincenal, redactada exclusivamente por señoras y señoritas, bajo la dirección de la señora Soledad Acosta de Samper* (Bogotá) III.29 (dic. 1°, 1879): 108-109.

————. «Curiosidades. Invención del dibujo. Invención de las notas musicales». *La Mujer. Lecturas para las familias. Revista quincenal, redactada exclusivamente por señoras y señoritas, bajo la dirección de la señora Soledad Acosta de Samper* (Bogotá) II.21 (ag. 5, 1879): 211.

————. «Curiosidades. La leche de mujer en la China». *La Mujer. Lecturas para las familias. Revista quincenal, redactada exclusivamente por señoras y señoritas, bajo la dirección de la señora Soledad Acosta de Samper* (Bogotá) III.36 (mayo 1°, 1880): 283.

————. «Curiosidades. La serpiente de cristal. El hambre en la China». *La Mujer. Lecturas para las familias. Revista quincenal, redactada exclusivamente por señoras y señoritas, bajo la dirección de la señora Soledad Acosta de Samper* (Bogotá) III.31 (feb. 1°, 1880): 156-157.

————. «Curiosidades. Niño maravilloso! Ancianidad de muchos sabios». *La Mujer. Lecturas para las familias. Revista quincenal, redactada exclusivamente por señoras y señoritas, bajo la dirección de la señora Soledad Acosta de Samper* (Bogotá) I.11 (feb. 21, 1879): 252.

————. «Curiosidades. Revistas literarias y científicas. Imán». *La Mujer. Lecturas para las familias. Revista quincenal, redactada exclusivamente por señoras y señoritas, bajo la dirección de la señora Soledad Acosta de Samper* (Bogotá) I.9 (ene. 22, 1879): 214.

————. [De la ciudad de Tarbes a la de Tolosa. Clemencia Isaura. Villefranche]

————. «De París a Nancy y Metz». *El Bien Público* (Bogotá) 16 (1870): [s.p].

————. «Descripción del Istmo de Panamá en el siglo XVI. Los contemporáneos de Cristóbal Colón. Las esposas de los conquistadores». *El Centenario* (Dir. Juan Valera) (Madrid) 1-3 (1892): [s.p].

————. «Diálogos sobre el arte de la pintura». *Lecturas para el Hogar* (Bogotá) (1905-1906): [s.p].

————. *Domingos de la familia cristiana: evangelios, prácticas y conversaciones sobre religión.* París: Casa Editorial Garnier Hermanos, 1896. 336p.

————. [*Doña Concepción Arenal de García Carrasco*]

————. «Dos hombres públicos colombianos: El General Tomás C. de Mosquera y el doctor Rafael Núñez». *La Familia. Lecturas para el Hogar* (Bogotá) I [s.f]: 116.

————. «Dos palabras al lector». *La Mujer. Lecturas para las familias. Revista quincenal, redactada exclusivamente por señoras y señoritas, bajo la dirección de la señora Soledad Acosta de Samper* (Bogotá) III.36 (mayo 1º, 1880): 269.

————. «Ecos de Europa». *El Mosaico* (Bogotá) III.11 (mzo. 26, 1864): 83-85; III.15 (abr. 23, 1864): 118-120. [Firmado: Andina]

————. «El año nuevo en París». *El Hogar Periódico dedicado al bello sexo* 2 (1869): [s.p].

————. [Trad]. «El cordón de fuego. Episodio de la guerra de la independencia». [trad. del francés]. *La América* [Parte Literaria] 1 (1873): [s.p].

————. *El descubridor y el fundador.* Bogotá: Canal Ramírez-Antárez, 1971. 103p.

————. *El Domingo de la Familia Cristiana 1889-1890* 1.1-52 (mzo. 24, 1889-mzo. 16, 1890): [s.p].

————. *El Domingo de la Familia Cristiana. (Historia, biografía, viajes, ciencias, literatura)* (Bogotá) 1-24 (oct. 2, 1898-sept. 10, 1899): [s.p]. [Revista semanal dirigida por Soledad Acosta de Samper]

————. *El Domingo de la Familia Cristiana. (Historia biografía, viajes, ciencias y literatura)* 1-52 (mzo 1889-mzo 1890): [s.p]. [Revista quincenal dirigida por Soledad Acosta de Samper]

————. *El Domingo de la Familia Cristiana. Evangelios, prácticas y conversaciones sobre religión.* París: Casa Editorial Garnier Hermanos, Libreros-Editores, 1896. 336p.

————. [Trad]. «Elementos de higiene general». Anónimo. *La Mujer. Lecturas para las familias. Revista quincenal, redactada exclusivamente por señoras y señoritas, bajo la dirección de la señora Soledad Acosta de Samper* (Bogotá) I.12 (mzo. 15, 1879): 274-276; II.15 (mayo 5, 1879): 63-65; II.17 (jun. 5, 1879): 111-113; II.20 (jul. 20, 1879): 184-186.

————. «¡Elevemos nuestros corazones!». *La Mujer. Lecturas para las familias. Revista quincenal, redactada exclusivamente por señoras y señoritas, bajo la dirección de la señora Soledad Acosta de Samper* (Bogotá) II.20 (jul. 20, 1879): 195-196. [Firmado: S. A. de S.]

————. «El hombre como debería ser». *La Mujer. Lecturas para las familias. Revista quincenal, redactada exclusivamente por señoras y señoritas, bajo la dirección de la señora Soledad Acosta de Samper* (Bogotá) V.49 (nov. 15, 1880): 13-16; V.50 (dic. 1°, 1880): 37-39; V.52 (ene. 15, 1881): 86-90; V.53 (feb. 1°, 1881): 109-111; V.54 (feb. 15, 1881): 135-137; V.55 (mzo. 1°, 1881): 159-161; V.56 (mzo. 15, 1881): 182-185.

————. [Trad]. «El medicamento del alma». *El Hogar. Periódico dedicado al bello sexo* (Bogotá) I.27 (ag. 1°, 1868): 214-215. [Trad. del inglés del art. de Bulwer por Aldebarán].

————. «El perdón de Ploermel. Opera cómica en tres actos» [Música de Meyerbeer]. *Biblioteca de Señoritas* (Bogotá) II.63 (jul. 2, 1859): 48-49. [Firmado: Andina]

————. [Trad]. *El rey Arturo.* (Novela). Dinah María Mulock Craika. Bogotá: Librería Nueva, 1894. 256p.

————. [Trad]. «El verdugo». [Estudios filosóficos de Balzac].*El Deber* (Bogotá) (1873): [s.p].

————. «¿En qué debe ocuparse la mujer?». *La Familia* (Bogotá) I.4 (ag. 1884): 227-228.

————. «Ensayo sobre la influencia de la mujer en la historia de la humanidad». [libro listo para publicar, quedó inédito por la muerte de la autora. Formado por una serie de cuadros históricos sobre la mujer en la civilización, publicados antes en *La Mujer* I-V. Más una galería de mujeres heroicas: Magdalena de Vecheres. Arnalda de Rocas. Mariana Pineda]

————. *Época de la independencia: el general José Sardá*. Bogotá: Imprenta Moderna, 1909. 98-128.

————. *Época de la Independencia y Presidentes de la República de Nueva Granada*. II. Biblioteca de Historia. Bogotá: [s.edit], 1910.

————. «Escritores modernos españoles» [Marcelino Menéndez Pelayo, Pedro Antonio de Alarcón, José María Pereda]. *La Familia* (Bogotá) (oct.-nov. 1985): [s.p].

————. «Estudios históricos sobre la mujer en la civilización». *La Mujer. Lecturas para las familias. Revista quincenal, redactada exclusivamente por señoras y señoritas, bajo la dirección de la señora Soledad Acosta de Samper* (Bogotá) I.1 (sept. 1°, 1878): 2-4; Historia antigua: Introducción. I.2 (sept. 18, 1878): 25-27; I.3 (oct. 3, 1878): 49-52; Capítulo I. La mujer hebrea.*I.* 4 (oct. 17, 1878): 73-77; I.5 (nov. 5, 1878): 97-99; I.6 (nov. 25, 1878): 121-123; I.7 (dic. 15, 1878): 144-148; I.8 (ene. 5, 1879): 169-171; La mujer asiria. I.9 (ene. 22, 1879): 193-195; La mujer persa. I.10 (feb. 5, 1879): 217-227; Las mujeres de Siria, de Escita, de Lidia y de Capodocia. I.11 (feb. 21, 1879): 241-243; La mujer fenicia y la cartaginesa. I.12 (mzo. 15, 1879): 265-267; La mujer egipcia. II.13 (abr. 5, 1879): 5-9; La suziana pantea. II.14 (abr. 20, 1879): 29-30; La mujer griega. II.15 (mayo 5, 1879): 53-55; II.16 (mayo 20, 1879): 77-79; II.17 (jun. 5, 1879): 101-102; II.18 (jun. 20, 1879): 125-127; II.19 (jul. 5, 1879): 149-151; II.20 (jul. 20, 1879): 173-175; La mujer romana. II.21 (ag. 5, 1879): 197-198; II.22 (ag. 20, 1879): 221-222; II.24 (sept. 20, 1879): 269-270; III.25 (oct. 1°, 1879): 6-7; III.26 (oct. 15, 1879): 28-30; III.27 (nov. 1°, 1879): 54-55; III.28 (nov. 15, 1879): 77-79; III.29 (dic. 1°, 1879): 101-103; III.30 (dic. 15, 1879): 125-127; III.31 (feb. 1°, 1880): 149-151; La mujer italiana. III.32

(feb. 15, 1880): 173-175; III.33 (mzo. 1°, 1880): 197-198; III.34 (mzo. 24, 1880): 221-223; Las mujeres en los imperios de oriente y occidente. III.35 (abr. 15, 1880): 245-248; III.36 (mayo 1°, 1880): 270-272; IV.37 (mayo 15, 1880): 5-7; IV.38 (jun. 1°, 1880): 29-31; IV.39 (jun. 15, 1880): 53-55; IV.40 (jul. 1°, 1880): 77-79; IV.41 (jul. 15, 1880): 101-103; IV.42 (ag. 1°, 1880): 125-126; IV.43 (ag. 15, 1880): 149-150; IV.44 (sept. 1°, 1880): 173-175; IV.45 (sept. 15, 1880): 197-198; IV.46 (oct. 1°, 1880): 221-222; IV.47 (oct. 15, 1880): 245-247; IV.48 (nov. 1°, 1880): 269-270. Edad Media. Introducción: La mujer española antes del cristianismo. V.49 (nov. 15, 1880): 5-8; V.50 (dic. 1°, 1880): 29-31; Las mujeres de las Galias ante el cristianismo. V.50 (dic. 1°, 1880): 53-55; V.52 (ene. 15, 1881): 77-79; Las mujeres en la Gran Bretaña antes del cristianismo. V.53 (feb. 1°, 1881): 101-103; V.54 (feb. 15, 1881): 125-126; V.55 (mzo. 1°, 1881): 148-151; V.56 (mzo. 15, 1881): 173-175; Mujeres suecas, noruegas y danesas antes del cristianismo. V.57 (abr. 1°, 1881): 197-200; Influencia de los monasterios cristianos en la civilización. V.58 (abr. 15, 1881): 221-224; V.59-60 (mayo 15, 1881): 246-249. [Firmado: S. A. de S.]

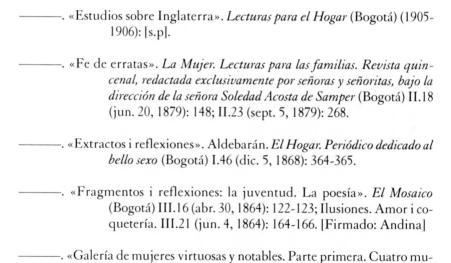

———. «Estudios sobre Inglaterra». *Lecturas para el Hogar* (Bogotá) (1905-1906): [s.p].

———. «Fe de erratas». *La Mujer. Lecturas para las familias. Revista quincenal, redactada exclusivamente por señoras y señoritas, bajo la dirección de la señora Soledad Acosta de Samper* (Bogotá) II.18 (jun. 20, 1879): 148; II.23 (sept. 5, 1879): 268.

———. «Extractos i reflexiones». Aldebarán. *El Hogar. Periódico dedicado al bello sexo* (Bogotá) I.46 (dic. 5, 1868): 364-365.

———. «Fragmentos i reflexiones: la juventud. La poesía». *El Mosaico* (Bogotá) III.16 (abr. 30, 1864): 122-123; Ilusiones. Amor i coquetería. III.21 (jun. 4, 1864): 164-166. [Firmado: Andina]

———. «Galería de mujeres virtuosas y notables. Parte primera. Cuatro mujeres de la Revolución francesa. La princesa Isabel de Francia». *La Mujer. Lecturas para las familias. Revista quincenal, redactada exclusivamente por señoras y señoritas, bajo la dirección de la señora Soledad Acosta de Samper* (Bogotá) I.2 (sept. 18, 1878): 34-41; La marquesa de Lescure y de Larochejaquelin. I.4 (oct. 17, 1878): 82-90; La esposa de Lafayette. I.7 (dic. 15, 1878): 153-158; La señora de Montagú. I.8 (ene. 5, 1879): 176-177; Tipos de mujeres de sociedad. Rosa Ferrucci. I.10 (feb. 5, 1879): 228-235; Eugenia de Guerin. II.13 (abr. 5, 1879): 16-23; Sofía Swetchine. II.15 (mayo 5, 1879): 65-70; Mujeres bienhechoras de la sociedad. La hermana Rosalía. II.19 (jul. 5, 1879): 160-165; Una hermana de la caridad americana. II.21 (ag. 5, 1879): 205-210; La madre Barat. II.23 (sept. 5, 1879): 254-260; Mujeres misioneras». II.24 (sept. 20, 1879): 281-284; La marquesa de Barol. III.26 (oct. 15, 1879): 43-46. [Firmado: S. A. de S.]

———. «Garibaldi». *Biblioteca de Señoritas* (Bogotá) II.67 (jul. 30, 1859): 80. [Firmado: Andina]

———. «Gonzalo Suárez Rendón, fundador de Tunja». *Papel Periódico Ilustrado* (Bogotá) II.33 (ene. 31, 1883): 136-139; II.34 (feb. 15, 1883): 158-161.

———. «Hechos curiosos en la ciencia astronómica». *La Mujer. Lecturas para las familias. Revista quincenal, redactada exclusivamente por señoras y señoritas, bajo la dirección de la señora Soledad Acosta de Samper* (Bogotá) I.11 (feb. 21, 1879): 258-260; II.14 (abr. 20, 1879): 41-42; II.16 (mayo 20, 1879): 89-90; II.18 (jun. 20, 1879): 137; II.21 (ag. 5, 1879): 210-211; II.22 (ag. 20, 1879): 236-237; II.24 (sept. 20, 1879): 284-285. [Firmado: S. A. S.]

———. «Higiene de la infancia». *La Mujer. Lecturas para las familias. Revista quincenal, redactada exclusivamente por señoras y señoritas, bajo la dirección de la señora Soledad Acosta de Samper* (Bogotá) III.29 (dic. 1º, 1879): 116-117.

———. «Historia de la viruela. Breves apuntaciones». *La Luz* (Bogotá) 50 (ag., 1881): [s.p.].

———. «Hombres célebres». *La Mujer. Lecturas para las familias. Revista quincenal, redactada exclusivamente por señoras y señoritas, bajo la dirección de la señora Soledad Acosta de Samper* (Bogotá) I.12 (mzo. 15, 1879): 278.

———. «Hungría: Pest». *El Hogar. Periódico dedicado al bello sexo* (Bogotá) [s.p.i].

——— 2ª ed. *Escritores colombianos*. Selección de J. J. Borda. [s.l]: [s.edit], 1873. [s.p].

———. «Influencia de los monasterios cristianos en la civilización». *La Mujer. Lecturas para las familias. Revista quincenal, redactada exclusivamente por señoras y señoritas, bajo la dirección de la señora Soledad Acosta de Samper* (Bogotá) V (1881): [s.p].

———. «Joaquín Acosta». *Papel Periódico Ilustrado* (Bogotá) V.105 (dic. 4, 1886): 129-138.

———. «Juana de Flandes, condesa de Hainault». *La Mujer. Lecturas para las familias. Revista quincenal, redactada exclusivamente por señoras y señoritas, bajo la dirección de la señora Soledad Acosta de Samper* (Bogotá) III.31 (feb. 1º, 1880): 165-168. [Firmado: S. A. de S.]

———. [Trad]. «La ausencia». «La vida» [de Bulwer]. *El Hogar. Periódico dedicado al bello sexo* (Bogotá) 1 (1868): [s.p].

———. «La Capilla del Sagrario en Bogotá». *La Mujer. Lecturas para las familias. Revista quincenal, redactada exclusivamente por señoras y señoritas, bajo la dirección de la señora Soledad Acosta de Samper* (Bogotá) II.22 (ag. 20, 1879): 223.

———. «La crisis de Inglaterra. Estudios y viajes». [cuatro artículos]. *Revista de la Paz* (Bogotá) (1906-1907): [s.p].

———. «La cruz de la vida». *Colombia Ilustrada* (Bogotá) 3 (mayo 15, 1889): 45.

———. [Trad]. «La educación de las hijas del pueblo. El trabajo de las mujeres en el siglo XIX».. Pablo Leroy-Beaulieu. *La Mujer. Lecturas para las familias. Revista quincenal, redactada exclusivamente por señoras y señoritas, bajo la dirección de la señora Soledad Acosta de Samper* (Bogotá) III.25 (1º de octubre de 1879): 15-19; III.26 (15 de octubre de 1879): 39-43; III.27 (1º de noviembre de 1879): 66-72. [Firmado: S. A. de S.].

———. [Trad]. «La educación a los veintiún años. Cartas a mi prima Natalia». A. Rondelet. *La Mujer. Lecturas para las familias. Revista quincenal, redactada exclusivamente por señoras y señoritas, bajo la dirección de la señora Soledad Acosta de Samper*

(Bogotá) III.25 (oct. 1°, 1879): 19-21; III.27 (nov. 1°, 1879): 65-66; III.28 (nov. 15, 1879): 88-90; III.30 (dic. 15, 1879): 139-141; III.31 (feb. 1°, 1880): 157-158; III.32 (feb. 15, 1880): 182-183; III.33 (mzo. 1°, 1880): 206-107; III.34 (mzo. 24, 1880): 242-243; III.35 (abr. 15, 1880): 254-255. [Trad., adaptada y arreglada para las lectoras colombianas por S. A. de S.]

————. «La embriaguez». *La Mujer. Lecturas para las familias. Revista quincenal, redactada exclusivamente por señoras y señoritas, bajo la dirección de la señora Soledad Acosta de Samper* (Bogotá) II.17 (jun. 5, 1879): 122-124; II.18 (jun. 20, 1879): 146-147.

————. [Trad]. *La explicación del enigma.* Augusto Craven. (Pauline Craven de la Ferronnays, seud. Augustus. Craven). Traducida para "La Nación", por la señora Soledad A. de Samper. Bogotá: Imprenta de «La Luz», 1887. 366 p. [Novela francesa].

————. *La Familia. Lecturas para el hogar.* (Bogotá) (mayo 1884-dic. 1885): [s.p]. [Revista mensual dirigida por Soledad Acosta de Samper]

————. «La instrucción en la mujer de sociedad. Del trabajo intelectual». *La Mujer. Lecturas para las familias. Revista quincenal, redactada exclusivamente por señoras y señoritas, bajo la dirección de la señora Soledad Acosta de Samper* (Bogotá) II.16 (mayo 20, 1879): 86-89; II.17 (jun. 5, 1879): 113-115. [Firmado: S. A. de S.]

————. «La instrucción pública en Cundinamarca. *La Mujer. Lecturas para las familias. Revista quincenal, redactada exclusivamente por señoras y señoritas, bajo la dirección de la señora Soledad Acosta de Samper* (Bogotá) I.6 (nov. 25, 1878): 125-127. [Firmado: S. A. de S.]

————. [Trad]. «La mentira de Sabina». Princesa O. Cantacuzene-Altieri. *La Mujer. Lecturas para las familias. Revista quincenal, redactada exclusivamente por señoras y señoritas, bajo la dirección de la señora Soledad Acosta de Samper* (Bogotá) IV.46 (oct. 1°, 1880): 228-235. IV.47 (oct. 15, 1880): 253-258; IV.48 (nov. 1°, 1880): 290-292; V.49 (nov. 15, 1880): 16-19; V.50 (dic. 1°, 1880): 39-44; V.51 (dic. 15, 1880): 62-70; V.52 (ene. 15, 1881): 90-93; V.53 (feb. 1°, 1881): 115-121; V.54 (feb. 15, 1881): 161-167; V.56

(mzo. 15, 1881): 185-192; V.57 (abr. 1°, 1881): 209-216. [Novela]. [Firmado: S. A. de S.]

_____. «La misión de la mujer en la época actual: Las hermanitas del Jornalero. Las hermanitas de los Pobres. Las Damas del Calvario. Hospitalidad para el trabajo. El hospicio de jóvenes tísicas». *La Familia* (1884-1885): [s.p].

_____ *La mujer en la sociedad moderna*. París: Casa Editorial Garnier Hermanos, 1895. 100-156.

_____. [Trad]. «La mujer». [de Alfonso Karr]. *El Hogar. Periódico dedicado al bello sexo* (Bogotá) 1 (1868): [s.p].

_____. *La Mujer. Lecturas para las familias. Revista quincenal, redactada exclusivamente por señoras y señoritas, bajo la dirección de la señora Soledad Acosta de Samper* (Bogotá) I-V.1-60 (sept. 1°, 1878-mayo 15, 1881): [s.p]. Imprenta de Silvestre y Compañía]

_____. *La mujer en la sociedad moderna*. París: Casa Editorial Garnier Hermanos, 1895. 429p.

_____. «La mujer en la sociedad moderna». *Revista de Estudios Colombianos* (Bogotá) 5 (1988): 3-6.

_____. «La mujer en Inglaterra». *El Domingo de la Familia Cristiana* (Bogotá) 19 (1899): [s.p].

_____. «La mujer en política». *La Mujer. Lecturas para las familias. Revista quincenal, redactada exclusivamente por señoras y señoritas, bajo la dirección de la señora Soledad Acosta de Samper* (Bogotá) V.59-60 (mayo 15, 1881): 285-287. [Firmado: S. A. de S.]

_____. «La mujer española en Santafé de Bogotá». *Revista Literaria* (Bogotá) 1.1 (mayo, 1890): 41-49.

_____ «Las santafereñas de la época de la colonia». *Lecturas para el Hogar* (Bogotá) 9 (nov., 1905): [s.p].

_____. «La mujer orador». *Revista Americana* (Lima) [s.p.i]. [s.p]. [sobre Madame Clemencia Royer]

_____. «La noche del 19 de abril». *El Mosaico* (Bogotá) IV.14 (abr. 29, 1865): 109. [Firmado: Aldebarán] [art. necrológico]

————— *La Caridad* (Bogotá) 1. 32 (mayo 5, 1865): 510-511. [Firmado: Aldebarán].

—————. «La religión católica explicada» [Estudio sobre el libro *Los esplendores de la fe* (abate Moigno)]. *La Verdad* (Bogotá) (1883): [s.p].

—————. «La religión en Francia». *Revista de la Paz* (Bogotá) 7 (1907): [s.p].

—————. «La religión y la ciencia». [cuatro artículos sobre las teorías de Draper, el P. Mir, Flammarion y otros autores]. *La Familia*; *Lecturas para el Hogar* (Bogotá) (1884-1885): [s.p].

—————. «La sibila italiana». Romance político por M. Laurente- Pichat». *Biblioteca de Señoritas* (Bogotá) 53 (1859): [s.p]. [juicio crítico]

—————. «La soberanía de la mujer en su casa». *El Faisán Aranzazu* 1.4 (feb. 22, 1913): 1p.

—————. «La Sociedad de San Vicente de Paúl en Bogotá». *La Mujer. Lecturas para las familias. Revista quincenal, redactada exclusivamente por señoras y señoritas, bajo la dirección de la señora Soledad Acosta de Samper* (Bogotá) IV.46 (oct. 1º, 1880): 235-236. [Firmado: S. A. de S.]

—————. «La vida de aldea en Inglaterra» [sobre el libro *Recuerdos de un desterrado*]. *Revista Americana* (Lima) (1863): [s.p].

—————. «Las esposas de los conquistadores: ensayo histórico». *El Centenario* (Madrid) 2 (1892): 228-240.

————— *Boletín de la Academia de la Historia del Valle de Cauca* 25.108 (1957): 140-154.

—————. [Las mujeres de la Gran Colombia en la época de la Independencia]

—————. «Lazaretos en Europa durante la Edad Media y en la actualidad». *El Domingo de la Familia Cristiana* (Bogotá) (jul. 20, 1899): [s.p].

—————. *Lecciones de Historia de Colombia*. Ed. oficial. Bogotá: Imprenta Nacional, 1908. 402p.

—————. *Lecturas para el Hogar* 1-12 (mzo 1905-mzo 1906): [s.p]. [Revista mensual dirigida por Soledad Acosta de Samper]

————. «Literatas de Centro América y Méjico». *La mujer en la sociedad moderna*. París: Casa Editorial Garnier Hermanos, 1895. 418-420.

————. «Literatas españolas y portuguesas». *La mujer en la sociedad moderna*. París: Casa Editorial Garnier Hermanos, 1895. 362-380.

————. «Literatas francesas. Desde el siglo XIII hasta el fin del siglo XVIII». *La Mujer. Lecturas para las familias. Revista quincenal, redactada exclusivamente por señoras y señoritas, bajo la dirección de la señora Soledad Acosta de Samper* (Bogotá) V.49 (nov. 15, 1880): 19-20; V.50 (dic. 1°, 1880): 45-48; V.51 (dic. 15, 1880): 74-75; V.53 (feb. 1°, 1881): 113-115; V.54 (feb. 15, 1881): 143-145; V.55 (mzo. 1°, 1881): 168-171; V.58 (abr. 15, 1881): 235-238.

————. [Trad]. «Literatura danesa: El colibrí. El caracol y la rosa». [Cuentos de Hans Cristian Andersen]. *El Hogar. Periódico dedicado al bello sexo* (Bogotá) 1.24 (jul. 11, 1868): 188-189 [relato]

————. «Literatura rusa». *El Hogar. Periódico dedicado al bello sexo* 2.90 (1869): [s.p].

————. «Lo que piensa una mujer de las mujeres. El trabajo de la mujer». *La Mujer. Lecturas para las familias. Revista quincenal, redactada exclusivamente por señoras y señoritas, bajo la dirección de la señora Soledad Acosta de Samper* (Bogotá) I.1 (sept. 1°, 1878): 18-20; La madre de familia. I.3 (oct. 3, 1878): 63-66; La envidia. La maledicencia. I.6 (nov. 25, 1878): 132-135; La mujer mundana. I.9 (ene. 22, 1879): 205-207; Los caracteres femeninos y la influencia que ejercen sobre la felicidad del hogar doméstico. I.11 (feb. 21, 1879): 250-252. [Firmado: S. A. de S.]

————· *Los contemporáneos de Cristóbal Colón*. Madrid: Tipografía de El Progreso Edit., 1892. [s.p].

————. «Los Juanes del siglo XVI». *La Mujer. Lecturas para las familias. Revista quincenal, redactada exclusivamente por señoras y señoritas, bajo la dirección de la señora Soledad Acosta de Samper* (Bogotá) V.58 (abr. 15, 1881): 238-242; V.59-60 (mayo 15, 1881): 270-271. [Firmado: S. A. de S.]

————. «Los misioneros en el Nuevo Reino de Granada». *La Mujer. Lecturas para las familias. Revista quincenal, redactada exclusivamente por señoras y señoritas, bajo la dirección de la señora Soledad Acosta de Samper* (Bogotá) IV.38 (jun. 1°, 1880): 37-41; IV.39 (jun. 15, 1880): 66-70; IV.40 (jul. 1°, 1880): 92-96; IV.41 (jul. 15, 1880): 112-115; IV.42 (ag. 1°, 1880): 138-140; IV.43 (ag. 15, 1880): 157-161; IV.44 (sept. 1°, 1880): 180-183; IV.45 (sept. 15, 1880): 202-208. [Firmado: S. A. de S.]

————. «Madama Swetchine». *El Mosaico, periódico de la juventud. Destinado exclusivamente a la literatura* (Bogotá) 19 (jun. 11, 1871): 146-148. [Firmado: Aldebarán]

————. «María Cristina de Saboya». *La Mujer. Lecturas para las familias. Revista quincenal, redactada exclusivamente por señoras y señoritas, bajo la dirección de la señora Soledad Acosta de Samper* (Bogotá) III.30 (dic. 15, 1879): 137-139. [Firmado: S. A. de S.]

————. [Trad]. María Mallo M, Craick. *El Rey Arturo.* Versión de Soledad Acosta de Samper. Bogotá: Librería Nueva, 1894. [s.p].

————. [Comp]. «Máximas de Santa Teresa de Jesús». *La Mujer. Lecturas para las familias. Revista quincenal, redactada exclusivamente por señoras y señoritas, bajo la dirección de la señora Soledad Acosta de Samper* (Bogotá) II.20 (jul. 20, 1879): 183.

————. «Méjico juzgado por un francés». *Revista Americana* (Lima) (1863): [s.p].

————. *Memorias presentadas en congresos internacionales que se reunieron en España durante las fiestas del IV Centenario del Descubrimiento de América, en 1892.* Chartres: Imprenta de Durán, 1893. 91p. [Contenido: Los aborígenes que poblaron los territorios que hoy forman la República de Colombia, en la época del Descubrimiento de América. Memoria sobre el establecimiento de hebreos en el Departamento de Antioquia. Aptitud de la mujer para ejercer todas las profesiones. Periodismo en Hispano-América]

————. «Mil y mil gracias». *La Mujer. Lecturas para las familias. Revista quincenal, redactada exclusivamente por señoras y señoritas, bajo la dirección de la señora Soledad Acosta de Samper* (Bogotá) I.2 (sept. 18, 1878): 46. [Firmado: La Directora]

————. «Misión de la escritora en Hispano América». *Colombia Ilustrada* (Bogotá) 8 (Oct. 15, 1889): 129-132.

———— *La mujer en la sociedad moderna*. París: Casa Editorial Garnier Hermanos, 1895. 381-390.

————. «Misión de la mujer». *El Valle* (Cúcuta) 23 (1870): [s.p].

————. «Monografías historiales: I. El Cabo de la Vela. *Revista del Colegio Mayor de Nuestra Señora del Rosario* (Bogotá) 51.53 (abr., 1910): 149. 51-54 (mayo, 1910): 212.

————. «Monografías historiales: II. La conquista de los Pijaos». *Revista del Colegio Mayor de Nuestra Señora del Rosario* (Bogotá) 51.56 (jul., 1910): 365.

————. «Monografías historiales: Los primeros conquistadores de los indios pijaos». *Revista del Colegio Mayor de Nuestra Señora del Rosario* (Bogotá) 61.62 (mzo., 1911): 99.

————. «Monografías historiales: Pacificación de los pijaos». *Revista del Colegio Mayor de Nuestra Señora del Rosario* (Bogotá) 61.67 (ag., 1911): 413.

————. «Mujeres misioneras». *La mujer en la sociedad moderna*. París: Casa Editorial Garnier Hermanos, 1895. 157-170.

————. «Mujeres moralizadoras». *La mujer en la sociedad moderna*. París: Casa Editorial Garnier Hermanos, 1895. 171-195.

————. «Mujeres doctoras, políticas y artistas». *La mujer en la sociedad moderna*. París: Casa Editorial Garnier Hermanos, 1895. 196-240.

————. «Mujeres literatas en Europa y los Estados Unidos». *La mujer en la sociedad moderna*. París: Casa Editorial Garnier Hermanos, 1895. 241-361.

————. «Mujeres literatas en la América española y Brasil». *La mujer en la sociedad moderna*. París: Casa Editorial Garnier Hermanos, 1895. 381-418.

————. «Origen de las Hermanas de la Caridad». *La Mujer. Lecturas para las familias. Revista quincenal, redactada exclusivamente por señoras y señoritas, bajo la dirección de la señora Soledad Acosta de Samper* (Bogotá) III.36 (mayo 1°, 1880): 288-290.

————. «Pensamientos de Madama Seton, fundadora de la congregación de "Hermanas de la Caridad" en Estados Unidos». *La Mujer. Lecturas para las familias. Revista quincenal, redactada exclusivamente por señoras y señoritas, bajo la dirección de la señora Soledad Acosta de Samper* (Bogotá) I.3 (oct. 3, 1878): 52.

————. «Peregrinaciones en Francia: La ciudad de Tours. San Martín de Tours. La tumba de San Martín. La gruta de San Martín. El santo hombre de Tours. Devoción del Santo Rostro. La casa oratorio del Santo rostro. La ciudad de Poitiers. San Hilario. Santa Radegunda. Burdeos. Pau y sus curiosidades históricas y religiosas. Lourdes». *El Domingo de la Familia Cristiana* (Bogotá) (1898-1899): [s.p].

————. «Prólogo». *Los mejores artículos políticos de Rafael Núñez.* Bogotá: Ministerio de Educación Nacional, 1936. 164p.

————. «Prospecto». *La Mujer. Lecturas para las familias. Revista quincenal, redactada exclusivamente por señoras y señoritas, bajo la dirección de la señora Soledad Acosta de Samper* (Bogotá) I.1 (sept. 1°, 1878): 1-2.

————. «Rasgos biográficos del autor de *Don Quijote*». *Lecturas para el Hogar* (Bogotá) I (1905): [s.p].

————. «Recomendación». *La Mujer. Lecturas para las familias. Revista quincenal, redactada exclusivamente por señoras y señoritas, bajo la dirección de la señora Soledad Acosta de Samper* (Bogotá) I.3 (oct. 3, 1878): 70. [Firmado: S. A. de S.]

————. «Recuerdos de Europa: Los salones de París. La mujer en París. Los parisienses viajeros». *La Mujer. Lecturas para las familias. Revista quincenal, redactada exclusivamente por señoras y señoritas, bajo la dirección de la señora Soledad Acosta de Samper* (Bogotá) IV.37 (mayo 15, 1880): 17-19; IV.38 (jun. 1°, 1880): 41-43; IV.40 (jul. 1°, 1880): 88-91; IV.43 (ag. 15, 1880): 161-164; IV.44 (sept. 1°, 1880): 189-192; IV.45 (sept. 15, 1880): 210-212. [Firmado: S. A. de S.]

————. «Recuerdos de Suiza». *La Mujer. Lecturas para las familias. Revista quincenal, redactada exclusivamente por señoras y señoritas, bajo la dirección de la señora Soledad Acosta de Samper* (Bogotá) III.29 (dic. 1°, 1879): 109-112; III.30 (dic. 15, 1879): 133-137; III.31 (feb. 1°, 1880): 159-165; III.32 (feb. 15, 1880): 183-189; III.33 (mzo. 1°, 1880): 210-214; III.34 (mzo. 24, 1880): 233-234; III.35 (abr. 15, 1880): 256-259; III.36 (mayo 1°, 1880): 280-283.

————. «Recuerdos de Suiza». *El Mosaico* al cual está unida *La Biblioteca de Señoritas* (Bogotá) I.46 (nov. 19, 1859): 365-367; II.9 (mzo. 3, 1860): 66-67; II.11 (mzo. 17, 1860): 81-83; II.14 (abr. 7, 1860): 105-106; II.20 (mayo 23, 1860): 154-156. [Firmado: Andina]

————. «Reflexiones». *La Mujer. Lecturas para las familias. Revista quincenal, redactada exclusivamente por señoras y señoritas, bajo la dirección de la señora Soledad Acosta de Samper* (Bogotá) I.5 (nov. 5, 1878): 99.

————. [Comp]. «Reflexiones de Madama Lambert». *La Mujer. Lecturas para las familias. Revista quincenal, redactada exclusivamente por señoras y señoritas, bajo la dirección de la señora Soledad Acosta de Samper* (Bogotá) I.6 (nov. 25, 1878): 123.

————. «Revista de Bibliografía: Libros ingleses y franceses». *Revista Americana* (Lima) [s.p.i]. [s.p].

————. «Revista de Europa». *La Mujer. Lecturas para las familias. Revista quincenal, redactada exclusivamente por señoras y señoritas, bajo la dirección de la señora Soledad Acosta de Samper* (Bogotá) I.1 (sept 1°, 1878): 21-24; I.2 (sept 18, 1878): 46-48; I.3 (oct. 3, 1878): 71-72; I.4 (oct. 17, 1878): 94-96; I.5 (nov. 5, 1878): 120; I.6 (nov. 25, 1878): 143-144; I.7 (dic. 15, 1878): 166-167; I.8 (ene. 5, 1879): 190-192; I.9 (ene. 22, 1879): 215-216; I.10 (feb. 5, 1879): 238-240; I.11 (feb. 21, 1879): 263-264; I.11 (feb. 21, 1879): 284 [Falta]; II.13 (abr. 5, 1879): 27-28; II.14 (abr. 20, 1879): 51-52; II.16 (mayo 20, 1879): 99-100; II.18 (jun. 20, 1879): 147-148; II.19 (jul. 5, 1879): 171-172; II.20 (jul. 20, 1879): 196; II.21 (ag. 5, 1879): 219-220; II.22 (ag. 20, 1879): 242-244; II.23 (sept. 5, 1879): 267-268; II.24 (sept. 20, 1979): 292; III.25 (oct. 1°, 1879): 26-27; III.26 (oct. 15, 1879): 52; III.27 (nov. 1°, 1879): 75-76; III.28 (nov. 15, 1879): 99-100; III.29 (dic. 1°, 1879): 122-124; III.30 (dic. 15, 1879): 147-148;

III.32 (feb. 15, 1880): 195-196; III.33 (mzo. 1°, 1880): 219-220;
III.34 (mzo. 24°, 1880): 243-244; III.35 (abr. 15, 1880): 268;
III.36 (mayo 1°, 1880): 290; IV.37 (mayo 15, 1880): 26-29;
IV.38 (jun. 1°, 1880): 51-52; IV.40 (jul. 1°, 1880): 98-100; IV.43
(ag. 15, 1880): 169-171; IV.44 (sept. 1°, 1880): 195-196; IV.45
(sept. 15, 1880): 218-219; IV.46 (oct. 1°, 1880): 242-243; IV.47
(oct. 15, 1880): 266-268; V.49 (nov. 15, 1880): 26-28; V.50 (dic.
1°, 1880): 51-52; V.51 (dic. 15, 1880): 75-76; V.52 (ene. 15,
1881): 99-100; V.53 (feb. 1°, 1881): 123-124; V.54 (feb. 15,
1881): 147-148; V.55 (mzo. 1°, 1881): 171-172; V.57 (abr. 1°,
1881): 219-220; V.58 (abr. 15, 1881): 244; V.59-60 (mayo 15,
1881): 287-288. [Firmado: S. A. de S.]

―――――. «Revista europea: Recuerdos de Suiza: De París a Jinebra. Jinebra.
De Jinebra a Chamounix. Chamounix». *El Mosaico* al cual
está unida *La Biblioteca de Señoritas*. I.39 (oct. 1°, 1859): 309-
312; «Berna, El Lago de Thun, Interlaken, Grindelwald».
I.46 (nov. 19, 1859): 365-367. [Firmado: Andina]

―――――. «Revista europea». *El Hogar. Periódico dedicado al bello sexo* (Bogotá)
I.5 (feb. 23, 1868): 39-40; I.9 (mzo. 21, 1868): 70-72. [Firmado:
Aldebarán]

―――――. «Revista parisiense». *Biblioteca de Señoritas* (Bogotá) II.38 (ene. 8,
1859): 1-5; II.41 (ene. 29, 1859): 25-28; II.42 (feb. 5, 1859): 33-
35; II.44 (feb. 19, 1859): 49-51; II.46 (mzo. 5, 1859): 65-68;
II.49 (mzo. 26, 1859): 89-91. II.50 (abr. 2, 1859): 97-99; II.53
(abr. 23, 1859): 121-122; II.54 (abr. 30, 1859): 129-133; II.56
(mayo 14, 1859): 145-148; II.59 (jun. 4, 1859): 13-15; II.61
(jun. 18, 1859): 29-33; II.63 (jul. 2, 1859): 45-48; II.65 (jul. 16,
1859): 61-64; II.67 (jul. 30, 1859): 77-80. [Firmado: Andina]

―――――. «Revista parisiense». *El Mosaico* (Bogotá) I.37 (sept. 17, 1859): 294-
296.

―――――. «Revista parisiense». *El Mosaico* al cual está unida *La Biblioteca de
Señoritas*. I.43 (oct. 29, 1859): 342-345. [Firmado: Andina]

―――――. «Roc Amadour». *Lecturas para el hogar*. 2 (1905): [s.p].

―――――. [Comp]. «Sentencias de Madama Barat. Fundadora de la Sociedad
del Sagrado Corazón». *La Mujer. Lecturas para las familias.
Revista quincenal, redactada exclusivamente por señoras y se-*

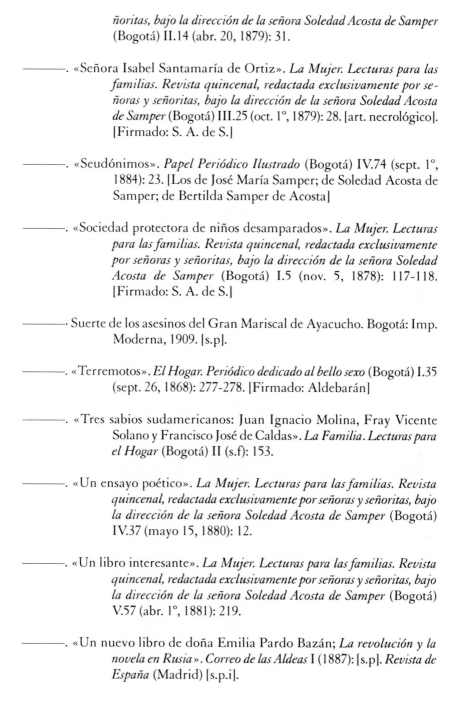

ñoritas, bajo la dirección de la señora Soledad Acosta de Samper (Bogotá) II.14 (abr. 20, 1879): 31.

————. «Señora Isabel Santamaría de Ortiz». *La Mujer. Lecturas para las familias. Revista quincenal, redactada exclusivamente por señoras y señoritas, bajo la dirección de la señora Soledad Acosta de Samper* (Bogotá) III.25 (oct. 1°, 1879): 28. [art. necrológico]. [Firmado: S. A. de S.]

————. «Seudónimos». *Papel Periódico Ilustrado* (Bogotá) IV.74 (sept. 1°, 1884): 23. [Los de José María Samper; de Soledad Acosta de Samper; de Bertilda Samper de Acosta]

————. «Sociedad protectora de niños desamparados». *La Mujer. Lecturas para las familias. Revista quincenal, redactada exclusivamente por señoras y señoritas, bajo la dirección de la señora Soledad Acosta de Samper* (Bogotá) I.5 (nov. 5, 1878): 117-118. [Firmado: S. A. de S.]

————· Suerte de los asesinos del Gran Mariscal de Ayacucho. Bogotá: Imp. Moderna, 1909. [s.p].

————. «Terremotos». *El Hogar. Periódico dedicado al bello sexo* (Bogotá) I.35 (sept. 26, 1868): 277-278. [Firmado: Aldebarán]

————. «Tres sabios sudamericanos: Juan Ignacio Molina, Fray Vicente Solano y Francisco José de Caldas». *La Familia. Lecturas para el Hogar* (Bogotá) II (s.f): 153.

————. «Un ensayo poético». *La Mujer. Lecturas para las familias. Revista quincenal, redactada exclusivamente por señoras y señoritas, bajo la dirección de la señora Soledad Acosta de Samper* (Bogotá) IV.37 (mayo 15, 1880): 12.

————. «Un libro interesante». *La Mujer. Lecturas para las familias. Revista quincenal, redactada exclusivamente por señoras y señoritas, bajo la dirección de la señora Soledad Acosta de Samper* (Bogotá) V.57 (abr. 1°, 1881): 219.

————. «Un nuevo libro de doña Emilia Pardo Bazán; *La revolución y la novela en Rusia*». *Correo de las Aldeas* I (1887): [s.p]. *Revista de España* (Madrid) [s.p.i].

————. «Una aparición. 1651». *Papel Periódico Ilustrado* (Bogotá) I.14 (mayo 1°, 1882): 229-231. [Diferencias entre el arzobispo Cristóbal de Torres y el deán Pedro Márquez]

———— *Registro Municipal* (Bogotá) (1933): [s.p].

————. «Una bebida intelectual [el café]». *El Hogar. Periódico dedicado al bello sexo* (Bogotá) I.28 (ag. 8, 1868): 219-221. [Firmado: Aldebarán]

————. [Trad]. *Una expedición matinal en Tonkin*. Mme. Augusta Craven. Trad. del francés por Soledad Acosta de Samper para *La Nación*. Bogotá: Imprenta de «La Luz», 1887. [s.p].

————. «Una inglesa en Colombia». [*Un año en los Andes o Aventuras de una señora en Bogotá de Mrs. Rosa Carnegie Williams*]

————. «Una palabra a nuestras lectoras». La Directora. *La Mujer. Lecturas para las familias. Revista quincenal, redactada exclusivamente por señoras y señoritas, bajo la dirección de la señora Soledad Acosta de Samper* (Bogotá) III.25 (oct. 1°, 1879): 5.

————. «Una nueva poetisa». *La Mujer. Lecturas para las familias. Revista quincenal, redactada exclusivamente por señoras y señoritas, bajo la dirección de la señora Soledad Acosta de Samper* (Bogotá) II.19 (jul. 5, 1879): 151. [art. sobre Feliciana Tejada]

————. *Viaje a España en 1892*. por Soledad Acosta de Samper, Delegada oficial de la República de Colombia al IX Congreso Internacional de Americanistas en el Convento de la Rábida, Miembro de los Congresos Literario-Lusitano-Americanos, miembro de la Academia de Historia de Caracas, etc., etc. 1. Bogotá: Imprenta de Antonio María Silvestre, 1893. [s.p].

————. *Viaje a España en 1892*. por Soledad Acosta de Samper, Delegada oficial de la República de Colombia al IX Congreso Internacional de Americanistas en el Convento de la Rábida, Miembro de los Congresos Literario-Lusitano-Americanos, miembro de la Academia de Historia de Caracas, etc., etc. 2. Bogotá: Bogotá: Imprenta de «La Luz», 1894. [s.p].

————. «Víctor Hugo». *El Hogar. Periódico dedicado al bello sexo* (Bogotá) I.47 (dic. 12, 1868): 376-378; I.48 (dic. 19, 1868): 381-384. [Firmado: Aldebarán]

Bibliografía crítica sobre la obra de Soledad Acosta de Samper

Aguirre, Beatriz. «Soledad Acosta de Samper y su performance narrativo de la nación». *Estudios de Literatura Colombiana* (Medellín: Universidad de Antioquia). (ene-jun., 2000): 18-34.

Aguirre Gaviria, Beatriz Eugenia. Soledad Acosta de Samper y su papel en la traducción en Colombia en el siglo XIX. 9.15 *Íkala, Revista de lenguaje y cultura* (Medellín, Universidad de Antioquia) (en.-dic., 2004). 233-267.

Alzate Cadavid, Carolina. «Configuración de un sujeto autobiográfico femenino en la Bogotá de los 1850». *La ventana. Portal informativo de la Casa de las Américas* (ab. 7, 2005). http://laventana.casa.cult.cu/modules.php?name=News&file=article&sid=2483

―――. «Introducción». *Diario íntimo y otros escritos de Soledad Acosta de Samper*. Bogotá: Alcaldía Mayor de Bogotá - Instituto Distrital de Cultura y Turismo, 2004. xiii-xlvii

―――. Soledad Acosta de Samper: una historia entre buques y montañas. Bogotá: COLCIENCIAS, 2003. 77p. (Biografía novelada).

Alzate, Carolina y Montserrat Ordóñez. *Soledad Acosta de Samper. Textos críticos*. Madrid / Frankfurt: Iberoamericana / Vervuert. 2005.

Amman, Coleen. «De la calma a la angustia: las emociones en «Un crimen». *Lecturas críticas de textos hispánicos*. Flor María Rodríguez-Arenas. Coord. & Ed. Pueblo: University of Southern Colorado, 1998. 66-76.

Anónimo. *Revista de España* (ene. 10, 1887): [s.p]. «Episodios,», Anónimo. *Un hidalgo conquistador*. Soledad Acosta de Samper. Bogotá: Imprenta de «La Luz», 1907. 3-10.

Anónimo. «[Sección sobre] Bibliografía». *Colombia Ilustrada* (1889-1890): 4-5 (jun. 30, 1889): 76-77.

Anónimo. «Soledad Acosta de Samper». *La Unión Iberoamericana* (Madrid) VII.78 (1892): 8. [referencia al artículo que aparece en la revista L'Echo Litteraire, de París, sobre Soledad Acosta de Samper, que es también colaboradora de *La Unión Iberoamericana* con motivo de la edición de su libro *La esclava de Juan Fernández*].

Anónimo. «Notas bibliográficas». *Revista del Colegio Mayor de Nuestra Señora del Rosario* 1907-1974 (Bogotá) 5.48 (sept., 1909): 445-448.

Anónimo. «Soledad Acosta de Samper». *El Repertorio Colombiano* (Bogotá) 10.3-4: [s.p].

Anónimo. «Soledad Acosta de Samper y Manuela Santamaría, dos precursoras intelectuales». *Cromos* 1915-1974 (Bogotá) 90.2250 (ag. 8, 1960): 72-73.

Ardila, Héctor M. «Soledad Acosta de Samper». *Hombres y letras de Colombia*. Bogotá: Gráficas Herpin, 1984. 561-562.

Aristizabal Montes, Patricia. «Soledad Acosta de Samper y la escritura femenina». *Revista de la Universidad del Valle* (Cali, Colombia). 19 (1998): 96-106.

Aristizábal Peraza, Juanita Cristina. «Tomo mi diario y escribo..».. *La ventana. Portal informativo de la Casa de las Américas* (ab. 7, 2005). (abr. 4, 2005). http://laventana.casa.cult.cu/modules.php?name=News&file=article&sid=2476

Barnard, Jessica. «Las tempranas manifestaciones del género en «Un crimen». *Lecturas críticas de textos hispánicos*. Flor María Rodríguez-Arenas. Coord. & Ed. Pueblo: University of Southern Colorado, 1998. 50-56.

Cabello de Carbonera, Mercedes. «Soledad Acosta de Samper». *El Perú Ilustrado* 3.142 (ene. 25, 1890): 1309-1310.

Calle, María Graciela. «Soledad Acosta de Samper: el placer de imaginar la historia». *Cuadernos de Literatura* (Bogotá - Pontificia Universidad Javeriana) II.3 (ene.-jun., 1996):

Caycedo, Bernardo J. «Semblanza de doña Soledad Acosta de Samper». *Bolívar* (Bogotá) 15 (1952): 961-984.

Curcio Altamar, Antonio. *Evolución de la novela en Colombia.* 1957. Bogotá: Instituto de Cultura Colombiana, 1975. 99-100.

Del Castillo, Lina María. «Soledad Acosta de Samper constructs a modern Colombian identity, 1860-1913». Thesis (M.A.), University of Miami, 2004. 96h.

Díaz Castro, Eugenio. «Andina». *Biblioteca de Señoritas* (Bogotá) 67 (jul. 30, 1859): 84.

———— *Novelas y cuadros de costumbres.* Eugenio Díaz Castro. II. Bogotá: Procultura S. A., 1985. 450-451.

Encinales de Sanjinés, Paulina. «La obra de Soledad Acosta de Samper: ¿un proyecto cultural?». *Mujeres latinoamericanas: historia y cultura, siglos XVI al XIX.* Luisa Campuzano (Coord). La Habana: Casa de las Américas, 1997. 227-232.

———— *Memorias. IX Congreso de la Asociación de Colombianistas. Colombia en el contexto latinoamericano.* Ed. Myriam Luque, Montserrat Ordóñez y Betty Osorio. Bogotá: Instituto Caro y Cuervo, 1997. 397-405.

Feliciano, Clarissa. «El honor, la vergüenza y la venganza, pasiones del hombre en «Un crimen». *Lecturas críticas de textos hispánicos.* Flor María Rodríguez-Arenas. Coord. & Ed. Pueblo: University of Southern Colorado, 1998. 57-65.

García-Pinto, Magdalena. "Enfermedad y ruina en la novela sentimental hispanoamericana: *Dolores* de Soledad Acosta de Samper". *Revista de Estudios Colombianos* 18 (1998): 19-26.

García Schlegel, María Teresa. «Las novelas por entregas de Soledad Acosta de Samper». (Tesis). Universidad de los Andes, Facultad de Filosofía y Letras, 1991. 211 h.

Gerassi-Navarro, Nina. «Entre piratas y corsarios las mujeres construyen la nación». *Feminaria Literaria* 8.13 (oct., 1997): 71-75.

———. «La mujer como ciudadana: desafíos de una coqueta en el siglo XIX». *Revista Iberoamericana* (Pittsburgh) 178-179 (ene.-jun, 1997): 129-140.

———. *Pirate Novels: Fictions of Nation Building in Spanish America.* Durham, NC: Duke University Press, 1999. 251p.

Gómez Ocampo, Gilberto. «El proyecto feminista de Soledad Acosta de Samper: Una extraña anomalía». *Entre María y la Vorágine: La literatura colombiana finisecular (1886-1903).* Bogotá: Fondo Cultural Cafetero, 1988. 119-148. [*El corazón de la mujer*; «Aptitud de la mujer para ejercer todas las profesiones» (1893)].

—— «El proyecto feminista de Soledad Acosta de Samper: Análisis de *El corazón de la mujer*». *Revista de Estudios Colombianos*, 5 (1988): 13-22.

———. «Soledad Acosta de Samper». *Encyclopedia of Latin American Literature.* Ed. Verity Smith. London and Chicago: Fitzroy Dearborn Publishers, 1997. [s.p].

Gómez Restrepo, Antonio. «Literatura Colombiana». *Revue Hispanique*, XLIII (1918): 155-156.

———. «Soledad Acosta de Samper». Encyclopedia of Latin American Literature. Verity Smith (Ed.). London and Chicago: Fitzroy Dearborn Publishers, 1997.

Gonzales Ascorra, Martha Irene. La evolución de la conciencia femenina a través de las novelas de Gertrudis Gómez de Avellaneda, Soledad Acosta de Samper y Mercedes Cabello de Carbonera. Disertación (Ph. D.). University of Kansas, Spanish and Portuguese, 1993. 261h.

—— *La evolución de la conciencia femenina a través de las novelas de Gertrudis Gómez de Avellaneda, Soledad Acosta de Samper y Mercedes Cabello de Carbonera.* New York: Peter Lang, 1997. 141p.

————. *La evolución de la conciencia femenina a través de las novelas de Gertrudis Gómez de Avellaneda, Soledad Acosta de Samper y Mercedes Cabello de Carbonera*. Kansas: University of Kansas, 1993. [Disertación].

González-Stephan, Beatriz. «La in-validez del cuerpo de la letrada: La metáfora patológica». *Revista Iberoamericana* 71.210 (ene.-mzo., 2005): 55-75. (Sobre Dolores).

Guerra Cunningham, Lucía. «La modalidad hermética de la subjetividad romántica en la narrativa de Soledad Acosta de Samper». *Soledad Acosta de Samper. Una nueva lectura*. Varios. Bogotá: Ediciones del Fondo Cultural Cafetero, 1988. 353-367.

Guerrero, Arturo. «El abordaje femenino de las letras». *El Tiempo* (Lecturas Dominicales) nov. 29 de 1987, 4-7.

Hallstead, Susan. «¿Una nación enfermiza? Enfermedad grotesca y escritura femenina en Dolores de Soledad Acosta de Samper». *University of Pennsylvania Graduate Student Working Papers in Romance Languages and Literatures* 4 (1999-2000): 69-80.

Hinds Jr., Harold E. «Life and Early Literary Career of the Nineteenth-Century Colombian Writer Soledad Acosta de Samper», *Latin American Women Writers: Yesterday and Today*. Ybette E. Miller Y Charles M. Tatum, [Eds]. Pittsburgh: Latin American Literary Review, 1977. 33-41.

Jiménez, Ana Cristina. *Modelos de civilización y del papel de la mujer en el proceso de consolidación nacional en Una Holandesa en América de Soledad Acosta de Samper*. Thesis, MA. Miami University, Dept. of Spanish and Portugese, 2001. 60h.

Laverde Amaya, Isidoro. *Apuntes sobre bibliografía colombiana (con apéndice de escritoras y teatro colombiano)*. Bogotá: Librería Soldevilla y Curriols y Rafael Chávez, 1882. 213-214.

Levinck, A. «La señora Acosta de Samper». *Revista Literaria* (Bogotá) 2.23 (mzo., 1892): 735-738.

López Cruz, Humberto. «Enmarcando la historia en la obra de Soledad Acosta de Samper». *La voz de la mujer en la literatura hispanoamericana fin-de-siglo*. Luis Jiménez [Ed., introd. y bibliografía]. San José, Costa Rica: Universidad de Costa Rica; 1999. 79-88.

Londoño, Patricia. «Las publicaciones periódicas dirigidas a la mujer, 1858-1930». *Boletín Cultural y Bibliográfico* 23 (1990): 2-23.

Luque Valderrama, Lucía. «Figuras femeninas de la novela en el siglo XIX. Soledad Acosta de Samper». *La novela femenina en Colombia*. (Tesis para optar al grado de doctor en Filosofía, Letras y Pedagogía). Bogotá: Cooperativa de Artes Gráficas, 1954. 33-48.

Malverde, Ivette. «Soledad Acosta y La mujer en la sociedad moderna: Desde el affidamiento a la autonomía». *Literatura y Lingüística* (Santiago de Chile) 6 (1993): 123-132.

Martin, Leona S. «Nation Building, International Travel, and the Construction of the Nineteenth-Century Pan-Hispanic Women's Network». *Hispania: A Journal Devoted to the Teaching of Spanish and Portuguese* 87.3 (sept., 2004): 439-46.

Mayer, Doris (Ed.). Soledad Acosta de Samper, The Vision of the Woman Writer in Spanish America». *Re-reading the Spanish American Essay: Translations of 19th and 20th Century Women's Essays*. Austin: University of Texas Press, 1995. 71-76.

Miralla Zuleta, Helena. *Carta de Helena Miralla Zuleta a la señora Soledad Acosta de Samper*. Bogotá: Imprenta de *El Progreso*, 1891. 15p.

Montes Garcés. Elizabeth. «La desintegración corporal vs. la construcción textual en Dolores de Soledad Acosta de Samper». *Letras Femeninas* 30.1 (2004): 120-128.

Moreno Durán, Rafael Humberto. «La obra de Soledad Acosta de Samper». *Gran Enciclopedia de Colombia*. 4. Santafé de Bogotá: Círculo de Lectores, 1992. 161.

Neswick, Roxanne. «El cuerpo social como objeto en «Un crimen». *Lecturas críticas de textos hispánicos*. Flor María Rodríguez-Arenas. Coord. & Ed. Pueblo: University of Southern Colorado, 1998. 77-85.

Ordóñez, Montserrat. «Cien años de escritura oculta: Soledad Acosta, Elisa Mújica y Marvel Moreno», *Fin de siglo: narrativa colombiana. Lecturas y críticas*. Luz Mary Giraldo [Ed]. Cali: Coedición Universidad del Valle y Centro Editorial Javeriano, 1995. 323-338.

———. «Crímenes de la historia literaria. Soledad Acosta de Samper». *Hispanorama - Deutscher Spanischlehrer Verbands* 52 (1989): 90-92.

———. «De Andina a Soledad Acosta de Samper: identidades del sujeto femenino en el siglo XIX». *La situación autorial. Mujeres, sociedad y escritura en los textos autobiográficos femeninos de América latina*. Márgara Russotto (Coord). En prensa.

———. «Introducción». *Soledad Acosta de Samper. Una nueva lectura*. Varios. Bogotá: Ediciones del Fondo Cultural Cafetero, 1988. 11-24.

———. «One Hundred Years of Unread Writing: Soledad Acosta, Elisa Mújica and Marvel Moreno». *Knives and Angels: Women Writers in Latin America*. Susan Bassnett [Ed]. London and New Jersey: Zed Books, 1990. 132-144.

———. «Prólogo: Género, escritura y siglo XIX en Colombia: Releyendo a Soledad Acosta de Samper». *Novelas y cuadros de la vida suramericana*. Montserrat Ordóñez, Edición y notas. Bogotá: Editorial Pontificia Universidad Javeriana - Uniandes, 2004. 13-31.

———. «Soledad Acosta de Samper: Una nueva lectura». *Nuevo Texto Crítico* (Stanford University) II, 4, 1989. 49-55. Número especial: *América Latina: mujer, escritura y praxis*.

———. «Soledad Acosta de Samper: ¿Un intento fallido de literatura nacional?». *Mujeres latinoamericanas: historia y cultura, siglo XVI al XIX*. Luisa Campuzano [Coord]. La Habana: Casa de las Américas, 1997. 33-42.

——— *Memorias. IX Congreso de la Asociación de Colombianistas. Colombia en el contexto latinoamericano*. Myriam Luque, Montserrat Ordóñez y Betty Osorio [Eds]. Bogotá Instituto Caro y Cuervo, 1997. 383-395.

————. «Soledad Acosta de Samper y los terrores del año 2000». *Revista Ibe-roamericana* (Pittsburg) 194-195 (ene.-jun., 2001): 291-294.

————. «Tres momentos en la literatura colombiana: Soledad Acosta, Elisa Mujica y Marvel Moreno». *Correo de los Andes* 57 (1989): 17-24.

Ortega, José, *Historia de la literatura colombiana*. Bogotá: Editorial Cromos, 1935. 184.

Ortega Ricaurte, Carmen. «Doña soledad Acosta de Samper y sus aportes al periodismo colombiano». *Senderos* (Bogotá) 7.29-30 (dic., 1994): 943-947.

Otero Muñoz, Gustavo. «Doña Soledad Acosta de Samper», *Boletín de Historia y Antigüedades* (Bogotá) XX.229 (1933): 169-175.

————. «Soledad Acosta de Samper», *Boletín de Historia y Antigüedades* (Bogotá) XXIV.271 (mayo, 1937): 270-283.

Otto, Sandra. «Los discursos sociales en «Un crimen». *Lecturas críticas de textos hispánicos*. Flor María Rodríguez-Arenas, Coord. & Ed. Pueblo: University of Southern Colorado, 1998. 40-49.

Pachón Padilla, Eduardo. «El cuento: historia y análisis». *Manual de literatura colombiana*. Bogotá: Procultura-Planeta, 1988: 523-524.

Palma, Milagros. «El eterno dolor femenino en la novela "Dolores" de Soledad Acosta de Samper». *Livres Ouverts / Libros abiertos* (Paris) IV.6 (ene.-jul., 1997): [s.p].

Patiño, Julia Emma. «Resistencia y búsqueda de la identidad de la mujer latinoamericana en las obras de Soledad Acosta de Samper». Tulane University: Disertación, 1995. 348p.

Peralta, Manuel María. «Parte no oficial». *Diario de Cundinamarca* (Bogotá) 55 (dic. 16, 1869): 219. [sobre obras de la autora]

Petkova, Daniela. «La versión y la subversión de la mujer en Luz y sombra y Dolores de Soledad Acosta de Samper». *Cincinnati Romance Review*, 2004; 23: 148-64.

Pineda Botero, Álvaro. «Dolores». *La fábula y el desastre: Estudios críticos sobre la novela colombiana, 1650-1931*. Fondo Editorial. Universidad EAFIT, 1999. 195-198.

———. «El corazón de la mujer». *La fábula y el desastre: Estudios críticos sobre la novela colombiana, 1650-1931*. Fondo Editorial. Universidad EAFIT, 1999. 237-244.

Plata Quesada, William. «Soledad Acosta: una flor en el olvido». *Goliardos* (Santafé de Bogotá) (1996): 20-31.

Porras Collantes, Ernesto. *Bibliografía de la novela en Colombia*. Bogotá: Instituto Caro y Cuervo, 1976: 6-26.

Ramírez, Liliana. «Huellas de la soledad». *La ventana, Portal informativo de la Casa de las Américas* (abr. 11, 2005). http://laventana.casa.cult.cu/modules.php?name=News&file=article&sid=2492

Reyes, Carlos José. «El teatro de Soledad Acosta de Samper». *Colombia en el contexto latinoamericano*. Myriam Luque; Montserrat Ordóñez y Betty Osorio |Eds. e introducción|; Bogotá, Colombia: Instituto Caro y Cuervo; 1997. 369-381.

———. «Soledad Acosta de Samper». Teatro colombiano del siglo XIX. Bogotá: Biblioteca Nacional de Colombia, 1991. 348-349.

Rivera Martínez, Edgardo. «*Teresa la limeña,* una desconocida novela de Soledad Acosta de Sam|per|». *Scientia Omni* (Universidad Nacional de San Marcos, Lima) 1 (marzo 1997): 201-230.

Rodríguez-Arenas, Flor María. *El discurso marginal femenino del XIX. Consecuencias funestas para sus autoras: dos casos ejemplares: Josefa Acevedo de Gómez y Soledad Acosta de Samper.* Mss. Quinto Simposio Internacional: «Culturas fronterizas y discursos marginales». San Diego State University, San Diego, California. Marzo 23-25, 1988. 10h.

———. «Dolores». *La novela decimonónica colombiana: 1835-1870: estudio, informes 1, 2 e informe final*. Bogotá: Colcultura. Subdirección de Artes, 1995. 3 vols.

———. «El corazón de la mujer». *La novela decimonónica colombiana: 1835-1870: estudio, informes 1, 2 e informe final*. Bogotá: Colcultura. Subdirección de Artes, 1995. 3 vols.

————. «El realismo de medio siglo en la literatura decimonónica colombiana: José María Samper y Soledad Acosta de Samper». *Estudios de Literatura Colombiana* 14 (ene.-jun., 2004): 55-77.

————. La labor intelectual de Soledad Acosta De Samper en la revista *La Mujer* (1878-1881). *Soledad Acosta de Samper. Textos críticos.* Carolina Alzate y Montserrat Ordóñez (Comp.). Madrid / Frankfurt: Iberoamericana / Vervuert. 2005. 421-448.

————. «La marginación de la narrativa de escritoras decimonónicas colombianas: "El crimen" de Soledad Acosta de Samper (1869)». *Tradición y actualidad de la literatura iberoamericana.* I. Pamela Bacarisse, [Ed]. Actas del XXX Congreso del Instituto Internacional de Literatura Iberoamericana. Pittsburgh: University of Pittsburgh, 1995. 153-159.

————. *La mujer en la articulación del canon novelístico en el siglo XIX colombiano: Soledad Acosta de Samper.* Mss. MMLA Minneapolis, Minnesota. Nov. 2-4, 1989.10h.

————. «Mujer, tradición y novela». *¿Y las mujeres?* Estudios de literatura colombiana. (Coautora). Medellín: Universidad de Antioquia, 1991. 77-88.

————. «Soledad Acosta de Samper: Bibliografía de escritoras colombianas». *¿Y las mujeres? Estudios de literatura colombiana.* (Coautora). Medellín: Universidad de Antioquia, 1991. 289-307.

————. «Soledad Acosta de Samper, *Dolores, Teresa la limeña* y *El corazón de la mujer* (1869)». *¿Y las mujeres?* Estudios de literatura colombiana. (Coautora). Medellín: Universidad de Antioquia, 1991. 133-175.

———— *Soledad Acosta de Samper. Textos críticos.* Carolina Alzate y Montserrat Ordóñez (Comp.). Madrid / Frankfurt: Iberoamericana / Vervuert. 2005. 203-238.

————. «Teresa la limeña». *La novela decimonónica colombiana: 1835-1870: estudio, informes 1, 2 e informe final.* Bogotá: Colcultura. Subdirección de Artes, 1995. 3 vols.

Samper, José María. «Dos palabras al lector», *Novelas y cuadros de la vida sur-americana*. Soledad Acosta de Samper. Gante: Imprenta de Eug. Vanderhaeghen, 1869. vi-viii.

Samper Trainer, Santiago. «Soledad Acosta de Samper. El eco de un grito». *Las mujeres en la historia de Colombia*. Magdala Velásquez [Ed]. Tomo I. Bogotá: Presidencia de la República y Norma, 1995. 132-155.

Sánchez López, Luis Mario *Diccionario de escritores colombianos*. Bogotá: Plaza y Janés, 1982. 26.

Sánchez Espitia, Leila Adriana. «Soledad Acosta de Samper». *Diccionario Enciclopédico de las Letras de América Latina* (DELAL). Caracas: Biblioteca Ayacucho y Monte Avila, 1995. [s.p].

Scott, Nina M. «"Dolores". Soledad Acosta de Samper». *Madres del verbo. Mothers of the WordL Early Spanish American women writers. A bilingual anthology*. Albuquerque: University of New Mexico Press, 1999. [s.p].

————. «'He Says, She Writes': Narrative Collaboration in Soledad Acosta de Samper's "Dolores"». *Mujer, sexo y poder en la literatura iberoamerciana del siglo XIX*. Joanna Courteau [Ed]. Valladolid: Siglo XIX Anejos. Monografías 4, 1999. 83-89.

Skinner, Lee. «Gender and History in Nineteenth-Century Latin America: The Didactic Discourses of Soledad Acosta de Samper». *Inti: Revista de Literatura Hispánica* 49-50 (Spring-Autumn, 1999: 71-90.

Serrano, Emilia, Baronesa de Wilson. «Soledad Acosta de Samper». *Mujeres ilustres de América*. Barcelona : Maucci, 1904. 71-73.

Steffanell, Alexander. «Civilización/barbarie en la ciudad letrada de José Enrique Rodó y Doña Soledad Acosta de Samper: Dos ensayistas americanos del siglo XIX». *La Casa de Asterión* (Universidad del Atlántico) VI.23 (oct.-dic., 2005): http://casadeasterion.homestead.com/v6n23ciudad.html

Torres, Thomas. «La crueldad del poder o lo que destruye al hombre en «Un crimen». *Lecturas críticas de textos hispánicos*. Flor María Rodríguez-Arenas. Coord. & Ed. Pueblo: University of Southern Colorado, 1998. 86-94.

Valencia Goelkel, Hernando y Santiago Mutis. [Eds]. *Manual de literatura colombiana*. Bogotá: Procultura y Planeta, 1988. II.523, 636.

Vallejo, Catharina. «Dichotomy and Dialectic: Soledad Acosta de Samper's *Una holandesa en América* and the Canon». *Monographic Review/Revista Monográfica* XIII: 273-285.

―――. «Los silencios del Diario: autobiografía, ficción y escritura». *La Ventana. Portal informativo de la Casa de las Américas*. (abr. 7, 2005). http://laventana.casa.cult.cu/modules.php?name=News&file=article&sid=2483

Varios. *Soledad Acosta de Samper. Una nueva lectura*. Bogotá: Ediciones del Fondo Cultural Cafetero, 1988. 401p.

Novelas y Cuadros de la vida Sur-Americana*

A la memoria de mi padre,
el general Joaquín Acosta

---

* **Nota:** En esta edición se ha modernizado la ortografía de la edición original, agregando los signos iniciales de admiración e interrogación, se han reducido los puntos suspensivos a tres y se ha empleado la raya para señalar cada una de las intervenciones de un diálogo de los personajes y para introducir o encerrar los comentarios, precisiones o interrupciones de la voz narrativa a las intervenciones de los personajes; asimismo se marca el acento gráfico a las palabras que carecían de éste en la época.

Dos palabras al lector [1]

Debo una explicación a cuantos favorezcan[2] con su benévola acogida este libro, respecto de los motivos que han determinado su publicación.

La esposa que Dios me ha dado y a quien con suma gratitud he consagrado mi amor, mi estimación y mi ternura, jamás se ha envanecido con sus escritos literarios, que considera como meros[3] ensayos; y no obstante la publicidad dada a sus producciones, tanto en Colombia como en el Perú, y la benevolencia con que el público la ha estimulado en aquellas repúblicas, ha estado muy lejos de aspirar a los honores de otra publicidad más durable que la del periodismo. La idea de hacer una edición en libro, de las novelas y los cuadros que mi esposa ha dado a la prensa, haciéndose conocer sucesivamente bajo los seudónimos de *Bertilda*, *Andina* y *Aldebarán*, nació de mí exclusivamente; y hasta he tenido que luchar con la sincera modestia de tan querido autor para obtener su consentimiento.

¿Por qué lo he solicitado con empeño?[4] los motivos son de sencilla explicación. Hija única de uno de los hombres más útiles y eminentes que ha producido mi patria, del general Joaquín Acosta,[5] notable en Colombia como

---

1 Fuentes principales para el léxico de las notas: Mario Di Filippo. *Lexicón de colombianismos*. 2ª ed. Bogotá: Banco de la República – Biblioteca Luis Ángel Arango. 1983. 2 vols. María Moliner. *Diccionario de uso del español*. 2ª ed. Madrid: Editorial Gredos, 1998. 2 vols.

2 *Favorecer*: ayudar, beneficiar, servir.

3 *Mero*: sólo.

4 *Empeño*: esfuerzos realizados para conseguir o realizar cierta cosa.

5 *José Joaquín Acosta* (1800, Guaduas-Cundinamarca-1852). Científico, historiador, geólogo e ingeniero militar y diplomático. El viaje a Europa lo acerca a los estudios de mineralogía, geología e ingeniería militar. Viaja a Europa en 1825; a su regreso a Colombia, en 1832, fue Director de caminos de Cundinamarca y miembro fundador de la Academia Nacional. En 1833, fue nombrado catedrático de Química en la Universidad y comandante al mando de medio batallón de artillería. En 1835 fue diputado al Congreso. Tuvo a su cargo el Observatorio Astronómico y el Musco Nacional; y mantuvo constante comunicación con los científicos europeos y las sociedades geográficas. Como diplomático, fue nombrado en 1837 encargado de negocios de la Nueva Granada en el Ecuador, Ministro en Washington en 1842, y Ministro de Relaciones Exteriores en 1843. En su segundo viaje a Europa, en 1845,

militar y hombre de estado, como sabio y escritor y aún como profesor, mi esposa ha deseado ardientemente hacerse lo más digna posible del nombre que lleva, no sólo como madre de familia sino también como hija de la noble patria colombiana; y ya que su sexo no le permitía prestar otro género de servicios a esa patria, buscó en la literatura, desde hace más de catorce años, un medio de cooperación y actividad.

He querido, por mi parte, que mi esposa contribuya con sus esfuerzos, siquiera 6 sean humildes, a la obra común de la literatura que nuestra joven república está formando, a fin de mantener, de algún modo, la tradición del patriotismo de su padre; y he deseado que, si algún mérito pueden hallar mis conciudadanos en los escritos de mi esposa, puedan estos servir a mis hijas como un nuevo título a la consideración de los que no han olvidado ni olvidarán el nombre del general Acosta.

Tan legítimos deseos justificarán, así lo espero, la presente publicación. Esta contiene, junto con seis cuadros hasta ahora inéditos, una pequeña parte de los escritos que la imprenta ha dado a luz bajo los tres seudónimos mencionados y las iniciales S. A. S.; pero he creído que sólo debía insertar en este libro cuadros homogéneos, prescindiendo 7 de gran número de artículos literarios y bibliográficos, y de todos los trabajos relativos a viajes y otros objetos.

¡Quieran los amigos de la literatura, entre los pueblos hermanos que hablan la lengua de Cervantes 8 y Moratín 9, acoger con benevolencia los escritos de una colombiana, que no cree merecer aplausos y solamente solicita estímulos!

París, octubre 5 de 1869.

JOSÉ M. SAMPER10

---

consultó el Archivo de Indias en España y publicó en 1848 en París el *Compendio histórico del descubrimiento y colonización de la Nueva Granada en el siglo XVI*. En París, publicó en 1847 *Geología de la Nueva Granada*, y en ella incluyó un amplio mapa de la República de la Nueva Granada; además, tradujo las Memorias que Jean-Baptiste Boussingault había presentado en la Academia de Ciencias de París: *Viajes científicos a los Andes ecuatoriales 1826-1830*, y reprodujo el *Semanario de Francisco José de Caldas*.

6   *Siquiera*: aunque.

7   *Prescindir*: omitir.

8   *Cervantes:* Miguel de Cervantes y Saavedra: (Alcalá de Henares, 1547- Madrid, 1616). Dramaturgo, poeta y novelista español, autor de la novela *El ingenioso hidalgo don Quijote de la Mancha*, considerada como la primera novela moderna de la literatura universal. Es considerado el máximo representante de la literatura española y reconocida figura de la literatura.

9   *Moratín:* Leandro Fernández de Moratín: (Madrid, 1760-París, 1828). Hijo del también literato Nicolás Fernández de Moratín. Fue poeta y dramaturgo neoclásico español, autor de la comedia *El sí de las niñas*.

10 *José María Samper Agudelo* (1828-1888): fue uno de los intelectuales más importantes de Colombia en el siglo XIX; reconocido estadista, político, constitucionalista y diplomático. Escribió sobre todos los temas que interesaban y conmocionaban a sus coetáneos. Ideólogo y fundador del partido liberal colombiano fue su teórico más importante, su pensador más sistemático durante el siglo XIX (Torres Duque 1994, 150). Terminó sus días como conservador moderado; fue uno de los Constituyentes redactores de la Constitución de 1886, legislación que rigió hasta 1991. Su obra, de gran extensión y variedad, cubre el periodismo, la filosofía, la religión, la poesía, la narrativa, la historia, la sociología, el ensayo, la biografía, la economía, el comercio, el derecho; así como también la estadística, la física y

la química experimental; fue miembro de la Sociedad de Geógrafos de París, de la Sociedad Oriental y Americana de Etnografía y del Círculo de las Sociedades Sabias. Como
periodista editó o redactó los principales periódicos liberales por varias décadas; también
escribió para diarios de Santiago de Chile, Lima, Madrid, Bruselas, París y Londres

Dolores

(Cuadros de la vida de una mujer)

PARTE PRIMERA

La nature est un drame avec des personnages.[11]

VICTOR HUGO[12]

—¡Qué linda muchacha! —exclamó Antonio al ver pasar por la mitad de la plaza de la aldea[13] de N*** algunas personas a caballo, que llegaban de una hacienda con el objeto de asistir a las fiestas del lugar, señaladas para el día siguiente.

Antonio González era mi condiscípulo[14] y el amigo predilecto de mi juventud. Al despedirnos en la Universidad, graduados ambos de doctores, me ofreció visitarme en mi pueblo en la época de las fiestas parroquiales, y con tal fin había llegado el día anterior a N***. Deseosos ambos de divertirnos, dirigíamos, con el entusiasmo de la primera juventud, que en todo halla in-

---

11 *La nature est un drame avec des personnages*: la naturaleza es un drama con personajes.
12 *Victor Hugo*: (Besançon, 1802-París, 1885). Figura máxima del romanticismo francés. A los 13 años, empezó su primer libro: *Cahier de vers français*; alos 14 años escribió una tragedia. Fue miembro de la Sociedad de las buenas letras, fundador y redactor de el *Conservateur littéraire*. Tuvo muchas amistades importantes entre las cuales podemos citar Lamartine o Vigny, Sainte Beuve, Léonie Biard et Louis Philippe, con duques y un cardinal. Escribió su primer libro *Odes* (1822); ese mismo año contrajo matrimonio con Adèle Foucher. Desde 1822, la censura le fue adversa; ese año prohibió: *Inès de Castro*. Demostró en sus novelas sus sentimientos y sus tendencias políticas. Escribió *La préface de Cromwell* (1827); *Les Orientals* (1829); *Hernandí* (1830), con el cual alcanza gloria literaria. A su primera novela histórica: *Notre-Dame de Paris* (1831), siguen piezas dramáticas: *Marion de Lorme* (1831), *Le roi s'amuse* (1832), *Marie Tudor* (1833) y su obra clave romántica: *Ruy Blas* (1838). Poesía: *les Feuilles d'automne* (1831), *les Chants du Crépuscule* (1835), *les Voix intérieures* (1837) y *les Rayons et les ombres* (1840). Posteriormente publica: *La Légende des siècles* (1859); *les Misérables* (1862), les Travailleurs de la mer (1866), *l'Homme qui rit* (1869). Continúa *la Légende des siècles* (1877) y publica sus poemas: *l'Année terrible* (1871) y *l'Art d'être grand-père* (1877). En junio de 1878, Victor Hugo sufre una congestión cerebral, regresa a París donde muere a los 83 años. De fuerte personalidad, acérrimo partidario de la república, practicante de experiencias espiritistas y amante de las libertades, Victor Hugo implantó las bases ideológicas de la corriente romántica en el prefacio del drama histórico *Cromwell*, desligándose así de la literatura clásica.
13 *Aldea*: Pueblo muy pequeño.
14 *Condiscípulo*: Con relación a una persona, otra que asiste o ha asistido con ella al mismo centro de enseñanza o recibe o ha recibido junto con ella las enseñanzas de un mismo maestro.

terés, la construcción de las barreras en la plaza para las corridas de toros[15] del siguiente día. A ese tiempo pasó, como antes dije, un grupo de gente a caballo, en medio del cual lucía,[16] como un precioso lirio [17] en medio de un campo, la flor más bella de aquellas comarcas,[18] mi prima Dolores.

—Lo que más me admira —añadió Antonio—, es la cutis [19] tan blanca y el color tan suave, como no se ven en estos climas ardientes.

Efectivamente, los negros ojos de Dolores y su cabellera de azabache[20] hacían contraste con lo sonrosado de su tez y el carmín[21] de sus labios.

—Es cierto lo que dice usted —exclamó mi padre que se hallaba a mi lado—; la cutis de Dolores no es natural en este clima... ¡Dios mío! —dijo con acento conmovido[22] un momento después—, yo no había pensado en eso antes.

Antonio y yo no comprendimos la exclamación del anciano. Años después recordábamos la impresión que nos causó aquel temor[23] vago, que nos pareció tan extraño...

Mi padre era el médico de N*** y en cualquier[24] centro más civilizado se hubiera hecho notar por su ciencia práctica y su caridad. Al contrario de lo que generalmente sucede,[25] él siempre había querido que yo siguiese su misma profesión, con la esperanza, decía, de que fuese un médico más ilustrado que él.

Hijo único, satisfecho [26] con mi suerte, mimado [27] por mi padre y muy querido por una numerosa parentela[28], siempre me había considerado muy feliz. Me hallaba entonces en N*** tan sólo de paso, arreglando algunos negocios para poder verificar pronto mi unión con una señorita a quien había conocido y amado en Bogotá.

Entre todos mis parientes la tía Juana, señora muy respetable y acaudalada [29], siempre me había preferido, cuidando y protegiendo mi niñez desde que perdí a mi madre. Dolores, hija de una hermana suya, vivía a su lado hacía algunos años, pues era huérfana de padre y madre. La tía Juana dividía su cariño entres sus dos sobrinos predilectos.

---

15 *Corrida de toros*: espectáculo consistente en lidiar toros en una plaza cerrada.
16 *Lucir*: exhibir; hacer alguien un papel brillante, hacer algo que causa buena impresión o da buena idea del que lo hace.
17 *Lirio*: flores terminales moradas o blancas de la planta iridácea de hojas con forma de espada, envainadoras, y con un tallo erguido. Lis.
18 *Comarca*: país, territorio.
19 *Cutis*: piel de las personas, particularmente del rostro. Tez.
20 *Azabache*: se emplea laudatoriamente como calificación o como término de comparación para cosas muy negras.
21 *Carmín*: color rojo.
22 *Conmovido*: con moción por una desgracia ocurrida a otro; particularmente, a una persona por la que se tiene afecto, admiración o respeto.
23 *Temor*: recelo o sospecha de que ocurra, haya ocurrido o pueda ocurrir cierta cosa mala.
24 *Cualquiera*: indeterminado. *Indiferente.
25 *Suceder*: acontecer, ocurrir, pasar.
26 *Satisfecho*: participio adjetivo de «satisfacer»; Conseguir o realizar el objeto de aspiraciones, deseos o pasiones.
27 *Mimar*: tratar a alguien con muchas consideraciones.
28 *Parentela*: conjunto de los parientes de alguien.
29 *Acaudalada*: adinerada.

Apenas llegamos a una edad en que se piensa en esas cosas, Dolores y yo comprendimos que el deseo de la buena señora era determinar un enlace[30] entre los dos; pero la naturaleza humana prefiere las dificultades al camino trillado,[31] y ambos procurábamos manifestar tácitamente que nuestro mutuo cariño[32] era solamente fraternal. Creo que el deseo de imposibilitar enteramente ese proyecto contribuyó a que sin vacilar me comprometiese a casarme en Bogotá, y cuando todavía era un estudiante sin porvenir. Considerando a Dolores como una hermana, desde que fui al colegio le escribía frecuentemente y le refería las penas y percances[33] de mi vida de colegial, y después mis esperanzas de joven y de novio.

Esta corta reseña[34] era indispensable para la inteligencia de mi sencilla relación.

Después de permanecer en la plaza algunos momentos más, volvimos a casa. La vivienda de mi padre estaba a alguna distancia del pueblo; pero como se anunciaban fuegos artificiales para la noche, Antonio y yo resolvimos volver al poblado poco antes de que se empezara esta diversión popular.

La luna iluminaba el paisaje. Un céfiro[35] tibio y delicioso hacía balancear los árboles y arrancaba a las flores su perfume. Los pajarillos se despertaban con la luz de la luna y dejaban oír un tierno murmullo, mientras que el filósofo búho,[36] siempre taciturno[37] y disgustado se quejaba con su grito de mal agüero.[38]

Antonio y yo teníamos que atravesar un potrero[39] y cruzar el camino real antes de llegar a la plaza de N***. ¡Conversábamos alegremente de nuestras esperanzas y nuestra futura suerte, porque lo futuro para la juventud es siempre sinónimo de dichas[40] y esperanzas colmadas![41] Antonio había elegido la carrera más ardua,[42] pero también la más brillante, de abogado, y su claro talento y fácil elocuencia le prometían un bello porvenir. Yo pensaba, después de hacer algunos estudios prácticos con uno de los facultativos[43] de más fama, casarme y volver a mi pueblo a gozar de la vida tranquila del campo. Forzoso

---

30 *Enlace*: ceremonia de casamiento.
31 *Trillado*: conocido o sabido: sin novedades o dificultades.
32 *Cariño*: sentimiento de una persona hacia otra por el cual desea su bien, se alegra o entristece por lo que es bueno o malo para ella y desea su compañía:
33 *Percance*: accidente de poca gravedad que entorpece o interrumpe la marcha de algo. Contratiempo.
34 *Reseñar*: describir una cosa brevemente por escrito.
35 *Céfiro*: viento suave y agradable. Brisa.
36 *Búho*: ave rapaz nocturna que viven en los bosques espesos y peñascosos y también en los montes desnudos de vegetación arbórea, y anida lo mismo en los huecos de los árboles que en las hendeduras de las rocas o en los edificios abandonados.
37 *Taciturno*: se aplica al que, por carácter, habla poco. Callado, silencioso.
38 *Agüero*: cosa que anuncia buena o mala suerte. Augurio, presagio. Adivinar.
39 *Potrero*: finca rústica, con árboles, cercada, que se destina a la cría de ganado. Terreno sin edificar donde juegan los niños.
40 *Dicha*: felicidad.
41 *Colmar*: satisfacer completamente deseos, ilusiones, esperanzas, aspiraciones o cosa parecida.
42 *Ardua*: que exige mucho esfuerzo; difícil.
43 *Facultativo*: médico.

es confesar que N*** no era sino una aldea grande, no obstante el enojo que a sus vecinos causaba el oírla llamar así, pues tenía sus aires de ciudad y poseía en ese tiempo jefe político jueces, cabildo[44] y demás tren de gobierno local. Desgraciadamente ese tren y ese tono le producían infinitas molestias, como le sucedería a una pobre campesina que, enseñada a andar descalza[45] y a usar enaguas[46] cortas, se pusiese de repente botines de tacón, corsé y crinolina.[47]

A medida que nos acercábamos al poblado el silencio del campo se fue cambiando en alegre bullicio:[48] se oían cantos al compás de tiples[49] y bandolas,[50] gritos y risas sonoras; de vez en cuando algunos cohetes[51] disparados en la plaza anunciaban que pronto empezarían los fuegos.[52] La plaza presentaba un aspecto muy alegre. En medio del cercado para los toros del siguiente día habían puesto castillos[53] de *chusque*,[54] y formado figuras con candiles[55] que era preciso encender sin cesar a medida que se apagaban. El polvorero[56] del lugar era en ese momento la persona más interesante; los muchachos lo seguían, admirando su gran ciencia y escuchando con ansia[57] y con respeto las órdenes y consejos que daba a sus subalternos sobre el modo de encender los castillos y tirar los cohetes con maestría.

Antonio y yo nos acercamos a la casa de la tía Juana que, situada en la plaza, era la mejor del pueblo. En la puerta y sentadas sobre silletas recostadas contra la pared, reían y conversaban muchas de las señoritas del lugar, mientras que las madres y señoras respetables estaban adentro discutiendo cuestiones más graves, es decir, enfermedades, víveres y criadas. Los *cachacos*[58] del lugar y los de otras partes que habían ido a las fiestas, pasaban y repasaban por frente a la puerta sin atreverse a acercarse a las muchachas, que gozaban de su imperio y atractivo sin mostrar el interés con que los miraban.

---

44 *Cabildo*: corporación que tiene a su cargo la administración de un municipio, compuesta por el alcalde y los concejales.
45 *Descalza*: con los pies desnudos.
46 *Enagua*: falda.
47 *Crinolina*: falda de tela clara y rígida, que se empleaba debajo de la falda del vestido para mantenerla hueca.
48 *Bullicio*: movimiento y actividad de la gente.
49 *Tiple*: instrumento colombiano adaptación de la vihuela que llevaron
50 *Bandola*: instrumento de cuerdas pulsadas, con una plumilla. Su función es la de llevar la melodía. Se emplea en los conjuntos llamados «estudiantinas».
51 *Cohete*: artificio pirotécnico consistente en un cartucho lleno de pólvora y otros explosivos, con una varilla para sostenerlo, que se lanza a lo alto prendiéndolo por la parte inferior y, una vez arriba, explota produciendo un estampido y diversos efectos luminosos.
52 *Fuego*: fuegos artificiales. Nombre genérico aplicado a toda clase de dispositivos con que, por medio de pólvora, se consiguen luces de distintos colores y estampidos, para diversión. En sentido restringido, los artificios de esa clase dispuestos con ruedas y otros mecanismos que se mueven a la vez que despiden luces, chorros de chispas de distintos colores y cohetes. Pirotecnia.
53 *Castillo*: castillo de fuegos artificiales. Combinación de mucho aparato de fuegos artificiales y cohetes lanzados desde distintos sitios.
54 *Chusque*: planta gramínea de mucha altura; es una especie de bambú. Carrizo, caña.
55 *Candil*: velas grandes.
56 *Polvorero*: persona encargada de combinar materias explosivas para fines militares o para producir efectos vistosos en forma de cohetes y fuegos artificiales. Pirotécnico.
57 *Ansia*: deseo intenso.
58 *Cachaco*: se llama así a la persona del interior de la república. Afable, cortés, culto.

Me acerqué a la falange[59] femenina con todo el ánimo que me inspiraba el haber llegado de Bogotá, grande recomendación en las provincias, y la persuasión de ser bien recibido como pariente. Presenté mi amigo a las personas reunidas dentro y fuera de la casa, y tomando asientos salimos a conversar con las muchachas.

Poco después empezaron los fuegos: la *vaca–loca*,[60] los *busca–niguas*[61] y demás retozos[62] populares pusieron en movimiento a todo el populacho, que corría con bulliciosa alegría. El humo de la pólvora oscureció la luz de la luna que un momento antes brillaba tan poéticamente. Los castillos fueron encendidos uno en pos [63] de otro en medio de los gritos de la muchedumbre. Al cabo de algunos minutos se oyó un recio estampido[64] acompañado de algunas luces rojas y mayor cantidad de humo sofocante: esta era la señal de que los fuegos habían concluido, y la gente se fue dispersando en diferentes direcciones, convencidos todos de que aquellos habían estado brillantes y que se habían divertido mucho, aunque se les hubiera podido probar lo contrario al hacerles pensar en el cansancio, los pies magullados,[65] los vestidos rotos y tal cual quemadura que algunos llevaban. ¿Pero siempre no es más bella la imaginación que la realidad?

Propuse entonces que fuéramos todos los que estábamos reunidos en casa de la tía Juana a dar una vuelta por la plaza.

La tropa femenina se formó en columna y los del sexo feo, desplegándonos en guerrilla, dábamos vuelta a su rededor. La simpatía es inexplicable siempre: en breve Antonio y Dolores se acercaron el uno al otro y trabaron al momento una alegre conversación.

La plaza estaba cubierta de mesas de diferentes juegos de lotería, *bis–bis*,[66] *pasa–diez*,[67] *cachimona*[68] &, en los que con la módica suma de un cuartillo[69] se apuntaban todos aquellos que querían probar la suerte. En otras

---

59 *Falange*: una agrupación de personas que se unen estrechamente con cierto fin.

60 *Vaca-loca*: artefacto compuesto por una cabeza de vaca de cartón provista de cuernos auténticos y envuelta en una tela cubierta de una substancia inflamable que se coloca en la parte delantera de un armazón de madera.

61 *Buscaniguas*: buscapiés. Cohete sin varilla lleno de pólvora que al ser encendido corre por la tierra entre los pies de la gente.

62 *Retozo*: juego.

63 *En pos de*: detrás de una cosa, a continuación de ella.

64 *Estampido*: ruido fuerte que semeja al de una explosión.

65 *Magullar*: causar daño o alteración en un tejido orgánico, sin herirlo.

66 *Bis-bis*: juego de azar que consistía en efectuar una o varias apuestas indistintamente a uno, dos o cuatro de los cuarenta y ocho números posibles, según el premio que se quisiera obtener, caso de ser ganador, sea cuarenta y cuatro, veintidós u once veces, respectivamente, la apuesta formulada, contando el importe de ésta. El bis-bis más tradicional es el que bajo las diligencias de los «Diablillos», se celebraba en los salones superiores del Casino.

67 *Pasa-diez*: juego antiguo en que el jugador lanzaba tres dados simultáneamente, y ganaba si la suma obtenida era mayor que 10; perdía la apuesta en caso contrario.

68 *Cachimona*: cachiporra: juego en que se pintan tantas rayas cuantos sean los jugadores, engrosando el extremo de una de ellas de manera que simule una cachiporra. Tapando este extremo de la raya. Las que se han pintado una al lado de otra, los jugadores señalan cada uno la suya, y pierde o gana, según lo convenido previamente, el que haya señalado el que tenía forma de cachiporra.

69 *Cuartillo*: moneda.

mesas y bajo de toldos algunos tomaban licores de toda especie: *chicha* [70] de coco, *guarapo*,[71] anisado, mistela[72] y hasta brandi y vino no muy puros; mientras que otros encontraban el *ideal* de sus aspiraciones en suculentos guisos, *ajiacos*,[73] pavos asados y *lechonas*[74] rellenas con ajos y cominos. Más lejos se veían orchatas, aguas de lulos, de moras, de piña,[75] *guarruz*[76] de maíz y de arroz, que se presentaban en sus botellas tapadas con manojitos[77] de claveles o rosas. Los bizcochuelos[78] cubiertos con batido blanco o canela, los huevos *chimbos*,[79] las frutas acarameladas, las cocadas, los panderos,[80] las arepitas de diversas formas y todo el conjunto de golosinas[81] que lleva compendiosamente el nombre de colación, yacían[82] en bandejas[83] de varios tamaños y colores, en hileras sobre manteles toscos[84] pero limpios.

De aquí para allí discurrían grupos de gente del pueblo cantando al son de tiples, *alfandoques*[85] y *carrascas*.[86] Esta gente recorre toda tienda en que se encuentre guarapo y aguardiente,[87] cantando siempre, sin cambiar nunca la cadencia lánguida[88] y melancólica de su estribillo y sin dejar de improvisar curiosos versos. Así pasan las noches enteras, cantando y bebiendo sin cesar, pero siempre con aire grave y sin sonreírse jamás. Cuán cierto es aquello de

---

70 *Chicha*: bebida fermentada de maíz.

71 *Guarapo*: bebida fermentada compuesta del jugo de la caña de azúcar o del maíz; también agua fermentada en la que sobrenadan cortezas de piña.

72 *Mistela*: bebida hecha con aguardiente, almíbar y yerbas aromáticas como mejorana u otras.

73 *Ajiaco*: sopa espesa, típica del altiplano colombiano, cuyos principales ingredientes son diversas clases de papa, carne de pollo, maíz tierno y hojas de guasca.

74 *Lechona*: hembra joven del cerdo, rellena, asada al horno.

75 *Orchatas, aguas de lulos, de moras, de piña*: jugos de frutas.

76 *Guarruz*: bebida preparada con maíz o arroz con azúcar o panela. Sedimento constituido por los granos del maíz en la chicha.

77 *Manojo*: grupo de cosas alargadas que se sujetan con la mano sobresaliendo de ella.

78 *Bizcochuelo*: pastel esponjoso hecho con harina, principalmente la de maíz, huevos y azúcar, con que se prepara una pasta que se cuece en el horno.

79 *Huevos chimbos*: dulce de huevos, almíbar y almendra.

80 *Pandero*: panecillo por lo general en forma de rosca, hecha con harina de yuca, mantequilla, huevos y azúcar o panela y cocido al horno.

81 *Golosina*: cosa de comer apetitosa, generalmente dulce, que se toma por gusto y no para alimentarse.

82 *Yacer*: estar extendido.

83 *Bandeja*: recipiente plano con un pequeño reborde alrededor, que se emplea para servir cosas como vasos o platos, presentar cartas, ofrecer alimentos, etc.

84 *Tosco*: basto, áspero.

85 *Alfandoque*: es un instrumento típico del Valle de Tenza y otras regiones de Boyacá; consiste en un trozo de guadua, al cual se le introducen pepitas de chisgua y se hacen sonar sacudiendo rítmicamente. Antiguamente era un trozo de bambú, largo y completamente vacío con unas varillas transversales que obstruían el interior del tubo; a este tubo se le echaban granos bien duros, con los cuales se obtenían sonidos Imitando la lluvia.

86 *Carrasca*: instrumento autófono que se construye con madera de chonta, macana, cañabrava u otras maderas fuertes; aparece cortada en forma de serrucho, cuyos dientes al frotarlos con otra vara más delgada producen un sonido fuerte para el acompañamiento musical.

87 *Aguardiente:* bebida fuertemente alcohólica obtenida por destilación del vino y de otras sustancias fermentables.

88 *Lánguida*: aplicado a personas y a cosas, falto de fuerza, vigor o lozanía, mostrándolo en su actitud o aspecto. Débil, lacio, mustio.

que los extremos se tocan! El *nec plus ultra*[89] del hombre civilizado es procurar llegar al apogeo de la insensibilidad. El famoso lord Chesterfield[90] aconsejaba a su hijo que cuidase de que nunca lo viesen reír; y una de las pruebas del salvajismo entre las tribus bárbaras es aquella continua gravedad, aquella insensibilidad real o aparente que las distingue.

De repente se oyó el chillido agudo y destemplado de la *chirimía*,[91] que dominó todos los demás rumores.

—¡Ya empezaron las fiestas! —gritaron todos alborozados.[92]

Efectivamente, en los pueblos no se creía en ese tiempo que pudiera haber fiestas populares si no las presidía la chirimía. Entonces la tocaba un anciano que vivía continuamente viajando de pueblo en pueblo y de fiesta en fiesta; en todas partes lo recibían con el mayor placer y lo agasajaban como al ser más interesante y más indispensable.

La *chirimía* no es un instrumento exclusivo de América: es muy semejante en su sonido al *bag–pipe* de los escoceses y a la *gaita* [93] de gallegos y saboyardos.[94] No hace mucho que se descubrió en una antigua escultura griega la figura de un hombre tocando un instrumento parecido. Parece que Nerón se complacía en tocarlo, acaso porque esos discordes acentos armonizaban con su espíritu.

Después de haber inspeccionado las mesas de la plaza, en las cuales campeaba la alegría popular, nos dirigimos hacia un baile de *ñapangas* [95] o *cintureras*.[96] Era tal la compostura de estas gentes, que las señoras gustaban ir a

---

89 *Nec plus ultra*: locución latina que significa *no más allá*. Designa en general cualquier límite que no ha sido pasado o cualquier cosa excelente.

90 *Lord Chesterfield*: Philip Dormer Stanhope (1694–1773), estadista inglés, escritor y notable orador. Su fama literaria surge de las cartas que le escribió a su hijo ilegítimo para su educación.

91 *Chirimía*: especie de oboe, trabajada toscamente y taladrada por agujeros laterales, seis de ellos destinados a taparse por medio de los dedos; según parece, es una derivación del chalumeau medieval.

92 *Alborozar*: regocijar; hacer reír ruidosamente a alguien, por tener gracia o por ser ridículo.

93 *Gaita*: flauta de poco menos de medio metro, semejante a la chirimía, que, acompañada de tamboril, se usa mucho en los festejos de los pueblos.

94 *Saboyardo*: de Saboya, región ahora francesa, en la frontera de Italia.

95 *Ñapanga*: en el sur de Colombia, las ñapangas eran mujeres mestizas y mulatas respetables nacidas en lugares de artesanos. Su forma de vestir muy, peculiar mostraba la categoría de sus cunas, dando lugar así a la formación de una tradición. El nombre «ñapanga» se deriva del quechua «llapanfu» que significa descalzo.

96 *Cinturera*: muchachas respetables y respetadas de la clase superior del pueblo. Ángel Cuervo escribió sobre ellas: «No sé si aun existe en Guaduas el tipo de la cinturera, hija del pueblo, joven, juiciosa, trabajadora y amiga de divertirse, cuyos bailes tenían tal crédito que solían ahogar a los de las señoras cuando se daban á un mismo tiempo; y era común que las damas fueran á asomarse al de sus émulas en lugar disimulado para verlas danzar: ¡que donaire! ¡qué gallardía! un torbellino, un bambuco ó una manta no han temido jamás ejecutoras mejores. Sin ser turbulentas (...), esparcían en torno suyo una alegría ingenua, decente y de confianza; durante el día se veían desde la calle pegadas ya a la horma de tejer sombreros de paja, ya a la mesita de hacer cigarros o ya a la almohadilla de labrar encajes, muy solicitados por cierto de los ingleses que pasaban por Guaduas. Quien las contemplara en sus salitas aseadas, con una puerta en el fondo quedaba a un jardín de naranjos, granados, jazmines y caracuchos, enfrascadas en ocupación de que nada las distraía, no podría menos que bendecir el genio moralizador del trabajo. Los sábados por la tarde había mercado especial de sombreros, y cada cual llevaba los que había tejido en la semana; ninguna se volvía con ellos, y gozando de la satisfacción que da la honesta ganancia del trabajo, se dirigían á los almacenes de ropa a gastar parte de lo recibido. El do

verlas bailar, sin temor de que sus modales pudiesen ser tachados.[97] Se había anunciado este baile como muy ruidoso y en extremo concurrido; así fue que hallamos una multitud de curiosos que rodeaban la puerta o prendidos de las ventanas se asomaban a la sala. Sin embargo, al vernos llegar se hicieron a un lado, y las señoritas se situaron al pie de las ventanas y nosotros detrás de ellas.

La sala era de regular tamaño, enladrillada,[98] blanqueada con aseo, y en las paredes se veían algunas pinturas coloreadas representando, según parecía, escenas de *Guillermo Tell* [99] y de *Matilde o las Cruzadas*:[100] cuatro sofás de cuero bruto y algunas silletas desiguales eran los muebles que la adornaban. En las puertas de las alcobas, a derecha e izquierda, se veían cortinas de percala[101] roja que disimulaban la falta de puertas de madera. De trecho en trecho y prendidas de la pared habían puesto alcayatas[102] de lata con sus correspondientes velas de sebo, a cuya incierta luz podíamos distinguir las muchachas que se habían sentado en contorno de la sala.

Las *ñapangas* vestían enaguas de fula[103] azul con su arandela abajo, camisa bordada de rojo y negro, pañolón rojo o azul y sombrerito de paja fina con lazos de cinta ancha. Algunas se quitaban los sombreros para bailar y descubrían sus profusas cabelleras negras partidas en dos trenzas que caían por las espaldas terminando en lazos de cinta.

Los hombres, casi todos con pretensiones a ser los cachacos de la sociedad, fumaban y tomaban copitas de aguardiente, fraternizando con los músicos,

---

mingo para ir a la misa cantada y pasearse luego por el mercado, se emperejilaban poniéndose grandes zarcillos y gargantillas de oro, y su elegante sombrerito de paja tejido por ellas mismas con amor, como para lucirlo en su propia cabeza; traían además donosamente un chal blanco y trasparente, lo que solo era de las acomodadas, pues las humildes lo reemplazaban con delgados pañolones de algodón rojos, azules ó morados, formando el conjunto una especie de maceta de flores: completaban su traje falda de zaraza clara ó de linón y camisa blanquísima con arandelas bordadas en el pecho y los brazos, dejando ver en la escotadura un pecho fresco y lozano. Con tan ligero atavío se delineaban francamente las formas del cuerpo, en especial la cintura esbelta, flexible y holgada; de donde viene probablemente el nombre de cintureras que hubieron de darles los que acostumbrados al traje lúgubre y pesado de las mujeres de la cordillera, no podían menos de exclamar al verlas, sobre todo bailando:

Miren qué cinturita,
Miren qué talle;
¡Cómo quieren que un hombre
Se meta á fraile!
Taralalá.... taralalá.... la.... la
Se meta a fraile.

97 *Tachar*: atribuir a algo o alguien cierta falta.
98 *Enladrillada*: pavimento de ladrillos (pieza de barro cocido que se emplea en la construcción).
99 *Guillermo Tell*: héroe legendario suizo; según la tradición, era un ballestero, famoso por su puntería, que desafió a las autoridades fue condenado a atravesar con una flecha de su ballesta una manzana puesta sobre la cabeza de su propio hijo.
100 *Matilde o las cruzadas*: novela de Madame Sophie Cottin (1770-1807), escrita en 1805; Victor Hugo consideró en 1817 a Mme. Cottin la mejor escritora de su tiempo. Ella escribió 5 novelas de corte sentimental.
101 *Percala*: tela corriente de algodón muy aprestado y brillante por un lado.
102 *Alcayata*: utensilio de madera compuesto de dos tablillas unidas en ángulo recto; la vertical se sujeta a la pared con un clavo y la horizontal lleva en el centro un agujero o un tubo en el que se coloca la vela.
103 *Fula*: tela delgada de algodón.

quienes situados en la puerta interior de la sala templaban sus instrumentos.

—¡Arriba, don Basilio! —exclamaron varias voces desde la puerta, al momento que empezaban a tocar un alegre *bambuco*—:[104] ¡La pareja lo aguarda!

Y todas las miradas se dirigieron a un hombre de unos cuarenta años, grueso, lampiño,[105] de cara ancha, frente angosta y escurrida hacia atrás: su mirada torva[106] y la costumbre de cerrar un ojo al hablar le daban un aire singularmente desagradable.

—Nos vamos a divertir esta noche si baila don Basilio —dijo Antonio.

—Cállate —le contesté—, que si te oye no te perdonará jamás; ese hombre es presuntuoso y vengativo.

—Bailo —exclamó don Basilio con aire importante—, si Julián me acompaña.

—¡Adelante, Julián! —gritaron los cachacos; y sacando a Julián de en medio de ellos lo obligaron a que diera la mano a una alegre y desenvuelta *ñapanga*, cuyos negros ojuelos hacían contraste con un ramo de azahares que llevaba en la cabeza. Entre tanto don Basilio tiraba a otra de la mano diciéndole al oído palabras que la hicieron sonrojarse, y adelantándose con aire complacido se situó frente a ella y empezó a bailar el bambuco. La muchacha, joven y ligera, daba vueltas en torno de su pareja poniendo en ridículo el grueso talle y toscos ademanes de su galán, el cual parecía un enorme oso jugando con una gatita. Aunque afeminado y lleno de afectación, Julián formaba con la otra muchacha, un cuadro más agradable.

Pero mientras acaban de bailar, digamos quienes eran estos personajes, uno de los cuales figura en esta relación.

Basilio Flores era hijo de una pobre campesina de los alrededores de Bogotá. Su genio vivo y natural talento llamaron la atención a un rico hacendado en cuyo terreno su madre cultivaba su sementerilla[107] de papas y maíz. El hacendado lo llevó a su casa y le enseñó a leer en sus ratos de ocio; y encantado con la facilidad que el muchacho tenía para aprender, se propuso sacar de él un buen dependiente, sobre quien pudiese, con el tiempo, descargar una parte de sus complicados negocios. Lo envió, pues, a un colegio en donde pronto hizo grandes adelantos. Tenía Basilio 18 años cuando estalló la guerra de la independencia, y el español que lo protegía creyó necesario emigrar. Antes de partir llamó al muchacho con mucho sigilo[108] y le exigió bajo juramento que cuando se calmasen las revueltas públicas sacase una suma que había enterrado en un sitio de la casa de su habitación y que con ella lo fuese a buscar a España.

---

104 *Bambuco*: baile de ambiente campesino, típico de la región andina, en el que intervienen parejas cuyos movimientos y figuras imitan la conquista de la mujer por el hombre en la que él muestra sus audacia y ella su recato. Se baila en parejas con ritmo acompasado y a saltitos. La mujer sosteniendo la falda con ambas manos se adorna con cadenciosos desplazamientos. El hombre con un pañuelo que agita en la mano derecha, la persigue, bien imitando sus paso, bien alejándose de ella.

105 *Lampiño*: hombre que no tiene barba.

106 *Torva*: que inspira miedo.

107 *Sementera*: tierra sembrada.

108 *Sigilo*: secreto.

La situación del país impedía que se tuviese comunicación alguna con la madre patria, y en medio de las emociones políticas que lo rodeaban el protegido del español seguramente olvidó la recomendación de su patrón. Después de haber tomado en arrendamiento por un mes la casa del español (que había sido confiscada) por cuenta de una familia que debía llegar del campo y que nunca se vio en Bogotá, Basilio se retiró de la capital para acompañar, decía, a un pariente rico que vivía en el fondo de no sé qué provincia. Otros aseguraron que ese tío era completamente imaginario y que durante el tiempo que se eclipsó lo vieron en la choza de su madre entregado al estudio, con la esperanza de hacer una brillante entrada en la sociedad bogotana.

Cuando volvió a reinar alguna paz en el país se supo que, entre los españoles que habían salido prófugos, el patrón de Basilio, después de haber vagado por las costas de Colombia y enfermádose en las Antillas, apenas había tenido tiempo de llegar a España y morir sin dar sus últimas disposiciones. Los herederos enviaron órdenes para que realizasen las pocas fincas[109] que no habían sido confiscadas, y se habló vagamente de una suma de consideración que el español había dejado enterrada, pero no pudieron reclamarla ni dar pruebas de su existencia.

Basilio volvió a la capital diciendo haber heredado a su incógnito pariente, y haciendo alarde de su riqueza trató de introducirse en la sociedad distinguida, pero fue rechazado con desdén.

Disgustado, pero decidido a poner todos los medios que tenía a su alcance para hacer olvidar su origen, partió para Europa y permaneció algunos años en París. Sin relaciones ni posición, se entregó a los vicios y acabó de corromper el escaso corazón con que la naturaleza lo había dotado. Alimentando su espíritu con la lectura de obras escépticas como las que entonces estaban en moda, imitaciones de los nuevos sistemas filosóficos de la moderna Alemania, el joven americano se convirtió en un materialista sin ningún sentimiento de virtud.

Resuelto a crearse una carrera brillante en su país, volvió con mil proyectos ambiciosos, y muy pronto se hicieron notar sus artículos en los periódicos de uno y otro partido. Poseía una memoria muy feliz, una instrucción regular y cierta elocuencia irónica, aunque superficial, con que se engaña fácilmente. Se firmaba B. de Miraflores, y decían que en París había pasado por *barón*. Hablaba francés e inglés con bastante corrección y siempre adornaba su conversación con frases y citas de autores extranjeros. Se vestía con un lujo extravagante y de mal gusto, y daba almuerzos en que desplegaba un boato charro[110] con que alucinaba al vulgo.

Pero, desgraciadamente, si tenía memoria para algunas cosas la había perdido completamente para otras, y durante su viaje olvidó a la pobre madre, única persona que lloraba su ausencia. A su regreso de Europa no quiso verla ni dejarse visitar por ella (eso lo podría desacreditar!) pero fingiendo la ge-

---

109 *Finca*: propiedad rural.
110 *Boato charro*: lujo de mal gusto.

nerosidad que distingue a los nobles corazones, enviaba, por medio de un joven que le servía de *factótum*,[111] una pensión mensual a «la pobre estanciera que le había servido de nodriza», según decía arqueando las cejas.

Deseando, al cabo de algunos años, *faire une fin*,[112] como él decía, propuso casamiento sucesivamente a las señoritas más ricas, bellas y virtuosas de Bogotá: naturalmente todas lo desdeñaron hiriendo su amor propio, lo que le hizo recordar la famosa máxima de que: «de la calumnia siempre queda algo»,[113] y tarde o temprano se vengó de ellas.

Desalentado[114] en sus proyectos matrimoniales entró de lleno en la política; pero aquí también lo aguardaban desengaños. Sus antecedentes poco claros, su lenguaje acervo y mordaz[115] y sus malas costumbres lo hicieron despreciable entre los hombres de algún valer en todos los partidos. No pudiendo hacerse apreciar y admirar se hizo temible, y juró burlarse de la sociedad y vengarse de todos los que lo habían humillado. Se alió con los hombres más corrompidos de uno y otro partido y logró por medio de intrigas formarse cierta reputación entre los escritores públicos del país. Su pluma siempre estaba al servicio de los que gobernaban: con los *conservadores*, llamados entonces *retrógrados*,[116] era partidario del orden absoluto; hablaba con elocuencia de las garantías individuales y del ejército permanente; se mostraba partidario de la pena de muerte y vilipendiaba la libertad de imprenta. Con los llamados *progresistas*,[117] peroraba sobre la necesidad de la libertad del pensamiento y de la democracia pura; se enternecía al hablar de la causa sagrada del pueblo soberano y del sufragio universal; citaba a todas manos, mezclando sacrílegamente a Platón,[118] Voltaire[119] Rousseau[120] y Jesucristo. Una vez que quería halagar a los ultrarrojos lloró, en un discurso de aniversario de la independencia, la muerte prematura de la víctima de la democracia: ¡Marat![121]

La carrera política de nuestro héroe no podía ser completa si no agregaba

---

111 *Factótum*: persona que hace todas las cosas en un sitio o al servicio de otra.

112 *Faire une fin*: alcanzar una meta (matrimonial o económica).

113 *De la calumnia siempre queda algo*: dicho que implica que siempre que se dice una calumnia, queda ésta presente (la frase se atribuye a Maquiavelo).

114 *Desalentar*: sin ánimo para hacer algo.

115 *Mordaz*: envenenado, incisivo, picante.

116 *Conservadores retrógrados*: apegados a la tradición y a los modelos y valores culturales que provenían de la época colonial.

117 *Progresistas*: liberales progresistas (liberales) que surgieron del pensamiento de Francisco de Paula Santander.

118 *Platón*: (c. 428-c. 347 a.C.), filósofo griego, uno de los pensadores más originales e influyentes en la historia de la filosofía occidental.

119 *Voltaire*: seudónimo de François Marie Arouet (1694, París?-1778, París); escritor y filósofo francés; perteneció al siglo de las luces.

120 *Rousseau*: Jean-Jacques Rousseau (Ginebra, Suiza 1712 - Ermenonville, Francia 1778) Escritor y filósofo suizo. Participó en L'Encyclopédie, con artículos sobre la música. Sus obras no fueron siempre bien acogidas. En particular, el parlamento de París condenó su libro *Émile* que trata de la educación de los jóvenes, y Rousseau tuvo que huir a Suiza, y luego al territorio de Neuchâtel, propiedad del rey de Prusia, Federico II.

121 *Marat*: Jean-Paul Marat (Boudry, Francia 1743 - París 1793) Político francés; sus ideas y su defensa de los derechos del pueblo lo convirtieron en un personaje muy apreciado y popular durante la Revolución Francesa. Fue asesinado por la girondina Charlotte Corday.

un lauro[122] más a su gloria: quería ser diputado. En las provincias del centro y del Magdalena era demasiado conocido para ser popular, y le aconsejaron que fuese a las provincias del Sur, donde podría ganarse a los electores con algunos discursos *bien* sentidos. Este era el motivo que había llevado a *don* Basilio de Miraflores a mi pueblo, en el que se detuvo de paso al saber que se preparaban fiestas.

Julián era el tipo de cierta clase de cachacos que desgraciadamente se han hecho muy comunes en los últimos años; aumentando sus malas cualidades en cada generación y perdiendo las pocas buenas que los distinguían.

Hijo de un rico propietario de las provincias del Sur y educado en Bogotá, en cuyos colegios había permanecido siete años, no había sufrido nunca aquella heroica pobreza que forma el carácter del estudiante. Su tez blanca y rosada, su talle flexible y su mirada lánguida le habían granjeado[123] la admiración de las señoritas de Bogotá, mientras que la riqueza conocida y la posición que ocupaba su familia le habían ganado el corazón de las madres de familia. Durante los siete años de colegio y los dos más en que permaneció *repasando*[124] lo que había estudiado, como escribía a sus padres, aprendió a hablar algo en francés y tal cual frase en latín: de historia, sabía la de las novelas de Dumas; muy poco de filosofía y menos de geografía; tenía bonita letra con mala ortografía; pero en cambio, según él, era profundo en el arte de gobernar a los pueblos, y sabía con perfección fabricar *por mayor* versos frenéticos y horripilantes, es decir, puntos suspensivos, exclamaciones aisladas y puntos de admiración con intermedios de apóstrofes e interjecciones elocuentes. Tocaba guitarra y aun piano por nota, bailaba todas las danzas conocidas y hablaba con gravedad del tedio de su existencia, de la pérdida de sus ilusiones y de su adolorido corazón; pero al ver la frescura de su fisonomía y la alegría de su aspecto, se comprendía que su salud no había sufrido con tamañas desgracias y tantas pérdidas irreparables.

A los nueve años de esta holganza sobrevino una orden de su padre para que volviera a sus penates.[125] Salió de la capital lleno de dolor, jurando volver pronto y dejando su corazón empeñado como una preciosa prenda en tres casas diferentes: en poder de una linda señorita, en el de una hermosa dama de alta categoría, que gastaba los últimos arreboles de su vida en coqueteos, y en una pequeña trastienda del barrio de las Nieves, en donde sus almibaradas palabras habían hecho la desgracia de una pobre muchacha hija de un artesano. La señorita lo olvidó muy pronto; la hermosa dama encontró algún figurín de modas[126] ambulante en quien pensar; pero la infeliz hija del pueblo lloró hasta el fin de sus días la loca confianza de su juventud.

Inspirado por el baile y la ruidosa música, don Basilio recordó los tiempos de su mocedad[127] y adornó los últimos compases del bambuco con varios

---

122 *Lauro*: (fig.) alabanza, triunfo.
123 *Granjear(se)*: despertar en alguien determinado sentimiento.
124 *Repasar*: leer nuevamente una lección o repetirla para fijarla o memorizarla.
125 *Penates*: (fig.) vivienda.
126 *Figurín de modas*: hombre vestido afectadamente.
127 *Mocedad*: juventud.

saltos en tosca imitación del *cancán*[128] de los famosos bailes de «Mabille»[129] y «Valentino».[130]

—¡Bravo! —le gritaron los cachacos, y al concluir se acercaron para ofrecerle una copa de licor por vía de refrescante.

—¡Oh! —dijo don Basilio levantando la copa y poniendo los ojos en el techo— ¡Oh! París ¿quién puede olvidar las delicias de tus lucidos bailes?

> Tan alegres fantasías,
> Deleites tan halagüeños,
> ¿Dónde fueron?[131]

En ese momento los instrumentos tocaron un valse del país y todos los jóvenes se apresuraron a sacar parejas entre las ñapangas más agraciadas. Algunos usaban ruana[132] y todos bailaban con el sombrero puesto y el cigarro en la boca.

Las señoritas que acompañábamos miraban en silencio aquella escena, y se sentían naturalmente vejadas y chocadas al ver que los jóvenes que las visitaban eran tratados de igual a igual por aquellas mujeres.

—Vámonos —dijeron, y se quitaron de las ventanas.

Antonio y yo acompañamos a las señoras hasta sus respectivas casas y volvimos a tomar el camino de nuestra habitación.

El corazón tiene a veces presentimientos que no podemos explicarnos. No sé por qué la suerte de Dolores me preocupaba aquella noche: recordaba mil causas que debían hacerla feliz, y con todo no podía desechar una aprehensión sin motivo que me molestaba sin comprenderla. Antonio, por su parte, sentía los primeros síntomas de una gran pasión: las tempestades que se desarrollan en el corazón siempre se anuncian por un sentimiento de melancolía dolorosa. La dulzura del sentimiento no inspira sino cuando uno ha perdido ya el poder de voluntad y ama sin reflexionar.

Antonio sufría; yo me sentía triste, y ambos volvimos a casa en silencio.

En los días siguientes concurrimos a los encierros y corridas de toros y los bailes por la noche. Antonio se mostraba completamente subyugado por los encantos de Dolores, y cada vez que nos hallábamos juntos no se cansaba de elogiarme sus gracias y hermosura. Recuerdo que una vez casi se enfadó conmigo porque le cité riendo aquel proverbio latino: «No es la naturaleza lo que hace bella a la mujer, sino nuestro amor».

Dolores recibía los homenajes de Antonio con su buen humor e inagotable alegría. Ella no podía estar nunca triste y perseguía con alegres

---

128 *Cancán*: baile ligero y atrevido que estuvo de moda en París en la primera mitad del siglo XIX y se extendió al resto de Europa y a América.

129 *Mabille*: célebre salón de baile inaugurado en París por los hermanos Víctor y Charles Mabille, hijos de un profesor de baile y herederos de una propiedad rural localizada en las inmediaciones de los Campos Elíseos. Local que se trasformó en uno de los más importantes del París del Segundo Imperio.

130 *Valentino*: uno de los famosos salones de bailes parisinos donde se bailaba el can-can.

131 *Tan alegres fantasías... fueron?*: versos del poema de José de Espronceda: «A una estrella».

132 *Ruana*: especie de capote de monte, por lo general de tela de lana, casi cuadrado o un poco más ancho que largo, con abertura u ojal en el centro para meter la cabeza, y cuyas orillas llegan hasta las muñecas de las manos.

chanzas[133] a los que se mostraban melancólicos. Mi amigo correspondía a su genio vivo, contestándole con mil chistes[134] y agudezas propias del cachaco bogotano. El amor entre estos dos jóvenes era bello, puro y risueño como un día de primavera. En donde quiera que se reunían comunicaban su innata alegría a cuantos los rodeaban. No he visto nunca dos personas más adecuadas para amarse y saber apreciar sus mutuas cualidades. No hay duda que es un grave error el que encierra aquel axioma[135] de que los contrastes simpatizan. Eso puede dar cierto brillo, animación y variedad a un sentimiento fugaz, a una inclinación pasajera; pero entre personas que aman verdaderamente es preciso una completa armonía, armonía en sentimientos, en educación, en posición social y en el fondo de las ideas. La tranquilidad moral es el resultado de la armonía, y ese debe ser el principal objeto del matrimonio, en lo que debe consistir su bello ideal.

Don Basilio pronto descubrió que Dolores, además de ser bella y virtuosa, poseía una dote regular, e inmediatamente puso sitio ante aquella nueva fortaleza; creyó que no sería mal *negocio* encontrar en su viaje una diputación y una novia. El caudal de su difunto *tío* empezaba a desaparecer muy de veras y no quería ver llegar la vejez unida a la pobreza. Le confió a Julián su propósito diciendo:

—Una sencilla *villageoise* [136] es una conquista fácil de obtener... Además es bella, y la podré presentar en Bogotá sin bochorno; —y añadía con su acostumbrada fatuidad, citando a un autor francés:

Elle a d'assez beaux yeux... pour des yeux de province.[137]

—Pero —observaba Julián—, ¿no ve usted que ya tiene un rival en Antonio?

—Mejor, mejor, joven inexperto ¿no sabe usted que el gran Corneille dijo:

¿A vaincre sans péril on triomphe san gloire? [138]

Un día le presentó a Dolores una composición rimada que le dedicaba, en la cual declaraba su ardiente amor en versos glaciales: tenía tantas citas que casi no se encontraba una palabra original; mezclaba la mitología con la historia antigua invocando a Venus y a Lucrecia, a Minerva y a Virginia, y acababa diciendo: «que, guiado por el destino, había montado en el Pegaso para caer a sus pies». A instancias de la tía Juana, Dolores nos mostró a Antonio y a mí la sonora composición, y naturalmente no escaseamos nuestras burlas.

Después de haber permanecido algunos días en N*** don Basilio siguió su marcha en busca de popularidad, bien persuadido de que allí no podría conseguir nada, y comprendiendo que Dolores le preparaba, si los provocaba,

---

133 *Chanza*: broma.
134 *Chiste*: dicho o cuento que contiene algún doble sentido, alguna alusión burlesca que provoca risa. Agudeza.
135 *Axioma*: afirmación que es admitida por todos sin necesidad de demostración.
136 *Villageoise*: campesina, aldeana.
137 *Elle a d'assez beaux yeux... pour des yeux de province*: Tiene unos ojos muy lindos... para ser provinciana.
138 *¿A vaincre sans péril on triomphe san gloire?*: ¿Ganar sin peligro es triunfar sin gloria?

unos *nones*[139] como los que él estaba enseñado a recibir. Fácil nos era ver que partía furioso con Antonio y yo, pues, no habíamos ocultado nuestras burlas, y que se prometía hacérnoslas pagar algún día.

Las fiestas se habían concluido. Cada cual de los que habían ido a ellas fueron dejando el lugar de uno en uno.

El día antes del de la partida de Antonio promoví un paseo en que debían reunirse las principales personas que se hallaban todavía en el pueblo. A algunas horas de N*** corre un caudaloso río sombreado por altísimos árboles, y muy cerca de él se halla la casa de un trapiche[140] que ofrece recursos y lugar en que dejar las cabalgaduras. Ese es el sitio predilecto de los que organizan los paseos de todas las inmediaciones.[141]

A las siete de la mañana, como veinte personas aguardábamos a la puerta de la casa de tía Juana a que saliera Dolores. Pronto se presentó ésta montada en un brioso[142] caballo, con su traje largo, sombrerito redondo, velillo al viento, la mirada brillante y ademán gracioso. Después de atravesar bulliciosamente las calles tomamos un angosto camino orillando potreros, y allí se fueron formando grupos según las simpatías de cada uno. Yo dejé que Antonio buscase el lado de Dolores, acordándome de que no sé qué autor ha dicho que el tiempo más a propósito para una declaración es cuando uno anda a caballo. Y efectivamente, la animación del paseo, el aire libre que sopla en torno, la facultad de apurar o detener el caballo, de atrasarse o adelantarse sin aparente motivo, de hablar o callar de repente, volver la cabeza o buscar la mirada de su compañera, todo esto da ánimo y presenta fácilmente ocasiones de aislarse aún en medio de una numerosa concurrencia. Sin embargo, Antonio callaba ese día, y la fisonomía de ambos se velaba por momentos con una dulce melancolía; acaso porque pensaban que debían separarse aquella tarde.

Acompañamos a las señoras hasta la orilla del río, y mientras que ellas se bañaban, nos reunimos en un trapiche conversando y riendo alegremente. Antonio no recobró, sin embargo, animación hasta que nos volvimos a reunir todos con la parte femenina de la concurrencia en el punto en que se había preparado el almuerzo. El campo estaba bellísimo: la fragancia de las flores, el susurro de los insectos, el murmurante río que bajaba entre lucientes piedras a nuestro lado, el rumor del viento entre las hojas de los árboles que se balanceaban sobre nuestras cabezas, y toda aquella vida y movimiento de la naturaleza tropical, nos hacían gozar y convidaban al reposo y a la dicha[143] perezosa del vivir... Antonio y Dolores se habían alejado insensiblemente de los demás y se sentaron al pie de una gran piedra cubierta de amarillento musgo.[144] Dolores tiraba al río con distracción los pétalos de un ramo de flores que llevaba en la mano; y mientras que el agua salpicaba la dorada arena a sus pies, ambos miraban con interés la suerte de aquellas florecillas en la es-

---

139 *Nones*: No, que se da como respuesta.
140 *Trapiche*: finca y molino para caña de azúcar.
141 *Inmediación*: territorio que rodea una población.
142 *Brío*: energía.
143 *Dicha*: alegría.
144 *Musgo*: muchas especies de plantas que crecen formando masas apretadas y aterciopeladas en lugares sombríos y húmedos, sobre las piedras, los troncos de los árboles, etc.

pumosa corriente. Algunas bajaban lentamente y se detenían muy pronto sobre la blanda orilla: otras, arrastradas con ímpetu por el agua, se engolfaban de improviso en un remolino y desaparecían al punto: otras salían al principio con rapidez y alegremente, pero al llegar a una concavidad formada por las piedras, tropezaban allí y no pudiendo salir, se impregnaban de agua y se consumían poco a poco; por último, las más afortunadas se unían en grupos y salían a la mitad del río, descendiendo por medio de la corriente sin encontrar tropiezo alguno.

—¿Ven ustedes la filosofía de ese espectáculo? —dije acercándome de improviso a los dos.

Antonio y Dolores se estremecieron como si se los hubiera interrumpido; y en efecto, ellos se comunicaban sus pensamientos con una mirada y se hablaban en su mismo silencio.

—¿Qué filosofía? —preguntaron.

—La que encierra esa flor que Dolores tira a la corriente. Ella es la imagen de la Providencia y cada uno de esos pétalos lo es de una vida humana. ¿Cuál suerte preferirías tú, Dolores? La de las que pronto se retiran a la playa sin haber tenido emociones; la de las que se precipitan a la corriente y se pierden en un remolino...

—¿Yo?... no sé. Pero las que me causan pena son aquellas que se encuentran encerradas en un sitio aislado y sin esperanza de salir... Mira —añadió—, cómo se van hundiendo poco a poco y cómo a pesar suyo.

—Yo, decididamente, señor filósofo —dijo Antonio fijando la mirada en la de Dolores—, prefiero la suerte de las que bajan de dos en dos por la corriente de la vida.

Las mejillas de mi prima se cubrieron de carmín y levantándose turbada[145] se unió a los demás grupos de amigas.

Las risas y conversaciones, los cantos y la armonía de los tiples y bandolas, el baile en el patio del trapiche y el buen humor general, nada de esto pudo animar a Dolores. Estaba contenta, dichosa tal vez por momentos, pero se veía en su frente una sombra y cierta modulación dolorosa suavizaba el timbre de su voz. Antonio estaba en aquella situación en que los enamorados se vuelven taciturnos[146] y atolondrados,[147] sin poder hacer otra cosa que contemplar el objeto amado, sin poder atender sino a lo que *ella* dice, ni admirar a otra persona u objeto; estado de ánimo sumamente fastidioso para todos, menos para la que inspira y comprende tal situación.

Volvimos al pueblo por la noche: estaba muy oscura no obstante que las estrellas lucían en el despejado cielo. Al atravesar un riachuelo en un punto peligroso se creyó necesario que cada hombre fuese al lado de una señora. El caballo de Dolores se asustó al resbalar[148] en las piedras, y si Antonio no la hubiese sostenido con un brazo y afirmádola nuevamente en el galápago, al brincar el caballo la habría hecho caer al agua. Cuando Antonio se encontró

---

145 *Turbada*: causar en una persona una intensa emoción contenida.
146 *Taciturno*: callado, silencioso, apesadumbrado.
147 *Atolondrado*: aturdido; perder momentáneamente la coordinación de los pensamientos por una emoción muy fuerte.
148 *Resbalar*: cuando algo se desliza con facilidad sobre una superficie.

nuevamente en tierra, seguramente se le conoció el susto y la emoción que había sentido en aquel lance,[149] y su voz temblaba al contestar a mi pregunta. Entonces comprendí cuán verdadera y tiernamente amaba a Dolores. El amor sincero no es egoísta; y nunca es más cobarde el corazón que cuando la persona amada está en peligro, aunque éste parezca insignificante para los demás.

¡Media hora después se separaron, tal vez para siempre, aquellos dos seres que habían nacido para amarse tan profundamente!

Luego a solas me confió Antonio que no había podido hablar a Dolores de su amor, que siendo tan vehemente y elevado, no había hallado palabras con que expresarlo. Me rogó[150] que le dijera a mi prima en nombre suyo que no había pedido su mano formalmente porque su posición no se lo permitía aún; pero teniendo esperanzas de ser correspondido me pedía la suplicara que no lo olvidase.

El mismo día que partió Antonio para Bogotá, la tía Juana volvió a su hacienda con Dolores. Yo había visto la despedida de Dolores y Antonio, y aunque ella tenía la sonrisa en los labios comprendí que necesitaría algún consuelo. Así, al domingo siguiente me dirigí muy temprano a la hacienda, llamada Primavera, situada en una llanura al pie de altos cerros cubiertos de bosques y vestida principalmente de ganados y extensos cacaotales.

Cuando llegué, mi tía estaba ausente y la casa completamente silenciosa. Me desmonté y entregando mi caballo a un sirviente, atravesé el patio que antecedía a la casa y me dirigí al retrete[151] de Dolores en el cual me dijeron se encontraba.

El sitio favorito de mi prima era un ancho corredor hacia la parte de atrás de la casa y con vista sobre una semi–huerta, semi–jardín compuesto de altos árboles de mango, de preciosos naranjos y limoneros, pomarosos[152] y granados, por cuyos troncos trepaban y se apoyaban los jazmines estrellados, los variados convólvulos,[153] las mosquetas[154] y los norvios.[155] Debajo de una enramada de granadillo[156] y jazmín estaba la alberca,[157] cuyas aguas murmuradoras se unían a los armoniosos cantos de muchos pájaros. La pajarera de Dolores era afamada en los alrededores: en una gran jaula que ocupaba todo el ángulo del corredor había reunido muchos pájaros de diversos climas, que se habían enseñado a vivir unidos y en paz. Allí cantaban las armoniosas

---

149 *Lance*: episodio.
150 *Rogar*: pedir a alguien, como favor o gracia, que haga cierta cosa.
151 *Retrete*: habitación retirada.
152 *Pomarroso*: planta que produce un fruto semejante a una manzana pequeña, de color amarillo y rosado y olor de rosa.
153 *Convólvulo*: campanilla. Enredadera de flores blancas, lilas o amarillas.
154 *Mosqueta*: Rosal con tallos flexibles espinosos, de hojas lustrosa y florcitas blancas y olor almizclado.
155 *Novio*: planta de flores rojas, rosadas, blancas o jaspeadas. La palabra «norvio» parece ser un error de tipografía.
156 *Granadillo*: árbol leguminoso americano, de madera dura, roja y amarilla, muy estimada en ebanistería.
157 *Alberca*: lugar dinde se deposita artificialmente el agua.

mirlas[158] blancas y negras, el alegre toche[159] y el artístico turpial,[160] los azu-
careros[161] ruidosos y el azulejo[162] y el cardenal.[163] En medio de sus flores y
pájaros, Dolores pasaba el día cosiendo, leyendo, y cantando con ellos. Desde
lejos se oía el rumor de la pajarera y la dulce voz de su ama.

Ese día todo estaba en silencio. El calor era sofocante, y la naturaleza
parecía agobiada y abochornada[164] por los rayos de un sol de fuego que
reinaba solo en un cielo despejado. Los pájaros callaban y sólo se oía el ruido
del chorro de la alberca que corría sin cesar bajo su enramada de flores. Desde
lejos vi a Dolores vestida de blanco y llevando por único adorno su hermoso
pelo de matiz oscuro. Recostada sobre un cojín al pie del asiento en que había
estado sentada, apoyaba la cabeza sobre el brazo doblado, mientras que la otra
manecita blanca y rosada caía inerte a su lado. Detúveme a contemplarla cre-
yéndola dormida, pero había oído el ruido de mis espuelas[165] al acercarme, y
se levantó de repente, tratando de ocultar las lágrimas que se le escapaban y
cogiendo al mismo tiempo un papel que tenía sobre su mesita de costura.

—¿Qué es esto prima? —le pregunté señalándole el papel, después de
haberla saludado.

—Estaba escribiendo y...

—¿A quién?

—A nadie.

—¿Cómo, Antonio ya logró...?

—No, Pedro —me contestó con dignidad—; él no me pidió tal cosa, ni
yo lo haría.

—Dolores —le dije tomando entre mis manos la suya fría y temblorosa— ¿no te juró Antonio que te amaba locamente, como me lo mil
veces? ¡Confiésame que te suplicó que le guardaras tu fe!

—No; me hizo comprender que me prefería tal vez, pero nunca me dijo
más.

—¿Y esa carta?

—¡No es carta!

—Misiva, pues —dije riéndome—, epístola, billete, como quieras llamarla.

—¿No quieres creerme? Toma el papel; haces que te muestre lo que sólo
escribía para mí.

---

158 *Mirla*: sinsonte.
159 *Toche*: pájaro canirrostro, canoro, del orden de los paseriformes, de color rojo y negro el
    macho, y la hembra de color amarillo y grisáceo.
160 *Turpial*: pájaro dentirrostro, cuyo plumaje está principalmente exornado de amarillo y
    negro. En la especie ordinaria la cabeza y la garganta y cola son negras, lo mismo que la
    región escapular detrás de la nuca. Posee un canto variado y melodioso.
161 *Azucarero*: (Conirostrum rufum) pájaro que posee el pico cónico y afilado. Ojos negros,
    con línea oscura delgada.
162 *Azulejo*: pájaros arborícolas que se alimentan de frutos, insectos, y arañas, por lo cual
    abundan en bosques y matorrales. Tienen cantos muy limitados o silbidos.
163 *Cardenal*: pájaro carmesí color de grana. Es más chico que un gorrión, pero no es cantor,
    sólo da un chillido muy delicado.
164 *Abochornada*: ahogada, sofocada.
165 *Espuela*: arco de metal, con una espiga que lleva en su extremo una estrella o una rueda
    con dientes, que se ajusta al talón del zapato o bota para picar a la cabalgadura.

Y me presentó un papel en que acababa de escribir unos preciosos versos, que mostraban un profundo sentimiento poético y cierto espíritu de melancolía vaga que no le conocía. Era un tierno adiós a su tranquila y feliz niñez y una invocación a su juventud que se le aparecía de repente como una revelación. Su corazón se había conmovido por primera vez, y ese estremecimiento la hacía comprender que la vida del sufrimiento había empezado.

Avergonzada y conmovida bajaba los ojos a medida que yo leía. Su tez blanca y rosada resaltaba aún con mayor frescura en contraste con su albo[166] vestido y cabello destrenzado. Un temor vago me asaltó a mí también, como a mi padre, al notar el particular colorido de su tez; pero esa impresión fue olvidada nuevamente para recordarla después.

Pasé el día en casa de mi tía, cumplí la recomendación de Antonio y me persuadí de que ella lo amaba también. Debía volver a Bogotá en esos días: estaba impaciente y deseaba tener la dicha de ver otra vez a mi novia después de mes y medio de ausencia.

Al tiempo de despedirme quisieron acompañarme hasta cierto punto del camino para que Dolores me mostrara un lindo sitio al pie de la serranía, que ella había *descubierto* algunos días antes en uno de sus paseos.

Dolores se manifestaba muy risueña y festiva. El amor que la animaba formaba como una aureola en torno suyo. ¿Qué importa la ausencia si hay seguridad de amar y ser amado? Al llegar a una angosta vereda que había hecho abrir por en medio del monte, tomó la delantera. Yo la seguía, admirando su esbelto talle y su gracia y serenidad para manejar un brioso potro[167] que sólo con ella se había mostrado obediente y dócil.

Pocos momentos después llegamos a un sitio más abierto: un riachuelo[168] cristalino bajaba saltando por escalones de piedras y reposaba en aquel lugar entre un bello lecho de musgos y de temblantes y variados helechos. Altísimos árboles se alzaban a un lado del riachuelo, impidiendo con su tupida[169] sombra que otros arbustos creciesen a su lado. Varios troncos viejos y piedras envueltas en verde lama[170] cubrían el suelo, alfombrado por una suave arena dorada. Empezaba a caer el sol y la sombra de aquel sitio producía un delicioso fresco. Bandadas de pájaros vistosos, entre los que charlaban numerosos loros y pericos, llegaban a posarse en las altas copas de los árboles, dorados por los últimos rayos del sol.

Nos desmontamos, y sacando mi tía algunos dulces y un coco curiosamente engastado en bruñida plata, nos invitó a que tomásemos un refrigerio campestre.

—Qué bello sería pasar su vida aquí, ¿no es cierto? —exclamó Dolores.

—¿Sola? —contesté sonriéndome.

No replicó sino con sólo una mirada tierna que se dirigía a mi amigo ausente, y continuó conversando alegremente. ¡Pobre niña!... pero feliz todavía en su ignorancia de lo porvenir.

---

166 *Albo*: blanco.
167 *Potro*: caballo joven.
168 *Riachuelo*: arroyo, río pequeño.
169 *Tupido*: espeso, abundante.
170 *Lama*: musgo.

Parte segunda

La douleur est une lumière qui nous éclaire la vie.[171]

BALZAC[172]

Dos meses después de haber llegado a Bogotá recibí de Dolores su primera carta, la que he conservado con otras muchas como recuerdos de mi prima, cuyo claro talento fue ignorado de todos menos de mí.

«Querido primo» —me decía—: «aguardaba recibir noticia de tu llegada para escribirte, y después, cuando quise hacerlo, los acontecimientos que han tenido lugar en casa y en mi vida, me lo habían impedido... No sabía si debería confiarte el horrible secreto que he descubierto; pero el corazón necesita desahogarse, y sé bien que eres no solamente mi hermano sino un amigo muy querido que simpatiza con mis penas. No hace mucho que leía que "lo que hace las amistades indisolubles y duplica su encanto, es aquel sentimiento que falta al amor: la seguridad". ¡Oh! la amistad es lo único que puede ahora consolarme, ya que otro sentimiento me será prohibido... No hace mucho, ¿te acuerdas? veía el mundo bello, alegre, encantador; todo me sonreía... pero ahora, ¡gran Dios!... ¡un terremoto ha cubierto de ruinas el sitio en que se levantaba el templo de mis esperanzas!

«Perdóname, Pedro, esta palabrería con que procuro retardar la confesión de mis penas: esto sólo te demuestra el terror que me causa ver escrito lo que casi no me atrevo a pensar.

«Pero, ¡valor! empezaré.

«Algunos días después de tu partida me dirigía una tarde a la pieza de mi tía, cuando al pasar por el corredor del patio de entrada, oí que un viejo arrendatario que vivió en los confines de la hacienda preguntaba por ella.

---

171 *La douleur est une lumière qui nous éclaire la vie:* el dolor es una luz que nos ilumina la vida.
172 *Balzac:* Honoré de Balzac: (Honoré Balssa. Tours, 20 de mayo de 1799 - París, 18 de agosto de 1850), fue el novelista francés más importante de la primera mitad del siglo XIX, y el principal representante de la llamada novela realista. Sus primeros éxitos de público son en 1831: *La Piel de Zapa* y tres años después: *El tío Goriot,* que es un éxito extraordinario cuando aparece en *La Revue de Paris.* Es la primera vez en la que se le ocurre hacer reaparecer a sus personajes de una novela en otra. En 1842, adopta el título de *La comedia humana* para el conjunto de sus novelas. De este magno proyecto, 50 de las 137 novelas que debían componerlo quedaron incompletas.

Llevaba una carta en la mano, y al saber que era para mi tía la tomé y me preparaba a entregársela, cuando al notar que el viejo Simón la había llevado dio un grito diciendo:

—«¡Tira esa carta, Dolores, tírala!

«Yo hice instintivamente lo que me mandaba y la dejé caer. Mi tía hizo entonces que me lavara las manos, y mandando llevar un brasero,[173] no tomó la carta en sus manos sino después de haberla hecho fumigar.

«Yo estaba tan admirada al ver aquella escena, que casi no acertaba a preguntar la causa de los súbitos temores de mi tía; al fin la cosa me pareció hasta chistosa y exclamé riéndome:

—«¿Está envenenado ese papel, tía? ¿El viejo Simón tendrá sus rasgos a lo Borgia,[174] como en la historia que leíamos el otro día?

—«No te burles, hija mía —me contestó con seriedad—: el veneno que puede contener ese papel es más horrible que todos los que han inventado los hombres.

«Al decir estas palabras, acabó de leer la carta y tirándola al brasero, la vio consumirse lentamente.

—«Es preciso que me explique usted este misterio...

—«En esto no creas que hay misterio romántico —me dijo con acento triste, interrumpiéndome—. ¿No sabes que en las inmediaciones de N*** hay lazarinos?[175] Uno de esos desgraciados me ha enviado esa carta.

—«¿Y quién es?

—«¡Quién! un infeliz a quien he mandado algunos socorros y vive en una choza arruinada no lejos de la de Simón.

—«¡Pobrecito! ¡Y vive solo como todos ellos! Solo, en medio del monte, sin que nadie le hable ni se le acerque jamás. Vivirá y morirá aislado sin sentir una mano amiga... ¡Dios mío! ¡qué horrible suerte, qué crueldad!

«Y se me apretaba el corazón con indecible angustia.

—«La sociedad es muy bárbara, tía —añadí—; rechaza de su seno al desgraciado...

—«Así es —me contestó—, ¿pero qué remedio? Se dice que esa espantosa enfermedad se comunica con la mayor facilidad. ¿No es mejor en tal caso que sufra uno solo en vez de muchos? Por mi parte, Dolores, te confieso que el aspecto de un lazarino me espanta y querría más bien morir que acercármele.

---

173 *Brasero*: recipiente redondo poco profundo de metal, donde se pone carbón que se va quemando lentamente debajo de la ceniza; se emplea como medio de calefacción.

174 *Borgia*: noble familia valenciana (Borgia es la italianización del apellido Borja) que a finales del siglo XV estuvo a punto de someter media Italia al poder de la Santa Sede. Tres de sus miembros pasaron a la historia: el Papa Alejandro VI (Rodrigo Borgia), y sus hijos César y Lucrecia. Para conseguir sus fines actuaron sin escrúpulos y usaron «cantarela» (veneno utilizado en Renacimiento) para asesinar a sus enemigos.

175 *Lazarino*: infectado del mal de Lázaro: la lepra o enfermedad de Hansen. Ésta es una enfermedad infecciosa crónica. La lepra no es hereditaria, lo que se puede heredar es la susceptibilidad a padecerla. Hoy se acepta que la principal vía de transmisión con significación para la salud pública es la vía aérea, a través del tracto respiratorio superior, aunque se reconocen como eventuales puertas de entrada la piel y el tracto digestivo. Por esto, el principal factor de riesgo para adquirirla es el contacto o convivencia con un paciente enfermo de lepra. El periodo de incubación es de 8 a 12 años.

—«¿Y cómo conoció usted a ese infeliz? ¿Por qué lo protege, tía? Mucho me ha interesado: el sobrescrito[176] de la carta estaba muy bien puesto... y aun me parece que la letra no me es enteramente desconocida.

—«¿Por qué lo protejo, me preguntas? ¿No se ha de procurar siempre aliviar a los que sufren?

«Mi tía cortó la conversación bruscamente. Aunque en los subsiguientes días no hablamos del episodio de la carta, esto me había impresionado mucho. El invierno entró con toda la fuerza que tú sabes se desencadenan las lluvias en estos climas. Estábamos completamente solas en la hacienda: nadie se atrevía a atravesar los ríos crecidos y los caminos inundados para venirnos a visitar. A veces me despertaba en medio de la noche al ruido de una fuerte tempestad, y al oír caer la lluvia, el trueno rasgar el aire y mugir[177] el viento contra las ventanas bien cerradas, y sintiéndome abrigada en mi pieza y rodeada de tantas comodidades, mi espíritu se trasportaba a las chozas solitarias de esos parias[178] de nuestra sociedad: los lazarinos. Veía con la imaginación a esos infelices, presas de terribles sufrimientos, en medio de las montañas y de la intemperie, y solos, siempre solos...

«Una noche había leído hasta muy tarde, estudiando francés en los libros que me dejaste: procuraba aprender y adelantar en mis estudios, educar mi espíritu e instruirme para ser menos ignorante; el roce con *algunas* personas de la capital me había hecho comprender últimamente cuán indispensable es saber. Me acosté pues tarde, y empezaba a dormitar cuando creí oír pasos en el patio exterior y como el cuchicheo de dos voces que hablaban bajo. Mi perro favorito, que pasa la noche en mi cuarto, se levantó de repente y se salió por la ventana abierta al corredor, y un momento después oí que se abalanzaba sobre alguien en el patio. La voz de mi tía lo hizo retirarse. ¡Cosa extraña! ¡Mi tía que se recogía a las ocho, andaba por los corredores de la casa a media noche! Me levanté resuelta a indagar esto y entreabrí la puerta que daba al corredor extremo. Entonces oí una voz de hombre que decía por lo bajo:

—«¡Adiós, Juana!». —Esta voz me causó grande estremecimiento: creí soñar...

—«Aguárdese un momento —contestó mi tía—, voy a traerle el retrato que mandé hacer para usted por un pintor quiteño que por casualidad estuvo aquí ahora días.

«Al decir esto sentí que la tía Juana entró a su cuarto, y aprovechándome de la oscuridad, salí al corredor prontamente y me situé en un ángulo desde donde, agazapada,[179] pude ver un bulto que aguardaba inmóvil en medio del patio.

«El temor y la vaga aprehensión que había sentido al oír la voz del desconocido desaparecieron al ver que no era una fantasma, un sueño de mi imaginación. ¡Sin embargo, no podía comprender que la tía Juana tuviera *citas* a media noche y regalara su retrato!... Era cierto que poco antes le rogué que

---

176 *Sobrescrito*: lo que se escribe en la parte exterior de una carta o de un sobre; la dirección.

177 *Mugir*: bramar; ulular; hacer sonidos graves.

178 *Paria*: persona apartada a quien se excluye de las ventajas que disfrutan otros o cuyo trato se rehuye.

179 *Agazapar*: encogerse y pegarse al suelo, o ponerse detrás de algo, para ocultarse.

se hiciese retratar por un pintor de paso que hizo el mío también. Un momento después volvió, y apoyándose sobre la baranda del corredor dijo, atando a una cuerda un paquete envuelto:

—«No está tan parecida como yo quisiera; —y cuando el bulto se acercó, añadió—: va también la *Imitación de Cristo,*[180] de Dolores, que se la cambié por una nueva.

—«No sabe usted cuánto provecho me hará esto —exclamó con voz conmovida el desconocido— ... ¡Oh, pobre hija mía!... ¡su retrato!...

«Esa voz, ese acento me heló la sangre, y por un momento no sé lo que pasó por mí. Una idea increíble, un terror horrible me dejó como anonadada. Me puse en pie, fría, temblando.

—«Váyase pronto, Jerónimo —contestó mi tía—, he oído un ruido del lado del cuarto de Dolores y...

«Nada más oí. Había conocido la voz de mi padre y mi tía lo nombró. ¡Mi padre, que yo creía muerto hacía seis años! No reflexioné en el misterio de aquella aparición, y bajando las gradas del corredor que caían al patio corrí hacia el bulto, y acercándome le eché los brazos al cuello. Al ver mi acción, tanto mi tía como mi padre, pues él era, dieron un grito de horror: éste último se separó de mí con desesperación, se cubrió la cara con la *ruana* en que estaba envuelto y quiso huir; yo pugnaba por seguirlo, y mi tía que había bajado detrás de mí me detuvo.

—«Dolores —gritaba ésta—, ¡Dolores, no te acerques, por Dios!... ¡está lazarino!

—«¿Lazarino? ¡qué me importa! Mi padre no ha muerto y quiero abrazarlo.

«No te puedes figurar la escena que hubo entonces... Al fin mi tía logró que mi padre se fuera, y llamando a las sirvientas me llevó por fuerza a mi cuarto; y allí quitándome los vestidos que tenía los hizo tirar al patio para ser quemados al día siguiente.

«No consentí que mi tía me dejase hasta que no me refiriera la causa de este acontecimiento y me hiciera saber inmediatamente por qué se hallaba mi padre oculto y en aquel estado... Conversamos largo tiempo y no me quedé sola sino cuando empezaban a entrar los primeros rayos de la aurora por la ventana abierta. Me levanté entonces y recostándome contra la ventana contemplé el bello paisaje que se extendía a mis ojos. En el horizonte se veía la cadena de altos y azulosos cerros, y más cerca colinas cubiertas de verde grama[181] sobre las que pacían las vacas y retozaban los potros y caballos; los bosquecillos de arbustos y los árboles frente de la casa se balanceaban a impulso de las auras y entre sus ramas ya empezaban a cantar los pajarillos. A

---

180 *Imitación de Cristo* (1471) del beato Tomás de Kempis. Es el libro que más ediciones ha tenido, después de la Biblia. La primera edición salió 20 años antes del descubrimiento de América (un año después de la muerte del autor) en 1472, y durante más de 500 años ha tenido unas 6 ediciones cada año. Caso raro y excepcional. Su autor nació en Kempis, cerca de Colonia, en Alemania, en el año 1380. Hombre muy humilde, pasó su larga vida (90 años) entre el estudio, la oración y las obras de caridad, dedicando gran parte de su tiempo a la dirección espiritual de personas que necesitaban de sus consejos.

181 *Grama*: césped. Pasto.

un lado la corraleja llena de mugientes terneros, cuyo aliento sano se unía al aroma de las flores que trepaban por el balcón... ¡El día, el paisaje, los rumores campestres eran bellos y admirables!... pero yo veía todo triste y sin animación. La faz de mi vida ha cambiado; ya nada puede ser risueño para mí. ¡Mi padre vive, pero vive sufriendo!

«¿No es cierto, Pedro, que el lázaro es una enfermedad horrorosa? Al saber cuál es la herencia que me aguarda, todos tratarían de retirarse de mi lado y procurarían descubrir en mí los síntomas precursores; ¡estaría condenada a vivir aislada! Mi padre que me amaba con ternura no quiso que esa mancha empañase mi frente, y por eso resolvió desaparecer. Ha vivido escondido en los más recónditos rincones de la provincia y hace apenas un año que mi tía y tu padre saben dónde se halla... ¿Pero, yo, podré vivir contenta lejos de mi desgraciado padre? ¿Sería justo que engañase a los demás ocultando la enfermedad a que la suerte puede condenarme? Mi padre me ha hecho saber de ningún modo permitirá que se sepa que él existe... En tu última carta me dices que Antonio tiene esperanzas de alcanzar más pronto de lo que creía una posición que le permita pedir mi mano. Ya es tarde, primo mío: es preciso que renuncie a esa idea... ¡que me olvide! Mi desdicha[182] no debe encadenarlo. No le digas nunca la causa, pero hazle perder la esperanza. Me creerá variable, ingrata... ¿pero qué puedo hacer? Este sacrificio es grande, muy grande, pero no tiene remedio.

«Adiós. Escríbele palabras de consuelo a la que sufre tanto.

— DOLORES».

Al cabo de algunos días recibí esta otra carta:

«Me escribes, querido primo, y tus palabras han sido para mí un verdadero consuelo: gracias, ¡oh, mil gracias! Me preguntas con interés los pormenores de la desaparición de mi padre y cómo vivió tanto tiempo oculto, sin que nadie adivinase ni pudiese sospechar que vivía.

«He reunido todo lo que acerca de este particular he podido descubrir, y procuraré explicarte las cosas como pasaron.

«Tú sabes que desde que murió mi madre, mi padre había concentrado en mí todo su afecto y me cuidaba con la ternura de una mujer. Tenía yo doce años, cuando sintiendo mi padre algunas novedades en su salud que lo alarmaron partió para Bogotá. Allí consultó varios médicos que le dijeron que los síntomas que sentía eran los de una enfermedad incurable y horrorosa: el lázaro. Desesperado, volvió para N*** sin determinar la conducta que debía seguir. Pero al llegar a las márgenes del Magdalena, su espíritu exaltado le presentó la imagen del suicidio como la única salida menos mala y el solo remedio que tenía su situación. Se desmontó y en un momento de demencia se

---

182 *Desdicha*: infelicidad.

precipitó al río con la intención de dejarse ahogar. Pero tú recordarás que mi padre era muy buen nadador. El instinto natural y el apego que se tiene a la vida lo obligaron a no dejarse consumir, y aunque exánime arribó al otro lado. Allí lo amparó un infeliz que vivía en una triste choza en la orilla del río. ¡Qué casualidad! su protector estaba también lazarino, y vivía en aquellas soledades manteniéndose con algunos socorros que le enviaban del vecino pueblo y el producto de un platanal y otras sementerillas que cultivaba y mandaba a vender a las inmediaciones con sus dos hijos que lo acompañaban. Mi padre permaneció con él algunos días y concibió la idea de huir del mundo para siempre, y ocultando sus padecimientos no dejarle esa misteriosa herencia a su hija.

«Con el producto de una cantidad de oro y algunas joyas que llevaba entre el bolsillo vivió algún tiempo. ¿Vivir bajo el pie de igualdad con un ser vulgar no es la peor de las desgracias? Compró pues una choza en el monte y allí vegetó solo, aislado y profundamente desgraciado más de cinco años. Algunas veces bajaba a las márgenes del Magdalena, visitaba al lazarino y estudiaba en él los progresos y estragos que hacía el mal que ambos padecían. Otras ocasiones, vestido como campesino, penetraba de noche a los pueblos más cercanos y preguntaba por la suerte de su familia. ¡Cuántas veces no podía tener noticia alguna y se volvía desconsolado a su montaña!

«Un día bajó a la choza de su compañero en infortunio, y encontró a los dos muchachos llorando en el quicio de la puerta.

«El lazarino había muerto. Ese espectáculo conmovió a mi padre y les propuso que lo siguieran a su desierto. Ellos, una niña de doce años y un muchacho de catorce, aceptaron su oferta con gratitud. Hacía muchos meses que mi padre no había sabido nada con certeza de su familia, y estaba sumamente inquieto; por otra parte, la muerte del lazarino le hizo comprender que la suya podía estar cercana, y no pudo menos que desear verme por la última vez.

«Emprendió, pues, viaje hacia N***, viaje penosísimo al través de aquellas desiertas llanuras de pajonales interminables, acompañado por los dos muchachos.

«En los confines de la hacienda de mi tía había una choza abandonada, y allí eligió su domicilio. Sus compañeros no sabían quién era él y así pudo mandar sin cuidado una carta dirigida a tu padre, revelándole su existencia y pidiéndole noticias de su familia. Ya te puedes figurar la admiración que semejante revelación le causaría a tu padre. Nunca se había tenido la menor duda de que el mío no se hubiese ahogado al atravesar imprudentemente el Magdalena. Cuando aquel se persuadió de la verdad consultó con la tía Juana lo que debía hacer: su primer impulso había sido buscar a mi infeliz padre y llevarlo nuevamente a su casa, aunque él rehusase seguirlo. Pero tú sabes el horror que mi tía le tiene a esa enfermedad, y de ningún modo accedió a la propuesta. Decía (me aseguran que en esto tenía razón) que teniendo yo por herencia predisposición a ese mal, era preciso precaverme en lo posible de todo contagio. Convinieron en que de la hacienda se le enviaría todo lo que necesitaba, pero que viviría lejos de todos sus parientes y su existencia continuaría ignorada por todos. Mi padre, ¡oh infeliz! nunca había tenido otra pretensión que la de verme ocultamente y de lejos... ¿Te acuerdas de la tarde en que te despediste de nosotros? él se hallaba oculto entre las breñas a orillas del riachuelo; nos contemplaba alegres y el eco de nuestra risa llegaba hasta sus oídos.

«Me dicen que su enfermedad está en el último período... que sufre horriblemente; pero no me es permitido verlo ni aliviarlo. Vivo ahora siempre triste, retraída: mi carácter ha cambiado totalmente. Dime ¿qué ha dicho Antonio? ¿Me olvida con facilidad?... Preguntas necias, ¿no es cierto? Hablemos de ti: me dices que tu matrimonio no podrá ser tan presto como pensabas, pero tú al menos vives en una atmósfera de esperanza. Hemos sido hermanos: a ti te toca la dicha, a mí... No, Dios sabe lo que hace: habrá medido mis fuerzas y resignación. Adiós...».

Estas noticias de N*** me entristecieron mucho. El estado de dolor mórbido[183] a veces, exaltado otras que revelaban las cartas de Dolores me alarmó. Escribí a mi padre aconsejándole que procurasen distraerla, pues ese pensamiento continuo en una cosa tan dolorosa podía predisponerla más que todo a que estallase en ella la enfermedad de su padre. Una reflexión me consolaba; rara vez se han visto casos de que los hijos de los lazarinos sufran la enfermedad: casi siempre salta una generación para aparecer en los nietos. Sin embargo, comprendía y aprobaba su noble conducta al desear romper con Antonio. Yo no me atrevía a quitar repentinamente las esperanzas a mi amigo; lo veía tan feliz que me parecía una crueldad inútil apagar aquel fuego y vida, aquel vigor y energía que animaban sus trabajos y lo hacían triunfar de todas las dificultades.

Así se pasaron varios meses. Al fin recibí la noticia de la muerte del padre de Dolores: escribió ella algunas líneas en que me manifestaba su angustia. No podía llorar públicamente la pérdida que había hecho, ni vestirse de luto,[184] pues él le había hecho saber en sus últimos momentos que quería que su sacrificio sirviera al menos para preservar a su hija de las miradas recelosas de una sociedad que sabría lo que ella debía esperar al conocer la causa de su muerte.

Viéndola tan abatida, mi tía quiso distraerla y la llevó hasta el Espinal.[185] Ambas me escribieron entonces rogándome que fuese a verlas por algunos días, ya que estaban más cerca de Bogotá.

Accedí a ese deseo y fui a pasar una semana con ellas. ¡Cómo podía prever las consecuencias que esa visita tendría para mí!

Nada podía consolar a Dolores; estaba pálida y en todos sus movimientos

183 *Mórbido*: enfermo, aciago.
184 *Luto*: ropa especial o cualquier prenda que se lleva en señal de duelo por la muerte de alguien.
185 *Espinal*: población del departamento del Tolima.

se veía la profunda pena que la agobiaba. Entonces me volvió a pedir encarecidamente que desengañase a Antonio, pero me hizo prometer que jamás le diría la causa del rompimiento que ella deseaba.

A mi vuelta procuré hacer comprender a Antonio la repugnancia que Dolores manifestaba por el matrimonio, y lo imposible que sería que se realizasen sus esperanzas. Ésta era una obra ardua, y frecuentemente no tenía valor para desconsolarlo enteramente.

Por otra parte mis proyectos matrimoniales habían tomado un aspecto que me causaba mucha desconfianza en lo porvenir. Don Basilio se había hecho presentar en casa de mi novia como aspirante a la mano de Mercedes, quien le mostraba siempre un ceño[186] esquivo; pero los padres lo acogían con cierta atención que me disgustaba. Poco a poco descubrí que a medida que se acataba[187] a don Basilio se me trataba con mayor indiferencia. Una vez me dijo Mercedes que estaba muy triste porque sus padres habían tenido malos informes de mí; que ella me había defendido, pero no podía impedir un viaje que se preparaba con dirección a Chiquinquirá. Hacía muchos años que su madre había hecho una promesa a la Virgen,[188] pero hasta entonces no le ocurrió cumplirla, sin duda con la intención, me decía Mercedes, de separarnos. Quise tener una explicación acerca de los informes que de mí habían tenido, pero Mercedes no me lo permitió, asegurándome que no sabía cuáles eran los cargos que se me hacían, y que, cuando ella averiguase[189] de qué se me acusaba yo podría defenderme mejor.

Comprendí que ésta debía ser obra de don Basilio y prometí esperar. A los pocos días las familias de Mercedes partía para Chiquinquirá. Durante las primeras semanas de su ausencia estuve profundamente abatido[190] y mi mayor gusto era conversar largamente con Antonio de nuestras mutuas penas. Mercedes me escribía con frecuencia, pero al fin me dijo que no volverían a Bogotá tan pronto como habían pensado; que su madre había deseado quedarse algunos meses en San Gil[191] con la familia que tenía allá. Cada vez que recibía una carta de Mercedes era motivo de fiesta para mí, pero al fin empezaron a escasear,[192] bajo pretexto de que su madre le había prohibido que me escribiese. Entonces todavía amaba y me creía amado, y aunque sufría mucho en aquel tiempo lo recuerdo con ternura: «todos los demás placeres no equivalen a nuestras penas», decía un autor francés. Pero poco a poco me fui enseñando a su silencio y ya no deseaba sus cartas con tanta impaciencia. No sé por qué motivo dieron en esos días en Bogotá muchos bailes y tertulias:

---

186 *Ceño*: gesto consistente en aproximar las cejas arrugando el entrecejo, que se hace generalmente por enfado.

187 *Acatar*: tributar sumisión o respeto a una persona o a las órdenes, consejos, etc., que provienen de ella.

188 *Virgen de Chiquinquirá*: Chiquinquirá voz en idioma muisca, que significa «lugar de la niebla», dadas la crudeza del clima y la frecuente y espesísima neblina que cubría el lugar. Es la segunda ciudad del departamento de Boyacá y sede de peregrinaciones religiosas a la virgen de Chiquinquirá considerada la Patrona de Colombia.

189 *Averiguar*: enterarse, indagar, inquirir, investigar.

190 *Abatido*: desanimado, triste.

191 *San Gil*: ciudad del sur del departamento de Santander.

192 *Escasear*: faltar.

asistí a ellos y confieso que no estuve triste. Sin embargo, llevaba siempre en el alma un malestar, una pena oculta que revestía la memoria de Mercedes.

Se habían pasado cuatro meses sin recibir noticia alguna de ella cuando un día llegó a mis manos una carta suya, y comprendí con profunda tristeza que mi corazón ya no sentía la dicha de antes. Mercedes me decía que habiéndole dicho a su padre que debían volver a Bogotá porque ya se cumplía el plazo en que se debía verificar nuestro matrimonio, éste le había notificado que con su consentimiento nunca sería mi esposa. No le quiso explicar la causa de su resolución, pero añadió que tenía seguridad de que bastaría una ausencia prolongada para que mutuamente nos olvidásemos. La carta de Mercedes era sumamente afectuosa, tal vez más que ninguna otra; pero con aquel magnetismo, aquella intuición que hay entre dos personas se aman y que queda aún después de haberse amado; con esa revelación del alma, digo, que se comprende sin poderse explicar, sentí hasta en sus expresiones más cariñosas cierto despego[193] y frialdad. La cadena de sentimientos y simpatías estaba a punto de romperse entre los dos. Desde ese día empecé a resignarme[194] a su ausencia y a familiarizarme con la posibilidad de que nuestra suerte podía ser desunida.

Un negocio importante del padre de Mercedes trajo a toda la familia a Bogotá por fin. Apenas supe su llegada imprevista[195] mi corazón se galvanizó por un momento y me dirigí inmediatamente a su casa. ¡Triste desengaño! Aquella impresión fue pasajera y pronto me sentí otra vez tranquilo. Sin embargo, hacía un esfuerzo para pensar que al verla sería otra vez dichoso, y al entrar a la casa repasaba con la imaginación todas las soñadas escenas con que antes había revestido la esperanza que ahora iba a ser colmada.[196] Llegué, la vi bella como siempre, pero en sus ojos se había apagado la luz que faltaba en los míos. Nos hablamos: yo procuré ocultar mi indiferencia; ella estaba distraída... Al despedirme se apoderó de mí un pesar inmenso. ¡Es tan desalentador sentir el corazón vacío, sin emociones ni entusiasmo!

No quería tener ninguna explicación con ella y temía que hubiera entre nosotros una reconciliación que ya no se deseaba. Así me fui retirando de su casa, y aunque ella no podía menos que notar la frialdad que había en nuestras relaciones nada me dijo. La vi más hermosa que nunca, cubierta de galas, en el teatro y en tertulias: oí hablar de las conquistas que había hecho y de los pretendientes que tenía, entre los cuales se hallaban en primer lugar don Basilio y Julián que había vuelto a Bogotá; pero en lugar de los celos y la pena que antes hubiera sentido al verla tan obsequiada,[197] mi corazón permaneció tranquilo. Había perdido la facultad de sentir aquellos nobles celos que son el síntoma del amor. No hay duda que hay celos, o más bien cierta envidia, en un corazón que no ama, pero no puede haber amor vehemente sin ellos.

¡Pobre Mercedes! A veces procuraba llamarme a su lado y encubría su

---

193 *Despego*: falta de afecto o cariño hacia alguien.
194 *Resignar(se)*: conformarse con una cosa irremediable, generalmente después de haber luchado inútilmente contra ella.
195 *Imprevista*: cosas que ocurren sin que se haya contado con ellas.
196 *Colmada*: llena, satisfecha.
197 *Obsequiada*: agasajada, contemplada.

indiferencia cuanto le era posible, como yo la mía. Yo estaba muy triste entonces: ¡el corazón humano, sin exceptuar el mío, me parecía tan pequeño, variable e indigno, bien que en lo íntimo de él guardase el recuerdo de la mujer que amé como un ángel, pero que se había convertido para mí en un ser débil, fútil, y fácilmente llevado por la voluntad ajena! A veces la conciencia me acusaba de haber cambiado yo también. Era cierto, pero no había empezado a sentirme indiferente sino cuando advertí en ella despego. Su silencio y sus vacilaciones durante nuestra separación me la habían mostrado bajo otra luz, y el antiguo ideal había desaparecido para mí.

Fluctuaban mis sentimientos en este vaivén[198] anárquico, en que nada espera uno ni desea, cuando recibí otra carta de Dolores, carta que me llenó de aprehensión penosísima. Luego que la leí, tomé la resolución de partir al día siguiente para N***. La misma noche fui a despedirme de Mercedes.

Estaba muy abatido, y en esa situación el ánimo está dispuesto a aceptar con agradecimiento cualquiera simpatía. Creo que si Mercedes me hubiera acogido aquella noche como en otro tiempo, tal vez habría recuperado su imperio sobre mi corazón. ¡Cuánta gratitud hubiera tenido hacia ella al ser inspirado por el sentimiento que creía ser el mayor bien dado a los mortales: el amor!

Subí muy conmovido las escaleras de su casa; mi voz tembló al saludarla.

La tertulia estaba completa como la de casi todas las noches. En un lado de la sala y alrededor del piano había un grupo compuesto de Mercedes y algunas amigas: una de ellas tocaba una pieza, mientras que don Basilio disertaba sobre la ópera de donde había sido tomada; Julián volvía las hojas del papel de música y miraba lánguidamente a Mercedes. Al lado opuesto, el padre de ella jugaba tresillo[199] con dos o tres amigos de don Basilio, sencillos congresistas de provincias lejanas, que vestían casacas muy apretadas, cuellos muy tiesos, trabillas muy tirantes, y por último *usaban* unas manos tan negras y toscas, que se conocía cuáles habían sido sus antecedentes.

Noté que mi llegada produjo impresión. Todos los ojos se fijaron en mí con curiosidad y se interrumpieron las conversaciones empezadas. Mercedes me recibió desdeñosamente,[200] volteándome la espalda después de haberme saludado ligeramente y sin mirarme. El dueño de casa apenas me contestó y toda la concurrencia me recibió con frialdad. En medio del silencio general causado por mi llegada don Basilio se dirigió a mí y dijo con voz sonora y su acostumbrada pedantería.

—«Hablando del rey de Roma»,[201] &. o más bien como dicen los ingleses: "«Talk of the devil...»". Se hablaba de usted, joven, hace un momento.

—Y añadió mirando a todos con aire significativo—. ¿Ha tenido usted últimamente noticias de sus interesantes parientas a quienes conocí el año pasado en N***?

---

198 *Vaivén*: balanceo, oscilación, sacudida.
199 *Tresillo*: juego de baraja que se juega entre tres personas repartiendo nueve cartas a cada una.
200 *Desdeñosamente*: con desdén, desprecio.
201 *Hablando del rey de Roma*...: se utiliza cuando llega una persona de la que en ese momento se estaba hablando.

No sé qué le contesté. Un momento después, acercándome a Mercedes le dije que venía a despedirme porque tenía que ausentarme algunos días.

—Naturalmente —me contestó sonrojándose con suma contrariedad.

—¿Por qué naturalmente? Usted no sabe a dónde voy...

—¿Cómo no he de adivinar?... El engañado puede a veces abrir los ojos.

—¿El engañado?

—O la engañada, si usted gusta.

—Explíquese, Mercedes.

—Lo haré. Sepa usted que hoy ya comprendo la falsedad de la conducta de usted, y tenga por seguro que entre nosotros acabó todo compromiso.

—¿Y de qué soy culpable, por Dios?

—Ahora no tengo tiempo para explicarme. Bástele saber que lo sé todo... —y añadió con ironía—: ¡comprendo que usted quiera ir a visitar a la persona que prefiere!

—No entiendo.

—¿No? Pues, entonces hágame el favor de saludar a su prima Dolores de mi parte.

—Mercedes, usted es muy injusta, y no sé quién ha podido inventar semejante...

Ella no pudo menos que volver los ojos hacia don Basilio al interrumpirme diciendo:

—No sé por qué se ha tomado usted la pena de venir a despedirse. Entre usted y yo no hay ni puede haber simpatía: yo no me intereso en sus asuntos particulares.

Inmediatamente comprendí que todo esto era obra de don Basilio. Mi orgullo se exaltó, y no quise humillarme pidiendo explicaciones.

—Ya veo —le contesté mirando a mi rival—, ya veo que mi dignidad me impide defenderme; la fortaleza está en manos del enemigo y sería inútil procurar rechazar las calumnias que ciertas personas saben inventar.

Y saludando con aire altivo a Mercedes y a toda la concurrencia salí de la sala seguido por la mirada maligna y la perversa sonrisa de don Basilio. En la puerta me alcanzó Julián, y ofreciéndome la mano me dijo:

—No crea usted, Pedro, que yo he tenido parte en la conspiración que comprendo se había preparado contra usted, pues yo soy enemigo de estas cosas y tengo verdadero aprecio por usted.

Le agradecí este acto de espontaneidad y nos separamos.

Atravesé las calles que me separaban de casa, y odio, deseo de vengarme, profunda humillación al verme vencido por ese aventurero de pluma, desprecio por Mercedes que servía de instrumento, todo esto bullía[202] en mi mente y hacía latir mi corazón. En medio de todo recordaba que al salir había visto que la mirada de Mercedes me siguió, humedecida y melancólica... ¡No volví a verla sino años después, y en qué circunstancias!

---

202 *Bullir*: hervir, agitar.

Al llegar a casa me dijeron que alguien me aguardaba: era Antonio. Al acercarme para saludarlo dio un paso atrás y rechazando mi mano dijo con destemplanza:

—¡Deseo primero saber si le doy la mano a un amigo o a un traidor a la amistad!

—¡A un traidor!...¿Yo Antonio?

—¡Usted!

—Explícate... ¡Esto me faltaba! —exclamé con desaliento—. Esto me faltaba para volverme loco... Vengo de casa de Mercedes que rompió conmigo definitivamente.

—¿Y no dijo la causa?

—Me dio a entender que creía en una calumnia...

—¡Calumnia! Tal vez ella tenía razón... ¡Pedro, Pedro! Todavía me queda una esperanza: ¡tu lealtad de tantos años! Dime la verdad —añadió tuteándome otra vez—; es tan triste perderlo todo en un día... contéstame, ¿amabas acaso a Dolores antes de conocerla yo? O en tu viaje al Espinal, ahora cuatro meses... ¡Oh! ¡dime la verdad!

—Te juro en nombre de nuestra amistad y por todo lo que hay más sagrado, que Dolores ha sido siempre solamente una hermana para mí.

—No sé qué creer... He estado pensado mucho en tu conducta últimamente y es inexplicable. Desde que estuviste en el Espinal has procurado siempre disuadirme de mis proyectos con respecto a Dolores, y no me permites que hable de ella; todo esto con cierto aire misterioso que no puedes ocultar y sin decirme la causa de tan extraño cambio. El amigo Durán me dijo también en días pasados que ya nadie veía a Dolores, que vivía siempre retirada en su hacienda... ¡En estos días han circulado aquí rumores acerca de ella y de ti que no acierto a repetirlos! ¡Dime si esto es verdad!

—¿Qué verdad? —pregunté angustiado y sin saber qué contestar.

—Dime si... ¿tú debes casarte con ella?

—Esa es una infame mentira forjada por don Basilio; ¡y que tú, Antonio, hayas podido dar oídos a esto!

—¡Por don Basilio!...

Y un momento después añadió:

—Tienes razón, Pedro, deber ser mentira entonces. Me admiro cómo no lo había pensado antes. Me dijeron aquí que pensabas irte mañana para N***: no espero más tiempo; no quiero creer en la repugnancia de Dolores por el matrimonio; ¿no me has dicho que me ama? Pues bien, tú mismo llevarás una carta pidiendo la mano de tu prima, y de cualquier modo haremos el matrimonio. Éste es el mejor modo de contestar a semejante calumnia.

—¡Eso no puede ser! —exclamé sin pensar en las consecuencias de mis palabras.

—¿Por qué?

—Ella dice que jamás se casará.

Antonio me miró sin contestarme y yo añadí:

—Hay en su vida un misterio que no puedo revelar.

—¿Un misterio?

—Sí.

—Un misterio en la vida de una mujer no puede ser bueno. Exijo que se me diga en qué consiste. Yo no soy héroe de novela, y si se me engaña que sea con algo verosímil.

—No tengo libertad para revelártelo: Dolores me ha exigido el secreto.

—¡El secreto! ¡Y yo que empezaba a creerle!...

Y levantándose, se caló[203] el sombrero con aire decidido, y con voz temblorosa de rabia me impuso silencio diciendo:

—Basta ya. Nadie se burla de mí impunemente. No me replique usted; no quiero cometer una falta aquí: yo mandaré amigos que arreglen el asunto entre los dos.

—¡Un desafío!

—Así lo entiendo ¿acaso la cobardía es otra de las cualidades que lo distinguen a usted?

—La cólera te ciega, Antonio —contesté procurando guardar mi razón—. Entre los dos no puede haber desafío. ¡Esto es hasta ridículo! Escúchame: te he dado mi palabra de que en esto hay una horrible equivocación.

—¿Qué pruebas me puede usted dar para creer que sus palabras son verídicas, puesto que asegura que Dolores no puede casarse?

—El tiempo...

—¡El tiempo!... ¡Usted es un cobarde!

—¡No permito que nadie me diga semejante cosa!

—Entonces acepta mi reto, o contesta a mi pregunta.

—Antonio —exclamé, haciendo el último esfuerzo para no perder mi serenidad—, Antonio, esto es absurdo. ¡Si las circunstancias lo exigen, separémonos, pero no como enemigos!

Antonio fuera de sí ya, se acercó con el brazo levantado.

—¡Cobarde e hipócrita! —gritó.

Entonces olvidé toda consideración, y mostrándole la puerta dije:

—Salga usted. Arregle las cosas como quiera y para cuando quiera.

Al día siguiente a las seis de la tarde me llevaban desmayado para la casa en que vivía. Cuando volví a recuperar mis sentidos me encontré tendido en la cama. Era de noche, y sentada a los pies de la cama vi dormida a la casera: traté de hablar y moverme, pero un dolor agudísimo en el pecho me obligó a estarme quieto. Estaba solo, sin pariente ni amigo que se condoliera de mí; la caridad de los dueños de casa era mi único amparo.[204] Recordé entonces lo que me había sucedido: me vi nuevamente al frente de Antonio detrás de las

203 *Calar*: colocar el sombrero bien metido en la cabeza.
204 *Amparo*: protección.

colinas de San Diego; cada uno de nosotros tenía una pistola en la mano; Julián me servía de testigo. La expresión de la fisonomía de Antonio era temible: me miraba con todo el odio nacido de su anterior cariño. En ese momento olvidé todo sentimiento religioso, todo recuerdo de mi padre... un profundo desaliento de la vida me dominaba; deseaba verdaderamente morir en aquel momento, le apunté a Antonio, pero la memoria de Dolores y de su pena al saber que yo habría causado su muerte me hizo volver a mejores sentimientos y disparé al aire; pero al mismo tiempo sentí una fuerte conmoción y sin saber cómo, me encontré en el suelo... No recordaba más.

Volví a perder el juicio y por muchos días estuve entre la vida y la muerte. Cuando mis ojos se abrieron nuevamente a la luz y a la razón encontré a mi lado a mi padre, que acababa de llegar de N*** sin haber tenido noticia del estado en que me hallaba.

La siguiente carta de Dolores hará comprender mejor que otras explicaciones la causa del viaje imprevisto de mi padre.

«No sé si recibiste una carta que te escribí hace algunos días. Es posible que se haya extraviado[205] o que no hubieras entendido lo que en ella te decía. Ahora pienso explicarte con más claridad la causa del desorden de mi espíritu: estoy en completa calma y me creo capaz de abarcar con ánimo mi situación... ¡Con ánimo! ¡gran Dios! En calma... ¡qué ironía!... no, Pedro, estoy loca, desesperada.

«He tenido momentos de verdadera demencia...

«Sin embargo, quiero vencer la repugnancia, el horror que siento. Es preciso referírtelo todo.

«Desde que estuve en el Espinal empecé a sentir mucho malestar, una agitación de nervios constante y una completa postración de ánimo. Sentía por turnos y en algunas horas, frío, calor, fuerza, debilidad, valor, desaliento, temor, audacia, en fin, los sentimientos más contradictorios y las sensaciones más diversas. Al volver a N*** consulté a tu padre: me hizo varias preguntas y leí en su semblante la mayor emoción y desconsuelo a medida que le refería los síntomas del extraño mal que padecía. El pobre tío procuró infundirme valor asegurándome que esas novedades provenían de mis recientes penas.

«Mi tía se empeñó en que consultase con otros médicos, pero yo no quería que me viese nadie. Al fin viendo que mi salud no mejoraba, llamaron sin consultarme a varias personas de los alrededores que pasan aquí por médicos, y su experiencia, si no el diploma, los hace dignos del título de doctores que les dan.

«Se reunieron, pues, un día en la hacienda. Yo me presenté temblando, pero me acogieron con tanta bondad y me trataron con tan alegres chanzas, que fui perdiendo en presencia de ellos el horrible temor que me asaltaba. Antes de separarme comprendí que esos señores debían reunirse en la sala

---

205 *Extraviar(se)*: perder(se).

para dar su opinión. Quise saber la verdad y resolví oír ocultamente la consulta. Me retiré a mi cuarto, pero saliendo inmediatamente entré a una alcoba vecina de la sala y separada de ésta sólo por un cancel.[206]

«Me había tardado algunos momentos y cuando llegué a mi observatorio ya estaba empezada la conversación.

—«¡Pobre niña! —decía uno de ellos—; me parece que no hay esperanza...

—«El lázaro está en su segundo período apenas —repuso otro—, y creo que se podría hacer algún esfuerzo.

—«Eso apenas retardaría por algunos días más...

—«Es cierto —dijeron todos—, no hay ya remedio...

«No supe qué más dijeron, ni lo que pasó por mí. Había procurado hacerme fuerte y ver con serenidad el mal que podía, que debía esperar. Pero al tener la seguridad de que era cierto lo que sólo temía, al encontrarme cara a cara con el espectro que había presentido, al contemplar de repente el horror de mi situación, no pude resistir a semejante dolor, y aunque no perdí el sentido, me tiré al suelo dominada por un completa postración de espíritu. No lloraba, ni me quejaba: mi desesperación no admitía desahogo. Un sollozo prolongado en el corredor me hizo volver en mí. Conocí la voz de mi tía, salí... ¡al menos, pensé, podremos llorar juntas! Guiada por el mismo interés que me animaba, también había querido conocer el fallo de los médicos, y al oír sus palabras no había podido resistir a su emoción.

«Me le acerqué, pero al levantar los ojos y verme a su lado no pudo reprimir cierto movimiento de repugnancia que corrigió inmediatamente con una tierna mirada.

«Hija mía —me dijo alargándome las manos—, ven, abrázame.

«Pero su primer movimiento había sido como una puñalada[207] para mí: no lo pude olvidar, y huyendo entré a mi cuarto sin querer oírla, y me encerré. ¡Me sentía sola, completamente abandonada en el mundo! Después de esto no recuerdo más. Parece que mi tía, cansándose de llamarme y no teniendo contestación alguna se había alarmado, ¡y auxiliada por tu padre forzaron la puerta y me encontraron loca!

«Sí, Pedro, fue tal mi desesperación que perdí el juicio por algunos días. Cuando volví a la razón y contemplé la horrible existencia que me aguardaba, en lo primero que pensé fue en escribirte. Tú has sido siempre un amigo en cuya simpatía creo; un hermano, cuyo apoyo ha sido mi consuelo siempre. A ti apelé: no recuerdo qué te decía; todavía había en mi mente una nube de demencia. Tu padre me dice que no ha perdido completamente la esperanza, y parte para Bogotá a consultar él mismo los mejores médicos del país. Si hubiera esperanza, ¡Dios mío!... ¡si hubiera esperanza!».

La carta a que se refería Dolores era la que había determinado mi partida

---

206 *Cancel*: segunda hoja de una puerta que suple a ésta cuando queda abierta por algún tiempo, formada generalmente por un bastidor oscilante de tela o piel. Mampara.
207 *Puñalada*: herida con arma de acero.

para N***, partida que se había interrumpido trágicamente.

Apenas pude levantarme quise acompañar a mi padre a casa de los mejores médicos de Bogotá, quienes nos dieron algunos medicamentos con los cuales decían haberse mejorando notablemente varios lazarinos. Mi padre regresó a N***. Yo me quedé solo, triste, enfermo todavía, desalentado y sin proyectos ya para lo porvenir.

En eso supe que un rico capitalista partía enfermo para Europa y deseaba llevar un médico que lo asistiera durante su viaje. Me le ofrecí y me aceptó con gusto: pero antes de partir no pude resistir al deseo de ir a abrazar a mi padre y ver a mis parientes. Por otra parte deseaba arreglar las pocas propiedades de que podía disponer para tener algunos recursos con que subsistir algunos años en Europa.

Llegué inesperadamente a N***, y después de haber pasado algunas horas con mi padre fui a casa de la tía Juana. Estaba sola y muy triste: la enfermedad de Dolores no tenía ningún alivio. Me decía que no quería vivir sino en la hacienda; y prorrumpiendo en llanto la pobre tía añadió, que no se dejaba ver de nadie, y no permitía que se le acercasen. Yo traté de consolarla diciendo que iría a verla y procuraría dulcificar[208] sus pensamientos y mejorar su género de vida.

Al principio mi prima rehusó[209] verme, pero cuando le hice saber que partía pronto para un viaje tan lejano accedió a mi deseo.

Estaba sentada en un sillón y el cuarto muy oscuro: así con su vestido blanco se veía como un espectro entre las sombras. No quería que yo me acercase a ella; pero usando de mis prerrogativas de primo y hermano le tomé las manos por fuerza y abriendo de improviso una ventana quise contemplar los estragos[210] que aquel mal había hecho en ella.

Estaba ya empezando el tercer período de la enfermedad. La linda color de rosa que había asustado a mi padre, y que es el primer síntoma del mal, se cambió en desencajamiento[211] y en la palidez amarillenta que había notado en ella en el Espinal: ahora se mostraba abotagada[212] y su cutis áspera tenía un color morado. Su belleza había desaparecido completamente y sólo sus ojos conservaban un brillo demasiado vivo. Comprendí que ya no tenía esperanzas de mejoría, pero procuré ocultar mi sorpresa: ciertamente no esperaba encontrar en ella semejante cambio. Al principio permaneció callada, pero cuando le expliqué las penas de la tía Juana, me confió que su aparente despego y el deseo de aislarse prevenían de un plan que había ideado y que tenía la determinación de llevar a cabo.

—Quiero que mi tía se enseñe a nuestra separación, pues no pienso vivir más tiempo a su lado.

—¿Y dónde te irás?

—Viviré sola. Mi tía tiene un horror, una repugnancia singular al mal que sufro, y sé que vivirá martirizada. Por otra parte, es tal el temor que me

---

208 *Dulcificar*: hacer algo más suave.
209 *Rehusar*: no aceptar.
210 *Estrago*: destrozo, daño.
211 *Desencajamiento*: alteración, demudación.
212 *Abotagarse*: desfigurarse el cuerpo o una parte de él por hinchazón o por gordura excesiva.

causa una voz extraña... veo a la humanidad entera como un enemigo que me persigue, que me acosa, y he resuelto separarme de todo el que me tema.

—¿Pero cómo?

—¿No recuerdas aquel sitio tan lindo donde nos despedimos la última vez que estuviste aquí?

—¿La quebradita?

—Allí quiero mandar hacer una casita y acompañada por los muchachos que sirvieron a mi padre hasta sus últimos momentos (ellos no me tienen repugnancia) viviré aislada, pero en mi soledad estaré tranquila.

—Esa es una locura, Dolores ¿cómo sería tu vida en medio del monte? No, eso no puede ser.

—En lugar de disuadirme,[213] Pedro, tenme lástima[214] y ayúdame a llevara a cabo mi propósito. Si no —añadió apretándose las manos con ademán desesperado—, si no, huiré, me iré sola al monte y moriré como una fiera de los bosques. Mira: he sentido mayor desesperación al comprender que inspiro horror. ¡Dios mío! Si no me permiten vivir sola, ocultarme a todos los ojos, no sé qué haré... no es difícil quitarse uno la vida.

El estado de exasperación en que se hallaba la pobre joven no admitía razonamientos y tuve que ofrecerla mi cooperación a su plan.

—¿Y Antonio? —preguntó al cabo de un momento de silencio y haciendo un esfuerzo para serenarse.

—No lo he visto, ¿acaso no has sabido?...

—Sí, tu padre me lo refirió todo. Yo he sido la causa de tus penas y peligros, ¡y sin embargo ni un consuelo, ni una señal de gratitud has recibido de mí! Perdóname: las penas nos hacen egoístas. Te confesaré mi debilidad: me llena de espanto la idea de que Antonio me recuerde con repugnancia.

—¿Pero no es peor que te tenga en mal concepto?

—Sí, es cierto; no lo había pensado. ¡Que lo sepa todo!

Y al decir esto prorrumpió en amargo llanto.

—Dile también a Mercedes lo que quieras —añadió.

—Ya Mercedes no es nada para mí. No quiero darle explicaciones: ella debió haber tenido fe en mi lealtad.

Dolores me miró un momento.

—Tú no la amaste nunca, pues cuando uno ama no tiene orgullo: no puede haber resentimiento duradero, ni pique,[215] ni mala voluntad respecto del ser amado.

—No hablemos más de ella. Mercedes tiene otros pretendientes y yo ni la recuerdo.

Me despedí prometiéndole hablar con mi tía, lo que efectivamente hice, procurando hacerle comprender que la vida de Dolores dependía de que hiciese su voluntad.

Algunos días después me reuní con mi compañero en Honda[216] y ba-

---

213 *Disuadir*: hacer desistir, desanimar.
214 *Lástima*: pena o sentimiento que se experimenta al ver padecer a otros. Compasión, conmiseración, misericordia, piedad.
215 *Pique*: resentimiento.
216 *Honda*: ciudad del departamento del Tolima.

jamos el Magdalena sin novedad, embarcándonos en Santamarta[217] a principios del siguiente mes.

---

217 *Santa Marta*: Capital del departamento del Magdalena en la costa del océano Atlántico.

PARTE TERCERA

Sólo busco en la selva más lejana
Tétrico albergue, asilo tenebroso
No pisado jamás de huella humana.

VICENTA MATURANA[218]

Je meurs, et sur ma tombe, ou lentement j'arrive,
Nul ne viendra verser des pleurs.[219]

GILBERT[220]

Durante los primeros meses de mi permanencia en Europa, recibí varias cartas de mi padre en que me daba cuenta de la salud de Dolores. Empeoraba cada día, y al cabo de algunos meses ya todos habían perdido completamente las esperanzas. A pesar de los esfuerzos que hacían, consultando a los médicos más afamados del país, la horrible y misteriosa enfermedad continuaba con su mano desoladora destruyendo la belleza y aun la figura humana de mi infeliz prima. Ella vivía oculta, sin aire y sin luz, rogando que le permitiesen huir lejos de aquella atmósfera que la sofocaba.

---

218 *Vicenta Maturana*: (Cádiz, 1793-Alcalá de Henares,1859). Poeta y narradora. En contacto cultural con la «escuela de Sevilla», hecho decisivo en su evolución artística y cuya herencia puede rastrearse en muchos de sus poemas, sobre todo en los publicados en su primera colección poética. Un primer exilio le lleva a Lisboa donde residirá hasta 1811 en que vuelve a España. Allí recibe una pensión vitalicia y en 1816 es nombrada camarista de la Reina María Josefa Amalia de Sajonia, cargo que ocupará hasta 1820 en que se une en matrimonio con el Coronel José María Gutiérrez. En 1833, su esposo y su hijo de trece años se enrolan en las filas carlistas. Un nuevo exilio los conduce a Francia hasta 1836, año en que de nuevo regresa a España. En 1838, muere el esposo y establece otra vez su residencia en Francia hasta 1847. Los últimos años de su vida los pasó en Alcalá de Henares.

219 *Je meurs, et sur ma tombe, ou lentement j'arrive, Nul ne viendra verser des pleurs*: Yo muero, y sobre mi tumba, donde lentamente llego, nadie vendrá a verter lágrimas.

220 *Nicolas Joseph Florent Gilbert* (Fontenoy-le-Château [Vosges, 1750-1780). Poeta satírico francés prerromántico. Obras: novela, *Les families de Darius et d'Eridame* (Paris, 1770), una sátira en prosa: *Le carnaval des auteurs* (Paris, 1773), odas y sátiras. Tres piezas, una oda y dos sátiras le han granjeado una reputación duradera: "Ode imitée de plusieurs psaumes" (1788), connocida como: "Adieux à la vie". Las sátiras: "Le dix-huitième siècle" (1775) and "Mon apologie" (1778).

Al fin entre otras cartas recibí la siguiente, de Dolores:

«¡Ya no hay remedio, mi querido Pedro! Hace dos meses que he muerto para el mundo y me hallo en esta soledad. Tú escucharás con paciencia mis quejas, ¡oh! ¡tenme piedad!

«Pero no, ¿por qué quejarme? La Providencia es ciega, y hay momentos... No me atrevo a leer lo que hay en el fondo de mi alma. Voy a referirte cómo fue mi despedida de mi tía y la llegada aquí. Si mi carta es incoherente, perdónamela: ¡mi espíritu cede a veces a tantos sufrimientos!

«No sé si tú lo sabías, pero fueron tantas mis instancias, que al fin logré que se empezara a construir una casita, una pequeña choza, aunque aseada y cómoda, en el sitio que indiqué. Yo misma quise ir a mostrar el lugar exacto en que debía quedar. Sin embargo se pasaron meses antes de que la acabasen, y aunque yo rogaba que la concluyeran pronto, conocí que mi tía no podía resolverse a esta separación. Pero fatigada ya de rogar, amenacé seriamente que me huiría de la casa y conseguí mi deseo.

«Yo permanecía oculta siempre y hablaba con mi tía y tu padre al través de la reja de la ventana de mi cuarto, y por entre las rendijas de mi puerta.

«Un día me vinieron a decir que la casa estaba concluida y habían llevado los muebles necesarios, mis pájaros y algunas flores. Mi pobre tía se había esmerado en que tuviese cuantas comodidades podía apetecer. Tu padre me vino a decir, después de hacerme algunas recomendaciones higiénicas, que entre lo que habían llevado a mi futura casa se hallaba un pequeño botiquín y una relación sobre el modo de usarlo. "Ahí encontrarás todo, me dijo, según la marcha de la enfermedad hasta, hasta...". Al pronunciar estas palabras el buen anciano que tanto me había mimado prorrumpió en sollozos. Yo había entreabierto la puerta para hablar con él más cómodamente, y al oír aquella señal de vivísimo dolor, sentí en mi corazón una desesperación indomable, y abriendo la puerta enteramente me hinqué en el suelo exclamando con angustia:

«¡Oh, tío, tío!... usted tiene en su poder el hacerme penar menos; ¡oh, por Dios, deme un remedio... un remedio que acorte mi vida!

«Tu padre se cubrió la cara con las manos y no me contestó. Pero en eso oí que mi tía venía por el corredor e inmediatamente me volvió el juicio, y haciendo un esfuerzo de voluntad violento me levanté y entrando a mi pieza cerré la puerta. Pero ella me había visto y me gritó golpeando en la puerta:

—«¡Dolores, Dolores! este sacrificio es demasiado grande, tú no puedes dejarme así.

—«Tuve una debilidad de un instante; pero eso ya pasó —le contesté con voz segura—: mañana me quiero ir a la madrugada, pero ruego por última vez que a mi salida nadie se me acerque.

«Esa noche dormí tranquila. Ya había pasado la agitación y me sentía fuerte ante mi resolución. Antes de aclarar el día me vinieron a decir que mi caballo estaba preparado. Me levanté, y saliendo de mi cuarto atravesé el corredor en que estaba mi pajarera y vi por última vez el jardín, la alberca, los árboles... todo, todo lo que me recordaba mi feliz niñez y los sueños de mi corta juventud. No quise pensar, ni detenerme: la luz fría y triste del amanecer empezaba a iluminar los objetos que tomaban un aspecto fantástico. Mi perro favorito me siguió dando saltos de alegría.

«El mayordomo, que debía acompañarme hasta mi choza y dos o tres sirvientes más me esperaban en el patio. Yo no quise aceptar el apoyo de nadie y de un salto monté a caballo.

—«¡Adiós! —dije con voz ahogada dirigiéndome a los criados—, díganle a mi tía...

«No pude añadir otra cosa, y azotando con las riendas al caballo, que es muy brioso, salí como un relámpago del patio seguida por el mayordomo. No sé qué sentí entonces. Mi vida entera en sus más íntimos pormenores pasó ante mi imaginación, como dicen sucede a los que se están ahogando. Creo que iba a perder el sentido y dejarme caer del caballo, cuando un grito ahogado por la distancia me hizo detener mi cabalgadura, y mirando hacia atrás vi venir a mi tía que había montado y me seguía.

—«¡Hija mía, Dolores! —me dijo al acercarse—. ¿Creías que yo permitiría que salieras de mi casa como una criminal sin que te acompañara siquiera hasta tu destierro?

—«¡Perdón, tía; sí lo creí, y me desgarraba el corazón esta idea; pero como usted me había ofrecido no volverme a ver...

—«Sí, sí, lo dije. ¿Pero cómo dejar de verte, de hablarte por la última vez?

«Dejé volar mi pañuelo al viento para ver de dónde venía y poniéndome del lado opuesto le contesté:

—«Una sola vez y al aire libre no podrá serle funesto. Prométame, sin embargo, que no se acercará: si no me lo ofrece, juro, tía, que pondré en acción mi amenaza y me iré lejos de aquí: me ocultaré y moriré en el fondo del monte.

—«Tía —añadí después—, esta es nuestra última conversación. Hablemos con toda la cordura[221] y resignación que puede tener un cristiano en su lecho de muerte. No permitamos que nos interrumpan lágrimas, y no seamos débiles. El sacrificio indispensable está hecho; aceptémoslo como una prueba enviada por la Providencia. Cuando lleguemos a orillas del monte me adelantaré sin decir nada. No pronunciemos la palabra adiós; ambas necesitamos de un valor que nos abandonaría si nos despidiésemos.

«Así se hizo. Conversamos tranquilamente, en apariencia, del modo cómo arreglaría mi vida, pero teníamos el corazón despedazado. Cuando llegamos al estrecho camino que recordarás, me adelanté en silencio y al cruzar por la vereda que conduce a mi choza volví involuntariamente la cara: al

---

221 *Cordura*: razón, juicio, prudencia, sensatez.

través de los árboles vi a mi tía que se había detenido y me miraba partir con profunda pena. Probablemente no la volveré a ver jamás!».

Por mucho tiempo no volví a recibir noticias de Dolores: mi padre me decía apenas que continuaba en su soledad y había prohibido que nadie se le acercase. Una vez me escribió lleno de tribulación. Parece que un día le vinieron a decir que Dolores estaba sumamente indispuesta: él se hallaba en la hacienda de mi tía y no pudo evitar que supiese lo que decían de Dolores. La tía Juana se alarmó y quiso a todo trance, y sin acordarse de su promesa, acompañar a mi padre a la choza de mi prima.

Llegaron hasta la casa, sin ser vistos, compuesta de una salita y una alcoba; separábala de la cocina y despensa²²² un patiecito lleno de flores, y entre los bejucos²²³ que enredaban en el diminuto corredor colgaban jaulas llenas de pájaros. Penetraron a la salita, adornada con varios muebles y muchos libros sobre las mesas. Al ruido que hicieron al entrar, Dolores salió de la alcoba sin precaución alguna. Estaba tan desfigurada que mi tía dio un grito de espanto y se cubrió la cara con las manos. Dolores se detuvo un momento, y al ver la expresión de la fisonomía de sus tíos pasó cerca de ellos sin decir nada y tomó la puerta. Mi padre la siguió llamándola y la vio internarse en el monte. Viendo que no contestaba corrió hacia el sitio en que había desaparecido: caminó por la orilla de la quebrada llamándola a cada paso, hasta que llegó a un sitio más abierto; pero el monte espeso se cerraba completamente más arriba, y la quebrada, encajonándose entre dos rocas, no podía atravesarse sino llevando el agua hasta las rodillas. Dolores no parecía ni contestaba: mi tío creyó que había tomado otra senda y volvió a la casa para consultar con los sirvientes de mi prima. Ellos no la habían visto nunca salir así, pero inmediatamente corrieron a buscarla. Mi tía estaba tan conmovida e inmutada, que mi padre le aconsejó que volviera a la hacienda mientras que él se quedaría buscando a Dolores.

Se pasaron horas y no era posible encontrarla. Los sirvientes y todos los peones de la hacienda se pusieron en movimiento, pero llegó la noche, la que pasó también sin noticia alguna. Los primeros rayos del sol encontraron todavía a mi padre lleno de angustia, pues además de la desaparición de Dolores, mi tía se había enfermado gravemente.

Mejor será transcribir ahora una parte de la carta que recibí de Dolores, dándome noticia de lo sucedido.

* * *

«...Creí, Pedro, que nunca volverías a saber de mí... Quise morir, amigo mío, y no pude lograrlo. En días pasados me sentía muy enferma, tanto material como espiritualmente: mi postración era horrible y pasé días sin hablar

---

222 *Despensa*: lugar donde se tienen guardadas las provisiones de comida en una casa.

223 *Bejucos*: diversas especies de plantas tropicales de tallos largos y flexibles que se utilizan para cestería, asientos de sillas, etc.

ni tomar casi alimento alguno. Isidora y su hermano probablemente se alarmaron al verme en ese estado, y dieron aviso a la familia: no he querido preguntarles cómo llegaron repentinamente a mi choza tu padre y mi tía Juana. Al verme, fue tal el horror que se pintó en sus semblantes, que comprendí en un segundo que yo no debía hacer parte de la humanidad, y sin saber lo que hacía salí de la casa. Creo que perdí el juicio: me parecía oír tras de mí la carrera de cien caballos desbocados que me perseguían, y oía el ladrar de innumerables perros... Subí desolada por la orilla de la quebrada, y al llegar a un sitio más inculto atravesé sus aguas sin sentir que me mojaba ni pensar que me hería en los espinos del monte. Al fin se me acabaron las fuerzas y me detuve. Ya no oía los gritos ni las carreras de los que creí me perseguían y me encontré sola en medio de la montaña: no había más ruido que el zumbido de los insectos, el trinar de los pájaros y el chasquido de las hojas secas al romperlas con los pies. Estaba completamente exánime:[224] no sé si me dormí o me desmayé, pero caí al suelo como un cuerpo inerte. Cuando volví en mí la oscuridad era casi completa en el fondo del bosque. ¿Qué hacer? La muerte se me presentó como un descanso. Me levanté para buscar un precipicio, pero la montaña en aquel sitio está en un declive suave del cerro y no hallé lugar alguno que fuera a propósito.

«No sentía dolor ninguno (tú sabes que a consecuencia de la enfermedad se pierde la sensibilidad cutánea) y sin embargo me había desgarrado y estaba inundada de sangre y los vestidos hechos pedazos. Después de haber vagado largo tiempo llegué a un sitio más abierto en donde al pie de algunos árboles altísimos se veían anchas piedras cubiertas de musgo. Se sentía allí un fresco delicioso: me recosté sobre una piedra y levanté los ojos al cielo. La noche había llegado, y a medida que el suelo se cubría de sombras el cielo se poblaba de estrellas. Las lámparas celestes se encendían una a una como cirios[225] en un altar. ¡Cuántas constelaciones, qué maravillosa titilación[226] en esos lejanos soles, qué inmensidad de mundos y de universos sin fin...! Poco a poco la misteriosa magnificencia de aquel espectáculo fue calmando mi desesperación. ¿Qué cosa era yo para rebelarme contra la suerte? Esos rayos de luz morían antes de llegar a mi rincón, y sin embargo parecían mirarme con compasión... ¡Compasión! ¿Todos no me tienen horror? No, hay tal vez algún ser que me recuerde todavía con ternura: te diré la verdad; la memoria de Antonio me salvó, y creí comprender como por intuición que no me había olvidado. ¿No bastaría la seguridad de su lejana simpatía para vivir resignada? No me creas ingrata: también te recordé; tú al menos no te mostraste espantado al verme.

«La noche estaba estrellada pero muy oscura. Me sentía sin valor para pasarla entera en medio de aquella selva. Al desaparecer la agitación nerviosa que me animaba, sentí una gran postración y deseaba encontrar un sitio seguro en que pudiera recostarme sin temor. Recordé que había subido por

---

224 *Exánime*: agotada, sin fuerzas.
225 *Cirio*: vela gruesa y larga.
226 *Titilar*: oscilar una luz; particularmente, las estrellas.

la quebrada, y por la vista de las estrellas que tanto había contemplado en mi soledad me orienté. Busqué un lucero que brilla siempre en el confín del cielo al caer el sol, y me dirigí hacia un lado en que debía hallarse la choza de una pobre tullida que vivía en el monte con un hijo tonto. A poco comprendí que había encontrado un angosto sendero y procuré seguirlo. No sé cómo no me picaron mil animales venenosos que se arrastraban por el suelo, colgaban de las ramas y volaban chillando en torno mío. Desapareció la estrella tras de los árboles y la noche se hacía cada vez más oscura: había perdido los zapatos, y los pies rehusaban llevarme más lejos, cuando oí el ladrido de un perro: ¡qué música tan deliciosa fue aquella para mí! Algunos pasos más lejos encontré la choza y defendiéndome del perro con un palo que había tomado en el monte y me servía de bastón, empujé el junco que servía de puerta y despertando a la tullida pedí licencia para acostarme en un rincón.

«Pasé la noche como una miserable, despertándome sobresaltada a cada momento, pero el cansancio me hacía dormir otra vez. Cuando amaneció, el tonto se levantó y encendiendo fuego en medio del rancho, puso una olla sobre tres piedras que había allí e hizo un caldo con yucas, plátanos y carne salada. Yo permanecía en mi rincón sin moverme, hasta que habiéndome brindado un plato con hirviente caldo comprendí que mi mayor debilidad provenía de la falta de alimentos. Acepté y tomé con gusto lo que me ofrecían y al acabar rompí el plato como por descuido y tiré la cuchara.

«A medida que subía el sol el calor aumentaba en el rancho y al fin salí a la puerta a respirar el aire. Mi vestido enlodado y hecho pedazos, los cabellos desgreñados y mi aspecto indudablemente terrible causaron impresión a los dueños de casa. Imposible que me reconocieran, aunque en otro tiempo había visitado algunas veces a la enferma. Pero aunque no sabían quién era, la tullida adivinó la enfermedad de que padecía y me dijo con dulzura que sería mejor que me fuera a sentar en el alar... Comprendí la repugnancia que inspiraba aun a aquellos desgraciados, y me salí profundamente humillada. Deseaba mandar decir a mis parientes que no volvería otra vez a mi choza hasta que no me ofreciesen solemnemente que jamás irían a ella. El tonto no podía hablar claro ¿cómo mandar a decir lo que deseaba? Busqué un lápiz que llevaba en el bolsillo y que por casualidad no se había perdido en mi huida, y la tullida me dio un pedacito de papel que el tonto había llevado con unos remedios enviados por la tía Juana. Sobre un tronco de árbol caído que había cerca de la casa, puse el papelito y con mano trémula escribí algunas líneas y se las di al tonto para que las llevase a la hacienda, prometiendo pagarle bien.

«Esa tarde llegaron mis dos sirvientes. Isidora me trajo ropa y Juan un caballo ensillado y una carta de tu padre en la que me decía que mi tía estaba gravemente enferma a causa de las penas que yo les había dado: por último me ofrecía no intentar verme sin mi consentimiento.

«Volví a mi choza a cuidarme... ¡sí, me cuidé! ¡Oh triste humanidad! ¿no era mejor dejarme morir? Siempre encontramos en nuestro corazón este amor a la vida, y por lo mismo que es miserable como que nos complacemos en conservarla... Sí, Pedro: mientras yo cuidaba mi horrible existencia, mientras recuperaba fuerzas para seguir viviendo, mi pobre tía moría de resultas del terror, de la aprehensión y de la angustia que yo le había causado. Parece que se le declaró una fiebre violenta y al cabo de dos días sucumbió sin conocer a nadie, pero asediada por mi recuerdo y llamándome sin cesar. Acaso me creerás insensible, desnaturalizada, al ver que puedo hablar tranquilamente de la muerte de la que me quiso tanto. No sé qué decir: no me comprendo a mí misma y creo que hasta he perdido la facultad de sentir. Nunca lloro: la fuente de las lágrimas se ha secado; no me quejo, ni me conmuevo. Deseo la muerte con ansia, pero no me atrevo a buscarla y aún procuro evitarla.

«Mi espíritu es un caos: mi existencia una horrible pesadilla. Mándame, te lo suplico, algunos libros. Quiero alimentar mi espíritu con bellas ideas: deseo vivir con los muertos y comunicar con ellos».

La carta de Dolores me impresionó vivamente. Comprendí que su carácter tan dulce había cambiado con el sufrimiento, y esto me dio la medida de sus penas. Busqué algunos libros buenos y se los envié. Durante los siguientes años recibí apenas algunas breves cartas de Dolores: el fondo de ellas era una tristeza desgarradora a veces, con cierta incredulidad religiosa y odio al género humano en sus pensamientos, que me llenaban de pena. Mi padre me escribía que nunca la había vuelto a ver, pero que mandaba una persona todas las semanas a llevarle lo que podía necesitar y recoger noticias de ella.

Antonio se había arrepentido de su conducta ligera conmigo, y continuábamos una correspondencia muy activa. El primer golpe de dolor al comprender la horrible suerte de Dolores y la imposibilidad de que jamás fuera suya; ese rudo golpe no fue para él causa de desaliento: su carácter enérgico no permitía eso, y al contrario procuró vencer su pena dedicándose a un trabajo arduo y a un estudio constante. Pronto se hizo conocer como un hombre de talento, laborioso y elocuente, y alcanzó a ocupar un lugar honroso entre los estadistas del país.

Había pasado varios años estudiando en Europa y me preparaba a volver a la patria, cuando llegó la noticia de la muerte de mi padre. No diré lo que sentí entonces... Dolores me escribió también manifestándome la desolación en que había quedado. Aunque al principio me repugnaba la idea de visitar mi hogar vacío, no pude resistir al deseo de volver al lado de Dolores y me embarqué.

Llegué a Bogotá de paso, pero allí me detuvo Antonio para que asistiese a su matrimonio. Se casaba con una señorita de las mejores familias de la capital, rica y digna de mucha estimación. Inmediatamente le escribí a Dolores la causa de mi detención, participándole la noticia del brillante matrimonio que hacía Antonio.

El matrimonio fue rumboso[227] si no alegre. La novia no era bella; pero sus modales cultos, educación esmerada y bondad natural, hacían olvidar sus pocos atractivos. Cuando, después de la ceremonia me despedí de Antonio en la puerta de su casa, me entregó una carta para Dolores; carta que había escrito ese día, y en sus ojos vi brillar una lágrima, último tributo a sus ensueños juveniles.

Ocho días después llegaba a las cercanías de N*** y en vez de entrar al pueblo me dirigí inmediatamente por un camino extraviado al rincón del valle en que vivía Dolores. Al llegar a la vereda que años antes había pasado con mi prima, mi imaginación me trajo otra vez el recuerdo del esbelto talle de Dolores, su brillante mirada y alegres palabras: oía de nuevo el eco de su argentina risa que me parecía vibraba todavía en aquellas soledades. ¡Cómo había cambiado mi vida desde entonces! Mi tía había muerto, mi pobre padre también, mi novia era la esposa de otro (no sé si he dicho que casó con don Basilio) y en fin, mi prima, la alegre niña de otro tiempo, era un ser profundamente desgraciado. No había querido entrar al pueblo que tenía para mí tan tristes recuerdos, y nada sabía de Dolores.

Cuando me acerqué al sitio en que debía hallarse la choza de mi prima, sentí cierto rumor que me admiró. Bajo un árbol estaban varios caballos ensillados: piqué el mío y llegué a la puerta de la casita a tiempo que salían de ella el cura y varios vecinos de N***.

—¡Qué encuentro tan casual! —dijo el cura al reconocerme y deteniéndome en la puerta.

Era un respetable anciano que había sido cura de mi pueblo desde mi infancia.

—¿Dolores está adentro? —pregunté después de haberle saludado.

—¡Dolores! ¿No sabía usted acaso...?

—¿Qué? Deseo hablarla.

—No, no entre —me contestó tomándome la mano.

—¿Qué ha sucedido?

—¡Pobre niña! —me dijo con voz conmovida—: ¡esta mañana dejó de padecer!

—¡Dios mío! —exclamé sintiendo que hasta el último eslabón que me ligaba a los recuerdos de mi provincia había desaparecido; y entonces comprendí cuán necesario había sido para mí ese afecto.

Sentándome en silencio en el quicio[228] de la puerta de la casa de Dolores, escondí la cara entre las manos. Los que rodeaban al cura se alejaron por un sentimiento de delicadeza; el cura se sentó a mi lado.

—Su muerte fue la de una cristiana —dijo el buen sacerdote—. Hace algunos días me mandó rogar que viniera a verla; que no había necesidad de que me acercase, pues hablaría conmigo al través de la puerta de su alcoba. Vine varias veces y ayer se confesó y recibió los auxilios de la religión. Esta

---

227 *Rumboso*: hecho con esplendidez; donde se gasta mucho dinero.
228 *Quicio*: rincón formado por la puerta y el muro en la parte por donde gira la puerta sobre los goznes.

mañana me fueron a decir que se estaba muriendo, y hasta entonces no pude verla: ¡no le diré a usted cuán cambiada estaba!

—Ahora —añadió al cabo de un momento—, habiéndola visto espirar volvía a la parroquia para disponer el entierro.

Yo cumplí con mi deber. Asistí al entierro. Había dispuesto que la enterrasen en el patio de la casita y mandó que todo aquello quedase inhabitado.

Entre sus papeles hallé un testamento a mi favor y varias composiciones en prosa y verso. He aquí algunos fragmentos de un diario que llevaba y que hacen comprender mejor su carácter y los horribles padecimientos morales que sufría, sus vacilaciones y su desesperación.

* * *

23 de junio de 1843

«Hace un año que sufro sola, aislada, abandonada por el mundo entero en este desierto. ¡Oh! Si hubiera alguien que se acordara de mí ¿cómo no me hubieran de llegar ráfagas[229] de consuelo que inspiraran resignación a este corazón desgarrado? A lo lejos en la llanura corren y se divierten. Mañana es día de San Juan, aniversario de las fiestas de N***. ¡Las fiestas! ¡qué de recuerdos me traen a la memoria! Hoy encontré por casualidad un ramo de jazmines secos ¿podrá creerse que este ser monstruoso que aparece ante mí al acercarme al espejo es la bella niña a quien fueron regaladas estas flores? Antonio, Antonio, tú a quien amo en el secreto de mi alma, cuya memoria es mi único consuelo, ¿Antonio, te acordarás acaso todavía de la infeliz a quien amaste? ¡Si supieras cómo me persigue tu imagen! Resuena tu nombre en el susurrante ramaje de los árboles, en el murmullo de la corriente, en el perfume de mis flores favoritas, en el viento que silba, entre las páginas del libro en que me fijo, en la punta de la pluma con que escribo; veo tus iniciales en el ancho campo estrellado, entre las nubes al caer el sol, entre la arena del riachuelo en que me baño... ¡Dios Santo! ¡que este amor sea tan grande, tan profundo, tan inagotable, y sin embargo mi corazón ardiente yace mudo para siempre!»...

* * *

---

229 *Ráfaga*: corriente súbita y momentánea de algo.

Diciembre 8 de 1843

«La vida es un negro ataúd en el cual nos hallamos encerrados. ¿La muerte es acaso principio de otra vida? ¡Que ironía! En el fondo de mi pensamiento sólo hallo el sentimiento de la nada. Si hubiera un Dios justo y misericordioso como lo quieren pintar, ¿dejaría penar una alma desgraciada como yo? ¡Oh! ¡muerte, ven, ven a socorrer al ser más infeliz de la tierra! Soledad en todas partes, silencio, quietud, desesperante calma en la naturaleza... El cielo me inspira horror con su espantosa hermosura; la luna no me conmueve con su tan elogiada belleza; el campo me causa tedio; las flores me traen recuerdos de mi pasada vida. Flores, campos, puros aromas, armonías de la naturaleza que son emblemas de vida ¿por qué venir a causar tan hondos sentimientos a la que ya no existe?»...

* * *

Mayo de 1844

«...Espantoso martirio... la enfermedad no sigue su curso ordinario. ¿Viviré aún muchos años? Hay noches en que despierto llena de agitación: soñé que al fin pude conseguir una pistola; pero al quererme matar no dio fuego y en mi pugna por dispararla desperté... Otras veces imagino que estoy nadando en un caudaloso río, y me dejo llevar dulcemente por las olas que van consumiéndome; pero al sentir que me ahogo, me despierta un intenso movimiento de alegría».

* * *

Febrero de 1864 [230]

«Recibí hoy una carta de Pedro que me ha consolado. Hay todavía alguien, además de mi buen tío, que se acuerda de mí... Había dicho que esta carta me había consolado... ¡mentira! La he vuelto a leer y me ha causado un sufrimiento nuevo. Me habla de su vida tranquila, de sus estudios y proyectos para lo porvenir. Los hombres son los seres más crueles de la creación: se complacen en hacernos comprender nuestro infortunio. En los siglos de la edad

---

230 Esta fecha es indudablemente un error de tipografía.

media, cuando se le declaraba lázaro a alguno, era inmediatamente considerado como un cadáver: lo llevaban a la iglesia, le cantaban la misa de difuntos y lo recluían por el resto de sus días como ser inmundo... Pero al menos ellos no volvían a tener comunicación con la sociedad; morían moralmente y jamás llegaban a sus oídos los ecos de la vida de los seres que amaron. Y yo, yo que me he retirado al fondo de un bosque americano, hasta aquí me persigue el recuerdo... ¿Amar qué es? Amar es sentir gratas emociones: los médicos dicen que el lazarino ha perdido el sistema nervioso ¿para qué siento yo, por qué recuerdo con ternura los seres que amé?».

* * *

Abril de 1845

«¡Dios, la religión, la vida futura! ¡Cuestiones insondables! ¡Terribles vacilaciones de mi alma! ¡Si mi mal fuera solamente físico, si tuviera solamente enfermo el cuerpo! Pero cambia la naturaleza del carácter y cada día siento que me vuelvo cruel como una fiera de estos montes, fría y dura ante la humanidad como las piedras de la quebrada. Hay momentos en que en un acceso de locura vuelo a mis flores, que parecen insultarme con su hermosura, y las despedazo, las tiro al viento: un momento después me vuelve la razón, las busco enternecida y lloro al encontrarlas marchitas. Otras veces mi alma se rebela, no puede creer en que un Dios bueno me haga sufrir tanto, y en mi rebeldía niego su existencia: después... me humillo, me prosterno y caigo en una adoración sin fin ante el Ser Supremo...».

* * *

Setiembre de 1845

«Siempre el silencio, la soledad, la ausencia de una voz amiga que me acaricie con un tono de simpatía. La eterna separación! ¿Podrá haber idea más aterradora para un ser nacido para amar?».

* * *

1º de enero de 1846

«Atravieso una época de desaliento y de letargo completo. He vivido últimamente como en sueños... No estoy triste ni desesperada. Siento que en mi
corazón no hay nada, todo me es indiferente: la vida es el sufrimiento, la
muerte... todo pasa y se mezcla en las tinieblas de mi alma, y nada me llega a
conmover. ¡Una emoción! Una emoción aunque fuera de pena, de miedo,
de espanto (lo único a que puedo aspirar) sería bendecida por mí como un
alivio: ¡tal es el estado en que me encuentro! Es peor esto que mi loca desesperación de los tiempos pasados. Vegeto como un árbol carcomido: vivo como
una roca en un lugar desierto»...

* * *

Marzo de 1846

«A veces me propongo estudiar, leer, aprender para hacer algo, dedi-
carme al trabajo intelectual y olvidar así mi situación; procuro huir de mí
misma, pero siempre, siempre el pensamiento me persigue, y como dice un
autor francés: «Le chagrín monte en croupe et galope avec moi».[231]

«La mujer es esencialmente amante, y en todos los acontecimientos de
la vida quiere brillar solamente ante los seres que ama. La vanidad en ella es
por amor, como en el hombre es por ambición. ¿Para quién aprendo yo? Mis
estudios, mi instrucción, mi talento, si acaso fuera cierto que lo tuviera, todo
esto es inútil, pues jamás podré inspirar un sentimiento de admiración: estoy
sola, sola para siempre»...

* * *

Setiembre 6 de 1846

«Ya todo acabó para mí. Pronto moriré: mi mano apenas puede trazar
estas líneas con dificultad. ¡Cuánto había deseado este día! pero ¿por qué no
he tenido la dicha de morir antes, cuando tenía una ilusión? Acaso soy injusta; pero este golpe aflojó, por decirlo así, la última, cadena que me ligaba
a la existencia. Recibí una carta de Pedro fechada en Bogotá: ¡pobre primo

---

231 *Le chagrín monte en croupe et galope avec moi:* la pena monta en grupa y galopa conmigo.

mío! pensé al abrirla; pronto podré oír tu voz; y también por él tendré alguna noticia directa de Antonio... Mi corazón latía con una dulce emoción y me sentía desfallecer. Me senté a orillas del riachuelo que corre murmurando cerca de mi habitación. ¡Con cuánto gusto había visto llegar al sirviente que trajo la carta! La imagen de Antonio vagaba en torno mío...

«Después de leer las primeras líneas una nube pasó ante mis ojos. Pedro me daba parte del matrimonio de Antonio ¡el matrimonio de Antonio! ¿Por qué rehusaba creerlo al principio? ¿No es él libre para amar a otra? Sin embargo, la desolación más completa, más agobiadora se apoderó de mí: me hinqué sobre la playa y me dejé llevar por toda la tempestad de mi dolor. Me veía sola, ¡oh! ¡cuán sola!, sin la única simpatía que anhelaba. Todo en torno mío me hablaba de Antonio, y sólo su recuerdo poblaba mi triste habitación. No había rincón de mi choza, no había árbol o flor en mi jardín, ni estrella en el azul del cielo, ni pajarillo que trinara, que no me dijera algo en nombre de él. Mi vida hacía parte de su recuerdo; y ¿ahora? Él ama a otra ¡qué absurda idea! ¡A cuántas no habrá amado desde que nos separamos! ¡Cosa rara! esto no me había preocupado antes, y ahora esta idea no me abandona un momento. Como que mi alma esperaba este último desengaño para desprenderse de este cuerpo miserable. Comprendo que todos los síntomas son de una pronta muerte. Gracias, ¡Dios mío! Dejo ya todo sufrimiento; pero *él* es mi pensamiento en estos momentos supremos: ¡oh! *él* me olvidará y será dichoso!».

Teresa la Limeña

(Páginas de la vida de una peruana)

Teresa la limeña

(Páginas de la vida de una peruana)

> Divina maga de la memoria,
> Tu plañidera, sublime voz
> Dentro de mi alma la triste historia
> De mi *pasado* resucitó!...

> N. P. LLONA (*poeta colombiano*)[1]

I

Un ancho balcón daba casi inmediatamente sobre la pedregosa[2] playa de Chorrillos,[3] en donde las olas del mar venían a morir con dulce murmullo, mientras que más lejos se estrellaban ruidosamente contra murallones y fuertes estacadas.[4]

Empezaba a caer el sol y la rada[5] resplandecía con la luz de arreboles nacarados, que iluminaban brillantemente a los que paseaban por las orillas del mar. Bellas mujeres arrastraban sus largos ropajes, y elegantes petimetres[6] pasaban en grupos mirando a las bañadoras, que jugaban y reían entre el agua, ataviadas[7] con sus extraños vestidos de género oscuro y sus sombrerillos de paja. Se oían de tiempo en tiempo gritos apagados por la distancia, cuando se estrellaban las espumosas olas cerca de alguna tímida bañadora; y este ruido lo interrumpían risas lejanas y el constante ladrido de un perrillo que jugaba con un niño en el malecón.[8] A lo lejos los lobos ma-

---

1   *Numa Pompilio Llona: (Guayaquil, 1832-1907);* en Cali Colombia, cursó su educación primaria; en Lima la secundaria y superior; se graduó de abogado en la Universidad de San Marcos, en la que ocupó la cátedra de Estética y Literatura. Diplomático en Europa, intimó con los románticos Lamartine, George Sand, Víctor Hugo, Núñez de Arce, Cienfuegos Manzoni, Leopard y otros. Al regresar a Guayaquil fue nombrado Rector de la Universidad (1882). Veintidós años más tarde fue coronado poeta de la misma Universidad, por la poetisa Dolores Sucre. Obras: *Clamores de Occidente, De la Penumbra o la Luz, El gran enigma, Noche de dolor en las montañas, Odisea del Alma, Grandeza Moral.*

2   *Pedregoso:* lugar en que hay muchas piedras.

3   *Chorrillos:* histórico distrito que queda a 13 km al sur del Centro de Lima.

4   *Estacada:* serie de estacas plantadas en el suelo para deslindar, cercar, defender o sujetar algo. Cerca, empalizada.

5   *Rada:* ensenada que constituye un puerto natural.

6   *Petimetre:* persona joven bastante presumida, afectada.

7   *Ataviar:* vestir y adornar a alguien.

8   *Malecón:* muralla o terraplén que se hace para que sirva de defensa contra las aguas; dique.

rinos[9] o bufeos[10] levantaban sus negras cabezas por entre las ondas del mar, y tal cual pájaro chillaba volando hacia la orilla.

Los cristales de las casas resplandecían con mil colores diversos, cuyo brillo fue disminuyendo a medida que moría la luz del sol.

Poco a poco los bañadores se hicieron más escasos en el sitio predilecto, aumentándose los grupos en los bancos del malecón, donde aguardaban la banda de música que debía tocar allí a esa hora.

Desde su ancho balcón que miraba hacia el mar, Teresa contemplaba en silencio aquel espectáculo, que tantas veces había mirado sin cuidarse de él. Una larga y penosa enfermedad había velado el brillo de sus ojos y daba una languidez[11] dolorosa a sus pálidas mejillas; su abundante y sedosa cabellera, desprendida, se derramaba sobre sus hombros con un descuido e indiferencia que indicaban sufrimiento. De codos sobre la baranda y en la abierta mano apoyada una mejilla, seguía con los ojos los diferentes grupos que subían de la playa por el empinado[12] camino, o los alzaba al infinito horizonte del mar confundido con el cielo, que empezaba a oscurecerse... Pasado un rato apartó la mirada de aquel paisaje que sólo hablaba a los sentidos, y con ademán de impaciencia la fijó casi maquinalmente[13] en un libro que al lado tenía abierto.

Pocas líneas recorrió distraída y, cubriéndose la cara con las manos, lágrimas ardientes le inundaron las mejillas, y con dificultad reprimió los sollozos que se agolparon a su garganta.

¿Qué había encontrado en su lectura que pudiera impresionarla tanto? probablemente nada para los demás, y en otras circunstancias no le hubiera hecho impresión ni aun a ella misma; pero estaba débil, tanto física como moralmente, y así su espíritu se enternecía con facilidad.

«¡Ah! —decía el autor—, quisiera encontrar un corazón como los bosques vírgenes de América, corriendo el riesgo de ser devorado por las fieras que los habitan, más bien que buscar solaz en poblados jardines, en cuyas alamedas encontramos hasta a nuestros amigos».

«He aquí el resumen de mi vida... —pensaba Teresa—: ¡buscar lo que jamás encontraré; aspirar hacia lo que no existe! —y añadió casi en alta voz—: todavía no he olvidado, ¡Dios mío!... yo que creía que este sentimiento se había borrado completamente de mi alma y hasta de mi memoria...».

La expresión de su fisonomía, después de serenarse (pues su emoción duró sólo un instante) no era de tristeza ni de pesar profundo, sino más bien de una persona cuyo corazón ha sido vencido en la lucha consigo misma: dolor vago pero más penoso que un verdadero infortunio vivo y palpable.

---

9   *Lobo marino*: mamífero marino que puede alcanzar gran tamaño, posee grandes colmillos y es un voraz pescador. Existen dos especies el lobo fino de dos pelos (arctocephalus) que es de menor tamaño y pelaje fino y oscuro y el Lobo Chusco de un pelo (otaria) que dobla en tamaño al fino y puede pesar hasta 300 kgs. y medir hasta 3.5 m. de largo. pueden vivir dentro y fuera del agua porque son mamíferos acuáticos igual que el elefante marino, la foca y la morsa, que son sus parientes. A todos ellos se les llama pinnípedos, pues tienen cuatro patas transformadas en aletas.

10   *Bufeo*: especie marina diferente, el delfín.

11   *Lánguido*: falto de fuerza, vigor o lozanía, mostrándolo en su actitud o aspecto. Débil, lacio, mustio. Falto de ánimo o alegría. Abatido.

12   *Empinado*: erguido, en posición vertical y derecho. Muy alto.

13   *Maquinal*: acciones o movimientos, ejecutado sin pensar sobre ello. Automático.

La noche arropaba el mar completamente y ráfagas desiguales hacían golpear las olas contra la playa, trayendo el viento algunos acordes[14] inciertos desprendidos de la banda de música que tocaba en el malecón... El salón de Teresa se iluminó con la luz de varias bujías,[15] pero ella llamó al sirviente y mandó la negasen para toda persona que fuese a visitarla aquella noche, diciendo que estaba indispuesta.

Necesitaba estar sola. Cerrando la puerta vidriera que daba al salón, se hundió,[16] por decirlo así, entre los cojines[17] de un sofá, y cubriéndose con los anchos pliegues de su pañolón se propuso entregarse al pensamiento que la dominaba, ahondar su espíritu y descubrir la causa de lo que tan dolorosamente la había conmovido.

La memoria de las mujeres es tan constante, tan tenaz[18] hasta en sus mismos recuerdos, que siempre vuelven, sin comprender por qué, a sentir lo que sintieron, aun cuando haya pasado el objeto, el motivo y hasta la causa del sufrimiento. Cuando la brisa era más fuerte, Teresa podía oír por intervalos algunos trozos de la *Lucía*[19] y de la *Norma*;[20] después un valse entero de la *Traviata*[21] llegó a sus oídos con una fuerza e insistencia singulares, como si

---

14   *Acorde:* lo que coincide con otra cosa determinada.
15   *Bujía:* vela de estearina o esperma. Bombilla (utensilio para iluminar).
16   *Hundir:* irse al fondo.
17   *Cojín:* almohadón.
18   *Tenaz:* persistente, rebelde, perseverante, fuerte.
19   *Lucía: Lucia de Lammermoor*, ópera en tres actos con música de Gaetano Donizetti y libreto de Salvadore Cammarano; basada en la novela de Sir Walter Scott *The Bride of Lammermoor*. Argumento: La acción se desarrolla en Escocia, al final del siglo XVII, bajo el reinado de Guillermo y María, en el contexto de las luchas entre facciones enemigas y del conflicto entre católicos y protestantes. Desde hace mucho tiempo una disputa enfrenta a la familia protestante de los Asthon, señores de Lammermoor, con la casa católica de los Ravenswood. Tras la muerte de su padre caído en combate, Edgardo de Ravenswood es vencido y ha tenido que ceder sus tierras a los Lammermoor.
20   *Norma:* ópera en dos actos de Vincenzo Bellini con libreto de Felice Romani. Estrenada en La Scala el 26 de diciembre de 1831. *Norma* está inspirada en la obra teatral de Alexandre Sourmet. Argumento: Norma es una sacerdotisa de los druidas (institución sacerdotal de reglas muy estrictas). A pesar de sus votos litúrgicos de castidad, mantiene un idilio secreto con el gobernador romano Polión, al que ha dado dos hijos. Este romance hace que Norma trate por todos los medios de acallar la rebelión contra Roma, esperando que se establezca la paz entre los dos pueblos para no perder a su amado. Sin embargo Polión se enamorará de Adalgisa, otra de las sacerdotisas druidas, circunstancia que hace que Norma, movida por el desengaño, convenza a los druidas de que ataquen a Roma. Después del ataque, Polión va a ser sacrificado a los dioses en honor a la victoria; no obstante, él no quiere abandonar su nuevo amor. Esta lealtad hace que Norma se sienta culpable de traición y recapacite sobre sus actos. El amor de Polión vuelve a renacer y ambos suben juntos a la hoguera.
21   *Traviata:* ópera en tres actos, con música de Giuseppe Verdi (1813-1901), con libreto de Francesco Maria Piave, basado en el libro de Alejandro Dumas (hijo): *La dame aux camélias*. Fue estrenada en el Teatro de la Fenice de Venecia el 6 de marzo de 1853. Argumento: Violeta, distinguida cortesana parisiense, se enamora de Alfredo Germont, con el cual se va a vivir a una quinta próxima a París. El padre de Alfredo intenta que su hijo vuelva a la vida ordenada, y, convencido de que el amor puede más que su autoridad, se humilla y va a rogar a la amada de su hijo que termine aquellas relaciones que tanto perjudican a Alfredo. Violeta convence al anciano de la sinceridad de su amor, y, sacrificándolo por el bien de su amado, se va de la casa y deja escrita una carta frívola y cruel. Alfredo, herido por el desengaño y picado por los celos, ofende grave y públicamente a Violeta, y entonces su padre le explica lo sucedido y la grandeza del amor de ésta. Alfredo

un espíritu misterioso se hubiera propuesto golpear en su mente para producir un recuerdo importuno.

«¡Dios mío! ¡Dios mío! —pensaba la cuitada joven—: ¿por qué es esto?
¿por qué no puedo desechar este pensamiento?... Roberto no podía creer
nunca cuán suyo fue este corazón, y no comprendía cómo me importuna a
veces lo pasado! Acaso él también pensará en aquellos días... aquellos días de
dicha que jamás volverán! Sí; entonces me amaba... entonces! Qué débil soy,
qué débil! Tal vez en este momento oye en el malecón esos mismos acordes
que me hacen sufrir con su recuerdo, mientras él...

«¡Estoy acaso loca! —exclamó de repente, poniéndose en pie y apretándose la cabeza con las manos—: ¿estoy loca?...». —Y cayendo nuevamente
sobre los cojines permaneció inmóvil algunos momentos.

La entrada de alguien al salón la hizo levantar la cabeza: eran dos jóvenes
que preguntaban por ella al sirviente.

—¡Enferma otra vez! —exclamó uno de ellos con emoción; y al través
de los cristales Teresa lo vio detenerse y mirar en torno suyo antes de salir.

Esta pequeña escena, vista desde el balcón oscuro, hizo que ella volviera
a la vida real, y su frente se serenó poco a poco. La banda de música había
partido, las personas que estaban en el malecón se retiraron, y el silencio de
la noche fue interrumpido apenas por los silbidos de la locomotora del último
tren de viajeros, que volvían a Lima, después de haber pasado el domingo en
Chorrillos.

«Quiero examinar la causa de las emociones que me han dominado esta
noche... —se dijo Teresa—: ¿no podrá uno conocerse jamás? Recorreré mi
vida desde que me acuerdo; ésta será una lección para mi orgullo, tan débil
esta noche, y una confesión hecha ante mi conciencia».

Como sería imposible seguir el pensamiento, siempre vago e incierto,
veamos quién era Teresa y lo que había sido su vida.

---

va a ver a Violeta para pedirle perdón. Violeta está muy enferma, y sólo le quedan unas
pocas horas de vida. En éstas, ambos recuerdan la época buena de su amor, y Violeta
muere. Alfredo llora, y el médico y la doncella lloran.

II

Teresa era hija de un rico capitalista de Lima; su madre, bella chilena de suave carácter y salud achacosa, había vivido retirada desde que se casó, en Chorrillos, en donde su esposo, más por vanidad que por cariño, le había mandado edificar una hermosa casa a orillas del mar. El señor Santa Rosa fue uno de los primeros que edificaron casa cómoda en aquella villa; antes de él los limeños que querían recuperar con *baños de mar la salud perdida*, sólo tenían allí *ranchos* en donde pasaban incómodamente algunos días. Poco a poco las casas miserables se fueron convirtiendo en ricas habitaciones, que se han quedado hasta el día con el nombre *ranchos*.

La salud de la madre de Teresa le impedía recibir visitas con frecuencia. Y los magníficos salones de su *rancho* permanecían ordinariamente desiertos. Teresa, como hija única, se crió allí sola, y pasaba su vida al lado de su madre o en el ancho balcón que daba sobre el mar. El rumor de éste, el espectáculo siempre grandioso de sus olas, ya furiosas ya tranquilas, y el paisaje árido que la rodeaba del lado de tierra, la predispusieron a la meditación solitaria, más bien a ese letargo[22] soñoliento de una existencia inerte, en cuyo seno dormía un corazón que, sobreponiéndose a veces a su habitual indolencia,[23] tenía sus ímpetus de voluntad, aunque de ordinario se sometía tranquilamente a las órdenes de su padre. Sin embargo, cuando llegó la época de aprender a leer, se resistió de tal manera que su padre no pudo obligarla a obedecer; las súplicas[24] de su madre, a quien adoraba, vencieron su resistencia, pero no su odio al estudio, de suerte que todos los días había escenas de llanto y disgusto, y la salud de la madre necesitaba tranquilidad, por lo que los médicos opinaron que Teresa no debía estar a su lado.

¡Pobre niña! no pasaron muchos meses antes que su madre se despidiese

---

22 *Letargo*: somnolencia, sopor.
23 *Indolencia*: falta de actividad. Pereza. Descuido.
24 *Súplica*: ruego, pedido.

de ella para siempre. La noche a que aludimos,[25] al cabo de muchos años de pena profunda que jamás olvidó, aún creía ver la imagen suave y abatida[26] de aquella mujer que se le aparecía con frecuencia en sus sueños y le perturbaba el alma con el recuerdo de su dolor; dolor que se mezcló después con los más desgarradores de su juventud.

Fuera de esto, encontraba un vacío en su memoria y no recordaba con alguna fijeza sino un viaje hecho a Europa con su padre, que fue a permanecer algunos años en París llevándola consigo. Hombre frío, indiferente a todo, menos a sí mismo, el Sr. Santa Rosa quería que su hija tuviese una educación que la hiciera brillar y atraer a sus salones la sociedad, a la que era muy aficionado.

Así el idioma francés fue casi el primero en que expresó sus ideas, pero el cariño a su madre muerta no permitió que olvidase nunca el castellano. El austero convento francés le parecía, recién llegada, una prisión; pero al cabo de algunos meses, apasionada en todo como era, quiso dedicarse al estudio con ahínco[27] y en él fundó toda su dicha. El colegio fue para ella un mundo; el salón de su padre le parecía triste y vacío; sufría mucho las raras veces que éste la tenía a su lado, y tornaba con alegría a los claustros del antiguo convento, grato a su orgullo por las consideraciones que le tenían.

A los doce o trece años la limeña era una perfecta muestra de la ardiente naturaleza americana, tan llena de contrastes. De formas pequeñas y delicadezas y fisonomía expresiva y pálida, su mayor belleza entonces estaba en sus grandes ojos negros y brillantes, que se animaban ya con el fuego del entusiasmo, ya con el de la indignación. Su graciosa manecita se cerraba con una fuerza nerviosa singular, y su diminuto pie zapateaba con impaciencia cuando las otras niñas, menos vivas, merced a su naturaleza septentrional, no comprendían lo que deseaba. Todo en ella era impulsivo, brillante y fuerte; semejante al mar a cuyas orillas se había criado, se manifestaba quieta y humilde a ratos; pero también sucedía que con dificultad apaciguaba sus cóleras o moderaba sus arrebatos de alegría, que solían animarla contagiando a sus compañeras. Acababa de cumplir trece años cuando entró al colegio una señorita de la alta aristocracia francesa, cuyos padres, habiendo perdido su riqueza, no podían educarla por más tiempo a su lado, siendo este sistema de educación mucho más costoso.

Lucila de Montemart pertenecía a una familia normanda,[28] según lo demostraba su tez blanca como la leche, cabellera rubia como la de Venus[29] y ojos de azul oscuro medio abatido por una melancolía genial que conmovía los corazones. Su aspecto débil y delicado interesó desde el primer día a Teresa, quien no había encontrado hasta entonces una amiga verdadera entre

---

25   *Aludir*: mencionar, referir.
26   *Abatido:* desanimado, triste.
27   *Ahínco*: insistencia, afán, empeño.
28   *Normanda*: de Normandía (en francés Normandie) región geográfica del Norte de Francia. El antiguo Ducado de Normandía estaba situado en el norte de Francia, y ocupaba el área baja del río Sena, el Pays de Caux y la región de oeste a través de Pays d'Auge hasta la Península de Cotentin.
29   *Venus*: nombre romano de la diosa llamada por los griegos «Afrodita», diosa del amor; usado también como nombre de planeta.

sus condiscípulas y miraba con desdén el común cariño de las demás niñas, menospreciando[30] sus fútiles conversaciones. Hasta entonces no sabía qué cosa era romanticismo, ni comprendía ni gustaba de las novelas que le procuraban a escondidas las otras niñas; pero llegó Lucila, y pronto cambió la faz de sus ideas y dio nuevo giro a sus pensamientos. La francesa, niña educada por una madre de ideas nobles y elevadas, pero exageradas, llevó una pequeña librería de obras escogidas: Teresa leía con encanto las de Racine[31] y Corneille[32] y algunos volúmenes de las novelas de Mademoiselle de Scudery[33] y de Madama de Lafayette,[34] pero Lamartine[35] fue su autor favorito. Esto fue poco después de la revolución de 48, época en que el gran poeta era el héroe de la juventud, el bello ideal de todo lo grande y heroico, y tanto que, aunque republicano, entusiasmaba hasta a los aristócratas. Su literatura de *sensiblería* (como la han calificado con justicia) llenó de cierta languidez y ternura exagerada todos los corazones que empezaban entonces a sentir y vivir.

Al cabo de poco tiempo Teresa y Lucila se unieron con una de aquellas

---

30 *Menospreciar*: despreciar, disminuir.

31 *Racine, Jean Baptiste* (La Ferté-Milon - Francia, 1639-1699). Dramaturgo francés, considerado como el mejor escritor de teatro clásico francés. Sus siete tragedias más famosas figuran en el repertorio de la Comédie Française, y la interpretación de sus principales personajes se ha convertido en la máxima prueba para un actor en Francia. Sus dramas contienen numerosas situaciones en las que intervienen intensas pasiones humanas.

32 *Pierre Corneille* (París 1606-1684). Es, por excelencia, el autor de la tragedia clásica francesa; creó héroes admirables tanto por su grandeza moral, como por su afán de gloria, y representó pasiones extremadamente violentas gracias al vigor inigualable de su estilo oratorio.

33 *Madeleine de Scudéry* (1607-1701), conocida tan sólo como Mademoiselle de Scudéry, fue una escritora francesa. Nació en El Havre, Normandía, en el norte de Francia. Se estableció en París junto a su hermano; muy pronto fue admitida dentro del grupo Rambouillet. Luego abrió su propio salón bajo el título Société du samedi. Durante la última mitad del siglo XVII, escribió bajo el seudónimo de Safo o bajo su propio nombre; fue conocida como la primera mujer literata de Francia y del mundo. Sus novelas largas, como *Artamène, ou le Grand Cyrus* (10 vols. 1648-1653), *Clélie* (10 vols. 1654-1661), *Ibrahim, ou l'illustre Bassa* (4 vols. 1641), *Almahide, ou l'esclave reine* (8 vols. 1661-1663) fueron la delicia de toda Europa. Con personajes clásicos u orientales como héroes y heroínas, las acciones y forma de hablar eran tomados de las ideas de moda del momento, y los personajes podían ser identificados con los contemporáneos de Mademoiselle de Scudéry.

34 *Madame de La Fayette*: Marie Madeleine Pioche de la Vergne (Francia, 1634-1693). Novelista francesa nacida en París. Estudió griego, latín e italiano durante su juventud. En 1655 contrajo matrimonio con François Motier, conde de La Fayette, y vivió con él en su finca de Auvernia hasta que éste la abandonó en 1660. Posteriormente se estableció en París. Su novela *La princesa de Clèves* (1678), considerada su obra maestra, es la primera novela psicológica moderna y destaca por su aguda visión; es una historia de pasiones amorosas que se desarrolla en la Corte de Enrique II de Francia, en una atmósfera de «magnificencia y galantería». También escribió la biografía Historia de Enriqueta de Inglaterra (1720).

35 *Alphonse de Lamartine*: (Mâcon - Francia, 1790-1869). Poeta, hombre de letras y político francés, que figura entre los principales representantes del romanticismo. Como escritor, Lamartine es conocido sobre todo por su poesía. Su obra poética más popular e imitada es *Meditaciones poéticas* (1820); aunque también escribió *Nuevas meditaciones poéticas* (1823), *Armonías poéticas y religiosas* (1830), *Jocelyn* (1836), *La caída de un ángel* (1838) y *Los recogimientos* (1839). Lamartine fue asimismo un prolífico escritor de novelas y biografías, ensayos críticos y obras históricas. Entre sus obras en prosa cabe destacar: *Historia de los Girondinos* (1847) y las novelas autobiográficas *Raphaël* (1849) y *Graziella* (1852). Lamartine falleció, el 28 de febrero de 1869 en París.

amistades de la adolescencia, tan verdaderamente profundas y duraderas, y que son como el presentimiento del amor. Se retiraron de todos los juegos de las demás condiscípulas, y vivían la una para la otra, confundiendo sus pensamientos, animándolas idénticas aspiraciones, esperanzas y deseos para lo futuro; en términos que al leer aquellos poemas y novelas soñaban también ser heroínas de aventuras cuyos paladines[36] fueran perfectos, sin haber amado antes... ¡Pobres niñas! asidas[37] de la mano, vagaban por los jardines del convento forjando mil ensueños de dicha... recordados ahora por Teresa con el dolor de quien comprende que aquellos días eran medidos por las horas más felices de su vida.

Lucila, con aquel carácter dulce que la distinguía, soñaba con un porvenir de paz, al amparo de algún castillo viejo, feliz con el amor del ser que amaba con su imaginación, ser que para decir verdad había tomado la forma palpable de un primo suyo, a quien no había visto desde que estaba muy chica, pero a quien adornaba con todas las virtudes y la belleza de un paladín de la edad media.

Teresa, de índole ardiente y entusiasta, no deseaba esa tranquila paz: soñaba con una vida agitada; deseaba hallar en su camino algún joven romántico, desgraciado, a quien debería sojuzgar después de mil aventuras peligrosas. Ambas hablaban de sus héroes como si realmente existieran, y componían entre las dos interminables novelas.

El *Reinaldo* de Lucila y el *Manfredo* de Teresa (pues también habían conseguido una edición de las obras escogidas de Byron)[38] fueron, sin embargo, la causa verdadera de las penas de su vida... He aquí un problema de educación que no se ha podido resolver satisfactoriamente: ¿se debe permitir que germinen en el alma de las jóvenes, ideas románticas, inspirándoles un sentimiento erróneo de la vida, pero noble, puro y elevado? O al contrario se han de cortar las alas a la imaginación en su primer vuelo, y hacerles comprender que esos héroes que pintan los poetas no existieron sino idealmente. Con el primer sistema se debilita el alma, suprimiendo la energía para la lucha de la vida, y causando mil desengaños; y con el segundo, se forman corazones poco

---

36   *Paladín:* héroe.
37   *Asir:* sujetar, detener, tomar.
38   *Lord Byron.* George Gordon (Londres, 1788-1824). Poeta inglés, uno de los escritores más importantes del Romanticismo. En 1798, al morir su tío abuelo William, quinto barón Byron, heredó el título y las propiedades. En 1822, adoptó el nombre de Noel para recibir una herencia de su suegra. En 1807 publicó *Horas de ocio.* En 1809 ocupó un escaño en la Cámara de los Lores. La publicación de los dos primeros cantos de *Childe Harold* (1812), poema que narra sus viajes por Europa, le dio fama. Posteriormente salieron: *El infiel* (1813), *La novia de Abydos* (1813), *El corsario* (1814) y *Lara* (1814). *Melodías hebreas* (1815). Los rumores sobre sus relaciones incestuosas con su hermanastra Augusta y las dudas sobre su cordura provocaron su ostracismo social. Amargado profundamente, Byron abandonó Inglaterra en 1816 y nunca volvió. En Génova escribió el tercer canto de *Childe Harold* y *El prisionero de Chillon* (1816). De 1816 a 1819 estableció su residencia en Venecia, donde escribió el drama en verso *Manfred* (1817), los dos primeros cantos de *Don Juan* (1818-1819) y el cuarto y último canto de *Childe Harold* (1818) y el poema satírico *Beppo* (1818). Viajó por Italia; en 1821 se instaló en Pisa. Allí escribió los dramas en verso *Caín* y *Sardanápalo* y los poemas narrativos *Mazeppa* y *La isla.* En 1822, fundó en Pisa la revista *The Liberal.* También entabló una polémica literaria con el poeta Robert Southey. *Don Juan,* poema heroicoburlesco de 16 cantos, es una sátira brillante sobre la sociedad inglesa de la época (1823). Murió de fiebre en Missolonghi (1824).

elevados, infundiendo un elemento de aridez y de sequedad en los sentimientos y el carácter.

Así pasaron dos años; más al fin vino la hora de la separación definitiva.
Teresa cumplía quince, y volvía a su patria con su padre; Lucila tenía diez y
seis, y sus padres la llamaban a su lado. Se despidieron tiernamente, jurando
amarse toda la vida, animadas ambas por la esperanza, viendo en lo futuro
un cielo siempre azul y un horizonte brillante y puro como sus corazones.
¡Cuánto mejor hubiera sido para ellas morir entonces llenas de ilusiones y sin
haber sufrido el primer desengaño!

III

Pasaron, sin embargo, algunos meses, antes de que una y otra cumpliesen la promesa de escribirse; al fin Teresa recibió una carta de Lucila.

«...No te mentiré —decía—, disculpándome[39] con que no había tenido tiempo para escribirte, lo que no sería cierto; te confesaré que el motivo de mi silencio ha sido otro: temía descubrirte el fondo de mi alma y hacerte conocer mi desengaño[40]... ¡Si supieras, querida mía! Más fácil será referirte mi vida desde que llegué aquí y lo que sucedió, o más bien lo que no sucedió...

«Sabes que somos pobres, pues mi padre sólo ha conservado de la herencia de sus mayores una pequeña casa en un rincón de las tierras que antes fueron de la familia; pequeña pero cómoda y con cierto aire antiguo, está situada en medio de un jardín y huerta, en donde hay un mundo de flores, único lujo que conserva mi madre, y muchos árboles frutales y algunos emparrados[41] de exquisitas uvas, muy raras en este clima. Los primeros días que pasé en este paraíso en miniatura fueron muy felices, y sólo tú faltabas a mi lado para serlo completamente. Por la tarde nos sentábamos en el jardín bajo los arcos de jazmines y madreselvas[42], y yo oía con encanto la dulce voz de mi madre leyendo nuestras predilectas obras de Andrés Chénier,[43] Sedaine[44] y Lamartine. El ambiente suave, el perfume de las flores, el medio en que me hallaba, me hacían pensar en que sería muy feliz; sin embargo, a veces mis ojos se humedecían: esta vida quieta y monótona satisfacía a mi alma... pero algo faltaba a mi corazón. Me parecía como que me hubiesen condenado a

---

39 *Disculparse*: excusarse, justificarse.
40 *Desengañar*: perder las ilusiones.
41 *Emparrado*: armazón de barras, palos, etc., destinada a sostener una parra u otra planta trepadora o sarmentosa.
42 *Madreselva*: planta de flores amarillentas y rosáceas colocadas en grupos a lo largo de las ramas, de intenso y agradable aroma.
43 *Andrè Marie de Cheniér* (Constantinopla-Turquía, 1762-París 1794). Poeta francés autor de *La Jeune Captive*, donde expresa toda su desesperanza ante una inminente condena a muerte. Murió guillotinado el 8 de julio de 1794.
44 *Michel-Jean Sedaine* (1719-1797). Autor teatral francés.

alimentarme solamente con dulces, y me asustaba un porvenir como aquel; me hacía falta un alimento más fuerte; sentía que «*l'ennui naquit un jour de l'uniformité*».[45]

«Una semana después de mi llegada mi madre me anunció que al día siguiente vendrían a visitarnos mi tía y Reinaldo, que acababa de llegar de París a su casa de campo, situada en las inmediaciones.[46] ¡Reinaldo!... ¿Comprendes cuál sería mi emoción? ¡por fin lo iba a ver! Mi imaginación se exaltó y aquella noche no dormí; la pasé en gran parte sentada a mi ventana, contemplando las estrellas hasta poco antes del amanecer.

«Cuando desperté me pareció que sería muy tarde (¡eran las siete!) y me levanté asustada, esperando que las visitas llegarían a esa hora. Me puse aquel traje de muselina azul que conoces, y una cinta del mismo color ceñía[47] mis cabellos, desatados en bucles[48] que me caían sobre los hombros. Al mirarme en el espejo me encontré cambiada con esa noche de insomnio: tenía una mancha negra en torno de los ojos, y las mejillas ardiendo; bajé al jardín para refrescarme y me puse un ramito de jazmines al lado de la cabeza. Durante el almuerzo, mi padre notó mi agitación, me creyeron indispuesta y me mandaron retirar a mi cuarto y permanecer tranquila; ¡tranquila!... no podía estar quieta un momento y cada hora me parecía un siglo. A medio día bajé al salón, desesperada ya con tanta tardanza; pocos momentos después oímos pararse un coche a la reja[49] del jardín, y mi madre y yo salimos a la puerta: bajó primero del coche una señora de alguna edad, de suave fisonomía, muy parecida a la de mi padre... después un perrillo; cerraron la portezuela y el coche dio la vuelta para entrar en la cochera.

—«¿Y Reinaldo? —preguntó mi madre.

—«Ah, mi querida —contestó mi tía—; toda la mañana lo estuve aguardando para que viniésemos juntos, pero había salido a caballo y probablemente olvidó que debíamos venir aquí hoy.

«¡Se le había olvidado! Me sentía tan triste y desanimada[50] que no podía casi hablar con mi tía, que desde mucho tiempo antes no me veía y me inspeccionaba, con curiosidad. Sintiéndome turbada[51] y desabrida[52], salí del salón y fui al jardín, procurando hacer un esfuerzo para que no se me saltasen las lágrimas. El ramito de jazmines cayó a mis pies y recogiéndolo lo tiré con desdén. Yo era siempre la encargada de coger las frutas para la comida, y recordando esto, por tener un pretexto para permanecer en el jardín, busqué un canastillo y empecé a llenarlo de peras y manzanas; pero viendo en la parte superior de un emparrado un hermoso racimo de uvas me subí a la verja que dividía el jardín del huerto. Estando en ello, oí detrás de mí una voz, y volviéndome, avergonzada de mi posición, vi en la puerta un joven pequeño, moreno, de

---

45 *L'ennui naquit un jour de l'uniformité*. el problema surgió un día de uniformidad.
46 *Inmediaciones*: alrededores, cercanías, contorno.
47 *Ceñir*: rodear.
48 *Bucle*: rizo.
49 *Reja*: verja, enrejado.
50 *Desanimar*: quitar el ánimo, abatir,
51 *Turbar*: intensa emoción contenida.
52 *Desabrir*: inquietar, disgustar.

ojos negros y enrizada cabellera, que llevaba un caballo de la brida.

«Perdone usted» —me dijo—: buscaba un sirviente para entregarle mi caballo; y como llegase en ese momento el criado, se lo dio, haciéndole mil recomendaciones sobre la manera de cuidarlo.

«Mientras eso yo lo miraba... ¡Éste es, pues —Reinaldo, pensaba—; cuán diferente de lo que había soñado! ¡Se ocupa más de su caballo que de mí!...

—«¿Usted es acaso mi primita Lucila? —dijo al fin volviéndose hacia mí.

«Y sin hacerme más caso que a una niñita, me tomó de la mano y me dio un beso sobre cada mejilla, como se usa en Francia entre hermanos. Yo estaba sumamente humillada con el poco respeto que me manifestaba, y entré al salón con él, que me llevaba siempre de la mano. Después de haber saludado a mi madre, Reinaldo me hizo sentar, y parándose delante de mí dijo, sonriéndome, mientras yo bajaba la cabeza para ocultar las lágrimas de despecho[53] que se me agolpaban a los ojos:

—«¡Miren ustedes a mi prima, que parece tenerme miedo! y está más grande de lo que yo esperaba, ¿cuántos años tiene?

—«Diez y seis —contestó mi madre; y comprendiendo mi turbación me envió a que diera una orden a los sirvientes.

«Llena de despecho, subí a mi cuarto y dejé correr mis lágrimas, sin lo que me hubiera ahogado.[54] Cuando ya era cerca de la hora de comer bajé otra vez al salón: Reinaldo conversaba acaloradamente con mi padre, y el timbre de su voz me disgustó, pareciéndome sus modales bruscos y sin elegancia. Mi tía y mi madre discutían no sé qué cuestión doméstica; me senté cerca de la ventana y tomé mi bordado.

«Al fin llegó el cura del pueblo vecino, que había sido invitado a comer, y tomando el brazo que me ofrecía con descuido[55] Reinaldo, sin dejar por eso de conversar con mi padre, pasamos al comedor. Durante la comida mi primo procuró hablar conmigo con la condescendencia con que se trata a una escolar, preguntándome acerca de mis estudios favoritos y de las amigas que había dejado en el colegio. No sé qué le contesté; probablemente algo muy necio,[56] porque después de haberse reído de mis contestaciones, siguió hablando con mi padre y el cura, sin ocuparse más de mí.

«Apenas[57] mi tía y Reinaldo se retiraron me despedí de mis padres y me encerré en mi cuarto... ¡Así había pasado, pues, aquella entrevista, a cuyo propósito habíamos edificado tantos castillos en el aire!... Reinaldo no es el héroe de mis ensueños;[58] es un joven como cualquier otro, menos que muchos de los menos interesantes del mundo parisiense. ¡Risa me daba de acordarme con cuántas cualidades lo habíamos adornado!

«Aunque mi tía me convidó con instancia a que fuera a su casa de campo, no acepté, a contentamiento[59] de mi madre, que, enseñada a vivir retirada del

---

53   *Despecho*: enfado violento, disgusto muy fuerte.
54   *Ahogar*: matar a alguien sumergiéndolo en agua o impidiéndole respirar de cualquier manera. Asfixiar.
55   *Descuido*: falta de cuidado. Inadvertencia.
56   *Necio*: bobo, tonto.
57   *Apenas*: enseguida que, inmediatamente.
58   *Ensueño*: suceso cuya realización se desea y en que se piensa con placer. Ilusión.
59   *Contentamiento*: contento, alegría.

mundo, aplaude mi inclinación a la soledad, según lo he manifestado.

«Hace pocos días Reinaldo estuvo aquí otra vez, solo. Mi madre y yo estábamos en el salón cuando entró, y después de haberme saludado como la primera vez, riéndose de mi confusión, presentó a mi madre una carta de mi tía, y ella, después de haberla leído, salió a buscar a mi padre para comunicársela. Reinaldo y yo quedamos solos; me sentía tan confusa, tan necia y niña, que me propuse tener valor para hacerle ver que no era tan indigna de su atención como él creía, y entablamos poco más o menos el siguiente diálogo:

—«¿Mi tía está buena?

—«Sí... ¿Cuánto hace que usted no va a casa de mi madre?

—«¿Acaso he ido desde que salí del colegio?

—«¿No? Me parecía haberla visto.

«Chocada[60] con aquella prueba de indiferencia le contesté:

—«¿Y usted cuánto hace que volvió del colegio de Alemania?

—«¿Del colegio?... de la Universidad de Heildelberg querrá usted decir; hace tres años.

—«¡Bah! —dije sonriéndome—; creí que usted acababa de salir de algún liceo.

—«¿Y eso por qué? Acaso tengo aspecto de estudiantillo[61] con mis veinticinco años?

—«No sé cómo será ese aspecto de veinticinco años... pero como usted sólo hablaba el otro día de colegio, lecciones y estudios, llegué a creer...

—«¡Oh! —exclamó interrumpiéndome y mirándome con curiosidad—; con que su lengua no deja de picar, a pesar de...

—«¿Acaso —le dije, imitando su aire de importancia—, acaso tengo aire de colegiala con mis diez y seis años?

—«¡Diez y seis años!... ¡Dios mío, qué edad tan respetable!

«Ambos nos miramos riéndonos, y Reinaldo se levantó, y saludándome alegremente y con ademán[62] de fingida seriedad me dijo:

—«Señorita... soy de usted atento servidor; es preciso que olvide usted que hemos jugado juntos y que la he llevado cargada sobre mis hombros, y era su protector como persona de mayor edad... Ahora usted, como señorita de experiencia y edad avanzada, se dignará perdonar la ilusión en que yo había caído: la de creerla todavía una niña.

«La entrada de mi madre interrumpió nuestra conversación y un momento después se fue mi primo. Yo estaba más satisfecha de mí misma y de él, y me sentía contenta cuando mi madre me llamó para anunciarme que su sobrino se casaba dentro de poco y que mi tía deseaba que yo la acompañase a París para ayudarle a comprar los regalos de boda.

—«¿Quién es la novia?

—«Una señorita muy rica, hija de un banquero alemán... Reinaldo podría aspirar a un matrimonio más lucido,[63] pero ha sido muy loco y casi

---

60   *Chocar*: extrañar, sorprender.
61   *Estudiantillo*: estudiante de poca importancia, insignificante.
62   *Ademán*: actitud o intención.
63   *Lucido*: brillante, reluciente.

toda su herencia está hipotecada.[64]

—«¿Y por eso se casa?

—«Ha tenido que decidirse de repente; hace pocos días la vio y arreglaron la boda.

—«¿Es decir que él no la conocía?...

—«No; tú sabes que el matrimonio es cosa seria, y es preciso consultar antes que todo las conveniencias.[65]

—«¿Pero seguramente le gustaría la novia?

—«No sé... ¡bah! Será bien educada, y si ahora no la ama después sabrá apreciarla... El matrimonio no es un juego... Pero ¿tú qué sabes de eso?

—«Yo nada, pero pensaba...

—«¡Pensabas!... procura[66] no pensar en esas cosas; todavía eres muy niña; además, no tienes dote[67] y probablemente será difícil encontrarte un buen partido.[68]

«Alegando mi inexperiencia y timidez, no quise acompañar a mi tía a París; pero la verdad es que el desengaño que había sufrido no dejaba de causarme pena sintiéndome mortificada[69] y ridícula ante mí misma. El mundo se me presentaba muy diferente de lo que había soñado; pero en fin, después veremos...

«No he podido excusarme de asistir al matrimonio de Reinaldo, que se hará en el campo (en la primavera) y en el castillo de Montemart, pues mi tía desea que la ceremonia sea pomposa. Mi madre ha ideado[70] un traje que dice será muy elegante para que me presente por primera vez en la sociedad. Ya te comunicaré todas mis impresiones mi querida Teresa. Ahora hablemos de ti...

---

64 *Hipotecado*: empeñado, en riesgo de perderse.
65 *Conveniencias*: las normas aceptadas comúnmente sobre lo que se debe hacer para ser bien considerado en la sociedad.
66 *Procurar*: hacer esfuerzo para realizar o conseguir algo.
67 *Dote*: bienes o dinero que aporta la mujer al matrimonio.
68 *Buen partido*: una persona para contraer matrimonio que tiene una situación económica desahogada.
69 *Mortificada*: atormentada, molesta.
70 *Idear*: concebir, discurrir, pensar.

IV

Antes de recibir esta carta, también Teresa había escrito a su amiga. Pero será mejor que la acompañemos en su viaje de regreso a su país, siguiendo cuanto es posible el pensamiento y los recuerdos de la limeña.

Se embarcó en Southampton, llevando consigo multitud de cofres[71] llenos de vestidos elegantes y vistosas joyas, con las que su padre pensaba hacerla lucir en la fastuosa sociedad limeña. Al subir al vapor, apoyada en el brazo de su padre, sus miradas se detuvieron en un grupo de jóvenes que la contemplaban con admiración. Su espíritu aventurero y romántico buscaba alguna imagen en que fijar[72] sus ojos; pero la apariencia de esos petimetres[73] (que volvían a las diferentes repúblicas Sud—americanas, después de haber gastado la flor de su juventud en París) no le llamó la atención. Sus finos labios se plegaron[74] con cierta expresión de burla, y en sus ojos brilló un relámpago de ironía, cuando su padre le presentó algunos de sus afeminados compañeros de viaje.

Durante la navegación no sucedió cosa particular; el mareo[75] la postró[76] de tal manera que vivía en un estado el de letargo, por lo que los *dandys*[77] que se atrevieron a acercársele eran recibidos con disgusto y sequedad.[78] Sin embargo, cuando después de haber pasado el día sobre cubierta,[79] recostada en un gran sillón, con los ojos cerrados y sumergida en el sopor que produce el movimiento del barco, bajaba ya de noche a su camarote,[80] la perseguía la

---

71   *Cofre*: baúl.
72   *Fijar*: poner.
73   *Petimetre*: persona joven, excesivamente atildada, o arreglada con afectación, o demasiado preocupada por seguir la moda. Presumido.
74   *Plegar*: doblar, recoger.
75   *Mareo*: trastorno físico. Cansancio mental, aturdimiento.
76   *Postrar*: debilitar físicamente o abatir moralmente.
77   *Dandy*: dandi = hombres elegantes y refinados.
78   *Sequedad*: falta de amabilidad.
79   *Cubierta*: cada uno de los suelos que dividen horizontalmente un barco.
80   *Camarote*: dormitorio de barco.

visión de dos ojos negros fijos en ella cada vez que abría los suyos, y de una mano amiga pronta a servirla siempre que deseaba alguna cosa. Al cabo de pocos días procuró buscar con la vista al dueño de aquellos ojos y darle las gracias por sus servicios, y halló que era un joven muy modesto, llamado Pablo Hernández, hijo de un comerciante arruinado de Guayaquil y que regresaba después de haber sido empleado en una casa de comercio de Liverpool. Naturalmente su humilde posición no le permitía acercarse a la hija del orgulloso señor Santa Rosa, bien que ella lo miraba con bondad, y se redujo[81] a contemplarla de lejos, y reparar[82] en todos sus movimientos para adivinar sus mínimos deseos; de suerte que cuando Pablo desembarcó en Guayaquil, Teresa echó de menos aquellos hermosos y melancólicos ojos que encontraba siempre fijos en ella durante los días anteriores, y sintió en torno suyo un vacío.

La llegada a Lima, la entrada triunfante que hizo en la sociedad y los elogios[83] que obtuvo por su elegancia y hermosura, no pudieron, sin embargo, borrar de su corazón el recuerdo de su madre, ni disminuir el vivo deseo de recorrer la casa en que pasara su primera edad. Ya había asistido a varios bailes y saraos[84] antes de haber podido visitar el *rancho* de Chorrillos, pues su padre, egoísta en todo, no consentía,[85] en que ni por un momento se ausentara la risueña faz,[86] adorno de sus salones.

Al fin logró sus deseos, y su padre le permitió ir a pasar algunos días a orillas del mar; pero todo lo halló trasformado en su antigua casa, pues el señor Santa Rosa, que no gustaba de recuerdos tristes, había hecho variar[87] los muebles y objetos que habían pertenecido a su esposa. Esa época de su vida le disgustaba y no quería recordarla nunca. Sólo encontró Teresa, de las memorias de su infancia, el ancho corredor y la bella vista sobre el mar... ¡Cuántos y cuán tristes desengaños para aquella preciosa niña, nutrida[88] con ideas tan falsas de la vida, que esperaba verse rodeada de héroes y encontrar una novela en el corazón de cada persona, con quien trataba!

Pasada la primera embriaguez[89] de sus triunfos, y acostumbrada, a las frases almibaradas,[90] pero vacías de los petimetres de salón, preguntó a su corazón qué había en él, y sólo halló un inmenso vacío. Su padre era un hombre egoísta, sin más sentimientos de virtud que los que le aconsejaba el interés de conservar su riqueza. Vigilaba a su hija con el mayor cuidado, porque pensaba servirse de ella como de un instrumento útil, y que en cualquier caso podría servir de cebo[91] para realizar sus proyectos de engrandecimiento. Tal padre no era capaz de alcanzar mucho afecto en el corazón de

---

81   *Reducir*: limitar.
82   *Reparar*: advertir, fijarse, notar, observar, percatarse.
83   *Elogio*: alabanza.
84   *Sarao*: fiesta de sociedad.
85   *Consentir*: permitir, acceder.
86   *Faz*: aspecto, rostro.
87   *Variar*: cambiar.
88   *Nutrida*: alimentada, mantenida, sostenida.
89   *Embriaguez*: que causa mucho placer o felicidad.
90   *Almibarada*: dulce.
91   *Cebo*: aliciente, incentivo, propaganda.

nuestra heroína, que a cada paso comprendía cuán distintas eran sus miras[92] y cómo desarmonizaban sus ideas. No pudiendo fijar su atención en las *mariposas*[93] que la rodeaban, trató de crearse una novela revistiendo a Pablo Hernández con el ropaje de los héroes novelescos, y dedicaba sus ratos de ocio[94] a idear mil aventuras románticas en que él hacia un papel importante; muy pronto la yerta[95] realidad le demostró que su antiguo admirador no merecía tantos recuerdos.

Paseaba una tarde en el malecón de Chorrillos con varias personas y hablaban de la navegación y de los pasajeros que habían regresado a América al mismo tiempo que Teresa. Ésta mencionó como por casualidad a Pablo, y uno de los jóvenes que la acompañaba, dijo sonriéndose:

—¿No sabe usted que hace algunos días que está en Lima?

—¿Sí?... —exclamó Teresa, sintiendo que se turbaba—. ¡Pobre joven, —pensó—: seguramente no se ha atrevido a presentarse!

—¡Qué casualidad! —añadió[96] una de las señoritas—: si no me equivoco, aquel es el señor de quien hablan...

—Efectivamente —contestó otra—, y viene con su esposa.

—¿Su esposa?

—Sí; hace pocos días que se casó...

—¡Entonces no puede ser el mismo!

—Véalo usted; este matrimonio se hizo una o dos semanas después de haber regresado de Europa ese joven. Su padre le escribió recomendándole[97] ese partido, según parece, y volvió a Guayaquil con tal objeto; estaba pobre y sin colocación[98] ventajosa, y ella era rica...

—Parece —dijo otro—, que la bella consorte[99] ha venido a ostentar su triunfo aquí.

—Por supuesto; Lima es el sueño dorado de toda guayaquileña.

Mientras eso Pablo se había acercado, llevando del brazo una figura tan curiosa como ridícula: era la de una mujer de unos cincuenta años, gruesa, pero tan prensada[100] en su corsé que respiraba con dificultad; vestía un traje relumbrante,[101] escotado,[102] y sus anchas espaldas y pecho voluminoso estaban apenas velados por un pañolón de encajes blancos, llevando, como apagador, una gorra de cintas y flores de colores variados, y en su garganta un collar de ricas joyas, acompañado por brazaletes de diferentes piedras preciosas que resbalaban[103] en sus fornidos brazos; a que se agregaban guantes de malla, tejidos de intento para lucir innumerables anillos sobre sus dedos

---

92   *Mira*: intención, objetivo.
93   *Mariposa*: persona que ronda esperando conseguir algo.
94   *Ratos de ocio*: tiempo libre.
95   *Yerta*: fría.
96   *Añadir*: agregar.
97   *Recomendar*: aconsejar.
98   *Colocación*: puesto, trabajo.
99   *Consorte*: cónyuge.
100 *Prensar*: apretar algo para hacerlo compacto.
101 *Relumbrante*: muy brillante.
102 *Escotar*: abril el escote o cuello del vestido.
103 *Resbalar*: deslizar, caer lentamente.

rollizos.[104] Una espesa capa de pintura blanca, rosada, roja y negra cubría su frente, mejillas, labios y cejas, y un murallón de dientes guarnecía[105] su boca, no dejando duda alguna de que eran postizos, los gruesos engastes[106] de oro en que estaban montados.

Al lado de aquella hermosura de Rubens de cocina el mísero Pablo parecía un mártir en las garras de un león. Apenas vio a una de las señoras que paseaban con Teresa, la valiente novia se precipitó hacia ella con los brazos abiertos. Pablo, avergonzado y mohíno,[107] trató de aprovechar esa circunstancia para escapársele, pero ella adivinó su deseo, y con una imperiosa[108] mirada lo obligó a que se acercase y saludara.

—Vida mía —decía la bella Tisbe[109] (así la llamaban) a la amiga de Teresa a quien había conocido antes—: cuánto me alegro de encontrarte aquí.

—La felicito a usted señorita, (110) —le dijo uno de los jóvenes—, por su nueva elección, ¿cuánto hace que volvió usted a uncirse[111] al carro del himeneo?[112]

—Hace diez y siete días; —y añadió, mirando a su víctima, que no se atrevía a levantar los ojos—: y como me ha ido tan bien en mis anteriores matrimonios, yo sabía que sería feliz en éste.

La Señora Tisbe tomó familiarmente el brazo de su amiga y siguió paseando con los que rodeaban a Teresa, mientras que el agobiado Píramo escuchaba en silencio lo que su consorte decía.

—¡Sí, señoritas! —exclamó la novia de repente y mirando en torno suyo con aire triunfal—; ¡sí, señoritas! El matrimonio es el estado más feliz, y les aconsejo que sigan mi ejemplo... Mi primer esposo fue inglés, hombre cortés y agradable, pero pronto lo perdí...; el segundo era francés, el cónsul francés en Guayaquil. Este no tenía precio, qué amabilidad, qué conversación tan amena! todavía siento algo aquí (y mostraba el lado del corazón) cuando hablo de él... ¡Pobre Luis! murió en un duelo que le promovieron por no sé qué cuestión de mujeres; ¡falso, por supuesto falso!

—¡Vea usted qué desgracia!...

—¿Y don Pablo es el tercero? —preguntó Teresa que había permanecido callada hasta entonces.

—No; el tercero fue el siguiente cónsul francés; ¡pobrecito! También murió el año pasado, víctima de una enfermedad causada por la debilidad de su cerebro: los médicos le dieron el nombre de... *delirium tremens*.[113]

---

104   *Rollizo*: gordo, robusto.
105   *Guarnecer*: adornar.
106   *Engaste*: clavar, sujetar, montar.
107   *Mohíno*: enfadado, disgustado.
108   *Imperiosa*: ordena con dureza y severidad.
109   *Tisbe*: apelativo empleado en este caso con ironía. *Píramo y Tisbe*. El poeta romano Ovidio cuenta en sus *Metamorfosis* los amores trágicos de éstos, los más hermosos jóvenes y amantes babilonios. El poder del amor lleva a cabo lo imposible y los aúna en la muerte cuando habían sido separados en vida por toda clase de obstáculos.
110   En Lima y en casi todo el Perú llaman *señoritas* a las mujeres casadas, aún a las más viejas.
111   *Uncir*: sujetar al yugo.
112   *Himeneo*: matrimonio, boda.
113   *Delirium tremens*: estado de enajenación mental producido por la ingesta de alcohol.

Los hombres que venían detrás de las señoras no pudieron menos que mirarse riéndose, y Pablo, lleno de pena y de vergüenza, se escapó de en medio de ellos, fingiendo que tenía que hablar con una persona que atravesaba el malecón.

—El último ha sido mi querido Pablo —siguió diciendo la hermosa *Tisbe*—, ¡a quien Dios conserve muchos años para mi dicha!

Al decir esto se volvió hacia el sitio en que se hallaba un momento antes su víctima, y al ver que se había ido se despidió precipitadamente de las señoras y lo fue a pescar de nuevo en el momento en que cruzaba por una calle trasversal.

—¿Este joven ha perdido acaso el juicio para casarse con semejante harpía?[114] —preguntó Teresa, riéndose de sí misma al ver cómo habían caído sus poéticos castillos hechos en el aire.

—La verdad es que Pablo —dijo un joven—, enseñado a vivir bien, volvió a Guayaquil desesperado de su pobreza; le presentaron esta viuda, que es efectivamente muy rica, y en un rapto[115] de demencia se casó con ella, creyendo hacer buen negocio.

—Pero le han salido mal sus cálculos —observó otro—, porque la señora es muy celosa y no le deja un momento de libertad; él es su sirviente y su víctima... Así hizo ella con el anterior; y tanto lo desesperó que el infeliz se entregó a la bebida, y murió de eso, según ella misma lo confiesa...

Teresa no volvió a ver a Pablo, y procuraba no recordarlo nunca; menos franca que Lucila, jamás escribió a su amiga el ridículo fin de sus primeros ensueños.

---

114 *Arpía*: monstruo fabuloso con rostro de mujer, y cuerpo de ave de rapiña. Harpía = Animales fantásticos.
115 *Rapto*: arrebato.

V

Entre las bellezas notables y de moda entonces en Lima, había una linda muchacha llamada Rosita Cardoso. No siendo rica, con dificultad podía competir en lujo con las demás señoritas de la sociedad limeña; pero a falta de recursos[116] sabía aprovecharse de las circunstancias. Apenas llegó Teresa a Lima, le manifestó mucho cariño, y deseando gozar de las comodidades que ésta le podía proporcionar en sus relaciones íntimas, al cabo de poco tiempo se hizo su amiga inseparable.

En realidad Rosita no quería a su nueva amiga y le tenía envidia; ni a Teresa tampoco gustaban las ideas y cierto cinismo de sentimientos que Rosita no ocultaba, e ingenuamente se escandalizaba al oírla decir que había leído cuantas novelas francesas habían caído en sus manos, sin reparar en sus autores. Efectivamente, sobre las mesas de las piezas de Rosita se encontraban las obras de Dumas,[117] Sue,[118] Soulié[119] y hasta de Pablo De Kock;[120] pues

---

116   *Recursos*: medios para conseguir algo.

117   *Alexandre Dumas (Padre)*: (1802-Villers-Cotterêts, Aisne, Francia-1870). Basó su educación en las lecturas, especialmente de aventuras de los siglos XVI y XVII. Asiduo concurrente a las representaciones teatrales. Sus primeros escritos fueron obras de teatro: *Enrique III* (1829), y *Cristina* (1830). Fue un escritor muy prolífico, publicó alrededor de 1.200 volúmenes, aunque se supone que muchas de ellas fueron escritas en colaboración con otros escritores menores. La mayor fama en la literatura romántica francesa la alcanzó con sus novelas históricas: *Los tres mosqueteros* (1844) y *El conde de Montecristo* (1844). Otras obras: *Antonio* (1831), *La torre de Nesle* (1832), *Catherine Howard* (1834), *Kean, o desorden y genio* (1838) y *El alquimista* (1839).

118   *Eugène Sue*: Marie-Joseph Sue (París, 1804 - 1857). Fue médico naval lo que le ayudó a inspirar sus primeras novelas. Escribió textos melodramáticos, muy influenciado por *Los Miserables* de Víctor Hugo, publicó su novela: *Los misterios de París*, una de las primeras de folletín, entre 1842 y 1843, sobre el tema de los bajos fondos parisinos que causó sensación en su época. También la novela marcadamente anticlerical *El judío errante* (1844-1845).

119   *Frédéric Soulié*: (Foix, 1800-Bièvre, 1847). Novelista y autor dramático francés. Dramas: *El artesano, El hijo de la loca* (1840), *Beltrán el napolitano* (1844). Novela: *Las memorias del diablo* (1837).

120   *Charles Paul de Kock* (1794-1871). Prolífico autor francés, cuyas obras sobre la vida parisina fueron muy difundidas en toda Europa.

ella, como toda limeña culta, comprendía perfectamente el francés. La despierta y alegre joven se burlaba del horror que Teresa manifestaba por aquel género de lecturas, y procuraba hacerle olvidar las *preocupaciones* que, según ella, dañaban el carácter de su amiga.

—¡Guay![121] —exclamó Rosa un día que, estando en su cuarto, recibía la visita de Teresa y la había obligado a que leyese un capítulo de una de sus novelas favoritas; pero ésta, indignada, había tirado el libro con desdén.

—¡Catay! qué remilgada es usted, querida mía —siguió diciendo Rosita después de recoger el libro—. Decididamente sólo le llaman la atención sus Lamartines, Esproncedas[122] y Zorrillas[123] con su romanticismo mentiroso... ¡Vaya! La vida es muy diferente de lo que ellos dicen; usted es muy joven y es preciso que se deje instruir por sus verdaderas amigas.

—No —contestó Teresa—; prefiero que me crean necia; —y sentándose frente al piano, puso las manos sobre el teclado.

—Créame usted, Teresita —dijo con aire cierto de tristeza la limeña—: ya casi tengo veinte años y conozco la vida... déjese aconsejar. ¿Sabe usted que para su dicha sería mejor que aceptara pronto el novio que le presentó anoche su padre?

—¿Cómo sabe usted que mi padre...?

—¿Cómo? porque él me lo dijo esta mañana.

—¿Quién es él?

—León Trujillo.

—¿Él se lo dijo?... ¡bah! ¡si ése es un niño!

—No tanto como parece. Además, añadió que usted le había parecido arrebatadora.[124]

Teresa hizo un ademán de desdén, y acercando un asiento empezó a tocar en el piano los primeros acordes[125] de un valse.

—¡Ja, ja, ja! —exclamó, riéndose, Rosa—; ya entiendo... Está usted pensando en el bello Arturo con quien bailó ese valse la noche de la tertulia en casa de Julia?

—¡Qué disparate, Rosita! —contestó Teresa, sonrojándose y volviendo su asiento—; ¡con cuántos no habré bailado un valse de moda como éste!

---

121 *Guay*: ¡Ay!

122 *José de Espronceda* (Almendralejo-Extremadura, 1810-1842) El poeta español más popular del siglo XIX. Sus ideas liberales lo llevaron a prisión. En su calabozo comenzó su poema *Pelayo*. Años después, desterrado a Cuéllar, compuso *El Estudiante de Salamanca*. Formó parte de los sublevados de 1835 y 1836, y fue teniente de la guardia nacional.

123 *José Zorrilla y Moral* (Valladolid, 1817 - Madrid, 1893). Poeta y dramaturgo español. Aficionado a la literatura de autores como Walter Scott, Fenimore Cooper, Chateubriand, Alejandro Dumas, Victor Hugo, el duque de Rivas o Espronceda. A la muerte de Larra, José Zorrilla declama en su memoria un improvisado poema que le granjearía la profunda amistad de Espronceda, y Hartzenbusch y a la postre lo consagraría como poeta de renombre. Comenzó a escribir para los periódicos "El Español" y "El Porvenir". Pasó once años de su vida en México bajo la protección y mecenazgo del emperador Maximiliano y después con el gobierno liberal (1854-66). Cultivó todos los géneros poéticos: la lírica, la épica y la dramática. Una de sus obras más conocidas es el poema dramático: *Don Juan Tenorio* (1844).

124 *Arrebatadora*: cautivadora.

125 *Acorde*: (mús.) conjunto de tres o más sonidos combinados en armonía.

—No se admire usted de lo que le digo; todavía no sabe usted fingir, y yo hago uso de mis ojos en todas partes. Recuerdo que esa noche noté el placer con que usted bailaba con Arturo; y no fui la única, pues Carolina le hizo comprender la mortificación[126] que eso le causó.

—Rosita, ¡eso es hasta ridículo!

—¿Para qué negármelo?... a pesar de todo voy a hacerle ver que soy una amiga de confianza; me repugna que la engañen... Arturo no la ama.

—¿Y cómo lo sabe usted? —preguntó Teresa, a quien chocó[127] el aire de seguridad con que hablaba su amiga.

—Le daré una prueba ahora mismo: aquí tengo casualmente una carta que me dio a guardar Carolina Perdomo, y voy a mostrársela a usted.

Y abriendo una cajita sacó una esquelita[128] perfumada y al desplegarla dijo:

—No se puede negar que Arturo tiene bonita letra...

—¿Luego esa carta es de él?

—Sí.

—¡Y dirigida a Carolina Perdomo!... ¡una mujer casada!

—¡Otra niñería de usted! ¡y por qué no? ¿Acaso las mujeres cuando se casan se han de volver cocos?[129] Pero antes de darle este papel prométame una discreción a toda prueba...

—Yo no deseo leerlo... Eso sería hacerla faltar a la confianza que han hecho de usted...

—¡Guay! ¡cuántos escrúpulos! Carolina siempre me da a guardar su correspondencia, pues su esposo ha dado en la singular manía[130] de mostrarse celoso, por lo que ella no quiere tener estos papeles en su poder; pero aseguro que se alegrará cuando sepa que usted conoce la perfidia de Arturo; ...en esto las sirvo a ambas.

Teresa estaba muy conmovida[131] y deseosa de saber la verdad; alargó la mano en silencio y recibiendo la esquela leyó lo siguiente:

«Luz de mi vida:

«No pudiendo gozar[132] a solas de esa dulce presencia que hace mi única dicha, te mando esta expresión de mi ardiente amor y espero que las flores que guardan mis letras serán acogidas con su significado.

«El *tulipán* es el grito de mi corazón diciendo: te amo.

«Las *margaritas* preguntan humildemente si soy correspondido.

«Los *lirios blancos* suplican que no me olvides.

«Si alguna vez me has visto al parecer contento al lado de otras mujeres ¿cómo puedes creer que dejo de pensar en la única que he podido amar? Teresa, menos que ninguna otra podrá rivalizarte en este corazón que

---

126 *Mortificar*: herir, atormentar, molestar.
127 *Chocar*: provocar antipatía u oposición.
128 *Esquela*: hoja de papel.
129 *Coco*: ser fantástico, supuesto demonio, con el que se asusta a los niños. Se emplea como nombre calificativo o término de comparación, aplicado a una persona muy fea.
130 *Manía*: costumbre caprichosa o extravagante.
131 *Conmovida*: estremecida, sacudida.
132 *Gozar*: disfrutar, alegrarse.

sólo respira por ti...; pero era preciso adormecer las sospechas. No vuelvas, ídolo mío, a castigar a tu esclavo apartando tus lindos ojos de los míos; no puedes figurarte cuán horrible es entonces el sufrimiento de tu

«amante y tierno»
«ARTURO».

La vista perspicaz[133] de Rosita no se había equivocado; Teresa había oído con gusto los acentos de Arturo, el petimetre más de moda entonces en Lima, halagada[134] su vanidad al verlo buscar su lado con preferencia. Se sintió, pues, profundamente humillada e indignada al comprender el ridículo papel que había representado, y al mismo tiempo un sentimiento de desolador vacío inundó su corazón tan nuevo y puro. Empezaba a rasgarse el velo que llevaba sobre sus ojos y la vida se le mostraba en toda su deformidad; sus ojos se humedecieron, pero al notar la mirada semi–burlona, semi–triunfante de Rosita, hizo un esfuerzo para decir con indiferencia:

—No me admira este proceder en... Arturo; pero no creía que Carolina, tan joven y tan linda, cayera en semejante lazo[135]...

—No se sabe aquí quién ha caído en el lazo... Carolina, según comprendo, no lo ama verdaderamente, pero le gusta tener en su séquito[136] un galán[137] tan apuesto y elegante.

Teresa guardaba silencio, deseaba ardientemente[138] estar sola, y no sabía qué disculpa[139] dar a su amiga para despedirse prontamente; ¡la pobre no había aprendido a fingir![140] Mientras eso, Rosita se gozaba con la confusión de la inocente niña, y la miraba al soslayo, divertida al ver su impaciencia. Rompiendo después el silencio, dijo:

—En cuanto al secretario del ministro francés, que también busca en usted una novia rica...

—Rosita, no se burle usted; el señor de Tilly no ha pensado en hacerme la corte...

—¿No? pues a mí sí me la hizo poco después de haber llegado a Lima y en prueba de ello, vea usted aquí su declaración en verso... Lea usted; ¡y está firmada! ¿Pero comprende usted la *casualidad*? Esos versos son exactamente iguales a los de Alfredo de Musset[141] que se encuentran en esta novela. Yo conocía los versos y hasta los sabía de memoria, pero no me afané; cada uno da de lo que tiene, y cuando es pobre presta.

—¿Y usted qué le contestó?

---

133 *Perspicaz*: aguda, sagaz.
134 *Halagada*: adulada, lisonjeada.
135 *Lazo*: trampa.
136 *Séquito*: conjunto de gente que acompaña.
137 *Galán*: hombre de hermosa presencia.
138 *Ardiente*: con pasión.
139 *Disculpa*: razón, excusa, justificación.
140 *Fingir*: aparentar, simular.
141 *Louis Charles Alfred de Musset*: (París, 1810-1857). Poeta y dramaturgo francés romántico.

—¿Yo? me dio mucha risa, y no dije nada entonces... Al cabo de poco tiempo y cuando supo que mi *dote* era en plural (*dotes*)[142] se mandó mudar...

Teresa no sabía cómo interrumpir la charla de su amiga y dejóla hablar; en pocas pinceladas, Rosita le hizo comprender muchos de los misterios de la sociedad, y cuando aquella se retiró a su casa iba como aturdida[143] y llena de tristeza con la pintura de las intrigas,[144] ridiculez y vaciedad que reinaban en medio de aquella sociedad que parecía tan amable y franca.

Cada día que trascurría la encontraba más desalentada y llena de fastidio,[145] y empezó a acoger[146] las pretensiones[147] de León Trujillo, el joven que su padre le había presentado, significándole[148] que deseaba lo recibiera bien, pues tenía un negocio importante con su padre y le había ofrecido la mano de su hija, en ratificación de su pacto.

León tenía más de veintitrés años y parecía apenas de diez y ocho; pequeño, delgado y moreno, su fisonomía era poco expresiva, su constitución débil y su espíritu igualmente sin energía. En lo general tenía buen carácter, y era amable cuando no lo contrariaban, y, como niño mimado,[149] jamás lo había sido. Tenía cierta instrucción superficial; tocaba piano con buen estilo, cantaba, y de su voz de tenor sacaba acentos muy suaves; bailaba perfectamente y se vestía siempre a la *dernière*.[150] Con todo esto era antipático[151] para Teresa, a quien chocaba la superficialidad de un espíritu entregado solamente a las modas y las futilidades de salón. Pero, ¿entre todos los que la rodeaban había acaso alguno cuya alma armonizara con la suya? Cuando llegaba a emitir alguna idea poética y elevada, aunque no se lo decían, comprendía que, por lo bajo, se mofaban de ella.

¡Pobre niña! Sola en medio de tanta gente, su voluntad se sentía impelida[152] al vaivén[153] de una vida sin objeto. Su padre la apuraba[154] para que se decidiera pronto, y ella, sin saber qué hacer, procuraba ganar tiempo, esperando sin cesar[155] el príncipe desconocido que su corazón había ideado. Al fin confesó al señor Santa Rosa que ella no podía amar a León, lo que hizo reír a su padre, quien casi con las mismas palabras que lo había hecho Rosita, le dijo que ese sentimiento sólo existía en los libros y que no pensara en semejante disparate;[156] concluyendo con prevenirla perentoriamente[157] que

---

142 *Dote:* (en este sentido) condiciones favorables o aptitudes de una persona.
143 *Aturdida:* alterada.
144 *Intriga:* maquinación, trama.
145 *Fastidio:* malestar, disgusto.
146 *Acoger:* admitir, recibir.
147 *Pretensión:* aspiración.
148 *Significar:* hacer saber, expresar.
149 *Mimado:* mal acostumbrado, consentido.
150 *Dernière:* última moda.
151 *Antipatía:* sentimiento desagradable.
152 *Impeler:* empujar, impulsar.
153 *Vaivén:* oscilación, movimiento alternativo. Cambio de fortuna.
154 *Apurar:* dar prisa.
155 *Sin cesar:* sin detenerse, sin interrumpir.
156 *Disparate:* cosa absurda, falsa, increíble.
157 *Perentorio:* de manera definitiva, decisiva.

diera el sí a León dentro de breves días, pues sus negocios sufrían con tantos retardos e incertidumbres. Teresa, sin apoyo y sin aquel valor que tiene un corazón que ha amado, prometió lo que quiso su padre, pero pidió que la dejase pasar esos días de libertad que le quedaban, en Chorrillos, único lugar en que la acompañaba y confortaba el tierno recuerdo de su madre.

VI

Partió, pues, acompañándola solamente algunos criados y una parienta lejana, señora vieja y sin pretensiones.[158]

El primer día lo pasó contenta (era un descanso para la pobre niña dejar de ver a León) y además hizo arreglar los muebles de la casa y templar el piano, único recuerdo de su madre que había conservado Santa Rosa.

Era tiempo de invierno, y aunque en las costas del Perú jamás llueve, el frío es bastante desagradable, y una espesa niebla cubría el horizonte a mañana y tarde. Así, pues, ninguna de sus conocidas había querido salir de Lima en aquella estación para darse baños de mar, y Chorrillos estaba desierto.

El segundo día por la noche, después de que se hubo retirado la señora que la acompañaba, Teresa se sintió profundamente fastidiada al verse sola en aquellos salones abandonados, después de haber estado seis meses rodeada por una alegre sociedad. Se dejó llevar, pues, de una vaga melancolía y abriendo su piano recordó los trozos más sentimentales de su repertorio. Acababa de tocar la última aria[159] de la «*Lucía*», y abriendo los cristales de una ventana que daba sobre el malecón, se apoyó allí algunos momentos. La noche estaba muy oscura y cubierta por un espeso manto de nieblas, al través del cual se traslucían algunas estrellas cuya luz opaca parecía la de ojos enturbiados[160] por las lágrimas. Sentíase Teresa oprimida por cierto presentimiento que no podía definir. Iba ya a retirarse de la ventana, cuando de repente oyó repetir la misma aria cantada por una magnífica voz de barítono. La voz se elevaba pura y llena de unción y Teresa creyó oír en ella cierto acento misterioso que le llegó al corazón. Permaneció silenciosa y sin atreverse casi a respirar hasta que terminó el canto, cuyos acentos deliciosos salían de una casita situada al frente y en la que brillaba una luz en medio de las sombras. Estuvo esperando

---

158 *Pretensión*: aspiración.
159 *Aria*: composición musical con letra para ser cantada por una sola voz.
160 *Enturbiar*: apagar, ensombrecer. Aminorar o quedar incompletos la alegría o el entusiasmo.

un cuarto de hora, pero como siguiera no interrumpido el silencio volvió a su piano; muy agitada, tocó un trozo de *Norma* e inmediatamente abrió la ventana. Algunos instantes después el canto volvió a contestar, imitando perfectamente lo que había tocado. Este inesperado diálogo la llenó de placer, tanto por su novedad cuanto porque, habiendo realizado una verdadera educación musical, su espíritu simpatizaba con las inspiraciones de los maestros más serios. Cuando el cantor concluyó, quiso poner a prueba su ciencia y tocó la preciosa *Serenata* de *Don Juan* de Mozart.[161] Nunca había podido obtener que León la cantara siquiera medianamente, aunque la había hecho trasponer por un artista para tenor. Apenas acabó ella de tocar, la bella voz entonó el aria con una limpidez y perfección tales, que se echaba de ver que conocía a fondo esa música; música que, por lo mismo que es sencilla y parece fácil, requiere mucha expresión. El canto no tenía acompañamiento ninguno, y así la *serenata* perdió la ironía y la burla que la hacen tan original, pero ganó en expresión lo que perdía en fondo. Evidenciábase, pues, que el cantor desconocido era un artista consumado; pero esa misma perfección desanimó a Teresa, ocurriéndole que tal vez pertenecía a la compañía lírica que acababa de llegar a Lima, y cerró su ventana y se retiró un tanto apesarada.[162]

Apenas se despertó al día siguiente, recordó la singular conversación musical que había dado animación e interés a su velada, y averiguó[163] quién era su vecino. Le dijeron que hacía un mes que vivía allí un antiguo militar y su sobrino, al que, habiendo enfermado gravemente en Lima, le habían recetado que recibiera el aire fortificante del mar. Estuvo todo el día esperando ver salir de la casa al dueño de la voz, pero fue en vano;[164] ni el tío ni el sobrino se mostraron. Esa noche apenas se quedó sola (pues no quería confesar a nadie su romántica aventura) volvió al piano, esperando que le contestaran nuevamente. En efecto, el eco de sus armonías resonó otra vez en el silencio de la noche, y a medida que la voz parecía tomar más confianza, su ejecución era más perfecta... Aquella noche fue intranquila para Teresa cuyos ensueños la repitieron muy al vivo el recuerdo de lo que acababa de oír. Pasó el tercer día entregada completamente a mil pensamientos deliciosos, sin acordarse de León ni del compromiso que había contraído. Nadie sabía ni había notado esos dúos[165] misteriosos, y esto mismo la encantaba. Apenas llegó la hora de

---

161 *Wofgang Amadeus Mozart*: (Salzburgo, Austria 1756-1791). Hijo de Leopold Mozart, músico de la corte y de Anna María Pertl, viajó desde los cuatro años por Europa como concertista de piano y violín. A los doce años viaja por la corte vienesa y se le encarga la composición de *La finta semplice*. Tras viajar por Italia durante su infancia, a los catorce años estrena la ópera *Mitrídates*, y dos años más tarde *Lucio Sila*. En Alemania conoce a Joseph Haydn. De regreso a Austria, se instala en la corte del arzobispo de Salzburgo en Viena y se casa en 1782 con Constanza Weber. Pese a la gran acogida de la ópera *Don Giovanni*, carece de recursos económicos, fallece en la miseria a los 35 años y sin haber podido concluir su *Réquiem* (misa de difuntos). De sus obras, destacan las *óperas Bastián y Bastiana, de 1768; Las bodas de Fígaro, de 1786; Cossi fan tutte*, de 1790; y *La flauta mágica*, de 1791. Compuso, además, más de 40 sinfonías, conciertos tanto para violín como para piano, motetes, salmos, divertimentos y sonatas.

162 *Apesarada*: apesadumbrar, apenar, disgustar.

163 *Averiguar*: investigar.

164 *En vano*: vanamente, ineficaz.

165 *Dúo*: manera de decir o expresar algo, con la cooperación o intervención de dos.

estar sola se acercó nuevamente al piano y tocó una y otra aria, pero nadie le contestaba y notó que no había luz en las ventanas de la casita y no oía nada, llena de impaciencia llamó a un sirviente y con cualquier pretexto averiguó la causa... Sus vecinos habían partido esa mañana y debían embarcarse en el Callao en la *Mala real* con dirección a Chile, en donde se iban a radicar.[166]

Se había ido, pues, el artista, y Teresa se sintió más sola y triste que nunca; era tan niña aún, que no sabía acompañarse a sí misma. Así fue que cuando recibió la siguiente carta de Rosita, comprendió que su permanencia en Chorrillos era inútil:

> Agosto 24 de 185...
> «Querida mía: —Basta ya de destierro; aquellos ojos de azabache [167] han permanecido más del tiempo necesario lejos de nosotros, y los reclaman sus amigas y amigos. León está inconsolable con la ausencia de usted. Habrá varias tertulias en la semana entrante. El señor Santa Rosa se queja de los caprichos de las mujeres, y dice que el palco está nuevamente adornado para la primera función lírica que se dará el domingo... Los marinos van a dar muy pronto un baile en el nuevo vapor del gobierno y es preciso prepararse. Ya ve usted cuántos motivos para volver pronto. Despídase, pues, del solitario Chorrillos y vuelva a donde la sociedad está solitaria sin usted; a lo menos ésa es la opinión de su
> «inalterable amiga»
> «ROSITA CARDOSO».
> «P. D. Carolina ha roto completamente con Arturo y dicen...».

Efectivamente, ¿qué esperaba en Chorrillos? El recuerdo de su madre que había ido a buscar allí, nada le decía; al contrario, esa ternura perdida que podía haber sido su único apoyo, la afligía,[168] y además, la voz entreoída en la soledad de la noche la llenaba de agitación: en suma, lo mejor era volver a Lima y aturdirse y olvidarlo todo.

Cuando regresó, su padre se manifestó muy satisfecho. Rosita le hizo mil demostraciones de cariño, pues la llenaba de contento el pensar que iría al teatro con Teresa, cuya compañía era indispensable para concurrir a muchas tertulias y bailes en un buen coche. León, bien aconsejado, pudo dar acentos a su voz y expresión a sus ojos, que la hicieron creer en su amor. El pobre joven no era capaz de comprender la poesía de este sentimiento como la entendía Teresa, pero había aprendido bien la lección, y ella, fastidiada con tantas instancias, se dejó arrancar el consentimiento[169] para que el matrimonio se hiciese el 15 de octubre, día en que cumplía diez y seis años. La tuvieron tan ocupada y distraída durante ese tiempo, que llegó la víspera de su matrimonio sin que pudiera persuadirse de la realidad de este suceso tan grave para ella.

---

166   *Radicar*: establecerse.
167   *Azabache*: muy negros.
168   *Afligir*: causar sufrimiento.
169   *Consentimiento*: autorización, permiso, aprobación.

VII

La volonté se brise contre les événements;
la résignation seule appartient à l'homme...
c'est le plus haut degré de la vertu humaine.[170]

M. GATTI DE GAMOND[171]

El 14 de octubre por la noche Teresa estaba en casa de Rosita. Temerosa de encontrarse sola, al caer el sol, se cubrió con un velo negro y fue a buscar la compañía de Rosita, muy acorde con los sentimientos que deseaba tener al día siguiente.

Varias visitas fueron llegando a la *cuadra* en que recibía la alegre limeña, cuya sociedad buscaban con ahínco los jóvenes deseosos de divertirse. Teresa permanecía callada y meditabunda[172] y no se mezclaba en la conversación general; pero en donde estaba Rosita no podía haber silencio ni encogimiento; todos, los hombres particularmente, tenían con ella, en breve, la mayor confianza.

—¿Sabe usted, Rosita —dijo un chancero[173] chileno recién llegado a Lima—, que han dicho por ahí que usted siempre esconde el pie porque lo tiene grande?

—¡Guay! ¡qué lisura![174] —exclamó ella—; ¿qué me importa lo que dicen?...

—Cuando el río suena piedras lleva[175] —añadió otro.

—Es cierto; yo lo he oído decir también —dijo otro joven, sonriéndose y llevando adelante la chanza del chileno—; y quien lo ha dicho es el zapatero francés.

—¡La autoridad es respetable!

---

170 *La volonté se brise contre les événements; / la résignation seule appartient à l'homme... / c'est le plus haut degré de la vertu humaine.* La voluntad se quebranta contra los acontecimientos; / solamente la resignación pertenece a la humanidad... / es el grado más alto de la virtud humana.

171 *Mme. Gatti de Gamond*: Isabelle Gatti de Gamond (París, 1839-1905), primer feminista belga y fundadora de la primera escuela oficial para niñas en Bruselas en 1864.

172 *Meditabunda*: pensativa.

173 *Chancero*: aficionado a gastar bromas.

174 *Lisura*: atrevimiento.

175 *Cuando el río suena piedras lleva*: cuando se oye alguna cosa es posible que haya algo cierto en lo que se oye.

—¡Qué mentira! —repuso Rosita con disgusto.

—Pruebe la falsedad del cargo —exclamaron todos acercándose.

—¡No sean cándidos!... allá va, pues, mi chinela[176] y díganme si es la de un gigante...

Y zafándose un zapatito diminuto de raso, lo tiró a la mitad de la sala([177]).

—Yo calzo el número 29 —añadió, recibiendo su zapato después que hubo pasado de mano en mano.

Esta escena tan característica de las costumbres limeñas, chocaba a la natural delicadeza de nuestra heroína; pero ella se había resignado[178] a todo y procuraba olvidar, en cuanto le era posible, sus sentimientos, y vivir como los demás, puesto que habiendo de pasar la vida en el seno de esa sociedad, era preciso manifestarse contenta y satisfecha de ella, aunque se le oprimía el corazón.

Al cabo de un rato llegó León, y sentándose al lado de Teresa, pidió que cantara algo, ofreciendo acompañarla en el piano. Ella se levantó inmediatamente y después de un momento entonó con voz conmovida el ADIÓS de Schubert[179]... Era un adiós supremo a su vida de niña, a sus aspiraciones y esperanzas, al Manfredo de sus ensueños, a la Teresa, amiga de Lucila, que iba a trasformarse en la esposa de León. Cuando llegó a la última estrofa:

«Llegó el supremo instante
De nuestro adiós postrero...».

no pudo menos que conmover con sus acentos desgarradores[180] hasta a los *dandys* que se hallaban presentes.

—Eso es demasiado triste para la víspera de su matrimonio, ¡Teresita! —dijo Rosa—; cantemos algo alegre.

—¿Alegre? no recuerdo ahora nada... Cante usted, León; yo lo acompañaré a mi vez.

—¿Quiere usted que ensayemos la *Serenata* de «Don Juan»?

—Está bien.

¡Qué diferencia de expresión, de sentimiento y de comprensión de la música, comparado esto con la voz misteriosa de Chorrillos! Al pensarlo así, Teresa puso en el irónico acompañamiento toda la amargura que rebosaba en su alma aquella noche, y a cada frase de ternura del cantor contestaba con notas burlonas que semejaban la diabólica risa de *Mephistófeles*.

—¡*Bravo*! —exclamó el chileno—. Cuando vine de Santiago, acababa de llegar allí un joven peruano a quien oí cantar eso mismo. ¡Qué voz tan espléndida! ustedes lo deben de conocer.

—¿Cómo se llama?

---

176 *Chinela*: zapatilla sin talón. Pantufla.

177 *Histórico*.

178 *Resignar*: conformarse con algo irremediable.

179 *Franz Schubert* (Austria, 1797-1828). Compositor austriaco cuyas canciones (Lieder) están entre las obras maestras de este género, y cuyos trabajos instrumentales son un puente entre el clasicismo y el romanticismo del siglo XIX.

180 *Desgarrador*: que causa mucha pena o compasión.

—No recuerdo, pero tiene voz de barítono... si quisiera se luciría en el teatro.

Nadie sabía quién podía ser, y Teresa, se guardó bien de hablar de su aventura. Para encubrir[181] lo que sentía, interrumpió la conversación, pidiendo a Rosa que ejecutara un bolero[182] español en el cual ésta se lucía, y así pudo estar un momento silenciosa tratando de serenarse. Veía con impaciencia las miradas ya lánguidas, ya tiernas, con que León procuraba manifestarle su amor, y al mismo tiempo estaba disgustada consigo misma al encontrar tanta frialdad en su corazón.

A poco se retiró, y deseando no aparecer al día siguiente con semblante pálido y desencajado,[183] tomó un ligero narcótico para dormirse pronto.

Esa noche, sea por efecto del narcótico o a causa de la preocupación de su alma, tuvo un sueño que jamás olvidó, y años después lo recordaba con estremecimiento: se veía sola, en un lóbrego[184] cementerio, rodeado de bóvedas[185] y ocupado por muchos túmulos[186] de mármol blanco y negro... De repente sintió que alguien caminaba a su lado con paso firme y lento; trató de dirigirle la palabra, pero al mirarlo, vio una fisonomía tan grave aunque dulce, tan severa y triste, que las palabras murieron en sus labios. Sintió, más bien que vio, que la mirada de su compañero se detuvo con profunda melancolía en la inscripción de un túmulo que letra por letra se fue iluminando hasta dejar claros y como de fuego dos nombres: *Teresa* y *Lucila*; y al mismo tiempo notó espantada que los demás túmulos andaban, y desfilando pasaron uno a uno por delante de ellos, mostrando en encendidos caracteres el solo nombre de Teresa, a diferencia del primero que tenía también el de Lucila. Llegó por fin un sarcófago[187] al parecer lleno de letras, pero vacilantes, que no podía leer, y al hacer un esfuerzo para acercarse, su compañero la detuvo y la presión de aquella mano sobre el brazo la hizo despertar sobresaltada.

La luz de la mañana entraba por la *teatina*(188) abierta y llenaba la pieza con el brillo del sol, anuncio de un hermoso día; pero Teresa se sentía moralmente débil y sin valor para aguardar sereno los acontecimientos que en él iban a tener lugar.

«¿Este sueño —pensaba—, será acaso un aviso del cielo? ¿Cada una de esas tumbas será la imagen de una ilusión perdida?... Esta noche seré la esposa de León, y mi suerte se reducirá a pasar mi vida en medio de los sepulcros de mis ensueños?... ¿Y el compañero que me hacía ver lo que significaban las tumbas, quién es?... no, no es León, por cierto; él no sería capaz... ¿Y teniendo esa idea de mi futuro esposo, podré tener la cobardía de casarme con él?

«¡No; todavía es tiempo! —exclamó levantándose precipitadamente—. ¡En fin, mi padre debe amarme y no será tan cruel!».

---

181 *Encubrir*: ocultar.
182 *Bolero*: aire musical popular.
183 *Desencajado*: alterado.
184 *Lóbrego*: oscuro, sombrío, tenebroso.
185 *Bóveda*: cripta, sepultura.
186 *Túmulo*: sepultura que sobresale del suelo. Catafalco.
187 *Sarcófago*: monumento o urna, generalmente de piedra, construido sobre el suelo para encerrar el cadáver de una persona. Sepulcro.
188 *Teatina*: ventana situada en el cielo raso.

Mandó que llamaran al señor Santa Rosa, rogándole que viniese pronto, y sentándose en un sillón mecedor, cuyo vaivén adormecía y entretenía su impaciencia, se puso a aguardarlo. En el primer cuarto de hora se sentía llena de energía e imaginaba irresistibles sus súplicas; media hora después empezó a temer las consecuencias de la cólera del señor Santa Rosa, y cuando éste entró no sabía cómo decirle lo que deseaba.

—Aquí traigo, Teresa —dijo su padre entrando—, el regalo de bodas que te envía el señor Trujillo, padre de León; es un soberbio aderezo de diamantes de gran valor.

Y mientras ella admiraba las joyas, sin saber cómo empezar a decirle lo que tanto la entristecía, el señor Santa Rosa añadió, con una voz menos seca que de costumbre, sentándose a su lado:

—No puedes figurarte, hija mía, cuánto te agradezco esta pronta decisión, escuchando mis ruegos.[189] Te diré la verdad: procuré apresurar este matrimonio para salvarme de la ruina. Mi fortuna estaba en muy mal estado cuando me vino la propuesta de Trujillo para su hijo y al mismo tiempo me pedía que nos asociáramos en negocios; su crédito en Europa y el dinero disponible que trajo a la compañía me han salvado... Si ahora, por algún contratiempo,[190] se separara, tendría que presentarme en quiebra;[191] felizmente tu matrimonio me da seguridad completa. De aquí a pocos años podremos ir a Europa y presentarnos con lucimiento en los salones de París.

—Pero —dijo Teresa tímidamente—, el carácter de León me es antipático, y...

—¿Sí? Pues eso no te cause pena; según el contrato que hemos hecho, León tendrá que vivir en la hacienda de Trujillo durante una gran parte del año, y así poco tiempo permanecerá a tu lado.

¿Cómo hablarle a un hombre como aquel de simpatía, de amor?

—Sin embargo, papá —repuso Teresa—: ¿no se casa una para vivir con su esposo?

—Por supuesto... cuando se puede ¿pero no me acabas de decir que no te gusta el carácter de León?

—¿Y un matrimonio como éste podrá ser feliz?

—¡No ser feliz!... ¡qué niñería! Tienes una casa lujosa, cuantas comodidades puedes apetecer, el primer papel en la sociedad, belleza, talento, salud... ¡y no serías feliz!

—Siempre había oído decir —contestó Teresa bajando los ojos—, que en el matrimonio debía haber amor...

—¿Y León no te ha manifestado amor?

—Sí... tal vez, pero yo...

—¡Tú! sería muy indecoroso[192] que una señorita tan joven... Por lo demás, el amor más duradero es el que se despierta después del matrimonio.

Y temiendo continuar hablando acerca de cosas que le eran indiferentes

---

189 *Ruego*: petición, súplica.
190 *Contratiempo*: accidente, contrariedad, daño, desgracia.
191 *Quiebra*: bancarrota.
192 *Indecoroso*: deshonesto.

y desagradables, el señor Santa Rosa se levantó y salió.

—Dios mío! qué hacer? —exclamó Teresa, y salió en pos de su padre; pero al quererlo llamar vio que conversaba con dos personas en el corredor. Volvióse cabizbaja[193] y desalentada, y tirándose sobre un sofá escondió la cara entre los cojines... Se sentía profundamente desgraciada. En ese momento oyó la voz de Rosita, que decía en la puerta de la alcoba:

—Aquí me tienes, querida; como había ofrecido venir a acompañarte en este *solemne* día, me levanté a la madrugada... ¡a las nueve! Jamás había visto el sol tan de mañana.

Al decir esto tiraba el manto sobre un sillón y se miraba con satisfacción en un espejo.

Teresa se puso en pie para recibir a su amiga; desordenado el cabello, los ojos hinchados,[194] los labios apretados, pálida y triste, ofrecía un completo contraste con lo risueño del rostro, el cabello preciosamente peinado, la frente serena y el color sonrosado (que decían ser postizo) de las mejillas de su amiga... ¿Cuál de las dos parecía ser la novia, la feliz niña envidiada por las demás?

La conversación animada de Rosita, la admiración de ésta por los trajes y adornos del ajuar,[195] la sorpresa de otras muchachas que fueron a visitarla aquel día, al ver tantos espléndidos atavíos[196], el aturdimiento, los regalos, los elogios, los cumplimientos, todo ese ropaje de la vanidad, fue volviendo el valor a Teresa; de modo que al caer la tarde ya había pasado casi enteramente de su espíritu aquella loca desesperación de la mañana. ¡Pobre niña! ¡era tan joven que todavía se entretenía con juguetes!

Rodeada con una nube de blancos encajes[197] y de tul[198], coronada de azahares y cubierta de diamantes que competían con el brillo de sus negros ojos, se presentó en el salón de su padre más bella que nunca, y oyó un murmullo de admiración en torno suyo...

Su voz tembló naturalmente al pronunciar el sí fatal, su frente se nubló un momento y su mano se estremeció en la de León... pero esas fueron las únicas señales de emoción que los espectadores pudieron notar en ella. Se había resignado y con la resignación vino la serenidad.

---

193 *Cabizbaja*: con la cabeza baja, en actitud preocupada o avergonzada.
194 *Hinchar*: exagerar, abultar.
195 *Ajuar*: conjunto de ropa y también muebles, alhajas, etc., que lleva la mujer al casarse.
196 *Atavío*: conjunto de vestidos y adornos que se llevan puestos.
197 *Encaje*: bordado, ganchillo.
198 *Tul*: velo, gasa.

VIII

Pocos días después de su matrimonio, nuestra heroína recibió la siguiente carta de Lucila:

...«Dos cortas y tristes cartas en los últimos seis meses es lo único que he recibido de ti, querida Teresa. No me atrevo, sin embargo, a quejarme, pues por ellas veo que, aunque muy cortejada[199] y rodeada, vives triste; ¿por qué es esto?... ¿No ha aparecido todavía en el horizonte el Manfredo de nuestros ensueños? ¿la vida es acaso allá como la de aquí? No; en ese país nuevo se debe de pensar de otro modo. En tu última carta me hablas vagamente de un matrimonio que tu padre proyecta para ti; pero conozco tu carácter, y no creo que comprometerías tu mano si no lo estuviera también el corazón. ¡No; no tengas la debilidad de dejarte arrastrar por influencias ajenas a tus sentimientos!... Tal vez creerás que me he vuelto muy pedante, aconsejándote acerca de asuntos que no entiendo; pero te aseguro que no hay mejor maestro de experiencia que el sufrimiento; cuando una *siente* mucho, *adivina* mucho.

«Comprendo por tu estilo que hay alguna lucha en tu alma; tus ideas son irónicas y desalentadoras. ¡Oh! ¡si hubieras tenido desengaños como yo!... Nada me cuentas y a veces creo que ya ni confianza tienes conmigo; pero yo, en cambio, no puedo menos que referirte mi vida hasta en sus mínimos pormenores.[200] Te acabaré, pues, de contar cómo he pasado los últimos tiempos.

«Recordarás que mi tía de Ville me había convidado a que la acompañase a París, y que yo había rehusado.[201] Sin embargo, algunos días antes del matrimonio de mi primo, mi madre me obligó a que fuese a casa de mi tía, quien decía que mis servicios serían verdaderamente muy útiles, ayudándola a preparar los salones para el baile de boda y arreglar la habitación destinada a los novios, pues se había resuelto que la ceremonia civil y religiosa tuviera lugar en Montemart.

---

199 *Cortejar*: hacer la corte. Agasajar.
200 *Pormenor*: detalle.
201 *Rehusar*: no aceptar.

«No sé si te había explicado cómo es que las propiedades de mi tía llevan nuestro nombre. El señor de Ville, padre de Reinaldo, era originario del mediodía[202] de Francia, y su familia era notable, aunque no titulada. Al casarse con una hermana de mi padre compró las propiedades que habían sido de mis antepasados, antes de la gran revolución, y el rey Luis XVIII le concedió el título de conde que había sido de los dueños de Montemart, pero no quiso cambiar su nombre y llamóse conde de Ville. Ya puedes figurarte que mi padre tiene recuerdos muy tristes del castillo de Montemart y no va allá sino con suma repugnancia; sin embargo, me acompañó hasta dejarme con mi tía. Ésta me recibió afectuosamente, y Reinaldo no me trató con aquellas maneras demasiado familiares que antes me habían chocado, sino que, tomándome la mano respetuosamente, me preguntó si a pesar de mi *edad avanzada* mi salud se conservaba bien.

«Al día siguiente, paseándome por el terrado[203] (después de haber pasado la mañana con mi tía) vi que Reinaldo entraba a caballo al patio principal, y no pude menos que exclamar al contestarle el saludo:

—«¡Qué agradable debe de ser andar a caballo en un día como éste!

«Estábamos en abril y aunque hacía frío aún, la primavera comenzaba a ostentar[204] sus galas; el cielo estaba azul y la atmósfera tranquila y despejada;[205] el sol, sin ser muy fuerte, brillaba en las nacientes hojas de los árboles y reverdecía los prados... ¡Oh, este día es uno de aquellos que permanecen retratados con colores indelebles en el fondo de nuestra memoria y que jamás se olvidan!

—«Si usted desea montar —me contestó Reinaldo—, no hay cosa más fácil... y desmontándose subió las gradas del terrado. ¿Quiere usted —añadió—, que mande ensillar el caballo en que monta mi madre, y que yo la acompañe por el parque hasta orillas del río?

—«Pero hay un pequeño inconveniente —repuse sonriéndome—, y es que no sé montar... a lo menos no me he visto a caballo hace mucho tiempo...

—«¡De veras! ¿cuándo?

—«Desde mucho antes de irme al colegio...

—«¡Al colegio! ¿usted habla de eso?... recuerde usted que ya no somos colegiales y que nos resentimos cuando nos mencionan semejantes niñerías... Pero no perdamos el tiempo; vaya usted a prepararse, que con muy pocas lecciones la enseñaré a montar.

—«Hay otro inconveniente...

—«¿Cuál?

—«Que no tenga vestido de amazona.

—«Estamos en el campo —contestó, yendo a dar las órdenes para que prepararan el caballo—; a que se agrega que ahora no hay quien la vea y que mi madre le proporcionará lo necesario.

«Media hora después bajaba las gradas del peristilo[206] ataviada para el

---

202 *Mediodía*: sur.
203 *Terrado*: azotea, terraza.
204 *Ostentar*: mostrar.
205 *Despejada*: transparente, serena.
206 *Peristilo*: galería de columnas que rodea un edificio o parte de él.

paseo. Mientras Reinaldo examinaba y arreglaba la montura, yo lo miraba pensando que había sido para mí una gran fortuna el haber olvidado mis ensueños de otros tiempos, pues ahora hubiera tenido que sufrir mucho. Mi primo monta con mucha gracia natural y sabe manejar con maestría el caballo más reacio.[207] Después de haberme hecho dar algunas vueltas por el patio, dándome varios consejos, comprendió que yo no había olvidado el arte de montar, y dejándome sola de repente, montó en su caballo diciendo a mi tía que había salido a vernos:

—«Esta Lucila con sus aires lánguidos y sentimentales se ha estado burlando de mí... no necesita que nadie la enseñe.

«Y salimos del patio riéndonos ambos alegremente.

«El paseo fue, aunque corto, muy agradable, y cuando volví mi tía me dijo, abrazándome, que era preciso que montara todos los días, pues el ejercicio a caballo me había dado un color rosado de salud y mis ojos brillaban con una animación rara en mí.

«Siguiendo este propósito, aunque Reinaldo no se hallaba en Montemart al otro día, mi tía me mandó a pasear a caballo por el parque, acompañándome un sirviente; pero sólo di unas vueltas porque el tiempo me pareció frío y lluvioso y soplaba un viento muy desagradable. Cuando regresé hallé a Reinaldo que acababa de llegar, y mi tía que salió a recibirme me preguntó por qué había vuelto tan pronto. Le eché la culpa al frío, y para consolarme, Reinaldo ofreció llevarme a la siguiente mañana a un lugar que era su predilecto.

«Al cabo de una semana, Reinaldo y yo éramos muy amigos y hablábamos con una libertad que nuestras respectivas posiciones hacían completamente fraternal. ¡Ay de mí! así lo creía por lo menos entonces... La última vez que montamos juntos fue la antevíspera[208] de su matrimonio, y prolongamos más que de costumbre nuestro paseo. Yo deseaba hablarle de su novia, y como él no la mencionaba nunca, no sabía cómo empezar la conversación.

—«Mañana —le dije—, tendré el gusto de conocer a la señorita Worth (así se llamaba la novia).

«Reinaldo no contestó, sino que se adelantó un poco, y picando[209] espuelas[210] a su caballo le hizo dar un brinco.

—«Dígame usted siquiera —añadí—, qué figura tiene la señorita... ¿es rubia o morena, pequeña o grande?...

«Entonces volvió a mi lado y dijo interrumpiéndome:

—«Margarita es rubia como usted... suponiendo que una bonita puede servir de comparación a una...

—«¿A una qué?

—«¿Por qué buscar otra palabra?... a una fea.

—«¡Mil gracias! —exclamé riéndome.

—¿Acaso se figura usted que yo podía llamarla fea? contestó inclinándose para mirarme al través de mi velo.

---

207 *Reacio*: que resiste a obedecer.
208 *Antevíspera*: dos días antes.
209 *Picar*: estimular al caballo. Espolear.
210 *Espuela*: arco de metal, con una espiga que lleva en su extremo una estrella o ruedecilla con dientes, que se ajusta el jinete al talón para picar a la cabalgadura.

—Naturalmente... un novio no puede creer que su futura es fea.

—Usted no habla ahora con sinceridad... las mujeres no ignoran nunca que son bellas... cuando lo son. ¿Acaso no se lo han dicho muchas veces, Lucila?

«Me estremecí cuando su mirada encontró la mía; pero inmediatamente le contesté, manifestándome seria:

—«Paréceme que usted se propone hablar disparates... ¡ya sabe que no gusto que se burlen de mí!

—«¡Lucila!

—«Volvamos a nuestras ovejas»,[211] —dije precipitadamente, interrumpiéndolo—, y dígame sin chanzas cómo es su futura.

—«Pues iba diciendo que Margarita es blanca, rubia, y es fama que tiene ojos azules; diz que su talle es elegante, pero me atrevo a opinar que es rollizo, y además...

—«¡Reinaldo! —exclamé prontamente—; le suplico[212] que no hable así... me da pena.

—«¿Y cómo quiere usted que haga yo la descripción?

—«Pues, con cariño, con... no supe decir más.

—«¿Cómo un novio de ópera cómica?... muy bien.

«Y prosiguió tarareando una estrofa de una canción que está muy en moda:

Son sus ojos azules

¡Como un cielo sin nubes!».

—«Usted es incorregible... La víspera de su matrimonio... ¿No la ama usted acaso?

—«¡Amarla!... probablemente... puesto que me caso con ella.

«No le contesté, y caminamos en silencio un gran trecho[213] por entre las ramas inclinadas de los árboles que guarnecían[214] un angosto sendero a orillas del río, cuyo murmullo se oía no muy lejos. Llegamos al fin a un barranco[215] escarpado[216] de donde se veía correr el río por en medio de un prado sombreado por sauces con las ramas inclinadas sobre el agua; allí detuvimos nuestros caballos, y a breve rato de haber contemplado el paisaje, me dijo Reinaldo con aire muy serio:

—«¡Cómo se conoce que usted no ha visto aún el mundo! todavía guarda la ilusión de que los matrimonios se hacen por afecto en nuestra sociedad.

—«Pero mi buen sentido no más —contesté—, me dice que no se debe desear vivir con una persona por quien no se tiene afecto.

—«¡Es verdad!... Y usted, aunque tan niña, me ha dado una contestación mejor que lo pudiera hacer una mujer de experiencia... Es porque a medida que uno vive va gastando[217] el corazón, y usted, sencilla e inocente, mantiene

---

211 *Volvamos a nuestras ovejas*: volver a tomar el hilo de una narración cuando se ha interrumpido.

212 *Suplicar*: rogar, pedir.

213 *Trecho*: tramo, trayecto.

214 *Guarnecer*: defender.

215 *Barranco*: despeñadero.

216 *Escarpado*: muy pendiente.

217 *Gastar*: usar, acabar.

intacto el suyo. ¡El afecto, la simpatía, el amor! ¡bah! —añadió con ironía—, esas son palabras, dicen... ¡palabras para llenar las páginas de las novelas! El matrimonio es un buen o mal negocio.

—«Es decir que usted...

—«Me caso por necesidad... No solamente no amo a Margarita, sino que tal vez otra... Pero mejor será no hablar de lo que no tiene remedio...

—«¡Reinaldo! —exclamé con vehemencia— ¿para qué casarse si cree que no será feliz?

—¡Feliz! —dijo—, ¿y qué entiende usted, primita mía, por felicidad?

—«Creo que la felicidad (contesté recordando la definición que tantas veces habíamos discutido tú y yo) la felicidad consiste en la armonía que guardan nuestros sentimientos y afectos con las personas y objetos que nos rodean... ¡Donde no haya armonía no habrá felicidad!

«Reinaldo me miró fijamente un instante, y una nube pasó por sus ojos.

—«Hice mal en provocar esta conversación —dijo al fin; y picando su caballo volvimos a tomar el camino de la casa—; hice mal —añadió—, porque me ha hecho pensar en lo que deseaba olvidar: ¡usted tiene tal vez razón!...

«Viendo que seguía callado y cabizbajo le dije tímidamente:

—«Perdóneme si le he causado alguna pena... pero, tal vez haya remedio aún...

—«¡Imposible!... yo siempre he deseado lo imposible... no hablemos más de este asunto. «*Macte animo*»[218] valor, valor es lo que necesito...

«Esta frase tan breve me conmovió, en términos que aún no me había serenado cuando llegamos a la casa, y al ayudarme a desmontar Reinaldo me preguntó si el paseo me había hecho daño, pues estaba muy pálida.

«*¡Macte animo!* —pensé al subir las gradas del peristilo—; ésta será mi divisa[219] en lo futuro... Esa noche escribí en mi diario la conversación que te he relatado, al hacer la descripción del ¡*último* paseo!...

«Al día siguiente llegó la comitiva de la novia. Salí con mi tía y Reinaldo a recibirla, y mientras que ella atendía a la madre, a mí me tocó hacer a Margarita los honores de la casa. Pequeña, blanca, regordeta, sus ojuelos entre verde mar y azul de porcelana no dicen nada y su fisonomía no tiene expresión. Habla francés con el acento alemán tan disonante, y se ríe a todo propósito: me parece tonta, y por lo mismo la creo caprichosa y terca.

«Ese mismo día se firmó el contrato, y al siguiente se verificó el matrimonio civil en la ciudad vecina. Pedí y obtuve el permiso de quedarme en la casa mientras que se fue la comitiva.

«Reinaldo no había vuelto a dirigirme la palabra hasta la noche del matrimonio religioso: poco antes de pasar a la capilla bajé al salón para recibir el ramillete[220] de la novia, que acababan de avisarme habían traído de París, y allí encontré a Reinaldo que lo tenía en la mano. No me vio entrar y cuando se lo pedí se sorprendió tanto que lo dejó caer, pero se apresuró a recogerlo,

---

218 *Macte animo*: (frase latina) ¡ánimo!, ¡coraje!
219 *Divisa*: lema.
220 *Ramillete*: ramo pequeño de flores.

y como al presentármelo nos miramos noté que estaba pálido y muy conmovido. No pude menos entonces que alargarle la mano que tenía libre.

—«¡Oh! Lucila —me dijo tomándomela entre las dos suyas—, ¡ya todo concluyó!...[221]

—«¡*Macte animo!* —le contesté—; ¿no era su divisa?...

«Mi primo se portó con mucha compostura durante la ceremonia religiosa, y Margarita parecía muy feliz; tan feliz como puede serlo una niña que jamás ha pensado sino en vestidos y galas, cuyo orgullo se cifra en su riqueza, y cuyo predominante pensamiento había sido hallar un esposo que le trajera un título de nobleza. En este veía colmadas sus aspiraciones, pues por su matrimonio con Reinaldo adquiría el de condesa.

«La concurrencia en el baile era muy numerosa: naturalmente Reinaldo bailó la primera pieza con su novia, y después vino en silencio a ofrecerme su mano para la segunda; en el momento de atravesar el salón nos detuvo un convidado[222] que acababa de llegar, y saludando a Reinaldo dijo mirándome:

—«Felicito a usted señor conde por su perfecta elección.

«¡Creía que yo era la novia! —me sonrojé pero le contesté inmediatamente sonriéndome:

—«Usted se equivoca... vea usted la nueva condesa de Ville; —y se la mostré.

«Reinaldo no había dicho nada, pero sentí que su mano temblaba cuando tomamos lugar entre los que bailaban.

«La equivocación del invitado no era extraña, pues yo estaba vestida completamente de blanco y llevaba solamente una rosa en los cabellos y algunas perlas en el cuello.

—«No había visto nunca —me dijo Reinaldo en el intermedio de una cuadrilla—, perlas que sean más semejantes al cuello que rodean, como las del collar que usted lleva.

—«Las perlas significan lágrimas... —Lucila, añadió un momento después—, no sé qué es lo que digo esta noche... estoy tan fuera de mí... considéreme usted y téngame compasión...

«No contesté: el tono de la voz decía más que las palabras... Reinaldo no me volvió a hablar, y cuando me senté me palpitaba el corazón. Seguramente este sentimiento de agitación me era favorable, pues me valió algunos cumplimientos lisonjeros[223] y frecuentes invitaciones a bailar...

«Al fin llegó el tiempo de partir; mi madre había obtenido el coche de mi tía para que nos llevase esa misma noche a nuestra casa. En el momento de salir del salón busqué involuntariamente a Reinaldo con la vista, pero no estaba allí, y bajé inmediatamente la escalera. ¿Por qué me oprimía el corazón la idea de no despedirme de él? De repente sentí una mano ligera que me arreglaba mejor los pliegues[224] de la capa sobre las espaldas: era mi primo; al despedirse de mí me dijo al oído apretándome la mano:

---

221 *Concluir*: acabar, terminar.
222 *Convidado*: invitado.
223 *Lisonjero*: halagüeño, satisfactorio.
224 *Pliegue*: parte doblada de una cosa.

—«¡Adiós! no me juzgue mal, querida Lucila, por lo que he dicho esta noche... No lo dude; me resignaré... ¡Adiós!

«Mi corazón latía[225] locamente, y sentí un dolor horrible en el alma mientras que el coche rodaba suavemente por el camino real. Mis padres hablaban de la función y sus accidentes, y al fin bajaron la voz creyendo que me había dormido; pero no era así: yo miraba a lo lejos el paisaje iluminado por la luna y medio cubierto por una ligera niebla, y los árboles pasaban delante de mis ojos como espectros[226] que se inclinaban para mirarme al través de la ventanilla del coche. Qué horrible es sufrir así, sufrir solo, sin un ser amigo que comprenda nuestro dolor (¡dolor que ocultaré siempre!...) ¡y tener que sonreírse cuando el corazón está despedazado y sin esperanza! No, no puedo decirte cuántas noches de insomnio he pasado llorando, con mi ventana abierta para recibir el aire y el perfume de las flores del jardín...

«Mi aspecto es cada día más frágil, según dicen, en términos que al fin en casa se alarmaron, y el médico que llamaron declaró que tengo síntomas de una afección[227] pulmonar y que es preciso el cambio de clima y de método de vida; mi tía, que desea pasar el verano en Suiza, se ha encargado de mí, y dentro de algunos días partiré con ella.

«Reinaldo y su esposa están en París, en donde se hallan desde que se casaron, habiendo partido pocos días después del matrimonio. Parece que permanecerán luego algún tiempo en Alemania, y en París naturalmente todo el invierno. No los he visto desde la noche del matrimonio y tengo esperanzas de no verlos en todo el año».

Así como el bello ideal de la felicidad será siempre el espectáculo de una armoniosa vida matrimonial, aquel *egoísmo entre dos* como dijo (o repitió) una grande escritora, también debe de ser el peor sufrimiento cuando dos seres que antipatizan se ven encadenados para siempre.

Teresa se había casado con la seguridad de no amar a su esposo, pero con la resolución de cerrar los ojos aun a la realidad desconsoladora de sus sentimientos, y cumplir sus deberes, si no con entusiasmo, a lo menos con resignación.

El caudal[228] de virtud que habían puesto en su corazón los largos años de educación recibida en el convento francés, se mostraba ahora en todo su esplendor; y el que hubiera llegado a comprender cuán grandes esfuerzos hacía para serenar su hermosa frente y manifestarse risueña, no hubiera podido menos que admirar a la linda matroncilla[229] tan joven y tan pura.

Durante el año que había permanecido en Lima, no había dejado de comprender de cuántos peligros la rodearía una sociedad tan fútil y desocupada; así fue que cuando al cabo de dos meses León se preparaba para irse a establecer en la hacienda, Teresa suplicó inútilmente a su padre que le permitiese acompañar a su esposo.

225　*Latir*: golpes perceptibles.
226　*Espectro*: aparición, visión, fantasma.
227　*Afección*: enfermedad,
228　*Caudal*: tesoro.
229　*Matroncilla*: joven mujer.

—Es un capricho muy tonto —le contestó el señor Santa Rosa—; allí no tendrías comodidades y extrañarías tu vida limeña y hasta el clima.

—Eso no importa... pronto me enseñaría.

—¿Pero qué motivos tienes?

—León es de salud delicada, no está acostumbrado a la vida de campo, y su permanencia allá, estando solo, le será muy penosa.

—¿Tanto lo quieres?

Teresa se sonrojó y repuso:

—¿Acaso no debería amarlo?

—Tal vez... pero sabrás que yo también te necesito, ¿qué sería de mi casa y mis tertulias si faltaras tu?

—Mi deber, sin embargo...

—Bien, pues —dijo el padre con una sonrisa maliciosa—: pregúntale al mismo León si desea que lo acompañes.

Teresa conocía la influencia que naturalmente tiene una mujer joven y bonita sobre un carácter débil como el de León, y no dudó un momento que él accedería[230] a su deseo.

—Quiero pedir a usted un favor, León —le dijo una tarde que estaban solos.

—Ya sabe usted, Teresa, que cuanto esté a mi alcance lo obtendrá.

—Desearía... es muy sencillo mi deseo: que me llevara usted consigo a la hacienda.

—¡A la hacienda!

Después de un momento de silencio León opuso los mismos argumentos[231] en contra del proyecto, y las objeciones que había presentado el señor Santa Rosa, y como Teresa lo allanaba todo manifestando su resolución de compartir las privaciones, León al fin, muy turbado, añadió:

—Para decir a usted la verdad eso sería imposible... Mi padre está ahora allá...

—¡Pues, qué! ¿Acaso me tiene mucho odio?

—Odio no; pero le disgustaría mucho que violáramos[232] inmediatamente mi promesa hecha al señor Santa Rosa de no sacarla a usted fuera de Lima ni de su lado.

—¿Es decir que mi padre es quien se opone?

—Naturalmente.

Entonces comprendió Teresa que es más difícil ejercer alguna influencia sobre un carácter débil como el de León, pero que se halla dominado por otros caprichos, que modificar una voluntad fuerte pero propia. León era esclavo sumiso a las órdenes de su padre y no se atrevía[233] jamás a obrar por sí mismo. Así fue que, aunque admiraba y amaba a su linda esposa, partió solo como se lo habían ordenado.

Teresa veía con pena la debilidad física y moral de su marido, y aunque

---

230 *Acceder*: consentir, doblegar, escuchar.
231 *Argumento*: razonamiento.
232 *Violar*: abusar, forzar.
233 *Atreverse*: ser capaz de acometer la ejecución, resolución. Osar.

no tenía por él amor ninguno, hubiera querido aprender a tenerle cariño, creyendo que, con el tiempo, la compasión que sentía podría convertirse en algún afecto. Quedóse, pues, sola, triste y sin objetos que la ocuparan; pero una limeña creería degradarse si vigilara a sus sirvientes, mandara en su casa y tomara alguna vez la costura. Los criados hacen lo que quieren y entre el mayordomo y el cocinero disponen de la despensa, haciendo solamente lo que les acomoda. En una casa limeña no se cose nunca; se compra todo hecho y lo que se rompe (cuando hay mucha economía) se manda coser fuera, o lo que es más fácil, se declara inútil e inservible.

¿En qué ocuparse, pues? Los libros la hacían sufrir porque le recordaban la fragilidad de su espíritu vacilante,[234] que no había tenido energía para perseverar en sus propósitos de no casarse sin amor. ¿Qué hacer sino tratar de distraerse, creándose un círculo de diversiones que pudieran aturdirla y hacerla olvidar el vacío de su corazón? Al cabo de dos o tres meses había logrado adormecer casi completamente el sentimiento de compasión que le inspiraba su marido ausente, y se hallaba satisfecha con su vida actual. Había arreglado sus horas de manera que jamás estaba sola ni le quedaba tiempo para meditar en la vanidad e insulsez[235] de su existencia: todos los días tenía alguna tertulia en perspectiva para la cual era preciso prepararse, o algún paseo a Chorrillos, al Callao[236] o al campo de Amancay. Este es un sitio en que se halla una venta al pie de unas colinas que se cubren en ciertas épocas del año con una alfombra de florecillas. Este sitio es el único algo campestre en los alrededores de Lima. De lo alto de algunas de las colinas más empinadas se divisa la ciudad, vista por cierto poco pintoresca, con sus azoteas cubiertas de basura, las torres de sus iglesias de colores chillones,[237] y su aspecto árido y frío. Pero se usa hacer paseos allá para comer de un manjar[238] nacional llamado *escabeche*,[239] que se compone de pescado crudo mezclado con picantes, y beber chicha de maíz y de maní. Naturalmente estos alimentos repugnan al extranjero, pero parece que para los paladares limeños son deliciosos.

Una mañana estaba Teresa en una pieza retirada escribiéndole a León, cuando le avisaron que Manongo la necesitaba. Manongo (o Manuel) es un tipo esencialmente limeño. Mitad tonto, mitad bellaco,[240] tenía el privilegio de entrar a todas las casas y penetrar hasta las últimas piezas sin previo permiso. So pretexto de vender chucherías[241] llevaba cartas y misivas[242]

---

234 *Vacilar*: titubear, dudar, fluctuar.
235 *Insulsez*: insipidez, insustancialidad, ñoñez.
236 *El Callao* (Perú): El nombre Callao o El Callao distingue a cuatro circunscripciones territoriales distintas y, sin embargo, referidas a la misma localidad. En efecto, se conoce como el Callao a una región, la Provincia Constitucional que la compone, la ciudad que se extiende en dicha circunscripción y, más específicamente, a un distrito en particular de los seis que componen la provincia.
237 *Colores chillones*: colores o a las cosas por ellos, demasiado vivo o en contraste desagradable.
238 *Manjar*: comida especialmente delicada o apetitosa.
239 *Escabeche*: adobo de aceite, vinagre, sal, hierbas aromáticas, etc., para conservar carnes o pescados; aunque la descripción corresponde al *ceviche*, pescado macerado en limón.
240 *Bellaco*: granuja, pícaro, taimado.
241 *Chuchería*: objeto de poco valor y sin utilidad pero que puede ser estimado.
242 *Misiva*: comunicación escrita.

ocultas de una parte a otra, y por este motivo Teresa había prohibido que entrase a su casa.

—Díganle que estoy ocupada —contestó sin dejar de escribir.

—Asegura Manongo que tiene que verla ahora mismo, y no quiere irse —contestó la criada.

—Nada tiene que hablar conmigo... que venga mañana.

—¡Felices los ojos que ven a la más hermosa señorita de Lima! —dijo una voz chillona en la puerta de la pieza. Manongo había seguido a la criada.

—Ahora no compro nada —dijo Teresa cerrando su carta y poniéndole el sobrescrito—.[243] Es inútil que permanezca usted ahí —añadió—; vuelva otro día y veremos qué necesito.

—No vengo a vender nada —contestó Manongo con su aire entre tonto y malicioso.

—¿Entonces?

—Mire usted estas flores —repuso desembozando[244] un magnífico ramillete—: son las primeras camelias que florecen en Lima.

—Hoy no necesito flores...

—Pero si es un obsequio que le mandan...

—¿A mí? ¿Y quién?

—Si lo desea saber, levante usted, linda palomita, esta camelia blanca y encontrará el billetito.

—No acostumbro recibir nada de personas que no conozco, y cuando me escriben envían la carta con un sirviente —dijo Teresa sonrojándose.

—No tenga cuidado... estamos solos —repuso Manongo cerrando la puerta—; el señor Arturo me dijo que no había necesidad de decirle de parte de quién venía.

Teresa, que se había sonrojado, se puso pálida de indignación al oír estas palabras, y no pudo contestar.

—El generoso caballero —prosiguió el tonto, poniendo el ramillete sobre la mesa—, me ofreció otra pieza de a cuatro si le llevaba contestación; ¿cuándo vengo por ella?

—¿Cuándo? —dijo al fin Teresa con voz trémula—; ¿cuándo? ahora mismo, —y tomando el ramillete arrancó el perfumado billete de en medio de las flores, y sin mirarlo lo volvió pedazos, después de lo cual tiró al mensajero las flores, que se regaron al caer.

—Esa es la contestación que le llevará usted al audaz[245] que ha enviado esto.

Y llamando a una sirvienta le mandó que barriera aquella basura.

Mientras eso Manongo se había retirado al corredor, de donde miraba a Teresa y entre mohíno[246] y divertido se hacía cruces.[247]

—¿Qué espera? —le preguntó ella al fin—: salga usted de mi casa ahora

---

243 *Sobrescrito*: dirección.
244 *Desembozando*: descubriendo.
245 *Audaz*: atrevido, osado.
246 *Mohíno*: enfadado, disgustado.
247 *Hacerse cruces*: mostrar, santiguándose o de cualquier manera, admiración, asombro o escándalo exagerados.

mismo; y si se vuelve a presentar en ella lo hago apalear[248] por mis criados.

«¡Qué víbora! Virgen Purísima... ¡qué furia! —decía Manongo entre dientes, bajando las escaleras a botes—.[249] Esto es lo que sacan los señores con mandar sus hijas a la Europa: vuelven llenas de remilgues[250] y con un genio de todos los diablos... Si no hubiera salido de Lima, ¡otro gallo le cantara al señor Arturo! ¡Nunca me había sucedido semejante cosa, jamás!... Yo que pensaba ganar con estos *buques* y después con los *rinde–bobos* (como llaman *en lengua* las citas) mis buenas piezas de a cuatro... ¡Vaya, qué desgracia! será la primera vez que esto le sucede al Arturito, que es un primor[251] entre los peruanos; muy de otro modo me recibían la Juanita, la Josefa y la Carolina...

Teresa se retiró a su cuarto y encerrándose se dejó llevar por la mayor amargura, llorando al pensar en la humillación que había sufrido. De repente, y enderezándose, exclamó en alta voz:

«¿Tal vez sin saberlo habré dado motivo para que se me haga este insulto? Veamos cómo he tratado a Arturo».

Aunque en nada lo había distinguido de los otros, cayó en cuenta de que era el joven que más se le acercaba, bien que siempre con respeto, pues con ella nadie tenía la confianza y familiaridad que gastaban con las otras. Mas luego recordó que el día anterior, en un paseo a Amancay, Arturo no dejó su lado un momento; pero ¿cómo había de ser de otro modo, cuando todas las demás tenían alguno que les hiciera la corte, quedando solamente libres Arturo y ella? Una vez en el cerrito de donde se ve a Lima, estando Teresa a punto de bajarlo, Arturo la detuvo diciendo:

«Mire, usted, allí está el barrio de la mujer que amo... en secreto».

Y le mostraba la calle en que vivía Teresa.

—¿Alguna vecina mía? —preguntó ella con distracción, pues Arturo le era tan indiferente que rara vez ponía cuidado en lo que le decía.

—Sí, muy vecina... ¿no adivina usted?

—Tal vez —dijo ella, por decir alguna cosa y sin pensarlo. En ese momento se reunieron a ellos las demás personas del paseo.

«No hay duda —pensaba Teresa—, él ha creído que comprendí... Qué vergüenza me dará volverlo a ver... ¡Oh! ¡que los hombres sean tan fatuos[252] que imaginen que estamos siempre ocupadas en adivinarles sus pensamientos! No, no vuelvo a ir a parte alguna durante las ausencias de León, para no exponerme a otro insulto.

Y en efecto, fingiéndose indispuesta, no quiso salir por algunos días, y hasta rehusó[253] recibir visitas; pero esto no podía durar mucho tiempo, pues su buen semblante desmentía[254] la supuesta enfermedad.

Rosita se apresuró a visitarla, y no pudo menos que sonreírse cuando

---

248   *Apalear*: golpear con un palo. Maltratar a golpes.
249   *Bajar a botes*: bajar dando saltos.
250   *Remilgo*: gestos afectados, melindres.
251   *Primor*: persona que tiene muy buenas cualidades.
252   *Fatuo*: ligero o necio.
253   *Rehusar*: rechazar.
254   *Desmentir*: contradecir.

Teresa le dijo con los ojos bajos y sonrojándose (ella no sabía mentir) que había estado enferma.

Después de haber hablado de cosas indiferentes, Rosita dijo al fin con aire misterioso:

—Conozco la enfermedad de que adoleces... me lo refirieron todo.

—¿Qué quieres decir?

—Es enfermedad de miedo...

—¿Miedo?

—¿Temes encontrarte con Arturo; no es así?

—¿Qué te han dicho?

—Lo del *bouquet*...

—¿Quién?

—Manongo lo ha contado en todas partes...

—¿Y tú... y todos se han burlado de mí?

—Burlado... tal vez no; pero se han reído de tus escrúpulos.

—¡Escrúpulos! Entonces no te han contado cómo...

—Sí, sí: todo me lo refirió Manongo; y hasta el mismo derrotado[255]...

—¡Arturo!

—Hace dos o tres días fue a visitarme, sólo con el objeto de quejarse de tu crueldad y preguntarme si habría esperanza.

—¡Qué indignidad! y ¿qué le contestaste?

—Que perdía su tiempo... y añadí que se fuera con la música a otra parte... Creo que no volverá a molestarte; a él no le gustan las empresas difíciles, sobre todo aquí, en donde no se acostumbran.

—¡Gracias, gracias, mi querida amiga! —exclamó Teresa verdaderamente agradecida.

—Nada tienes que agradecerme; lo dije porque lo creía, y comprendiendo la causa de tu encierro quise quitarte ese obstáculo.

—Ahora, dime francamente, Rosita ¿habré dado motivo para que Arturo se atreviera?

—Motivo! ninguno... pero como todavía eres muy joven no conoces el mundo. Arturo está verdaderamente picado,[256] y en ese estado tú sabes, o más bien no sabes, que cualquiera palabra infunde esperanzas y se construyen edificios con hojas de rosa... En verdad; olvidaba decirte lo mejor de mi cuento: Arturo se va... se va a Guayaquil para donde le han dado no sé qué destino; le aconsejé que se fuera pronto.

—¿Y le proporcionaste el destino también? —preguntó Teresa sonriéndose.

—Pues... casi. Hablé anoche con un miembro del gobierno y ofreció inventar alguna misión para Arturo.

—¿Inventar?

—Por supuesto. Sabrás que nuestro gobierno es tan paternal que cuando

---

255 *Derrotado*: vencido.
256 *Picado*: entusiasmado.

no tiene absolutamente sueldo que dar a sus favoritos fabrica misiones. No sé por fin cuál será el empleo que tendrá Arturo... *Inspector* general de los buques peruanos que *no* llegan a Guayaquil, o *contador* de caimanes en el río; en fin, se ha visto que el gobierno necesita algún dato estadístico que Arturo podrá descubrir en Guayaquil. No lo dudes, y se lo dije a él: cuando vuelva vendrá completamente curado de la *teresitis*, enfermedad peligrosa ahora y cuyo remedio o *contra* no se ha descubierto... todavía.

—¿Qué será de lo que no te burlas, Rosita?

—No sé... hasta ahora no conozco persona u objeto que no tenga su lado ridículo... o por lo menos divertido.

Al cabo de poco tiempo y bajo la influencia de la sociedad que la rodeaba, Teresa siguió asistiendo a todas las diversiones que se le proporcionaban, y el recuerdo de su aventura con Arturo se borró casi completamente de su memoria.

IX *

Pasó un año de matrimonio: León había ido tres o cuatro veces a Lima, permaneciendo apenas, cada vez, algunos días; la presencia o ausencia del insignificante joven no tenía importancia para nadie. Parecía siempre disgustado de su vida campestre y volvía a ella con tristeza; Teresa no podía menos que confesarse a sí misma que no era feliz... pero los dos padres estaban perfectamente satisfechos, por cuanto habían hecho un buen negocio sin tener en cuenta para nada las dos víctimas... ¿Por qué habían de serlo?... ¿acaso Teresa no gozaba una vida repleta de lujo y diversiones? es cierto que León vivía lejos del centro en que se había criado; pero la juventud es para trabajar, y lo que ganaba entonces le serviría dentro de pocos años para ir a Europa con un buen capital que le abriría los más ricos salones de París.

Para festejar el aniversario de su matrimonio, León permaneció en Lima más tiempo que en los anteriores viajes y se mostró con Teresa más tierno que de costumbre. Sintiendo ésta, con pena, cuán indiferente y aun antipático le era su marido, procuró, en lo posible, mostrarse más amable. El sentimiento del deber que se cumple causa siempre una satisfacción íntima que compensa ampliamente el sacrificio que se hace; así Teresa había pasado algunos días contenta con el convencimiento de haber hecho menos amarga la vida del joven cuya suerte habían ligado a la suya, aunque sus almas estarían siempre separadas, como eran divergentes sus ideas.

Al otro día de la partida de León, Teresa estaba sola escribiendo a Lucila, y al confiarle sus pensamientos y al tratar de pintarle su vida no pudo menos que encontrar cuán vacío estaba su corazón, y cómo se esterilizaba su espíritu a medida que se enfriaba aquel entusiasmo por todo lo bello y grande, que antes la confortaba. Suspendió su carta, y puesta la mejilla en la mano cayó

---

* A partir de aquí todas las divisiones en número romano de los capítulos de esta novela están equivocadas en el original. En esta edición se cambiará el número romano por el correspondiente.

en una larga meditación de la que vino a sacarla un sirviente que le traía una cartita de Rosa. Le escribía ésta con el objeto de recordarle que aquella noche había tertulia musical en casa de un ministro extranjero, y agregaba que tendría el mayor gusto en acompañarla, dando a entender que si Teresa no concurría, ella tampoco iría. Le rogaba que le contestara inmediatamente, y al concluir decía: «oiremos cantar a varios artistas de profesión y entre los *dilletanti* a Roberto Montana que acaba de llegar de Chile».

Teresa tuvo la carta en sus manos sin saber qué contestarle: ¿Debía ir o no? Había hecho el propósito de retirarse algo del mundo durante la ausencia de León, que estaba siempre triste lejos de Lima, y además, le repugnaba ir esa noche particularmente a la tertulia. ¿Quién puede comprender la causa de nuestros presentimientos? Pero... en el momento de empezar a contestar a Rosita excusándose, sintió un vehemente deseo de concurrir y escribió prontamente que tendría mucho gusto en acompañarla.

Después de esta interrupción era imposible seguir coordinando sus ideas para concluir su carta a Lucila; así, deseando sacudir[257] de sí sus pensamientos, salió e hizo algunas visitas de confianza. Cuando volvió a su casa casi había olvidado el sentimiento de vaga aprehensión con que había aceptado el convite[258] a la tertulia y se preparó fríamente para asistir a ella.

Rosita se presentó en casa de su amiga naturalmente mucho después de la hora convenida, pues, siempre estaba afanada[259] y jamás llegaba a tiempo a parte alguna.

Al entrar en el salón del ministro de *** ambas se vieron rodeadas por la flor y nata de la juventud masculina. Rosita, llena de vida y movimiento, se atraía un séquito tan numeroso cuanto alegre. Con su traje de gasa rosado vivo, adornado con muchas flores, y su aire despierto y miradas llenas de coquetería, estaba verdaderamente muy seductora.

Teresa, bella y orgullosa, tenía en torno suyo un círculo mucho menos numeroso, pero más respetuoso y respetable. Vestida casi enteramente de blanco, no llevaba más adorno que muchas joyas de gran valor. Su talle delgado, esbelto y elegante, la mirada serena aunque penetrante de sus grandes ojos y la belleza que se esparció sobre su fisonomía con la agitación al entrar, la daban una hermosura casi ideal.

Al cabo de un rato se oyeron en la pieza vecina los acordes del piano y una brillante voz de hombre cantó un bolero español, con mucha gracia y vivacidad. Al oírla Teresa le saltó el corazón, pues creyó reconocer la voz del pensado cantor de Chorrillos... No, no podía ser: la de entonces era tan dulce, tan tierna; y ésta parecía alegre, sonora y llena de energía... Por otra parte ¿qué le importaba que fuera o no? Pero su conciencia le decía que el motivo que la había impelido a ir aquella noche, era la esperanza de que el Roberto Montana de que hablara Rosita, fuera el mismo de Chorrillos, y se sonrojaba de pensarlo no más.

257　*Sacudir*: ahuyentar, desembarazarse de algo.
258　*Convite*: invitación.
259　*Afanada*: apurada.

Con todo, procuraba llevar sus miradas hasta el sitio en que se hallaba el cantor, pero le fue imposible distinguirlo en medio de los que rodeaban el piano. Cuando hubo acabado, otros ejecutaron algunas piezas, y en los intermedios Teresa no se atrevía a pedir que le señalaran el joven recién llegado de Chile; pero una conversación que oyó cerca de ella le hizo comprender que sus presentimientos no habían sido falsos y que era el mismo cantor de Chorrillos.

—¿Quién es ese Roberto Montana? —preguntó una señora a otra—; ¿es artista del país o del extranjero?

—¿Artista? no, es solamente aficionado. Creo que su nacimiento es misterioso... Un militar Salcedo, de Arequipa,[260] lo trajo hace algunos años y lo presentó como su sobrino, siendo muy niño; lo puso en un colegio, y después se lució mucho en la Universidad cuando se recibió de abogado. Para entonces Salcedo fue con no sé qué misión a los Estados Unidos y llevó al sobrino; y, ¡cosa rara! Parece que Roberto se aficionó tanto a la música al oír a los artistas famosos, que a su vuelta no quiso ejercer su profesión de abogado, y vivía tocando diferentes instrumentos y cantando sin misericordia para mí...

—¿Por qué para usted?

—Porque tenía la desgracia de vivir en la misma casa que el coronel, y Roberto no me dejaba sosiego[261] con su música a todas horas. Hará dos años enfermó el sobrino; lo llevaron a Chorrillos, donde permaneció bastante tiempo, pero los médicos recetaron[262] otro clima y se fueron para Chile; allí se curó el sobrino y se murió el tío.

—¿Y es rico?

—Su tío, que sé era su padre, le dejó una fortunita modesta.

En ese momento el dueño de la casa se acercó a Teresa con un joven que iba de brazo con él.

«Señorita Teresa —dijo—: tengo el honor de presentarle al señor Montana, quien habiendo sabido la afición de usted por la música, desearía que nos diera el gusto de tocar alguna cosa».

Teresa se excusó, pero como ambos instaban[263] para fuera al piano, al fin se levantó.

—«Acompáñela usted, señor Montana —dijo el ministro—, pues tal honor le corresponde más bien que a los meros[264] oyentes».

Era preciso atravesar[265] todo el salón para llegar al piano. Teresa se sentía conmovida y disgustada consigo misma por su intempestiva emoción. Cuando llegaron al piano había sido ocupado por otra persona que empezaba a tocar; era preciso, pues, aguardar[266] a su compañero, y llevándola a un sofá, se situó a su lado.

---

260 *Arequipa*: El departamento de Arequipa se encuentra situada en la zona suroriental del Perú. Por el norte limita con Ica, Ayacucho y Apurímac, por el sur con Moquegua, por el este con Cusco y Puno y por el Oeste con el Océano Pacífico. Su capital es Arequipa, una ciudad sobre los 2.335 metros s.n.m., con bella arquitectura a base de sillar, paisajes y campiñas envidiable y un clima seco con temperatura templada.

261 *Sosiego*: tranquilidad.

262 *Recetar*: prescribir.

263 *Instar*: insistir.

264 *Mero*: solo.

265 *Atravesar*: pasar de un lado al opuesto.

266 *Aguardar*: esperar.

Después de haber hablado de cosas indiferentes, Montana dijo de repente:

«Me alegro de que el importuno artista no le haya permitido a usted tocar aún, señorita; así, me ha dado tiempo para pedirle un favor...».

Teresa, que había estado esforzándose por recuperar su serenidad, levantó la mirada y sus ojos se fijaron por primera vez; los de Montana eran espléndidos: grandes, negros y particularmente expresivos y brillantes. En su frente ancha y tersa se delineaban espesas cejas, y su pelo castaño oscuro ondeaba en torno de una cabeza pequeña pero bien formada. No usaba sino un bigote negro y perfilado,[267] y su boca fina y nariz algo larga armonizaban tanto como su talle elevado y elegante con la gracia de sus movimientos

—Muy extraño le parecerá a usted que habiendo tenido el honor de hablarle por primera vez, apenas algunos momentos, ya le pida un favor —añadió, viendo que Teresa guardaba silencio.

—Efectivamente —contestó ella sonriéndose—, ¿cómo podré yo?...

—Mi súplica[268] es la siguiente: escoja usted para tocar esta noche una de aquellas arias que ejecutaba en Chorrillos ahora año y medio...

Teresa bajó los ojos, y contestó tratando de afirmar la voz:

—¿Por qué ahora año y medio?... ¿Acaso usted?...

—Tuve el placer de oírla entonces, y ese recuerdo lo he guardado siempre...

En ese momento se acercó Rosita disgustada por aquella íntima conversación con el recién llegado, pues siendo por eso el hombre a la moda, deseaba monopolizarlo.

—¿De qué hablan ustedes con ese aire tan misterioso? —preguntó sentándose al lado de Teresa.

Las miradas de Roberto y de Teresa se encontraron, y ambos convinieron[269] tácitamente en que no deseaban tercera persona en sus recuerdos.

—Hablábamos de música —dijo Teresa.

—¿De música, con ese aire de conspiradores?

—¡Bah! qué idea... El señor, como yo, es muy aficionado a los músicos clásicos... de eso hablábamos.

Roberto se sonrió al ver que la presencia de ánimo no abandona nunca a las mujeres, aun cuando no estén enseñadas ni hayan usado jamás de engaños.

—Con razón... tratarían del mérito, soporífico para mí, de su Beethoven, del enfadoso Gluck,[270] del fastidioso Mozart y demás del gremio. ¿Ya le preguntaste al señor Montana —añadió con aire burlón—, si canta tu aria favorita de *Orfeo* o tu querida *serenata* de Don Juan?

---

267 *Perfilado*: perfecto, pulido.
268 *Súplica*: ruego, pedido.
269 *Convenir*: decidir.
270 *Christoph Willibald Gluck*: (Alemania, 1714), escribió sus más importantes óperas en Paris y Viena en el siglo XVIII e introdujo trascendentales modificaciones al género. Trató de que el lenguaje, la poesía y la acción dramática de la ópera reflejaran una vez más la simplicidad y el poder de la tragedia griega. *Orfeo y Eurícide* (1762) y *Alceste* (1767) —considerada como la más intensa y lograda de sus obras— son un esfuerzo por incorporar la antigua tragedia griega, y la estricta y elegíaca aproximación del teatro griego a las corrientes de la ópera vienesa de aquel entonces.

Volvieron a encontrarse las miradas de Roberto y Teresa y ésta última se sonrojó, más por fortuna el que ocupaba el piano se levantó, y acercándose Teresa, sin vacilar tocó la introducción de la «Serenata». Roberto se situó detrás de su asiento y empezó a cantar. Su voz era clara, natural, tierna y se conocía que ponía en ella toda su alma. Teresa no pudo tocar con el garbo[271] acostumbrado el acompañamiento irónico, y muchas veces se detenía, olvidándose de la gente que la rodeaba, para impregnarse, por decirlo así, de los acentos apasionados del cantor.

Aplausos generales acogieron el fin de la aria.

—¿Conoce usted la famosa aria del Orfeo de Gluck?[272]

—¿Cuál? ¿*Qué faro senza Eurídice*? Hace mucho tiempo que no la canto; pero si usted tuviera la bondad de tocarla, tal vez el eco de su piano refrescaría mi memoria.

Teresa volvió a sonrojarse al comprender el recuerdo que encerraban las palabras de Roberto, e inclinándose sobre el teclado tocó brillantemente el tema de esa aria, una de las obras más bellas del ingenio humano, bastante para inmortalizar por sí sola a un artista. Ella estaba aquella noche verdaderamente inspirada; después del tema principal ejecutó unas variaciones sobre el mismo asunto con suma maestría y sentimiento, y levantándose en medio de los aplausos pasó a otro salón. Roberto no cantó, pero al llevarla a su asiento le dijo con voz conmovida:

«Nunca había comprendido tan bien esa música, ni lo que se siente al ver perdido para siempre lo que se ha podido amar...» [273]

Estas palabras eran demasiado significativas, por lo cual Teresa demostró en cierto modo que le habían desagradado; pero ni aun estaba contenta consigo misma, y deseaba salir pronto de una situación que la embarazaba;[274] así suplicó a su padre que la condujese a su casa, prometiendo a Rosita que después le enviaría el coche.

Al volver a su habitación se desvistió maquinalmente y se acostó; pero sus pensamientos no le permitían permanecer tranquila, y levantándose pasó el resto de la noche en vela. ¿Qué tenía? qué motivo había para tanta agitación? Ella misma no podía comprenderlo; pero nunca se le había presentado tan desierto el sendero[275] de la vida, tan vacío el corazón como aquella noche... Como iba de un lado para otro del aposento, acertó a fijar los ojos en un retrato en miniatura, de León, regalado por éste antes de partir, y sin saber lo que hacía lo volvió contra la pared con impaciencia: acción que de súbito le

---

271   *Garbo*: gracia, agilidad.

272   *Orfeo*: En el acto III, Orfeo conduce a su amada, cogida de la mano, por un sombrío y tortuoso laberinto, sosteniendo un emocionante dúo; el héroe no resiste el deseo de mirar a su amada y la pierde nuevamente. Canta entonces la aria «Che faró sensa Euridice», una de las páginas más inspiradas y notables de Gluck, en la que alcanza una espiritualidad raramente igualada.. Es el momento culminante de la obra, que deja en el auditorio una impresión imborrable. La obra acaba con un brevísimo cuadro en el cual entre cánticos y danzas se celebra el retorno de Euridice y el triunfo del amor quien ha reunido otra vez a los protagonistas.

273   «Que faro sensa Erudice» lo canta Orfeo cuando pierde por segunda vez a su esposa Erudice, a quien ha ido a buscar y arrancar de enmedio de las furias infernales.

274   *Embarazar*: cohibir, turbar.

275   *Sendero*: senda, camino.

reveló lo que pasaba en su corazón, y tirándose sobre la cama se desahogó[276] vertiendo un torrente de lágrimas. Por fin, vencida por el cansancio, al aclarar el día se quedó dormida.

276 *Desahogar:* expresar violentamente una pena o un estado de ánimo.

X

A la siguiente noche estaba nuestra heroína sentada en un rincón de la *cuadra* (así llamaban la *sala* principal en el Perú), sola con sus pensamientos y huyendo de la claridad que sus ojos debilitados no podían soportar. Tan absorta estaba que se sobresaltó al oír de repente que la saludaban, y su voz tembló al contestar: era Roberto que se hacía presentar por un amigo de su padre, lo que en la situación de ánimo en que se hallaba Teresa, la hizo mirar como un peligro y formar el firme propósito de no cultivar una amistad que imaginaba podía serle funesta. En consecuencia, recibió con frialdad la visita, y se abstuvo de invitar al presentado a que volviera a visitarla. Al adivinar esta intención, Roberto cambió completamente de modales y también se manifestó serio e indiferente. La visita fue corta y desabrida[277] y sólo se habló de lugares comunes. Teresa se quedó entregada a una profunda meditación, de la que nació la resolución de no permitir nunca que su pensamiento se extraviara en una dirección indebida.

Durante el siguiente mes se encontró en varias partes con Roberto, pero apenas se saludaron de lejos. Abandonó casi el piano, cuyas armonías le traían recuerdos que deseaba olvidar, y más que nunca huía de la soledad.

Una noche llegó a casa de una amiga, y al entrar al primer salón oyó que tocaban y cantaban en el interior, reconociendo la voz de Roberto que ejecutaba el *Adiós* de la Lucía. El primer salón estaba vacío, y allí se sentó en silencio a escuchar; quiso, siquiera una vez, dejarse llevar por su sentimiento, y los ojos se le llenaron de lágrimas... pero el canto acabó; le fue preciso presentarse y entró al salón interior.

Roberto se acercó a saludarla y tomando asiento a su lado, sin decirle nada, la miró algunos momentos. Ella no sabía qué hacer, y no encontraba

---

277 *Desabrida*: fría, indiferente.

nada que decir para interrumpir un silencio que le era tan penoso.

Había varias muchachas y propusieron bailar; una de ellas, acercándose al piano, dijo:

—«Voy a tocarles un valse enteramente nuevo que me acaban de enviar de París».

Y ejecutó un valse de la *Traviata*.

—¿Me haría usted el honor de bailar este valse? —preguntó Roberto a Teresa; e insistió de tal modo, que ella no pudo excusarse.

—Está usted muy triste esta noche —le dijo apenas se detuvieron un momento.

—No por cierto —contestó ella bajando los ojos.

—Perdóneme usted, pero he aprendido a leer algún tanto en las fisonomías... particularmente en la suya.

A cualquier otro le hubiera contestado con una chanza y lo hubiera obligado a cambiar de conversación naturalmente; pero ahora sentía su espíritu como embotado,[278] y aunque deseaba que Roberto no le volviese a hablar así no acertaba a replicarle.

Siguieron bailando, y cuando Roberto la llevó a su asiento notó en ella un aire tan frío que no volvió a acercársele durante la noche. La pobre niña, luchando consigo misma, hizo cuanto le fue posible para manifestar cuánto le desagradaban aquellas preferencias, bien que en su interior sentía que la presencia de Roberto le era demasiado agradable; por lo que al día siguiente puso en obra un proyecto que la alejara del inminente peligro en que se veía.

Se fingió enferma, y hablando con el médico de la casa le suplicó que le prescribiese los aires del campo.

—Sí, señor —decía el médico a Santa Rosa—: la señorita puede agravarse, si usted no pone los medios que le he indicado.

—¿Pero qué enfermedad es ésta?... la veo poco más o menos lo mismo que siempre... un poco más pálida, lo que no es suficiente causa para desterrarla.

—Es preciso.

—¡Pero me hace falta, doctor!

—Peor sería si se agravara... ¿por qué no enviarla a la hacienda del señor Trujillo?

—Tal vez... tendré que ir pronto... Hace mucho tiempo que Trujillo me está repitiendo que debo ir; pero falta saber si Teresa querrá.

Por supuesto ella accedió a las prescripciones del médico.

Su padre y el señor Trujillo permanecieron apenas algunos días con los dos esposos en la hacienda, y después se fueron a visitar otras propiedades. León se había manifestado muy contento con la llegada de su esposa, a quien amaba tanto como le era posible; por desgracia para Teresa, aquella intimidad nacida del aislamiento le patentizó[279] más que nunca cuán indiferente le era

---

278 *Embotado*: debilitado, enervado.
279 *Patentizar*: hacer claro, evidente.

León, al paso que él no parecía comprender la poca armonía que los ligaba, y vivía tranquilamente.

Al fin fue preciso volver a Lima. Rosita voló a ver a su querida amiga.

«Con la ausencia has perdido mil cosas —le dijo—: la tertulia de bodas de la Álvarez, y sobre todo un magnífico paseo dado por Roberto Montana como una despedida a la sociedad de Lima.

—¿Se fue, pues? —preguntó Teresa, sintiendo algo como una picada en el corazón.

—Sí, se fue para Europa. Sabes lo apasionado que es por la música; «hace mucho tiempo, me dijo, que necesito beber en la fuente de la armonía, oír a los grandes artistas europeos».

—¿Pero él no había estado en Europa?...

—Había oído apenas en los Estados Unidos a muchos artistas famosos.

Teresa sintió cierto alivio al par[280] que pena; temía encontrarse otra vez con Roberto y tener que luchar para huirle. Volvió a seguir su vida de salón que caracteriza la existencia de una limeña; pero su corazón, su alma y su espíritu estaban siempre en completo desacuerdo con cuanto la rodeaba, y por consiguiente, no podía ser feliz. Pero si no podía ser feliz, quiso al menos buscar algún objeto que llenara un tanto el vacío de su alma, y se dedicó al estudio.

Buscó nuevamente sus libros favoritos, y durante algunos meses se entregó a estudios literarios que le habían llamado la atención en el colegio.

Naturalmente no podía mencionar semejante cosa a sus habituales amigos ni a su padre, quienes ignoraron en lo que se ocupaba. Pero la soledad moral, en la juventud, esteriliza tanto el espíritu, como la soledad física embrutece[281] al hombre civilizado. La juventud es esencialmente expansiva y necesita confiar sus pensamientos; si estos se encuentran rechazados, la concentración a que es preciso entregarse entonces, causa una misantropía[282] perniciosa[283] para el alma y el corazón. En una edad más avanzada y cuando ya se tienen ideas fijas y seguras, el espíritu puede existir solo y no necesita tanto comunicar el resultado de sus reflexiones; pero Teresa era una niña, y a los diez y ocho años no se puede pedir fijeza ni seguridad en las ideas.

Al cabo de algunos meses de estudio arduo sintió de repente la inutilidad de él en aquella sociedad, y empezaba a abandonarlo, cuando Rosita volvió inadvertidamente a despertar en ella un sentimiento que había logrado en parte adormecer.

—Aquí traigo esta música para que la ensayemos [284] juntas —le dijo un día—. Me la acaban de enviar de Europa, y en una esquina de esta aria han escrito: «Si la música de canto no le conviene, tal vez su amiga, la señorita Teresa, querrá ensayarla».

—¿Y quién te la manda? —preguntó Teresa *pro formula*,[285] pues comprendía muy bien quién podía ser.

---

280   *A la par*: simultáneamente, a la misma vez.
281   *Embrutecer*: hacer bruto, torpe o tosco.
282   *Misantropía*: insociabilidad.
283   *Perniciosa*: perjudicial.
284   *Ensayar*: probar, tratar.
285   *Pro fórmula*: por cumplir una norma de cortesía, pero sin sinceridad.

—Roberto Montana.

—¡Ah!... veamos... son arias de óperas recientes.

Y se puso a tocar, ensayando los principales motivos. Eran arias muy a propósito para el estilo que prefería, entre sentimentales y entusiastas. Pero con aquella hipocresía que distingue a todas las mujeres (efecto de la educación y de la dependencia en que viven) dijo levantándose:

—¡Bah! tu amigo no tiene buen gusto... esas canciones no me agradan.

—¡Eres injusta, Teresita! Si no te agradaran no sería prueba de mal gusto.

—Sin embargo, habría creído que ese estilo es el tuyo —añadió, oyendo a Teresa que había vuelto a sentarse al piano y ejecutaba otra pieza.

—Puedes dejármelas para tocarlas más despacio; bien que estoy segura de que no me agradarán.

Rosita la miró un momento, y dijo con aire más serio que de costumbre:

—He notado en ti una cosa rara: cada vez que se habla de Roberto te enfadas y parece que te disgusta todo lo que venga de él. El mismo sentimiento encontré en él, antes de irse, respecto de ti, y cuando estabas en la hacienda... No soy tan tonta; esto prueba que hay una verdadera antipatía entre los dos, o que la simpatía es muy fuerte...

—¡Rosita!...

—¡Teresa! —replicó la otra imitando su aire de escándalo—, ¿por qué te abochornas[286] por eso?... Sin embargo, si él no estuviera ausente[287] te diría que la de ese joven es conquista que quiero hacer... y te advertiría seriamente que no te interpusieras entre los dos...

—Ya sabes —interrumpió Teresa—, que esa clase de chanzas me son sumamente desagradables... Tu amigo me ha disgustado; me parece pretencioso, lleno de vanidad...

—¡Vaya! qué furia!... Te repito que eso mismo, si Roberto estuviera aquí, me probaría...

—¿Qué? —exclamó Teresa.

—¡Nada, nada...! ¡qué entusiasmo! Te vuelves *un jeune*[288] tigre, como diría el secretario del ministro francés.

No se volvió a mencionar el nombre de Roberto entre las dos amigas o pseudo amigas; pero Teresa guardó la música, y cuando estaba sola y no temía que la interrumpiesen cantaba las arias enviadas expresamente para ella, sin que Rosita jamás lograse oírlas.

Así se pasó otro año de matrimonio.

Todo en torno[289] suyo parecía sonreírle, y sin embargo su corazón estaba repleto de pesares.[290] Aquellos dolores palpables, penas que se pueden decir, también tienen remedio, se consuelan, se mitigan al exhalarlas;[291] pero cuando, como nuestra heroína, lo que uno sufre es un secreto para todos;

---

286 *Abochornar*: sentir vergüenza.
287 *Ausente*: lejos, en otro lado.
288 *Jeune*: joven.
289 *En torno*: alrededor.
290 *Pesar*: remordimiento, penas, pesadumbres.
291 *Exhalar*: expeler, emitir.

cuando lo que siente es un pesar que lleva encubierto en el fondo del alma como un objeto robado: entonces tal sentimiento de dolor incierto, vago, muchas veces sin nombre, echa una sombra duradera sobre el espíritu y el corazón joven y sencillo; no puede, después de haber pasado por este desolador sentimiento, conocer la felicidad, porque un sentimiento así corroe[292] como veneno, y la cicatriz[293] que forma no se borra jamás.

---

292 *Corroer*: destruir, carcomer, consumir.
293 *Cicatriz*: señal en los tejidos que deja una herida.

XI

Voe sóli!
(Desgraciado del que está solo).

Un día Teresa recibió esta carta, y la faz de su vida cambió completamente:

> «Querida nuera: Es indispensable que usted se ponga en marcha para acá, apenas reciba ésta. León está tan gravemente enfermo que se cree no vivirá muchos días; su deseo constante es verla a usted, y me apresuro a unir mis súplicas a las suyas para llamarla a su lado. Sin embargo, no he perdido todas las esperanzas, y éstas se fundan en usted; la agradable emoción de verla puede producir una reacción favorable.
> «Su afectísimo suegro,
> «J. TRUJILLO»

—Lea usted —dijo Teresa a su padre, y se le llenaron los ojos de lágrimas.

—Muy molesto será este viaje, ahora —observó él, devolviéndole la carta—. Tal vez sean aprehensiones de Trujillo.

—¡Ojalá! pero sean o no aprehensiones, debo irme.

Santa Rosa se quedó un momento pensativo y de repente exclamó:

—¡Tienes razón! Ahora recuerdo una circunstancia... Es preciso llegar pronto, pues probablemente León no ha hecho testamento, y como no has tenido prole[294] te quedarías en mala situación de fortuna.

—¡Oh! papá, ¡qué idea! —contestó Teresa, estremeciéndose de horror al conocer los sentimientos de su padre.

—¿Por qué te espanta esa idea? Así son las mujeres: las palabras las escandalizan, pero ejecutan fríamente hechos que nos espantarían a nosotros... Pero hablemos seriamente: tú tienes mucha influencia sobre el espíritu de León, y creo que la menor indicación tuya será obedecida por él. Voy a buscar

---

294 *Prole*: descendencia, hijos.

papel y a preguntar cómo se redacta un acto válido de donación, por si acaso allá no se encuentre lo necesario. Mientras eso prepárate a que partamos inmediatamente.

Teresa no replicó, pero hizo la firme resolución de no hablarle de semejante materia al infeliz moribundo.

Llegaron tarde... León acababa de morir. Teresa quiso verlo por la última vez: la solemne expresión de la muerte había casi embellecido aquella fisonomía tan insignificante. Lloró ella mucho delante del cadáver, recordando los actos de cariño y palabras afectuosas que León le había dirigido.

—Murió nombrándola a usted —le dijo el padre de León—. ¡Pobre hijo mío! La falta de usted, de Lima y de la vida a que estaba enseñado, lo han muerto... perdió las fuerzas y el ánimo de vivir.

Llevaron el cadáver a Lima y le hicieron un entierro suntuoso.[295] Teresa, al principio, no había podido menos que enternecerse con la muerte repentina del que fue su esposo; pero después se sintió llena de remordimientos, notando que, en vez de dolor, su sentimiento se fue convirtiendo en cierto descanso y tranquilidad interior, al contemplarse[296] libre. Se encerraba en esos momentos y procuraba formarse una pena ficticia, rodeándose de todo lo que pudiera conmoverla.

—Aquí traigo la copia del testamento de León —le dijo su padre un día, entrando a su cuarto—; tiene una cláusula que no te acomodará.

—¡Qué me importa! yo no sabía siquiera que el pobre había tenido siquiera tiempo de testar.[297]

—Trujillo me dijo que el día antes de morir había insistido en hacerlo; el mayordomo[298] de la hacienda me estuvo contando también lo mismo, y añadió que el viejo no quería, naturalmente, que pensara en eso.

—¿Por qué naturalmente?

—¿No comprendes que si hubiera muerto intestado el padre lo heredaba todo?... La fortuna que tenía León por herencia de su madre era bastante considerable, y te la deja toda con una condición... condición que no dudo fue obra de Trujillo. ¡Muy vivo es este hombre, muy vivo!

—¿Y cuál es la condición?

—Te quedan dos haciendas valiosas, muchos bonos[299] sobre el banco de Inglaterra y otras propiedades. El todo produce una renta de cerca de ocho mil pesos al año... pero con la condición de no vender las haciendas nunca y de restituirlas si vuelves a casarte.

Teresa se estuvo callada algunos momentos.

—¿Para qué aceptar esa donación? Acaso no tenemos lo suficiente para vivir?

---

295   *Suntuoso*: lujoso, magnífico.
296   *Contemplarse*: verse.
297   *Testar*: disponer una persona por escrito o en forma legal lo que quiere que se haga con las cosas que son suyas cuando muera.
298   *Mayordomo*: servidor principal en una casa o encargado de los obreros y de administrar los gastos ordinarios en una hacienda.
299   *Bono*: papeleta, tarjeta, etc., canjeable por algún artículo o servicio. Vale. Título de deuda emitido por el Estado o por una entidad privada.

—¡Qué locura! Esa renta es muy aceptable. Además si llegaras a casarte con alguno que te proporcionara mayores comodidades, entonces se podría devolver la herencia de León.

—No quisiera aparecer interesada aceptando, y aunque no pienso casarme...

—¡No piensas casarte! Por supuesto que todavía no, pero después... En fin, voy a poner el escrito aceptando todo, y lo traeré para que lo firmes.

Durante los primeros días del luto de Teresa, Rosita se mostraba inconsolable; su compañía le era muy necesaria. Pero, felizmente para ella, en esos días llegó a Lima una señora muy rica, la que, aunque ya de bastante edad, deseaba hacer papel en la sociedad gastando lujo. Rosita la visitó, y so[300] pretexto de introducirla a todas partes le hizo hacer su gusto. Esa señora no podría ser su rival en nada como le había sucedido a veces con Teresa; la dominaba perfectamente y reemplazaba muy bien a su antigua amiga que decayó [301] en su estimación, no visitándola sino muy de tarde en tarde, y eso porque pensaba que alguna vez podría serle útil.

---

300 *So*: bajo.
301 *Decaer*: debilitarse, declinar.

XII

Teresa había recibido varias cartas de Lucila durante los años anteriores, las que le causaban siempre pena. Generalmente eran cortas y sólo le hablaba de la vida monótona que llevaba y de su salud que se debilitaba cada día; a que se agregaba un agudo pesar, que no explicaba claramente pero sí dejaba comprender: cierta propensión de su padre a la locura, que iba degenerando en monomanía muy singular.

He aquí una carta que recibió nuestra heroína a los pocos días de haber muerto León; circunstancia de que Lucila no tenía noticia:

* * *

1° de marzo de 185...

«Querida mía: —Hoy hace cuatro años que nos despedimos, ¡probablemente para siempre! Cuatro años se han pasado desde aquel día en que, llenas de esperanzas, emprendimos el camino de la vida!... y ¡cuántas penas, tristezas y desengaños hemos recogido, en vez de las flores que sembramos en el jardín de nuestros ensueños! Digo que *hemos* sufrido desengaños, aunque tú nada me dices con claridad, pero al través de tu estilo leo en tu corazón.

«Para mí la vida es como la de una planta a la sombra de un murallón y que tiene por horizonte un pedregal.[302]

«Mi madre, de un carácter concentrado aunque muy tierno, habla poco y nunca sale de casa. Mi padre pierde cada día el gusto por la sociedad: entregado a sus libros, lleno de ideas extrañas, vive en lo pasado y no se ocupa sino de los tiempos antiguos. Siempre tiene alguna época de la historia entre

---

302 *Pedregal*: lugar cubierto de piedras sueltas.

manos, y nos llenamos de pena cuando empieza a hablarle a alguna de las raras personas que suelen visitarnos, por ejemplo, de Enrique IV[303] o de Constantino el grande,[304] y trata de ellos como si existieran ahora; y como ha leído tanto, tiene en la memoria hasta los mínimos pormenores de aquellas épocas. Su conversación es una verdadera aula[305] de historia, y a mí me encanta oírle referir tantos hechos, criticando los actos de los personajes antiguos y hablando de ellos como si verdaderamente estuvieran vivos. El cura del pueblo vecino es un hombre instruido, nos tiene mucho cariño, y lo lleva la idea a mi padre, discutiendo con él cuestiones de otros tiempos. A veces, en el invierno, se sientan los dos cerca de la chimenea y yo me coloco a su lado oyéndolos; en el verano salen al jardín y entonces me siento cerca de ellos, escuchando con placer esas conversaciones que parecen ecos de las lejanas épocas. Aunque mi padre me quiere mucho (cuando se acuerda de mí) rara vez me dirige la palabra, y ya te he dicho que mi madre es naturalmente callada y melancólica; así es que vivo sola, sola física y moralmente, y sufriendo siempre en mi salud. Jamás veo una persona de mi edad, ni oigo una palabra alegre ni el eco de una risa...

«Mi mayor placer es sentarme, al caer la tarde, a la ventana de mi cuarto y contemplar el paisaje que desde allí se descubre.

«En todos tiempos hallo placer en mirar ese paisaje, pues siempre es bella la vista de todo horizonte extenso aunque sus pormenores no sean hermosos. En el verano el cielo se cubre de nubarrones[306] nacarados que van a unirse con el mar allá en el confín[307] del horizonte; al fin de la llanura se ven ondear[308] las copas[309] de los altos árboles del camino real, cuya línea recta va a perderse en lontananza;[310] inmediatamente a mis pies el viento de la tarde juega con los tilos [311] del jardín, en cuyo follaje se refleja la luz que envían

303   *Enrique IV de Francia y III de Navarra*: (Pau, 1553 - París, 1610). Rey de Francia (1589-1610), primero de la Dinastía Borbón y de Navarra (1572-1610). Hijo de Don Antonio de Borbón, Duque de Vendome y de la Reina de Navarra, Doña Juana de Albret. Representa como pocos la ambigüedad política existente en la Francia del Renacimiento. Declarado hugonote, su conversión al catolicismo le permitirá ocupar el trono francés para poner fin a los conflictos religiosos que asolaban el país desde mediados del siglo XVI. Fue uno de los principales líderes hugonotes que asediaban a la monarquía francesa de los últimos Valois. Para frenar la iniciativa protestante, se ofreció a Enrique la mano de Margarita de Valois —la famosa reina Margot— en matrimonio, enlace que no cumplirá sus objetivos. Tras el fallecimiento de Enrique III y merced a su testamento, Enrique IV fue proclamado rey gracias a su conversión al catolicismo —presuntamente pronunció la famosa frase: «París bien vale una misa»—. Este gesto recibió el total apoyo del pontífice Sixto IV

304   *Constantino el grande*: Constantino I, el Grande (nacido como Cayo Flavio Valerio Claudio Constantino) (Naissus, Dacia, actual Serbia, h. 280 - Ancycrona, Ponto, actual Turquía, 337). Primer emperador cristiano de Roma.

305   *Aula*: Cátedra general.

306   *Nubarrón*: nube grande y negruzca.

307   *Confín*: sitio más lejano a donde alcanza la vista.

308   *Ondear*: formar ondas movibles una superficie.

309   *Copa*: conjunto formado por las ramas de un árbol.

310   *Lontananza*: lejos, a lo lejos.

311   *Tilo*: es un árbol de buen porte, con tupido follaje, que da sombra impenetrable y fresca, deshojado durante el invierno. De tallo recto con corteza lisa que alcanza alrededor de 18 m de altura. Sus hojas tienen forma acorazonada y las flores son de color amarillento. A sus flores se les atribuye la facultad de calmar la excitación nerviosa.

los arreboles.[312] Después, poco a poco, el cielo pierde su brillo, la tierra toma una tinta gris; ya no se ven los pormenores del paisaje, el mar parece un gran borrón, y los arbustos del jardín semejan espectros sombríos y sin forma... pero en cambio el cielo se cubre de constelaciones, y mi alma se eleva en un éxtasis divino al seguir su curso en el cielo azulado.

«En el invierno el espectáculo es diferente: a veces a esa hora el cielo está cubierto de nubes negras repletas de tempestades, y el viento brama[313] a lo lejos; los árboles, con sus ramas deshojadas, parecen brazos de esqueletos; la niebla se arrastra por el suelo helado, o la nieve lo cubre todo con su velo blanco. Aterida[314] de frío, cierro mi ventana entonces, y me encuentro sola, ¡oh! ¡cuán[315] sola!

«Cuando mi tía está en Montemart viene a veces a visitarnos, y al verme tan pálida y triste me lleva a pasear en su coche por los alrededores; y si Reinaldo y su esposa no están con ella paso en su casa algunos días y veo sociedad. Desde que se casó mi primo no lo he visto sino muy rara vez, y aunque Margarita ha tenido la condescendencia[316] de invitarme a su casa en París, yo, por supuesto, no he querido aceptar, disculpándome con mi débil salud. No sé si te había dicho que tienen una niñita pequeñísima y endeble:[317] ha sufrido mucho desde que nació; parece que su madre no ha tenido tiempo de ocuparse de ella, y Reinaldo, que la quiere mucho, se queja de su esposa. Para evitarles esas molestias, mi tía la ha traído al campo, en donde con los cuidados de su abuela y el aire puro no hay duda que le darán robustez.

«Es tanto lo que sufro, querida Teresa, que creo a veces que no podré vivir mucho tiempo; lo que siento es morirme sin haber tenido un solo día que pueda llamar feliz; quisiera a lo menos saber cómo se *siente* la dicha».

* * *

15 de abril. —Niza.

«Interrumpí mi carta empezada en días pasados porque me enfermé nuevamente y estuve de muerte; pero ahora que este clima me ha mejorado quiero seguir escribiéndote. Un fuerte ataque al pecho me debilitó tan completamente que creí que todo había concluido; pero ya ves que no fue así, y encontrando el médico que mi reposición era muy lenta, aconsejó un clima más cálido. Mi tía, que deseaba también llevar a la niñita de Reinaldo a Niza, ha querido que yo la acompañe.

«El cambio, no solamente físico sino moral, me ha aprovechado, y aunque hace poco que estoy aquí empiezo a cobrar fuerzas. Sin embargo, no puedes figurarte cuán desfigurada estoy... Ayer, habiéndome hecho ataviar

---

312 *Arrebol*: color rosado que se ve en las nubes heridas por los rayos del Sol naciente o poniente.
313 *Bramar*: producir el viento o el mar un ruido semejante a los bramidos de los animales.
314 *Aterir*: pasmar, paralizar por el exceso de frío.
315 *Cuán*: expresa el alto grado en que se aplica.
316 *Condescendencia*: tolerancia, a veces excesiva, por exceso de bondad o benevolencia.
317 *Endeble*: débil, de poca fuerza o resistencia.

con elegancia, mi tía me obligó a que fuera a ver pasar una procesión desde
una ventana; a mi vuelta quise contemplar despacio los estragos[318] que había
hecho en mí la enfermedad. Si me vieras ahora tal vez no me conocerías; el
rosado de mis mejillas ha desaparecido completamente, y éstas, si no han desaparecido, han desmedrado[319] tanto que al través de la cutis casi se ven los
huesos; en cambio mis ojos se han agrandado y los rodea una sombra azul...
Es tal mi debilidad que el viento me llevaría y el menor esfuerzo me postra.
Pero dicen que aquí recuperaré algún tanto mis fuerzas; y digo *algún tanto*,
porque no hay la menor esperanza de que mi constitución vuelva a su antiguo
estado de robustez.

«Adelina, la niñita de Reinaldo, ha mejorado mucho también; heredó
en parte el tipo de su madre; es blanca, rubia y tiene ojos azules; mi tía dice
que se parece a mí (seguramente porque ambas estamos muy flacas),[320] pero
tiene la sonrisa de su padre y una expresión muy dulce en la fisonomía. Me
ha cobrado mucho cariño, y pasamos gran parte del día juntas en el jardín del
hotel; los que nos ven dicen que parecemos un lirio tronchado y su botón.[321]

«Pero ya es la hora del paseo matutino de Adelina, que no va contenta
si no me ve al lado de su cochecito».

* * *

18 de abril.

«Hace dos días dejé de escribir para pasear con Adelina; a la vuelta,
mientras la criada entraba a prepararle su alimento, la tomé en los brazos y
me senté con ella en un banco del jardín; pronto se quedó dormida. Hacía
algunos momentos que estábamos allí cuando sentí que alguien se acercaba
por una alameda[322] lateral: era Reinaldo que había llegado de París durante
nuestro paseo, y acercándose me dijo:
—«Hace algunos momentos que la estaba mirando a usted y dándole las
gracias interiormente por sus cuidados maternales hacia esa pobre niñita.

«Después de darme la mano afectuosamente se sentó a mi lado, y levantando el pañuelo que había puesto sobre la cara de la niña añadió:
—«¡Cómo ha cambiado! está mucho más robusta; ¿no es cierto?

«Y quitándomela de los brazos la llevó hasta la puerta de la casa, en
donde la recibió la criada; volvió junto a mí, y mirándome con aire compasivo
dijo:
—«¿Y usted... ¿se ha repuesto aquí?
—«Sí; bastante —respondí.
—«¿Está segura de que este clima le conviene?
—«Creo que en cuanto es posible mejorarme, Niza lo hará.
—«¿Acaso teme usted que la enfermedad no se cure radicalmente?

---

318   *Estrago*: destrozo, daño.
319   *Desmedrar*: adelgazar o perder salud o robustez.
320   *Flaco*: muy delgado.
321   *Tronchar*: partir, quebrar.
322   *Alameda*: sitio o avenida poblado de álamos.

—«No temo... estoy segura.

—«¡No diga usted eso, Lucila! —exclamó tomándome la mano—; no pierda la esperanza así.

—«¿Esperanza de qué? —pregunté con energía, mientras que sentía que los ojos se me llenaban de lágrimas.

—«¿De qué? de vivir largo tiempo... y hacer la dicha de los que la rodean.

—«Es cierto que mis padres, mi tía... todos me tratan con cariño; pero yo sólo puede proporcionarles penas; ¿para qué vivir así?

—«Ahora le repetiré lo que usted me dijo un día en que necesitaba valor para resignarme... *¡Macte animo!* ¿se acuerda usted?...

«No pude contenerme entonces: estoy tan débil que todo me conmueve;[323] así fue que, bajo no sé qué pretexto, me levanté de su lado, y entrando a la casa me encerré en mi cuarto para ocultar mis lágrimas.

«*¡Él, él*, preguntarme si yo me acordaba!... A poco y cuando ya había logrado serenarme, oí la voz de Reinaldo que entraba a la pieza vecina con su madre; ella no me había visto entrar a mi cuarto ni sabía que yo estaba ahí.

—«Pobre Lucila —decía Reinaldo—; cómo ha cambiado! ¡Es la sombra de lo que era, su propio espectro!

—«Efectivamente —contestó mi tía—, pero si la hubieras visto cuando llegó aquí!...

—«¿Es cierto que su mal es muy grave?

—«Sí; dicen los facultativos[324] que la han visto que nunca recobrará la salud; con muchos cuidados y tranquilidad de ánimo vivirá algunos años; pero siempre sufriendo.

—«¿Y cuál habrá sido la causa de su enfermedad? cuando yo la veía antes parecía gozar de buena salud.

—«Es de constitución débil. El primer ataque que tuvo fue poco después de tu casamiento; ¿te acuerdas?

«Yo me estremecí al oír aquello, pero Reinaldo repuso tranquilamente:

—«Sí; entonces fue con usted a Suiza... y la dejé de ver por mucho tiempo.

—«Además de su debilidad natural, el médico dijo que alguna pena puede haberle desarrollado el mal.

—«¡Alguna pena! —contestó mi primo con acento de admiración—; ¿qué pena puede tener?

—«No sé... su vida ha sido siempre tan monótona, tan sencilla. Es cierto que su carácter es melancólico; pero esa es una triste herencia de nuestra familia y de la de su madre.

«Después de esto hubo un silencio, y cambiaron de conversación.

«Esa noche, estando lo tres reunidos en el saloncito particular, Reinaldo

---

323 *Conmover*: estremecer, causar emoción.
324 *Facultativo*: médico.

sacó un libro que había traído y se puso a leer en alta voz. Yo bordaba cerca de la lámpara; mi tía, sentada a cierta distancia de la mesa, tejía,[325] y mi primo leía frente a mí. Mis pensamientos a veces eran tan imperiosos que dejaba de oír lo que él leía; pero de repente las siguientes palabras llegaron a mi oído, y a medida que Reinaldo leía me sonrojaba, pensando en la conversación que había oído esa mañana:

«La *tristeza* motivada por la ruina de todas nuestras esperanzas es una enfermedad, y a veces causa la muerte. La fisiología actual debería procurar descubrir de qué modo un *pensamiento* llega a producir la misma desorganización que un veneno, y cómo la *desesperación* destruye el apetito y cambia todas las condiciones de la mayor fuerza vital...».

«Al acabar de pronunciar estas palabras Reinaldo se calló, y sentí que me estaba mirando; él también recordaba su conversación con mi tía. Yo no sabía cómo obligarlo a que no se fijara[326] en mí, pues me parecía que habría de leer en mi fisonomía cuál había sido el *pensamiento* que destruyó mi fuerza vital.

—«¿De quién es esa idea? —dije al fin tratando de afirmar la voz.

—«De Balzac... ¿Cree usted que es exacta?

«El tono con que me hizo la pregunta me disgustó, y contesté fríamente:

—«No he tenido suficiente experiencia de la vida para poder apreciar las ideas de un escritor de tanta fama.

«Reinaldo continuó leyendo.

«Hoy, después de que se fue mi primo (quien sólo vino por dos días a ver a su madre y a su hija), busqué el libro que nos había leído y copié el trozo de Balzac.

«Mi carta se está haciendo demasiado larga y voy a concluirla ahora para enviártela.

«Permaneceremos aquí un mes más, y cuando empiecen los fuertes calores volveremos a Montemart...».

---

325 *Tejer*: combinar los hilos para formar un encaje.
326 *Fijar*: dirigir la atención con interés a alguien o algo.

XIII

El señor Santa Rosa le dijo un día a su hija:

—Mi socio en Europa desea volver a Lima y me suplica que lo vaya a reemplazar en París... Creo que no tendrás inconveniente en acompañarme; será preciso partir por el próximo paquete;[327] prepárate, pues. Aunque todavía no tengo el capital que hubiera deseado, siempre podremos presentarnos sin bochorno[328] en los salones hispanoamericanos de París.

Una profunda emoción hizo latir el corazón de Teresa. Lima era para ella entonces muy desagradable, pues a causa de su luto casi todas sus amigas la habían abandonado, y vivía sola, entregada a sus pensamientos, que por cierto no eran muy risueños. Dejar este lugar en que había sufrido tanto era un alivio; por otra parte, cuánta dicha en volver a abrazar a Lucila, sacarla de en medio de esa vida tan monótona, volverle la animación, y a fuerza de cuidados infundirle energía y voluntad. ¡Ir a Europa! viajar, conocer esos países que sólo había entrevisto[329] en su niñez, sentir en torno suyo agitarse la civilización siempre hirviente y nueva, hacer parte de ella, asistir a las fiestas, a las óperas, a los dramas de cada día... Y, ¿por qué negarlo? en el fondo de su alma, en su íntima conciencia, en el interior de su espíritu se formó un deseo al principio vago, una esperanza, no confesada ante sí misma: la de encontrarse otra vez con Roberto, libre ya y dueña de su corazón. Hacía más de un año que no lo veía, pero no cesaba de recordarlo.

Algunas semanas después se embarcó Teresa. La separación, sea de lo que fuere, es siempre triste... Recostada a la borda del vapor, veía hundirse y desaparecer en el horizonte los áridos arenales que distinguen las costas del Perú: los ojos se le humedecieron. Cuatro años antes había llegado llena de esperanzas e ilusiones, y ahora regresaba vestida de luto, viuda y sin haber

---

327 *Paquete*: paquebote.
328 *Bochorno*: vergüenza.
329 *Entrever*: atisbar o vislumbrar: ver una cosa aunque no con claridad.

podido llenar el vacío de su corazón... Allá en el confín del horizonte quedaba una tumba solitaria: allí estaban los restos del que fue su compañero por unos días en esta peregrinación terrestre, pero a quien ella sólo había podido dar compasión... Amar y ser amada era su delirio, el ideal de su vida, único sentimiento que creía podía llenar una existencia; y sin embargo, no había podido lograrlo. ¿El amor como ella lo comprendía sería acaso una mentira? jamás lo había visto en otro corazón; nunca se le había presentado en todo su esplendor entre los seres que había conocido. ¿Acaso su suerte sería la de correr tras de una quimera?... La campana ruidosa que llamaba a los pasajeros al comedor, interrumpió la meditación de nuestra heroína, y tomando el brazo de su padre bajó al camarote...

Qué ruido, qué confusión en la estación del ferrocarril la tarde que llegaron nuestros peruanos a París... Unos corrían, otras gritaban, aquí pedían, allá daban, discutían[330] o reclamaban. Otro tren partía inmediatamente para Dieppe, y mientras su padre con un dependiente buscaba su equipaje entre los cerros de baúles y maletas que habían amontonado en la plataforma, Teresa se hizo a un lado y se apoyó contra una columna. De repente se estremeció; una voz había dicho en español detrás de ella:

—¡Es imposible! ¿el señor Santa Rosa aquí?

Volvió a mirar, y entre otros americanos reconoció a Roberto.

—¡Pronto, pronto, a sus asientos, los viajeros para Dieppe! ¡el tren va a partir! —gritó un empleado, abriendo uno a uno todos los carruajes.

Roberto pasó aprisa por delante de Teresa, y reconociéndola hizo ademán de detenerse, pero sus compañeros lo tomaron por el brazo y apenas pudo saludarla antes de entrar al carruaje... Cerraron la portezuela con estrépito,[331] y este ruido metálico siempre recordó después a Teresa el sentimiento de vago desengaño que experimentó al oírlo entonces. La memoria es a veces muy fútil en sus recuerdos, haciéndonos sufrir con frecuencia las mismas emociones dolorosas que tuvimos en idénticas situaciones. Un momento después, el tren partió, mugiendo y resoplando como un monstruo fatigado, con lo que la agitación calmó algún tanto en la plataforma colmada de viajeros.

Pocas horas después Teresa estaba instalada en uno de los hoteles más lujosos de París. Mientras que su padre conversaba con algunos compatriotas, ella se sentó en la extremidad de la pieza y se entregó a una especie de letargo que no dejaba de tener su encanto después de un largo viaje. Escuchaba como en sueños el rumor eterno de los coches en la calle, que se asemeja[332] a la corriente de un caudaloso río, los que rodando sin cesar van pasando unos tras otros continuamente... A veces un pesado carro hace temblar las vidrieras, y después pasa un ligero coche, seguido de otro que por su andar acompasado[333] y presuroso indica ser carruaje aristocrático, a diferencia del de alquiler, que con sus caballos cansados anda con desigualdad; y cuando pasa un ómnibus vulgar, con el ruido y precipitación de su afanosa marcha cubre el rumor de

---

330 *Discutir*: alimentar, disputar.
331 *Estrépito*: estruendo, ruido muy grande,
332 *Asemejar*: parecer.
333 *Andar acompasado*: andar rítmico.

los demás... Cada uno de esos vehículos lleva en sí su drama: el coche que pasa aprisa, el cochero azotando[334] los caballos y el que lentamente atraviesa las calles, todos llevan algún interés, muchos la vida o la muerte... El pensamiento de Teresa se perdía en aquel torbellino, cuando de repente un nombre la hizo escuchar con interés lo que decían en el otro extremo del salón.

—¿Montana? Sí; debe partir para los Estados Unidos con dirección a Lima.

—Se fue hoy.

—Parece que ha gastado en Europa todo lo que tenía.

—Pero le habían ofrecido un destino aquí.

—No quiso aceptar y prefirió volver a Lima.

—Eso es muy extraño... yo mismo le oí decir que no deseaba volver al Perú.

—Cambió de opinión, según parece; hace dos o tres meses que arregló todo para irse.

¡Se había ido, pues, Roberto! Se había ido cuando ella llegaba... Esto acabó de convencerla de que su vida era siempre un tejido de equivocaciones. Para desechar la idea de despecho y descontento que la dominaba, escribió a Lucila, esa misma noche anunciándole su llegada.

Dos días después recibió la siguiente esquelita de su amiga:

> «Querida Teresa: —Cuál fue mi admiración, cuál mi gozo al saber que al fin te hallabas en Europa, en Francia, a pocas leguas de mi habitación, casi a mi lado... ¡Lo sé, y lo dudo! Hacía tiempos que mi corazón no latía con un movimiento de tanta alegría. ¿Vendrás a verme, no es cierto? ¿pero cuándo? Yo no podré irte a visitar; no tengo, como tú lo sabes, quien me acompañe... Pero llega la hora de enviar esto al correo, y no quiero que se pase un día sin darte la bienvenida.
> «Hasta pronto, hermana mía.
> «LUCILA».

Esa misma tarde, después de comer, Teresa discutía con su padre el modo cómo podría ir a ver a Lucila por algunos días, cuando la puerta del salón se abrió y el sirviente introdujo a una señora.

Presentóse una pequeña figura vestida de colores oscuros y con el velo de su gorra cubriéndole la cara: se avanzó tímidamente hasta la mitad de la pieza, pero de repente levantándose el velo se adelantó hacia Teresa y le echó los brazos al cuello casi sollozando.

—¡Lucila! —exclamó ésta.

Ella no podía hablar, pero al fin dijo con voz entrecortada:

—Teresa... Teresa, te vuelvo a ver antes de morirme... no lo esperaba.

—Ni yo pensaba verte tan pronto; ¿cómo ha sido esto?

—Acababa de escribirte ayer cuando llegó mi tía de Ville a casa, convi-

---

334 *Azotar*: dar golpes.

dándome a que la acompañase a París... Le llegó la noticia de que la esposa de Reinaldo se estaba muriendo y deseaba ver a su hija, que mi tía guardaba consigo.

—¿Y de veras se está muriendo esa señora?

—Parece que hay poca esperanza de salvarla.

—¿La enfermedad habrá sido repentina?

—Sí... provino [335] de no sé qué imprudencia que hizo para asistir a una fiesta campestre. Tú sabes que nunca ha pensado en otra cosa que en divertirse.

—¿Y ahora te quedarás conmigo, no es cierto? —preguntó Teresa—; voy a hacer preparar una pieza cerca de la mía... Estás cansada, muy pálida...

—Es imposible; mi tía me necesita... la niñita, Adelina, no tiene quien la cuide en una casa en que todo está en desorden.

Mientras Lucila hablaba, Teresa miraba con atención a su antigua amiga. Cuatro años y medio habían hecho en ella un cambio increíble: acababa de cumplir veinte años y parecía de más de treinta. ¡Cuán diferente de la fresca y rosada niña de quien se había despedido en las puertas del colegio!

—¿No es cierto que no te exageré cuando te hablé de mi aspecto? —dijo Lucila, notando la expresión dolorosa con que Teresa la miraba—. En cambio, tú también estás muy diferente... porque te hallo más bella y majestuosa... Mañana es preciso que te presente a mi tía; durante el viaje sólo he hablado de ti.

Conversando con aquella confianza que distingue las amistades de la niñez, pasaron varias horas y olvidaron al estar juntas sus penas y aflicciones. El señor Santa Rosa se había ido apenas llegó Lucila, pues presentía una escena sentimental, y la idea de estar presente le repugnaba.

Dos días después de haber llegado Lucila a París, murió la esposa de Reinaldo y al mismo tiempo se enfermó gravemente la niñita. Lucila se dedicó a cuidarla con tanta constancia[336] y abnegación que no la abandonaba un momento. Teresa la fue a visitar varias veces y se admiró al ver que las malas noches y la fatiga en vez de haberle hecho daño parecían haberla reanimado y dádole más fuerzas y energía.

—¡Lucila ha salvado a mi hija! —exclamó Reinaldo un día, mirándola con cariño.

Esa palabra reveló a Teresa la causa de la animación de su amiga. ¡Pobre niña! Reinaldo era para ella la vida, y el estar con él a cada momento, oír su voz hablándole con ternura, eso bastó[337] para volverle la energía y el amor a la vida. Habían pasado juntos noches de angustia y de dolor, y si podemos tener cariño por nuestros compañeros en las diversiones, la simpatía cimentada por las lágrimas no se puede borrar nunca de nuestro corazón.

Así pasaron muchos días. La niñita se mejoraba por algún tiempo pero volvía a recaer después; el clima de París le era muy pernicioso, pero no se

---

335 *Provenir*: proceder, venir.
336 *Constancia*: perseverancia.
337 *Bastar*: alcanzar.

atrevían a sacarla al campo sin muchas precauciones.

Teresa esquivaba[338] visitar mucho a su amiga, porque había concebido cierta antipatía, sin causa, por la persona de Reinaldo; pero él tuvo que ir a Alemania y entonces ella pasaba casi todo el día al lado de Lucila. Adelina, como todo niño, gustaba de lo lindo y brillante; Teresa le llamó en breve la atención, y parecía muy contenta cuando ésta le hacia algún cariño.

Un día Teresa jugaba con Adelina, mientras Lucila, sentada cerca de la ventana, vestía una muñeca. Teresa se había dejado despeinar y su magnífica cabellera le caía en ondas oscuras casi hasta los pies. Con alegre ademán fingía huir de la niña que, subida sobre una mesa, quería servirle de peluquero, y al recoger el traje para correr por la pieza mostraba su diminuto pie y hacia lucir su esbelto talle.

Lucila no podía menos que admirar a su amiga, en términos de no advertir[339] la llegada de su primo, quien por la puerta entreabierta contemplaba también aquella escena.

Sus penas y afanes de los días pasados habían impedido a Reinaldo poner mucha atención en la americana, de modo que hasta este momento no reparó[340] en lo bella que era. Conmovido en extremo, no quiso entrar al cuarto de su hija, y fue a aguardarla en el salón, por donde debía pasar antes de salir.

Artista en sus gustos y entusiasta como todo meridional (y descendiendo de los antiguos fenicios) Reinaldo adoraba lo bello en donde quiera que lo hallaba. La muerte de su esposa lo había aterrado por la prontitud, bien que nunca le había tenido el menor cariño. No la había amado, no tanto por sus defectos morales, cuanto porque su aspecto vulgar y sus formas poco elegantes chocaban a su genio artístico. Algunos días antes de su matrimonio, la distinguida y noble expresión de la fisonomía de su prima le llamó la atención, principalmente por el contraste que ella ofrecía con la que debía llevar su nombre. Pero esa impresión pasó inmediatamente que dejó de verla, y cuando al cabo de mucho tiempo la encontró tan cambiada, hasta olvidó lo que antes había sentido por ella. Junto al lecho de sufrimiento de su hija, Lucila se le apareció como un ángel, como la personificación de la virtud y de la caridad; y la amaba como a una tierna hermana, como a un ser frágil y precioso que era preciso rodear de mil cuidados; pero ella había perdido el atractivo de la hermosura, y Reinaldo no admiraba sino lo bello.

Desde ese día Teresa había sido una revelación para él; en breve conoció que la amaba intensamente.

París en el mes de setiembre estaba insoportable;[341] el calor, el polvo la sofocación que se sentía habían hecho huir lejos a cuantos podían salir de la ciudad. Santa Rosa, que tenía mucho orgullo en frecuentar las nobles[342] re-

338 *Esquivar*: procurar o conseguir con habilidad no hacer algo, no encontrarse con alguien o que no ocurra alguna cosa que a uno le molestaría o le pondría en un aprieto.
339 *Advertir*: notar, llamar la atención.
340 *Reparar*: mirar, pensar.
341 *Insoportable*: inaguantable, insufrible, intolerable.
342 *Noble*: aristocrático,

laciones adquiridas por su hija, deseaba exhibirse en donde todos echaran de
ver que todo un conde era su amigo, y París estaba solitario y nadie podía
notarlo. Propuso entonces, que ya que la niña estaba repuesta salieran juntos
de la capital y se instalaran en un puerto de mar, cuyos baños les aprove-
charían.

Reinaldo aceptó con entusiasmo esa idea y después de discutir con su
madre el sitio a donde deberían ir, la señora de Ville decidió que el sitio más
a propósito para ellos (que estaban de luto y no debían frecuentar lugares con-
curridos) era un pequeño pueblo a orillas del mar, llamado Luc, situado en
Normandía y no lejos de Montemart.

Santa Rosa opuso algunas objeciones a este proyecto, pues su mayor deseo
era que hubiese quien lo viera con esa familia; pero al fin tuvo que resignarse
a la opinión de los demás y partieron.

XIV

En aquel tiempo aún no había ferrocarril directo hasta Caen, y para viajar con más comodidad, en vez de tomar la diligencia,[343] buscaron dos carruajes espaciosos en que cabían todos con la servidumbre, y viajarían a su antojo,[344] haciéndolos tirar por las locomotoras en las partes del camino en que podían aprovecharse del ferrocarril.

Teresa estaba contenta como una niña, mirando llena de alegría los campos y las ciudades que pasaban ante su vista como en un estereóscopo. Reinaldo, animado y jovial, prodigaba a su madre y a Lucila mil cuidados, guardando respecto de[345] Teresa cierta reserva respetuosa en que se manifestaba cuán verdadero y profundo era el amor que por ella sentía. Al llegar a Caen Teresa dijo:

—¡La patria de Carlota Corday![346] Quisiera conocer la casa en que vivió esta heroína...

La señora de Ville y Lucila se quedaron descansando en el hotel, mientras Teresa con Santa Rosa y Reinaldo, que había ofrecido servirles de guía, fueron a conocer la habitación de la famosa normanda.

Reinaldo ofreció el brazo a Teresa por primera vez durante el viaje, pero estaba tan conmovido que olvidó el objeto de la excursión y al cabo de un rato hubo de confesar que no sabía en dónde se hallaba.

—¿Qué tiene usted? —le preguntó su compañera sonriéndose—; tal parece como si estas calles no le fueran familiares, o que hubiera perdido la memoria.

—Sí —le contestó en voz baja y turbada—: pasé aquí una parte de mi

---

343   *Diligencia*: carruaje de los que se dedicaban antiguamente al transporte de viajeros de una población a otra.

344   *Antojo*: deseo, capricho.

345   *Respecto de*: en relación con.

346   *Carlota Corday*: joven y sincera animadora de la causa revolucionaria, llegó a París procedente de Caen; dio muerte a Marat para salvar a la República durante la Revolución Francesa.

niñez... pero hay sentimientos tan tiránicos, aunque deliciosos, que todo lo hacen olvidar.

—¿Qué quiere usted decir?

—Nada... aguárdeme usted un momento —añadió—; voy a preguntar qué calles debemos tomar... estoy verdaderamente atolondrado.[347]

Teresa volvió a unirse a sus compañeras después de haber contemplado la casa del «*Ángel del asesinato*», como la llamó Lamartine; pero en el resto del viaje estuvo callada y meditabunda, vacilando en dar acogida a un pensamiento que le había sobrevenido... ¿Acaso[348] Reinaldo?... no, no, eso no podía ser.

Luc es un ruin caserío, asentado en parte a orillas del mar, en donde se hallan los hoteles, y parte a alguna distancia de la playa, y es un lugar frecuentado solamente por los habitantes de Caen que van a tomar baños de mar en el pequeño puerto, al que no pueden llegar buques grandes, pero que está siempre animado por muchas barcas de pescadores.

Al día siguiente Teresa y Lucila salieron muy temprano a pasear por la orilla del mar. Un aire salobre[349] y fortificante daba colores de salud a Lucila y animaba a Teresa; a sus pies las olas, doradas por el sol de la mañana morían sollozando sobre la playa; a lo lejos el mar se extendía sereno y cubierto de las blancas velas de los botes pescadores, y a sus espaldas las altas rocas de la costa se alzaban casi a pico y entre sus grietas graznaban[350] muchos pájaros marinos. La marea retrocedía dejando la arena húmeda y haciendo brillar las conchas[351] y el cascajo entre algas marinas de colores varios. Una multitud de cangrejos cubrían la playa y corrían en todas direcciones, perseguidos por las mujeres del pueblo que habían salido a cazarlos. Éstas, vestidas de enaguas[352] altas de colores brillantes, corpiños[353] oscuros y gorro blanco terminado por una borla[354] que caía sobre los hombros, llamaron la atención de Teresa que se divertía al verlas correr con sus zapatos de madera.

Reinaldo, que había visto salir a las dos amigas del hotel, quiso ir a acompañarlas: Lucila al verlo acercarse se sonrojó de contento. Después de haber caminado por la playa se sentaron en una roca y se pusieron a conversar alegremente. Teresa se sentía animada y hablaba con entusiasmo de todo, haciendo sonreír a Lucila mientras que Reinaldo la contemplaba extasiado,[355] y en un momento en que volvió los ojos hacia él, notó por primera vez toda la pasión que se leía en su mirada... Quedóse inmediatamente callada y volvió

347　*Atolondrado*: aturdido.

348　*Acaso*: causa o fuerza hipotética a la que se atribuyen los sucesos y particularmente las coincidencias que no obedecen a un motivo o una ley y no son ni intencionadas ni previsibles.

349　*Salobre*: salado.

350　*Graznar*: emitir su voz propia el cuervo, el grajo y otras aves semejantes.

351　*Concha*: cubierta de distinta naturaleza, más o menos desarrollada, resistente, formada por una o más piezas, que típicamente protege el cuerpo de animales marinos y moluscos.

352　*Enaguas*: falda.

353　*Corpiño*: prenda de vestir que cubre el cuerpo hasta la cintura, ajustada y sin mangas.

354　*Borla*: conjunto de hilos o cordones sujetos por el centro y con las puntas sueltas, de modo que, al esparcirse, forman una bola completa o media bola, que se emplea como adorno.

355　*Extasiado*: cautivado.

la cara hacia otro lado, sintiendo que sus mejillas se cubrían de llamas. Tomando el brazo de Lucila se levantó y propuso volver al hotel inmediatamente, contrariada, disgustada y hasta ofendida por aquellos homenajes; pues además de que Reinaldo no le era simpático, y de lo mucho que sufriría Lucila al adivinar los sentimientos de su primo, había podido comprender el carácter de su nuevo admirador lo suficiente para estar segura de que él sólo admiraba su belleza.

Pasaron varios días en aparente paz y tranquilidad para todos. Santa Rosa se fue muy pronto, pues una vida tan monótona no le acomodaba. Lucila mejoraba rápidamente, halagada por el placer de vivir al lado de Reinaldo y de su amiga, contenta y colmada de atenciones cariñosas. Adelina también se había repuesto lo que regocijaba[356] a la señora de Ville, quien no echaba de ver que la sonrisa de su hijo disimulaba cuánto sufría por la repugnancia con que Teresa recibía la menor atención o palabra cariñosa que le dirigía. Había entre los dos como una especie de guerra sorda: el amor se aumentaba en Reinaldo cada día mientras que en Teresa crecía la firme resolución de repeler sus homenajes, en cuanto era posible hacerlo sin despertar la atención de Lucila. Uno y otro sufrían, y uno y otro trataban de vencer: Reinaldo, combatiendo contra la indiferencia de la que amaba, y ella, luchando para hacerle entender que no podría corresponderle. Al fin, deseando salir de una situación tan falsa, se decidió Teresa a provocar una explicación por parte de él para significarle claramente cuáles eran sus sentimientos.

En esta situación llegó el mes de octubre con su frío y mal tiempo. Había días en que no podían salir, soplaba[357] un viento constante, llovía mucho y en la mar a lo lejos se veían formar tempestades. Era preciso partir: Santa Rosa escribió notificando a su hija que pronto iría a Luc para conducirla a París, en donde la necesitaba para arreglar la casa en que pensaban instalarse durante el invierno. Esta fue una señal de dispersión: la señora de Ville y su nieta volverían a Montemart, Lucila iría otra vez al lado de sus padres, pero Teresa había ofrecido ir a pasar con ella algunos días antes de que empezara el invierno; lo que oído por Reinaldo, dijo que él también permanecería algunos meses con su madre en el campo.

El día anterior a la separación quisieron hacer el último paseo juntos. El sol brillaba lleno de hermosura, el cielo estaba despejado[358] y el viento parecía dormir, soplando apenas suavemente sobre las apacibles[359] olas.

Tomaron el camino por la orilla de la playa en dirección al pueblecillo de León. Reinaldo había hecho llevar asnos para que montaran las tres señoras y la pequeña Adelina, y al llegar al pueblecillo a donde iban deberían encontrar coches para su regreso.

Montaron alegremente y Adelina tomó la delantera acompañada por un sirviente. La caravana siguió lentamente por la orilla del mar; algunas veces las olas llegaban hasta la estrecha vereda que seguían y Reinaldo tenía que

---

356 *Regocijar*: alegrar.
357 *Soplar el viento*: moverse el viento.
358 *Despejado*: sin nubes.
359 *Apacible*: suave, tranquilo.

saltar de roca en roca; otras, la playa se extendía seca y cubierta de brillantes arenas y menudas conchas; en muchas partes de la ribera[360] se habían formado anchas cuevas entre las cuales parece que durante las tempestades se engolfaban las olas embravecidas. Ese día se veían tan claras y tan bellas, entapizadas[361] de algas marinas que parecían más bien la tranquila habitación de algún extraviado tritón.[362]

El andar tan lento de su asno al fin impacientó a Teresa, la cual desmontándose declaró que prefería ir a pie, y subir a una roca escarpada de cuya cumbre[363] se debía de dominar una gran parte del paisaje: «Sigan adelante —les dijo—, pues con su andar de tortugas no dudo que pronto las alcanzaré»; y ágil como un gamo[364] subió a toda prisa por el lado menos pendiente del barranco.

—¿Tan poco galante eres que no la acompañas? —preguntó la señora de Ville a Reinaldo, quien se había quedado mirándola sin atreverse a seguirla.

—¡Obedezco, querida madre! —contestó ocultando su alegría, y un momento después se hallaba al lado de Teresa, y escalaban juntos la última parte del empinado barranco.

Teresa se sentó silenciosa a contemplar el sublime espectáculo que ofrece siempre la vista interminable del océano. La idea que la dominó en ese momento fue la de que allá en el confín de esa inmensidad se hallaba América, y que quizá Roberto contemplaba también el mar en ese instante...

No se crea que esto denotaba tontería en nuestra heroína; el cariño tiene de esas nimiedades,[365] candores, niñerías del corazón... pero que dan consuelo y embellecen un recuerdo poetizándolo. ¿Quién, hasta la persona más prosaica, no ha mirado alguna vez con ternura la luna, alguna estrella, una nube que vuela, pensando que tal vez sus miradas y las del ser más querido, y ausente, se unirán siquiera por un segundo, fijas al propio tiempo en el mismo objeto? Roberto estaba siempre en el fondo del corazón de Teresa, y unía su recuerdo a todas las emociones agradables de su vida.

Reinaldo se sentó a su lado, no mirando sino a ella, mientras que Teresa miraba el mar absorta en meditación, a tal punto que había olvidado completamente que no estaba sola y se estremeció al oírle decir:

—¿En qué piensa usted, señora?... pero ahora que no tenemos más testigos que la naturaleza, permítame llamarla por el nombre querido de Teresa...

Ella no contestó, pues casi no había entendido lo que le decía Reinaldo.

—Teresa —añadió él con acento tierno—: ¿por Dios, dígame en qué piensa?

---

360   *Ribera*: faja de tierra que está al lado de un río o del mar. Borde, margen, orilla.
361   *Entapizar*: cubrir.
362   *Tritón*: nombre dado a ciertas divinidades marinas con cuerpo de hombre hasta la cintura y cola de pez.
363   *Cumbre*: parte más alta de una montaña. Cima, cúspide, pico, vértice.
364   *Gamo*: ciervo.
365   *Nimiedad*: insignificancia.

Teresa se sonrojó, y contestando como impelida por una voluntad más fuerte que la suya:

—Pienso en una persona —dijo—, que probablemente jamás se acordará de mí.

—¿Y quién es?

—¿Quién? —repuso ella sonriéndose—; creo que estaba hablando como en sueños ¿qué le importa a usted, señor de Ville en quién pienso?

—¡Qué me importa!... ¿cómo no interesarme en todo lo que toca a usted?... ¿cómo no sentiré la mayor envidia hacia toda persona que ocupa su pensamiento?

Teresa había deseado tener una explicación, pero cuando sintió que llegaba el momento, hubiera querido dejarla para después. Se levantó muy turbada, y sin responderle hizo ademán de bajar; pero Reinaldo la detuvo diciéndole con acento de la más rendida súplica:

—Permítame usted, se lo ruego, hablarle al fin claramente... es preciso; no puedo callarme más tiempo y tal vez nunca se volverá a ofrecer una ocasión como esta...

Teresa se sentó otra vez en silencio.

—No me juzgue usted desnaturalizado y sin corazón porque antes de tres meses de haber perdido a mi esposa ya estoy hablándole de amor a otra... Pero créame usted: durante los años de matrimonio (que fue puramente de conveniencia), no sentí cariño por la que llevó mi nombre. Y sin embargo, no la hice desgraciada, puesto que no vio en mí jamás sino el que le daba una posición y un título... Así no tengo por qué fingir a causa de su muerte un pesar que no tuve... Vivía sin conocer lo que era un verdadero amor cuando la ocultó la tumba.

Reinaldo se calló y Teresa no dijo nada.

—Pero —añadió él, procurando hablar sin turbación—: pocos días después de esa muerte la vi a usted y comprendí que... que mi destino era amarla...

—Pero usted también olvida —dijo Teresa interrumpiéndolo—, que yo... no hace seis meses que enviudé, y que, aunque no fuera sino por respeto al luto que llevo, no debería oír lo que usted me dice.

—Me atrevo a decir que ese luto no significa tanto, pues sé que su vida matrimonial fue poco más o menos como la mía...

—¿Cómo?

—¡Usted tampoco pudo amar al señor Trujillo!

—No puedo ni quiero mentir... pero debo asegurar a usted que si acaso no tuve un amor verdadero a... a mi esposo, tampoco usted... ni nadie tal vez lo obtendrá jamás.

—¿Es decir que usted decide irrevocablemente que jamás me mirará, no diré con amor, con menos indiferencia?

—Así es, y desearía que no me hablara usted más de esto.

Reinaldo se inmutó;[366] tenía la suficiente experiencia para saber que una mujer que no se conmueve y habla con la frialdad que lo hacía Teresa, no guarda en su corazón el menor destello de amor.

—¿Lo que usted me dice es irrevocable?... ¿o me permite abrigar[367] la más remota, la más débil esperanza... que bastaría para hacerme soportable la vida?

—No quiero engañarlo —contestó ella; y levantando los ojos que había tenido bajos los fijó serenos en los turbados de Reinaldo—; no quiero darle esperanzas imposibles, —añadió.

—¡Tanta crueldad en tanta belleza!

—No es crueldad; lo fuera —le replicó ya impacientada—, si le dijese lo que no es verdad... Ahora ruego a usted que cese de pensar en mí, y que no deje conocer lo que siente o ha pensado, a su madre, y mucho menos a Lucila; ¿me lo promete usted?

—Sí; haré lo que usted quiera.

Ambos permanecieron algunos momentos callados. La caravana se había alejado mucho.

—Mire usted —exclamó Teresa de repente—, mire qué lejos están ya...

Y levantándose bajó corriendo el empinado barranco. Reinaldo no la siguió inmediatamente: estaba sumamente turbado y afligido y procuraba calmarse antes de reunirse a su madre y su prima.

El fin del paseo fue poco agradable: el viento cambió súbitamente de dirección; el cielo se cubrió de nubes y amenazaba lluvia; la niña en tanto, fatigada con el ejercicio, empezó a quejarse de frío. Apenas tuvieron tiempo de llegar a donde estaban los coches cuando empezó a llover. Adelina, caprichosa como todo niño, no quiso que la acompañaran ni su abuela ni Lucila, e insistió en que subieran con ella en un carruaje solamente Reinaldo y Teresa, por lo que la señora de Ville y su sobrina hubieron de ocupar el otro.

El viento y la lluvia azotaban las vidrieras con un ruido triste; afuera se veía arrastrarse la niebla; a lo lejos en la bahía las olas empezaban a encresparse, y pálidos relámpagos iluminaban el horizonte... Adelina se quedó dormida en el regazo de Teresa: Reinaldo se sentía conmovido; veía a su hija en los brazos de la mujer que más había amado y a quien hubiera querido tener siempre a su lado; y la veía fría, indiferente, disgustada tal vez, mientras que él gozaba de aquellos momentos, deseando que el pueblo de Luc se alejara indefinidamente. De pronto se acordó de lo que había dicho Teresa cuando le preguntó en qué pensaba: ¿quién era la persona que recordaba?... Locos celos se apoderaron de su alma; ella no lo amaba, y le había dicho que jamás lo amaría; tal vez otro... Esta idea le era intolerable.

—¿Será mucha audacia mía —dijo al fin—, preguntar a usted, suplicarle me diga el objeto de sus pensamientos cuando miraba al mar desde el barranco?

---

366 *Inmutar*: alterar.
367 *Abrigar*: tener.

—No será tal vez audacia... pero no lo diré.

—Usted se complace en atormentarme.

—¿Cómo lo atormento?

—Sí; porque además de quitarme toda esperanza me da causa para... para...

—¿Para qué?

—¡Usted me entiende!

Teresa no contestó y él repuso:

—Soy un insensato, pero me devoran los celos.

—¿Celos?... Señor de Ville —añadió Teresa con voz calmada y grave—, deseo que entre usted y yo no haya equivocación. Aprecio a usted y a su familia lo bastante para no permitir semejante cosa; deseo que usted comprenda bien que si vuelve a tratar conmigo este asunto, me obligará a desterrarme del lado de las personas que más quiero. Sepa usted que le digo la verdad: ¡mi corazón no podrá ser *nunca* suyo!

—Sí, porque ya es de otro...

—Usted no tiene derecho ni aun para imaginarlo... Por otra parte ¿cree usted que estoy en la obligación de darle cuenta de mis sentimientos?

—Perdón, perdón... —contestó Reinaldo, avergonzado de su anterior vehemencia—; no sé lo que digo; sólo comprendo que soy muy desgraciado.

La violencia de su emoción fue tal que cubriéndose la cara con las manos estuvo un gran rato procurando calmarse. Teresa le tuvo compasión, pero al pensar en el cariño oculto de Lucila hacia él y el dolor que sentiría al saber la pasión que su amiga predilecta le había inspirado, al pensar en esto, quiso hacerle comprender que había otras que valían más que ella y cuyo afecto podría lograr, y así le dijo con dulzura:

—Ello es que un afecto de tan corta duración, pues no hace dos meses que usted me conoce, no puede ser muy profundo...

—¿Acaso usted cree —contestó interrumpiéndola—, que el amor es hijo del tiempo?

—Tal vez no, pero usted no puede conocerme mucho, y...

—¡No, no, por Dios! no me hable usted así. La pasión no puede comprender ese lenguaje de la razón fría. Permítame usted a lo menos sufrir; ¡sufrir siendo usted la causa, tiene también su dulzura!

Teresa comprendió que era mejor callarse y llegaron en silencio a Luc.

—Mamá —dijo la pequeña Adelina dirigiéndose a su abuela, cuando la sacaron del coche—, mamá, riña usted a papá porque ha estado muy tonto.

—¿Tonto? ¿y eso cómo?

—Cuando me desperté vi que estaba llorando...

—¡Estás loca, hija mía! —interrumpió diciéndole Reinaldo, mientras que Teresa procuraba ocultar su turbación.

—Sí; papá lloraba y Teresa también estaba triste...

Lucila la hizo callar con sus caricias, pues temía oír más, y aquella noche se retiró muy abatida. Las inocentes palabras de la niña la atormentaban y un presentimiento doloroso la agitaba. Reinaldo, siempre tan fino y cuidadoso con ella, casi no se había acercado en todo el día y solamente dos veces le había dirigido palabra; por otra parte, Teresa parecía triste y preocupada. ¿Por qué reunía a su primo y a su amiga en su pensamiento? Su espíritu no se atrevía a fijarse en esa idea, y sin embargo, las reflexiones importunas volvían... y en esta lucha consigo misma pasó una noche de insomnio.

Por fin llegó la hora de la separación. Reinaldo estaba pálido y con dificultad ocultaba su pena; Teresa tampoco había dormido y se sentía como culpable ante su amiga; Lucila había perdido en una noche casi todas las fuerzas y la salud que le habían dado los pocos días de contento, y parecía en su abatimiento una flor marchita.[368] Cada cual se despedía con el embarazo[369] de quien oculta un pensamiento.

—Dentro de quince días te aguardo —dijo Lucila al dar el último abrazo a su amiga.

—Ya te digo... eso dependerá de las circunstancias. Y su mirada se dirigió a Reinaldo.

—¿Pero si me lo ofreciste?...

—Sí... te escribiré anunciándote mi llegada.

Reinaldo se acercó a Teresa y le dijo sin ser oído de los demás:

—No tenga usted cuidado... mi presencia no le impedirá hacer su visita... Anoche reflexioné; no la importunaré más.

—Está bien... lo único que pido a usted es que atienda y cuide mucho a Lucila.

Subió Lucila al carruaje que la debía llevar a su casa, y parecía verdaderamente una estatua de mármol; tan pálida así estaba. Había notado la conversación de los dos y no se le había ocultado la agitación de Reinaldo y la mirada que fijó en Teresa.

---

368 *Marchita*: mustia, sin lozanía.
369 *Embarazo*: dificultad.

XV

Después de la separación de nuestros amigos en Luc, Teresa recibió dos cartas de Lucila. En la primera le daba a entender que su salud había empeorado[370] y que su espíritu estaba tan enfermo como su cuerpo; pero Teresa notó con pena que su estilo, profundamente triste, carecía de aquella franqueza y confianza con que siempre la había tratado. Dos semanas después recibió otro billetito, muy corto, cuya letra temblorosa hacía comprender que efectivamente estaba tan débil como decía. Le suplicaba que fuera pronto a verla porque sentía que no le quedaban muchos días de vida y necesitaba hablar con ella, pues era la única persona que podía infundir alguna tranquilidad en su alma.

Teresa se alarmó, y aunque naturalmente su padre desaprobó el proyecto de ir a Montemart inmediatamente, llevando consigo un buen médico, al fin tuvo que dar su consentimiento y acompañarla una parte del camino.

Llegó a la casa de Lucila sin haber tenido tiempo de anunciarse. Era a fines de noviembre y la habitación no ofrecía un aspecto muy halagüeño.[371] Rodeada de árboles por entre cuyas desnudas ramas mugía[372] el viento esparciendo las hojas secas, la casa parecía una silenciosa tumba. Todo estaba solitario, la puerta abierta y el corredor interior vacío. Nuestra heroína, seguida del médico, penetró sin que la viesen, hasta el salón.

Un caballero alto, delgado, vestido de negro, con pelo empolvado y peinado a la antigua, estaba sentado cerca del hogar y rodeado de libros. El anciano se levantó cortésmente al ver entrar a Teresa, quien para darse a conocer le dijo:

—Soy Teresa, la amiga de Lucila.

—¿La reina María Teresa! —exclamó el caballero, cerrando el libro que

---

370 *Empeorado*: agravado, decaído, declinado.
371 *Halagüeño*: prometedor, agradable.
372 *Mugir*: producir un sonido semejante otros animales, el viento, el mar, etc.

tenía en la mano y acercándose a ella.

—No, no... Madama Trujillo... la amiga de la señorita de Montemart.

—¿Ese es el pseudónimo que Su Majestad se ha dignado tomar hoy? Está bien; respetaré el incógnito de S. M.

Teresa no sabía qué contestar; felizmente Lucila le había advertido cuál era la monomanía de su padre.

—¿Cómo ha seguido Lucila? —preguntó al fin.

—¿Lucila? Su Majestad querrá decir Madama Guyon,[373] esa mujer famosa que nos ha hecho el honor de venirse a refugiar en nuestro castillo... Ya entiendo: S. M. ha venido probablemente a conferenciar con ella, y para que no se moleste el rey (que no la quiere) viene de incógnito; ¿no es así?

—Sí —contestó Teresa, procurando halagar al pobre maniático para librarse de él—: ¿la podré ver? Este caballero —añadió volviéndose al médico (que miraba aquella escena creyéndose en una casa de locos)—, este caballero es un médico que ha tenido la bondad de acompañarme y desea ver a la enferma.

—¡Un médico! Su Majestad quiere engañarme... No es la primera vez que veo a Monseñor de Cambrai, ¡el gran Fenelón![374] Comprendo que no quiera ser reconocido por el vulgo... deseará, sin duda, hablar con esta maravillosa mujer, apóstol de la gran doctrina del padre Molina; ¿acaso me equivoco?...

La conversación tomaba un giro muy trabajoso y Teresa no sabía qué decir. Felizmente en ese momento llegó una criada, a la que dio su tarjeta para que la llevase a su señora.

—¿Qué diría Bossuet![375] —exclamaba en tanto el señor de Montemart, paseándose por el salón— ¿qué diría si supiera que Juana Bouvier de la Motte ha conquistado entre sus prosélitos hasta a su majestad la reina?... ¡Esta es una gran gloria para el *quietismo*![376] ¡Pensar que María Teresa viene ocultamente a visitar a Madama Guyon![377]... ¡Ah! aquí está mi esposa... Acérquese

---

373   *Madame Guyon*: célebre dama, famosa por sus doctrinas místicas, que quiso propagar, y por las persecuciones que sufrió. (ver nota 377).

374   *François de Salignac de La Mothe*: llamado Fénelon (Perigord, 1651- Camrai, 1715). Prelado, escritor, orador y teólogo francés. Preceptor del rey Luis XIV Duque de Borgoña para el que escribe obras pedagógicas. Se adhirió a las doctrinas quietistas de la Señora Guyon, relativas a la piedad pasiva frente a la acción divina sobre el alma. Fue nombrado obispo de Cambrai en 1695. Entre otras obras escribió: *Traité de l'éducation des filles*, 1687); *Explication des maximes des saints sur la vie intérieure*, 1697); *Les aventures de Télémaque*, 1699), *Démonstration de l'existence de Dieu tirée de la connaissance de la nature*, 1712); *Réfutation du système de la nature et de la grâce*, 1720 y *Réfutation des erreur de Benoit Spinoza*, 1731, póstumas.

375   *Jacques-Benigne Bossuet* (Dijon 1627 - París 1704). Polemizó contra la corriente de los quietistas y Fenelón, y contra los protestantes, con los que se mostraba intransigente, si bien creía en una futura reunificación, como expresaba en su correspondencia con Leibniz. En este sentido escribió su *Histoire des variations des eglises protestants* (1688) y actuó reprimiendo toda manifestación de luteranismo. En 1694 escribió las *Maximes et réflexions sur la comédie*, defensa intransigente desde la ortodoxia de la postura condenatoria de la Iglesia hacia el teatro y los actores.

376   *Quietismo*: doctrina heterodoxa que hace consistir la suma perfección del alma en la contemplación de Dios, en la inacción e indiferencia.

377   *Madama Guyon*: Jeanne-Marie Bouvier de la Mothe Guyon (Madame Guyon) (1648-

usted a besar la mano a S. M. la reina, que nos ha hecho el honor de detenerse en nuestro castillo.

La señora de Montemart, al entrar, comprendió la extraña recepción que habían tenido los visitantes, y en voz baja les dijo:

—Perdónenle ustedes... yo no creía que la señora Trujillo llegara tan pronto.

Y los hizo entrar a otra pieza.

Teresa encontró a Lucila tan demudada,[378] que con dificultad pudo ocultar sus lágrimas. El médico no dio ninguna esperanza; al contrario, anunció que no viviría muchos días. Mientras que la señora de Ville procuraba preparar a la pobre madre para recibir tan cruel noticia, Teresa fue a visitar al padre y hacerle comprender la situación en que se hallaba su hija. Pero fue imposible hacerlo volver al siglo XIX; estaba viviendo en la época de Luis XIV.[379]

Teresa había entrado al salón sin ser vista. El señor de Montemart discutía con el cura, el cual fingía estar descontento con el reinado del rey favorito por el momento.

—Yo he estado en la corte —decía el buen anciano—, y así he podido juzgar mejor que usted, señor cura, cuán grande es el monarca. No solamente es grande por sus victorias, sus conquistas y su poder, sino que lo es también por su talento y laboriosidad; trabaja ocho horas por día en despachar asuntos públicos, y hasta los menos importantes para el gobierno los examina, interviniendo en todo.

—¡Gran mérito! —contestaba el cura—; un monarca absoluto quiere mezclarse siempre en todo, no para el bien público... ¡no tal! ¡sino para que en la nación no se haga sino su voluntad!

—Silencio, amigo mío: ¿no sabe usted que ha llegado a mi castillo una gran señora de la corte?... —y añadió bajando la voz—: la reina María Teresa está aquí...

Y viendo a Teresa se le acercó con suma cortesía y le ofreció un asiento.

—No quiero sentarme —dijo ella—; vengo solamente, señor de Montemart, a suplicar a usted que me escuche con atención.

—¡Suplicarme!... que su majestad ordene.

—¿Recuerda usted a su hija Lucila?

—Sí... —contestó tratando de fijar sus ideas—, pero hace algún tiempo

---

1717). Escritora mística francesa; figura central de los debates teológicos del siglo XVII francés por su adhesión al Quietismo. Confinada por el gobierno en 1688) en un convento por sus opiniones considerada heréticas y por mantener correspondencia con Miguel de Molinos Molinos, sacerdote místico español fundador del quietismo. Fue liberada gracias a los esfuerzos de Mme de Maintenon. François Fénelon, quien llegó a ser su discípulo la defendió en la famosa controversia que sostuvo con Bossuet. Posteriormente fue condenada y apresada en la Bastilla (1695–1702). La colección de sus obras apareció publicada en 40 volúmenes (1767–91).

378 *Demudada*: alterada.

379 *Louis XIV* (Saint-Germain en Laye, 1638-1715),, conocido como El Rey Sol (en francés Le Roi Soleil), fue uno de los más destacados reyes de la historia francesa. Su régimen es considerado el prototipo de la monarquía absoluta en Europa y algunos historiadores lo consideran «el más grande de los monarcas absolutistas». Fue el primogénito de Luis XIII y de Ana de Austria (hija de del Rey Felipe III de España).

que nos dejó para ir a la corte... En su cuarto le hemos dado asilo a Madama Guyon.

—No; recuerde usted, señor, que Madama Guyon murió hace más de un siglo, y por consiguiente, no puede estar aquí... Lucila, la hija de usted, se halla actualmente en su cuarto, y siento decir a usted que está enferma de mucha gravedad.

El anciano se echó a reír; pero tratando de mostrarse serio dijo:

—¡Su Majestad quiere chancearse! Hace tiempo que no veo a mi hija.

—¿Quiere usted verla?

—¿Para qué? todos los miembros femeninos de nuestra familia han pasado su juventud en la corte... Así, prefiero que Lucila esté al lado de las princesas y en medio del esplendor.

—Sí —dijo Teresa—, pronto estará rodeada de otro esplendor.

El pobre monómano no contestó; una sombra pasó por su frente y parándose delante de la ventana se puso a mirar hacia el mar por entre las secas ramas de los árboles del jardín.

—Déjele usted —dijo entonces el cura acercándose a Teresa—; este pobre señor es más feliz en la ignorancia del estado precario en que se halla su hija; ¿para qué apenarlo desengañándolo?

—Tiene usted razón... Sólo deseaba proporcionar a mi pobre amiga el consuelo de que viera a su padre que —me dijo afligida—, hacía más de un año no la conocía ni le dirigía la palabra.

Lucila parecía arrepentida de lo que hubo escrito a Teresa, y nada le decía de la idea que había dicho la atormentaba. La segunda noche después de la llegada de su amiga, se hallaron las dos solas; Teresa había logrado que todos tomaran esa noche reposo,[380] ofreciendo velar por la enferma. Estaba ésta reclinada en sus almohadas, rodeada de blancas cortinas; y en su agitada respiración, el brillo demasiado vivo de sus grandes ojos y la palidez de su frente, se leía una cercana disolución.[381] Teresa comprendió que llegaba el momento de la eterna separación, y que era preciso que hablara entonces o nunca; y sentándose a su lado tomó una de sus manos y acariciándola le dijo:

—Hasta ahora nada me has comunicado de lo que querías decirme... estamos solas al fin qué desearás tú, Lucila, ¿qué podrás pedirme que yo no haga con gusto?... sería para mí una gran satisfacción...

Al oír estas palabras pronunciadas con tanta dulzura, Lucila se enterneció y llenándosele de lágrimas los ojos:

—No te he hablado, Teresa —le contestó, recostando la cabeza sobre un brazo doblado y ocultando la cara con la otra mano—; no te he dicho nada porque me sentía muy débil y sin fuerzas para tratar de un asunto que tanta agitación me ha causado...

—Si así fuere, si eso te hace daño, déjalo para mejor ocasión —dijo Teresa, levantándose para ocultar la lámpara detrás de una pantalla, pues adi-

---

380 *Reposo*: quietud, tranquilidad, descanso.
381 *Disolución*: resolución.

vinaba que la oscuridad daría más confianza a la moribunda.

—No era debilidad física la que tenía, sino fuerza moral la que me faltaba y me impedía hablar, y ésta siento que ha crecido a medida que la primera va decayendo. No me alucino[382]... esta noche siento tan cerca la muerte que lo que diga es como si hablara de cosas para siempre pasadas... Al verte tan bondadosa y abnegada, tan tierna y cariñosa conmigo, no puedo menos que arrepentirme cuando recuerdo los días en que me dominó un sentimiento de dolorosa amargura respecto de ti...

—¿Tú, Lucila? ¡qué injusticia!...

—Perdona y escúchame, pues... Tú que has sido mi única confidente durante mi vida... (corta ha sido, ¿no es cierto? pero muy amarga; no la dejo con pena) tú has sabido que siempre, desde que comencé a sentir, una imagen, una sola ha vivido en mi corazón... Cuando después comprendí que sólo a *él* podía amar, y que, sin embargo, era preciso olvidarlo, matar ese pensamiento, ahogar ese sentimiento... entonces mi débil constitución no pudo resistir, y al morir la esperanza murió también mi salud, pero salvé mi vida... La salvé porque en el naufragio sobrevivió mi amor; ni fue posible eliminarlo, sino que en vez de borrarse se fue grabando en el fondo de mi alma hasta hacer parte de ella.

—¡Pobre Lucila! —murmuró Teresa, mientras que ardientes lágrimas bajaban por sus mejillas y caían sobre las almohadas.

—Este afecto oculto para todos, hasta, diré más bien *sobre todo*, para la persona que lo inspiraba —continuó Lucila—, era mi misma existencia;... y habrás comprendido cuál sería mi lucha conmigo misma cuando al fin él quedó libre y podía amarlo sin remordimiento, sin temor, volviendo a renacer dulcemente la esperanza y arrullar[383] mis penas. Gozaba con una dicha tranquila y deliciosa; todo me sonreía... cuando de repente nació en mi espíritu una duda que fue aumentándose y me torturaba horriblemente: esa duda se fue convirtiendo en convicción, y no solamente me persuadí de que no podía ser amada, ni lo había sido nunca, ¡sino que mi única, mi mejor amiga era mi rival! El día que partimos de Luc creí que no solamente te amaba... sino que tú le correspondías.

Al decir esto Lucila se calló y apretó convulsivamente la mano de Teresa que tenía la suya.

—¡Oh! Lucila, cómo te equivocabas; yo...

—Sí, sí, lo sé todo... no te justifiques. Déjame hablar ahora que puedo hacerlo.

—Te veo muy agitada... ¡cálmate, por Dios!

—Esto pasará...

Efectivamente, algunos momentos después Lucila siguió hablando más tranquilamente.

—Volví a casa completamente postrada y sin ánimo para vivir. Durante

---

382 *Alucinar*: desvariar.
383 *Arrullar*: adormecer.

el viaje Reinaldo me había parecido muy abatido y triste, y esa tristeza me partía el alma y me llenaba de amargura. Estuve enferma algunos días, pero tú sabes que la esperanza renace con facilidad; mi tía dijo en mi presencia que Reinaldo quería irse de Montemart, por algún tiempo, y fijaba su partida para algunos días antes de la época en que tú debías venir... Respiré más libremente ¿acaso me habría equivocado?... Mi salud empezó entonces a recuperar alguna fuerza y pude recibir a Reinaldo, que vino a despedirse. Estuvimos solos unos momentos y los aproveché, para preguntarle por qué lo veía tan abatido hacía algún tiempo...

Lucila cerró los ojos y estuvo callada un rato, y tan quieta que Teresa creyó que se había dormido.

—Estaba recordando sus palabras —dijo al cabo de algunos momentos con un suspiro—: «Lucila —me contestó—, ¿usted no adivina?» viendo que yo nada decía añadió: «Su amiga me ha hecho muy desgraciado... usted tal vez podría procurar que ella fuese menos cruel». Y me confesó su amor por ti... acabando de despedazar mi corazón con la súplica de que intercediera por él cerca de ti...

—¡Oh! —exclamó Teresa—, con cuánta razón se ha dicho que los hombres sólo se ocupan de sí mismos, y que sólo tienen perspicacia para lo que les interesa!... ¡Le rogué tanto que no te dijese nada!... ¿Pero qué le contestaste?

—Recibí sus confidencias con aparente calma... me equivoco: no era solamente aparente; la resignación nació de repente en mí. ¿Qué podía esperar ya?... Al oírle hablar de tu belleza, de tu gracia y talento, y recordar lo que era yo (un espejo que teníamos al frente reflejaba mi triste y marchita imagen) comprendí que el mundo no era para mí... No me sentía capaz de luchar para conservar una existencia tan inútil; el golpe esta vez fue mortal, y esa noche tuve un ataque que me demostró que la muerte se acercaba... al día siguiente te escribí.

—¡Pobre amiga mía! —exclamó Teresa abrazándola—; ¡perdóname, por Dios! el mal que involuntariamente te hice... Mi vuelta a Europa ha sido un tejido de equivocaciones, y ha hecho tu desgracia... y tal vez la mía.

—Ofrecí hablarte en favor... de él —continuó Lucila—; quiero cumplir mi ofrecimiento. Escúchame, Teresa; he pasado sobre el mundo como una sombra que no deja huella ninguna; olvídame...

—No digas eso, no lo repitas; ¿olvidarte yo?... ¿No sabes que eres mi sola, mi única amiga?

—Sí, sí... pero al pensar en tu felicidad no me recuerdes. ¡Todos, todos olvidarán mi existencia!

—¿Y tu madre, y tu pobre padre?

—¡Mi madre no me olvidará, tienes razón! pero mi muerte será para ella un descanso, porque le devolverá la tranquilidad completa, después de haberle causado yo mil afanes y sobresaltos.[384] En cuanto a mi padre, a quien tanto he amado, hace tiempos que ya no existo para él... Pero quisiera que Reinaldo no me olvidara completamente: ya que siendo todo para mí, nada he sido para él, desearía que me debiese su dicha... ¡Dime la verdad! ¡parece imposible que amándote él, tú no hayas sentido ningún afecto! Acaso mi recuerdo y el temor de causarme pena te han impedido amarlo... si así fuere...

—No, Lucila, ni lo he amado ni lo amaré nunca.

—¿Estás bien segura de ello? quisiera hacerte heredera de mi cariño.

—¡Muy segura! ¡Cómo! ¿no te he dado a entender varias veces que sólo un hombre he encontrado que haya podido conmoverme y que sólo *él* sería digno de adueñarse de mi voluntad?

—¡Es decir que mi vida como mi muerte pasarán inútilmente, estériles para él! —exclamó dolorosamente Lucila.

El resto de la noche lo pasó Teresa procurando consolarla y calmarla, hasta que al fin logró que durmiera algunos momentos.

Empezaba a aclarar: se oían a lo lejos los rumores campestres que preceden a la aurora,[385] y aunque la pieza estaba oscura, los débiles rayos de la lámpara alumbraban a la moribunda y a Teresa que, recostada en un sillón, había sido vencida por el sueño, resaltando su pálida frente sobre el ropaje[386] de color oscuro que la rodeaba. Teresa dormía tranquilamente y parecía la imagen del reposo doloroso, no de la paz sino de la resignación. A breve rato Lucila despertó, y mirando a su amiga con aquel presentimiento de lo porvenir, que suelen tener las almas próximas a dejar el mundo, creyó leer en su fisonomía muchas penas para lo futuro.

—¡Pobre, pobre amiga mía! —exclamó sin pensarlo.

El eco de sus palabras despertó a Teresa que inmediatamente estuvo a su lado.

—¿Me llamabas?

—Sí... ven, quiero abrazarte. Te vi tan pálida, y tenías una expresión tan triste que *me estremecí pensando en que tu suerte no sería feliz.*

—Es probable...

Durante un momento que durmió había soñado que miraba a Roberto pasearse a orillas del mar llevando del brazo a otra mujer, cuyas facciones no pudo distinguir; y mientras ella sentía que llegaban las olas hasta el sitio en que estaba, sin poder moverse de allí, el ruido del mar le llegaba como una música lejana... Roberto pasaba y repasaba, y aunque ella pedía auxilio, la miraba sin hacerle caso. Las palabras de Lucila reprodujeron la dolorosa emoción del sueño ya casi desvanecida, y la fijaron en su memoria.

—Abre las cortinas —dijo la moribunda—; déjame ver la claridad del sol.

Había llovido toda la noche, pero al llegar el día la atmósfera se había despejado[387] y los primeros rayos del sol hacían brillar las gotas de agua por

---

384 *Sobresalto*: susto.
385 *Aurora*: amanecer.
386 *Ropaje*: vestiduras.
387 *Despejado*: sin nubes.

todo el campo. Teresa se puso a contemplar el paisaje que tantas veces le había descrito Lucila pero que jamás volvería a ver.

—Teresa —dijo ésta—, deseo mucho una cosa... quisiera ver a Reinaldo antes de morir; pero está ausente: ¿podrías tú hacerlo llamar? Siento que pronto, muy pronto ya no habrá tiempo...

Teresa sabía que Reinaldo había vuelto a Montemart y ofreció hacerlo llamar.

Lucila tenía razón; a poco empezó su agonía... pero parecía que no le era posible morir tranquilamente. Al fin se estremeció; había oído el galope[388] de un caballo, y llamando a Teresa le dijo, sin que los demás oyeran:

—Ya viene... ve a prepararlo... al verme cómo estoy se alarmaría... Levántame sobre las almohadas; recógeme el pelo;... que no tenga de mí un recuerdo demasiado horrible.

Teresa bajó a recibir a Reinaldo, tratando de ahogar sus lágrimas, pero al ofrecerle la mano no pudo ocultar su emoción.

—¿Muy gravemente enferma está Lucila? —preguntó, más conmovido al verla llorar, que pesaroso por la causa del dolor.

—No durará muchas horas...

—¿Y deseaba verme?

—Sí; no podía morir sin que usted viniera.

—¡Pobre prima mía! este capricho me enternece.

—¡Capricho!... ¿Llama usted capricho el último grito de su corazón? —y añadió con vehemencia, mientras que las lágrimas se secaron en sus mejillas y su voz temblaba—: ¿no sabe usted que ella no ha tenido otro pensamiento en su vida que usted, que sus palabras, que sus sentimientos le han dado la vida o la muerte?... que usted, aunque no lo merecía por cierto, tenía un altar en ese noble y puro corazón, donde su imagen dominaba sola?...

Reinaldo, admirado, anonadado[389] exclamó entonces:

—¡Cómo! ella, Lucila, ¿me amaba?... ¡y yo jamás lo supe!... ¿por qué no lo adiviné?

—¿Por qué?... ¡Porque los hombres sólo piensan en sí mismos, y no ven ni comprenden sino lo que puede importarles personalmente o les interesa!

Reinaldo se sentó muy conmovido y ocultó la cara entre las manos.

—Venga usted a verla —le dijo Teresa dulcemente, notando la impresión que sus palabras le habían causado...—. Venga usted; yo no tenía la intención de revelarle el secreto de Lucila; que no sepa ella mi indiscreción.

Al derredor del lecho de Lucila estaban su madre, su padre, su tía y el cura que le acababa de administrar los últimos sacramentos de la religión. Mientras que Teresa hablaba con Reinaldo, ella había llamado en torno suyo a todos esos seres queridos para despedirse. La madre lloraba tras las cortinas de la cama y Madama de Ville trataba de consolar al mísero[390] anciano que por fin había reconocido a su hija y la miraba con indecible angustia.

---

388 *Galope*: marcha veloz del caballo.
389 *Anonadado*: impresionado, confundido.
390 *Mísero*: desgraciado.

Las sombras de la muerte se extendían sobre la pobre niña; su respiración era penosa[391] y tenía los ojos cerrados. Cuando entró Reinaldo, precedido por Teresa, se estremeció, trató de sentarse pero volvió a caer sobre las almohadas... Un color sonrosado invadió sus mejillas y una dulcísima sonrisa iluminó su fisonomía al dar la mano a Reinaldo, quien tomándola entre las suyas se arrodilló al pie de la cama.

—No quería morirme sin verlo por la última vez —dijo la moribunda.

—¡Oh! Lucila! —fue lo único que pudo contestar, pues lo ahogaba la emoción.

—Perdóneme usted, querido primo —añadió ella mirando a Teresa—, si he cumplido mal mi encargo, y no he logrado alcanzar para usted la dicha que deseaba...

—No hable usted de eso, Lucila —contestó él besándole la mano y humedeciéndola con sus lágrimas—; no puedo pensar sino en usted que nos abandona...

Un relámpago de felicidad pasó por los ojos de la moribunda, que con el último esfuerzo apretó la mano de Reinaldo, y mirando a todas las personas queridas que la rodeaban murmuró:

—Morir así rescata[392] una vida de sufrimiento...

Sólo Reinaldo alcanzó a oír esas palabras y un agudísimo dolor apretó su corazón.

* * *

Una hora después todo había concluido.

Reinaldo salió del cuarto de su prima y sin decir una palabra, sin despedirse de nadie, hizo ensillar su caballo, montó y huyó de la casa. Teresa, que iba a abrir la ventana, lo vio partir al galope por entre el jardín, destruyendo las plantas al pasar; iba con el sombrero calado?? hasta los ojos e inclinada la cabeza...

Nunca lo volvió a ver.

—¡Infeliz Lucila! sólo al morir te ha llorado —suspiró Teresa—, ¡porque sólo al morir te ha conocido!

* * *

---

391 *Penosa*: trabajosa, difícil
392 *Rescatar*: redimir, recuperar.

XVI

Amour: "Loi", dit Jesus; "Mystère", dit Platon.[394]
VICTOR HUGO

Eran pasados dos años desde la muerte de Lucila... Naturalmente el dolor de Teresa había calmado pero en sus viajes y paseos por Italia, Suiza y Alemania, durante su permanencia en las grandes ciudades, donde se vio siempre rodeada y atendida, tanto a causa de su hermosura como por su riqueza, en todas partes sentía vacío el corazón, pues aunque se le habían brindado otras amistades, tal vez sinceras, comprendió que jamás encontraría una amiga como la que había perdido.

El señor Santa Rosa estaba muy satisfecho con la frialdad que manifestaba Teresa hacia los pretendientes que se le presentaban, y elogiaba su juicio, creyendo que permanecía soltera porque ninguno de ellos podía ofrecerle una renta igual a la que le había dejado León. Teresa sonreía tristemente al oír tales elogios,[395] pero buen cuidado ponía en no revelar la causa de su aparente frialdad. La verdad era que el recuerdo de Roberto vivía siempre en el fondo de su corazón... Muchos habían pedido su mano y algunos le habían ofrecido su amor: disgustada y fatigada con una vida tan sin emociones, varias veces había hecho esfuerzos para persuadirse que amaba, y una vez llegó hasta creer que su corazón se enternecía;[396] pero cuando quiso decir una palabra afectuosa, la frialdad de sus sentimientos y la completa tranquilidad de su corazón le advirtieron que no era allí donde debía esperar la dicha.

Al fin el señor Santa Rosa le anunció que tendrían que volver a Lima; hacía cerca de tres años que vivía en Europa y sus negocios lo llamaban al Perú. Pero, le dijo, si ella lo deseaba podían volver pasando por los Estados Unidos, no permaneciendo allí sino pocos días. Teresa accedió con gusto al proyecto de su padre. Aunque no preguntaba nunca directamente por la suerte de Roberto, sabía que desempeñaba un empleo en Nueva York, en

---

393   *Calado*: bajado.
394   *Amour: «Loi», dit Jesus; «Mystère», dit Platon*: Amor: «Ley», dijo Jesús; «Misterio», dijo Platón.
395   *Elogio*: alabanza.
396   *Enternecer*: conmover.

lugar de haber regresado directamente a Lima.

La navegación fue corta y feliz. Llegaron a Nueva York una mañana de primavera y toda la naturaleza parecía sonreír en torno suyo: el mar con sus azulosas olas, las risueñas costas y preciosas y pobladas islas, la magnífica bahía, el movimiento del puerto, la multitud de navíos y barcas... todo eso le causaba una alegría, una emoción deliciosa, emoción que en realidad tenía una causa secreta.

En el puerto, a tiempo de desembarcar, en las calles por donde atravesaba el carruaje, se imaginaba que cada persona que pasaba era la que esperaba encontrar.

El coche se detuvo en la puerta del hotel más frecuentado por los hispanoamericanos; y como al saltar del coche se le engarzase[397] el vestido, un caballero que estaba en la puerta del hotel se acercó cortésmente a desasírselo; en ese momento sus ojos se encontraron: era Roberto Montana. Al reconocerla la saludó conmovido y una gran turbación se apoderó de ella.

—Sí —se decía Teresa al subir la escalera del hotel—; sólo él es capaz de hacer latir mi corazón... sólo *él*.

La profunda dicha que la inundó la hizo comprender cuánta cabida[398] tenía Roberto en su corazón; más de súbito le ocurrió una idea que por algunas horas la tuvo angustiada: tal vez Roberto estaba a punto de partir cuando ella llegaba, como había sucedido antes. Felizmente su padre la invitó a que bajaran al salón y ver a Roberto sentado cerca de una ventana, leyendo tranquilamente un periódico. Inmediatamente se acercó a ella y a poco entablaron[399] una conversación casi confidencial. Tanto se habían pensado mutuamente durante los años trascurridos, que a pesar de que en su vida no se habían hablado más de tres o cuatro veces, sus ideas armonizaron completamente, y creían conocerse a fondo: ¡tal es el magnetismo de una verdadera simpatía!

Desde ese momento Roberto casi no dejaba el lado de Teresa, que a todas horas y en donde quiera que se encontraba veía junto a sí la sombra de su compatriota. Sin embargo, el señor Santa Rosa se había manifestado frío hacia Montana, y a veces no podía ocultar el disgusto que le ocasionaba su presencia; pero Teresa no comprendía ni ponía cuidado en nada cuando éste se le acercaba, ni supo hasta pasado algún tiempo que la repugnancia de su padre tenía un motivo especial.

Así se pasó una semana. Al fin llegó la víspera de la partida de Nueva York y entonces supo Teresa, llena de alegría, que Roberto también se embarcaba y volvía a Lima al mismo tiempo que ella. Él no le había dirigido hasta entonces una palabra que no fuera de la más pura y respetuosa amistad, bien que sus miradas le decían mucho más de lo que sus labios hubieran podido pronunciar.

—Aunque me hubiera muerto de hambre —le dijo al anunciarle que

---

397 *Engarzar*: atrapar.
398 *Cabida*: estimación, consideración.
399 *Entablar*: establecer.

sería su compañero de viaje—, nunca habría gastado el dinero que tenía reservado para volver al Perú... Tenía el presentimiento de que algún día se me proporcionaría la ocasión de hacer un viaje como el que se me prepara mañana. Dicen que los presentimientos son la sombra de los sucesos[400] que se acercan; sin embargo, he tenido que esperar mucho tiempo para que la sombra se convirtiera en una deliciosa realidad.

Teresa no contestó; era la primera vez que Roberto le hablaba con tanta claridad, y delante de él perdía su presencia de ánimo; sentía demasiado y por eso le faltaban palabras con que expresarse.

Esa noche determinaron asistir a un gran concierto. Al llegar Teresa a su asiento notó que ya Roberto se había situado detrás del que ella debía ocupar.

El armonioso compás de una música escogida, ya tierna o apasionada, ya sentimental o alegre, la conciencia de que *él* estaba allí junto, el recuerdo de lo que le había dicho esa mañana, la esperanza de un viaje en su compañía... todo la halagaba y llenaba de dicha. Años después recordaba aquella noche como una de las más ideales que había pasado en su vida; gozaba[401] con lo presente, olvidaba lo pasado y veía en lo porvenir una cadena interminable de horas como aquella. Ambos se hallaban en aquel período del amor, en que todavía no se forman proyectos y se vive tan sólo en lo presente: período encantador, sobre todo para la mujer porque la aman con aparente desinterés, y porque no estando aún el hombre seguro de su conquista, cada mirada, cada palabra o sonrisa de la mujer amada tiene gran precio para él;... y ella que lo sabe, comprende su soberanía, pero se siente al mismo tiempo esclava; pues la mujer sólo quiere ser reina para tener la satisfacción de abdicar y mostrarse humilde ante aquel a quien ama verdaderamente.

Los primeros días de navegación fueron muy penosos para nuestra heroína, porque tuvo que pasarlos en su camarote; pero el recuerdo de Roberto la consolaba; oía de vez en cuando su voz y creía poder distinguir sus pisadas sobre cubierta. Al fin hizo un esfuerzo supremo, y aunque pálida y débil quiso subir a respirar el aire libre. Bien se halló, pues la vista no más del que ocupaba todos sus pensamientos la reanimó, y muy pronto el ambiente marítimo y la distracción acabaron de volverle las fuerzas y la salud. Pasaba casi todas las horas del día sobre cubierta, siempre acompañada por Roberto... ¡horas de indecible[402] dicha! Ya no podía disimularse que amaba, y se dejaba llevar por ese sentimiento sin querer reflexionar. No obstante que Alfredo de Musset[403] dice que «el amor es un sufrimiento excesivo», y Madama de Girardin[404] «que es el mayor tormento, la angustia más grande y la causa de casi todas las penas de la vida», Teresa creía con Saint–Evremond,[405] que «todos los

---

400   *Suceso*: hecho, acontecimiento.

401   *Gozar*: disfrutar, deleitarse.

402   *Indecible*: imposible de decir o expresar.

403   *Alfred de Musset* (Francia, 1810-1857). Dramaturgo, poeta y novelista romántico francés nacido en París.

404   *Delphine Gay de Girardin* (1804-1855). Importante novelista francesa a cuyos salones asistían los escritores más renombrados de la época.

405   *Charles de Marguetel de Saint-Denis, señor de Saint-Évremond* (1610-1703). Soldado, escritor

subsiguientes placeres no valen tanto como nuestras primeras penas».

Dicen que «hablar de amor es amarse»; Teresa y Roberto tocaban ese tema con mucha frecuencia, y cuando se hallaban en algún rincón abrigado,[406] sobre cubierta, aislados, solos, ella recostada en un gran sillón y él casi a sus pies, su conversación rodaba naturalmente sobre ese eterno tema de que tanto se ha dicho pero que todavía no se ha agotado. A veces una frase los conmovía al mismo tiempo y al mismo tiempo callaban, y sus miradas se apartaban, temiendo que una palabra imprudente revelara el estado de sus corazones, pues ambos habían convenido tácitamente en que era mejor no tener explicación alguna antes de llegar a Lima. ¡Cuántas simpatías les eran comunes! ¡cómo armonizaban sus ideas, y cómo se comprendían casi sin hablarse! «Cuando dos persona se aman», dice Balzac: «siempre en el fondo de sus corazones encuentran los mismos pensamientos: suaves y frescas armonías, perlas todas igualmente brillantes, como las que fascinan a los buzos,[407] según dicen, desde el fondo del mar». Aunque sus conversaciones podían haber sido oídas por todos, no gustaban hablarse sino cuando estaban solos.

Felizmente para los dos amantes no había casi señoras en el vapor, y los hombres eran todos aventureros, que iban a buscar fortuna a California, o jugadores de profesión que no gustaban de sociedad culta. Aunque el señor Santa Rosa manifestaba mucho desagrado cada vez que veía a Montana al lado de su hija, su amor al juego de tresillo[408] no le permitía permanecer con ella; dejándola sola casi todo el día, naturalmente su compatriota debía cuidar de ella.

Después de atravesar el istmo de Panamá la sociedad del vapor sobre el Pacífico cambió de aspecto, y muchos peruanos y chilenos y algunas señoras impedían que estuvieran siempre solos. Entonces inventaron, para distraerse, decían, el jugar ajedrez, pero en realidad fue aquello un ardid[409] para disimular la casi continua asistencia de Roberto al lado de Teresa y dar un significado al silencio que guardaban ambos cuando se acercaba alguna persona. Pasaban, pues, el día con el tablero de ajedrez entre los dos, y armados de aquella paciencia inagotable de que se reviste todo el que está dominado por un poderoso pensamiento, acababan un juego y empezaban otro inmediatamente; pero era tal su preocupación que con frecuencia no habrían podido decir quién había perdido o quién ganado la partida.

¡Con cuán diferentes ojos vio de nuevo Teresa las costas de la patria que había abandonado con el corazón oprimido tres años antes! Ahora todo lo encontraba hermoso, bello, magnífico, y los áridos arenales del Perú le parecían paraísos de perfumes y frescura.

Una noche (pronto deberían separarse) estaban, como de costumbre,

---

francés, crítico moralista y librepensador. Figura de transición entre Michel de Montaigne y los filósofos de la Ilustración del siglo XVIII. Mostró su mordacidad en: *Comédie des académistes*. Su originalidad crítica se expresa en aus ensayos y disertaciones sobre tragedia, poesía, religión e historia.

406 *Abrigado*: no se siente el frío.
407 *Buzo*: persona que trabaja bajo el agua.
408 *Tresillo*: juego de baraja que se juega entre tres personas repartiendo nueve cartas a cada una.
409 *Ardid*: medio hábil que se utiliza para conseguir o para eludir algo.

sobre cubierta... ella reclinada en un sillón y él a su lado: ambos callaban; sus almas estaban llenas de felicidad y sus corazones demasiado conmovidos para hablar. Habían visto hundirse el sol en medio de espléndidos arreboles y aparecer una a una las pálidas estrellas... tenían los ojos en el cielo y en torno suyo oían armonías celestiales. Teresa dejó caer su abanico[410] y al devolvérselo Roberto sus manos se estrecharon. El corazón de Teresa latió locamente, más no trató de separar su mano, pensando que había llegado el momento de explicar sus sentimientos; pero él no creyó necesario preguntarle si lo amaba: ¿acaso sus miradas no se lo habían dicho mil veces desde que se encontraron en Nueva York?

—Momentos como éste son fugaces,[411] ¡oh! cuán fugaces!... —dijo él con voz conmovida, mirando a Teresa y viéndola, a pesar de la oscuridad—, mañana nos hallaremos separados...

Teresa inclinó la cabeza en silencio.

—Mañana nos separaremos —añadió su compañero—; y después veremos entre los dos las barreras que nos opone la sociedad... ¿La bella y orgullosa Teresa se acordará entonces de su humilde compañero de viaje?

Teresa le apretó dulcemente la mano al separarla de la de él, y le contestó:

—Si en tantos años no pude olvidar al cantor de Chorrillos, ¿lo olvidaré ahora?...

Era la primera vez que aludía a esos tiempos, y ella misma se admiró al oírse hablar así.

—Entonces ¿por qué tratarme con tanta frialdad y desdén cuando nos encontramos después?

—¿No lo adivina usted?

—¡Sí! para qué negarlo... yo la comprendía; usted no era libre, entonces... y ese mismo desdén me hizo amarla más, y convertir en serio y profundo lo que tal vez hubiera sido solamente una romántica inclinación... Por eso abandoné a Lima, pues no quería causar a usted la pena de mi presencia o tener que luchar para no acercármele.

—Y entonces, ¿por qué partir cuando yo llegaba a París?

Explicóle cómo al saber que estaba libre, él arregló sus negocios para volver a Lima, quedándole apenas el dinero suficiente para el viaje.

—No teniendo pariente alguno, mi pequeña fortuna me era indiferente —dijo—, y la gasté toda en viajar para tratar de olvidar...

—¿De olvidar? —preguntó Teresa casi involuntariamente.

—De olvidar... sí, de olvidar que allende[412] los mares existía la única mujer que era la personificación completa de mi ideal. Volvía lleno de esperanzas y alegría cuando de repente me encontré con usted al tiempo de subir al tren del ferrocarril... ¿Qué hacer? mis compañeros me apresuraban, yo no podía decirles cuál era la causa de mi deseo repentino de quedarme; por otra

---

410 *Abanico*: instrumento para mover o impulsar el aire.
411 *Fugaz*: lo que dura muy poco.
412 *llende*: al otro lado.

parte, reflexioné que con mi pobreza, no podría presentarme al lado de usted en la sociedad parisiense sin hacer un papel ridículo... Me ofrecieron entonces un destino en una casa de comercio en los Estados Unidos, y me decidí a permanecer allí, esperando saber cuándo volvería usted a Lima para regresar también. No sé por qué vivía con la idea de que usted tal vez pensaba en mí, que no me olvidaba... ¿Me equivocaba, Teresa?

Ésta, a su vez, le refirió cómo su recuerdo la había ocupado siempre; pero aunque no le dijo a cuantos había rechazado porque su corazón no podía olvidarlo, él comprendía lo que dejaba de decirle.

Cuando se separaron, Teresa le ofreció que impondría de todo a su padre con el propósito de obtener su consentimiento para un matrimonio en que ambos cifraban su felicidad.

XVII

Llegaron al Callao y varios amigos salieron al puerto a recibir a Santa Rosa y a Teresa. En medio de esas personas que por su riqueza y posición se creían más importantes que él, Montana tuvo que hacerse a un lado; pero siempre las miradas de los dos amantes salvaron[413] las distancias y sus almas se comunicaban a pesar de todos.

También Rosita se hallaba allí. La viuda que ella protegía cuando partió Teresa, se había vuelto a su provincia, mohína y medio arruinada, sin haber podido lucir en la sociedad limeña como lo había esperado; de suerte que Rosita se veía en la necesidad de lisonjear a otra amiga íntima pero rica, y recibió con alegría la noticia del próximo regreso de Teresa.

—¡Querida Teresita! —exclamó abrazándola—; ¡cuánto placer me da el volverte a ver! He venido de Lima para tener el gusto de abrazarte lo más pronto posible... ¡Ah! Montana, ¿usted por acá? —añadió dirigiéndose a éste, que naturalmente había seguido su estrella.

La limeña estaba todavía hermosa, bien que empezaba a necesitar muchos cosméticos para sostener sus pretensiones; pero en cambio su espíritu se agriaba[414] cada día más, y sus malos sentimientos se habían desarrollado. Teresa, ya con más experiencia del mundo, resolvió rechazar una amistad que no solamente le repugnaba, sino que sabía la podía desacreditar. La reputación de Rosita había sufrido, y aún en una sociedad como la de Lima, que no se toma la pena de indagar[415] mucho la vida ajena, empezaba a sentir un vacío en torno suyo y pocas mujeres la visitaban. Su madre había muerto: acompañábala una humilde vieja a quien jamás se veía en su sala, pero que se sabía pasaba su existencia oculta en el interior de la casa; así, Rosita vivía sola y rara vez una señora pisaba el umbral[416] de su habitación. Ella decía que esa re-

---

413 *Salvar*: pasar sin ser detenido.
414 *Agriar*: avinagrar.
415 *Indagar*: averiguar, investigar.
416 *Umbral*: viga que atraviesa un vano (hueco de la puerta).

pulsa de parte de las mujeres de la sociedad limeña, provenía de la envidia que tenían al verla tan rodeada de hombres, pues a medida que perdía amigas antiguas, su círculo de hombres se aumentaba.

Un ceño[417] de disgusto cruzó por la frente de la coqueta al ver las miradas que cambiaron entre sí Teresa y Roberto; no había olvidado sus proyectos de conquista y resolvió espiarlos.

Hasta el siguiente día de su llegada a Lima Teresa no pudo encontrarse sola con su padre, quien se anticipó a su propósito diciéndole:

—Teresa, necesito hacerte algunas observaciones a solas; cierra la puerta y escúchame... Desde que saliste del colegio siempre te había visto fría y reservada con la generalidad de los hombres, de lo cual no me admiraba, pues tu madre fue lo mismo. Jamás habías manifestado cariño por ninguno, ni aún por el pobre León... Después de la muerte de éste, he admirado tu juicio,[418] como varias veces te lo he dicho, porque rechazabas a todos los pretendientes que se te presentaban.

Calló esperando contestación, pero como no la diese Teresa añadió:

—¿Tal vez, has comprendido el objeto de mis observaciones?

—No adivino cuál será, y le ruego a usted que se explique.

—Pues bien... ahora, de repente, sin saberse por qué, acoges[419] con gusto las atenciones de un joven oscuro, pobre y sin verdadera posición social;... te muestras con él más amable que con todos los caballeros de distinción que se te han acercado aquí y en Europa;... por último, al tiempo de desembarcar lo invitas a mi casa...

—¿Qué tiene eso de extraño? ¿no le ofrece uno la casa a toda persona con quien ha tenido relaciones?

—Sí; pero debes tener entendido, pues yo lo he manifestado claramente, que ese joven no me agrada.

—¿Acaso se ha aprovechado de mi invitación a que nos visitase?

—No; todavía no lo he visto.

—Ahora le explicaré a mi turno, papá, la causa o el motivo que tengo para manifestarme amable con Roberto Montana. Yo también deseaba hablarle a usted de él, desde ayer, pero no había tenido ocasión... Si hasta ahora he rehusado[420] los matrimonios que se me han ofrecido, hoy he cambiado de opinión y he aceptado el homenaje de Roberto... porque antes no había amado y ahora sí.

Santa Rosa se levantó de su asiento y parándose delante de Teresa le dijo lleno de asombro:

—¡Casarte con Montana! ¿Tú, una hija mía, ser la esposa de ese miserable, de ese pordiosero?[421]

—Sí; puesto que habiéndome declarado su amor le prometí ser su esposa.

—¡Insolente!

Teresa, viéndolo tan furioso, quiso salir.

---

417 *Ceño*: gesto.
418 *Juicio*: facultad de la mente que guía para juzgar y obrar.
419 *Acoger*: recibir a alguien de cierta manera.
420 *Rehusar*: no aceptar, rechazar.
421 *Pordiosero*: persona que pide limosna, mendigo.

—¡No te irás! —le dijo su padre, sin poder contener su rabia—. ¡Te ordeno que me escuches!... un pordiosero, lo repito, un...

Pero le faltaban palabras, y se puso a pasear de un lado al otro de la pieza sin poder hablar.

—No se moleste usted tanto —dijo Teresa dulcemente pero con dignidad—; Montana no es pordiosero, y aunque pobre no desea recibir nada de usted... Más vale la pobreza con cariño, que el esplendor[422] acompañado de penas. Renuncio gustosa a la herencia de León y no le pido a usted nada.

Santa Rosa sabía muy bien que con amenazas y violencia no se dominaba su hija; era preciso emplear otros medios, y haciendo un esfuerzo cambió repentinamente de táctica:

—¡La pobreza!... ¿sabes acaso lo que es ser pobre?... —Y añadió esforzándose para hablar con calma—: además, el caudal[423] que te adjudicaron como legado de León me es indispensable ahora...

Teresa hizo un ademán[424] de desdén.

—Escucha —prosiguió su padre—: contando con el juicio que habías manifestado en todo este tiempo quise proporcionarte más riquezas, y me he lanzado en varias especulaciones para las cuales necesito absolutamente mucho dinero.

—Todo eso puede ser —observó Teresa con frialdad—; pero recuerde usted que la primera vez me casé solamente por complacerlo, facilitándole, como usted decía, un buen negocio... Ahora estoy decidida a casarme para ser feliz, y no quiero pensar en negocios y especulaciones.

—¡Ingrata! —exclamó Santa Rosa, fingiéndose conmovido—: ¡ingrata! ¡oh! ¡las mujeres son todas así!;... puede uno sacrificarse por ellas sin que crean necesario agradecerlo, ni recordarlo... ¿Para quién trabajaré yo? ¿para qué busco riqueza sino para proporcionarte nuevos triunfos y goces?... ¿Qué has deseado jamás, que no lo hayas tenido? ¿qué te falta a mi lado? ¿qué puedes pedir que yo no te proporcione al punto?

—No me quejo —contestó Teresa, bajando la cabeza humildemente—; no pido ni deseo nada, ni aún lo que poseo;... lo único que quiero es libertad para ser pobre...

—¡Libertad para ser pobre! — interrumpió Santa Rosa, con ironía—; ¡vaya una frase romántica!... pero de romántica con los cascos a la jineta.[425]

—No pretendo —prosiguió Teresa, sin contestar a la burla de su padre—, no pretendemos casarnos inmediatamente... sino de aquí a un año...

—¡Ni de aquí a un año, ni jamás serás la esposa de Roberto Montana! Nunca permitiré semejante matrimonio... Un aventurero, cuyos padres son desconocidos; un miserable sin más renta que la que le podría proporcionar una voz que no emplea, ni más patrimonio que un par de bigotes retorcidos; sin familia, sin posición, sin precedentes...

—No me caso con una posición, ni con una familia, sino con un hombre

422 *Esplendor*: brillo, apogeo.
423 *Caudal*: conjunto del dinero y las cosas convertibles en dinero que alguien posee.
424 *Ademán*: gesto, señal.
425 *Con los cascos a la jineta*: sin mucha base y reflexión.

a quien amo.

—¡Estás loca!... pues bien, ¿quieres saber ahora quién es Roberto Montana?

—¿No me acaba usted de decir que no se sabe de dónde proviene?

—Es cierto que nadie lo sabe aquí, ni él mismo tal vez, pero conozco la historia de sus padres, que en verdad no es muy linda.

—Cuéntela usted, pues.

Santa Rosa calló algunos momentos, y al fin, apoyando los codos sobre una mesa, y sombreándose la cara con una mano sobre la cual apoyaba la frente, empezó así:

—Cuando yo era muy joven, antes de conocer a tu madre, me enamoré de una prima mía, que por casualidad llevaba el mismo nombre que tú. Teresa tenía apenas diez y seis años y yo veinte; nuestros padres arreglaron el matrimonio y yo era muy feliz, pues la amaba locamente y creía que ella me correspondía. Algunos meses antes del día fijado para el casamiento, mi prima se enfermó y la enviaron a casa de unas parientas que vivían en una hacienda cerca de Arequipa. Cuando volvió no pudo, ocultar su triste estado... pero ya que no podía ser mi esposa averiguaron con empeño quién había sido el miserable que causó su desgracia... Ella solo contestaba con lágrimas, pero al fin se supo que era un tal Salcedo...

Teresa se estremeció.

—Un joven Salcedo, que había sido protegido por la familia y estaba empleado en la hacienda... Ofreció casarse inmediatamente con ella; pero los hermanos de Teresa juraron vengarse de él, y lo hicieron venir a Lima engañándolo con falsas promesas de reconciliación. Al entrar a una casa en donde le habían dicho los encontraría, nos presentamos ellos y yo y le dimos una paliza,[426] dejándolo exánime,[427] y según creíamos, muerto. Teresa desapareció de casa de sus padres y a poco supimos que había muerto al dar a luz a Roberto.

—¡A Roberto!

—Sí, a *tu* novio... y sin haber tenido tiempo de casarse con su seductor.

—¡Pobre, pobre niña! ¿Es decir que Roberto es nuestro pariente?

—¿Cómo te atreves a decir semejante cosa?

—¿Y quién recogió al niño?

—Los hermanos de Teresa lo reclamaron; pero Salcedo para entonces enrolado en el ejército, no quiso nunca entregarlo y lo hizo criar en Arequipa, con el apellido de Montana. Los padres de mi prima murieron, y hoy no queda sino un hermano que vive en Arequipa. Salcedo fue el autor de la ruina y la dispersión de esa familia... ¿Después de esta vergonzosa historia persistes todavía en creer que Roberto puede ser tu esposo?

—¿Acaso él tuvo culpa en todo eso?

—Ya veo que es inútil hacer reflexiones a una loca. Pero te advierto que

---

426 *Paliza*: conjunto de golpes dados a una persona, que la dejan maltrecha.
427 *Exánime*: muerto, desmayado, sin señales de vida.

no quiero que el hijo de Salcedo pise jamás mi casa, y juro que con mi consentimiento nunca te degradarás hasta ser su esposa. Puedes, sí, despreciar mis consejos, y prevalida[428] de que eres viuda y libre, casarte con quien quieras y gozarte en arruinarme cuando se te antoje. Tu padre está viejo y puedes abandonarlo, aunque, por desgracia, no tenga más hija que tú...

Y sin decir otra cosa, Santa Rosa, que era un actor consumado, salió inmediatamente para no perder el buen efecto de sus últimas palabras.

---

428 *Prevaler*: aprovecharse; obtener ventaja de cierta circunstancia para la consecución de algo.

XVIII

Inmediatamente Teresa le escribió a Roberto rogándole que difiriese[429] el presentarse en su casa, a fin de evitar una escena desagradable entre su padre y él, y motivó[430] su ruego, refiriéndole puntualmente la borrascosa conferencia y repitiéndole que sus sentimientos serían siempre los mismos hacia él.

«Su carta, amiga adorada», le contestó Roberto, «me ha hecho mucha impresión. Apenas sabía que mi madre se llamaba Teresa (pero nunca se me dijo de qué familia era) y que había sido muy desgraciada... Vine al mundo cuando mi padre estaba agonizando, y mi madre, en su angustia, creyendo que no se salvaría, se dejó morir. La tristeza rodeó mi cuna; nací en medio de lágrimas y desesperación; pero ignoraba que, en parte, por culpa del padre de usted había quedado huérfano... La Providencia ha querido al fin reparar estas injusticias de la suerte; si el señor Santa Rosa persiguió a mis padres, su hija, cual un ángel piadoso, ha venido con su bendito amor a llenar mi vida de esperanza y de dicha... No; que no piense el señor Santa Rosa que quiero entrar a su casa; creería yo que los manes[431] de sus víctimas se levantaban para maldecirme. Teresa, rica y rodeada de lujo, no puede ser la esposa de un desheredado[432] como yo; pero Teresa pobre y amante, sin más brillo que el de su belleza, ni más riqueza que la de sus virtudes, será la compañera y el consuelo de un desdichado que ella ha enaltecido con su amor.

«No recibamos nada de su padre de usted; yo trabajaré, trabajaré sin descanso, y cuando pueda obtener algunas comodidades... entonces reclamaré el ídolo de mis ensueños!...».

* * *

---

429 *Diferir*: aplazar, retardar, retrasar.
430 *Motivar*: explicar los motivos o razones de cierta cosa.
431 *Manes*: dioses.
432 *Desheredado*: sin herencia.

Aunque rara vez podían verse, Teresa vivía feliz con la seguridad de ser amada, conviniendo[433] en que sus relaciones y sus esperanzas serían un secreto para todos. Los pasajeros del vapor que los acompañaron en su viaje, habían esparcido,[434] sin embargo, algunos rumores acerca de la intimidad con que se trataban, pero nadie había hecho caso al ver que Roberto no visitaba la casa y que rara vez los veían hablarse.

* * *

«Me pregunta usted», le escribió Roberto algunos días después, «por qué manifiesto tanta satisfacción al hablar del estado de mis negocios: usted (como en todo lo que es dichoso en mi vida) ha tenido parte en abrirme un camino que nos conducirá a la felicidad futura, proporcionándome algunos fondos con qué empezar a trabajar. No me comprende, ¿no es verdad? ¿recuerda usted que me dijo que mi madre tenía un hermano en Arequipa? Supe por una casualidad que él tenía en su poder una suma de dinero que perteneció a mi madre, y le escribí explicándole mi posición, y enviándole mi fe de bautismo. Inmediatamente me contestó con bastante cariño y me hizo devolver lo que me pertenecía. Apenas son algunos miles de pesos, pero con ellos tengo esperanzas de llegar pronto a poseer una posición ventajosa en los negocios... y dentro de dos años podré ofrecerle públicamente un hogar, si no rico a lo menos soportable, feliz tal vez, porque el amor lo embellece todo».

Otro día Roberto le escribió:

...«Cuando la veo en la calle, en el teatro, en los paseos, cubierta de ricas telas, rodeada de admiradores que aman tanto su riqueza como su hermosura, entonces siento que mi corazón late lleno de orgullo.

«Ellos tienen la dicha de oír su voz y contemplar de cerca su belleza», me digo, «pero yo, pobre y oscuro soy dueño de ese corazón que ellos no podrán obtener, y al través de la multitud su mirada sólo busca la mía!» ¡Oh, querida mía!: no envidio la suerte de ninguna de esas brillantes mariposas que la rodean... tengo mi tesoro oculto que hace toda mi dicha...».

* * *

Una noche, al salir del teatro, Roberto logró acercarse a Teresa, y recibió de ella un billetito en que le avisaba que su padre había descubierto la correspondencia que sostenían, sorprendiendo al criado de Roberto y al suyo, y quedando concertados que en lo sucesivo le entregarían las cartas de que fueran portadores.

«Por una casualidad, decía, he descubierto esto; me lo dijo Rosita, en quien mi padre tiene mucha confianza, según parece. Aunque ella se dice amiga nuestra, no tengo fe en su amistad. Preferiría no verlo a usted sino muy

---

433 *Convenir*: acordar, concertar, establecer.
434 *Esparcir*: diseminar, difundir.

rara vez, a encontrarlo en casa de Rosa, cuya redoblada amabilidad y protestas de cariño me alarman y me disgustan no sé por qué. Serán caprichos mujeriles, pero hay presentimientos que no engañan...».

En la parte baja de la casa de Teresa (pues ella y su padre ocupaban una casa entera) había una pieza, rara vez ocupada, con reja[435] hacia la calle, de la que determinaron los dos amantes aprovecharse para su futura comunicación. Cuando todos se retiraban en la casa, Teresa bajaba como una sombra y poniendo su carta en la ventanilla recibía la de Roberto. El espíritu de aventura y el romanticismo que hacia el fondo de aquel, se habían exaltado en Teresa, y las misivas misteriosas y el aspecto novelesco que habían tomado sus relaciones con Roberto la interesaba y llenaba de encanto.

Todas las mañanas se renovaban en el saloncito de Teresa las preciosas flores compañeras infalibles del billete nocturno, que con frecuencia, como el siguiente, la inundaba de gozo, porque creía encontrar en su autor un corazón tan constante y entusiasta como el suyo propio:

«Amada mía: —Acepte esas rosas que le envía su Roberto. Todo el día han estado sobre mi mesa y mañana ocuparán la de usted.

«Guárdelas secas, se lo suplico, como un recuerdo de las tres cualidades que sostienen a su amante: amor, esperanza y fe... ¡Ah! ¡yo no podría vivir sin este *amor* que me da fuerza, la *esperanza* de que usted no me olvidará nunca, y la *fe* en lo porvenir!... ¡Oh! Amada Teresa: puedo jurar ante Dios, a quien tomo por testigo, que su recuerdo es lo más querido que he tenido y que tengo en el mundo. ¿Usted también piensa del mismo modo respecto de mí, no es cierto? ¡dígamelo, repítamelo, por Dios! Repítame que nunca olvidará a su Roberto, que desde que la conoce sólo ha vivido por usted y le ha consagrado toda su alma... No dude nunca de mí; aunque viva lejos, aunque no me vea, crea siempre que todos mis pensamientos, todos los latidos de mi corazón son únicamente para mi adorada. Cuando comprendo y profundizo la completa satisfacción que me produce este sentimiento que ha endulzado mi vida, me causa pena considerar que la vida es tan corta...».

Si en las cartas de Teresa había menos protestas, en cambio eran más naturales y su estilo más sencillo. Se leía en ellas una sinceridad completa y una confianza profunda en el que amaba.

...«Una idea me preocupa, le escribía una vez: usted me ha dicho, amigo mío, que a veces mis pensamientos y expresiones lo entristecen, por cierto fondo[436] de desconfianza que encuentra... desconfianza en los demás, es probable, ¡pero en usted jamás! como se lo he dicho muchas veces... ¿Será acaso que usted me crea mejor de lo que soy y al levantar una punta del velo que encubre mi alma la encuentra muy defectuosa?... Sin embargo, bajo su in-

---

435 *Reja*: conjunto de varillas, barrotes, bandas, etc., de hierro sujetos paralelos unos a otros, entrecruzándose o formando dibujos artísticos, que se usa para cerrar puertas o ventanas, formar cercas, etc.
436 *Fondo*: profundidad.

fluencia he procurado mejorar mi carácter, corregir mis defectos... Cuando su sombra pasó por primera vez en mi vida, yo llevaba una existencia de vacío e indiferencia; en medio de la necia vanidad de los que me rodeaban había perdido mis más dulces y sagradas ilusiones, y con terror veía desvanecerse la fe en los sentimientos que hasta entonces habían sido mi consuelo... Después, el recuerdo de usted empezó a embellecer mi vida, y cuando lo conocí mejor, sus nobles ideas, sus virtuosas aspiraciones y su consoladora simpatía fortificaron mi corazón... Veo el sol más brillante y más puro en el cielo, y en la tierra la humanidad me parece mejor y más digna de aprecio. Comprendo que sí existen almas elevadas, virtuosas y desinteresadas, como las que había ideado, y siento con indecible gozo[437] latir el corazón que creí muerto y que usted ha reanimado».

* * *

...«!Oh! ¡benéfica influencia de una noble simpatía! le escribía otra vez; nunca imaginé que mis pensamientos pudieran tener alguna utilidad, ni menos que sirvieran de consuelo a otro. ¡Oh, puro amor de dos corazones del mismo temple, de dos espíritus que armonizan perfectamente! Nos comprendemos con el silencio mismo, y nuestras almas comunican a pesar de la distancia...; y al encontrarnos, basta una mirada para adivinar cuál ha sido nuestro mutuo pensamiento... Cuando en una hermosa noche estrellada levanto los ojos al cielo, veo allí la imagen de mi afecto: el fondo es oscuro y triste; pero lo hermosean mil luceros[438] refulgentes, con los que me gozo en dibujar su nombre con caracteres misteriosos...».

* * *

Así pasaron algunos meses; meses de encanto para Teresa que se había entregado completamente a pensar en Roberto, a esperar verlo en todas partes y recibir sus cartas diarias. Pero pronto se enturbió[439] esta atmósfera de tranquilidad: Roberto empezó a mostrarse inquieto y poco satisfecho con su suerte, alarmando a Teresa con sus quejas o impacientándose al contemplar que su unión no se haría tan pronto como había esperado. ¿Qué hacer? Ella procuraba calmarlo, manifestándose cada vez más afectuosa y multiplicando las ocasiones de encontrarse con él. Pero era en vano; aunque Roberto procuraba encubrir lo que sufría, ella no podía menos que llenarse de pena al encontrar un cambio en él que no podía explicarse.

Una vez recibió con algunas flores el siguiente billetito, que tuvo consecuencias más graves de lo que su autor podía haber previsto:

«Teresa, demasiado amada: tengo que confesarle al fin mi debilidad; ma-

---

437 *Gozo*: alegría, placer.
438 *Lucero*: estrella.
439 *Enturbiar*: deslucir, apagar.

nifestarle todo lo que pasa en mi corazón y hacerle comprender cuánto es mi sufrimiento. Usted me decía el otro día, tal vez con justicia, que puesto que había vivido durante los años trascurridos sin desesperarme, cuando no sabía siquiera si usted se había fijado en mí ¿cómo ahora que estoy cierto de ello, ahora que debería vivir gozoso, me dejo llevar por la más cobarde tristeza?...

En verdad mi abatimiento parece inexplicable, pero así es frecuentemente lo que procede del corazón. Por otra parte, usted para mí, antes de tratarla, era más bien un delicioso ideal, que una mujer adorada, y no sé por qué tenía el presentimiento de que usted comprendería al fin que sólo yo podía amarla tanto. Después vino la persuasión de que algún día esa visión no sería un sueño sino una dichosa realidad, y viví algún tiempo tranquilo alimentándome con esperanzas. Más ya esto solo no satisface mi corazón, y para colmo de mal, los celos, los celos que dormían, se han despertado frenéticos... me devoran y me hacen sufrir horriblemente. La veo siempre tan rodeada, tan cortejada, tan admirada; veo con rabia que en torno suyo se agrupan adoradores que pueden hablarle libremente, mientras que yo tengo que alejarme de su lado y fingir indiferencia, y ¡no soy dueño de los impulsos que me arrastran a querer abofetear[440] allí mismo a cuantos reciben una sonrisa de usted o una mirada!

«Comprendo que mis expresiones le van a causar pena, que soy injusto; pero, ¿qué quiere usted? estoy casi demente y ¡la amo tanto! ¿Me lo perdona?... Si yo no la siguiese a todas partes, si no pasara horas enteras contemplándola de lejos y tratando de adivinar lo que le dicen y lo que contesta, no tendría tanto que sufrir. En la ausencia se forja uno las imágenes que desea y no lo hiere la realidad que siempre desconsuela...».

* * *

Esta carta impresionó mucho a Teresa. ¿Cómo evitar que el que ella amaba padeciera el tormento de los celos, aunque injustos para ambos?

Le ofreció alejarse de la sociedad y abandonar todo sitio en que hubiera de encontrarse con otras personas; pero esto no lo satisfizo. «¡Cómo! le decía; entonces él también tendría que dejarla de ver, y lo privaría del amargo consuelo de contemplarla de lejos?». Teresa se entristeció mucho, notando que el carácter de Roberto presentaba una faz[441] que ella no conocía. Aún no había aprendido, a su costa, que los hombres son esencialmente egoístas y que hay días en que nada puede satisfacerlos.

En estas circunstancias el señor Santa Rosa anunció que tenía que ir a Chile y convidó a Teresa a que lo acompañara, puesto que el viaje apenas duraría algunos meses. Aceptó la invitación, esperanzada en que esta ausencia sería benéfica tanto para ella como para Roberto, pues dejaría de atormentarse y atormentarla, y podría dedicarse con mayor ánimo a sus negocios.

---

440 *Abofetear*: golpear.
441 *Faz*: aspecto.

Cuando le anunció este proyecto se mostró desesperado, pero al fin convino en que tenía razón. En cuanto a Teresa, era tal la confianza que tenía en Roberto, que ni por un segundo pensó en que podría variar jamás, lo que la libraba de abrigar celos, amando con ternura porque estimaba profundamente, pues al dejar de estimar también cesaría de amar.

Partió, pues, despidiéndose de Roberto en casa de Rosita, de quien siempre desconfiaba, no obstante sus manifestaciones de amistad, y que Roberto se empeñaba[442] en juzgar sincera, agradecido como estaba porque aquella casa era la única en que podían verse con alguna libertad.

---

442 *Empeñarse*: proponerse una cosa con obstinación.

XIX

En Santiago, Teresa adquirió muy pronto numerosas amistades, singularizándose[443] entre las familias parientes de su madre una particularmente: se componía de la madre anciana, cuatro señoritas y un joven. La bondad con que la trataron y la cordial hospitalidad que le brindaron formaban su mayor consuelo, y pasaba casi todo el día en casa de las Parejas.

Durante los tres primeros meses las cartas de Roberto le llegaban por todos los correos, lo que le causaba un gran placer, sin embargo de que sentía cierta sensación de desagrado[444] cada vez que las recibía por medio de Rosita; pero Roberto aseguraba que ésa era la única manera que había encontrado para que llegasen a sus manos sin temor de que las interceptase el señor Santa Rosa.

Así se pasaron varios meses, y aunque Teresa deseaba ardientemente volver a Lima, su padre encontraba mil pretextos para prolongar su permanencia en Chile. Esto la afligía mucho, a que se agregaba que empezó a notar en las cartas y el estilo de Roberto cierto cambio de lenguaje, algo que ella no podía explicarse, porque parecían tan tiernas y aún más apasionadas que antes. ¿Qué encontraba en ellas?... Notaba que sus frases no eran enteramente naturales; sentía cierto estudio en sus palabras y un amaneramiento[445] fingido en sus expresiones. A pesar de esto hacía lo posible por no abrigar desconfianza, esforzándose en conservar la fe en su corazón. Pero tanto procuraba pensar que debía estar tranquila, y trataba de persuadirse de lo injusta que era, que al fin comprendió que verdaderamente no estaba satisfecha y que la duda empezaba a apoderarse de su espíritu.

Un día llegó el correo y no trajo carta de Roberto... ¡no había carta! no podía creerlo. Rosita le escribió como siempre, pero nada le decía de aquel.

---

443   *Singularizar*: distinguirse por alguna particularidad.
444   *Desagrado*: efecto enfadoso, enojoso, molesto.
445   *Amaneramiento*: afectación.

¿Qué había sucedido? ¿estaría enfermo? ¿se habría molestado?... No; decididamente no podía comprender. Pasaron quince días de angustia, durante los cuales sus amigas procuraban animarla, viéndola tan triste pero sin saber la causa. Al fin llegó el paquete con carta de Roberto: Teresa creía encontrar en ella mil excusas por su silencio anterior; pero no fue así, y aunque menos larga que de costumbre era siempre tierna. Apenas le decía, como una cosa insignificante, que no le había podido escribir antes porque estaba muy ocupado... ¡Muy ocupado! ¡le faltaba tiempo para escribirle! Ésta fue una puñalada,[446] un desengaño tan cruel para Teresa, que sólo un corazón sensible, concentrado y amante, pudiera comprender cuál sería su dolor; dolor mudo, sin lágrimas ni aparente desesperación, pero cuyo diente agudo hizo una horrible herida en su corazón. No podía ocultárselo a sí misma: su amante empezaba a fastidiarse y a amarla menos.

Poco después volvió a dejarle de escribir, pero le envió saludos con Rosita, y al siguiente correo su carta era aún más corta y fría que la anterior; esto llenó la medida:[447] Teresa no pudo sufrir más y rogó a su padre que la volviese a Lima. Santa Rosa accedió inmediatamente al deseo de su hija, diciendo con cierta ironía y alegría maligna que ella comprendió después, que efectivamente ya nada tenía que hacer en Chile y que regresaría con gusto.

Después de haberse despedido de sus amigas Teresa se embarcó. Al momento de partir, el joven Carlos Pareja puso en sus manos una carta que contenía una declaración formal: le manifestaba que a medida que la había ido conociendo y comprendiendo sus méritos se había desarrollado en él un amor profundo y duradero, puesto que sus impresiones no habían sido repentinas, sino hijas de una estimación fundada en las cualidades que más admiraba. Añadía que pensaba ir a Lima después a recibir su sentencia; que no había querido dejarle ver lo que pasaba en su corazón hasta entonces, porque comprendía que sería rechazado, y quería dejarle algún tiempo para reflexionar en su humilde propuesta; además había querido vivir con alguna esperanza durante el tiempo que estaría ausente[448] de ella.

Carlos Pareja era un joven de modales finos y agradables y conversación amena e interesante, aunque su figura no era atractiva. Había sido educado en Europa, y al través de un carácter reservado se descubría que su corazón era muy noble y su talento[449] despejado.[450] Teresa había simpatizado con él, y lo consideraba como un amigo muy digno de su aprecio, pero jamás se figuró que tuviera por ella otro sentimiento que el de la amistad. Estaba demasiado preocupada con sus penas para poner cuidado en los sentimientos de los demás; pero fue con disgusto que vio convertirse en un admirador sin esperanza, un amigo a quien había estimado.

La dolorosa duda y la aprehensión que la dominaron al descubrir la conducta de Roberto, se fue convirtiendo en esperanza a medida que se acercaba otra vez a las costas de su patria... «Hacía casi un año que se habían separado;

---

446 *Puñalada*: pena muy grande causada a una persona.
447 *Llenar la medida*: llegar a un punto en que no es tolerable.
448 *Ausente*: lejos.
449 *Talento*: inteligencia.
450 *Despejado*: lúcido.

¡oh! qué dicha la de volverse a ver!». Pensando así, sus ojos brillaban y sus mejillas se sonrosaban, complaciéndose en suponer que pronto tendría Roberto la renta suficiente para realizar su enlace, poniendo fin a todos sus tormentos y penas, que terminarían como la aurora desvanece[451] los vagos terrores que alarmaron durante la noche.

Santa Rosa se quedó en Lima, y, cosa rara, él mismo propuso a su hija que fuera directamente a Chorrillos. Ella sabía que allí podía recibir a Roberto, cuando en su casa en la ciudad era imposible verse; la casa de Chorrillos era exclusivamente propiedad de Teresa, y podía verlo en ella sin que Santa Rosa tuviera derecho de molestarse.

Pocas horas después, llena de gozo y de ternura, casi sin respiración, esperaba el momento de volverse a ver con Roberto.

A las ocho debía llegar; el reloj de sobremesa dio ocho campanadas... un momento después se oyeron pasos en el patio, en las escaleras, en la antesala... y entró Rosita.

Teresa se había levantado llena de emoción, y no fue con mucha dulzura[452] que se desprendió de los brazos de su pseudo amiga diciéndole:

—No sabía que hubieras venido a Chorrillos.

—¿No? pues, ya ves, siempre sigo tus huellas;[453] —y al decir esto se sonrió con aire maligno añadiendo—: ¿no me preguntas por Roberto?

—¿A ti para qué? Debe venir dentro de un momento.

—En eso te equivocas, pues vengo de su parte. Esta tarde estuvo a verme: me dijo que sabía tu llegada y me suplicó que viniese adelante para avisarte que no podría estar aquí a la hora exacta, porque no sé qué negocio lo detendría. Vine por el último tren, y estoy en casa de una amiga.

Al oír esto Teresa no pudo ocultar su despecho; había tenido tantas emociones que este último golpe acabó de debilitar su ánimo y se le saltaron las lágrimas... No venir a la hora fijada por ella probaba descuido y desamor, pero enviárselo a decir con Rosita era un desacierto[454] y una desconsideración imperdonables... Su amiga fingió no notar su quebranto,[455] y tomando la palabra le refirió con su volubilidad chancera todo cuanto había pasado en la sociedad limeña durante su ausencia.

A medida que ella hablaba, Teresa se fue calmando hasta lograr, no sin esfuerzo, serenarse completamente, cuando entró Roberto.

La presencia de una tercera persona y el temor de dejar ver lo que había sufrido, influyeron en que Teresa pareciera fría, y ambos estaban turbados; era tan tarde cuando él llegó que la visita fue muy corta, y se despidió al mismo tiempo que Rosita, saliendo juntos.

Cuando se retiraron, Teresa se quedó largo tiempo inmóvil en el mismo sitio en que la habían dejado... Su corazón rebosaba de amargura, y una inquietud y un disgusto tales que no sabía qué pensar... Ella, que había imaginado ser tan feliz, que esperó con tanta impaciencia aquel momento... ¡y lo

---

451 *Desvanecer*: disipar, disolver.
452 *Dulzura*: cualidad de dulce; particularmente, en sentido figurado.
453 *Huella*: rastro, señal.
454 *Desacierto*: equivocación, error.
455 *Quebranto*: abatimiento físico o moral.

veía ya trascurriendo como cualquiera otro, en conversación vacía e indiferente!... «¡Sí, pensaba, la armonía se ha roto entre los dos con la ausencia; la cadena que nos unía se ha desoldado con la separación! ¡Cuán profundo es el abismo que cava[456] la ausencia entre dos amantes!». ¡Oh! vosotros los que amáis, no os separéis nunca, no pongáis ese obstáculo entre vuestros corazones; la ausencia siempre desune, siempre origina algún mal que no se percibe al principio, pero que es la causa del desafecto[457] futuro...

Quedóse triste, ¡oh! ¡cuán horriblemente triste! Al pasar frente a las ventanas de su balcón vio que una espléndida luna iluminaba y hacía brillar las olas del mar, pero en vez de salir a contemplar ese magnífico espectáculo, cerró la ventana con impaciencia y acercándose a su lecho apoyó los codos sobre él y se puso a reflexionar.

«¡Hoy lo vi! —exclamó de repente, como para penetrarse de tan dichosa realidad—. Hoy, ahora mismo mi mano estuvo en la suya... pero la de él se separó de la mía con impaciencia; su mirada no era la de antes... ¡Antes, antes!... ¡Dios mío! ¿por qué partí? ¿por qué lo abandoné?... Creí obrar bien en esto. Pero no; es una locura; él no puede dejar de amarme; ¡estoy soñando! Olvidemos estos ímpetus de desconsuelo...». Y haciendo el firme propósito de no pensar más, se entregó al sueño, desechando toda penosa reflexión.

Al día siguiente, al despertarse, le presentaron un magnífico ramillete compuesto de flores raras y escogidas: lo mandaba un florista por orden de Roberto, quien naturalmente no lo había visto.

«¡Cuánto más bellas me parecían —se dijo al ponerlo en un jarrón—, las humildes flores que él mismo me llevaba ahora un año! ¡qué me importan estos ramos arreglados por manos mercenarias!».

Hacia la tarde recibió una corta misiva de Roberto: le decía que no podía ir esa noche a Chorrillos porque sus negocios no se lo permitían. Había tenido la fortuna en esos días de heredar al hermano de su madre, que vivía en Arequipa, quien al morir le había dejado cuanto poseía, y a causa de esta herencia no podía abandonar a Lima.

«Pero —añadía—, yo sé que usted no toma ya interés en semejantes miserias; mi poquísima fortuna no puede pesar mucho en la balanza de la que proclaman opulenta. Además, hay personas que poseen mayores atractivos que yo, bajo todos aspectos, y que naturalmente interesan más. Así, no se admirará usted si no vuelvo a molestarla con mi presencia importuna; la frialdad con que me recibió anoche me prueba que no me habían informado mal acerca del cambio de sus sentimientos y proyectos. Tengo la convicción de que se ha acabado, si acaso existió algún día, el cariño que usted se dignó manifestarme... En fin, he descubierto demasiado tarde para mi futura felicidad, que sufrí una grave equivocación respecto de usted; la mujer que ha sido un ideal no puede bajar nunca a la tierra sin mancharse con el lodo que se encuentra en los caminos humanos».

---

456   *Cavar*: labrar.
457   *Desafecto*: desvío, frialdad.

Teresa se quedó anonadada,[458] y por largo tiempo no supo lo que le sucedía. ¡Roberto, el único ser que había amado durante tantos años rompía ya con ella!... ¡No; esto era imposible!... ¿Quién le arrancó ese corazón que era la dicha, el bien, la vida de Teresa? Su padre debía de estar en el fondo de todo esto, y de ello le pediría cuenta: también Rosita tendría parte... pero no quería degradarse pidiéndole explicaciones. Despechada, casi demente, corrió a la estación del ferrocarril en el momento en que partía un tren para Lima.

Casi sin saber lo que hacía se presentó delante de su padre, pálida, débil, moribunda y le dijo entre sollozos:

—¡Oh! padre mío... ¿para qué darme una vida que yo no pedía, para qué alimentar mi niñez y proteger mi juventud, si después había de hacerme usted tan desgraciada?... ¡sí, tan desgraciada!

—¿Qué es esto, Teresa? —exclamó su padre acercándosele, mientras que ella, sin poderse contener más tiempo, se cubrió la cara con las manos y rompió a llorar.

—¿Qué te ha sucedido? —añadió Santa Rosa.

Por algunos momentos no pudo ella contestarle; pero al fin, haciendo un esfuerzo, dijo:

—No me lo niegue... usted, o por orden suya, ha envenenado el espíritu de Roberto, durante mi ausencia en Chile...

—¿Roberto?... ¿todavía piensas en él?... Por cierto creía que ya tenías más juicio y habías olvidado esos caprichos indignos de ti.

—¡Yo no puedo olvidar!... ¡pero dígame usted, dígame por Dios! ¿qué le han dicho de mí a Roberto?

—¿Qué le han dicho?... ¿Y a mí qué me importa lo que lo puedan decir a ese miserable? No entiendo lo que me preguntas, ni me gustan estas escenas. ¡Ah! es verdad: he sabido que le han dejado últimamente una crecida herencia; probablemente ya no necesitará de tu dote, ¿eh?...

Y diciendo esto salió, dejándola sola.

---

458 *Anonadar*: una impresión muy fuerte o una desgracia, incapaz para pensar, trabajar, etc.

XX

Teresa no sabía qué hacer, pero al fin resolvió escribir unas pocas líneas a Roberto, rogándole que explicara su conducta; ¡no podía gastar orgullo con él! He aquí la respuesta:

«Son tantas las pruebas que tengo de que usted no me ama, ni me ha amado jamás, que no creo necesario explicarme. Me he sentido hondamente herido en mi corazón como amante, y en mi dignidad como hombre... Le aseguro a usted que ha desaparecido un amor que usted despreciaba cuando me lo ponderaba.[459] Ahora veo claro que usted no supo estimar la santidad de los sentimientos que me animaron. Fui amante, servidor, esclavo; pero parto porque quiero olvidar, si es posible, mis horribles sufrimientos. Mas, antes de ausentarme, le devuelvo todo lo que tenía de usted... era un tesoro que amaba más que la vida y que pensé no me lo arrancarían jamás».

Al mismo tiempo le devolvía todas las cartas que tenía de ella y otros pequeños recuerdos de su amor.

El golpe fue terrible para la infeliz Teresa. Sin embargo, procuró no perder la cabeza; buscó las cartas de Roberto, y cuanto él le había regalado: algunos libros y dibujos; pero no pudo resolverse a devolverle algunas flores secas; las guardó prontamente porque conoció que su vista la enternecía, y recogiendo lo demás hizo un paquete que selló y dirigió «al señor Roberto Montana».

Cuando vio el paquete cerrado sobre su mesa y se hizo cargo enteramente de lo que esto significaba para su vida, un hondo sollozo salió de su pecho oprimido, y cayendo postrada sobre el alfombrado fue presa de una horrible

---

459 *Ponderar*: alabar.

desesperación. Por lo mismo que sus sentimientos eran concentrados y ocultos se aferraban a las fibras de su vida misma y cuando estallaban no era capaz de reprimirlos fácilmente. Así pasó muchas horas, no supo cuántas, rehusando abrir su puerta y tomar alimento. Al fin se levantó, y después de haberse paseado largo rato se sentó y escribió por la última vez a Roberto:

«Un rayo ha caído a mis pies y he quedado como ofuscada. Hay momentos en que creo estar loca... Lo único que comprendo es que entre usted y yo todo ha concluido, que jamás podremos entendernos y que esto no tiene remedio. Pero, es preciso que usted sepa que no veo ni comprendo absolutamente qué motivo tiene usted, o pretende tener para haberme tratado así. Entre personas que se estiman las explicaciones no están de sobra. Confieso que usted me ha hecho pasar dos días de angustia, dos noches de indecibles tormentos... En medio de este mar de dudas sólo he visto con claridad que usted ya no me ama y que por eso se ha aprovechado de un pretexto inexplicable para decírmelo... Sin embargo, Roberto ¿no merecía yo acaso mayores consideraciones de parte de usted? Dejo la contestación a su conciencia.

«Procuraré tener valor para luchar contra la debilidad de mi corazón... ¡Soy fuerte! volveré a la calma estancada de mi vida anterior... ¡Todo ha acabado ya, todo! Al fin he quedado tranquila: la tranquilidad de la muerte, es cierto; ha muerto en mi alma la última ilusión, y ya la vida para mí es árida y desnuda y la veo en su yerta realidad. Siento que mi espíritu ha perdido el resorte que lo movía y que en pocas horas he llegado moralmente a la senectud.[460] La lámpara del amor ha quemado hasta la última gota de su combustible y ha brillado con su postrera luz; la flor de mi juventud ha perdido su último pétalo; el desengaño ha venido al fin. No ha querido conocer lo que guarda mi alma, la única persona en quien he tenido completa confianza, la única a quien he contado lo íntimo de mis ensueños y mis ideas, y a quien no vacilé ni temí mostrar el fondo de mi pensamiento, creyendo que su corazón me comprendería siempre.

«¡Adiós Roberto! ¡vaya usted en paz!... Aunque se despide *para siempre*, sin pronunciar una palabra de ternura; aunque mi imagen se ha borrado *para siempre* de su alma, repito con el perdón en los labios: ¡vaya en paz! ¡Que la fortuna sea su compañera; que la esperanza lo alimente... que no conozca el sufrimiento, y que encuentre en otro corazón lo que creyó no hallar en el mío!... No evoque usted jamás mi memoria, ni el eco de mis palabras sino en las horas de tristeza;... olvídeme completamente y sea feliz.

«¡Adiós! Roberto, adiós!».

* * *

Después de que cerró y envió su carta y las de Roberto, se quedó largo

---

460 *Senectud*: ancianidad.

tiempo inmóvil, la cabeza apoyada contra un sillón; allí, sola, aislada, pálida, con los brazos caídos, los ojos cerrados y el cabello suelto, la pobre mujer presentaba la imagen de la más completa desolación.

Horas después una sombra se proyectó en el umbral de la casa de Santa Rosa y una voz conmovida preguntó por Teresa. Le dijeron que había dado orden de no dejar entrar a nadie. La voz insistió y entonces fueron a golpear en la puerta del cuarto en que yacía Teresa, pero nadie contestó. El que había llegado se apartó con pasos lentos de la puerta a tiempo que entraba Santa Rosa y reconoció a Montana que se alejaba, y lo primero que hizo fue ordenar a sus criados que jamás dijeran a Teresa quién había ido esa noche. Poco rato después se presentó un sirviente con una carta para Teresa: Santa Rosa la interceptó y mandó devolverla cerrada a nombre de su hija con intimación[461] de que rehusaba recibir cartas del señor Montana.

Este, a quien abrumaron los remordimientos cuando hubo leído la última carta de la que tanto había amado, quiso ir a pedirle perdón de rodillas. Pero la imposibilidad de llegar hasta ella y la creencia de que no había querido verlo, produjeron un rapto de orgullo inconsiderado, y cuando lució el sol del día siguiente no lo halló en Lima.

La desgraciada Teresa ignoró lo que había pasado, y la luz del día la encontró todavía entregada a su desgarradora[462] desconsolación.

* * *

---

461 *Intimar*: conminar, exhortar.
462 *Desgarradora*: que causa mucha pena o compasión.

Epílogo

Désormais étrangère à la vie, je la regarderai
passer comme un ruisseau qui coule devant
nous, et dont le mouvement égal finit
par nous communiquer une sorte de calme.[463]
MADAMA DE STAËL[464]

Se pasaron meses. Teresa volvió a la sociedad; reía y conversaba como antes, y su vida exterior no había cambiado. Visitaba y recibía visitas con entera serenidad, y aun hablaba de Montana sin turbarse. Algunos suspiros ahogados, una profunda indiferencia por cuanto la rodeaba, cierta ironía triste en sus palabras y pensamientos, y algunos ímpetus de descontento doloroso, eran las únicas señales que habían quedado de la herida secreta que llevaba en su corazón. Nadie la comprendía ya; solamente *uno* había leído en su pensamiento como en un libro abierto y penetrado con una mirada las sombras que pasaban por él;... pero ya no había quien leyera más, y podía con seguridad pensar que su alma estaba sola, siempre sola. Para recuperar aquella serenidad aparente, había tenido que recurrir a los consuelos que buscaba en otros tiempos: frecuentaba mucho la sociedad, solicitaba con ahínco distrac-

---

463 Désormais étrangère à la vie, je la regarderai / passer comme un ruisseau qui coule devant / nous, et dont le mouvement égal finit / par nous communiquer une sorte de calme. Desde ahora, extraña a la vida, la observaré / pasar como un arroyo que fluye por frente / a nosotros, cuyo movimiento acompasado cesa / comunicando una especie de calma.

464 *Germaine de Stael* (Francia, 1766-1817). Escritora e intelectual francesa, famosa por su salón internacional de reuniones. Su nombre completo era Anne Louise Germaine, baronesa de Staël-Holstein. Nació en París, hija del financiero y político Jacques Necker. En 1786 se casó con el embajador sueco en Francia, Eric Magnus, barón de Staël-Holstein. Pero fue sin embargo su propio talento lo que la hizo destacar en los asuntos políticos y literarios de la época. En 1793, huyendo de la Revolución Francesa, se refugió en Suiza, donde dirigió un brillante salón internacional en el que se llevaban a cabo reuniones en las que participaban los intelectuales, artistas y políticos de la época. De regreso a Francia, fue condenada por Napoleón y se vio obligada a abandonar París tras la publicación de su primera novela: *Delfina* (1802). En 1807 se exilió de nuevo tras la publicación de *Corinne o Italia* (1807). Esta novela, basada en la brillante carrera artística y literaria de la heroína angloamericana Corinne, se convirtió en la obra más famosa de Madame de Staël y ejerció una enorme influencia en todas las escritoras del momento, estimulando sus aspiraciones y sus deseos de gloria. El eco de esta novela se dejó sentir en toda la ficción del siglo XIX. Se atribuye a Madame de Staël la difusión de las teorías del romanticismo en obras como *De la literatura* (1800), que destaca asimismo por su capítulo dedicado a las mujeres escritoras, y Alemania (1810), un estudio sobre la cultura alemana basado en el periodo del Sturm und Drang (c. 1765-1785).

ciones, no estaba nunca sola, y por la noche se retiraba tan completamente cansada y fastidiada que el sueño en breve la rendía.

Carlos Pareja había llegado a Lima y hablado con Teresa, quien le hizo comprender que su corazón era una ruina y que una pena profunda, desoladora, había agotado en ella la facultad de amar, y por consiguiente, él no debía tener esperanza alguna en ser correspondido. Sin embargo, el joven no se desalentó;[465] permanecía en Lima y frecuentaba la casa de Teresa, pero sin hablarle de sus pretensiones. La estudiaba continuamente, procuraba comprenderla y permanecía a su lado, porque cada día encontraba en ella mayores motivos para amarla. Con su aire tranquilo y reservado, podía observar la móvil aunque orgullosa fisonomía de Teresa, y trataba de descubrir alguna señal que le hiciera adivinar la causa de sus penas; pero el tiempo pasaba y él la veía siempre lo mismo.

Llegó el 28 de julio, aniversario de la Independencia del Perú. El pueblo, que parece indiferente todo el año, se entusiasma locamente ese día. En las calles, en las plazas, en las fondas,[466] en las casas particulares, se reúne la gente para cantar el himno nacional. El regocijo de un país entero, la alegría general de todo un pueblo, es un espectáculo interesante en extremo, y esto despertó hasta a Teresa de su letargo doloroso; sus ojos se iluminaron un momento con un destello de su antigua animación y entusiasmo.

Por las calles pasaban largas procesiones de gente a caballo, a pie y en coche, que escoltaban carruajes abiertos en que llevaban los retratos del Libertador Bolívar,[467] de Sucre,[468] San Martín[469] y otros próceres. En las es-

---

465 *Desalentar*: desanimar.
466 *Fonda*: hospedería, hostelería, hostería. (Chile, Perú) Cantina o puesto donde se sirven comidas y bebidas.
467 *Simón Bolívar*: (Caracas, 1783 - Santa Marta, Colombia, 1830). Uno de sus tutores fue Simón Rodríguez, quien lo introdujo al movimiento filosófico de aquella época. En 1799 viaja a España, para proseguir con su educación. Allí se casa en 1802 con María Teresa Rodríguez del Toro y Alayza, pero queda viudo en Caracas un año después. Regresa a España con Simón Rodríguez en 1804. En ese viaje hace el juramento sobre el Monte Sacro de Roma de no descansar hasta que América sea libre. Después de abril de 1810, Bolívar viaja a Inglaterra con Andrés Bello y Luis López Méndez en una misión diplomática, para lograr el reconocimiento de la nación que se estaba formando. Después de numerosas batallas, tiene que huir a Jamaica, en donde escribe su "Carta de Jamaica". En 1817, regresa a Venezuela. Dos años más tarde, en 1819 se crea el Congreso de Angostura en donde funda la Gran Colombia (Venezuela, Colombia, Panamá y Ecuador) y es nombrado presidente. Después de 2 años de luchas, la independencia de Venezuela se consolida con la Batalla de Carabobo, el 24 de Junio de 1821. En 1822, liberado el norte de Sur América, Bolívar cruza los Andes para liberar Perú, lo cual logra con Sucre en la Batalla de Junín, el 6 de Agosto de 1824. Mientras estuvo fuera de Venezuela, fue víctima de las rivalidades entre los caudillos que empezaban a gobernar a Venezuela. Muere el 17 de diciembre de 1830, en la ciudad de Santa Marta, Colombia.
468 *Antonio José de Sucre Alcalá*: (Cumaná-Venezuela, 1795 - Montañas de Berruecos, cerca de Pasto- Colombia, 1830). Militar y estadista venezolano, héroe de la Independencia. Es nombrado Coronel en 1817, por el mismo Simón Bolívar. En 1821, es Jefe del ejército del Sur de Colombia, en donde logra la independencia de las provincias de Ecuador en las batallas de Ríobamba y Pichincha. Participa en la batalla de Junín y gana la batalla de Ayacucho en 1824, al mando del ejército unido, con lo cual logra el título de Gran Mariscal de Ayacucho. En 1825, ocupa el territorio del Alto Perú, que se independiza del gobierno de Buenos Aires, adaptando el nombre de Bolivia. Fue el primer presidente de Bolivia, cargo que ocupó por dos años. En el Congreso llamado «Admirable» (1830)

quinas se reunían grupos de gente, y los discursos se hacían cada momento más entusiastas, a medida que las libaciones eran más frecuentes. Cuando pasaban por delante de la casa de algún sujeto de notoriedad política, lo llamaban, lo obligaban a salir al balcón y tenía que pronunciar un discurso.

Así se pasó el día, terminando con una gran función en el teatro. Teresa se había sentido indispuesta desde por la mañana, pero no quiso dejar de concurrir esa noche.

Todas las señoras estaban vestidas idénticamente, llevando los colores nacionales, blanco y rojo; y muchas banderas adornaban el escenario y los palcos.[470] Se empezó la función por el himno nacional, cantado por la compañía lírica, y en el estribillo,[471] el pueblo entero, en pie y con las cabezas descubiertas, cantaba:

¡Somos LIBRES, seámoslo siempre;
Antes niegue sus luces el sol
Que faltemos al voto solemne
que la PATRIA al ETERNO elevó![472]

Después de haber llamado por su nombre a varias personas conocidas entre los literatos y hombres públicos para que hablaran, en el primer entreacto[473] empezaron, desde el patio, a pedir el himno nacional a las señoritas que estaban en los palcos y que se sabía podían cantarlo. Ellas no se hicieron rogar: tomaron la letra del himno distribuido en la puerta, y levantándose impávidas,[474] risueñas, lo cantaron con entusiasmo, haciendo

---

fue elegido presidente de la Gran Colombia. En mayo de 1830, cuando terminó el Congreso Admirable, el mariscal Sucre preparó aceleradamente su viaje hacia Quito para reunirse con su esposa doña Mariana Carcelán, marquesa de Solanda, y con su primogénita Teresa. Cerca de Pasto, el 4 de junio de 1830, fue asesinado.

469 *José de San Martín*: (Yapeyú, Corrientes -Argentina 1778 - Boulogne-sur-Mer, Francia 1850). Militar y estadista argentino. Hijo de españoles, su familia volvió a España cuando él contaba seis años de edad. Se formó en el regimiento de infantería de Murcia, y a lo largo de dos decenios sirvió en el ejército español en campañas militares contra ingleses, norteafricanos y portugueses. Ya con el grado de capitán, en 1811 solicitó el traslado a América. En su nuevo destino, su hasta entonces indiscutible fidelidad a la Corona española cambió para ponerse del lado de la independencia suramericana. Se trasladó a Buenos Aires, principal centro nacionalista durante la ocupación napoleónica de España, y asumió la responsabilidad de organizar los ejércitos del lugar. San Martín siempre lamentó haber dedicado veinte años de su carrera al servicio de España. Consciente de la necesidad de conquistar el virreinato del Perú, bastión de los realistas, efectuó un lento avance a través de los Andes que llevó a su disciplinado ejército a liberar Chile, de nuevo bajo poder realista tras su alzamiento. Renunciando a quedarse allí, armó una flota y, tras un año de asedio, consiguió tomar Lima (julio de 1821). En septiembre de 1822, tras mantener una reunión secreta con Simón Bolívar, cuyos detalles aún no se ha logrado desvelar, renunció a todas sus aspiraciones políticas y se exilió en Europa por el resto de sus días.

470 *Palco*: en los teatros, cada uno de los departamentos, semejantes a balcones, en que hay varios asientos que ocupan generalmente personas que van juntas.

471 *Estribillo*: frase en verso con que empiezan algunas composiciones poéticas o que se *repite después de cada estrofa.

472 *Somos libres, seámoslo siempre*...: coro del Himno Nacional del Perú.

473 *Entreacto*: tiempo intermedio entre dos actos de una representación teatral.

474 *Impávida*: valiente, impasible.

coro siempre el público entero. A poco pidieron su contingente a Teresa, quien trató de excusarse, pero le fue preciso obedecer. En pie, en medio de su palco, cubierta de blancos encajes y coronada de rosas lacres,[475] estaba muy bella, y aplaudieron tanto los acentos de su expresiva voz, como la hermosura de la cantatriz. Carlos Pareja estaba a su lado y tenía en sus manos el papel en que ella leía, y cuando acabó ¡la premió con una dulce sonrisa!

—¡El número 25, el número 25! ¡el himno! ¡el himno! —gritaron desde el patio.

Era el palco en que estaba Rosita: Teresa, que hacía mucho la había dejado de ver, volvió los ojos hacia ese lado, y Pareja, que la miraba en ese momento, vio que sus mejillas se cubrieron de carmín para tornase[476] después pálidas como el mármol. Levantóse Rosita, teniendo a su lado a Roberto Montana... él miraba a su compañera con ternura y ella se mostraba llena de orgullo. Este espectáculo imprevisto, pues Teresa no sabía que pocas horas antes había vuelto Montana, la impresionó vivamente, y con dificultad pudo ponerse en pie cuando empezó el himno... Se sentía desfallecer,[477] mientras que las dos voces unidas se elevaban armoniosas y llenas de entusiasmo, y Teresa escuchaba la hermosa voz de Roberto como en sueños y veía que sus ojos la buscaban al decir:

> ¡Largo tiempo el PERUANO oprimido
> La ominosa cadena arrastró;
> Condenada a una cruel servidumbre
> Largo tiempo en silencio gimió!
> ¡Mas apenas el grito sagrado
> LIBERTAD! en sus costas se oyó,
> La indolencia de esclavo sacude,
> La humillada cerviz levantó![478]

Entonces, en medio de aquella multitud, rodeada de alegría y de perfumes, Teresa recordó el lecho de muerte de Lucila; resonó nuevamente en sus oídos la voz de su amiga diciéndole aquellas proféticas palabras: «me estremecí pensando que tu suerte no sería feliz». Allí, cuando la música atronaba[479] todo el ámbito, cuando mil luces brillaban en torno suyo y sus ojos se fijaban en las joyas que lucían en sus brazos descubiertos... allí, en medio de aquella escena, Teresa volvió a sentirse en la estrecha pieza de la moribunda y al recordar el sueño que tuvo y que había olvidado... Se sentía desfallecer como entonces; veía a Roberto feliz al lado de otra mujer, importándole poco si ella se moría o no. Al pensar esto, vio volar en torno suyo como estrellas todas las luces del teatro, las gentes y las banderas como en un torbellino... Pareja apenas pudo darle su apoyo para que no cayese al suelo, pues se había desmayado.

---

475 *Lacre*: pasta, generalmente, de color rojo.
476 *Tornar*: volver, transformar.
477 *Desfallecer*: abatir, flaquear.
478 *Largo tiempo el peruano oprimido*...: Primera estrofa del Himno Nacional del Perú.
479 *Atronar*: aturdir.

Cuando volvió en sí estaba en su cuarto. Un fuerte ataque al cerebro, seguido de fiebre, la puso tan cerca de la muerte que durante algunos días se creyó que no viviría; pero al fin volvió en sí y los médicos la declararon fuera de peligro. Cuando le anunciaron que su convalecencia empezaba, contestó con un hondo suspiro, volviéndose hacia la pared:

«¡Hubiera querido morir! ¿para qué es mi vida?».

Pero vivió y recuperó sus fuerzas para oír hablar en todas partes del amor de Roberto y de Rosita. Sin embargo, no volvió a conmoverse al verlos juntos, y hasta les habló varias veces con la sonrisa en los labios, y aunque llevaba la muerte en el corazón, nadie lo supo; a lo menos ella no sabía que Carlos Pareja hubiese descubierto la causa de su tristeza.

Durante mucho tiempo su salud continuó débil; su mirada perdió el brillo y su belleza la frescura; una mórbida palidez invadió sus mejillas y su hermosura se apagó.

Pasaron uno y dos años, y Pareja, que era secretario de la Legación chilena, veía con terror fijarse en la fisonomía de la que amaba con tanta abnegación, una incurable melancolía, y se estremecía al pensar que había fundado su esperanza en una mujer que tenía perdida la facultad de amar.

Hacía tiempos que Roberto había roto con Rosita y se decía que desde entonces había amado a otras. Teresa lo veía a veces, y cuando se encontraban en alguna parte se hablaban sin afectación; pero nunca procuraron tener una explicación que ya era inútil, y ella creía que él hasta olvidaba los tiempos en que se amaron... Pero en el corazón de nuestra heroína se levantaba a veces el espectro de lo que fue: ¡ella no sabía olvidar!

Una mañana le trajeron una carta y al abrirla leyó lo siguiente:

«Amiga mía:

«Aunque hace mucho tiempo que no nos visitamos, no quiero parecer ingrata... Ayer tuve la satisfacción de haber añadido otro nombre al mío, casándome, y he creído que al entrar a ese respetable gremio, al cual tú perteneciste, debía ser completamente franca. Empezaré explicándote y haciéndote comprender varios acontecimientos que han tenido una grande influencia en tu vida... No sé si recordarás que ahora algunos años te dije, y te lo notifiqué seriamente, que no permitiría que te interpusieras entre Roberto Montana y yo, pues su conquista me pertenecía. Aunque se me ha creído aturdida y caprichosa, nunca cambio de propósito... Cuando te vi volver de Europa con Roberto, pronto comprendí en qué estado estaba tu *amistad* con él, y resolví hacer fracasar ese amor. No era porque yo amara a Montana (¿acaso yo he podido comprender jamás ese estado de imbecilidad que ustedes llaman amor?) no era por eso; pero halagaba[480] mi vanidad hacerte perder ese admirador que parecía tan rendido. Empecé insinuándome en el espíritu de Roberto, manifestándome amiga desinteresada, y procuré ganar su confianza;

---

480 *Halagar*: adular, lisonjear.

pensaba que de amiga y confidenta a amante no hay más que un paso, cuando se conoce la variabilidad del corazón de un hombre. Una vez que conseguí esto fui poco a poco haciéndole tener dudas y despertándole los celos... El viaje a Chile fue arreglado entre tu padre y yo, pues siempre anduvimos de acuerdo. Antes de partir, Santa Rosa me entregó unas cartas que él había interceptado cuando descubrió tu correspondencia con Roberto. Durante la ausencia era más fácil envenenar tu recuerdo, y cuando hube preparado convenientemente el terreno, me fingí afligida con la credulidad de tu amante y tu perfidia, y presenté las cartas, en sobres también de tu letra, dirigidos a Carlos Pareja, que no sé cómo consiguió Santa Rosa para mandármelos. Naturalmente yo cambié ligeramente las fechas de las cartas, pero eso era muy fácil. El despecho y la rabia que manifestó Roberto me llenaron de gozo, pues estaba ya segura del triunfo. Esto fue pocos días antes de tu llegada;... sin embargo, yo temía la ternura y las explicaciones de la primera entrevista, y arreglé mis planes del modo que tú recordarás, estando yo presente.

«Creo que lo demás lo comprenderás; no hay necesidad de mayores explicaciones. Olvidaba decirte que hasta entonces no había conseguido hacerme amar por Roberto; pero eso no me afanaba; pues estaba segura de hallar una oportunidad: ¡la conquista del amor de un hombre es tan fácil cuando se tienen atractivos... y voluntad!

«La llegada a Lima de Carlos Pareja y su continua presencia a tu lado, me hicieron recordar la empresa que tenía empezada y a la cual no había dado aún la última mano: le escribí entonces a Roberto, que estaba todavía ausente de Lima, diciéndole que si quería persuadirse de lo que le había probado respecto a tu intriga con el chileno, viniera inmediatamente.

«El 28 de julio en el teatro te vio sonreír dulcemente con Carlos y apoyarte familiarmente en su brazo; creyó entonces que efectivamente era una cobardía en él pensar más en ti... y esa noche misma me declaró que a mí solamente podía amar. Los hombres cambian fácilmente de ídolo; el *amor* es el mismo, pero el *objeto*, diferente. Así fue que yo acogí el homenaje que me ofrecía, a pesar de que en el fondo lo despreciaba y sólo sufrí sus atenciones el tiempo necesario para que nuestros nombres llegaran unidos a tus oídos.

«Tu enfermedad iba haciendo fracasar todos mis proyectos. Un día encontré a Roberto rondando la casa en que se decía te estabas muriendo, y al principio se resistía a seguirme; pero en ese momento nos pasó Carlos Pareja con un médico que había ido él mismo a llamar. Al verlo Roberto perdió su aire abatido y no volvió a alarmarme con tu recuerdo.

«Creo que no tengo más que añadir. Ya ves, querida Teresa, que lo que se quiere se puede cuando hay constancia.

«Ayer me casé, como te lo dije al empezar; y aunque el novio (que es inglés) no es joven ni interesante, es rico y complaciente y me llevará a Europa cuando yo quiera. Esperaba poderte dar esta noticia para escribirte, y si he tardado tanto en hacerlo te aseguro que no ha sido por culpa mía.

«Adiós, espero que no olvidarás nunca a tu antigua amiga.

«ROSA C. SMITH».

Esta carta le causó mucha pena a Teresa, al pensar con cuánta facilidad se había dejado engañar Roberto; también la satisfizo la idea de que él no era tan despreciable como ella había creído, pues eso era lo que más la entristecía; pero no cambió en nada su vida. Aunque hubiera podido enviar la carta a Montana para que no guardara de ella una opinión errónea, no pensó en hacerlo nunca. ¿Para qué causarle remordimientos, cuando ni uno ni otro podían volverse atrás?... ya todo era inútil; las ilusiones no pueden revivir.

Esta era la situación en que se hallaba Teresa la tarde en que, como recordará el lector, la vimos por primera vez en su balcón en Chorrillos.

El joven que vio al través de los cristales era Carlos Pareja, que no dejaba nunca de visitarla y se manifestaba afligido cuando no lo recibía.

¿Acaso Teresa se condolió al fin del afecto constante de Carlos y volvió a pasar por el terrible camino del amor en el cual tanto había sufrido?

Hasta ahora no lo hemos sabido.

* * *

El corazón de la mujer

(Ensayos psicológicos)

El corazón de la mujer

(Ensayos psicológicos)

Introducción

El corazón de la mujer es un arpa mágica que no suena armoniosamente sino cuando una mano simpática la pulsa.

El alma y el corazón de una mujer son mundos incógnitos en que se agita el germen[1] de mil ideas vagas, sueños ideales y deleitosas[2] visiones que la rodean y viven con ella: sentimientos misteriosos e imposibles de analizar.

El corazón de la mujer tiene, como el ala de la mariposa, un ligero polvillo; y como ésta pierde su esmalte cuando se la estruja: el polvillo es la imagen de las ilusiones inocentes de la juventud que la realidad arranca rudamente, dejándolo sin brillo y sin belleza.

La mujer de espíritu poético se penetra demasiado de lo ideal, y cuando llega a formarse un culto del sentimiento, sobreviene la realidad que la desalienta y aniquila moralmente. No preguntéis la causa de la tristeza que muestran algunas, o del abatimiento, la amargura o aspereza[3] que manifiestan otras: es porque han caído de la vida ideal, y la realidad ha marchitado sus ilusiones dejándolas en un desierto moral. Muchas no saben lo que ha pasado por ellas, pero llevan consigo un desaliento vago que les hace ver el mundo sin goces; viven solamente para cumplir un deber, y se convierten en beatas[4] o amargamente irónicas.

La mujer soltera que no ha sido amada ha hundido su corazón en un abismo de desengaños y tiene en su lugar un pedazo de carbón petrificado. Cultiva odios y venganzas, porque habiendo sufrido horriblemente, no quiere ser sola en su dolor y desea que la humanidad lo sufra también. Pero la que ha sido amada y ha amado es un ser angelical. En sus pasadas dichas como en sus pesares y desengaños, el corazón ha permanecido siempre abierto a todos los sentimientos tiernos.[5] Perdona todo al mundo en cambio de los

---

1   *Germen*: semilla.
2   *Deleitoso*: que proporciona deleite, agrado.
3   *Aspereza*: adustez, brusquedad.
4   *Beato*: persona exagerada en las prácticas religiosas, o de religiosidad afectada.
5   *Tierno*: cariñoso, dulce.

dulces sentimientos con los que alguien embelleció su existencia. Poco importa si ese amor ha sido desgraciado, viviendo oculto en el fondo de su alma: las emociones que le procuró y cuyo recuerdo es la esencia de su vida le bastarán para embalsamar el resto de sus días.

El corazón de la mujer tiene el don de guardar el tesoro de su amor que la hace dichosa con solo contemplarlo en lo íntimo de su alma, aunque lo ignoren todos; satisfecha con acariciar una dulce reminiscencia que alimenta sus pensamientos y da valor a su vida.

Toda mujer es más o menos soñadora; pero algunas comprenden sus propias ideas y otras apenas ven pasar las sombras de su imaginación. El hombre culto cuando ama, verdaderamente es siempre poeta en sus sentimientos: la mujer lo es en todos tiempos en el fondo de su alma, porque su corazón siempre ama, sea un recuerdo, una esperanza o la ideal fantasía creada por ella misma.

La mujer es esencialmente nerviosa, es decir exaltada, y adivina fácilmente los pensamientos de los que la rodean cuando se propone fijarse en ellos. Con ese don casi sobrenatural que la distingue, sabe cuáles son los seres con quienes debe simpatizar y de cuáles debe huir. Sabe desde el primer momento quién la amará y para quién será indiferente. El hombre siente, se conmueve y comprende el amor: el corazón de la mujer lo adivina antes de comprenderlo.

El corazón de la mujer se compone en gran parte de candor, poesía, idealismo de sentimientos y resignación. Tiene cuatro épocas en su vida: en la niñez vegeta y sufre; en la adolescencia sueña y sufre; en la juventud ama y sufre; en la vejez comprende y sufre. La vida de la mujer es un sufrimiento diario; pero éste se compensa en la niñez con el candor que hace olvidar; en la adolescencia, con la poesía que todo lo embellece; en la juventud con el amor que consuela; en la vejez con la resignación. Mas sucede que la naturaleza invierte sus leyes, y se ven niñas que comprenden, adolescentes que aman, jóvenes que vegetan y ancianas que sueñan.

Las mujeres no tienen derecho de desahogar sus penas a la faz del mundo. Deben aparentar siempre resignación, calma y dulces sonrisas; por eso ellas entierran sus penas en el fondo de su corazón, como en un cementerio, y a solas lloran sobre los sepulcros de sus ilusiones y esperanzas. Como el paria del cementerio bramino (de Bernardin de Saint–Pierre),[6] la mujer se alimenta con las ofrendas que se hallan sobre las tumbas de su corazón.

---

6   *Jacques Henri Bernardin de Saint-Pierre:* (El Havre, 1737-Eragny-sur-Oise, 1814). Escritor francés. Su obra influyó en el movimiento romántico francés. Ingeniero de formación, viajó durante años por Europa y residió en la isla Mauricio desde el año 1768 hasta 1770. A su regreso a París entabló amistad con Rousseau, cuya filosofía sentimental divulgó en escritos como *Viaje a la isla de Francia* (1773). Su fama de novelista quedó establecida con *Pablo y Virginia*, novela corta publicada en el volumen de *Estudios de la naturaleza* (1784). Fue colmado de honores por la Revolución y por el Imperio.

I

Matilde

«El infierno es un lugar en que no se ama».

SANTA TERESA DE JESÚS[7]

La casa cural de la aldea de *** era la única habitación un tanto civilizada que se encontraba en aquellas comarcas.[8] Después de la muerte de mi madre, mi hermana y yo fuimos a pasar algunos meses al lado del cura, que era nuestro tío.

Una noche se presentó un viajero suplicando que le diesen hospitalidad a él y a su señora que había enfermado repentinamente en el camino. Por supuesto nos apresuramos a abrirles la puerta de nuestra humilde habitación, ofreciendo nuestros servicios con el mayor gusto; no solamente excitadas por aquel espíritu de fraternidad que abunda en los campos, sino impelidas por la curiosidad latente que abriga todo el que vegeta en la soledad después de haber vivido en el seno de la sociedad.

El caballero no llegaría a los cuarenta años; alto, un tanto robusto pero bien formado; sus modales cultos y su lenguaje cortés; pero en sus ojos de un azul pálido se notaba cierta rigidez y frialdad que imponía respeto a la par que aprehensión. Los ojos azules no son susceptibles de mucha expresión, pero cuando nos miran con suma dulzura son fríos, duros e inspiran súbitas antipatías.

La señora era más joven, pero estaba tan pálida y delgada y era tan débil y pequeña, que en el primer momento sólo vimos brillar un par de ojos negros y luminosos como dos estrellas en un cielo oscuro.

---

7   *Santa Teresa de Jesús*: Teresa de Ahumada nació en 1.515, en Ávila, España. En 1522, huye con su hermano Rodrigo a «tierra de moros». En 1528, escribe un libro de caballería, que quema. Muere su madre y se apega a un primo y a una pariente. En 1531, es internada en Santa María de Gracia. En 1532, sale enferma de su internado. En 1533, declara a su padre la vocación religiosa. En 1535, huye de casa y entra en el convento de la Encarnación. En 1536, viste el hábito del Carmen. En 1537, profesa. En 1539, cae gravemente enferma. Pide confesión y queda cuatro días como muerta, pero su padre no deja enterrarla. En 1539, regresa tullida al convento de la Encarna ción y así permanece tres años. Muere en 1582, en Alba de Tormes a los 67 años y medio. El Papa Pablo V la beatifica en 1614. Mientras que el Papa Gregorio XV la canoniza en 1622. El Papa Pablo VI la nombra Patrona de los escritores españoles en 1965; posteriormente en 1970, la nombra la primera mujer Doctora de la Iglesia.

8   *Comarca*: región.

Supimos que Don Enrique Nuega era un rico propietario de Girón[9] que tenía una hacienda cerca de nuestro distrito y a donde había pensado permanecer algún tiempo con su esposa; pero la enfermedad de Matilde interrumpió el proyectado viaje. Se quedó, pues, con nosotros, y nuestros cuidados y el interés que tomamos por su salud, nos granjearon en breve su confianza y cariño. Don Enrique parecía siempre fino y cuidadoso en todo aquello que tocaba las comodidades materiales de su esposa, pero se manifestaba frío y desabrido en sus conversaciones con ella; y Matilde, por su parte, rara vez le dirigía la palabra y en su presencia no aventuraba una opinión y procuraba callarse si al entrar él estaba conversando.

—Vivía triste, enferma —nos decía a veces—, pero he hallado en ustedes una verdadera familia que me ha proporcionado muchos consuelos, e inspirado una confianza que no esperaba tener ya en el mundo. Hacía dos meses que Matilde estaba con nosotros. Don Enrique, que se hallaba ausente, debía llegar en esos días para conducirla nuevamente a Girón, porque se había visto que el clima de la hacienda no le podía convenir. Una tarde estábamos sentadas las tres en el corredor exterior de la casa como lo hacíamos siempre al caer el sol. Matilde, reclinada en un silloncito bajo, parecía una blanca sombra en medio de la oscuridad naciente. Pocos momentos antes había recibido una carta de su esposo en que le anunciaba el día de su llegada, lo que parecía causarle una emoción dolorosa, pero guardaba silencio. Mi hermana y yo, no recuerdo por qué motivo, discurríamos vagamente acerca de los propósitos que se hacen con entusiasmo y que después no se cumplen.

—Los propósitos rara vez se cumplen —dijo de repente Matilde mezclándose en la conversación—; ¡lo sé por experiencia!

—Y con pesar lo dice —contesté riéndome.

—Pues... cuando quedé viuda —continuó ella—, hice el firme propósito de no volverme a casar; ¡y ya ven ustedes qué bien lo cumplí! Me casé por segunda vez, a pesar de haber sido muy desgraciada en la primera.

—Pero Don Enrique —dijo mi hermana—, le inspiraría a usted tanto cariño, que olvidaría su resolución.

—¡No fue así! —exclamó la pobre mujer cubriéndose la cara con las manos—; yo no le amaba...

—¡No lo amaba!

—No —prosiguió con acento agitado—, no... ¡si mi mano temblaba en la suya. Si su mirada me hacía bajar los ojos y si me conmovía su voz, no era de amor! No podía ser amor lo que sentía, puesto que otro ocupaba siempre mi pensamiento y poblaba mis sueños con su querida imagen... Cuando se me acercaba Enrique, lo que hacía latir mi corazón era cierta aprehensión indefinible, miedo de que me hablase, y mi primer impulso era huir; pero al mismo tiempo tenía orgullo en que me amase... ¡deseaba conquistar su admiración! ¡Oh! ¡ese deseo loco de ser admiradas es la causa de muchas de las

---

9   *Girón - Santander*: Fundada en 1631, sus minas de oro la hicieron importante durante la Colonia, época de un estupendo legado arquitectónico, lo que la convirtió en un Monumento Nacional. Sobresalen el Museo de Arte Religioso, con valiosas pinturas y objetos litúrgicos antiguos, La Catedral del Señor de los Milagros, sitio de peregrinación, y la Capilla del Corregidor, en las afueras.

desgracias que agobian a las mujeres! Yo no lo amaba; me hacía una dolorosa impresión el ver sus claros ojos fijos en mí y recordaba la cariñosa y viva mirada de Fernando... pero él estaba ausente, y nunca había dicho una palabra que me indicara que me amaba, por lo que procuraba no pensar en él. El afecto de Enrique me esclavizaba, y aterrada al entrever al abismo que se nos interponía no podía contestar a sus protestas de amor, silencio que él achacaba a timidez, afirmándose en creer que mi corazón era suyo; y yo que no me atrevía a desengañarlo, no obstante que aterrada, palpaba la incompatibilidad de nuestras ideas y sentimientos, germen seguro de discordia. Recordaba entonces las largas conversaciones que teníamos Fernando y yo... Enrique tiene un carácter retraído y habla con dificultad, mientras que el otro tenía el don de la palabra, cualidad más rara de lo que se cree, y sus pensamientos siempre elevados y palabras escogidas me llenaban de encanto; y con todo esto la pasión de Enrique me arrastraba, me llevaba con los ojos abiertos hacia una vía sin salida... ¡Oh! ¡triste vanidad! por gozar de la estéril satisfacción de verme adorada por Enrique, permitía que él creyese que le correspondía, mientras que todas las potencias de mi alma, las más bellas aspiraciones de mi corazón se hallaban concentradas en la dulce memoria del ausente. ¿Qué misterio, qué magnetismo oculto era aquel que me impelía[10] hacia Enrique? No sé: su carácter me era antipático y a su lado me sentía indiferente y fría... Cuando me casé la primera vez, también me había visto arrastrada por un amor que no podía corresponder; pero entonces era tan niña que mi inexperiencia me disculpaba.

Y al decir esto Matilde se cubría la cara y parecía tan conmovida que permanecimos calladas, temiendo que le repitiesen los ataques nerviosos que había sufrido, provocados ahora por la exaltación de sus recuerdos, que podía serle muy perniciosa. Al cabo de un momento procuramos calmarla cambiando de conversación.

—Es preciso —dijo al fin luchando para afirmar su voz—, es preciso que les refiera este episodio de mi vida.

—Pero si eso la agita...

—Alguna vez habré de desahogarme y dar rienda suelta al sentimiento que siempre ha permanecido en el fondo de mi corazón... Además, si no les refiriera lo que ha causado mi emoción y explicara mis palabras, tal vez me creerían loca.

«No nací en Girón; allí no tenía más pariente que un tío muy anciano (a cuyo lado me retiré, al quedar viuda) y un hermano que hace muchos años reside en el extranjero. Vivía con mi tío y retraída[11] de la corta sociedad que podía frecuentar, con propósito de no volverme a casar; los recuerdos de mi vida matrimonial eran demasiado amargos, y las pocas personas que me visitaban comprendían la situación en que se hallaba mi ánimo, y no trataban de apartarme de mi cuerda[12] resolución. Así pasé varios años, libre, satisfecha

---

10 *Impelir*: lanzar.
11 *Retraído*: persona que se aparta del trato con la gente o que es, por temperamento, inclinada a hacerlo.
12 *Cuerda*: sensata, razonable, juiciosa.

y resignada; mi vida era tranquila a la par que monótona, cuando una circunstancia vino a agitar mi corazón. Un pariente lejano de mi esposo, que había conocido años antes, vino a radicarse en Girón, y al cabo de poco tiempo todos mis sentimientos habían cambiado y un horizonte nuevo se abrió para mi espíritu. Mi tío simpatizó mucho con Fernando, que así se llamaba, y en breve lo recibimos en nuestra intimidad, pues su amistad llegó a serme muy atractiva. Según comprendí era viudo, pero jamás hablaba de su esposa, la que había oído decir vagamente se manejó mal con él, y éste era un motivo más de simpatía entre los dos.

«Hacía poco más de un año que Fernando vivía en Girón cuando, habiendo enfermado gravemente mi tío y no teniendo allí pariente alguno, Fernando se dedicó completamente a servirnos, ayudándome con suma bondad y fineza a cuidar del anciano.

«Yo había avisado a Enrique (que es mi primo) el peligro en que se hallaba su padre, y al cabo de poco tiempo llegó de Bogotá. Jamás le había visto y la primera impresión que me causó fue de desagrado, probablemente por la manera desabrida[13] con que recibió a nuestro buen amigo, a quien había conocido años antes en Popayan, de donde era Fernando; desabrimiento que desde luego se convirtió en un despego tan singular como injusto. Por lo que hace a mí, parece que desde el principio me cobró un cariño tan repentino, que no abandonaba casi nunca mi lado, mostrándose sumamente fino y amable, mientras que sus modales bruscos y palabras cortantes hicieron comprender a Fernando que debía retirarse de la casa para no perder en dignidad.

«La falta de las visitas de nuestro amigo me afligió muchísimo, y esto más que todo me dio a conocer mis sentimientos, pero mayor fue mi pena cuando recibí una carta en que se despedía para siempre, según creía, de Girón, pidiéndome permiso para escribirme algunas veces.

«Enrique se manifestó francamente encantado con la ausencia de Fernando, y no vaciló entonces en declararme que me amaba, aunque tuvo la delicadeza al principio de decirme que era muy desgraciado porque sabía que yo tenía propósito de no volverme a casar.

«Siempre había oído decir entorno mío que Enrique tenía un carácter extraño, pues no se le había conocido pasión por ninguna mujer, y él declaraba no haber amado verdaderamente jamás. La idea de haberlo fijado[14] me enorgullecía y halagaba mi vanidad. Al mismo tiempo creí que lo que me decía era la verdad y que efectivamente estaba en mi poder hacer feliz o desgraciado a aquel hombre, y creyendo mostrarme compasiva no más le permití alimentar esperanzas que no tenía la intención de dejar realizar.

«Fernando había vuelto a Popayan, y de allí las comunicaciones con las provincias del Norte son tardías y difíciles, de modo que nuestra correspondencia se hizo lenta e irregular, pasándose mucho tiempo algunas veces antes de recibir carta de Fernando, lo que me causaba mucha pena e inquietud.

---

13   *Desabrido*: desagradable, destemplada.
14   *Fijar*: prestar atención.

Mientras eso el afecto de Enrique se hacía cada día más exigente y yo tenía que sufrir mucho de sus celos injustos y su genio violento que me causaba mil disgustos; pero mi vanidad se encontraba lisonjeada[15] y permitía que me dijese que yo era todo su porvenir, su esperanza y consuelo. Mi vida antes tan tranquila se había trocado en afanosa y sobresaltada, faltándome el valor para emanciparme de una dominación, que se me imponía y me hacía desde luego desgraciada.

«Al cabo de algunos meses recibí una carta de Fernando que me causó una impresión tal que decidió de mi suerte. Me decía que su esposa vivía aún, pero separada de él hacía muchos años; pero entonces al volver a Popayan supo que durante todo el tiempo que la había dejado, su conducta irreprochable demostraba un profundo arrepentimiento, y concluía suplicándome que le aconsejara lo que debía de hacer, pues confiaba tanto en mi amistad y buen sentido que siempre encontró en mí que no vacilaría en seguir mi opinión.

«No debería yo, me decía, unirme otra vez a mi esposa, y cumplir así un deber, aunque no podré nunca amarla ya?...». Al leer esa frase el corazón se me partía y dejé caer la carta mientras el llanto más amargo humedeció mis mejillas. Hice un esfuerzo supremo para vencer un dolor indebido y serenarme. Le contesté inmediatamente, con aparente libertad de ánimo, alabando sus sentimientos como muy nobles y animándolo a seguir los impulsos de su corazón, puesto que su esposa había reconquistado su estimación y él le debía, si no amor al menos protección. Mi mano temblaba y se me nublaban los ojos, pero en mis frases nadie hubiera conocido el esfuerzo que hacía: le agradecía muy de veras que hubiese pensado en mí para pedirme un consejo como aquel, lo que probaba la buena opinión que tenía de mí. Acababa de enviar la contestación cuando tuve la idea de que aquel consejo que me pedía era un ardid[16] de que se había valido para hacerme comprender su situación, porque había leído los sentimientos que abrigaba en lo más íntimo de mi corazón... Sentí al pensar así, que se me encendían las mejillas de vergüenza, y esa noche, en un rapto[17] de orgullo (para demostrarle que jamás lo había preferido) ofrecí a Enrique que sería su esposa. Fernando me escribía que debía ir pronto a Girón para arreglar un negocio allí pendiente, y queriendo poner una barrera más entre los dos prometí a mi primo que nos casaríamos lo más pronto posible. Nuestro comprometimiento debería ser un secreto entre los dos hasta que se arreglaran ciertas formalidades que era preciso allanar antes de nuestro matrimonio, y que obligaron a Enrique a emprender viaje a Bogotá.

«Cuando me encontré sola otra vez con mi tío sentí un alivio grande, libre de aquella imperiosa voluntad que me dominaba, y al mismo tiempo comprendía el ningún cariño que le tenía, pues no podía separar de mi memoria otra imagen verdaderamente querida; es imposible arrancar en un día

---

15 *Lisonjeada*: halagada.
16 *Ardid*: argucia, artificio,
17 *Rapto*: arrebato.

el afecto que se ha arraigado[18] hasta en las más recónditas fibras del corazón, que hace parte de todos nuestros pensamientos y vive con nuestra vida.

«Antes de que partiese Enrique había intentado hacerle saber la correspondencia tan sencilla y verdaderamente amistosa que sostenía con Fernando, pero no me atreví al recordar la extraña antipatía que siempre le había manifestado, y me hacía temblar su genio violento y desconfiado.

«No tenía una amiga a quien hablarle en confianza, pues mi carácter tímido y retraído no me había permitido formar una sola amistad íntima. El matrimonio me aterraba, y por momentos deseaba morir más bien que ser la esposa de Enrique. En esos días una carta de Fernando hubiera sido para mí como la gota de rocío para la flor que se marchita, como un repentino apoyo para el que va a caer; pero ninguna recibí entonces.

«Era presa aún de esas luchas cuando volvió mi primo y después de oír nuevamente sus protestas de afecto no pude tener la suficiente resolución para hablarle claramente. Se fijó el día del matrimonio, se dio parte a mi tío y a sus amigos más íntimos... Me fueron a felicitar y Enrique parecía muy contento y mi tío encantado. ¡Ya no había remedio! Mi deber me imponía destruir hasta la última memoria de Fernando. Me encerré en mi cuarto y fui sacando una a una las cartas que me había escrito y los recuerdos que de él tenía y fui quemándolo todo... Cuando concluí, miré con honda tristeza aquellas cenizas[19] que era lo único que me quedaba de la época más feliz de mi vida... Ceniza aquella amistad tan pura y elevada, tan grande y verdadera, ¡mi sola dicha en el mundo, mi único consuelo! ¡ceniza las dulces esperanzas de días mejores; ceniza sus nobles expresiones, sus bellos sentimientos!... mi corazón también parecía haberse convertido en ceniza. La luz de la aurora entraba ya por mi ventana cuando recogí las cenizas dispersas por el cuarto y las arrojé al jardín. No debía quedar ni señal de lo que acabó para siempre.

«Las mujeres somos débiles y naturalmente cobardes de espíritu, inclinándonos ante una voluntad que se nos impone con energía; así no me fue posible luchar contra el amor de Enrique tan seguro de sí mismo... A medida que se acercaba el día del matrimonio me sentía llena de una agitación febril que por momentos me sacaba de juicio... parecíame ver a Fernando en todas partes, y oía su voz repitiendo las expresiones y frases que me decía en otro tiempo y que olvidadas, ahora renacían en mi memoria.

«Por fin llegó el día tan temido; pero cosa rara, sentí de repente mi corazón tranquilizarse y mi espíritu serenarse ante la irrevocable decisión de mi suerte, en la cual ya no cabía mudanza posible».

Diciendo esto Matilde exhaló un profundo suspiro y calló.

«La luna, que había estado oculta tras de los árboles del cercano bosque, se presentó de repente ofuscándonos[20] casi con repentina claridad e inundando de luz el espacio abierto que llamábamos plaza de nuestra aldea. Matilde levantó los ojos que había tenido fijos en el suelo y poniéndolos en la luna

---

18   *Arraigado*: enraizado, echado raíces.
19   *Ceniza*: polvo de color gris que queda de una cosa que se quema completamente.
20   *Ofuscar*: confundir, deslumbrar, cegar.

con expresión meditabunda continuó su narración:

«Las primeras semanas de matrimonio las pasé haciendo lo posible para descubrir en Enrique cualidades que me lo hicieran estimar, y creo que al fin hubiera podido olvidar suficientemente pasado para estar contenta con lo presente. Rodeábame de cariñosos mimos y cuidados, manifestándose en extremo tierno y amable conmigo, pero esto tuvo un pronto término, en parte por culpa mía.

«Era un deber de amistad comunicar a Fernando mi matrimonio, pero fui difiriendo este acto de cortesía común, y después encontraba muchas dificultades para llevarlo a cabo. Hay personas con quienes no es posible fingir lo que no se siente, y yo comprendía que para anunciarle mi matrimonio era preciso decirle que amaba a Enrique, lo que negaba mi corazón, y prefería no escribirle a sostener una mentira.

«Hacía como un mes que me había casado cuando, estando una tarde sola en mi pieza, me trajeron una carta de Fernando. Al recibirla sentí una vivísima emoción y como un presentimiento de desgracia. Traía fecha bastante atrasada; escrita en Bogotá, tenía un estilo extraño y carecía de firma. Me decía que los díceres públicos le habían hecho saber que yo pensaba casarme muy pronto con Enrique. Esto le había admirado mucho y en frases ambiguas pero cuyo significado no podía ser dudoso añadía que si todavía era tiempo desistiera a todo trance[21] de semejante enlace; que Enrique no podía ser nunca digno de mí, de lo cual me convencería muy pronto cuando pudiese hablar conmigo, como lo haría al volver a Girón en esos días. Además me acusaba recibo de varias cartas mías, lo que probaba nuestra correspondencia.

«Tenía todavía la carta en la mano acabándola de leer cuando oí entrar a Enrique de la calle y preguntar al sirviente si el correo había traído algo para él.

—«No señor —contestó—, no había más que una carta para la señora.

—«¿Quién te escribe? —preguntó entonces Enrique entrando a mi pieza, y con una mirada afectuosa (la última cariñosa que vi en sus ojos) se acercó para tomarme la mano, y la iba a llevar a sus labios cuando notó mi turbación.

—¿Qué tienes? —añadió—; ¿qué te han escrito?

—«¡Escrito! —exclamé, y casi sin saber lo que me hacía apretaba la carta entre las manos.

—«Sí... ¿de quién es esa carta?

—«¿De quién?... no sé...

—«¡No sabes! Esto es más extraño...

«Enrique palideció y de repente se sonrojó al decir:

—«¿De veras no sabes?

«No contesté.

—«¡Dame esa carta! —añadió.

---

21   *A todo trance*: decisión o necesidad absoluta de hacer cierta cosa.

—«No puedo... —contesté tratando de ocultarla.

—«¿No?... tengo derecho de verla, la exijo... —Y sin quererme hacer caso me la arrancó[22] y se acercó a la ventana.

—«¡Por Dios! —exclamé tomándole el brazo—, devuélvemela; tú no debes leerla.

—«¿Estás loca?

—«¡No, no... devuélvemela! —seguí diciéndole con aire de súplica.

—«No, ya es imposible.

—«Si me amas...

—«Tus súplicas mismas me obligan a leer esto —contestó apartándome con aire imperioso y sin dejar de mirar la carta abierta que temblaba en sus manos.

—«¡Enrique... Enrique! mi carta... —decía yo en tanto, fuera de mí, pero sin atreverme a acercarme a él.

«Levantó entonces la mirada y la fijó en mí fríamente. Su exaltación momentánea había pasado para dar lugar a un aire de determinación e ira concentrada mucho más terrible.

—«Me causa suma curiosidad —contestó—, saber por qué te afanas tanto, y no daría esta carta por todo el oro del mundo.

«Esa fue la última vez que me tuteó.

«Comprendí entonces que era inútil insistir más, e inclinándome ante mi suerte me senté en silencio.

—«¡Sin firma! —murmuró entre dientes Enrique, clavándome despreciativamente los ojos, y sin más decir me volvió la espalda y siguió leyendo.

«Un momento después vino hacia mí, sumamente pálido y casi trémulo, y me miró durante algunos segundos.

—«No necesito preguntar quién ha escrito esto —dijo al fin devolviéndome el papel—; conozco la letra... y la persona.

«Iba a salir, cuando haciendo un esfuerzo corrí tras de él y lo detuve.

—«Enrique —dije—, escúchame, permíteme explicar...

—«¿Explicarme qué? —contestó con acento helado—. Usted sabe, señora, que esto no puede tener excusa... ¡Usted me ha engañado!

—«¡Engañado! ¿cómo?

—«Sí, engañado... Ha tenido hace mucho tiempo correspondencia con un enemigo mío, y ¡yo lo ignoraba!

—«Yo no sabía que fuese enemigo tuyo.

—¿No? ¿Será una prueba de amistad hacia mí lo que dice aquí? ¿Si no hubiera sabido Usted que yo odiaba a ese hombre me habría ocultado su tierna amistad con él?

—«Sin embargo, todavía le falta coronar su obra, desacreditándome de palabra... Tengamos paciencia —añadió con ironía—; cuando venga acabaremos de saberlo todo.

---

22   *Arrancar*: quitar, obtener con violencia.

«Diciendo esto salió.

«No procuré entonces detenerlo, conocía suficientemente su carácter violento y vengativo; sabía que nunca aceptaría una explicación y que cuanto hiciera sería inútil.

«Lo oí bajar las escaleras lentamente y salir. Temblando me acerqué a los cristales del balcón. Lo vi detenerse un momento en el portón y después subir la calle, pero al pasar por debajo del sitio en que me hallaba oí dos exclamaciones simultáneas.

—«¡Fernando!

—«¡Enrique!

—«¡Qué feliz encuentro! —dijo Enrique con acento irónico—. Necesitaba hablar con usted.

—«¿Qué se le ofrecía?

—«Una friolera, como usted verá. Venga, y paseándonos hablaremos.

«Se alejaron conversando; escuché el ruido de sus pisadas en la calle solitaria hasta que las ahogó la distancia, y permanecí como anonadada en el mismo sitio. Pasó la tarde y llegó la noche. No me movía del sitio cerca de la ventana; las imágenes más horribles, las escenas más sangrientas se me presentaban por momentos, y cada hora que transcurría me suscitaba una angustia nueva. A media noche volvió Enrique, se admiró al verme todavía allí, pero no dijo una palabra, ni yo me atreví a hablarle. Entró a su cuarto y lo cerró. ¿Qué había sucedido con Fernando? Toda la noche me hice esta pregunta, casi fuera de mí y presa de una inquietud indecible.

«Al aclarar el día me levanté sin haber podido dormir; Enrique no salía de su cuarto pero una parte de la noche lo oí medirlo con sus pasos. No sabiendo cómo calmar mi creciente agitación, quise buscar un consuelo donde tenía seguridad de hallarlo, tomé la mantilla y me dirigí a la iglesia. No sé si oré: mi espíritu no podía fijarse en nada, pero el sitio, la serenidad que infundía recogimiento y el silencio del templo me hicieron un gran provecho, y ya me sentía más resignada cuando me quise levantar para salir. En el momento en que recogía mis libros (la iglesia estaba solitaria) se acercó un niño con aire sigiloso,[23] se hincó[24] a mi lado y tomando un libro puso dentro una carta y salió corriendo; le permití hacer esto sin oponerme, me sentía impotente para hacerlo... como impelida por una voluntad invencible tomé mis libros, me levanté y salí también. Al llegar a la puerta vi que cruzaba la esquina la sombra de una persona que me pareció la de Fernando. En la calle me detuvieron varias personas hablándome de cosas indiferentes; yo contestaba maquinalmente apretando el libro que encerraba la misteriosa carta y casi demente con las interrupciones que me impedían volver a casa.

«Como lo había presentido, Fernando me escribía. Empezaba asegurándome que era la última vez que se dirigía a mí y eso porque creía indispensable darme algunas explicaciones. Parece que durante la conversación

---

23 *Sigiloso*: con secreto o silencio.
24 *Hincar*se: arrodillarse.

que había tenido con Enrique había ofrecido espontáneamente no volverse a comunicar conmigo después de salir de Girón, pero no prometió que dejaría de explicarme, antes de partir, las palabras que dijo respecto de él: esto se lo demandaba su dignidad, pues no quería aparecer como un calumniador delante de mí. Aunque yo conocía vagamente los acontecimientos de su vida, creía necesario darme algunos pormenores más. Se había casado muy joven con una niña también de muy tierna edad, pero al cabo de dos de dos años de matrimonio tuvo que ausentarse por bastante tiempo del Cauca, dejando a su esposa casi sola en una hacienda no lejos de Popayan. Cuando volvió encontró a su esposa sumamente abatida, y al fin en un momento de remordimiento le confesó que ya no era acreedora de su cariño... que había huido de su casa con un joven que le juró amarla eternamente, pero que esa eternidad sólo había durado algunos días, abandonándola después, o más bien obligándola a volver a la casa de su esposo, y tratando de persuadirla que debería guardar el secreto de su locura. Ella, entre temerosa de que se descubriese lo hecho, pues, había fingido estar en casa de una amiga durante los días de su ausencia, y aguijoneada[25] también por el remordimiento, prefirió referirlo todo a Fernando y sufrir el justo castigo que creía merecer.

«Fernando despechado se separó de ella inmediatamente, pero le ofreció perdonarla si algún día le confesaba quién era el autor de su desgracia, a lo que de ningún modo accedió, ni él lo pudo descubrir.

«Pasaron años después de esto, durante los cuales la conducta de la pobre mujer fue intachable,[26] por lo que Fernando, alentado, según me decía, por mis consejos, volvió a proponerle el perdón con las mismas condiciones. Ella ofreció decirle quién era el culpable compañero de su fuga si Fernando le prometía no castigarlo nunca. Cuál sería su pena, me decía, cuando supo casi al mismo tiempo que Enrique había sido el destructor de su felicidad y estaba a punto de ser el esposo de la amiga que mayor simpatía le inspiró en los días más tristes de su vida. Deseoso de que yo no fuese víctima de un hombre cuyo carácter no podía ser bueno, me escribió la carta que tan desgraciadamente había leído Enrique.

«No sabía que el matrimonio se había verificado ya cuando se encontró con Enrique en la puerta de su casa un momento después de haber llegado a Girón. Felizmente, Enrique humillado con la noble conducta de Fernando, no se atrevió a mostrarle su rabia y prometió no volver a hablarme del asunto de la carta si él le ofrecía cortar toda relación y correspondencia conmigo. Acababa la carta con estas palabras que no podré olvidar. «Cumpliré mi promesa aunque me cueste mucho abandonar una amistad que tanto bien me ha hecho. Mucho temo que la vía que usted ha escogido no sea la de la felicidad, así como la mía no lo podrá ser tampoco nunca. Pero es preciso inclinarnos ante las leyes de la suerte. ¡Adiós! ¡paciencia y valor!».

«¡Paciencia y valor! Cuántas veces me han faltado estas dos virtudes en

25 *Aguijoneada*: estimulada, azuzada.
26 *Intachable*: irreprochable, perfecta.

el curso de los años trascurridos desde entonces. He oído hablar de los sufrimientos de un desgraciado que, estando encadenado a un compañero de
cárcel, éste murió durante la noche y permaneció muchas horas en contacto
con un cadáver. ¡Esa ha sido mi vida por espacio de seis años! Enrique ha sido
siempre de mármol para conmigo: jamás ha podido perdonarme que yo supiera ese episodio de su pasado, ni ha olvidado mi falta de sinceridad. Su amor
murió completamente... Cumple su deber ante la sociedad como esposo, pero
nada más. Su padre expiró en mis brazos y lloré amargamente la pérdida del
buen anciano; pero el corazón de Enrique ha permanecido duro para
conmigo: pasó esa pena encerrado en su dolor y retirado de mi simpatía».

Calló Matilde, y no pude menos de preguntarle:

—¿Nunca procuró usted ablandar aquel carácter férreo[27] con palabras
bondadosas?

—Sí... al principio intenté hacerlo varias veces; pero su mirada siempre
fría, sus sarcásticas observaciones y la profunda aunque cortés indiferencia
que manifiesta por mis sentimientos e ideas, me obligaron a desistir. Se han
pasado seis años y así he vivido: luchas interiores, silencio en torno mío, y un
desierto en mi corazón.

—No sé que autor dice —repuso mi hermana—, que «el más ligero velo
entre dos almas puede convertirse en una muralla de bronce».

—¿Y ha vuelto usted a ver a Fernando? —pregunté.

—No; volvió al Cauca con su esposa, y dicen que viven felices, pero no
he vuelto a verlo ni a tener noticias directas de él. Ya ven ustedes cómo un
carácter débil como el mío puede labrar su desgracia, puesto que no tuve
energía para resistir a un matrimonio que me repugnaba, ni valor después
para conservar un afecto que tenía el deber de guardar, una vez que lo había
conquistado. Creo que al fin Enrique se hubiera hecho dueño de mi cariño,
pues todos tenemos, aunque sea por hábito, que amar a las personas con
quienes vivimos; pero su inflexibilidad me llena de aprehensión. Muchas veces
me amedrenta[28] el encontrar en mi corazón vivo aún el recuerdo de lo pasado,
es decir la época antes de aquella en que conocí a Enrique, en contraste con
la amarga realidad de lo presente. Si pudiera olvidarlo alguna vez sería más
feliz, y acaso conseguiría una existencia tranquila. ¡El recuerdo es tan triste!

—No todo recuerdo es triste —observé—, puesto que algunos en vez de
causar penas suavizan el espíritu y consuelan el corazón lastimado por lo presente.

—El recuerdo es siempre cruel —contestó con voz grave—; si es de
dicha nos entristece porque jamás volverá; si es de pena, porque la volvemos
a padecer en la imaginación.

—Me inclino a creer lo contrario —dijo mi hermana—, pues la memoria
es una fuente de goces inapreciables. Sean dulces o amargos, tristes o alegres,
los recuerdos se hallan en el fondo de toda alma sensible: ellos nos deleitan re-

---

27   *Férreo*: fuerte o resistente como el hierro.
28   *Amedrentar*: asustar, intimidar.

novando las escenas de nuestra vida: con ellos se olvidan las penas presentes; de manera que, bien considerado todo, la ficción mitológica del río *Leteo*[29] es una de las creaciones más paganas que nos ha legado la antigüedad.

—No —interrumpió Matilde—, la vida es un tejido de penas, y se pudieran dar las poquísimas dichas que encierra para tener la fortuna de olvidar el resto.

—Usted no lo cree así —repuse—: ¿quién querría olvidar completamente su vida pasada? La memoria de nuestros pesares mismos nos consuela, da esperanza y nos hace desear lo porvenir. Aunque el espíritu, es decir las ideas, cambian radicalmente a medida que van pasando los años, y al cabo de algún tiempo nuestras opiniones son distintas, no sucede lo mismo con el corazón, cuyo modo de sentir no varía por más que se trasformen las ideas; lo que nos lo demuestra es ese indeliberado apego que tenemos a la recordación de las cosas pasadas en que fuimos actores.

—Esto me hace pensar —añadió mi hermana—, en un episodio de la vida de una mujer, que si no interesa por lo dramático, de que carece, debe interesar como comprobación de esta verdad: que un recuerdo, aunque vago, puede ser benéfico, y es a veces más duradero y firme de lo que generalmente se cree.

—¿Pudiera usted referírnoslo? —preguntó Matilde.

—Lo haré gustosa; bien que, repito, no se trata de una anécdota dramática, sino de acontecimientos comunes, que tal vez me interesaron por la manera en que los oí referir. Pido plazo hasta mañana para ordenar mis ideas a fin de hacer la narración lo menos causada posible.

29　*El río Leteo*: En la mitología Griega el Hades el el mundo subterráneo; el Reino de los muertos, buenos o malos, el lugar donde las almas eran guiadas por el Dios mensajero Hermes para ser juzgadas y conocer su destino final. El río Leteo era a donde iban a beber los muertos (al beber olvidaban su vida pasada y recuerdos).

II

Manuelita

> «*Quiconque n'oublie pas, a vraiment aimé,*
> *et la fidélité de la mémoire est l'un des gages*
> *les plus assurés de ce que vaut le coeur*».[30]
> GUIZOT[31]

El siguiente día se anunció nublado y lluvioso; pero al llegar la noche la atmósfera se serenó. Después de tomar el chocolate de la oración salimos al corredor como teníamos costumbre de hacerlo: la luna no había parecido aún, pero se veía hacia el occidente aquel resplandor azulado que indica que en breve aparecerá sobre el horizonte.

—¿Ya olvidó usted, amiga mía, que anoche ofreció contarnos cierta historia? —preguntó Matilde con su voz suave y triste.

—No por cierto —contestó mi hermana—, y para cumplir mi oferta he procurado recordar pormenores casi olvidados; de modo que si usted lo desea comenzaré mi relación.

—De mil amores;[32] ¡empiece usted!

—Estando yo muy joven —comenzó mi hermana—, salía con frecuencia a pasear con una anciana tía a quien queríamos mucho, tanto por su carácter bondadoso como por cierta instrucción innata que hacía su conversación en extremo amena y agradable.

«Una tarde, después de haber vagado algún tiempo por las colinas de San Diego,[33] nos sentamos sobre un pintoresco barranco cubierto de flore-

---

30 «*Quiconque n'oublie pas, a vraiment aimé, / et la fidélité de la mémoire est l'un des gages / les plus assurés de ce que vaut le coeur*». El que nunca olvida, realmente ha amado, / y la fidelidad de la memoria es una de las prendas de la gente / que tiene certeza de lo que vale el corazón.

31 *François Guizot* (Nimes - Francia 1787 - Val-Richer 1874). Destacado historiador francés que sobresalió por su capacidad como estadista. Escribió *Historia de la civilización en Francia* e *Historia de la civilización en Europa*.

32 *De mil amores / con mil amores*: frase amable informal con que alguien se presta a hacer algo que le pida otra persona. Complacer.

33 *San Diego*: Hasta el siglo XIX, Santafé de Bogotá terminaba por el norte en la calle 21, al oriente de la carrera 7ª; la que se extendía hasta. llegar a otro sitio despoblado, que después fue plaza de San Diego. El convento de esta Orden estaba aislado. Desde la Plaza de Capuchinos hasta la de San Diego no existía sino una vía sembrada de árboles; no había allí edificaciones, excepto una quinta, hacia la mitad del trayecto (Pedro M. Ibañez. *Crónicas de Bogotá* II. XXIX).

cillas silvestres y de musgos, desde donde se podía contemplar el paisaje que se extendía a nuestros pies. En primer plano veíamos el convento solitario, con sus anchos huertos y frondosos árboles y verdes plantaciones por entre las cuales se paseaban los frailes hortelanos. Más lejos se abrían las alamedas hermoseadas aquí y allí por grupos de rosales silvestres, *borracheros*[34] y enanos sauces. Los rayos del sol en el ocaso hacían brillar las distantes lagunas en la llanura, los campos y cerros toman aspecto soñoliento, y el horizonte empezaba a cubrirse de arreboles. A nuestra derecha se alzaba el gigante Monserrate[35] y a la izquierda se veían apiñadas las casas de la ciudad dominadas por tal cual torre elevada. Leves nubecillas atravesaban el cielo azul, como pensamientos vagos en un espíritu sereno, formando fantásticos grupos y destacándose de los grandes nubarrones que procuraban a porfía ocultar el sol en su poniente.

«La naturaleza entera estaba en calma, y los rumores humanos llegaban apenas hasta nosotros como un eco lejano. Pero un espectáculo al parecer sin interés me conmovió: un carro mortuorio volvía lentamente del cementerio y los que habían ido a acompañarlo caminaban aprisa por la alameda, como deseosos de olvidar al que no tenía ya lugar en este mundo.

—«¡Oh! —exclamé—, ¡qué triste es aquello! —y mostraba el cementerio circundado de tapias[36] y sombreado por muchos árboles.

—«Sí —contestó la tía Manuelita—, allí me están esperando casi todos los que conocí en mi juventud.

—«¡Y pensar —dije con amargura—, que dentro de poco nosotros también estaremos allí, olvidados como los que yacen[37] en la tierra!... Pocos, muy pocos son los que quedan indeleblemente grabados en el corazón de los que sobreviven, y aún estos desechan su recuerdo como una pena importuna.

—«Te equivocas —contestó, con dulce aunque melancólica sonrisa, mi compañera—: la juventud lo exagera todo; no se debe juzgar únicamente por las apariencias. No sólo no se olvidan los que murieron (por lo mismo que no nos acordamos sino de sus buenas cualidades), sino que con frecuencia sucede que el recuerdo del que ya no existe es más sagrado que el de los que viven y pueden defenderse y luchar con nuestros afectos...

—«¿Dudas todavía? —añadió viendo que no le replicaba—; voy a referirte, para convencerte de la verdad de mis palabras, un episodio... o diré más bien, arrancaré una página de la memoria; la página oculta de la vida de... una amiga mía».

Después de un momento de reflexión empezó de esta manera.

---

34 *El borrachero*: planta que tiene propiedades curativas o mágicas; existen unas 12 variedades; entre ellas: el macán borrachero (Iresine celocia L.) y el orejón borrachero (Iresine rigens).

35 *El cerro de Monserrate:* el Cerro de Monserrate junto con el Cerro de Guadalupe constituye los llamados cerros tutelares de Bogotá. Monserrate tiene una altitud de 3210 mts nm. En 1650 se construyó en la cima de esta montaña una ermita dedicada a Santa María de La Cruz de Monserrate. El convento actual es un importante santuario. Allí descansa una imagen de Cristo, la cual es objeto de adoración y peregrinaje, El Señor Caído De Monserrate, que hace referencia a uno de las etapas del Viacrucis. La imagen fue esculpida en 1656 por Pedro de Lugo y Albarracín.

36 *Tapia*: valla, barda de tierra amasada y seca.

37 *Yacer*: estar una persona enterrada en cierto sitio.

«En una hermosa tarde de enero de 1823, un sol suave y refulgente doraba las ventanas de una quinta situada a orillas del Fucha,[38] que corría tranquilamente por en medio de las praderas y bajo algunos árboles que se inclinaban sobre su imagen y a cuyo pie las olorosas florecillas formaban una blandísima alfombra. Los muros de la casa llegaban casi hasta la orilla del río, y algunos cerezos y sauces levantaban sus cabezas por encima de las tapias; el relincho[39] de los caballos, el ladrido[40] de los perros, el mugido[41] de las vacas y terneros y los gritos lejanos de los que corrían en los cercanos potreros, unido al suave murmullo del río, todo esto formaba una música campestre, cuyos acordes animaban el tranquilo paisaje.

«Un gallardo joven vestido de paisano, saltando sobre las piedras del río lo atravesó rápidamente, y llegó frente a la casa en el momento en que uno de sus balcones se abría repentinamente para dar paso a dos risueñas niñas que se recostaron sobre la baranda. Al ver los ojos del desconocido fijos en ellas con curiosidad, ambas se retiraron avergonzadas. Pero el caminante conocía sin duda el carácter femenino, y al cabo de un momento volvió sobre sus pasos seguro de hallarlas otra vez en el balcón.

—«¡Has hecho una brillante conquista! —le dijo la una niña a la otra al ver que el joven se había detenido antes de pasar el río y las miraba atentamente.

—«¡Qué loca eres! —contestó la otra— ¿porqué había de ser a mí a quien miraba? ¿no estamos juntas?

—«¿Quieres, Manuelita, que te diga en qué lo conocí? en que al pasar lo pude examinar atentamente y sin embarazo, porque su mirada no buscaba la mía.

—«Pero, Carmen, tu sabes que nunca llamo la atención, cuando tu sí, porque eres bella.

«Efectivamente la hermana mayor era primorosa;[42] aunque pequeñita, era tan bien torneada[43] y sus formas tan perfectas que nadie pensaba en su estatura; tenía ojos grandes, húmedos y expresivos, y sus finos cabellos negros ondeaban en caprichosos bucles en torno de su cuello blanco y puro como el de un niño.

—«¿Y la otra? —dije viendo que mi tía callaba.

—«La hermana menor era morenita pálida —me contestó con embarazo—; tenía bellos ojos melancólicos, decían y una abundante y larga cabellera, pero sus facciones no eran bellas, y para fijarse en ella, decían sus amigas, era preciso buscar el alma y no la belleza física.

—«¿Y se llamaba Manuelita? —pregunté.

—«¿Por qué lo dices?

—«Lo acaba usted de decir —contesté sonriéndome.

---

38 *El Río Fucha*: nace en el páramo de Cruzverde; es el resultado de la confluencia de los ríos San Francisco y San Cristóbal. El río discurre a través de un paisaje muy plano, con baja velocidad.
39 *Rekincho*: grito que emiten los equinos.
40 *Ladrido*: grito que emite el perro.
41 *Mugido*: sonido propio de los toros y las vacas.
42 *Primorosa*: muy bonita.
43 *Torneada*: de curvas suaves.

—«Eso no importa... sigamos nuestro cuento.

«Desde esa tarde no había día en que el joven no pasara por el camino de Fucha; algunas veces iba a pie y sencillamente vestido, otras a caballo, luciendo un bello uniforme de coronel de húsares.[44] Pasaba horas enteras sentado en una piedra en la orilla del río y se turbaba cada vez que Carmen y su hermana llegaban en sus paseos hasta donde él estaba; pero aunque las saludaba con particular atención nunca se hizo presentar en su casa... Aunque Manuelita miraba al joven con la atención e interés que siente toda mujer por el primero que le revela un sentimiento desconocido, comprendía que su corazón permanecía libre.

«La familia de Manuelita volvió al cabo de un mes a Bogotá y las dos hermanas dejaron de ver al joven militar. Entonces supieron por casualidad que la familia de Mauricio (así se llamaba) padecía una enfermedad terrible y hereditaria, y que su padre, antes de morir, le había hecho jurar que jamás se casaría; a consecuencia de esto, y porque se creía que empezaba a sentir los síntomas precursores del mal, de repente se retrajo[45] completamente de la sociedad abandonando la carrera militar.

«Al dejarle de ver Manuelita casi olvidó hasta su existencia, pues en varios bailes y tertulias a que había asistido en esos días, encontró al que podía amar, y el amor, esencialmente egoísta, ofusca de tal manera que hace olvidar cuanto antes solía interesar.

«¿Cómo comprender jamás el móvil secreto, la verdadera causa de la simpatía? Hay personas cuya primera mirada remueve todas las fibras de nuestro corazón, mientras que las de otros nada significan sino una común cortesía que nos deja indiferentes. Felizmente no han podido explicar esos secretos del espíritu, porque al haberlo hecho nos habrían defraudado de la más bella poesía de la vida: el misterio.

«Al decir esto la tía Manuela se inclinó y arrancando una florecilla que crecía a sus pies se puso a deshojarlo lentamente.

«En diciembre del mismo año —añadió después de un momento—, estando Bolívar ausente de la capital, el general Santander,[46] encargado del poder ejecutivo, notificó a los Colombianos que al fin el territorio de la república estaba completamente libre, habiéndose rendido la última fortaleza venezolana que quedaba en poder de los españoles. Pocos días después el primer ministro plenipotenciario de los Estados Unidos fue recibido en Bogotá. Recuerdo que entonces se dieron varios bailes en palacio para festejar acontecimientos verdaderamente importantes, pues era tan necesario para no-

---

44　*Uniforme de húsar*: soldado de caballería ligera que iba vestido a la húngara.
45　*Retraer*: echarse atrás en un intento.
46　*Francisco de Paula Santander* (Cúcuta, 1792-1840). «El Hombre de las Leyes». Hizo estudios de Ciencias Políticas y Jurisprudencia. En 1810 estaba para concluir sus estudios y recibir el grado de Doctor en Derecho, cuando se dio el grito de independencia; abandonó los libros para hacerse soldado de la causa que más tarde lo colmó de honores en su carrera militar y política. En 1821 fue elegido por el Congreso de Cúcuta Vicepresidente de la Gran Colombia, cargo que ejerció hasta 1826, para después ser reelegido por el pueblo hasta el año 1828. En el año de 1832, hallándose en el extranjero, la Convención Granadina lo nombró Presidente del Estado de Nueva Granada, elección que fue confirmada al año siguiente por el voto del pueblo. Concluido este periodo, fue electo Representante al Congreso de su Patria desde 1838 hasta 1840 cuando murió.

sotros vencer a los últimos españoles como el ser públicamente reconocidos por un país como los Estados Unidos de América.

«Una noche toda la sociedad bogotana estaba en movimiento, pues se había anunciado que el baile que tendría lugar en palacio sería el último por entonces. Un viento helado silbaba por en medio de las calles y una menuda lluvia caía oblicuamente sobre los empedrados y los hacía resbalosos; tiempo excepcional en Bogotá en aquel mes, el más despejado de todo el año. Así fue que a pesar de la lluvia los convidados llegaban a palacio uno a uno o en grupos, y una multitud de curiosos obstruía la puerta hasta la acera[47] de enfrente. Entre estos se notaba un hombre embozado[48] en su capa y recostado contra la pared, que no tomaba parte en las conversaciones de los demás; pero de repente se movió y acercándose a la puerta miró con marcada atención a dos muchachas que entraban alegremente al baile.

—«¡Míralo otra vez! —dijo Carmen a su hermana haciéndole notar al embozado.

—«Cierto... —contestó Manuelita—, ¡el amigo de Mauricio Valdés!

—«Siempre lo encontramos en todas partes, —dijo la otra sonriéndose—, pero en nombre de su amigo... y te mira por procuración.[49]

«Las niñas entraron al baile y olvidaron completamente al embozado, quien poco después entraba a una antigua y desmantelada[50] casa no lejos de palacio. Un sirviente lo aguardaba en la puerta y al verlo exclamó:

—«¡Ah!, señor Don Jacobo, lo aguardábamos con la mayor ansiedad. Mi amo ha tenido un nuevo acceso y el médico me dijo que le advirtiera que no duraría muchas horas.

«Jacobo entró al aposento del moribundo. La pieza era espaciosa pero carecía de comodidades. Una ventana sin cortinas dejaba penetrar por los cristales los tristes destellos de la opaca luna, que envuelta en nubes alumbraba apenas, mezclando sus pálidos rayos a los rojos e intermitentes de una vela expirante tapada con una pantalla, lo que si no procuraba la claridad necesaria bastaba para hacer visible en todas partes aquel desorden y descuido que indica que la mano delicada de una mujer no vigilaba al enfermo. El centro del cuarto lo ocupaba una gran cama de forma anticuada y rodeada de cortinas, de entre las cuales salió una voz débil y quejumbrosa preguntando:

—«¿Todavía no ha venido Jacobo?

—«Sí, querido Mauricio, aquí estoy...

—«¿La pudiste ver?

—«Sí; en la puerta de palacio.

—«¿Dichosa, alegre, indiferente como siempre? Dime...

—«No pienses más en ella —le contestó el otro interrumpiéndolo—; hablemos de cosas más serias... ¿No te acuerdas que me exigiste una promesa para cuando fuese tiempo...?

—«¿Cuál?

---

47   *Acera*: andén, calzada.
48   *Embozar*: cubrir la parte inferior de la cara, tapándose la boca, con el embozo de la capa o de la cama, con una bufanda, etc.
49   *Procuración*: acto que en virtud de poder o facultad de otro se ejecuta en su nombre.
50   *Desmantelada*: despojada, desguarnecida.

—«La de decirte la verdad cuando... cuando se acercara el instante supremo.

—«¿Ya? —contestó dolorosamente el moribundo; y permaneció un momento callado, mientras su amigo le apretaba la mano con emoción.

—«Sin embargo —añadió—, es difícil resignarse así a la muerte cuando el corazón está aún lleno de vida.

«Después siguió dando algunas órdenes, mandó traer un sacerdote y llamando a Jacobo a su lado le dijo:

—«Voy a pedirte el último favor: aunque esto parezca fútil en momentos tan terribles, no puedo resignarme a morir completamente para ella; ¡morir mientras ella baila contenta! Quiero que Manuelita guarde de mí un recuerdo que no pueda olvidar... ¡prométeme hacer lo que te pido!

—«Lo que quieras...

—«Pues, bien: de aquí a un rato... (siento que para esto no tendrás que aguardar mucho) cuándo hayas recogido mi último suspiro... anda al baile de palacio...

—«¿Al baile?...

—«Sí; al baile... Busca allí a Manuelita y dile, dile que yo he muerto mientras ella bailaba. Estoy seguro de que si le dices esto, nunca me olvidará.

—«Pero...

—«¡No, no me niegues este consuelo que será el último!

«Jacobo ofreció lo que le pedía para tranquilizarlo. Algunas horas después dejó al sacerdote que había asistido a Mauricio en sus últimos momentos, al lado del cadáver, y fue a cumplir su orden postrera.

«Un baile sin un romance empezado en el corazón es una burla: es preciso tener alguna ilusión para que el baile sea interesante. Entonces cada danza es un drama, cada paso una escena y cada mirada que se cambia un dúo de dicha y de dolor. Por eso el baile no es propio sino cuando el corazón está nuevo todavía.

«Manuelita bailaba y se sentía feliz, conversaba y reía con inocente alegría, cuando habiéndose detenido un momento durante un valse oyó que la llamaban y una voz le dijo al oído estas palabras:

—«Mauricio Valdés acaba de morir... Usted fue su último pensamiento y mientras eso... ¡usted baila!

«Las mujeres saben quién las ama y quién las olvida, por una intuición natural; Manuelita sabía que su admirador de Fucha no la había olvidado, y aunque no lo veía, comprendía que Jacobo espiaba sus pasos para darle noticias de ella.

«Aquellas palabras la conmovieron hondamente, y sintió en su corazón una infinita compasión por el desgraciado joven; pero no se desmayó como una heroína de novela; acabó de bailar en silencio y casi maquinalmente la comenzada pieza. La noche estaba ya tan avanzada que por las ventanas abiertas entraba un fresco airecillo nuncio[51] de la próxima aurora. Manuelita se acercó a su padre y a su hermana y sin manifestar turbación les propuso regresar a su casa.

«Bastó el tiempo trascurrido hasta llegar a la casa para que aquella niña, tan alegre una hora antes sintiera que su corazón había pasado por una dolorosísima crisis, y cuando al fin se halló sola en su aposento comprendió que su espíritu había madurado en pocos momentos haciéndole ver la vida de otra manera. Mientras era dichosa y se divertía, Mauricio moría pensando en ella... Una negra nube parecía envolver su porvenir...

«Pasaron muchos años, continuó mi tía; Manuelita siguió las vicisitudes[52] de la vida en sus dichas y en sus penas, pero la impresión sentida aquella noche no se borró jamás de su memoria. Mil cosas le renovaban el recuerdo del desgraciado Mauricio y cada vez que iba a la quinta en cuyos alrededores lo vio por primera vez o pasaba por frente a la casa donde murió, una lágrima, un suspiro ahogado la conmovían y perturbaban la tranquilidad de su espíritu. ¿Pero ese afecto[53] silencioso de un cuasi[54] desconocido qué le podía importar? me preguntarás acaso. Parece inverosímil, y sin embargo no invento nada. Acaso Manuelita se culpaba de ingratitud y sentía cierto remordimiento porque mientras vivió Mauricio jamás le dio una mirada ni le dedicó un pensamiento de cariño, por lo que tácitamente había resuelto guardarle en el fondo de su memoria un recuerdo silencioso, oculto y tal vez más duradero que el afecto probablemente pasajero que hubiera sentido por él en otras circunstancias.

«Al acabar su relación mi buena tía se levantó y empezó a bajar en silencio la colina;[55] yo la seguí y al tomarle el brazo noté que se le habían humedecido los ojos y estaba conmovida.

—«Ya sé quién es Manuelita —le dije apretándole la mano—, y ahora comprendo que no todos los corazones tienen el don de *olvidar*».

✳ ✳ ✳

Cuando mi hermana acabó de hablar permanecimos algunos momentos calladas... La luna se alzaba ya sobre el horizonte, pero las nubes que se habían amontonado en ese punto nos impedían verla.

—¿En qué meditan ustedes? —exclamó mi tío llegando al corredor de improviso.

—¿En qué piensan que están tan mustias y calladas?

—Pensamos —le contesté sonriéndome—, en el corazón y sus misterios.

—Efectivamente —repuso sentándose a nuestro lado y haciéndose aire con el ancha ala de su sombrero de paja—; efectivamente el corazón es un misterio tan incomprensible que sólo Dios sabe leer en él con exactitud. Hace un momento que una pobre mujer me refirió, aunque muy de paso, una parte

---

51   *Nuncio*: mensajero.
52   *Vicisitud*: cambio, alternancia.
53   *Afecto*: cualquier estado de ánimo que consiste en alegrarse o entristecerse, amar u odiar.
54   *Cuasi*: casi.
55   *Colina*: monte pequeño.

de su vida... probablemente se morirá esta noche; para ella será un descanso, pues su existencia sólo ha sido un manantial de amarguras.

—¿Viene usted —preguntó mi hermana con interés—, de ver a Mercedes Vargas?

—Sí; —y me dijo—, si mal no me acuerdo, que te había contado su vida en todos sus pormenores.

—Cierto: ¡pobre mujer! parece que le inspiré confianza, y como lo que me refirió no carece de interés hasta cierto punto, para no olvidarlo lo escribí.

Mi hermana, accediendo al deseo que todos le manifestamos de oír su relación, se levantó para irla a buscar. Mientras aguardábamos oímos cómo se levantó la brisa a lo lejos y al acercarse gemía tristemente entre los árboles vecinos, y en el cielo las nubes impelidas por el viento empezaron a dispersarse en diferentes direcciones. De repente al rumor de la naturaleza se mezcló otro más distinto y más fuerte, y en breve pudimos distinguir ruido de voces y de caballos en la puerta de atrás o portón de la casa.

—¡Es Enrique! —exclamó Matilde poniéndose en pie y apretándome la mano.

Las nubes se habían rasgado[56] y al través de un tenue velo la luna nos miraba, e iluminando la pálida fisonomía de Matilde hacía brillar una lágrima que temblaba desprendida de sus largas pestañas.

—Vamos —le contesté a su mirada—, haga usted un esfuerzo, manifiéstese cariñosa —¿cómo no ha de enternecerle alguna vez una mirada afectuosa de su parte?

—Sí; tal vez —dijo ella deteniéndome con cierto ademán de duda, y con voz apagada añadió—: pero me falta la energía, el valor... y tal vez hasta el deseo.

Al decir estas palabras entrábamos a la sala adonde estaba don Enrique; ella se apresuró a tenderle la mano, él la recibió con cierto interés, y le preguntó por su salud con una solicitud que se esforzaba por ocultar.

Pero Don Enrique no estaba solo: otro caballero lo acompañaba y Matilde al verlo dio un grito de alegría y corrió hacia él.

Era un hermano suyo que no veía hacía muchos años a causa de hacer largo tiempo que estaba fuera del país.

—Querido Felipe —le dijo estrechándole las manos—, cuánta alegría me da el verte... te esperaba pero no tan pronto.

—Veamos si has cambiado mucho —le contestó él con cariño acercándola a la luz—. La última vez que te vi —añadió—, acabábamos de perder a nuestra madre, pero ibas a casarte... Desde entonces han pasado muchos años, mi pobre Matilde, y de nuestra familia sólo quedamos tú y yo... y Enrique. Nos debemos querer mucho los tres, ¿no es verdad?

—Es verdad, dijo ella bajando los ojos.

---

56   *Rasgar*: romper, desgarrar.

—Enrique me refirió en el camino que habías estado enferma...

—Pero ya estoy buena —contestó Matilde—, gracias a estas bondadosas samaritanas.

La conversación se hizo entonces general, pero al cabo de un rato don Felipe le dijo a Matilde viéndola callada:

—Has de saber que yo no permito en torno mío sino gente alegre y de buena salud; te lo advierto. Tengo el proyecto de llevarte por algún tiempo a Bogotá para que conozcas a mis hijas; las pobres no tienen madre cómo tú sabes...

—¿Y Enrique?

—Enrique nos acompañará si sus negocios se lo permiten... Además ¿acaso están ustedes en la luna de miel, después de seis años de matrimonio, para que no puedan separarse por algunos días?

Matilde se sonrojó y bajó los ojos, pero noté que don Enrique a pesar de su impasibilidad,[57] sintió cierta emoción agradable al oír que Matilde había pensado en la separación.

Don Felipe era un hombre de cerca de cincuenta años, de hermosa presencia, amable fisonomía y modales[58] afables y cultos. Según lo anunció debían volver a la hacienda dos días después y en la siguiente semana partiría Matilde directamente para Bogotá con su hermano, acompañándolos don Enrique una parte del camino.

Al día siguiente supimos que la pobre mujer de cuya vida desgraciada tratábamos cuando llegaron los viajeros, había muerto durante la noche, y mi hermana, que tomó mucho interés en favor de ella, nos suplicó que la acompañásemos a la iglesia.

---

57 *Impasibilidad*: hierático, impávido, impertérrito.
58 *Modal*: conjunto de los gestos y actitudes habituales de una persona, mirados desde el punto de vista de su corrección, distinción o elegancia.

III

Mercedes

¡VOE VICTIS![59]

...Aquella tarde asistimos al entierro de la pobre forastera[60] que mi tío había confesado el día anterior, y al volver a la casa cural[61] fuimos a sentarnos en el ancho corredor donde nos reuníamos por la noche. Durante algunos momentos permanecimos todos silenciosos mirando el paisaje que aparecía iluminado por la naciente luna: los árboles, plateados solamente, en la parte superior de sus ramas, quedaban negros y oscuros por debajo, menos en tal cual sitio en que filtrando los luminosos rayos por en medio de las hojas, formaban fantásticos dibujos en el suelo. El cielo azul, y sin nubes, estaba salpicado[62] aquí y allí por algunas estrellas cuyo brillo no podía ocultar la envidiosa luz de la luna; y allá en el horizonte, por encima de un lejano cerro, se hundía poco a poco el lucero de la tarde, que parecía despedirse con dificultad de las escenas terrestres.

—«Les había ofrecido referir la historia de la mujer de cuya vida sólo hemos visto el primer acto —dijo mi hermana—, y cumpliré mi promesa hoy.

—«Ustedes saben —añadió—, que desde que llegó a este pueblo procuré socorrerla en cuanto me fue posible; le había cobrado simpatía, encontrando en ella modales y lenguaje que indicaban hubiese tenido una educación a que no correspondía su aparente posición social. En largas conversaciones que tuvimos, y ayudada de algunos datos que me suministró por escrito, creo haber reunido los principales rasgos de su vida, cuya narración he puesto en boca de ella, procurando imitar su lenguaje en cuanto me ha sido posible».

Y entrando a la sala, mi hermana nos leyó lo que sigue:

---

59   *¡Voe victis!*: ¡Pena por los vencidos!
60   *Forastera*: de afuera, de otra localidad.
61   *Cural*: perteneciente al cura párroco.
62   *Salpicado*: matizado, tachonado.

I

A los diez y seis años era yo una dichosa niña llena de vida y alegría. Era mi padre español de nacimiento y energúmeno[63] defensor del rey. Crecí en medio de las comodidades y enseñada a hacer mi voluntad: un capricho mío se cumplía como una ley; mi madre era mi esclava en todo, y aunque frecuentemente mi padre pretendía reñirme, siempre hacía cuanto yo deseaba. No había fiesta, ni diversión de la cual no hiciera parte, y en nuestro círculo de relaciones mandaba como una reina.

Acababa de cumplir diez y siete años cuando estalló la guerra de la independencia, y mi padre tuvo que ocultarse, no pudiendo disimular sus sentimientos realistas. Hasta entonces yo había vivido dichosa, ocupándome solamente de mí misma, y no creía que nadie en el mundo mereciera el más leve sacrificio de mi parte. Cuando recuerdo los sentimientos que me animaban en aquella época, me estremezco, e inclino la cabeza con respeto bajo el peso de mis desgracias, pues si el castigo fue terrible, no dudo que lo mereciera.

Había tenido varios pretendientes que se mostraban muy tiernos y rendidos a mis gracias, según decían, y yo les creía, pero me manifestaba con ellos alternativamente cariñosa o llena de altivez y desdén, burlándome de sus sentimientos y gozando con mi poder. Sin embargo, pronto noté que mi influencia tenía límite; durante los primeros días de efervescencia popular y entusiasmo patriótico, sabiendo que las mujeres tenemos el privilegio de hablar sin que nuestras palabras nos sujeten a responsabilidad, manifesté sin temor mi adhesión a la causa del rey, y pena por el destierro del virrey y su familia. Los jóvenes que me visitaban se retiraron entonces de la casa como de la de un apestado: todos eran patriotas, y no podían soportar con calma mis palabras; pero como esta conducta de ellos me exasperó, hicieron más: no me saludaban, y aún fingían no conocerme cuando me encontraban en alguna parte. Naturalmente mi vanidad y amor propio se sintieron profundamente heridos, y llena de ira y amargura, deseaba ardientemente que llegara el día en que pudiera vengarme de los que me hacían esos desprecios.

Así pasó algún tiempo: mi padre permanecía escondido pero no ocioso, ayudaba en cuanto le era posible a los españoles con sus avisos y consejos, y yo servía de intermediario para enviar los postas y las cartas. Las contiendas[64] civiles que dividían a los patriotas nos daban esperanzas y ánimo, y mientras se disentía[65] y guerreaba, los españoles conspiraban. Sin embargo, la toma de Bogotá por Bolívar no dejó de sobresaltarnos. ¡Nunca olvidaré el 12 de diciembre de 1814! De repente corrió la voz de que los venezolanos que venían con el ejército vencedor, habían asesinado a algunos españoles y buscaban a mi padre para matarlo.

---

63   *Energúmeno*: furibundo; persona poseída por el demonio de la furia.
64   *Contienda*: lucha, guerra.
65   *Disentir*: pensar de distinta manera.

El terror llegó a su colmo[66] en casa; pero yo no podía creer que mi voz no tuviera aún influencia; corrí a la ventana, y llamando al primer oficial que pasaba por allí, le pedí protección para mi padre. Yo lo conocía mucho: era don Antonio N, uno de mis antiguos admiradores.

—Creo que no podré hacer gran cosa —me contestó fríamente—; su padre de usted ha conspirado contra la patria; se han encontrado pruebas que no dejan duda de ello.

—¡Antonio! —exclamé entonces muy asustada—, interésese usted, por Dios!... Haga esto en memoria de otros tiempos...

—¿De aquellos en que usted me desdeñaba? —contestó sonriéndose; pero añadió con aire compasivo al verme llorar—: procure usted calmarse; haré cuanto esté a mi alcance...

Y al decir esto se alejó haciendo sonar sus espuelas sobre las piedras, con aire marcial. Creí entonces que nada haría para salvar a mi padre y que se había burlado de mí. Sin embargo, no lo molestaron ni buscaron siquiera, y no supe sino al cabo de muchos años que Antonio le había salvado la vida e impedido que nos persiguiesen.

Durante los siguientes dos años los triunfos de los ejércitos realistas en la costa y en las provincias, y el gobierno vacilante y débil que había en la capital, eran para nosotros motivos de las mayores alegrías... Al fin llegó el día tan deseado, y a principios de mayo de 1816 entró La Torre[67] a Bogotá y, a fines del mismo mes llegó Morillo,[68] empezando a levantarse cadalsos por todas partes...

Nuestra casa volvió a ser visitada por elegantes oficiales españoles, que a porfía[69] me obsequiaban, siendo yo una de las poquísimas bogotanas que los recibían y acogían con gusto.

Una noche, habiendo bajado al jardincito de nuestra casa a coger una flor que se necesitaba para juegos de prendas,[70] vi presentarse por encima de la pared que dividía la casa vecina de la nuestra, un embozado seguido de

---

66 *Colmo*: grado más alto.
67 *Miguel de Latorre*: militar español encargado de poner presos a todos los patriotas que habían participado de una u otra forma en el movimiento de Independencia.
68 *Pablo Morillo*: (Fuentesecas - España, 1778 - Barèges - Francia, 1837). Teniente general español, comandante del Ejército Expedicionario de Costa Firme encargado de recuperar para España los territorios de Venezuela y Colombia que habían declarado la Independencia. El 17 de febrero de 1815 salió de Cádiz con 18 barcos de guerra y 42 transportes en los cuales viajaban 500 oficiales y 10.000 individuos de tropa, repartidos en 6 regimientos de infantería y otras unidades de caballería, ingeniería, artillería y servicios. La expedición llegó el 7 de abril de ese año a la isla de Margarita, donde comenzó sus acciones militares y políticas llamadas la «Pacificación de Costa Firme». Marqués de La Puerta y Conde de Cartagena. Su permanencia de seis meses en la Nueva Granada marca la época conocida como «del terror». En Santafé de Bogotá, hizo gala de la crueldad que sería el distintivo de sus actuaciones en América. Llevó al patíbulo a figuras tan prominentes como Camilo Torres, Francisco José de Caldas, Joaquín Camacho, José Gregorio Gutiérrez, Liborio Mejía, Miguel Pombo, Jorge Tadeo Lozano, Crisanto Valenzuela, José María Cabal, José María Dávila y Antonio Baraya, entre otros. A las víctimas les fueron confiscados sus bienes y sus viudas e hijas fueron condenadas al destierro.
69 *A porfía*: con empeño.
70 *Juego de prendas*: cualquiera de los juegos practicados en las reuniones de sociedad en que el que pierde o se equivoca «paga prenda», o sea, entrega el objeto o realiza la acción que se han señalado como castigo.

otro, que bajaron sigilosamente. Al verlos solté las flores que tenía en la mano y di un grito ahogado.

—¡Silencio! —dijo uno de ellos, acercándose, y reconocí a Antonio N.— Silencio... o usted nos pierde. Hemos venido a pedir protección a usted... nos buscan para prendernos: hace dos días que estamos ocultos en esta cuadra; esta noche deben hacer en ella una pesquisa,[71] y si salimos a la calle no tenemos esperanza...

—Permítanos usted —dijo el otro ocultarnos aquí durante la noche; en casa de un español caracterizado, como el padre de usted, no hay riesgo alguno.

Permanecí callada.

—¿Qué impedimento puede haber? —añadió Antonio—; conozco la casa y podríamos ocultarnos con perfecta seguridad... Ahora me toca, dijo tomándome la mano, que retiré, pedirle a usted que nos salve, en recuerdo de lo pasado.

Yo había estado perpleja y vacilante. Era preciso que pasasen debajo del balcón del comedor, en donde estaban varios oficiales españoles, y la luna brillaba al estar muy clara: así era del todo imposible en el balcón, que no viesen a los patriotas. Sin embargo, este inconveniente podía obviarse, llamando a los otros hacia adentro bajo cualquier pretexto. Pensaba hacerlo, cuando las últimas palabras de Antonio despertaron en mí los malos instintos de venganza que había jurado contra él y su partido, pues repito que creía hubiera rehusado él interesarse en favor de mi padre cuando se lo supliqué dos años antes.

—¡Tiene razón! —repliqué—; en memoria de lo pasado les aseguro que tengo gusto en que entren a mi casa. Usted, Antonio, que conoce la casa, puede penetrar hasta el corredor sin temor alguno.

—¿Y verdaderamente no habrá peligro?... —preguntaron vacilantes, y mirándose con cierta desconfianza al oír mi acento.

Pero en vez de contestar, apenas hice un ademán para que callasen, y ellos sin añadir nada tomaron la puerta que daba al patio.

—Pueda ser que no los vean —pensé ya conmovida y con aquella vacilación que caracteriza toda mala acción, en una alma que no está enseñada aún a la perversidad; temblaba de temor y hubiera hecho en aquel momento cualquier sacrificio por salvarlos... ¡pero ya era tarde!

Llegaron sin tropiezo hasta debajo del balcón; los oficiales ya no estaban allí, e iban a entrar en un corredorcito bajo, a donde nadie iba después de oscurecer, y en el que podían permanecer en seguridad, cuando mi madre se encontró con ellos de repente y naturalmente dio un grito de sobresalto. Viendo que me tardaba en el jardín había bajado a buscarme; los oficiales que oyeron el rumor, salieron inmediatamente, y reconociéndolos se apoderaron de ellos antes de que pudieran huir o defenderse.

---

71 *Pesquisa*: indagación.

Los dos jóvenes, al verse rodeados, se resignaron tranquilamente a su suerte, con el ánimo sereno que caracterizaba a los hombres de aquellos tiempos.

Cuando los sacaron a la calle no pude menos que asomarme a la ventana, y uno de ellos, al levantar los ojos y verme, dijo con amargura:

—¡Mercedes! ¡Mercedes! ¿Quiso usted acaso salvarnos o perdernos?

—Quise imitarlo a usted —contesté—, recordando lo que hizo cuando le pedía protección para mi padre.

Él probablemente no comprendió, y me creyó quizás más humana de lo que era efectivamente.

Sin embargo, los asesinatos y crueles matanzas que ejecutaban Morillo y su segundo Enrile fueron tan terribles, que mi padre los desaprobó y procuró salvar a algunos de sus conocidos; y por mi parte ejercí mi influencia para que los dos jóvenes que se habían puesto bajo mi protección, en lugar de ser condenados a muerte lo fueran tan sólo a trabajos forzados. A pesar de eso la conciencia me remordía,[72] al pensar que podía haberlos salvado con un esfuerzo insignificante y no lo hice, pero pronto otras preocupaciones me hicieron olvidarlo todo.

II

Entre los oficiales se distinguía un joven español, de noble aspecto, y tan galante como hermoso, el cual en breve penetró en mi corazón como en un país conquistado. Con razón se dice que sólo una vez se ama verdaderamente, pues un sentimiento como aquel es devastador: gastó las potencias de mi alma[73] y me robó toda la energía y entusiasmo que existían en mí. La presencia de Pablo era para mí el cielo, y en esos momentos hubiera dado mi vida por obtener una mirada de él... Dios mío, lo que sentía era una locura, una demencia que me extasiaba.

No sé si él me amó del mismo modo, pero pronto nos confesamos nuestra mutua simpatía, y él ofreció hacerme su esposa si dejaba a mis padres y lo acompañaba a España. ¡A España! Mi patria no podía ser sino la suya, y hubiera sido capaz de olvidar todo cariño por el de Pablo; el infierno, siendo amada por él, se convertiría para mí en un sitio de delicias.

Pasé así tres o cuatro meses de inefable dicha; olvidé las desgracias de los demás, y veía con indiferencia a mis amigas y conocidas salir desterradas de Bogotá, mientras que fusilaban[74] a sus padres y esposos en las plazas pú-

---

72   *Remorder*: sentir arrepentimiento.
73   *Potencias del alma*: inteligencia, memoria y voluntad.
74   *Fusilar*: ejecutar a muerte.

blicas. ¿Eso qué me importaba? ¿acaso Pablo no pasaba casi todas las horas del día a mi lado?

Pero en medio de mi alegría llegó una noticia que me llenó de tristeza. Morillo partía para Venezuela, y la tropa que estaba a órdenes de Pablo debía volver inmediatamente a Cartagena... Teníamos, pues, que separarnos. ¡Separarnos! ¡eso no era posible! y prorrumpí en llanto. Pablo trató de consolarme diciéndome que no nos separaríamos si yo no vacilaba en partir en él.

—¿Y quién nos casaría tan pronto —le pregunté—, puesto que debes estar dentro de cinco días en Honda?

—¿Quién y cómo?... eso no sería posible efectivamente. Además, ya te he dicho que no podría casarme sin el consentimiento de mis padres.

—Yo lo decía... ¡oh! Pablo nuestra separación es irremediable; no hay esperanza para mí.

—Sí hay una... si me amaras.

—¿Lo dudas? ¿cuál?

—Siguiéndome... seríamos esposos delante de Dios, mientras que lo fuéramos ante los hombres.

Quedé atónita[75] con semejante idea y miré a Pablo con espanto. Pero él tenía para mí tanta elocuencia, su voz era tan tierna, y su mirada me dominaba de tal manera, que me dejé persuadir, y hasta llegué a creer que semejante paso nada tenía de reprensible, puesto que él juraba que sería mi esposo apenas llegásemos a España.

Concertamos entonces nuestra huida que se verificaría en un paseo de despedida que él haría a Fontibón[76] al día siguiente. Mi madre no podría acompañarme al paseo, pero persuadí a las tres o cuatro amigas que me quedaban a que aceptasen la invitación de Pablo. Conseguí un caballo brioso[77] y ligero que debería llevarme hasta Facatativá,[78] mientras que los demás compañeros del paseo estuvieran entretenidos en la casa que se dispondría para recibir la comitiva. En Facatativá debería tener Pablo caballos de remuda,[79]

---

75   *Atónita*: estupefacta, pasmada, asombrada.
76   *Fontibón*: Municipio anexado a la capital. Fue fundado el 10 de Mayo de 1594. Por ahí entraron a Santa Fe de Bogotá, Gonzalo Jiménez de Quesada y sus compañeros de expedición. *Ontibón, Hontibón o Fontibón* tomó su nombre en honor al Cacique Huintiva, «Capitán Poderoso». Población indígena y pueblo de paso entre Santa Fe y España - Lugar donde los Conquistadores se cambiaban de atuendo y descansaban. Poco a poco, el poblado se fue extendiendo desmesuradamente. En el siglo XVI estaba dividido en 22 capitanías.
77   *Brioso*: airoso, con energía.
78   *Facatativá*: Ciudad de origen precolombino cuyo nombre significa en su traducción común de lengua Chibcha «Cercado Fuerte al final de la llanura» que sintetiza las condiciones privilegiadas del lugar. En 1595 había en lo que hoy es Facatativá tres poblamientos aborígenes importantes: Facatativá, Chocca y Niminxaca. Fue fundada por el Oídor Diego Gómez de Mena el 3 de julio de 1600. A mediados del siglo XIX se contruyó el camino de Los Manzanos a Bogotá. Facatativá fue escenario de numerosos combates y hechos históricos que sucedieron en las guerras de independencia y las civiles de ese siglo. Por Decreto de 9 de marzo de 1848 del Presidente Tomás Cipriano de Mosquera se erigió a Facatativá capital del Cantón de Funza, por conveniencia y en consideración a su situación geográfica.
79   *Remuda*: cambio.

y al llegar a Honda[80] las embarcaciones estarían listas para bajar prontamente el río Magdalena.[81]

Al despedirme de mis buenos padres, con dificultad dominé mi agitación; pero una mirada severa de Pablo me obligó a ahogar en una alegre carcajada[82] las lágrimas que asomaban a mis ojos, y monté con aparente calma. Muchos caballos piafaban[83] en la calle; plumajes y vestidos se mecían con el céfiro matinal; charreteras[84] y bordados lucían con los rayos de un sol brillante, y gritos y alegres risas resonaban en torno mío... En San Victorino tuvimos que detenernos mientras pasaba una partida de patriotas, compuesta de la juventud más lucida de Bogotá, que llegaban de uno de los caminos principales, en los que habían trabajado como presidiarios por orden de Morillo.

Entre estos pasaron a mi lado Antonio y su compañero, y ambos procuraron evitar mi vista. Esto me chocó y quise que me vieran orgullosa en medio de la brillante comitiva de oficiales.

—¡Adiós! —les dije con aire de burla—, ¡que lo pasen bien!

Y al decir esto, con una sonrisa de triunfo, le di un latigazo a mi caballo, el que alborotado ya con el ruido de los demás, y asustado por la multitud, sintiendo el foete[85] dio un salto hacia adelante, y sacudiendo la cabeza me arrancó las riendas de las manos y partió al escape por el camino... Vi pasar entonces como en un loco torbellino todas las casas, oí los gritos y el ruido de los que me seguían, y sentí que perdía el juicio; pero con un esfuerzo desesperado me agarré del gancho del galápago[86]... En eso llegó Pablo a mi lado, y pude ver la expresión de terror pintada en su fisonomía; su presencia me quitó las fuerzas, y cuando ya él me iba a sostener y detener el caballo, perdí el equilibrio y no supe más...

Esa fue la última vez que vi a Pablo.

Algunas semanas después desperté del estado de letargo producido por la herida que me había hecho en la cabeza, al caer del caballo, dejándome demente durante muchos días y desfigurada para siempre.

Entonces supe que Pablo, teniendo que obedecer a las órdenes recibidas, había partido lleno de aflicción (creyéndome moribunda) al día siguiente de aquel fijado para nuestra fuga. Nadie tuvo conocimiento jamás de nuestro

---

80 *Honda*: fundada en 1560. Fue lugar de descargue de las mercaderías que llegaban de España, Francia, Alemania e Inglaterra, para Santa Fe, Popayán y a la provincia de Quito. Ciudad localizada a orillas del El Río Magdalena, eje fluvial del departamento del Tolima.

81 *El río Magdalena*: fue descubierto por Rodrigo de Bastidas en 1501; los nativos que transitaban por él lo denominaron Yuma, que significa río amigo. Nace en el Macizo Colombiano, Páramo de las Papas, Laguna de la Magdalena, a una altura de 3685 metros, al sur del departamento del Huila. El río discurre por el norte entre las cordilleras Oriental y Central, dos alineaciones de los Andes. Cruza la región septentrional de tierras bajas donde confluye con el río Cauca antes de desembocar en el mar Caribe, cerca de la ciudad de Barranquilla. La longitud total del Magdalena es de 1.540 Km.

82 *Carcajada: risa ruidosa.*

83 *Piafar*: dar patadas o rascar el suelo con las manos el caballo cuando está parado e inquieto.

84 *Charretera*: insignia del uniforme militar consistente en una pieza forrada de tejido de seda, oro o plata, con un fleco, la cual se lleva en el hombro de la guerrera.

85 *Foete - fuete*: látigo.

86 *Galápago*: silla de montar para mujer.

loco proyecto, y según parece nada revelé de él durante los días de demencia.

Cuando por primera vez me vi en el espejo, casi me iba volviendo loca nuevamente: un torrente de lágrimas calmó mi desesperación, dándome de nuevo el juicio; pero durante muchos días imploré sinceramente al cielo que me diera la muerte, ya que me había quitado la belleza. Más la Providencia me tuvo compasión y no quiso que muriera, para que tuviese tiempo de arrepentirme de mis faltas y expiarlas con terribles sufrimientos.

Al fin los médicos declararon que no moriría; en breve empecé a recibir varias cartas de Pablo, en las cuales me aseguraba que nada podría alterar su amor, y en la última que recibí me anunciaba que había obtenido licencia para volver a Bogotá por algunos días antes de marchar al norte.

Verle otra vez era una dicha sin igual para mí, y me llenó de gozo. Pero una idea me heló de aprehensión, en medio de mi alegría: ¿qué diría de mi apariencia? Una ancha cicatriz me cortaba la frente, tan blanca y tersa antes; casi toda mi hermosa cabellera se había caído, y además me faltaban algunos dientes.

Volví a leer sus cartas y ellas me dieron nuevamente valor; estaba tan segura de mi inalterable cariño, que creí que el suyo sería igual.

Un día me avisaron que había llegado, y le mandé decir que no lo esperaba hasta la noche, creyendo que a favor de ella disimularía mis defectos. Con la tarde bajé al jardín a respirar el aire y calmar mi agitación. Estaba hincada al pie de un rosal, cortando una de sus flores, cuando oí abrir la puerta del jardín y cerrarse un momento después; no hice caso, pues no pensaba sino en Pablo: ¡qué me importaba todo lo demás del mundo!... ¡Sin embargo, la suerte de toda mi vida había estado pendiente de esos momentos!

Pablo, impaciente por verme, no quiso aguardar la noche: habiendo pasado esa tarde por mi calle no pudo resistir al deseo de entrar, preguntó por mí en la puerta, le dijeron que estaba en el jardín, y sin aguardar a que me avisasen corrió allá... Al abrir la puerta me vio; un rayo de sol que me iluminaba en ese instante hacía lucir mi horrible cicatriz en toda su fealdad, y ponía en descubierto mi calvicie. «La impresión que sentí entonces», le dijo a un amigo que me lo refirió esa noche, «fue tal, que no pude acercarme a ella. ¡No, esa no era la linda Mercedes que tanto había yo amado, era una visión... su desfigurada sombra, su espectro! Me faltó el valor, y volviéndome, huí del jardín y de la casa. La idea de verla así me aterra... mañana parto con una tropa que va a Tunja. Puede ser que después, cuando me acostumbre...».

Yo entretanto me preparaba a recibirlo, y mi corazón rebosaba de ternura. Pasó la tarde, llegó la noche y con ella la noticia de su deserción... ¡Para qué hablar de mi loca desesperación al comprender que el hombre por quien hubiera dado mi alma, no tenía valor para amarme, ni siquiera verme desfigurada!

No sé cómo pasó el tiempo después de esto. Una idea sola se fijó en mi espíritu: ¡Pablo había partido, abandonándome! Partió, a pesar de que le mandé suplicar humildemente que al menos me hablase una vez antes de separarnos para siempre; ¡pero en vano!

¡El día de la entrada de los ejércitos triunfantes a Bogotá, después de la batalla de Boyacá, fue fatal para mí! La vida de mi padre estaba amenazada, puesto que no había podido partir acompañando al virrey Sámano como lo pensó; mil circunstancias se lo impidieron y le fue preciso detenerse. En medio de los sustos, las zozobras[87] y el terror de que fuese descubierto y apresado, me llegó la noticia de la muerte de Pablo: había sucumbido[88] en uno de los combates parciales contra los patriotas en la provincia de Tunja.[89]

El peligro en que se hallaba mi padre ocupaba todos los pensamientos de mi madre, y pudo pasar inapercibida[90] la impresión que me hizo el último golpe. Así pasamos seis meses, en continuos sobresaltos y aprehensiones;[91] nuestros bienes fueron definitivamente confiscados y la miseria se estableció en nuestro hogar. Pero a la vuelta de Bolívar a la capital, mi padre, fastidiado de su vida oculta, pidió a algunos de sus amigos que se interesaran con el Libertador para que le fuese permitido salir de Bogotá desterrado a cualquier punto, en donde al menos pudiera vivir tranquilo con su familia.

Se le concedió ese favor, y escogió como lugar de su residencia a Ubaque, miserable caserío[92] en ese tiempo, pero en cuyo lejano rincón podríamos ocultar nuestra ruina sin que sufriera el orgullo; además yo continuaba siempre achacosa[93] y abatida, y los médicos recomendaron un clima como aquel.

La profunda melancolía causada por mis males físicos y morales, había embotado[94] mi entendimiento, y nada me interesaba, ni siquiera los sufrimientos de mis padres. Vivía como entregada a una pesadilla dolorosa, de la que hacía esfuerzos para despertarme sin poderlo conseguir. A veces procuraba consolarme de la muerte de Pablo, buscando en su conducta mil motivos de odio; pero en otras mi imaginación me hacía ver en medio del silencio y la oscuridad de la noche la faz lívida del que tanto amé, y con horror pensaba en su cuerpo tirado en el campo y cubierto de horribles heridas... ¡muerto, muerto sin auxilio humano! ¡Muerto, Dios mío! sin haber recibido por última vez una palabra de ternura de sus labios... Ahogada por los sollozos, presa[95] de la desesperación, me levantaba entonces del lado de mi madre y corría a desahogarme en el último rincón de la casa.

---

87   *Zozobra*: intranquilidad.
88   *Sucumbir*: morir.
89   *Tunja*: capital de Boyacá, fundada en 1539. El nombre «Junza» o «Tchunza» en lenguaje chibcha significa *Varón poderoso* o *Varón prudente*. Tunja era el nombre que daban los Muiscas al Cacicato de los Zaques, cuyo extenso territorio comprendía los pueblos del Hunza o Tchunza (capital sede del Cacicato), Ramiriquí, Turmeque, Tibana, Tenza, Garagoa, Somondoco, Lenguazaque, Tuta, Motavita, Sora y otros pueblos indígenas mas pequeños.
90   *Inapercibir*: inadavertir.
91   *Aprehensión*: percepción.
92   *Caserío*: conjunto de casas en el campo, que no llegan a constituir un pueblo.
93   *Achacosa*: que padece con frecuencia de alguna enfermedad.
94   *Embotar*: hacer menos eficaz los sentidos; debilitar.
95   *Presa*: dominada por un sentimiento.

Al fin el dolor vehemente se fue calmando poco a poco, y empecé a recobrar la salud a medida que mi aflicción se convertía en vaga resignación.

III

Llegó el tiempo de partir para el destierro.[96] Recuerdo que al montar, en la puerta de la casa, y después de encontrarme subiendo por el camino de Cruz Verde,[97] el aire libre avivó mi espíritu aletargado;[98] y por primera vez noté con cierto interés lo que pasaba en torno mío, grabándose en mi memoria cada accidente del camino.

Nada turbaba el silencio y la soledad de aquella escena o paisaje, sino el ruido del San Cristóbal, que desciende torrentoso por en medio de los dos cerros. Me adelanté, para gozar en silencio de mis impresiones: en cada recodo[99] del camino encontraba algún indígena que bajaba llevando carbón o frutas al mercado, siempre mustio[100] y cabizbajo, caminando con ligereza y seguridad por entre las escabrosas[101] piedras del camino.

El páramo con su calma terrífica, su frío y pavoroso silencio, me hizo mucha impresión: lo comparé a mi corazón solitario siempre, helado y sombrío... Pero el páramo tenía una ventaja sobre mi corazón: podía esperar que lo batieran[102] las tempestades, que lo conmoviera el huracán y las nieblas lo ocultaran; en fin, su aspecto podía cambiar por momentos, mientras que en mí todo sentimiento había muerto, mi corazón permanecería inmóvil y sin vida.

En el *Salteador* nos desmontamos para tomar un ligero refrigerio;[103] mi padre procuró distraerme llamándome la atención hacia el paisaje del contorno, y obligarme a salir de aquel silencio sombrío que decían los médicos provenía de la enfermedad de que sufría desde la caída de a caballo.

Después de atravesar un pequeño bosque en que se empieza a notar que el hombre ha pasado por ahí, siendo la naturaleza menos salvaje, llegamos al sitio llamado *Pueblo–viejo*. Mi padre me refirió entonces que allí habían querido fundar el pueblo de Ubaque, pero que la VIRGEN no lo consintió así, emigrando tres veces al sitio en que al fin tuvieron que edificar la iglesia y el caserío por darle gusto. Recuerdo que la única moral que encontré a la tradición, fue decir:

---

96 *Destierro*: lugar alejado al que se va como castigo.
97 *Camino real de Cruz Verde*: partía de Bogotá hacia el departamento de Oriente.
98 *Aletargado:* adormecido, amodorrado.
99 *Recodo*: algo que forma un ángulo con el vértice redondeado.
100 *Mustio*: triste.
101 *Escabroso*: terreno áspero, quebrado, difícil.
102 *Batir*: golpear el viento o las olas contra algo.
103 *Refrigerio*: comida ligera.

«¡Ya lo ven!... ¿Si la Virgen tiene también caprichos, cómo no los he de tener yo?».

E insistí en cambiar la mula en que iba por un caballo que llevaba de cabestro[104] un mulato, natural de Jamaica, que se había unido a nosotros en el camino; era mayordomo de un extranjero que poseía una pequeña propiedad a orillas del río Negro. El mulato Santiago quiso hacerse aceptar en nuestra compañía manifestándose muy complaciente y amable conmigo; ensilló él mismo el caballo y me ayudó a montar con muchas consideraciones.

En Ubaque nos habían preparado una miserable casa en la cual empecé a descubrir por primera vez las duras faenas[105] de una vida de pobreza. La casa, o más bien la choza[106] que habitábamos, estaba situada casi debajo de un cerro inclinado, y me parecía que amenazaba precipitarse y sepultarnos de repente bajo sus despojos. Cuando me dominaba esta idea, salía corriendo por huir de la casa...

Estas aprehensiones pasaron al fin y me fui acostumbrando a la situación de la familia. Tenía una hermana pequeña y en su compañía pasaba horas tras horas, hablándole de mis pasados años y refiriéndole las dichas de mi primera edad. Esto era lo único que me interesaba, sin reflexionar que mis palabras podrían depositar un germen[107] de descontento que haría su futura desgracia.

No diré que al cabo de dos o tres años la memoria de Pablo se había borrado de mi recuerdo; pero sí confesaré que su imagen no se me presentaba con tanta fijeza como solía tiempo atrás.

Vivíamos casi enteramente aislados: no podíamos tratar con familiaridad a las gentes del pueblo; nuestro orgullo de raza y de familia se traslucía aún en las palabras más amables; tampoco era posible tratar a las personas de nuestra posición social que iban a temperar allí: éstas nos miraban con desconfianza y aun odio, pues sin conocernos personalmente, apenas sabían que mi padre había sido partidario y amigo del sanguinario Morillo.

A veces me encontraba en el río con grupos de risueñas niñas, rodeadas de galanes en cuyos ojos veía la misma expresión con que yo había sido mirada en otros tiempos, y al verlos reír y conversar a mi lado, tratándome con desdén, volvía a mi choza y fingiéndome enferma me ocultaba bajo las cortinas de mi cama y pasaba ratos de agobiadora tristeza; mezcla de amor propio herido y abatimiento que me desgarraban el alma. Habiéndose despertado en mí el deseo de ser admirada otra vez, al ver lo imposible que era esto, no me resignaba tranquilamente a pasar una vida oscura y desdeñada.[108]

En los días en que estos sentimientos de miserable vanidad me animaban para torturarme, deseando ardientemente que alguien (poco me importaba quién) me admirase para tener la satisfacción de creerme amada; en esos días, digo, volvió a Ubaque el mulato Santiago ya en una posición muy diferente. Su patrón había muerto dejándolo heredero del terreno y casa que poseía

---

104   *Cabestro*: cuerda o correa que se ata al cuello de una caballería como rienda, para conducirla o atarla con ella.
105   *Faena*: quehacer, tarea, trabajo.
106   *Choza*: vivienda miserable.
107   *Germen*: origen.
108   *Desdeñar*: despreciar, menospreciar.

cerca de Ubaque. Naturalmente el antiguo liberto se fue a radicar con orgullo en su propiedad y nos visitó, manifestando interés por nuestra salud. Lo recibimos con bondad, pues nos traía el eco de lo que pasaba en el mundo. A poco sus visitas se hicieron más frecuentes, y nos llevaba siempre algún regalito de Bogotá, como buen pan, legumbres y frutas o dulces. Comprendí que sus visitas no eran desinteresadas, y fue tal mi ridícula vanidad, que no sentí disgusto con la idea de que aquel hombre pusiese los ojos en mí, con pretensiones que en otros tiempos hubiera mirado con horror y rechazado como un insulto. Al contrario, sus marcadas atenciones halagaron mi amor propio, y lo consideraba, aunque *moreno*,[109] de mejor gusto que los blancos jóvenes que me habían mirado con desdén o que ni siquiera se fijaban en mí.

Mi padre lo trataba con benevolencia; mi madre lo recibía como un consuelo; mi hermanita lo acogía con cariño, como a un amigo que le llevaba golosinas, y yo me manifestaba siempre amable y lo trataba casi como de igual a igual.

Viendo al fin el modo como era recibido en casa, Santiago se animó a pedir mi mano.

—¡Qué inaudita insolencia! —exclamó mi padre—: ¡un mulato, un antiguo esclavo, un miserable... pedir la mano de mi hija!

Mi madre se afligió al ver las humillaciones a que estábamos expuestas a causa de nuestra pobreza; yo me callé.

Despidieron a mi pretendiente y cesaron los pequeños regalos y los dulces. Mi hermanita se quejaba de la ausencia de su amigo, y volví a quedar sin un solo admirador: confieso que me hacía falta.

Un día que volvía sola del baño lo encontré en mi camino y me habló de paso con amabilidad. Al día siguiente lo volví a ver y hablamos más tiempo. Casi todos los días, cuando salía sola, lo encontraba, y me detenía para manifestarme su cariño y penas por causa mía, contándome además todas las comodidades de que yo gozaría siendo su esposa. Me aseguraba que sólo deseaba ser mi humilde esclavo y que yo sería la señora y soberana de su hacienda y su persona. Al fin le repetí a mi madre lo que me había dicho Santiago, pero ella se manifestó tan indignada de que yo le hubiera hablado, que ofrecí no volverle a permitir que se me acercara, y lo cumplí diciéndole a Santiago que mis padres no consentirían nunca en semejante enlace.

Mientras eso la pobreza se hacía cada día más cruel para mí. El sujeto que tenía el dinero que nos daba la cortísima renta de que vivíamos, desapareció de Bogotá y no supimos más de él. Mi padre enfermó, mi madre estaba casi exánime,[110] y fue preciso que yo trabajara noche y día para ayudarnos a sostener. Pasé días muy angustiados, pero esta situación despertó en mí un sentimiento de abnegación y un valor moral que no conocía en mí misma hasta entonces. Olvidé mis ruines preocupaciones de vanidad y no tuve tiempo para meditar en lo pasado.

---

109 *Moreno*: se aplica al color oscuro que tira a negro.
110 *Exánime*: agotado, sin fuerzas. Casi muerto.

Al fin tuvimos que pasar por el dolor de ver morir a mi padre, que dejó la vida lleno de aflicción al comprender la miseria en que nos dejaba. Después de esta desgracia, mi madre quedó tan abatida que jamás volvió a recuperar ánimo para interesarse en cosa alguna, y Juanita, mi hermana, no pudiendo gozar de las comodidades que necesitaba su débil constitución, se ponía cada vez más flaca y melancólica; yo entretanto no podía entregarme a la tristeza: los pobres tienen que manifestarse menos tiernos de corazón; las lágrimas ciegan, y yo necesitaba mis ojos para mantener con mis costuras a los dos seres queridos que dependían de mí. A pesar de mi buen deseo, no me era posible trabajar mucho tiempo sin descanso, por la falta de costumbre, y en mi dolor veía en lo porvenir el horrible precipicio de una vida de mendicidad[111] forzada.

En eso volvió a aparecer Santiago y me ofreció nuevamente su mano y una existencia tranquila, pero mi madre dijo que prefería que todas muriésemos de hambre antes que vivir humilladas con semejante matrimonio. Yo estaba, sin embargo, desesperada con nuestra situación y decidida a hacer cualquier sacrificio por mi familia; así le dije a mi pretendiente que puesto que mi madre se resistía a darme su consentimiento, me casaría con él sin que ella lo supiera. Esto era fácil: ella nunca salía de la casa, ni hablaba con los vecinos, y yo conocía suficientemente a Juanita para saber que guardaría el secreto. En fin, estaba pronta a arrostrar todas las consecuencias de este paso, más bien que seguir viviendo entregada a un trabajo arduo que no bastaba a darnos la subsistencia.

El matrimonio debía hacerse en Fómeque: yo partiría antes de aclarar el día, sola con un peón y su mujer, vecina nuestra, bajo pretexto de vender allí mis obras de costura y comprar algunos víveres más baratos, pues la afluencia[112] de bogotanos a Ubaque aquel año lo había encarecido todo.

El día anterior a mi viaje a Fómeque, después de hacer mis modestos preparativos, salí al caer la tarde y tomando el camino del río me fui a sentar en la orilla.

Por segunda vez iba a huir de mi casa... Años antes también preparaba mi culpable viaje tan terriblemente interrumpido.

«La Providencia», me decía, «intervino la primera vez para impedir un desatino... ¡Oh! —exclamé casi en alta voz—, esta vez se llevará a cabo... mi objeto es demasiado santo».

Estaba sentada al pie de una piedra y oculta a los ojos de los que pudieran acercarse de repente.

«¡Pablo! ¡Pablo! —murmuró una voz de mujer del otro lado de la piedra—. ¿Por qué me haces esperar tu venida?...».

Al oír esto me levanté conmovida y vi que una señorita vestida con elegancia me volvía la espalda y miraba hacia el camino. La abundante cabellera suelta le cubría el talle, y llevaba en la mano un sombrerillo con cintas rosadas. En ese momento vi venir a un joven a caballo que de lejos hizo una señal a la

---

111 *Mendicidad*: actividad de pedir limosna.
112 *Afluencia*: abundante llegada.

niña... Esta escena me recordó tanto lo pasado que prorrumpiendo en sollozos, me tiré sobre la margen del río... Vi con terror el espectro de mis años de dicha y esperanza, presentándoseme en aquella hora en que por última vez había querido recordarlos. Llena de angustia grité en un rapto de locura, repitiendo lo que había oído.

«¡Pablo! ¡Pablo! ¿por qué me haces esperar tu venida?... Pero él ha muerto —añadí—, ¡Dios mío! ¡nunca más, nunca lo volveré a ver!...».

Probablemente al oír estas voces entrecortadas la niña había dado la vuelta a la piedra, y halládome sin sentido, pues cuando volví en mí encontré que un gallardo joven me bañaba la frente con agua del río, mientras que ella me sostenía la cabeza con dulce compasión.

—Pablo —dijo ella—, ya vuelve a abrir los ojos; pregúntale quién es y en dónde vive.

—¡Pablo! —contesté mirándolo espantada ¿así se llama?

—Cálmese usted —dijo él—: dígame dónde es su casa para ayudarle a llegar a ella si ya se siente más repuesta.

—¿Repuesta?... ¡Eso qué importa! ¡acaso es su espectro el que veo?...

Efectivamente creí que el joven se parecía a la imagen de aquel que no había podido arrancar de mi alma. Pero comprendiendo de repente mi equivocación y pensando que ellos me creerían loca, me levanté avergonzada, y envolviéndome en mi pobre pañolón[113] eché a correr sin detenerme hasta que llegué a casa. Allí encontré a Juanita llorando porque tenía hambre, mientras que mi madre se quejaba por lo bajo porque durante mi ausencia se había apagado la lumbre en donde procuraba asar un plátano para su hija.

La vista de semejante miseria me volvió el juicio.

Santiago me aguardaba a las cinco de la mañana en el camino de Fómeque con un caballo ensillado: había hablado con el cura para que tuviera todo preparado y llegamos antes de que se reuniera la gente en la iglesia. Los domingos anteriores habían hecho allí las amonestaciones.[114] Cuando volví esa tarde a casa era la esposa de un mulato, pero llevaba toda clase de víveres y vestidos para mi madre y hermana, que dije haber comprado con el producto de mis costuras.

IV[*]

Tal vez yo no debería quejarme de mi suerte, pero creo que pocas vidas han sido más humillantes que la mía. Naturalmente Santiago no se había

---

113 *Pañolón*: mantón.

114 *Amonestar*: publicar en la misa mayor los nombres de los que se van a casar para que si alguien conoce algún impedimento para su matrimonio, lo haga saber.

* El número romano del subcapítulo de esta novela está equivocado en el original. En esta edición se cambiará el número romano por el correspondiente.

casado conmigo por darme comodidades no más, y deseaba tener la satisfacción de que se supiese que una señora de las mejores familias de Bogotá era su esposa, y poderse vengar así de la sociedad que tantas veces lo había despreciado. En breve se lo hizo saber a mi madre, deseando enorgullecerse con nuestra presencia en su casa. ¡Oh! ¡pobre madre! ¡nunca olvido la expresión con que recibió semejante noticia! Sin embargo, no me hizo ninguna reprensión.[115] Quedó aterrada... me abrazó en silencio; había comprendido que éste había sido un acto de abnegación para procurarle algún bienestar.

«Hoy me resigno, me conformo y aun no me pesa la muerte de tu padre», oí que le decía a Juanita.

Estas palabras me hicieron mucha impresión porque revelaban más que todo la pena que sentía.

Mi madre no sobrevivió muchos meses a mi matrimonio y después de su muerte Santiago se manifestó tal como era. Con mucha frecuencia reunía en la casa a sus amigos, reuniones que se convertían siempre en estrepitosas[116] orgías. Juanita crecía en medio de estos desórdenes que yo no podía evitar, y la idea de que semejantes escenas fueran las que formaran su corazón, me llenaban de pena. Muy rara vez Santiago estaba en su juicio, pero un día que lo vi de mejor humor le hablé de mi hermana y le supliqué que le buscara en Bogotá alguna casa en que pudieran darle hospitalidad. Ella le era ya antipática, y muy pronto buscó lo que yo deseaba.

Acababa de cumplir Juanita quince años cuando me separé de ella: iba en calidad de semi–costurera, semi–compañera de una respetable señora que a poco se la llevó fuera de Bogotá. Me quedé, pues, sola en el campo con un hombre a quien temía y despreciaba, y madre de un robusto niño a quien había hecho bautizar Francisco, como mi padre, y que era toda mi dicha y esperanza.

Santiago se hacía cada día más brutal, y me obligaba a que les sirviese la cena a él y a sus amigos cuando se reunían a jugar y beber. Un día rehusé[117] hacerlo decididamente porque todos estaban ebrios;[118] pero se enfureció al oír esto, me agarró por el pelo y a empellones[119] me obligó a entrar al comedor.

«¡Mercedes de Vargas! —exclamó—; tú como hija de caballero tienes que servirnos humildemente... a mí y a mis amigos. Para algo ha de haber servido la guerra de la independencia...».

Cayéndome de vergüenza y horror, y bajo la mirada insolente de mando de aquel a quien había jurado, ante Dios, amar, obedecí sirviendo yo misma la cena.

«Así me gusta —dijo él al cabo de unos momentos—; las blancas son cobardes siempre, y cuando uno las trata duro son una seda». Y acercándose quiso cogerme la mano con ademán cariñoso.

Esto colmó la medida: no quise que me tocara, y situándome detrás de una silla le dije con la cabeza erguida y la mirada orgullosa:

---

115 *Reprensión*: reprimenda.
116 *Estrépito*: ruido.
117 *Rehusar*: rechazar.
118 *Ebrio*: trastornados por el alcohol; bebido, borracho.
119 *Empellón*: empujón.

«He sufrido los insultos que usted me ha hecho, los que viniendo de un ser tan vil no vejan;[120] pero no permito que se me acerque». Santiago, profiriendo horribles juramentos, tomó una botella para tirármela, pero sus compañeros se lo impidieron. Uno de ellos me hizo seña de que saliera, y me siguió, mientras que los otros cerraban la puerta por dentro con llave para impedir que Santiago, que estaba frenético, me matara.

«Mercedes —me dijo el que había salido conmigo—; Mercedes, no sé si usted me conoce; soy Joaquín Díaz, el compañero de Antonio N., a quien usted iba perdiendo una noche en tiempo de Morillo... ¿no recuerda?».

Fue tanta mi vergüenza de que Díaz me encontrara en aquel sitio, como esposa o más bien esclava del dueño de la casa, que no pude contestar, y cubriéndome la cara con el delantal,[121] permanecí callada y llena de confusión.

«Usted me preguntará —añadió él, viendo que no contestaba—, cómo me hallo en tan ruin compañía. Esto no tiene más que una explicación: el juego y la bebida. Estos hábitos que contraemos en las campañas y sin los cuales ya no podemos vivir... son irresistibles, nos dominan».

Yo no contestaba, y él continuó entonces, ya con impaciencia:

«¿Pero usted a quien conocí rica, orgullosa y bella... cómo la encuentro casada con este mulato despreciable?».

Habiendo recobrado mi serenidad le referí la causa de mis desgracias: la pobreza; y le supliqué al mismo tiempo que me ayudase a salir de aquel infierno. Le dije que me proporcionara en Bogotá una casa en que pudiera vivir como sirvienta, pues prefería cualquier humilde destino al de señora allí.

Esa noche huí de Ubaque llevándome a Francisco, y recomendada por Joaquín (bajo un nombre supuesto) fui recibida como costurera en una casa respetable. Santiago me buscó al principio, pero le fue imposible hallarme, y al fin se cansó de hacer indagaciones.[122] Permanecí durante muchos años, que fueron los más tranquilos de mi vida, en la misma familia; estaba resignada a mi suerte desde que no pensaba en mí misma sino que vivía para mi hijo, que cada día ganaba en inteligencia y lozanía,[123] y cuyas manitas cariñosas me hacían olvidar hasta el recuerdo de mi juventud; yo misma le enseñé a leer, y después en la escuela era dócil y estudioso.

Estando un día sentada cosiendo en el corredor de entrada de la casa en que vivía, me llamó la atención lo que se decía en la sala.

—Las mujeres son implacables en sus venganzas —dijo uno.

—No tal —contestó otro—, yo las he encontrado siempre compasivas... casi siempre se arrepienten al tiempo de cumplir una venganza.

—Yo, por mi parte —dijo el primero—, sé por experiencia que bajo el aspecto más dulce ocultan un corazón de tigre.

—Este don Antonio siempre tiene algún cuento contra las mujeres —repuso otro.

—Aseguro que no es cuento aquello a que me refiero; es un hecho en

---

120   *Vejar*: maltratar a alguien haciéndolo sentir humillación.
121   *Delantal*: prenda de vestir que se coloca por delante del cuerpo, encima de los otros vestidos, para evitar que se manchen éstos.
122   *Indagación*: averiguación.
123   *Lozanía*: aspecto lozano, fresco.

que pude representar un papel bien trágico.

—Veámoslo —dijeron todos—, nos constituimos en jueces.

Cuál sería mi emoción cuando descubrí que el que hablaba era el mismo Antonio a quien varias veces había encontrado en el camino de mi vida. Entonces supe que él se había interesado mucho en favor de mi padre, como se lo supliqué en el año 14, y creyendo que yo lo sabía, fue después a pedirme auxilio. Refirió la escena del jardín y la maldad con que obré al permitir y aun convidarlos a que entrasen a la casa, sabiendo que los oficiales que había en ella los prenderían. Así como yo no supe que él salvó la vida de mi padre, tampoco llegó jamás a su conocimiento que yo hubiese ejercido mi influencia con los realistas para que no los condenasen a muerte. Este es el modo como juzgamos en el mundo de las acciones de los demás.

Por supuesto que todos hicieron los más odiosos comentarios de la conducta incalificable de la *morillista*[124] Mercedes.

A poco Antonio salió con otro caballero y pasó a mi lado, pero estando en la escalera recordó que había olvidado su bastón y me pidió que se lo fuese a traer. Al entregárselo, nuestros ojos se encontraron, y él me miró con atención.

«Paréceme que esta fisonomía no me es enteramente desconocida» —le dijo al otro al bajar la escalera. Al oír esas palabras, no esperé más; huí temblando y me oculté en una pieza lejana; pero afortunadamente nadie se volvió a acordar del incidente, y después Antonio me vio varias veces sin poner cuidado en mi fisonomía.

Pasaron años y creció mi hijo. Dejé la casa que por tanto tiempo me había servido de asilo[125] y fui a vivir sola con Francisco, cuyo trabajo como carpintero, ayudado con las economías que yo había hecho durante los años de servicio, y mis obras de costura y bordado, nos dieron cierto bienestar que nos permitía vivir con independencia.

Una noche estábamos sentados cerca de la vela;[126] yo acababa un bordado que debía entregar al día siguiente, mientras que Francisco leía en voz alta; de repente oímos gritos y golpes en la puerta de nuestra casita, la que al fin, mal ajustada, se abrió para dejar entrar a un hombre ebrio... ¡Cuál sería mi espanto cuando reconocí a Santiago!

Francisco no lo recordaba absolutamente. De mucho tiempo atrás sabía yo que él había jugado y bebídose aquella fortuna por la cual yo hiciera el sacrificio de mi dignidad sin poder obtener en cambio más que humillaciones. Además se hablaba en esos días de no sé qué crimen en que Santiago tenía parte, diciéndose que andaba prófugo.[127]

—¡Ah! —dijo al entrar—. No me engañaron, y al fin, he descubierto tu paradero. ¡Pronto... que me traigan aguardiente! ¡tengo sed!

—Salga usted de aquí, ¡miserable! —gritó Francisco al verlo tenderse sobre la cama que había en la pieza, y tuve que asirme de él para que no se

---

124 *Morillista*: partidaria de Morillo.
125 *De asilo*: de protección.
126 *Vela*: pieza cilíndrica de cera con una mecha en su interior que se usa para alumbrar.
127 *Prófugo*: huye de la justicia.

arrojara sobre su padre.

—¿Así es como has enseñado a ese niño a tratar a su padre? —dijo el otro sin moverse—, pues —añadió—, infiero que ese mozo es Francisco mi hijo.

—¡Mi padre!

—Sí —contesté—; desgraciadamente es la verdad. Váyase usted Santiago, le dije a este; no venga a pervertir a su hijo con el mal ejemplo... ¡Yo tengo derecho de resguardarlo[128] de usted!

—No pienso irme de aquí por ahora —contestó con insolencia—. La justicia me persigue... además, estoy bien: ¡que me traigan de beber!

Dos días permaneció este hombre en mi casa, y al fin se fue llevándose el poco dinero que teníamos y la ropa de Francisco. Después de aquellos días se aparecía de vez en cuando ebrio siempre y hambriento, y era preciso darle cuanto teníamos para librarnos de su presencia. Así pasamos dos años, al cabo de los cuales no volvió más, y nunca he sabido qué se hizo.

En eso estalló la revolución de 1840; no pude ocultar a mi hijo y se lo llevaron de recluta[129]... El dolor que sentí no tiene nombre, pero vivía con la esperanza de volverle a ver a mi lado. Después de la acción de Buenavista, llegó a casa extenuado y moribundo mi pobre Francisco, y murió en mis brazos tres días después de su vuelta. Yo no podía creer mi desgracia... pero hay penas que parecería sacrilegio describirlas, y ésta es una de ellas...

Sin embargo al cabo de algunos días, viendo que si me dejaba llevar por mi dolor tendría al fin que mendigar, que es lo que más horror me causa, me revestí de valor, procuré sacudir mi abatimiento y volví a trabajar para vivir. ¡Era preciso vivir, puesto que Dios lo había querido así!

Mi existencia no tenía interés ninguno, mis afectos estaban encerrados en las tumbas de cuantos había amado.

Bogotá era odiosa para mí; así, acepté gustosa el destino de ama de llaves en una hacienda cerca de Tunja, y me dirigía a ella cuando enfermé en el camino y tuve que detenerme aquí...

Usted y su familia me han dado tantos consuelos, que muero tranquilamente después de una vida tan agitada y llena de sufrimientos...

---

128 *Resguardar*: defender, proteger.
129 *Recluta*: alistado para el servicio militar aunque no sea voluntario.

IV

JUANITA

> Gran arte de vivir es el sufrimiento;
> hondo cimiento de la virtud es
> la paciencia.
> JUAN NUREMBERG

—¡Qué casualidad! —exclamó don Enrique—. Yo conocí en Neiva a la hermana de esa misma Mercedes, a Juanita Vargas.

—¿De veras? —preguntamos todos.

—No me queda la menor duda;... qué familia tan desgraciada —añadió—, pues esta tuvo también mucho que sufrir.

—Cuéntenos usted lo que le sucedió —dijimos en coro.[130]

—La historia sería muy larga de referir.

—¡Mejor! —exclamó don Felipe—, propongo que en cambio cada uno cuente alguna cosa: ¿no es justo, señor Cura?

—Por mi parte, yo no me hallo con fuerzas para desempeñar mi...

—Eso no puede ser... un sacerdote es el que más dramas verdaderos ha presenciado... así pues, vaya preparándose.

—Veremos... ¿y usted?

—Yo cumpliré. Y no crean ustedes —añadió volviéndose a donde Matilde y a mí—, no crean que están exentas[131] ustedes de la común obligación.

—Por supuesto —contesté—, pero mientras tanto don Enrique nada dice.

—¡Cómo no! siempre cumplo lo que ofrezco, aunque tal vez les pesará haberme nombrado orador, pues yo nunca lo he sido. Esta narración en boca de otro podría ser interesante; pero mucho me temo que desempeñándola yo resulte fría y monótona.

Ahora muchos años, no sé cuántos, una señora de Neiva de nombre Marcelina volvió de Bogotá, adonde había pasado algún tiempo, y a su regreso, entre las novedades que sus amigas encontraron que criticarle, llevaba una muchacha muy bonita en calidad de costurera o ama de llaves. Juanita Vargas,

---

130   *Coro*: conjunto de personas que hablan a la vez.
131   *Exento*: eximido.

que así se llamaba, era de un carácter adusto y retraído, pero gracias a sus hermosos ojos, su dulce y melancólica sonrisa unida a modales cultos y aspecto elegante y distinguido, pronto llamó la atención de los neivanos. Entre otros un hijo de la señora Marcelina y un hermano suyo tuvieron graves disgustos a causa de ella; y aunque su conducta fue irreprensible, las mujeres envidiosas de su atractivo y las malas lenguas que no comprenden que puede haber virtud verdadera rodeada de tentaciones, se cebaron[132] en su reputación. Vivía, pues, la pobre niña oculta en la casa de su señora, llorando mientras doña Marcelina le reprochaba a cada instante las bondades que había tenido para con ella.

Por ese tiempo regresó a Neiva e insistió en sus anteriores pretensiones un joven comerciante dueño de una pequeña tienda, escaso de fortuna pero trabajador, quién había sido despedido por Juanita quitándole toda esperanza. Sin embargo, lo muy martirizada que vivía la decidió a vencer su repugnancia y emanciparse aceptando al fin su mano. A doña Marcelina le encantó ese desenlace, pues no podía perdonarle su belleza y el haber tenido que desterrar de Neiva a su hijo por causa de ella, y viéndola vacilar la exasperó para precipitarla a casarse a pesar de la frialdad con que recibía al novio.

Si su vida en casa de doña Marcelina había sido dura y trabajosa, su existencia después de casada fue peor. Bonifacio, su esposo, era un hombre de mal genio, exigente y cuyo carácter hacía cada día más difícil la tarea de agradarle. Llegó Juanita a desesperarse en términos que un día pidió consejo a su antigua señora, pero ésta la rechazó con rudeza y le hizo comprender que no tenía que esperar nada de ella, por lo que la pobre mujer, viéndose desamparada se propuso ser paciente, inclinó su cabeza al yugo[133] y sufrió callada. Dos niños vinieron a consolarla al cabo, infundiendo algún interés a su existencia.

Hacía ocho o diez años que Juanita se había casado cuando mis negocios me llevaron a Neiva, y Bonifacio, con quién tenía algunas relaciones de comercio, me introdujo a su casa. La distinguida aunque marchita fisonomía de Juanita me llamó la atención, y en breve, al ver sus sufrimientos, la cobré un verdadero cariño originado en la compasión que me inspiró su dulzura en contraste con lo brusco y duro de su marido, representándoseme el cuadro de una delicada flor azotada por una continua tempestad.

Cierto día Bonifacio tuvo que ausentarse a comprar mercancías para su tienda, y a su vuelta notamos que no salía nunca de casa. Pregunté a Juanita si su esposo estaba enfermo.

«No sé qué pensar —me contestó turbada—, desde que volvió su modo de ser ha cambiado completamente, y aunque dice que nada tiene, vive encerrado en su cuarto y hasta se hace llevar allí los alimentos, no permitiendo que entremos ni sus hijos ni yo».

Así se pasaron muchos días, hasta que Juanita, deseosa de buscar algún

---

132 *Cebarse*: encarnizarse.
133 *Yugo*: dominio despótico ejercido por alguien sobre otro.

consuelo a sus penas, me llamó para decirme que no sabía qué hacer con Bonifacio que continuaba encerrado siempre.

«Y qué quiere usted que haga?» — le pregunté.

«Que busque algún pretexto para hablarle, y hacerle notar que su conducta incalificable nos llena de afán[134] y no sé que contestar a los que me preguntan por él. Además —añadió bajando los ojos—, ya casi no hay nada en la tienda: el abandono completo de sus negocios me pone en mil apuros;[135] mi trabajo no alcanza para atender a todos los gastos de la casa...».

¡Pobre mujer! efectivamente estaba extenuada[136] y se comprendía que debía de haber sufrido mucho antes de atreverse, ella tan tímida generalmente, a dirigirse a mí.

Esa noche pudimos hablar a solas Bonifacio y yo. A pesar de la oscuridad de la pieza, apenas entré a ella lo vi tan desfigurado, que comprendí todo; ¡el infeliz estaba *lazarino*!

—¿Para qué me necesitaba usted con tanta premura?[137] —me preguntó tratando de ocultar sus facciones.

Díjele aunque con embarazo lo que deseaba su mujer.

—¿Y usted no adivina el motivo de mi extraña conducta?

No me atreví a negarle que lo comprendía.

—Sí —exclamó dolorosamente—; ¡ya está muy visible mi mal! Soy repulsivo para todos; noté el movimiento de usted al verme, y ya había notado igual cosa, en mi último viaje, en otras personas... por eso me oculto como un criminal.

—Pero...

—No hablemos más —prorrumpió poniéndose en pie—, usted tenía curiosidad de verme; ya está satisfecho; ¡vaya ahora a hacérselo saber a todo Neiva! ¿Todavía permanece ahí? —añadió—: infiero que no tendría más que decirme...

Un movimiento de cólera me sobrevino, y dominado por él me dirigí a la puerta del cuarto, pero recordando a la pobre familia me detuve diciéndole:

—No me ha traído la curiosidad, pues ésta, si la tuviera, podría emplearla mejor. Vengo de parte de Juanita, como dije antes, a explicarle que habiendo usted dejado el trabajo completamente, su familia no tiene de qué subsistir.

No me contestó.

—¿Qué piensa usted hacer? —añadí.

—Yo no pienso —me contestó ocultando la cara entre las manos—; ¡soy un desdichado! Escúcheme usted y perdonará mis duras palabras. No soy de aquí: hace mucho tiempo que me dijeron que tenía el germen de ese horrible mal, y esta idea amargaba mi vida y me hacía duro y agrio con cuantos me rodeaban. Me casé sabiendo que mi esposa no me amaba y ésta idea me hacía cruel para con ella... y ahora, ¡ahora me odiará más que nunca!

Me explicó entonces que deseaba huir de su casa y vivir lejos, muy lejos,

---

134 *Llena de afán*: llena de penalidades.
135 *Apuro*: dificultad, aprieto.
136 *Extenuada*: debilitada, agotada.
137 *Premura*: apremio, prisa.

y me pidió que le dijera eso a Juanita, suplicándome además que le buscara modo de dejar ocultamente su casa al día siguiente.

Pensé que puesto que Juanita había sufrido tanto con Bonifacio, acogería[138] la idea de una separación si no con gusto, a lo menos sin repugnancia, pero me equivoqué: ¿quién comprende a las mujeres?

Cuando le referí el resultado de nuestra conferencia se manifestó muy agitada y prorrumpiendo en llanto exclamó:

«¡Lazarino! ¡Dios mío... lazarino! y yo que lo acusaba de odio por mí, yo desdichada, ¡no comprendía que su mal genio provenía de sufrimientos atroces!».

Desde ese día Juanita cambió completamente de modales con Bonifacio; en vez de su habitual frialdad manifestó hacia él una infinita compasión que se convirtió en profundo cariño por el desgraciado. Se consagró completamente a servirle y sufría con una santa paciencia el mal humor y las crueles palabras del enfermo, no queriendo separarse de él por ningún pretexto. Pero al fin le hicimos comprender que por el bien de su familia debía alejar al lazarino de su casa, y obtuvimos que le permitiera ir a vivir a una casita separada de su habitación por todo el solar, aislándola mediante una cerca de madera sin puerta, por encima de la cual le pasaban lo que necesitaba.

La salud de Juanita desmejoraba día por día, pues su trabajo apenas alcanzaba para proporcionar comodidades a Bonifacio, descuidando sus propias necesidades. Al cabo de dos o tres años, habiéndome alejado de Neiva, mis negocios me llevaron otra vez allá y fui a visitar a mi pobre heroína. Parecía una sombra, pero valiente como siempre procuraba ocultar sus sufrimientos. Al través del cercado hablé con Bonifacio, y éste me refirió que un tío suyo que tenía un buen curato[139] en una lejana provincia, al saber la situación precaria de su familia, había escrito diciendo que con mucho gusto daría albergue[140] y educación a los hijos de su sobrino, con la condición de que Juanita fuese a atender la casa del curato como ama de llaves; pero ella no había querido absolutamente abandonarlo, desoyendo sus súplicas en favor de sus hijos; aunque el tío había ofrecido dar una generosa pensión al lazarino.

Nada pudo vencer la resistencia de Juanita. Sus dos niños, Pedro y Joaquín, eran inteligentes, pero como no había forma de darles educación crecían entregados al ocio,[141] y eran la plaga de la vecindad, haciendo mil travesuras en las calles y casas de los alrededores. Un día llevaron a Pedro aporreado[142] y gravemente herido de resultas de una pelea que había tenido en la calle. Bonifacio al saberlo se exasperó y exigió que partiera su mujer con sus hijos, diciéndole palabras tan crueles, animado por aquella injusticia hacia todo, que caracteriza a los que sufren esa enfermedad, que Juanita, profundamente afligida, se resignó a cumplir sus órdenes y empezó a preparar el viaje.

Su aspecto era tan tranquilo, su resignación tan silenciosa que temí que tuviera algún proyecto terrible, y así se lo signifiqué.

---

138   *Acoger*: admitir, aceptar.
139   *Curato*: cargo de cura párroco.
140   *Albergue*: posada.
141   *Ocio*: pereza.
142   *Aporreado*: golpeado.

«¿Se admira usted de mi resignación? —me contestó—: no ve usted que Bonifacio me ha dicho que soy mala madre y mujer desconsiderada y desobediente?».

Al fin llegó el día de la partida. Yo había ofrecido ir a verla por la última vez, y aún no había aclarado[143] cuando llegué a la casa. Las bestias estaban ensilladas y Pedro y Joaquín con sus vestidos de viaje esperaban a su madre para ir a despedirse del infeliz lazarino. Compareció ella al fin, y tomando a los niños de la mano se encaminó a la habitación de su esposo.

Yo la seguí sin ser visto. Llegó al pie de la cerca, se arrodilló y con voz apagada llamó a Bonifacio.

Un grito como rugido de pantera, expresión de un dolor inmenso, fue la contestación que se oyó detrás de la cerca. En seguida gritó:

—¡Adiós! adiós... Adiós mis hijos... mi pobre Juanita... Los sollozos ahogaron su voz.

¡El llanto de un hombre es siempre tan doloroso! Los niños gritaron de terror, de espanto y Juanita cayó casi exánime al pie de la cerca, apretándola con ambas manos como para romperla.

—¡Bonifacio! —exclamó incorporándose—. No puedo partir... no me voy...

Pero al oír estas palabras cesaron los sollozos del otro lado de la cerca: sucedió una especie de ronquido prolongado, y se oyó al lazarillo correr y cerrar la puerta de su habitación.

Entonces me adelanté y tomando de la mano a Juanita, que seguía llamándolo con tristeza desgarradora, la llevé a la casa, la obligué a montar con los niños y los acompañé hasta la salida de la ciudad, a tiempo que se levantaba un sol brillante que inundaba con sus alegres rayos todo el paisaje.

Calló don Enrique.

—¿Y el pobre lazarino quedó abandonado? —preguntamos todos.

—Me falta el epílogo todavía —contestó.

Tuve que ausentarme de Neiva, y cuando algunos meses después volví, mi primera visita fue a Bonifacio. Una mujer al parecer plebeya estaba sentada al pie del cercado del lazarino y le hablaba a la sazón. Al acercarme se levantó presurosa: ¡era Juanita!

—¡Usted aquí! —exclamé.

—Sí... ¿no es este mi lugar?

—¿Pero cómo volvió?

—Usted sabe —me contestó—, la repugnancia con que partía; mas tuve que acceder al consejo de todos, a la necesidad de abrir un porvenir a mis hijos y sobre todo a las órdenes de Bonifacio: pero guardaba en mi pecho un intento que al fin realicé. Luego de instalada en casa del tío de Bonifacio, el doctor Álvarez, conociendo que había cobrado cariño a los niños y que realmente los tomaba bajo su protección, me llené de remordimientos al pensar

---

143   *Aclarado*: amanecido.

en la aflicción de este desgraciado, y sin decir nada a persona alguna, sin despedirme, puse por obra mi proyecto, vendí las pocas joyitas que tenía para sobrevenir a los gastos de viaje y una madrugada dejé a mis hijos dormidos y me huí... no los volveré a ver.

Juanita se inclinó para ocultar las lágrimas que le apagaron la voz.

—Y llegó aquí vestida como usted la ve —añadió la voz de Bonifacio detrás de la cerca—. Una noche oí que me llamaban y creí reconocer su voz, pero pensé que era una alucinación; sin embargo, oyéndola de nuevo y persuadido de que sólo Juanita podía acordarse de mí, salí y la encontré... ¿Por qué ha puesto Dios a este ángel a mi lado? No lo comprendo porque no lo merezco.

—¿Y el doctor Álvarez sabe que usted está aquí? —pregunté a Juanita.

—No, ni él, ni nadie. Deseo permanecer oculta. Estoy segura de que continuará protegiendo a los niños, pero al saber en dónde estoy exigiría mi vuelta.

—¿Y de qué vive usted?

—Coso, bordo y el producto de mi trabajo me alcanza para vivir y traerle a Bonifacio tal cual cosa que se le antoja. Mi alojamiento está en otro barrio en donde nadie me conoce, y aún cuando así no fuera ¡quién se ocuparía de mi existencia! La persona a quien encargó el doctor Álvarez que cuidara de Bonifacio viene todos los días, pero no me ha visto.

Todo esto lo decía con suma naturalidad, y con la sencillez de quien refiriese las más comunes acciones de la vida. Su aspecto era más animado, su mirada más viva y se notaba en ella cierta irradiación del alma: ¡tal es la influencia de una noble acción, y la conciencia de un deber cumplido!

No he vuelto a Neiva, y por consiguiente ignoro qué ha sido de aquellos desventurados.

* * *

—Esto es sublime —dijo don Felipe—; en este hecho se revela el gran sentimiento de abnegación que es el fondo de un verdadero corazón femenino. Nosotros podemos admirar, creemos adorar, pero rara vez sabemos amar así. Amar hasta el sacrificio sólo por un sentimiento de compasión, ¡amar sin esperanza de recompensa alguna, no está en nuestra naturaleza!

—Ya que usted es tan elocuente respecto de ese sentimiento —dijo mi hermana—, no dudo que recordará algún ejemplo que corrobore sus ideas.

—¡Si hay tantas maneras de amar!

—Pues bien, hablemos de alguna de ellas en particular.

—Ahora no tengo coordinadas mis ideas... tal vez el señor cura...

—Ya es muy tarde —contestó éste—, y será bueno aplazar nuestras narraciones hasta mañana.

V

MARGARITA

Qui voudrait te guérir, immortelle douleur?
Tu fais la trame même et le fond de la vie.
S'il se mêle aux jours noirs quelques jours de bonheur,
comme des grains épars, c'est ton fil qui les lie...[144]
ANDRÉ THEURAT

La siguiente tarde antes de oscurecer nos volvimos a reunir y don Felipe dijo con cierto aire conmovido:

—Ya que ayer hablábamos del corazón de la mujer, quiero, sin más preámbulos, referirles una historia de la cual tuve conocimiento por varias circunstancias casuales.

Todos nos preparamos a escucharlo, y él empezó así:

I

Sobre un costado del árido y pedregoso cerro de Guadalupe, que domina la ciudad de Bogotá, se veía en diciembre de 1841 una pequeña choza, cuya limpieza, la blancura de sus paredes y el empedrado[145] que tenía delante de su puerta, indicaban tal vez pobreza pero no incuria,[146] enfermedad moral de todo el que sufre. La choza estaba rodeada por una cerca de piedras colocadas sin arte ni simetría, y cubierta por matorrales de espinos, rosales silvestres, *borracheros* blancos y amarillos, *arbolocos* y raquíticos cerezos. En torno de la habitación corrían y engordaban varios cerdos y gallinas que vivían amistosamente con algunos perros hambrientos y un gato de mal genio. En la parte que quedaba detrás del rancho se veía una sementerilla de maíz y de otras plantas que vegetaban a duras penas entre las piedras del cerco.

---

144   *Qui voudrait te guérir, immortelle douleur? / Tu fais la trame même et le fond de la vie. / S'il se mêle aux jours noirs quelques jours de bonheur, / comme des grains épars, c'est ton fil qui les lie...* ¿Quién querría curarte, inmortal dolor? / Creas la trama misma y el fondo de la vida. / Si se mezclan entre los días difíciles algunos de felicidad, / como granos dispersos, eres el hilo que los vincula...

145   *Empedrado*: pavimento de piedras.

146   *Incuria*: descuido.

Del lado de afuera de la cerca, en una esquina sombreada por matorrales de rosas y espinos y un cerezo, estaban dos personas sentadas sobre la verde grama. Eran dos jóvenes: un indio robusto y mozo, de cara cuadrada y amarillenta y vestido como soldado de aquella época, es decir, de calzón de *manta*,[147] chaqueta azul con vueltas coloradas y el pie desnudo; y una muchacha de unos diez y seis años, también de raza indígena, pero algo más blanca, pequeñita, rolliza y colorada. Esta última, cabizbaja y triste, volvía la mirada de vez en cuando hacia la choza como si temiese que la vieran desde allí.

—Quería, Jacoba de mi vida —decía el indio—, decirte adiós a solas, pero deseaba también explicarte lo que hasta ahora no me había atrevido a confesar... Yo te había dado mi palabra de casamiento, pero no puedo engañarte más; tu padre me sirvió mucho, me salvó la vida en la acción de la Culebrera, e impidió que me cogieran prisionero, trayéndome a su casa, donde me curaron las heridas...

—¿Y porque te asistimos con cariño me quieres abandonar?

—No es por eso... al contrario; es que no te quiero engañar, ni a tu padre que es un hombre honrado... Jacoba, ¡soy casado!

—¡Casado! —exclamó la muchacha, levantando las guedejas de pelo negro que le caían sobre los ojos. Miró por un momento espantada a su compañero, pero viendo la seriedad con que éste hablaba, se separó de su lado y volviéndole la espalda prorrumpió en amargo llanto.

—No llores, vida mía, que me partes el alma —dijo el soldado acercándosele y rodeando con su brazo el ancho talle de la india, mientras ella ocultaba la cara con el pañuelo *rabo de gallo*[148] que llevaba al pecho.

—Escucha, Jacoba —añadió—: ahora un año, viviendo en Funza, una vieja, mi vecina (¡que Dios la perdone!) se empeñó en casarse conmigo..., yo no ganaba nada... ella tenía una sementera de papas y un trigal: el señor cura me habló también, y al fin y al cabo nos casó. Pero apenas me remachó esa hija de Satanás que se volvió gata brava... Tanto me desesperó, que una noche me fugué de la casa con la intención de no volver a poner jamás los pies donde ella estuviera.

En el Socorro me enganché con los de González y ya sabes lo demás... Aquí me *topé*[149] contigo y no pude menos que quererte cuando me mirabas con esos ojos de miel... pero ayer me vio el *taita*[150] y me preguntó para cuando era el casorio:[151] esa pregunta me remordió la conciencia, y en lugar de contestarle me fui derecho al cuartel y senté otra vez plaza de soldado; pero ahora con los del gobierno: mañana me voy para Antioquía, como te decía.

Jacoba redobló su llanto, pero no contestaba.

—¡Jacoba! —exclamó el soldado exasperado—. No me guardes ojeriza: mira, aquí te traje esta crucecita para que la ensartes en tu rosario y te acuerdes de mí cada vez que la veas.

La muchacha levantó entonces la cabeza y miró al soldado con aire de

---

147 *De manta*: que abriga mucho.
148 *Pañuelo rabo de gallo:* pañuelo de seda o satín rojo.
149 *Topar*: tropezar.
150 *Taita*: padre.
151 *Casorio*: boda.

profunda pena, mientras que por sus mejillas redondas y coloradas corrían gruesas lágrimas, como lluvia sobre un campo de amapolas.

—No quiero tu cruz —dijo al fin rechazándolo, y con la voz ahogada por los sollozos añadió—: ¿Qué dirá mi *taita* cuando lo sepa? ¿Y mi mamá qué dirá?

—¿No quieres ni acordarte más de mí, Jacoba, aunque me maten en la primera acción en que me halle?

Jacoba fijó en él otra vez los llorosos ojos, y vencida por la expresión humilde y triste del indio, alargó la mano, recibió la cruz del soldado sin contestar, la miró un momento y se la echó al seno al recoger una vasija[152] llena de agua que tenía a sus pies. El indio, para ocultar su enternecimiento, se despidió en silencio y echó a andar hacia la ciudad. Jacoba se detuvo a mirarlo por la última vez, pero oyendo voces por el camino y temiendo encontrarse con alguien que le pudiese preguntar la causa de su llanto apresuró el paso, más al llegar a la puerta de madera que separaba del camino el patio de la choza, tropezó y cayó al suelo, rompiendo la vasija e inundándose de agua.

Se levantó muy abochornada,[153] e iba a entrar a la choza cuando salió de ella una mujer que viendo los tiestos[154] regados por el suelo arremetió sobre ella con un palo de escoba que llevaba en la mano. La tempestad de regaños y gritos duró largo tiempo; se oían a una vez la rabiosa voz de la mujer y las súplicas y quejidos de la víctima, la cual lloraba ruidosamente, más bien a causa de la pérdida de su amante que por los golpes que recibía.

En esto las personas que sin quererlo ahuyentaron a Jacoba llegaban al sitio en que se habían dicho adiós los dos indios. Era un grupo de cinco personas. Adelante iban dos alegres niñas de 15 a 16 años, seguidas de una señora como de cuarenta, de dulce y amable fisonomía, que conversaba con otra más joven. Esta vestida de luto[155] riguroso, era de aquellas personas que vistas una vez no pueden olvidarse: velaban sus grandes ojos negros, largas, sedosas y crespas pestañas y los realzaba el arco perfecto de sus pálidas cejas; pero la sombra azul debajo de sus párpados y la palidez de su rostro indicaban una pena concentrada y profunda. Venía a su lado un joven, cuya vista no se separaba un momento de la enlutada, siguiendo solícito cada paso que daba para ofrecerle su brazo y apoyo.

—Detengámonos aquí un momento, Margarita —dijo la señora a quien llamaremos Justina, dirigiéndose a la enlutada.

Todas se sentaron: las muchachas a algunos pasos de distancia de Margarita, el caballero recostado a los pies de ella sobre la grama, y Justina dividiendo los dos grupos.

—¡Qué tarde tan bella! —exclamó ésta, fijando sus miradas sobre el alto Monserrate, que iluminado por los rayos del sol brillaba con dorada y suave luz. El cielo estaba azul y trasparente y en su apariencia todo respiraba paz y felicidad.

---

152   *Vasija*: recipiente.
153   *Abochornada*: avergonzada.
154   *Tiesto*: trozo de una vasija de barro o cerámica rota.
155   *Luto*: vestido negro que se lleva por la muerte de alguien.

—Qué de bellezas en el cielo y tranquilidad en el suelo —añadió Margarita— ¿no es cierto Eugenio, que las obras de Dios son muy bellas?

—¡Encantadoras! —contestó éste admirando la expresión de dulzura que se leía en ese momento sobre la pálida frente de su compañera.

—¿No es mejor —repuso Justina— pasear y contemplar esta naturaleza llena de encantos, que permanecer siempre entre cuatro paredes sombrías?

—Ciertamente —contestó Margarita—, pero... —y una expresión de melancolía, expresión de dolor concentrado y amargo, se difundió como una sombra por su fisonomía un momento antes tan serena.

—Margarita —dijo en voz baja el joven—, usted me prometió dar una hora de tregua a sus penas; cúmplamelo, y déjeme ver en sus ojos aquella luz tranquila que es mi único consuelo; ¡oh! —añadió—, ¡si me fuera posible verla un momento alegre, festiva como antes!

—Estoy contenta ahora, Eugenio —contestó ella sonriendo al fijar involuntariamente su mirada en la del joven, que la contemplaba con aire de súplica; pero un momento después apartó sus ojos para ocultar las lágrimas que subieron a ellos.

En eso los gritos de la indiecilla se hicieron tan agudos dentro de la choza, que todo el grupo se levantó para buscar con la vista la causa de semejantes alaridos.

—¡Qué gritos son éstos! —exclamó una voz fuerte, y vieron llegar a un viejo inválido, quien al ver lo que pasaba levantó el bordón, y como Neptuno en el primer canto de la Eneida[156] calmó la tempestad. «Hizo huir la nube sombría, restableció la claridad».

Quitándole a la vieja (que sin duda hacia el papel de Juno) el palo de escoba, puso en libertad a la Venus indígena. La vieja se retiró refunfuñando[157] y la muchacha huyó, despavorida[158] a desahogar sus penas detrás de la casa, seguida por una guardia de honor compuesta de cerdos, perros y gallinas, los cuales enseñados a recibir de sus manos el alimento diario la acompañaban a todas partes.

Al tiempo de ponerse en pie, Margarita vio brillar entre la grama la crucecita de plata regalada por el indio a Jacoba y perdida por ésta en su fuga. Se estremeció al verla y se la enseñó a Eugenio en silencio. Éste la tomó en sus manos y le dijo conmovido al cabo de un momento.

—Permítame usted, Margarita, conservar esta cruz que hallamos a nuestros pies, como el recuerdo de uno de los momentos más dichosos...: que ella sea la señal de una esperanza con que he soñado aquí, así como es el emblema de la fe que a ambos nos domina.

—Guárdela usted —contestó Margarita en voz baja—: acaso algún día le sirva no para recordar un momento de esperanza ilusoria, sino para traerle a la memoria la mujer que... que ha puesto su existencia a la sombra del que murió en una cruz.

---

156 *La Eneida*: poema épico en 12 libros que trata de la caída de Troya, de los viajes de Eneas y del establecimiento definitivo de una colonia troyana en el Lacio, de Publio Virgilio Marón (Andes 70-Brindisi 19 a. de C.).

157 *Refunfuñando*: demostrando enfado, gruñendo.

158 *Despavorido*: con miedo, aterrado.

—¡Margarita! —exclamo el joven con acento doloroso, al ofrecerle el brazo para continuar su paseo—. ¡Margarita, qué cruel es usted!

Pero antes de continuar mi relato, bueno será decir quiénes eran mis héroes.

II

Margarita Valdez, hija de un honrado comerciante de Bogotá, quedó huérfana desde muy niña, y su tutor, deseoso de salvar su responsabilidad, viéndola joven, hermosa y sin ningún pariente cercano que la pudiese proteger, procuró casarla tan luego como saliera del colegio. Su modesta belleza llamó la atención de un militar de edad madura que pidió su mano, y antes de presentarse en la sociedad Margarita se vio casada. Su esposo, el coronel Perdomo, era el primer hombre a quien había oído decirle palabras de ternura, y en su entusiasmo juvenil lo revistió con todas las virtudes con que las niñas adornan al personaje de sus fantasías.

Sin embargo, las contrariedades y la prosa de la vida, los modales bruscos del militar y las expresiones vulgares con que sazonaba su lenguaje en la intimidad aterraron a Margarita, lastimando sus puros sentimientos, y en breve desapareció de su corazón aquel amor delicado que abrigaba, pronto a germinar al primer soplo de ternura. Su esposo veía en ella una niña tonta y reservada, que no gustaba de sus saladas anécdotas y condimentadas historias, y a poco buscó en una sociedad poco o nada culta sus distracciones, volviendo a la casa siempre disgustado; haciendo temblar a Margarita con sus exigencias y regaños injustos, cada vez que la veía llorar y ocultarse para sustraerse a sus duras palabras y aun amenazas.

Así pasó algunos años. No tenía parientes y el coronel le había prohibido frecuentar sus antiguas amigas. La falta de familia, la soledad en que vivía y el deseo de encarnar en algún objeto digno de él ese amor entusiasta que le había sido devuelto humillándola, la predispusieron a una grande exaltación, que se manifestó en forma de devoción entusiasta. Vivía resignada, pues, siendo las fiestas de iglesia todo su solaz,[159] y en fuerza de este régimen ascético su fresca belleza empezó a marchitarse y a tomar el aspecto de tierna melancolía; su callado desaliento y la indiferencia que mostraba por todo lo que sucedía en el mundo, hubieran llamado la atención de cualquier otro que no fuese el coronel.

Al fin estalló la revolución encabezada por Obando. El coronel Perdomo, fiel al partido del gobierno, tuvo que aceptar un puesto honroso en una lejana

---

159 *Solaz*: descanso, recreo.

expedición al sur de la República. No queriendo dejar enteramente sola a su joven esposa en Bogotá, pues la había aislado completamente, decidió llevarla de paso hasta Ibagué, adonde vivía una hermana suya y dejarla bajo su protección.

Margarita sufrió muchísimo durante el viaje: el militar, enseñado solamente a viajar con soldados, no comprendía cómo se fatigaba tan fácilmente y la tachaba de melindrosa,[160] lo que la obligaba a reprimir su miedo o cansancio, para que no la riñera, hasta que por fin llegó a Ibagué casi exánime.

Cuando Margarita se encontró en un clima delicioso, rodeada de perfumes y de flores, mimada y atendida por toda la familia de Justina (la hermana del coronel); cuando se vio en medio de un alegre grupo que procuraba darle gusto en todo, sintió un bienestar, una satisfacción tranquila, una serenidad de ánimo que jamás había experimentado. Poco a poco su carácter mismo parecía haber variado, su mirada recobró el brillo perdido hacia años, y un fuego interno, una luz nueva calentó e iluminó su espíritu. Sus modales retraídos y excesiva modestia cambiáronse en cierta gracia y elegancia natural: su voz dulce pero melancólica tomó un timbre animado y alegre que nunca había tenido; su andar lento e indolente convirtióse en ligero y aéreo, y si se la hallaba en todas las fiestas religiosas parecía haber transigido con la rigidez de su vestido, y por primera vez permitió que la adornasen y cuidó de su belleza.

¡Pobre Margarita! Atravesaba sin comprenderlo el oasis de su vida desierta, el único punto brillante, el solo tiempo en que pasó horas de completo contento. ¿Quién no guarda en su memoria el recuerdo de una época en que, sin saberlo, gozaba una dicha que jamás volverá? ¡Hay años, meses, días que forman en nuestra existencia puntos brillantes sobre los cuales detenemos tiernamente nuestra mirada, al recorrer en la memoria los años que pasaron! Aquella tranquilidad cambióse en breve en una vaga aprehensión, y las horas de sereno contento en días de penas, dudas y sobresalto.

Pocas semanas después de su llegada a Ibagué se presentó otro asilado en casa de Justina. Era un joven pariente suyo, el que habiéndose declarado abiertamente defensor del partido que él creía oprimido, es decir el de los revolucionarios, había tenido al fin que dejar a Bogotá. Su lenguaje audaz, y el liberalismo de sus escritos lo hicieron notable entre los *progresistas*, pero siendo enemigo de las luchas armadas y teniendo, además, en el ejército del gobierno un hermano y varios parientes, Eugenio no quiso cooperar activamente en la rebelión, y viéndose amenazado de prisión en la capital, prefirió, a instancias de su familia, ir a Ibagué a esperar allí el desenlace de los acontecimientos políticos.

La fisonomía interesante y bella de Margarita, su melancolía genial y el retiro forzado en que vivía, inspiraron a Eugenio una gran compasión y natural simpatía; pero en Bogotá no había visitado nunca la casa de Perdomo, que era pariente suyo, a causa de la diferencia de sus opiniones políticas, que el coronel combatía con suma brusquedad: además, porque sabía que en

---

160 *Melindrosa*: caprichosa.

aquella casa no tenía entrada frecuente otro hombre que el dueño de ella.

El clima medio de los trópicos es delicioso. La vida sencilla y perezosa que se lleva, la llaneza del trato social entre los que se reúnen en las horas de descanso, la franqueza festiva de sus habitantes, los paseos a pie y a caballo por preciosos parajes, los baños en ríos frescos y cristalinos, de cuyo seno salen las muchachas con la cabellera suelta y perfumada, las noches estrelladas en que un ambiente suave circula cargado de aromas penetrantes, el canto de variadísimos *bambucos* al son de tiples y guitarras que se oyen por todas partes al caer el sol: todo esto despierta en el alma el sentimiento de lo bello y tal disposición a la ternura que al no tener el corazón ocupado ya por algún afecto dominante, no puede satisfacerse sino amando.

Habiendo vivido en Bogotá, en donde las costumbres son tan diferentes, Margarita pudo gozar con mayor encanto de aquellas escenas tan nuevas para ella. La llegada de Eugenio dio a su existencia un interés, una luz desconocida cuyo peligro no comprendió al principio: la amena conversación del joven fue una revelación para su espíritu, que jamás había sentido el vivificante influjo de las ideas de un hombre pensador, poniendo a su alcance materias que hasta entonces creyó áridas o incomprensibles. ¡Cuántos y cuán magníficos campos de ciencia se extendieron ante la soñadora imaginación de la joven! Dedicóse nuevamente al estudio del francés que había aprendido con provecho en el colegio, y que había dejado olvidar casi enteramente. En breve pudo recorrer la pequeña librería que Eugenio llevaba consigo, adivinando lo que no comprendía con aquella intuición que distingue a la mujer, y más a la mujer amante. Olvidó en gran parte sus escrúpulos y aún llegó a leer libros que antes miraba con horror. Muy luego echó de ver que la continua sociedad de Eugenio era demasiado agradable para ella, y se propuso escasearla[161] buscando en sus devociones y prácticas religiosas un interés mayor, pero ya este fervor místico se había enfriado, e irresistiblemente volvía a sus estudios y conversación con aquel.

Por su parte el joven sentía más agudamente el aguijón[162] del remordimiento, pues no podía ocultársele que su corazón se había conmovido hondamente; leía como en un libro abierto las luchas a que se entregaba Margarita, y comprendía mejor que ella lo que pasaba en su corazón. Ambos representaban la eterna imagen de la mariposa que quema sus alas en la luz que la atrae, aunque sienta el calor y comprenda el peligro.

Margarita veía en Eugenio el tipo adivinado en sus primeros años y que después creyó no existía verdaderamente. Eugenio encontró en ella el bello ideal de la mujer soñada en los raptos de inspiración poética.

De vez en cuando llegaban noticias y cartas del coronel en las que expresaba a su modo un sincero amor a su esposa. Margarita las recibía temblando y las leía llena de sobresalto y vago temor, y disgustada consigo misma se encerraba en su cuarto, pasando a solas con su conciencia largas horas de

---

161 *Escasearla*: hacerla insuficiente al distanciarla, alejarla.
162 *Aguijón*: golpe.

indecible angustia llorando y pidiendo a Dios fortaleza. Eugenio sentía el contragolpe de su pena, y procuraba distraerla buscando algún nuevo objeto de estudio en la análisis de obras selectas de literatura o en la explicación de los siempre interesantes fenómenos de la naturaleza.

Al terminar el mes de diciembre de aquel año la familia de Justina fue a pasar algunas horas en una hacienda cerca de Ibagué. El día sereno y luminoso, ostentaba todo el encanto de que se goza en aquel clima privilegiado. Después de haber recorrido con la familia varios puntos de donde se descubrían bellísimas vistas, Eugenio y Margarita se encontraron sin haberlo advertido y por primera vez solos. ¡Cuántas veces aquel había soñado con la fortuna de hablarle a solas dando sueltas al raudal de su ternura! Mas al ver colmadas sus esperanzas se turbó y sintió un vago remordimiento. ¿Qué deseaba saber? ¿Acaso la candorosa y expresiva fisonomía de Margarita no le había revelado mil veces sus sentimientos? Decirle lo que pasaba en su propio corazón era desgarrar el último velo de la duda, que aún podía mantenerla casi tranquila. Esto pensaba Eugenio y le sellaba los labios. Llegaron a orillas de un cristalino arroyo que corría saltando sobre piedras y brillante arena, sombreado por un bosquecillo de helechos, y se sentaron conmovidos bajo el ancho y tupido ramaje de un caucho. Ambos continuaron silenciosos, ella con los ojos bajos, él contemplándola intensamente. Había llegado el momento decisivo para la suerte de ambos, y lo que habrían querido ocultarse estallaba en su silencio mismo. Al verla tan bella y leer en su fisonomía lo que pasaba en su pensamiento Eugenio lo olvidó todo.

—Margarita —dijo tomándole una mano, que ella no tuvo fuerzas para retirar—, permítame usted que aproveche este momento para explicarle lo que pasa en mi corazón.

Pero en ese momento se oyeron pasos y una de las hijas de Justina se acercó gritando:

—¡Margarita! ¡cuánto la he buscado! La necesitan de Ibagué —añadió—: ¡llegó un expreso de Pasto!

—¿Qué ha sucedido? —preguntó ésta poniéndose en pie y desfallecida a impulso de emociones tan contrarias.

—No sé... el posta lo dirá.

—¿Trae alguna mala noticia?

—Venga a la casa —contestó la niña muy turbada—, mi madre la espera.

Asustada, temblando llegó a donde la aguardaba Justina, que la recibió llorando.

Perdomo había muerto sorprendido por una guerrilla enemiga.

III

Un amigo de Perdomo que había recogido sus restos,[163] hecho enterrar el cadáver y mandado aviso a la viuda, le envió, entre otras cosas, un retrato de Margarita manchado de sangre que su esposo llevaba a tiempo de morir: «al ser la caja del retrato más grande», decía él en su carta, «la bala no habría penetrado en el cuerpo».

—¡Oh! ¡esta muerte la he causado yo! —exclamó Margarita al leer la carta— ...yo misma escogí la caja más pequeña... ¡Yo lo he matado!

—Pero, hija mía —le contestaba Justina, para consolarla—, ¿qué culpa puedes tener en ello? Esto es absurdo: ¿acaso adivinabas lo que iba a suceder, o deseabas su muerte?...

—Sí; soy culpable; soy culpable —exclamaba Margarita con exaltación— ¿qué sé yo lo que he pensado en las últimas semanas? ¿Podré asegurar que todos mis pensamientos han sido dignos de mi posición, que a veces no he deseado estar libre? ¡Oh! Dios mío! y esto no era lo mismo que desear que...

Y la infeliz lloraba sin consuelo.

Había sido educada religiosamente, con doctrinas morales de suma rigidez, y no podía su conciencia transigir[164] con la más leve falta a sus deberes. Creyó, pues, que las circunstancias de la muerte del coronel, y el haber recibido la noticia precisamente cuando estuvo a punto de olvidar sus deberes arrastrada por una inclinación ya irresistible, no eran hechos casuales, sino un aviso del cielo y el principio de un terrible castigo.

La vista de Eugenio le causaba un invencible terror, y rogó a Justina que la acompañase a Bogotá, pues Ibagué tenía para ella recuerdos demasiado conmovedores;[165] añadiendo que pocos días después de recibir la noticia había hecho voto deliberado de consagrar a Dios el resto de sus días. Eugenio no pudo conseguir que le concediese[166] una entrevista antes de partir.

Justina que comprendía los remordimientos y la pena de Eugenio, le aconsejó que obedeciese a Margarita y esperara de la acción del tiempo y de la sumisión el olvido de un voto hecho en los primeros ímpetus del dolor. Él partió también de Ibagué y fue a esperar en Cartagena el cambio de situación previsto por Justina, quien ofreció escribirle para darle noticias del estado de ánimo de Margarita; pero se pasaron meses sin otro aviso que el de que aún se manifestaba firme y decidida a cumplir su voto.

Eugenio pensaba embarcarse, viajar por algún tiempo, cuando recibió una carta de Justina que le dio mucha pena. «Margarita —le decía—, está cada día más triste y abatida, y lejos de cambiar de resolución ha fijado la fecha en que debe entrar al convento como novicia. Sin embargo —añadía—, tu recuerdo continúa vivo en su corazón, y creo que eso mismo la tiene tan abatida y en la persuasión de que sólo en un convento hallará el olvido com-

---

163 *Restos*: cadáver
164 *Transigir*: aceptar, tolerar.
165 *Conmover*: que causa emoción.
166 *Conceder*: otorgar.

pleto de lo pasado. Según comprendo, lo que la tiene más deseosa de huir del mundo es el temor de que al encontrarla de nuevo le vuelvas a hablar de tus antiguos sentimientos».

«¡Yo la salvaré!» pensó Eugenio al leer la carta. «Iré a decirle que si no quiere aceptar mi protección procuraré resignarme. Si lo exige, nunca la volveré a ver, pero le suplicaré que no entierre su belleza en un convento, que no oculte su vida en ese sepulcro de la esperanza en donde no se logran sin embargo los sentimientos del corazón».

En aquel tiempo los *bogas*[167] daban la ley en el río Magdalena, y el viajero permanecía a veces tres, cuatro y hasta cinco meses subiendo el río. Ya se puede imaginar cuál sería la impaciencia de Eugenio al sufrir la caprichosa pereza de los bogas que se detenían con los pretextos más descabellados, horas y días enteros en algún sitio porque así se los antojaba.[168] Al fin logró ablandarles el corazón, usando por turnos de amenazas, dinero, consejos, promesas, ruegos y brandy, hasta que desembarcó en Honda a los cincuenta días de haber salido de Barranquilla.

En Honda consiguió un salvo–conducto[169] del jefe de los revolucionarios, y tres días después se presentó en casa de Justina.

—¿Acaso he llegado tarde? —preguntó.

—No; faltan aún algunos días... pero dudo mucho que quiera verte.

—¿Está en casa?

—No; se fue a la iglesia.

—¡No le pidamos permiso! —dijo Eugenio—. Permíteme venir esta noche, y le hablaré a todo trance, pues éste ha sido el único objeto de mi viaje.

Al caer el día Margarita, más pálida que nunca, vestida de negro, llevando por único adorno sus largas trenzas de cabello castaño que barrían el suelo, estaba sentada en una pequeña butaca en el costurero, sola, con los ojos fijos en el suelo y su lánguida cabeza apoyada en su pulida mano, aunque ahora adelgazada por el sufrimiento. Había oscurecido sin que ella lo notara y continuaba sumergida en una hondísima meditación.

De repente la puerta de cristales de la pieza se abrió y Eugenio apareció ante su vista!

—¡Margarita!

—¡Eugenio!

Exclamaron al mismo tiempo, y permanecieron callados, presos de una emoción igual.

Margarita se calmó primero y temblando visiblemente dijo:

—¿No le había suplicado, Eugenio, que si me tenía algún aprecio, si le merecía compasión, no se presentara nunca delante de mí?

Eugenio no contestó.

—Le ruego que se retire... —añadió—, lo quiero así.

Eugenio no se movió, y con voz conmovida: —Margarita —dijo—, soy

---

167 *Boga*: remero que conduce una embarcación.
168 *Antojarse*: producirse algo por el deseo caprichoso de alguien.
169 *Salvoconducto*: pasaporte.

incapaz de desobedecerla, y si he venido ha sido para decirle adiós antes de separarnos para siempre y suplicarle que me oiga unas pocas palabras.

Ella no pudo resistir a tan humilde súplica, y sin hablar le señaló un asiento frontero al que ocupaba. Mientras que él le explicaba el objeto de su viaje ella se impregnaba, por decirlo así, de aquella voz tan querida y nunca olvidada que a pesar de todo oía en sus sueños, y que ahora la trasportaba a lo pasado. Eugenio le rogó con todo el fervor que le inspiraba su cariño que no se dejase llevar por la violencia de su pena, que esperase algunos meses más antes de empezar a cumplir un voto de eternas consecuencias hecho en momentos de exaltación.

—No fue así —le interrumpió—: lo que entonces prometí lo ratifiqué después ante Dios (aprobándolo plenamente mi confesor) resuelta a consagrarle el resto de mis días. ¿Puedo acaso quebrantar un voto tan solemne?

En vano Eugenio derramó en su oído toda la armonía, toda la elocuencia que nace de una verdadera pasión; se conmovió, pero no pudo obtener de ella sino el permiso de visitarla, estando siempre Justina a su lado, durante los días que faltaban para entrarse al convento.

Sin embargo, apenas se encontró sola y meditó en lo que había ofrecido comprendió todo lo que en ella había de peligrosa debilidad, puesto que en el fondo era darle esperanzas que juzgaba imposibles estando, como estaba, decidida a no transigir con su conciencia. Durante el día se entregaba a la práctica de una devoción exaltada y vehemente, procurando ahogar las voces de su corazón y los sentimientos que volvían a dominarla; pero cuando se acercaba la hora en que debía llegar Eugenio, una grande agitación la acometía y vagaba por la casa sin poderse fijar en nada.

Al cabo de cuatro días comprendió que era preciso entrar resueltamente en una de las dos vías que se le presentaban sin poderlo evitar: olvidar su conciencia y su voto, desoír su remordimiento y seguir los impulsos de su corazón, o retroceder volviendo al estrecho sendero del sacrificio y la penitencia, sin transigir con su deber como se lo ordenaba su conciencia. Sentía que su corazón vacilaba, y quiso ponerlo a prueba. Muchas veces las mujeres ejecutan rasgos de increíble valor moral o más bien audacia, poniendo a prueba el temple de su alma, acometiendo actos que los hombres no serían capaces de ejecutar temerosos de desfallecer.

Propuso, pues, una tarde que Justina, sus hijas, Eugenio y ella fueran a dar un paseo hasta las ruinas de la iglesia que veían desde el corredor de la casa, y adonde Margarita nunca había ido.

Había fijado su suerte en aquel paseo. Pensó, con la superstición que distingue a los caracteres entusiastas, que Dios le enviaría alguna señal que le indicara cuál era el camino que debía escoger, si el de la felicidad o el del claustro...

Subieron alegremente el cerro hasta llegar al sitio en que los encontramos, al pie de la cerca de la choza de Jacoba. Margarita se había animado más que de costumbre y respiraba con delicia el ambiente de la tarde: casi olvidaba su voto, cuando de repente ve brillar a sus pies la crucecilla de plata, emblema de la vida que había jurado llevar.

—¡He aquí la señal enviada por Dios! —pensó palideciendo al enseñársela Eugenio—; el cielo no levanta nunca un voto hecho en expiación de una falta.

Continuó su paseo cabizbaja y triste. Sobre una falda elevada del alto cerro de Guadalupe se conservan aún las ruinas de una iglesia dedicada a la Virgen. Estas ruinas de las que apenas quedan la portada y algunos trozos de los muros, son doblemente tristes porque no tienen recuerdos y por consiguiente carecen de poesía; antes de que se acabase de levantar el edificio cayó sacudido por un terremoto.

Sentáronse sobre las anchas losas acopiadas para el pavimento del atrio de la iglesia. A sus pies veían la ciudad con sus calles rectas, cortadas a lo largo por caudalosos caños: numerosos campanarios relucían al sol que desaparecía en el horizonte entre nubes color de grana. Al extremo norte de la ciudad, como centinelas de la fe, estaban los conventos de San Diego y el antiguo de Capuchinos,[170] y más lejos el campo de reposo de los que dejaban las angustias de la vida. Los largos y rectos caminos que partían en varias direcciones, se perdían en lontananza y se confundían en la extremidad de la llanura con los azulosos cerros velados por un ligero manto de niebla como tenue faja de gasa.

Ese espectáculo bello en su misma vaguedad y aparente aridez despertó en el corazón de Margarita mil pensamientos mezclados de dolor, ternura, y profundo desaliento; se sentía llena de temor y duda ante su determinación, y sus fuerzas morales desfallecían al adivinar la mirada de persistente esperanza que Eugenio tenía fija en ella.

De repente y mientras miraba la torre del convento en que debía profesar, tocaron la oración allí, y después las demás iglesias echaron al vuelo sus campanas.

—En el convento de *** dieron la primera campanada —exclamó Margarita con voz conmovida y añadió para sí—: ¡he aquí la última orden que me ha enviado el cielo!

Entonces, tomando por última vez el brazo de Eugenio, bajó lentamente el pedregoso sendero, imagen de su vida.

Todas la siguieron. Al pasar por delante de la choza de Jacoba nadie puso cuidado en la indiecilla, que cansada de buscar la cruz perdida se había agazapado tristemente al pie de la cerca. En tanto Eugenio apretaba contra su corazón el recuerdo del soldado, sin saber que a causa de su hallazgo, Margarita cumpliría su voto y se separaría de él para siempre.

---

170 *Capuchino*: se aplica a ciertos monjes y monjas de la orden franciscana. Los monjes llevan barba y un manto corto con capucha.

* * *

Veinte años después, un buque de vapor surcaba el mar de las Antillas en una noche tempestuosa. El bajel[171] parecía quejarse y crujía por todas partes; el viento silbaba entre sus desnudos palos y sus cuerdas; las jaulas[172] de aves, los barriles y los bancos rodaban sobre cubierta impelidos por los violentos vaivenes. Los pasajeros se habían reunido en el salón principal y hablaban en voz baja del temporal que rugía afuera. Las señoras, inquietas algunas y aterradas otras, sacaban la cabeza de vez en cuando al través de las ventanillas de sus camarotes y preguntaban si correrían algún peligro.

—¡Dios misericordioso! —exclamó una voz repentinamente con acento de terror, y abriéndose la puerta del camarote reservado a las señoras, se presentó en ella un bulto vestido de blanco: era una monja.

—¡Virgen santa! —dijo otra vez—, se está muriendo una monja aquí, y no hay quien la auxilie... todas las demás están postradas con el mareo y el miedo...

—¿Quién se muere? —preguntó un caballero acercándose.

—¡La madre Margarita Valdez!

—¿Me será permitido servirla en algo? —preguntó otra vez el caballero. La monja no contestó, pero él aprovechándose de un momento de terrible tranquilidad en que el buque, oprimido entre dos olas parecía recuperar fuerzas para dar otro salto sobre las montañas de agua y espuma con que combatía; aprovechando ese instante, entró al camarote.

Tirada sobre un colchón en el suelo yacía una pobre mujer en las últimas agonías de la muerte. El caballero, sumamente conmovido, se acercó e hincándose a su lado la llamó, mientras que la otra monja espantada por un nuevo sacudimiento del buque oraba con la cara entre las manos.

—Margarita —dijo el caballero inclinándose sobre la moribunda—, Margarita, ¿no me oye usted? Sabía que navegábamos juntos: ¡deseaba servirla, pero no imaginaba que fuera de este modo!

La moribunda abrió los ojos velados ya por las sombras de la muerte y los paseó por el camarote.

—¿Quién me llama? —dijo al fin.

—Yo... Eugenio... ¿no me recuerda?

—¡Dios Santo!... ¡Eugenio! ¡No puede ser! esa es la voz de mis sueños; —y haciendo un esfuerzo para levantar la cabeza, fijó los desencajados ojos en el caballero, añadiendo—: no... Eugenio era joven, su cabello negro...

—Desde entonces, Margarita —contestó él con tristeza—, han trascurrido más de veinte años.

—Sí; ¡él es! —exclamó la monja, y alargándole una mano descarnada y yerta, se dejó caer otra vez sobre las almohadas, murmurando—: Dios me ha perdonado... ha permitido que vuelva a verlo... Eugenio...

---

171   *Bajel*: barco.
172   *Jaula*: estructura hecha con barras, palos, listones o alambres, para encerrar cualquier animal.

Una sonrisa angelical reanimó los pálidos labios de la moribunda, y al resplandor de la lámpara que bamboleaba en lo alto del techo, Eugenio creyó ver otra vez a la Margarita de su juventud.

—¡Margarita! —exclamó él viéndola cerrar otra vez los ojos—; haga un esfuerzo para recuperar las fuerzas, míreme, por Dios...

Abrió los ojos por última vez y los fijó un instante en él y apretándole la mano con el esfuerzo de una suprema voluntad le dijo:

—Adiós, Eugenio... ¡Nos veremos!

En ese momento un crujido espantoso se sintió por todo el buque que se inclinó sobre un costado como si fuera a sumergirse; se oyeron gritos y grande agitación sobre cubierta y las monjas levantaron sus voces al cielo pidiendo misericordia. Eugenio creyó que había llegado su última hora y se inclinó teniendo en las suyas la mano de Margarita...

Casi al instante el vapor se volvió a enderezar, y cuando se tranquilizó la agitación de las maniobras sobre cubierta, habiendo calmado un tanto la tempestad, Margarita había dejado de existir. Su bella alma abandonó el mundo en el momento en que oprimía la mano del único ser que amó en la vida...

Muy temprano al día siguiente llegaron al puerto. La monja que había muerto durante la tormenta fue enterrada con solemnidad. Las demás religiosas en su loco terror no habían visto entrar a Eugenio al camarote, de suerte que la tierna despedida de Margarita fue un secreto para todas. En cuanto a Eugenio, sus amigos notaron, sin acertar el porqué, que nunca hablaba de su último viaje a Europa sin conmoverse visiblemente.

«El amor constituye la vida entera de la mujer, al paso que en el hombre es tan sólo un accidente de su existencia»; esta verdad se ha dicho mucho, y así, Eugenio amó profundamente a Margarita y su memoria lo acompañó siempre en el trascurso de los años, pero ella no hacía parte de su vida. La crucecilla de plata estaba aún en el fondo de su escritorio y la miraba con enternecimiento cuando por casualidad la veía. Algunas de las mujeres a quienes había amado le preguntaban con curiosidad al ver la cruz, por qué guardaba aquella reliquia vulgar, pero él jamás profanó el recuerdo de Margarita refiriendo la triste historia que les he contado. Eugenio se había casado y era viudo, había viajado mucho y poseía un modesto capital, pero le haremos la justicia de decir que en un rincón de su memoria vivía siempre, aunque a veces encubierta, la imagen de la mujer que tanto había amado en un tiempo.

Mientras tanto la monja desde el retiro de su convento lo seguía con el pensamiento por el mundo, lloraba con sus penas y se alegraba con sus alegrías. Su vida de resignación había sido una continua aspiración a un amor sublime, a cuya altura inmaculada supo exaltar su cariño por Eugenio, pudiéndose decir que aquella celda[173] estaba también habitada por la constante memoria del que jamás olvidó en sus oraciones... Sin embargo, ¿quién podría contar las noches

---

173 *Celda*: cuarto o dormitorio individual pequeño en los conventos.

de angustiado desvelo, en que sola y postrada en las frías baldosas,[174] pensaba en lo que era su vida de hoy, y ¿lo que hubiera sido al tener una conciencia menos timorata[175] y una alma menos pura? ¿Quién podría medir aquellas horas de loca desesperación en que una palabra, un sonido, un recuerdo la encontraban débil y llena de dudas? ¿Quién vio aquellas luchas entre su corazón y su espíritu, de las que su alma siempre bella y pura debía de salir victoriosa y resignada? Tales años pasados en desvelos, combates y dolorosos triunfos fueron las gotas de hiel que colmaron el cáliz de su expiación por las momentáneas debilidades de algunos días de su vida pasada...

Cuando llegó la hora del peligro ([176]), cuando en 1863 los soldados arrancaron a las monjas de sus conventos, Margarita en su sencilla humildad fue la más digna y serena entre todas. Minada por una cruel enfermedad, quiso, sin embargo, seguir a sus compañeras al destierro voluntario. En la hora suprema de la muerte, cuando su alma estaba próxima a dejar su envoltura material, creyó que todos sus sufrimientos habían sido compensados con la dicha de ver a Eugenio por última vez.

* * *

Matilde se había levantado mientras que don Felipe decía las últimas palabras, y cuando hubo concluido se acercó y le habló al oído, pero de manera que pude oírla.

—¿Crees que no he adivinado? —dijo—; Eugenio, se llama Felipe en el mundo, y Margarita...

—¡Silencio! —contestó en voz baja; y tomándole la mano, añadió—: espero que, si lo sabes, respetarás mi secreto.

—Pero, señor don Felipe —dijo a esta sazón mi tío—, me parece más que inverosímil que esta reverenda religiosa al cabo de veinte años de vida santa y retirada, todavía pensara en el petimetre de Eugenio... ¡Vaya una muerte bien mundana para una monja! En cuanto a Eugenio... buen pájaro era: partidario de los rebeldes, escritor demagogo y sin duda hereje, y ocupado en explicarle sus libros prohibidos a esa pobre o inexperta muchacha... Bien hizo el coronel en morirse, ¡lo hizo a tiempo!

—En lo que probó tener talento, aunque póstumo —dijo don Enrique—. Cuán pocos hay en nuestra tierra que sepan salir a tiempo de la escena; y en cuanto a la escena política, ese arte está perdido; o viven indefinidamente, a estilo de la escala de Jacob, sin esperanza de verles el fin; o se mueren cuando más los necesitamos.

—Mucho temo —añadió mi hermana—, que si la vida de algunos es como la escala de Jacob, sean ya pocos los ángeles que la recorran...

—¿Y de veras quiere usted —dijo otra vez mi tío—, decirnos que su cuento es verdadero?

---

174   *Baldosa*: ladrillo fino que se emplea para recubrir suelos.
175   *Timorato*: persona que tiene temor de Dios y se gobierna por él en su forma de obrar.
176   Las monjas fueron expulsadas de sus conventos, de una manera brutal, por orden del poder ejecutivo.

—Señor cura —contestó Felipe—, ya recordará usted lo que dijo Boileau: «A veces no hay nada tan inverosímil como la verdad!».

—No puedo comprender —repuso don Enrique—, que la virtud se encuentre sola en los sentimientos exagerados; la virtud, cuando es natural, se caracteriza por su misma sencillez. Convenga usted, señor cura, en que un voto así es más bien un acto impío. ¿Acaso Dios desea martirizarnos? ¿Querrá un padre que un hijo sacrifique inútilmente sin provecho ninguno? ¡Jamás!

—Usted se equivoca —contestó mi tío—: la conducta de Margarita es santa y buena, y provino de una idea elevada de sus deberes. ¡Una mujer sin creencias es una triste cosa!

—Por otra parte —añadió Matilde—, ¡es probable y casi seguro que a pesar de todo fue más feliz en su encierro poblado de ilusiones que lo habría sido en el mundo donde pronto las hubiera perdido!

La noche estaba muy oscura, sin dejarse ver ni una sola estrella en el cielo: un ruido sordo mugía a lo lejos por entre las ramas de los árboles; la atmósfera, pesada y sin movimiento, dejaba sentir extraordinario calor. De súbito las nubes se precipitaron unas contra otras y de en medio de ellas salió con terrible estampido un clarísimo rayo que iluminando el espacio fue a caer sobre un árbol a lo lejos en la montaña. El relámpago fue seguido por una fuerte ráfaga[177] de viento y empezaron a caer gruesas gotas de agua que en breve se convirtieron en fortísimo aguacero.

Inmediatamente nos levantamos y entramos en derrota a la sala. Cuando se hubo calmado un tanto el temporal, mi tío nos dijo:

—Les tengo ofrecido mi tributo de un cuento y el que se me ocurre viene muy al caso como ustedes verán. Es un hecho, que prueba claramente que Dios castiga a los que le faltan al respeto y le desobedecen.

---

177 *Ráfaga*: corriente momentánea y violenta de viento.

VI

Isabel

> «¡Bueno es para mí, Señor, que me
> hayas humillado, para que aprenda
> tus justificaciones, y destierre de mi
> corazón toda soberbia y presunción».
> *Imitación de Cristo*

Mi tío empezó de esta manera:

—Siendo bastante joven me enviaron a *** con el objeto de que acompañase en sus tareas al doctor Orellana entonces cura del lugar. Poco después de haber llegado allí aquel se enfermó y tuvo que ausentarse durante algún tiempo dejándome solo en el curato. Ya he dicho que era muy joven; acababa de salir del seminario, y tenía una alta idea de lo que debe ser la misión del sacerdote; de este sentimiento provenía en mí un gran temor y desconfianza de mis fuerzas, buscándolas en la oración.

Una mañana me fueron a llamar de parte de una señora cuyo carácter exaltado me causaba siempre mucho malestar, porque me hallaba incapaz de guiar y aconsejar una conciencia como aquella; pero doña Isabel era la persona más importante de ***, y además muy devota y sumamente caritativa, por lo que el cura antes de partir, me había recomendado que tuviese para con ella las mayores consideraciones.

Fui, pues, a su casa inmediatamente.

Doña Isabel era hija única del dueño de casi todas las haciendas y tierras en contorno de ***. Se casó, en parte contra la voluntad de su padre, con un hombre que no diré amaba, porque lo idolatraba; sin embargo su matrimonio duró poco, pues al cabo de tres o cuatro años murió su esposo dejándole dos hijos. Contaban primores de su desesperación cuando murió el marido, y nada pudo consolarla sino el amor de Dios, al cual se entregó con el mayor fervor.

Una criada me introdujo a una pieza casi completamente oscura y cuya atmósfera sofocante (gracias a que las puertas y ventanas estaban herméticamente cerradas) me iba ahogando. Cuando mi vista se acostumbró a la oscuridad vi que en un rincón había una pequeña cama rodeada por seis o siete bultos que se fueron convirtiendo para mí en las principales señoras del lugar a medida que me aproximaba y podía distinguirlas. Al fin se levantó de en medio de ellas doña Isabel y acercándose a donde yo estaba me dijo con palabras entrecortadas por los sollozos que no podía reprimir:

—Venga usted, señor doctor; vea a mi Luisito... dígame, por Dios, que no se morirá.

Púseme junto a la cama, y ella, tomando una vela que había detrás de una pantalla, hizo caer la luz sobre el niño, el que abriendo los ojos miró asustado en torno suyo.

—¡Mamá! —dijo al fin con una dulcísima sonrisa; y su madre, soltando la luz, lo cubrió de besos y de lágrimas.

—Hace usted mal en agitarlo así —dije tratando de apartarla para tomar el pulso al enfermito.

La manita que cogí entre las mías estaba seca y ardiente: las mejillas encendidas y los ojos enrojecidos del niño anunciaban una fiebre violenta.

—Doctor, doctor —me decía en tanto la señora con vehemencia—, dígame si mi ángel se morirá.

—No me creo competente para dar una opinión —contesté—, pero se hará la voluntad de Dios.

Al oír estas palabras prorrumpió en llanto y salió apresuradamente de la pieza; yo la seguí.

—¿No han llamado médico? —pregunté a una de las señoras.

—Sí; desde ayer que se empeoró el niño mandaron llamar al doctor Salazar, y como no se había mejorado con la tarde hicieron venir al otro médico nuevo. Además, se han agotado todos los remedios caseros, y también le hemos dado a escondidas de los médicos algunos papelitos (recetados por un extranjero que está aquí) que llaman *opáticos*,[178] creo.

—Homeopáticos, querrá usted decir —le contesté—; ¡pero con semejantes sistemas encontrados el niño se morirá!

Aunque había hablado muy paso, doña Isabel me oyó y desprendiéndose de los brazos de sus amigas que procuraban consolarla se me acercó gritando:

—¡Señor Cura!... ¿qué ha dicho usted? ¡Dios mío! ¿se morirá mi Luisito?

Le expliqué lo que había querido decir, preguntándole por qué no seguía únicamente los consejos del doctor Salazar.

—¡No pude aguantar la lentitud de sus remedios!

En lugar de mejorarse el niño seguía lo mismo, y por añadidura prohibió que tuviese las puertas cerradas diciendo que el niño necesitaba aire libre, lo que es absurdo, porque sé que la enfermedad proviene de resfrío. Dicen que varias cabezas valen más que una sola, y le he hecho cuanto me dicen ha curado a otros, pero no se me mejora; antes al contrario la fiebre aumenta.

Era imposible que esta señora escuchara ningún consejo razonable, e im-

---

178 *Opáticos*: homeopáticos.

pacientado ya iba a salir, cuando me llamó otra vez para pedirme un favor:

—Permita usted, se lo suplico, permita que traigan de la sacristía la imagen de Santa Bárbara que es tan milagrosa: esta es mi última esperanza.

Ofrecí mandársela y salí.

Por la noche volví otra vez y encontré a doña Isabel postrada delante de un altar que había formado con varios cuadros de santos, entre los cuales estaba el de Santa Bárbara. Su ademán humilde y las lágrimas que corrían como río por sus mejillas y caían gota a gota en sus manos cruzadas me enternecieron sobremanera.

Cuando me vio se levantó y le pregunté por el niño.

«Me parece menos mal —me dijo—; venga usted a verlo».

Habían logrado al fin dejar al enfermito casi solo y la única persona que velaba a su lado nos dijo en voz baja:

«Hace algunos momentos que ha dejado de quejarse y está dormido».

Pero apenas lo vi comprendí que no estaba dormido sino aletargado, ofreciendo su aspecto síntomas mortales: los párpados entreabiertos dejaban descubierta parte de la pupila sin animación y vidriosa: por la frente dolorosamente contraída corría el frío sudor de la agonía y tenía un color amarillo y cadavérico.

En caso semejante una madre comprende al momento el peligro y no se puede engañar. Apenas lo vio, se prosternó[179] en el suelo y escondiendo la cabeza entre las cortinas de la cama se dejó llevar por un dolor horrible. La sacamos de allí desmayada, y dejándola con sus amigas volví a entrar a la alcoba. La agonía progresaba; era un lindo niño de dos o tres años, y la muerte, siempre horrible, lo es más cuando la vemos luchar con la niñez porque realmente ella no es natural entonces y el vigor de la vitalidad resiste mucho para dejarse vencer.

Viendo que la hora fatal se acercaba salí a aconsejar a las señoras que rodeaban a doña Isabel que no le permitiese entrar. La infeliz madre estaba sentada en un rincón, callada, sombría, y en sus ojos secos y llenos de fuego se veía casi la mirada de una loca.

—Señor Cura —me dijo—, mi hijo se muere... Dios no ha querido oír mis súplicas... ¿Qué necesidad tenía de quitarme a mi niño? ¿Acaso he cometido algún crimen para que se me castigue de este modo?

Iba a contestarle, cuando oyendo la voz del niño, se lanzó a la alcoba sin que pudiéramos detenerla. ¡Cosa rara, aunque no extraña en los niños! Luis estaba sentado y miraba en torno suyo con una mirada apacible y su aspecto había cambiado enteramente, en términos que conoció a su madre recibiendo de ella algunos tragos de agua, y después volvió a caer sobre las almohadas y cerró los ojos. Al verlo tan tranquilo su madre salió conmigo de la pieza, y llevándome al sitio donde tenía la imagen de Santa Bárbara me dijo con voz vibrante:

---

179 *Prosternarse*: arrodillarse en señal de respeto o para suplicar.

—Escuche usted, señor doctor, mi juramento: si mi niño no se salva juro ante estas divinas imágenes no volver nunca a la iglesia...

—¡Dios mío! —exclamé interrumpiéndola—, ¡cállese usted, señora!

—Déjeme usted continuar: sí señor, no volveré más a la iglesia y mandaré quemar cuantas imágenes de santos haya en mi casa. ¡Nunca doblaré más la rodilla ante un Dios tan cruel!

Y sin decir más doña Isabel volvió al lado de su hijo, dejándome aterrado. Pasé una gran parte de la noche rezando. Me horrorizaba la desesperación de aquella mujer y no podía persuadirme que el cielo permitiera llevase a efecto una resolución tan impía; oraba pidiendo a Dios que me diera la suficiente elocuencia para hacerla volver a su juicio.

Muy temprano al día siguiente volví a la casa y encontré a una criada que salía con el cuadro de Santa Bárbara en los brazos.

—¡Ah! señor Cura —dijo al verme—, iba ahora mismo a llevarle el cuadro por orden de mi señora.

—¿Y el niño?

—Murió anoche. Mi señora está medio loca. Cuando vio que estaba muerto no lloró, ni gritó, ni dijo nada: nos daba miedo verla; corrió por todos los cuartos, fue arrancando cuantos cuadros encontró e hizo que encendieran una hoguera en la mitad del patio y ella misma arrojó a la candela los cuadros, concluyendo por quitarse el rosario y despedazarlo. Hacía todo esto callada y nadie se atrevió a impedírselo, hasta que al fin viendo que no quedaba ninguna imagen de santo me mandó llevar esta a la casa cural.

—¿Dónde está la señora? —pregunté, animado por una grande indignación—: quería hablarle y convencerla de su pecado e insensata impiedad.

—Olvidaba decirle —añadió la criada—, que me ordenó decir al señor cura, que no se tomara la pena de venir a verla, pues no necesitaba hablarle.

Efectivamente rehusó verme ese día y los subsiguientes. Yo estaba muy afligido, creyendo que mi timidez y falta de práctica en las cosas de la vida habían impedido que esta desgraciada se conformara con su suerte, y temblaba al pensar en el castigo que la aguardaba, y de que no había sabido librarla.

Apenas volvió el doctor Orellana le referí lo que había sucedido y fue a visitarla; pero ella no quiso tampoco oírlo, diciendo varias veces que no podía creer en un Dios tan cruel, a menos que no se le hiciera patente por un gran milagro.

Así se pasó un año sin que tanto el doctor Orellana como yo dejáramos de visitar a doña Isabel con la esperanza de que algún día la gracia ablandara aquel corazón petrificado. Con el objeto de hablarle con frecuencia ofrecí enseñar a leer al niño que le había quedado, llamado Rafael, en quien su madre había concentrado su vida sin permitir que la dejase un momento.

Un día, estando en su casa, se descargó sobre el lugar una fuerte tempestad. Los truenos eran cada vez más violentos, llegando a tal fragor, que aterrados todos los presentes nos pusimos de rodillas y empezamos a rezar; con excepción de doña Isabel, que con la cabeza erguida y la mirada cente-lleante permanecía en pie. Rafael fue a refugiarse en sus brazos, pero viendo en ella una expresión tan dura y extraña, se apartó de su lado y fue a arrodi-llarse en medio de todos los demás, sin dejar de mirar a su madre con aire es-pantado.

—¡Señora Isabel —le dije— ¿no la mueve a usted la majestad del Señor, y no teme su castigo?

—¡La majestad del Señor no me asusta! Si acaso existe, ya he dicho que haga algún milagro y me convenceré. —Y acercándose al balcón abrió la puerta y salió a él. En ese momento oí un terrífico estampido y caí de espaldas sin conocimiento. Un grito desgarrador me hizo volver en mí espantado y vi a doña Isabel con el niño entre los brazos que lo llamaba con desesperación.

Pero en vano gritaba la infeliz mujer, ¡Rafael había muerto! Sólo él fue herido por el rayo estando en medio de todos nosotros, y aún conservaba en sus ojos la mirada de asombro con que había contemplado a su madre un mo-mento antes; pero lo que había de portentoso, por más que lo expliquen los físicos como cosa natural, cuando no quieren creer en los milagros del cielo, era que en la frente y en varias partes del cuerpo del niño apareció grabada una cruz como un sello puesto por la mano de Dios para manifestar su poder. La cruz era una exacta reproducción de la que tenía yo en la camándula, que cayó de mis manos cuando penetró el rayo en la sala por el balcón que había abierto doña Isabel misma.

La desventurada mujer duró muchos días perfectamente loca, y cuando volvió a la razón fue con un espíritu tan humilde y una fe tan segura como grande y verdadero se manifestó su arrepentimiento. Se dedicó a cuidar niños pobres y enfermos, por el resto de su vida, siendo su casa un perpetuo asilo de cuantos desgraciados imploraban su beneficencia.

«Como el arcángel maldito me hinché de soberbia —decía con fre-cuencia—, y ciega de impiedad desafié a mi Dios, ¡al Señor del universo a que se manifestara en algún milagro! un milagro para mí, indigna sierva suya, y él lo hizo, pero terrible para castigarme en su justicia».

De colérica y exaltada que siempre había sido se convirtió en humil-dísima y paciente cristiana, sufriéndolo todo por el amor de Dios.

* * *

Cuando mi tío acabó de hablar la noche había cambiado completamente y salimos todos al corredor dolorosamente oprimidos y conmovidos con la historia de doña Isabel.

El aguacero había disipado las nubes, y la noche negra y oscura una hora antes empezaba a lucir bellísima: el cielo azul estaba estrellado cuando salimos, pero de repente las estrellas palidecieron, un vago resplandor iluminó el oriente y algunas nubecillas tan tenues que no las habíamos visto se presentaron brillantes como la luz de la luna, recibiendo sus primeros rayos antes de presentarse sobre el horizonte la reina de la noche, pero aquel brillo duró tan sólo un momento deshaciéndose en breve las nubes al influjo misterioso que en ellas ejerce la luz de la luna.

—Miren ustedes —nos dijo mi tío—, esa nube que ha durado tan cortos momentos, esa es la imagen del alma de un niño que muere pronto; existía en Dios antes de verlo nosotros, pero apenas llega al mundo y lo dora la luz de la vida, empieza a deshacerse y pronto desaparece ante nuestros ojos, más no por eso ha dejado de existir: sólo ha cambiado de forma como esas nubes cuyas partes existen todavía, eterizadas pero no aniquiladas.

—¡Válgame el cielo! señor cura —exclamó don Enrique riéndose—, usted acaba de decir una herejía.

—¿Cómo así?

—¿No ve usted que lo que dijo fue puro panteísmo?[180]

—Se equivoca usted, o yo me expresé mal. ¿Acaso no es una teoría completamente cristiana y católica aquella de que el alma ha existido siempre en el gran seno de Dios, y que este mundo es apenas el camino por donde pasamos para volver a gozar de él?

Conversando así pasamos algún rato más y después nos separamos para recogernos.

Esa fue la última noche que estuvimos reunidos; pronto partió Matilde, y hace pocos días recibíamos una larga carta que concluye con estas palabras:

«...En resumen, como ustedes lo habrán comprendido, además de deberles mi vida que salvaron con sus exquisitos cuidados, ahora creo que les debo también mi felicidad. Alentada por sus consejos procuré olvidar lo pasado y mostrarme menos tímida con mi esposo, quien al verme menos retraída se ha manifestado más amable y hace seis meses que vivimos en completa armonía. No hemos tenido ninguna explicación, conviniendo tácitamente en que es mejor olvidar lo pasado...».

---

180 *Panteísmo*: doctrina teológica que identifica a Dios con el mundo.

La Perla del Valle

LA PERLA DEL VALLE

I

Fresca, lozana, pura y olorosa,
Gala y adorno del pensil[1] florido,
Gallarda puesta sobre el ramo erguido,
Fragancia esparce la naciente rosa.

ESPRONCEDA[2]

«Yo acababa de cumplir veinte años... Bajaba alegremente de las altas planicies de los Andes donde había pasado mi niñez, e iba a emprender viaje a Europa, ese paraíso soñado por todo joven sud–americano. Llevaba el corazón lleno de ilusiones y el espíritu henchido[3] con aquella fatuidad[4] juvenil que espera tener un mundo de dicha en un porvenir que conquistará con el mérito de sus talentos. Dueño de una pequeña fortuna, herencia de mis padres, y que yo creía un caudal inagotable, así como mi corto saber; feliz con

---

1   *Pensil*: jardín.
2   *José de Espronceda*: (Almendralejo-Badajoz, 1808-Madrid, 1842), poeta y revolucionario español, fue uno de los escritores románticos de mayor influencia. A los quince años, el día en que fue ahorcado el general Riego, fundó una sociedad secreta, Los Numantinos, para vengar su muerte. Los jóvenes conspiradores fueron condenados a cinco años, que se redujeron a unas semanas en un convento de Guadalajara, donde compuso el poema «Pelayo» Con dieciocho años se exilió voluntariamente en Lisboa y Londres, ciudades en las que se enamoró de Teresa Mancha que le inspiraría uno de sus poemas más hermosos. Participó en las barricadas de París, en la revolución de 1830, y entró en España con una expedición de revolucionarios, que fracasó. Fue desterrado y durante ese periodo compuso varias poesías y la tragedia «Blanca de Borbón». Regresó a España en 1833 y tomó parte en otros pronunciamientos que le supusieron nuevas persecuciones. Posteriormente inició una brillante carrera literaria, diplomática y política. Adquirió fama nacional a partir de 1836, cuando publicó «La canción del pirata» que, a pesar de su discutida deuda con Lord Byron, constituye el manifiesto lírico del romanticismo español con su intensa defensa de la libertad, la rebeldía religiosa, social y política. Ese poema y otros ya conocidos se recogieron en *Poesías de don José de Espronceda* (1840), donde junto a poemas que reflexionan filosóficamente sobre el destino humano, aparecen otros políticos y amorosos. «El estudiante de Salamanca», incluido en las Poesías, funde poesía dramática y narrativa, y es precursor del Don Juan Tenorio de Zorrilla, que incorpora elementos de la novela gótica inglesa. Cárcel, amor, crimen, dolor y muerte también aparecen en el inconcluso «El Diablo Mundo» de 1840, un extenso poema cuyo protagonista es testigo de excepción de todas las tragedias y los destinos humanos. Espronceda también escribió la novela histórica *Sancho Saldaña* (1834), el relato fantástico «La pata de palo» (1835), la sátira «El pastor Clasiquino» (1835), y muchos artículos y obras dramáticas.
3   *Henchido*: lleno.
4   *Fatuidad*: ligero, necio, engreído.

mi juventud y una salud robusta, de las cuales pocos hacen caso cuando las tienen, pero que son los dones más preciosos, pensaba en mi porvenir lleno de esperanza y alegría. Cuando desde lo alto de los empinados cerros vi por primera vez el camino que me debía llevar hacia lejanos países, me sentí dichoso con mi libertad y lleno de orgullo... No veía entonces que, si de lejos el camino parecía tan hermoso, rodeado de lindos arbustos y regado por claros riachuelos, al transitarlo encontraría mil peligros y desengaños: los arbustos tendrían espinas y los riachuelos amenazarían ahogarme. Así ve el joven la vida al comenzarla. ¡Qué bella es esa edad en que la verdad está siempre vestida de flores! La juventud es como un telescopio en manos de un niño; por entre sus claros vidrios ve los astros tan cerca que piensa que con alargar la mano los podrá tocar, pero al dejar de mirar al través de su encantado prisma, los ve tan distantes, que no comprende cómo pudo desearlos antes.

«Después de algunos días de viaje a caballo, llegué en una hermosa tarde de diciembre a la graciosa aldea del *Valle*.

«Tendida en el fondo de un valle encerrado entre dos cadenas de cerros, rodeada de llanuras de esmeralda, salpicadas[5] de alegres casas y huertos, teniendo por cabecera una colina inclinada, y bañada y circundada por dos riachuelos que bajan murmurando por entre grupos de elegantes bambús,[6] cañaverales[7] y espigados y preciosos árboles cubiertos de blancas y rosadas flores, esta aldea es una de las más bellas de la provincia de ***. Las casas eran casi todas pajizas[8] en aquel tiempo; pero tan limpias y pintadas, con sus patios llenos de jazmines, rosas, naranjos y chirimoyos;[9] los vestidos de las mujeres eran tan aseados y vistosos, que todo me causó un sentimiento enteramente desconocido, contrastando con las feas y sucias casas de las tierras frías y los vestidos oscuros y pesados de la plebe[10] del interior.

«Me había hospedado en casa de un anciano venerable, tipo del antiguo señor de aldea, hospitalario, sencillo y bondadoso hasta el exceso, más bien por indiferencia que por amor hacia el prójimo. Cumplidas las primeras atenciones que la buena crianza me imponía, salí a dar una vuelta por el pueblo.

«El crepúsculo se había convertido en noche, pero una noche como las que sólo se ven en los trópicos: serena, clara, armoniosa, llena de murmullos y vida. Poco a poco la luna se levantó detrás de uno de los vecinos cerros, e iluminó con su suave luz cada punto saliente del paisaje. Una ligera y transparente niebla cubría en parte la cadena de cerros más lejana; todo tomaba

---

5   *Salpicar*: esparcir.
6   *Bambú*: caña muy alta y fuerte que se emplea en la construcción de viviendas o en la de diversos objetos.
7   *Cañaveral*: espesura de cañas, cañizal.
8   *Pajizo*: hecho o cubierto de paja. También, se dice del color o el aspecto como el de la paja y a las cosas que lo tienen.
9   *Chirimoyo*: árbol pequeño de hasta unos 8 m. de altura, de tronco corto y copa amplia más o menos redondeada. Presenta ramificaciones bajas formando «faldones». Las ramas jóvenes están cubiertas de un fieltro de pelos grisáceos que a menudo toman un color de herrumbre. Su fruto es la chirimoya, que es una baya con numerosas semillas de color negro, ovoideas y brillantes. Como frutal existe en: Perú, España, Chile, Bolivia, Ecuador, Estados Unidos, Colombia, Suráfrica e Israel.
10 *Plebe*: pueblo: clase formada por las personas sin título de nobleza o jerarquía o posición económica especiales.

un aspecto encantador bajo esa luz: la cruz del campanario de la iglesia brillaba como si fuese de oro; el agua de la fuente en el centro de la plaza parecía, al derramarse, formar chorros de diamantes; y aun la paja gris de las casas nuevas tomaba una apariencia de bruñida[11] plata. La brisa sacudía los árboles, y el perfume de las flores me llegaba en ráfagas deliciosas.

«En las puertas y ventanas de las casas se veían grupos de mujeres vestidas de muselina[12] blanca, según la costumbre del país, que salían a respirar el aire de la noche, y reían y cantaban al compás de guitarras, mientras que los niños jugaban ruidosamente a sus pies. El sonido de alguna lejana bandola[13] y alegre pandero,[14] el canto cadencioso y triste de los campesinos (herencia de los vencidos indios) armonizaba con la escena apacible y suave que presentaba la naturaleza.

«Esta libertad en los placeres de la vida que caracteriza las costumbres de las tierras calientes y templadas, era enteramente nueva para mí. En las altas planicies de los Andes no se sabe gozar de la noche. Al oscurecer, cada uno se encierra en su casa ansioso de calor, y aunque las noches suelen también ser muy hermosas, rara vez se goza con su encanto. En las tierras calientes, al contrario, cada cual quiere aspirar el fresco ambiente y vivir con el espíritu, el alma y el corazón. Aquella noche quedó grabada en mi memoria, poblada de luz y vida, de poesía y perfumes de ensueños y realidades...

«De repente un alegre cohete[15] seguido del sonido profundo del tambor y el chillido[16] de varios clarinetes, disipó mi ensueño poético. Pocos momentos después, guiado por ese ruido, me hallé frente a una casa a cuyas ventanas se amontonaba una gran muchedumbre de vecinos del pueblo.

—«¿Empezó ya el baile? —preguntó un hombre con la ruana terciada,[17] acercándose a una de las ventanas—. Parece —añadió—, que el alcalde las echa de rumboso...

—«¡Y cómo no, si es en honor de la *Perla del Valle* que da el baile!

—«Y el señor alcalde diz que[18] anda muy enamorado de la chica.

—«¡Bah! —dijo una mujer—; pero ella lo mirará con desprecio. Los señoritos de la capital son los únicos que le cuadran.

—«Tiene razón —dijo otra con ironía—; si no hay quien se le parezca en la aldea... Desde la escuela se lo decían, y luego...

—«Y en eso no faltaron a la verdad —dijo el primer hombre—. ¡Miradla, miradla! ya sale a bailar con el señor alcalde.

11   *Bruñir*: abrillantar, lustrar, pulimentar, pulir.
12   *Muselina*: cierta clase de tejido muy fino y ligero, particularmente de seda.
13   *Bandola*: guitarra de tres cuerdas.
14   *Pandero*: instrumento musical de percusión, constituido por un aro sobre uno de cuyos bordes va colocado un pergamino muy tenso; el aro tiene también unas ranuras en las que van colocadas por pares unas rodajas de metal o sonajas en forma que se pueden mover y entrechocarse las de cada par.
15   *Cohete*: artificio pirotécnico consistente en un cartucho lleno de pólvora y otros explosivos, que cuando explota produce un estampido y diversos efectos luminosos.
16   *Chillido*: sonido fuerte y agudo.
17   *Terciar*: poner una cosa diagonalmente; particularmente, una prenda de ropa o una parte de ella.
18   *Dizque*: al parecer.

«¡Ave María! —añadió otro—; tiene un garbo,[19] un donaire, un *garabato*[20] como ninguna.

«Dirigiendo los ojos hacia donde todos los tenían fijos, vi que sobresalía entre todas las sencillas hijas del campo una verdadera belleza. Era más bien pequeña que grande; vestía un modesto traje blanco, era tan blanca como el ramo de jazmines que llevaba en el pecho; dos gruesas trenzas de cabellos rubios le caían hasta la cintura, el brillo de sus ojos negros, sus labios de forma perfecta aunque algo gruesos, la redondez de sus brazos y sus pequeñas manos, todo en ella era seductor y elegante.

—«¿Tú por aquí, Ricardo? —dijo a mi lado una alegre voz de bajo, y una robusta mano me hizo estremecer al darme un gran sacudón en prueba de cariño.

«Era uno de mis compañeros de colegio, vecino de aquel pueblo.

—«¿Qué haces aquí? —añadió—; entremos al baile y te introduciré[21] a las bellas de mi pueblo, y sobre todo a esa hermosa.

«Blanca como azucena
«Fresca cual mariposa
«Y de atractivos llena...».

«Como dice Arriaza.[22] (En aquel tiempo Arriaza estaba de moda todavía).

—«Pero... soy forastero... Mi vestido...

—«En el Valle no hay tantas ceremonias. Ese vestido de viaje es mejor que el de cualquiera petimetre de aquí. Por otra parte quiero que veas que aquí también hay quien pueda competir con las mejores bellezas de ***. Aquí también hay quien sepa hacer que:

«Las gracias, envidiosas,
«En su bailar ingenuo
«*Procuren* imitarla
«Con inocente juego».

* * *

«Pasé aquella noche como todos los momentos de dicha que tiene el hombre, es decir, sin meditar en lo porvenir y feliz con la dicha presente. Rosita acababa de cumplir quince años; edad de candor y gracias infantiles, edad en que se debe a la mujer tanto respeto y admiración por sus gracias y belleza, y protección y ternura por sus años. Era hija de uno de los principales habitantes del pueblo, por supuesto de humilde educación, y aunque de entendimiento mediano, su belleza sobresaliente entre todas sus compañeras le había dado cierta posición elevada. Ella se sentía, por la distinción de sus en-

---

19   *Garbo*: gracia, donaire.
20   *Garabato*: garbo y atractivo femenino que, a veces, compensa la falta de belleza.
21   *Introducir*: acompañar a una persona y anunciarla al entrar en un sitio.
22   *Juan Bautista Arriaza* (1770-1837). Poeta oficial de la corte de Fernando VII en España.

cantos, superior a todos los jóvenes poco pulidos de los alrededores que la fastidiaban con sus galanterías.[23] Así fue que yo creí ser el preferido entre todos, pues había llevado de la capital toda la finura de modales y el florido lenguaje que distinguen a los petimetres de ***, cosas desconocidas en el Valle, o al menos toscamente[24] imitadas por los jóvenes de allí.

«Después de permanecer dos días en la aldea me dirigí hacia la Costa para embarcarme, llevando en el corazón el suave recuerdo de la Perla del Valle.

«Muchos años después, en medio de las borrascas[25] y pesares[26] de una vida agitada y ambiciosa; en medio de los combates y sufrimientos de las guerras civiles, llenas de violencias y peligros, la suave figura de la Perla del Valle se me apareció como la imagen de la patria ausente, como la personificación de un sueño de dicha entrevisto en la juventud, como una promesa de virtud y de plácida alegría...

* * *

---

23   *Galantería*: amabilidades que se dirigen generalmente hacia las mujeres.
24   *Tosco*: áspero, no pulimentado.
25   *Borrasca*: tempestades, tormentas.
26   *Pesar*: pena, tristeza

II

Mas ¡ay! que el bien trocóse en amargura,
Y deshojada, por los aires sube
La dulce flor de la esperanza mía.
             ESPRONCEDA

«Quince años habían pasado cuando regresé al Valle, de tránsito para mi ciudad natal. Volvía con la amarga aunque secreta convicción de que mi vida había sido completamente estéril para mí y para la humanidad. Había bebido en todas las fuentes de la sabiduría, sin lograr ser otra cosa que un hombre mediano; me había mezclado inútilmente en muchas intrigas políticas, llevado por el vaivén de las pasiones de partido; había seguido muchas carreras sin perfeccionarme en ninguna; y persuadido al fin de mi impotencia para brillar en la esfera que había ambicionado ocupar, quería esconder mis desengaños en el seno de la ciudad natal. Me sentía viejo en experiencia, si no en años, gastado de espíritu y frío de corazón.

«Al atravesar la verde y risueña llanura, antes de penetrar al Valle, mi corazón, que por tanto tiempo permaneciera indiferente a todo, se estremeció, y sentí el alma llena de afán y esperanza. Desde el día en que había partido del Valle, no había vuelto a tener noticia alguna de la linda Rosita. Quince años en la vida de una mujer causan una trasformación completa, decía para mí mismo: la encontraré marchita, pobre y rodeada de hijos; o tal vez se haya ido del pueblo, o habrá muerto... A pesar de estas reflexiones, es tal el poder de la imaginación, que cada vez que veía la sombra de una mujer, o salía una niña a la ventana, detenía mi cansada mula para mirar con interés aquella figura.

«Al fin llegué a la casa del hospitalario amigo de mi padre. Todo allí estaba sucio y descuidado, y en lugar del respetable anciano que salía siempre a recibir a sus huéspedes, encontré la puerta cerrada, y varios perros ladraban furiosamente desde adentro.

—«¿El señor *** —pregunté a una mujer que pasaba—, ¿no estará en su casa?

—«¿El señor ***? —exclamó ésta admirada— ...¡si hace seis años que murió!

«Con un doloroso suspiro me encaminé a la fonda de la aldea.

Me paseaba algunas horas después con mi antiguo compañero de colegio, hombre ya maduro, casado y cuyos discursos habían cesado de estar exornados[27] con citas poéticas. Impregnado del estrecho patriotismo de aldea, y fatigado de su continua residencia en un pequeño círculo, se esforzaba por hacerme ver los adelantos materiales que había hecho el pueblo. Temiendo yo conocer demasiado pronto la realidad, no había querido preguntar por la suerte de Rosita.

«Como en mi anterior visita hecha a la aldea, estaban sentadas *aquella noche*, en las puertas de las casas, grupos de mujeres vestidas de blanco; los mismos perfumes deliciosos embalsamaban el aire, y la luna, como *entonces*, se levantaba clara y serena tras del cercano monte. Al pasar por una estrecha y solitaria callejuela, oí un grito de mujer, grito ahogado y temeroso. Me detuve, olvidando mis meditaciones, y mi amigo calló. Al mismo tiempo se abrió repentinamente la puerta de una humilde casa ante la cual nos hallábamos, y asomó una mujer al parecer plebeya, con el pelo desgreñado, y apretando con sus desnudos y descarnados brazos una criatura contra su pecho. Nos volvía la espalda y no nos había visto.

—«¡No, no! —gritó otra vez—; ¡mira que me maltratas el niño!

—«¡Me has de entregar la plata! —contestó desde adentro una voz ronca.

«Un hombre salió entonces, y al ver que éramos testigos de su brutalidad, dijo con rabia concentrada y acompañando sus palabras con los más crueles insultos:

—«¡Entra, mujer, entra! —y al empujarla, ésta perdió el equilibrio y soltó al niño, que hubiera caído al suelo si yo no me hubiera apresurado a recibirlo en mis brazos.

—«¡Gracias, caballero! gracias! —dijo ella acercándose a recibir el niño, que asustado lloraba lastimosamente.

«Me estremecí de angustia... Esa voz, esos ojos... ¡no puede ser! —dije para mí.

«La mujer entró precipitadamente, mientras que el hombre, al conocer a mi amigo, permanecía callado, con el sombrero en la mano, recibiendo las recriminaciones de éste por su conducta respecto de una débil mujer.

—«Es cierto, señor —contestó éste al fin con humildad—; pero esta mujer no es como todas: toda la plata que gano la quiere tener para comprar frioleras. Y tiene un orgullo, un tono...

—«Es preciso recordar lo que fue —dijo mi amigo.

—«Y no olvidar lo que es. Pero... también es cierto que cada uno debe gobernar en su casa.

---

27 *Exornar*: adornar, embellecer.

«Y entrándose, cerró la puerta sin saludarnos.

—«¡Pobre Rosita! —exclamó mi amigo un momento después—; ¡pobre *perla*!

—«¿Es cierto eso? Me parece imposible. ¿La linda Rosita en ese estado?

—«Tú la conociste, creo, cuando era la más bella joven del Valle. Su historia... Pero eso no te interesará.

—«Sí, sí —dije muy conmovido—; ¡cuéntame su vida!

«Mi amigo me miró asombrado y habló así:

«La vida de la que llamábamos *Perla del Valle* se puede resumir en tres palabras: *ociosidad*,[28] *coquetería* y *vanidad*. Acostumbrada desde niña a ser admirada y consentida por todos, creyó que sus bellas manos y sus lindos ojos no debían ocuparse nunca. En esa ociosidad continua, su espíritu se fue falseando poco a poco. Rechazó a cuantos le propusieron casamiento, tanto porque creía que nadie la merecía, como porque pretendía gozar lo más posible de su libertad. Pero al cabo de algunos años, viendo que sus admiradores se habían consolado fácilmente de sus desdenes, que su belleza empezaba a marchitarse y que el *príncipe* de sus sueños no parecía, quiso recoger todos sus encantos para hacerse amar y conquistar de nuevo a los que la habían abandonado. En una palabra, se hizo coqueta, y esa coquetería quedando sin fruto, fue progresando de día en día. Se enfermó su padre por aquel tiempo, y lo fue a recetar un joven médico recién venido de la capital. Rosita, olvidando todo sentimiento de delicadeza, tendió sus lazos al borde del lecho de su padre, queriendo avasallar[29] al médico... Pero desgraciadamente para la aldeanilla sin experiencia del mundo, sus sencillos lazos no pudieron luchar con los del hombre acostumbrado a toda clase de intrigas... En fin, quien cayó en el lazo no fue él, sino ella.

—«¡Desgraciada!

—«Murió su padre y se acabaron los últimos restos de respeto que se le tenía, por consideración al honrado anciano; la buena sociedad de la aldea no quiso recibirla como antes.

«Una noche desapareció del pueblo, después de unas fiestas muy concurridas que hubo aquí. Al cabo de algún tiempo volvió, pero acompañada por ese hombre que acabamos de ver; es vecino del lugar, pero de la clase más humilde. Ella dice que es su esposo, y él la maltrata cruelmente.

—«¿Y estará muy pobre?

—«No, para el rango[30] que ocupa tiene lo suficiente. Ese hombre es carpintero laborioso.

—«¿No pertenecía ella, pues, a la mejor sociedad del pueblo?

—«Sí; pero su coquetería descarada[31] hizo que la rechazasen, y entonces se vistió como las *cintureras* (así llaman aquí a las mujeres del pueblo), en cuyos bailes era acogida con orgullo. Desde entonces no se junta sino con esa clase de gente.

---

28 *Ociosidad*: pereza.
29 *Avasallar*: dominar, subyugar.
30 *Rango*: categoría social.
31 *Descarado*: el que obra con atrevimiento irrespetuoso.

—«¡Qué lección para las que creen que pueden ser coquetas impunemente! —añadió mi amigo—; Lo que faltó principalmente a esa niña fue una buena educación, que pudiera impedir que se desarrollasen en ella los perniciosos impulsos que naturalmente debían dominarla en su posición excepcional como *perla* de aldea.

* * *

«Al día siguiente salí del Valle, dejando sepultada en él la última ilusión. Entonces conocí la parte que había tenido en mi vida la memoria de la *Perla del Valle*, pues al perder su prestigio me sentí profundamente desalentado. ¡Es tan cierto que la influencia de una mujer, sea buena o mala, forma el carácter del hombre! Mis faltas provenían de haber perdido desde niño a mi madre, y muchos de mis buenos impulsos, del recuerdo de una mujer a quien yo había revestido de virtudes imaginarias...».

Tal es la sencilla historia que nos ha contado Ricardo, uno de nuestros mejores amigos. La trasmitimos al lector con la misma sencillez y absoluta fidelidad.

Ilusión y realidad

ILUSIÓN Y REALIDAD

> I saw two beings in the hues of youth
> Standing upon a gentle hill,
> Green and of mild declivity.
> (BYRON) [32]

I

...El camino serpenteaba por entre dos potreros, en cuyos verdes prados pacían las mansas vacas con sus terneros, emblema de la fecundidad campestre,[33] y los hatos[34] de estúpidas yeguas[35] precedidas por asnos orgullosos y tiranos, imagen de muchos asnos humanos. De trecho en trecho el camino recibía la sombra de algunos árboles de *guácimo*,[36] de caucho o de *cámbulos*,[37] entonces vestidos de hermosas flores rojas, los cuales, como muchos ingenios, apenas dan flores sin perfume en su juventud, permaneciendo el resto de su vida erguidos pero estériles. La cerca que separaba el camino de los potreros, de piedra en partes y de guadua en otras, la cubrían espinosos cactus, y otros parásitos de tierra templada, los cuales so pretexto de apoyarla la deterioraban, según suele acontecer con las protecciones humanas.

Dos jóvenes, casi niños, paseaban a caballo por este camino que conducía al inmediato pueblo, cuyo campanario se alzaba, bien que no mucho, sobre la techumbre de las casas. Al llegar a una puerta de madera que impedía el paso, los dos estudiantes la abrieron ruidosamente y detuvieron sus cabalga-

---

32 *I saw two beings in the hues of youth / Standing upon a gentle hill, / Green and of mild declivity*: Vi dos cosas en las tonalidades de la juventud parada en una cuesta suave, inmadurez y una leve inclinación (Lord Byron).
33 *Campestre*: del campo.
34 *Hato*: finca rústica destinada a la cría de toda clase de ganado,
35 *Yegua*: hembra del caballo.
36 *Guácimo*: es un árbol de porte pequeño a mediano, que puede alcanzar hasta 15 m. de altura. De copa redonda y extendida. Su tronco es torcido y ramificado, con hojas simples, alternas, ovaladas a lanceoladas. Sus flores pequeñas y amarillas, se agrupan en panículas en la base de las hojas. Sus frutos son cápsulas verrugosas y elípticas, negras cuando están maduras, con numerosas semillas pequeñas y duras.
37 *Cámbulo*: árbol de copa extendida que alcanza 15 m. de altura y 100 cms. de diámetro en el tronco, el cual es retorcido y amarillento, con aguijones cuando joven. Es un árbol nativo del norte de Sur América; crece desde el nivel del mar hasta los 1.800 m. de altitud en climas tanto secos como húmedos. Se utiliza como sombrío de cafetales y cacaotales. Cocidas sus flores en medio litro de agua son sedativas y los frutos y corteza son narcóticos y ligeramente laxantes.

duras para mirar hacia una casa de teja[38] que dominaba el camino a alguna distancia. Al ver salir al corredor que circundaba la casa a dos jóvenes que se recostaron sobre la baranda, los estudiantes se dijeron algo, continuaron su paseo despacio, y pasando por delante de ellas las saludaron.

—Tenías razón —dijo una de las señoritas—, son los paseantes de todas las tardes.

—¡Adiós señores! —exclamó la otra contestando el saludo. Era una niña de quince años, cuya fisonomía lánguida y dulce llamaba la atención por un *no sé qué* de romántico y sentimental.

—Mira, Sara —dijo la primera—, mira como los últimos rayos del sol embellecen este lindo paisaje que jamás me cansaré de contemplar: a lo lejos las sementeras[39] de variadas tintas junto a los cerros escarpados y sin vegetación; más cerca el flexible y susurrante ramaje del guadual[40] inclinado hacia el río, y en fin, a nuestros pies el potrero[41] ¡como un tapiz verde esmeralda, en que alegres y saciados[42] retozan los animales!... Pero tú —añadió al cabo de un momento—, tú solo tienes ojos para los estudiantes... dije mal, para uno de ellos, pues el otro es apenas el confidente del primer galán. ¿No has visto que en todas las comedias hay un consejero o comparsa[43] que no tiene otra misión que la de escuchar abismado los ímpetus de entusiasmo del héroe?

—¡Oh! Sofía, tú de todo te burlas... y hasta creo que me tienes por coqueta.

—No digo semejante cosa; te aman y tú, como es razonable, correspondes.

—¿Y tú?

—¿Yo? no he podido hasta ahora aprender el *arte de amar*.

—¿Y no bajarás nunca de las nubes para fijarte en algún mortal?

—Tal vez... Déjame ser libre mientras pueda. ¡Oh! nunca amaré a medias; tendría que dar toda mi alma, todo mi corazón y si me equivocara sería muy infeliz. Si supieras cómo he ideado al héroe de mi vida, cuántas virtudes lo adornan, qué de bellezas morales tiene, qué alma tan elevada posee, ¡cuán nobles sentimientos!

—Mucho me temo que nunca encontrarás semejante perfección: por mi parte sólo pido un amor verdadero en cambio del mío; no sueño con imposibles.

—¡Cómo no he de hallar algún día un hombre de talento, de pensamientos elevados, una alma hermana de la mía, enérgica, vigorosa, abnegada!...

—Pues, ¡y no te elogias!

—No quiero decir que yo tenga todas esas cualidades... Pero desearía en-

---

38   *Teja*: pieza de barro cocido de forma de canal de las que, colocadas parcialmente montadas unas sobre otras, en forma característica, se emplean para recubrir los tejados.
39   *Sementera*: tierra sembrada; siembra para la cosecha.
40   *Guadual*: grupo de plantas de guadua o bambú.
41   *Potrero*: terreno sin edificar.
42   *Saciado*: satisfecho.
43   *Comparsa*: persona que no es importante o protagonista.

contrar un hombre abundoso[44] en tan bellas prendas,[45] digno de toda mi confianza, y que, perdóname la franqueza, supiera valuarme en lo que valgo y amarme como tal vez hoy no se ama.

Las dos niñas permanecieron calladas un momento, contemplando el bello cuadro que ante sus ojos se extendía.

Mientras tanto los estudiantes siguieron su paseo conversando y riendo alegremente, pero pronto regresaron cuidando de pasar otra vez por delante de las dos señoritas.

—Eres muy distraída —dijo Sara, mirando a su prima con cierto airecillo de queja—, te saludan y no contestas.

—Ya te he explicado —contestó Sofía—, cuál es la misión del confidente: consiste puramente en reír, llorar, admirarse, conmoverse, ver o no ver según las circunstancias. Mi papel y el del amigo de la parte contraria son nulos; el público no nos mira. ¿No sería muy ridículo que el comparsa saliera muy airoso a recibir las coronas y saludar cuando aplauden a los héroes?

—En todo encuentras motivo de injuriosa burla o te enterneces sin motivo, Sofía... Con mucha razón dice tu padre que admiras o desdeñas demasiado. A veces tus sentimientos me inspiran suma confianza, y de repente me atraviesas el alma con una palabra fría y punzante como un estoque. ¿Por qué te hallo siempre retraída y desdeñosa para con todos, cuando puedes mostrarte a veces tan expansiva y amable?

Sofía guardó silencio en lugar de contestar. Sara, que respetaba y amaba mucho a su prima, no se atrevió a seguir interrogándola.

Las dos señoritas ofrecían un completo contraste. Sofía había sido educada en un brillante colegio de La Habana, de donde era originario su padre, que al cabo se había radicado en Colombia. Habiendo vivido ausente de su familia durante muchos años, crecieron en Sofía ciertas ideas y hábitos de independencia que no podían ser comprendidos por Sara. Esta había vivido en medio de su familia, tranquila y contenta, y su educación consistía en los elementos indispensables y adecuados a la existencia sencilla y retirada a que la destinaban.

Hacía apenas algunos meses que Sofía se hallaba en la patria de Sara, y aunque sólo contaba un año más que su prima, la dominaba tanto por la entereza[46] de su carácter, cuanto por la superioridad de su instrucción. Se resignó a vivir oscurecida en la pobre aldea en que nacieron sus antepasados maternos; pero no era aquello lo que podía satisfacerla, por lo que no tomaba interés en lo que la rodeaba, ni dejaba de aspirar a un porvenir más análogo[47] a sus sentimientos y educación.

---

44 *Abundoso*: fértil.
45 *Prendas*: cualidades.
46 *Entereza*: integridad, firmeza.
47 *Análogo*: semejante.

II

Infeliz de aquel que vive sin un ideal.
J. TOURGUENEFF[48]

Algunos meses después celebraban en el pueblo del valle la Nochebuena.

Sofía y Sara quisieron asistir a la misa de media noche, vulgarmente llamada *de gallo*.[49] En todo tiempo a las doce de la noche ha sido una hora misteriosa para los sencillos habitantes de aquella provincia; para muy pocos había sonado hallándose ellos fuera de su cama, viniendo a ser un acontecimiento extraordinario que formaba época en la vida el oír dar la solemne hora sin haber dormido. Así fue que las personas de la familia que accedieron a acompañar a las dos niñas a la iglesia, para no pasar por calaveras[50] se acostaron a las ocho, a fin de estar bien despiertas a media noche.

Sofía propuso a su prima que se estuviesen levantadas hasta la hora de ir a misa.

—¿Y cómo pasaremos la noche? —dijo Sara bostezando—; todos duermen.

—¿Cómo?... Te divertiré contándote cuentos como a una niña llorona.

Sofía y Sara se fueron a recostar contra la media puerta de la sala que daba a la plaza del pueblo. Todo dormía... la noche estaba bellísima; la suave luna iluminaba con su plateada luz el espacio abierto; el campanario de la iglesia proyectaba su negra sombra sobre la plaza, como un pensamiento de duelo en una vida dichosa. Todo dormía: un tenue vientecillo barría lentamente las escarmenadas nubes del cielo azul turquí en que resaltaban como blancos lirios en un jardín, en tanto que los cerros estaban cubiertos por una ligerísima niebla semejando un velo de trasparente gasa. Todo dormía... el perfume de los azahares y jazmines se esparcía por el ambiente impresionando el alma como las palabras suaves y los recuerdos tiernos...

—¡Oh! —exclamó Sofía—, qué linda noche, ¡Sara mía! ¿no sería acaso un crimen de lesa–naturaleza el irnos a dormir ahora? ¡Pudiera yo (como dice un poeta hablando de un sonido armónico) absorberme en uno de esos rayos plateados y perderme con él en la inmensidad del espacio! Si supieras, Sara, cómo me aterra la vida, ¡cómo me asusta, la idea de todas las vulgares vicisitudes que me aguardan!... Mucho me temo que mi vida se pase en medio de una fastidiosa quietud del espíritu, sin la actividad intelectual que tanto

---

48   *J. Tourgueneff*: Escritor ruso. Obras: *Nouvelles Moscovites, Reliques vivantes. La montre. Ca fait du bruit. Pounine et Babourine. Les notres m'ont envoyé , Étranges Histoires. Le Roi Lear de la Steppe. Toc. Toc. Toc. l'abandonnée; Les eaux printanières. Eaux printanières. Le gentilhomme de la steppe.*

49   *Misa de(l) gallo*: La que se dice a medianoche en el paso de la Nochebuena al día de Navidad.

50   *Calavera*: persona libertina y amiga de juergas. También, quien tiene poco juicio y no sienta la cabeza.

anhelo. Agitarse es vivir, aunque sea sufriendo. Sin emociones no se comprende la dicha: ¡y la existencia en un pueblo así arrinconado es tan vana, tan ridícula, tan monótona, tan inútil!...

Dos fervientes y angustiosas lágrimas bajaron lentamente por las mejillas de Sofía y cayeron sobre la frente de su prima.

—¿Qué tienes? —exclamó ésta al sentirlas—. ¿Por qué tanta tristeza? ¡Tú no sabes cuánto te quiero y cuánto gozaría en consolarte!

—Lo creo, Sara; tú eres la única persona en quien tengo completa confianza; tal vez serás la única en mi vida. Pero —añadió al cabo de un momento, sacudiendo la cabeza con ademán de burla— yo no te he convidado a pasar la noche oyendo mis locos devaneos. Nunca puedo explicarme esta melancolía que me acompaña desde mi más tierna niñez, ni este tedio de la vida que me domina, esta pereza, por decirlo así, que se apodera de mi espíritu algunas veces. ¿Será tal vez un presentimiento?... Basta ya de reflexiones filosóficas. Ven; sentémonos aquí; apoya tu cabeza sobre mi hombro. He ofrecido no dejarte dormir. ¿Qué quieres que te cuente? Escoge, hija mía. ¿Quieres alguna historia bien tierna y sentimental, o alguna aventura misteriosa, o un acontecimiento triste?

—No, nada triste. A mí no me gusta la melancolía como a ti: el dolor me espanta y no hallo poesía en la tristeza, sino penosísima realidad.

—No tengas cuidado: puesto que así lo exiges, los héroes de mis cuentos serán felices... Últimamente me entretenía en leer un hecho histórico muy curioso y...

—Poco me gustan los hechos históricos. Cuéntame alguna novela bella y romántica pero que tenga un fin dichoso.

—Te gustará lo que quería referir —dijo sonriéndose Sofía—. Los héroes son dos: un joven estudiante, risueño y sentimental al mismo tiempo, y una niña de ojos grandes, garzos[51] y hechiceros que...

—Sofía, Sofía —prorrumpió Sara tapándole la boca con las manos—, no te burles de mí.

—¿Cómo? tan poca modestia tienes que te has reconocido en la niña de ojos hechiceros? ¿No me permites hablar de la historia que leo diariamente en el fondo de tu corazón?

En pláticas como éstas, alegres y chanceras,[52] tiernas o irónicas, Sofía y Sara pasaron las horas de la velada.

Poco a poco se empezó a sentir cierto rumor en la aldea, como de muchas gentes que andaban en la plaza y hablaban en voz baja. Al fin las campanas rompieron a tocar alegremente, despertando a los perezosos, y luego se oyeron algunos cohetes lejanos; creció el rumor y sonaron por todas partes gritos y cantos de gozo. De repente rasgaron el aire los ruidosos acordes de la banda de música de la aldea, que se había situado en el altozano,[53] anunciando la ceremonia religiosa con acompasados valses y cadenciosas contradanzas.

---

51 *Garzo*: azulado.
52 *Chancera*: que gasta bromas.
53 *Altozano*: atrio, espacio limitado por columnas en la parte anterior, que precede a un templo.

—¡Aleluya! —exclamó Sofía, levantándose con toda la vivacidad de la infancia—. ¡Ya es tiempo... vámonos! Divirtámonos —añadió—; ¡a misa, a misa!

—¿Eso llamas diversión? —preguntó escandalizada Sara, que se enjugaba los ojos, enternecida aún con lo último que le había referido su prima.

—Llamemos cada cosa por su nombre —contestó Sofía—. Ir a misa *de gallo*, no es un acto religioso, sino una distracción.

El estrepitoso júbilo de Sofía duró un momento: al llegar a la puerta de la iglesia ya había pasado, quedando grave y pensativa. Al tiempo de arrodillarse Sara apretó fuertemente el brazo de su prima y le dijo:

—¡Mira, allí está!

—¿Quién? ¿Teodoro? No sabía que hubiese vuelto a la aldea. Y tú, hipocritilla, creo que no lo ignorabas...

—Allí está —contestó Sara—, con su compañero, el comparsa de la parte contraria como tú lo llamas.

Sofía procuró sonreírse pero no le fue posible. Oyó la misa, abismada[54] en una profunda meditación interior, y como entre sueños veía el altar, la multitud de rodillas y por encima de ella las expresivas fisonomías de los estudiantes, quienes queriendo hacerse notar de Sara volvían a la mirada a cada momento hacia donde ella estaba.

Sara salió de la iglesia llena de plácida alegría. No diremos que había oído misa con devoción; pero su puro corazón se elevaba hacia Dios agradeciéndole el haber visto al que llenaba todos sus pensamientos. ¿El afecto inocente de una niña no es por ventura un sentimiento tan bello que merece que los ángeles mismos lo aplaudan? No es un himno de dicha ofrendado ante el trono del Señor con la ingenua confianza de la mujer candorosa que cuando ama verdaderamente sólo acierta a orar?

La luna se sumergía en el horizonte, y las sombras de las casas cubrían toda la plaza, quedando apenas iluminadas las cabezas de la multitud que aguardaba en el altozano de la iglesia la salida de los demás, mientras que la banda de música echaba el resto de sus armonías y algunos aficionados hacían desiguales descargas de escopeta en prueba de su devoción. Sofía, al salir recorrió con la mirada los grupos de gente y vio iluminadas por la luna, así como las había visto en la iglesia por los cirios del altar, las risueñas fisonomías de Teodoro y Federico... ¿Su suerte sería feliz o desgraciada? ¡misterios insondables de lo porvenir!...

Sara tuvo esa noche sueños deliciosos regados de flores y alegría. Sofía humedeció su almohada con aquellas lágrimas estériles que se vierten en la juventud, y que por lo mismo que no tienen causa aparente hacen sufrir tanto.

***

---

54   *Abismada*: abstraída, concentrada.

III

Et là, dans cette nuit, qu'aucun rayon n'étoile,
L'âme, dans un repli où tout semble finir,
Sent quelque chose encor' palpiter sous un voile...
C'est toi qui dors dans l'ombre, oh! sacré souvenir![55]
(VÍCTOR HUGO)

Pasaron largos años, al cabo de los cuales la aldea que nos ha servido de escenario había cambiado de aspecto y de habitantes, mejorando en lo primero, empeorando notablemente en lo segundo. La espantosa mano de la guerra civil había desmoralizado y dañado el espíritu de aquella sencilla población. Olvidada en un rincón de la república nunca había sufrido antes a causa de las discordias públicas, pero en una de tantas revoluciones quedó envuelta en el desastre general.

Pasaron largos años: muchos hombres públicos habían desaparecido, los unos en la tumba material, los otros en la de su reputación: otros habían subido al poder sólo para caer, y no pocos habían caído sin subir de donde antes estaban.

Pasaron largos años: y otra generación se había levantado, menos ignorante tal vez, pero sin duda menos honrada y de peores inclinaciones que la ya desaparecida.

Pasaron largos años: en el cementerio se veían muchas más cruces y en la iglesia cada día menos fieles.

Pasaron largos años... la naturaleza ostentaba, sin embargo, su eterna hermosura: el sol brillaba, los pájaros cantaban, las flores perfumaban como en otro tiempo; pero cuán completo cambio se había verificado en el corazón, en el espíritu y en el aspecto de las dos ligeras niñas que tiempo atrás reían y lloraban ¡sin saber por qué! ¡Cuántas horas de sufrimiento, de tristeza, de amargura, de desencanto y aún de profundo pesar habrían contado, puesto que sus mejillas estaban pálidas y sus ojos y labios no se iluminaban con la sonrisa alegre de otros días!

Pasaron largos años... Sara y Sofía se casaron. La una tuvo tanta dicha como no había esperado, viendo trocados sus ilusorios presentimientos de un triste porvenir en una tranquila y feliz realidad. La otra fue desgraciada, ¡sí, profundamente desgraciada! A cuál le tocó el pesar? A la que era más digna de ser dichosa: a Sara, la niña amante y amable.

Una noche estaba Sara contemplando el cielo en el mismo sitio en que

---

55 *Et là, dans cette nuit, qu'aucun rayon n'étoile, / L'âme, dans un repli où tout semble finir, / Sent quelque chose encor' palpiter sous un voile... / C'est toi qui dors dans l'ombre, oh! sacré souvenir!:* Y allí, en esta noche, que ningún rayo estrella, / el alma, en un repliegue donde todo parece terminar. / Siente algo palpitando bajo el velo... / ¡Eres tú quien duerme en la sombra, ¡oh! ¡sagrado recuerdo!

su prima le había hecho pasar tantas horas de contento en su apacible juventud. Había sufrido tanto, moral y materialmente, en los últimos años de su vida, que rara vez había podido entregarse a ese sentimiento de dicha retrospectiva que es tan necesario para tener valor en lo presente, como esperanza en lo porvenir. Por el encadenamiento de circunstancias y de ideas que nos hace volver poco a poco a los recuerdos y hasta a los sentimientos de nuestros primeros años, Sara pensaba en aquella noche de Navidad que formaba como un oasis en su memoria, no tanto por los incidentes de ella, como por las dulces ilusiones que la habían halagado entonces. ¡Cuánto había sufrido desde ese tiempo! Veía pasar delante de la memoria su vida como en un estereoscopo,[56] unida siempre *una* imagen a la primera parte de su juventud. Una suave melancolía invadió su alma. ¿Qué se había hecho aquella sombra de su ideal, que nada pudo jamás borrar enteramente de su corazón? El recuerdo de ese olvidado afecto le parecía ahora como un ensueño inverosímil. Así, lo que ella creyó en un tiempo dulce realidad, tan sólo había sido una ilusión fugaz, tan pronto forjada como desvanecida.

De repente oyó pasos: levantó los ojos... la visión de otros tiempos, el recuerdo que había llenado su frente con ternísimas memorias se le presentó de nuevo: ¡Teodoro y Federico estaban allí!

Teodoro sabía que Sara ya no era libre; pero al llegar al sitio en que habían pasado algunos episodios de su juventud, quiso volver a ver al objeto de su primer amor, el más puro y verdadero. Por una casualidad, su amigo de colegio le acompañaba.

Durante un momento y mientras la saludaban los dos jóvenes, Sara olvidó los largos años que habían trascurrido. La situación era la misma, bien que faltase su compañera, su prima y confidenta. Sara nombró a Sofía, y entonces Federico le dijo cómo la había visto en Europa en donde vivía hacía muchos años. Ya no era —añadió—, la niña alegre por ráfagas, sombría por momentos y que dejaba leer su pensamiento en una mirada. El estudio de la vida y el conocimiento del mundo habían afianzado su carácter, y se mofaba[57] de sí misma cuando le recordaban los locos ímpetus de romanticismo de sus primeros años. «Sin embargo —añadía Federico—, creo que a veces derramará lágrimas de ternura al pensar en las escenas de su niñez; lágrimas que no ven nunca las gentes, pero que yo me atreví a adivinar».

Al fin Federico se despidió, y Sara y Teodoro se hallaron solos; solos bajo los rayos de la luna, esa luz de sus recuerdos... Ambos estaban silenciosos porque el mutuo enternecimiento los hacía callar y el deber les sellaba los labios. Pero es tal el magnetismo del corazón que sabían que era inútil hablar, puesto que sus almas se comunicaban en silencio. De repente Sara levantó los ojos y encontró fijos en ella los de Teodoro. Esa mirada fue más elocuente que todos los juramentos de constancia; sus manos se estrecharon por un momento... pero un precipicio los separaba, precipicio moral que era imposible colmar.[58]

---

56   *Estereoscopio*: instrumento con el cual se observan, cada una con un ojo, dos imágenes planas de un mismo objeto, las cuales, al superponerse por la visión binocular, dan la imagen en relieve del mismo.

57   *Mofarse*: burlarse.

58   *Colmar*: satisfacer.

Se separaron, pues, con los ojos anegados en lágrimas, pero con la satisfacción de haber sido fuertes ante el deber. No pertenecían a Sara su corazón ni su libertad, pero consolábala la persuasión de que si amó por primera vez, amó dignamente y podía guardar ese recuerdo sin turbarse. La suerte los había desunido: era preciso callar y resignarse. Había conocido, cuando nada podía remediarlo, que sus ensueños pudieron haber sido una realidad, ahora imposibilitada, no quedándole de todo sino tiernas memorias que llenaban de dulce poesía su corazón, tan puras y elevadas que la fortalecían y le inspiraban virtud y abnegación. Todo sentimiento profundo y verdadero es como una voz de lo alto, que nos hace comprender claramente nuestros deberes y nos conduce a cumplirlos cual leyes inviolables; sin desfallecer, sin vacilar, no mirándolos como destructores de nuestra soñada felicidad, sino como piedra de toque en que se ensayan y demuestran los quilates de nuestra virtud.

Luz y Sombra

(Cuadros de la vida de una coqueta)

Luz y Sombra

(Cuadros de la vida de una coqueta)

I

La juventud

Brillaba Santander en toda su gloria militar, en todo el esplendor de sus triunfos y en el apogeo de su juventud y gallardía.[59] El pueblo se regocijaba con su adquirida patria, y el gozo y satisfacción que causa el sentimiento de la libertad noblemente conquistada se leía en todos los semblantes.

Contaba yo de catorce a quince años. Había perdido a mi madre poco antes, y mi padre, viéndome triste y abatida, quiso que acompañada por una señora respetable, visitase a Bogotá y asistiese a las procesiones de Semana Santa, que se anunciaban particularmente solemnes para ese año. En aquel tiempo el pueblo confundía siempre el sentimiento religioso con los acontecimientos políticos, y en la Semana Santa cada cual procuraba manifestarse agradecido al SEÑOR[60] que nos había libertado del yugo de España.

Triste, desalentada, tímida y retraída llegué a casa de las señoritas Hernández, donde mi compañera, doña Prudencia, acostumbraba desmontarse en Bogotá. Las Hernández eran las mujeres más de moda y más afamadas por su belleza que había entonces, particularmente una de ellas, Aureliana. Llegamos el lunes santo a las dos de la tarde, y doña Prudencia, deseosa de que yo no perdiese procesión, me obligó a vestirme, y casi por fuerza me llevó a un balcón de la calle real a reunirnos a las Hernández, que ya habían salido de casa.

Cuando vi los balcones llenos de gente ricamente vestida, las barandas cubiertas con fastuosas colchas, y me encontré en medio de una multitud de muchachas alegres y chanceras, me sentí profundamente triste y avergonzada, y hubiera querido estar en el bosque más retirado de la hacienda de mi padre.

—Allá viene Aureliana! —exclamó doña Prudencia.

—¿Dónde? —pregunté, deseosa de conocerla; pues su extraordinaria

---

59   *Gallardía*: de hermosa presencia.
60   *Señor*: se aplica por antonomasia a Dios.

hermosura era el tema de todas las conversaciones.

—Aquella que viene rodeada de varios caballeros.

—¿La que trae saya[61] de terciopelo negro con adornos azules y velo de encaje negro?

—No, esa es Sebastiana, la hermana mayor. La que viene detrás con una saya de terciopelo violeta, guarniciones[62] de raso blanco y mantilla de encaje blanco, es Aureliana.

¡No creo que haya habido nunca mujer más hermosa! Un cuerpo elegante y gallardo, una blancura maravillosa, ojos que brillaban como soles, labios divinamente formados que cubrían dientes de perlas... y por último sin igual donaire y gracia. Subió inmediatamente al balcón en que yo estaba, rodeada por un grupo de jóvenes que como mariposas giraban en torno suyo. Los saludos, las sonrisas, las miradas tiernas, los elogios más apasionados eran para Aureliana. Sebastiana era también muy bella, pero su hermana arrebataba y hacía olvidar a todas las demás. Su gracia, sus movimientos elegantes, su angelical sonrisa y mirada, ya lánguida, ya viva, alegre o sentimental, todo en Aureliana encantaba.

Volví con las Hernández a su casa, pero era tal la impresión que Aureliana me había causado, que no podía apartar mi vista de su precioso rostro. Enseñada a que generalmente las demás mujeres la mirasen con envidia, la hermosa coqueta comprendió mi sencilla admiración, me la agradeció, y llamándome a su lado, me hizo mil cariños, halagándome con afectuosas palabras. Al tiempo de retirarse a su cuarto me llevó consigo, diciendo que me tomaba bajo su protección durante mi permanencia en Bogotá.

El cuarto estaba lujosamente amoblado. Sobre las mesas se veían los regalos que le habían enviado aquel día: joyas, vestidos, adornos costosos, piezas de vajilla, flores naturales y artificiales, frutas raras y exquisitas... en fin, allí estaban los objetos más curiosos que se podían encontrar en Bogotá.

—¿Es hoy el cumpleaños de usted? —le pregunté admirada al ver tantos regalos.

—No —me contestó con aire de triunfo—. Mis sonrisas valen más que todo esto que se me envían en cambio de ellas. Cada uno de los que se me han acercado hoy, al comprender algún capricho mío, me ha querido complacer enviando lo que deseaba.

Un no sé qué de irónico y triste pasó por su lindo rostro al decir estas palabras, e instintivamente sentí que aquella existencia de vanidad me repugnaba.

Durante las dos semanas que permanecí en Bogotá estuve continuamente con Aureliana, y al tiempo de despedirme vi brillar una lágrima de sentimiento entre sus crespas pestañas. A pesar de los homenajes de todos los altos personajes de la República, de las fiestas que le daban y de los elogios que le prodigaban, la humilde admiración de una campesina despertó en su corazón un cariño sincero.

---

61   *Saya*: falda.
62   *Guarnición*: adorno.

Me hallaba algunos años después en Tocaima con mi padre enfermo, cuando se supo que en esos días llegarían las Hernández. Este fue un acontecimiento para todos los que estaban en el pueblo. Aureliana se había enfermado ¡qué calamidad! Se dijo que el presidente le prestaría su coche para atravesar la Sabana y que los mejores caballos de la capital estaban a su disposición. En la Mesa le prepararon una silla de manos, por si acaso prefería ese modo de viajar. En fin, cuando se supo que llegaba la familia Hernández, salieron todos los principales habitantes del lugar a recibirla.

Les habían destinado la mejor casa de Tocaima, y cada cual envió cuanto creía que la enferma pudiese necesitar. Apenas supo Aureliana que yo estaba en el pueblo, me mandó llamar con mil afectuosas expresiones. La encontré pálida, pero bella como siempre. Aunque la acompañaba una comitiva bastante numerosa de jóvenes y amigas de Bogotá, gustaba mucho de mi compañía y pasábamos una gran parte del día juntas.

Una noche dieron en el pueblo un baile para festejar la reposición de Aureliana; pero ella al tiempo de salir, dijo que no se sentía bastante fuerte para concurrir al baile y que permanecería en su casa; y en efecto, me envió a llamar para que la acompañase aquella noche.

La hallé sola en un cuartito que habían arreglado para ella con lo mejor que se encontró en el lugar. Una bujía puesta detrás de una pantalla esparcía su luz suave por la pieza, y en medio de las sombras se destacaba la aérea figura de Aureliana, que ataviada caprichosamente con un vestido popular, dejaba descubiertos sus brazos torneados y ocultaba en parte sus espaldas bajo un *paño* de linón blanco. Estaba recostada en una hamaca y apoyando la cabeza sobre el brazo doblado, con la otra mano acariciaba sus largas trenzas de cabellos rubios que hacían contraste con sus rasgados ojos negros y brillantes.

—¡Bienvenida, Mercedes! —dijo lánguidamente al verme—. Mi madre y mis hermanas se fueron al baile y no las acompañé porque estoy demasiado fastidiada para pensar en diversiones.

—¡Usted fastidiada! —exclamé.

—¿Y por qué no? ¿acaso no se encuentra siempre hiel[63] en toda copa de dicha que apuramos hasta el fondo?

—¡Qué poética está usted esta noche!

—No soy yo; esa frase me la enseñó Gabriel el literato, uno de mis adoradores.

—Pero no debería usted ni en chanza quejarse de su suerte.

—No, no me quejo. He obtenido de los demás cuanto he querido... pero...

—¡Cómo! —exclamé— ¿no le basta aún tanta adoración, tanto amor como el que la rodea?

—Siéntate a mi lado, Mercedes —me dijo, tuteándome de repente—: no

---

63   *Hiel*: bilis, amargura, mala intención.

sé por qué tengo por ti tanta predilección. —Y añadió en voz baja—: será tal vez porque eres la única mujer (no exceptúo a mis hermanas) que no se ha mostrado envidiosa de mí... ¡Ah! —exclamó un momento después con tristeza—, ¡cuán poco fundamento tienen para ello!

Yo no sabía qué contestarle y guardé silencio.

—Dime —añadió—, ¿sabes lo que es amar?

Bajé los ojos sin contestar: sabía lo que era amar pero ese sentimiento lo guardaba en mi corazón como un secreto.

—¿No me contestas?... ¡No es una pregunta vana ni una curiosidad mujeril. Deseo saber la verdad... quisiera comprender lo que hay en otro corazón...

—Hace dos años —contesté—, que estoy comprometida a casarme, y nunca me ha pesado. Eso le bastará a usted para comprender que sé lo que es amar.

—Eres más feliz que yo entonces —repuso apoyando su mano afectuosamente sobre la mía—. Yo nunca he podido amar verdaderamente. Esa es la herida secreta de mi alma. Tengo cerca de treinta años y ¡no sé lo que es amar con el corazón, con abnegación, con ternura! Mi vanidad ha sido halagada mil veces: mi imaginación se ha entusiasmado; pero mi corazón no ha sabido, no ha podido amar sinceramente. Nunca me ha ocurrido olvidarlo todo por el objeto amado: nunca he encontrado tranquilidad ni completa dicha al lado de *uno* solo. Me dicen que amar es vivir pensando siempre en el ser predilecto, asociándolo a todos los momentos de nuestra vida, siendo su nombre la primera palabra al despertar, y siendo él nuestro último pensamiento al dormirnos... Amar debe de ser vivir en un mundo aparte, sintiendo emociones inefables de suprema ternura... ¿Dime, es así como amas?

—Ha descrito usted mis más íntimos sentimientos. Pero —añadí—, amar es también sufrir ¿no es usted más feliz con su tranquilidad?

—No, hija mía: hay más dicha en amar que en ser amado, me ha dicho muchas veces Vicente el poeta, y lo creo. Tenía yo apenas catorce años cuando por primera vez comprendí que mi belleza inspiraba amor y avasallaba. Encantada, creí corresponder durante algunos días ¡pobre Mariano! La ilusión pasó al momento que otro de mejor presencia se me acercó. Creí haberme equivocado en mi primer afecto y lo rechacé para acoger al segundo. Pero sucedió lo mismo con éste y los demás. Para entonces sabía el precio de mi palabra más insignificante, de mis miradas más vagas y, te lo confieso, me hice coqueta con el corazón vacío y la imaginación ardiente. La sociedad entera estaba a mis pies: ninguna mujer podía competir conmigo. Las palabras de adoración que oía no causaban impresión en mi corazón: las recibía con frialdad, pero las contestaba con fingida ternura.

Instintivamente me aparté del lado de Aureliana. Esta mujer tan fría y tan hermosa me horrorizaba. Su corazón parecía una de aquellas cumbres nevadas a cuya cúspide[64] nunca han logrado llegar los viajeros.

—Una vez —continuó, sin cuidarse de mi movimiento de repulsión—, una vez comprendí que en el círculo de admiradores que me rodeaban había un joven que criticaba mi modo de ser y que no sentía por mí ninguna admiración. Esto me chocó al principio y me dolió al fin. Fernando, así se llamaba, se manifestaba siempre serio y severo conmigo y aun a veces tuvo la audacia de censurarme. Su frialdad delante de mí y sus improbaciones[65] me causaron tanto disgusto, que decidí conquistarlo a todo trance. Sin manifestárselo claramente desplegué para él todas mis artes, mostrándome tan afectuosa, que pronto vi que le habían hecho mella[66] mis atenciones; pero aunque sus modales eran los de un hombre galante, no se manifestaba enamorado. Si no lo venzo, pensé, es un hombre superior y digno de un afecto verdadero. Sin embargo, Fernando no buscaba mi sociedad con preferencia, aunque ya no me censuraba como antes; y afectaba hablar delante de mí de la belleza de otras mujeres. Desgraciadamente mi carácter no es constante, y mi entusiasmo que sólo dura un momento, cede ante cualquiera dificultad. No hubiera querido verlo a mis pies, pero no consentía mi amor propio que admirara a otras mujeres. Mientras tanto nuevas conquistas y diversiones ocuparon mi pensamiento y olvidé el noble propósito, apenas formado, de gozar con un amor secreto aunque no fuera correspondido.

—¡Qué carácter tan extraño tiene usted! pero continúe; ¿que se hizo Fernando?

—Lo vas a oír. Hace algunos meses el Libertador dio un baile en una quinta en los alrededores de Bogotá. La noche estaba lindísima y la luna iluminaba los jardines. Fatigada del ruido y deseosa de encontrarme sola para leer una carta que se me había entregado misteriosamente, me escapé de la casa sin ser vista, y me dirigí hacia un pabellón situado en el fondo del jardín, en donde sabía que hallaría luz y soledad. Envuelta en un grueso pañolón que me escudaba del frío de la noche, atravesé prestamente el jardín y tomé una senda sombreada por arbustos, y cortada por un arroyo que bajaba resonante del vecino cerro. El contraste del ruido, las luces, la armonía y la agitación de un baile con el tranquilo paisaje que atravesaba, me predispuso a una melancolía vaga muy extraña a mi carácter. Una lámpara colgada del techo iluminaba el pabellón: al llegar a él me dejé caer sobre un sofá y se me escapó un suspiro. Otro suspiro hizo eco a mi lado, y volviéndome hacia la puerta vi que un caballero estaba ahí en pie. Disgustada del espionaje impertinente iba a reconvenir al que había interrumpido mi soledad, cuando éste desembozándose descubrió la pálida e interesante fisonomía de Fernando.

—Fernando —dije—, ¿es usted?

—Tiene usted razón de admirarse, Aureliana: no debía hallarme aquí —dijo; y tomándome la mano, que instintivamente le alargaba, imprimió sus labios en ella.

---

64 *Cúspide*: cima, parte más alta de una montaña.
65 *Improbar*: desaprobar.
66 *Hacer mella*: producir impresión.

—¿Para qué luchar más? —añadió sentándose a mi lado—; ¿para qué fingir despego cuando no puedo menos que adorarla?

No sé si el corazón de todas las mujeres es igual al mío; pero en vez de sentirme dichosa con mi antes anhelada conquista, mi corazón permaneció tranquilo e indiferente. La desilusión más profunda se apoderó de mí al comprender que no era capaz de amar al único hombre que tanto había admirado; y en lugar de contestarle como hubiera hecho a otro cualquiera, bajé la cabeza en silencio y con amargura pensaba que todos los hombres son iguales puesto que basta lisonjear su vanidad para verlos rendidos.

Fernando me refirió entonces la historia de su amor. Me confesó que cuando me había conocido, primero sintió hacia mí cierta repulsión y odio, y miraba con desdén a todos los que se me humillaban; pero que el deseo que le manifesté de oír sus consejos y de agradarle, en lugar de resentirme por sus censuras, lo había sorprendido y poco a poco su odio fue cambiándose en un afecto verdadero que se convirtió en amor violento. Disgustado y humillado al comprender que no tenía fuerza para defenderse, había luchado largo tiempo por vencer su inclinación, y al fin determinó huir de mí y me había hecho entregar sigilosamente una carta aquella noche. Era una tierna despedida.

Logré que Fernando no partiera. Deseaba despertar en mi corazón aquel interés que había creído sentir por él en un tiempo. ¡Amar debe de ser tan bello! Pronto el mismo Fernando descubrió que yo misma procuraba engañarme y que nunca podría amarlo. Sentía sin embargo perder un corazón tan noble y quise convencerlo de que lo amaba, pero él no se engañó, y se despidió de mí resignado y triste, bien que sin manifestarse herido en su amor propio. Hace un mes supe que había muerto en Cartagena en un duelo por causa mía, defendiéndome de las calumnias que propagaba contra mí un oficial a quien había desdeñado. Esta muerte me causa a veces remordimientos. ¿Pero qué culpa tengo si no lo podía amar? Nunca le dije que no le correspondía...

—En eso estuvo el error.

—Tal vez; pues me decía que mis miradas y mis expresiones de cariño le habían hecho concebir esperanzas, y creía por momentos que no lo miraba con indiferencia. Sin esa idea jamás me hubiera amado.

—¡Pobre joven! —exclamé—; desventurado el que la ame a usted.

—No digas eso —contestó Aureliana con amargura—. El que ama está recompensado con el grato sentimiento que lo anima. Algunas veces me he sentido inspirada por ráfagas, desgraciadamente pasajeras, de una ternura que me ha henchido el corazón, ennoblecido el alma y llenádome de bellos pensamientos. ¡Pero cuán cortos han sido estos instantes! He pasado mis días buscando con ahínco el amor, único objeto de la vida de una mujer, pero en su lugar sólo he hallado desengaños y vacío. No creas que la coquetería que me tachan, quizás con razón, es el fruto de un corazón pervertido; no lo creas:

es que busco en todas partes un ideal que huye de mí incesantemente.

El lenguaje escogido, aunque sin verdadera profundidad de ideas que distinguía a Aureliana, la hacía en extremo agradable, pero no sabía hablar con elocuencia sino de sí misma.

De vez en cuando llegaba hasta nuestros oídos el eco lejano de la música del baile a que Aureliana había rehusado concurrir. Sacó su reloj (objeto raro en aquel tiempo) que pendía de una gruesa cadena que llevaba al cuello; eran las doce de la noche.

—Esta noche no podré dormir —dijo suspirando—. La conversación que hemos tenido me ha causado suma tristeza y me ha recordado escenas que quisiera olvidar. Fernando no es el único que se ha perdido por causa mía...

—¡Qué alegres y triunfantes estarán mis hermanas y mis amigas sin mi presencia esta noche! —exclamó un momento después, poniéndose en pie y mirándose en un espejo que tenía a la cabecera de su cama—. Mejor hubiera sido emplear nuestro tiempo en el baile. ¿Quieres ir? ¡Qué! —añadió, viendo la seriedad con que yo acogía una propuesta tan descabellada—, ¿te has impresionado con mi charla sentimental? ¡Bah! eso es pasajero. ¡Ven al baile!

—¿Yo presentarme a esta hora? ¡imposible!

—Mandaremos llamar quien nos acompañe.

—No puedo, no quiero. Perdóneme usted, pero...

—No te quiero obligar —me contestó—. Yo iré; mi sistema consiste en no dejarme llevar nunca por la tristeza, y a todo trance combatirla.

No quiso ponerse adorno ninguno. Soltó su rubia cabellera, se ató una cinta azul al derredor de la cabeza, se envolvió graciosamente en un chal del mismo color, y llamando a un negro esclavo le mandó que llamase quien la fuese a acompañar al baile.

Mientras llegaban los amartelados[67] ansiosos de obedecer su orden, me hizo acostar en su cama y se despidió afectuosamente de mí al partir. Quedéme aterrada con las revelaciones que me había hecho y admirada de los caprichos de aquella mujer tan extraña y... tan infeliz.

Al cabo de pocos días la familia Hernández regresó a Bogotá; y se pasaron cerca de treinta años sin que yo volviese a ver a Aureliana, ni tener de ella sino vagas noticias de que no hice caso.

---

67 *Amartelado*: enamorado.

II

La vejez

Al fin me casé, mis hijos crecieron y a su vez me rodearon de nietos.

Veía mi juventud en lontananza,[68] como un suelo que pasó; pero estaba satisfecha con mi humilde suerte.

Descansaba una tarde sentada a la puerta de mi casa. El día había sido muy caluroso haciendo apetecible [69] la sombra de los árboles que refrescaban mi alegre habitación. De repente veo salir de la posada del pueblo a una señora anciana, inclinada por la edad y las dolencias y apoyándose en el brazo de un negro viejo. Después de vacilar un momento y siguiendo la dirección que el negro le indicó, se dirigió hacia mí con suma lentitud y trabajo.

Al llegar al sitio en que yo estaba, se detuvo y con voz apagada y triste me dijo:

—¿Me conoces Mercedes?

—No, no recuerdo...

—¿Pero tal vez no habrás olvidado a Aureliana Hernández? ¿no es cierto?

—¡La señora Aureliana! ¿acaso?...

—¡Soy yo!

La miré llena de asombro. No le había quedado la menor señal de su singular belleza. Parecía tener más de setenta años: la cutis ajada por los afeites, y acaso también por los sufrimientos, estaba arrugada y amarillenta: los ojos, tan brillantes en la juventud, ahora turbios y enrojecidos; el cuerpo agobiado y el andar lento y trabajoso, indicaban que las penas de una larga enfermedad la habían envejecido aún más que el trascurso de los años.

Inmediatamente la hice entrar y recordando el cariño que me tuvo en otro tiempo, le prodigué cuantos cuidados pude, procurando hacerle olvidar el aislamiento en que la encontraba. No me atrevía a preguntarle por su familia que abandonaba así en la vejez a mujer que había sido tan contemplada en su juventud.

Indagando el motivo que la había traído a *** me contestó:

—Mis enfermedades, y la orden de los médicos.

—¿Y la familia de usted está en Bogotá?

—Sí; allí están todos.

—¿Y la hija de usted por qué no la acompaña?

—La pobre —dijo con una sonrisa de resignación—, en vísperas de casarse, y no era justo que abandonase a su novio para venirse al lado de una inválida como yo.

---

68   *Lontananza*: lejos.
69   *Apetecer*: desear.

—¿Y el señor N*** su esposo?

—El clima cálido le hace daño.

—¿Y sus dos hijos?...

—Sus negocios les impiden salir al campo. Pero vino acompañándome el negro, el mismo esclavo que conocerías en casa, y el único que comprende y soporta mis caprichos; él nunca me ha querido abandonar a pesar de ser ya libre.

Un antiguo esclavo fiel era el único y el último apoyo que le había quedado a aquella mujer tan festejada. Se me apretaba el corazón al oírla, y se me llenaron los ojos de lágrimas al contemplar una vejez tan triste después de una juventud tan brillante.

Aureliana permaneció un mes en mi casa, atendida, me dijo, como no se veía hacía mucho tiempo. En las largas conversaciones que tuvimos comprendí que la segunda parte de su vida había sido una terrible expiación de la loca vanidad de la primera. Poco a poco me fue descubriendo los secretos más dolorosos de su vida.

Casada hacia el fin de su juventud con un hombre a quien ella no amaba, y de quien no era amada, pronto descubrió que él sólo había querido especular con su riqueza, y notó con terror que su belleza desaparecía paso a paso. Sin educación esmerada, sin instrucción ninguna, al perder esa hermosura que era su único atractivo, los admiradores fueron abandonándola sucesivamente. Veía con afán que su presencia no causaba ya emoción y que las miradas de los concurrentes a las fiestas a que asistía no se fijaban en ella. Deseosa entonces de abandonar el teatro de sus primeros triunfos, acompañó a su esposo con gusto a los Estados Unidos; pero allí se vio aún más desdeñada. Desesperada procuró hacer mil esfuerzos para recuperar su perdida hermosura, y pasaba largas horas delante de su espejo adornándose con todo el arte que una experiencia consumada le había enseñado. Ocasión hubo en que su espejo le hacía ver de nuevo la Aureliana de su juventud, y llena de ilusiones y colmada de esperanzas se presentaba en las fiestas y los bailes, ¡pero los demás la miraban como se mira a una ruina blanqueada y pintada! Otras, no muy bellas pero más jóvenes, se llevaban la palma.

¡Cuántos y cuán crueles desengaños tendría aquella pobre mujer, que había fincado su vida en sus atractivos personales! Sufría momentos de postración en que pedía a Dios la muerte más bien que dejar de ser admirada.

En esas luchas, en este afán pasó algunos años antes de llegar a persuadirse de la inutilidad de sus esfuerzos. Las aguas, los polvos y los cosméticos con que procuró hacer revivir su perdida frescura aniquilaron los restos de su colorido y mancharon lo albo de su tez; las enfermedades apagaron antes de tiempo el brillo de sus ojos y destruyeron su hermosa cabellera, y por añadidura las lágrimas, los desengaños y las penas domésticas acabaron con el último resto de su singular belleza.

Durante la niñez de sus hijos éstos se habían visto abandonados por la madre, que perseguía sus últimos triunfos; y así perdió ese primer cariño filial tan puro y tan bello. Por otra parte, las palabras desdeñosas del señor N*** habían hecho nacer en el corazón de esos niños un sentimiento de completa indiferencia hacia su madre desamada y poco respetada.

Cuando al fin Aureliana se convenció de que habían pasado los últimos arreboles de vanidad mundana, se volvió hacia sus hijos; pero éstos recibieron con disgusto sus expresiones de cariño, creyeron que era uno de los muchos caprichos pasajeros de que su padre la acusaba diariamente, y llenos de frialdad no le hicieron caso. ᾿

Aureliana era, en efecto, impertinente y caprichosa, resultado natural e infalible de su mala educación y de la vida que había llevado en su juventud. Para consolarse de sus desgracias presentes, no dejaba de hablar de su antigua belleza y de los triunfos de su juventud, añadiendo así al vacío de ideas la locuacidad ridícula, y la ruina de su carácter de madre a la ruina de su belleza de cortesana.

Continuamente enferma, su familia la envió a que cambiase de clima, acompañada solamente por el negro. Después de haberse visto adorada en su juventud por cuantos se le acercaban; después de acostumbrarse a que todos se inclinasen ante su más leve capricho y que su menor indisposición fuese una calamidad pública, ahora, cuando se encontraba realmente enferma y débil, se veía abandonada hasta por los que tenían el deber de procurarle comodidades.

No hace mucho que Aureliana murió en Bogotá olvidada y no llorada. En medio de sus sufrimientos, me dicen que todavía hablaba de sus antiguos triunfos y de su belleza. La vanidad y los mundanos recuerdos de sus primeros años la acompañaron hasta las puertas de la tumba, cuya proximidad no le sugirió un solo pensamiento serio. ¡Murió como había vivido: sin acordarse de su alma; tal vez ignorando que la tenía!

* * *

Este episodio me fue referido no ha mucho por una venerable matrona de ***, y esto me ha probado una vez más, cuán indispensable es para la mujer una educación esmerada y una instrucción sana, que adorne su mente, dulcifique sus desengaños y le haga desdeñar las vanidades de la vida. Los comentarios y las reflexiones son inútiles aquí: la lección se comprende solamente con referir los hechos, harto[70] verdaderos para bochorno[71] de lo que afrancesadamente solemos llamar "sociedad de buen tono».

---

70   *Harto*: bastante.
71   *Bochorno*: vergüenza.

Tipos sociales

I. La monja

—¡Pobres monjas! —decía yo a una amiga mía—, ¡cuánto me conmueve la situación en que se hallan!

—Con más razón te conmovería su suerte, si supieras que cada uno de sus conventos era un hogar hospitalario que han perdido, y que el sacarlas de allí les ha causado más pena que la que sintiera un patriota a quien desterrasen de su país sin tener esperanza de volver jamás.

—¡Vaya! ¡tú exageras! ¡Cuántas no se habrán alegrado al verse libres!

—¡Libres! ¿Llamas libertad el tener que vivir pobremente de limosnas y con el corazón henchido por el dolor de haber dejado el asilo que habían jurado no abandonar sino con la vida? ¿Llamas libertad vivir en una pobre casa, sin ninguna de las comodidades a que estaban enseñadas, y con el continuo temor de carecer de lo necesario?

—¿Y tú qué sabes de eso? ¿acaso has vivido con ellas?

—Sí... las conozco muy bien y mi simpatía me hace comprender mucho de lo que no todos ven. ¿No te acuerdas que ahora algunos años pasé unos meses en el convento de ***, cuya grata y desinteresada hospitalidad será motivo de mi agradecimiento mientras viva?

—Lo había olvidado, y en verdad que siempre he tenido muchos deseos de saber cómo viven las monjas en sus misteriosos conventos.

—El convento es un pequeño mundo donde se agitan, no lo dudes, todos o casi todos los sentimientos humanos. Hay varios tipos de monjas que no dejaría de ser interesante estudiar, porque en ellos hallaríamos cuál ha sido la misión de los monasterios en nuestra sociedad.

—Te ruego que recuerdes algunos de ellos para...

—¿Alimentar tu curiosidad? Lo mejor que puedo hacer entonces, querida mía, será dejarte recorrer las páginas del diario que escribí durante mi permanencia en el convento de ***.

Efectivamente al día siguiente recibí el diario de Pía, del cual con permiso suyo me he tomado la libertad de trascribir algunos trozos.

* * *

«Una terrible revolución estalló ayer en Bogotá y como estamos a discreción de un ejército, mi padre, deseoso de ponerme en un lugar seguro, temiendo ser apresado repentinamente, habló con una amiga suya, hermana de una monja, que se encargó de hacerme introducir al mismo tiempo que otras señoritas al convento de ***.

«Varias figuras blancas envueltas en sus largos mantos nos salieron a recibir a la portería. Con amables sonrisas y cariñosas palabras, nos introdujeron por los anchos claustros hasta la pieza que nos habían preparado. Yo estaba triste y abatida; la suerte de mi hermano que había salido prófugo de Bogotá y tal vez la de... un amigo muy querido de toda mi familia, me tenía muy alarmada.

«La pieza que nos han destinado es triste y oscura, pero las puertas y las ventanas miran hacia un hermosísimo patio, rodeado por un ancho claustro y sembrado de plantas odoríferas que enredándose en las columnas de piedra forman guirnaldas de diferentes flores, cuyo perfume nos halaga y consuela. Las flores, esa sonrisa de la naturaleza, son siempre acogidas con gusto por los tristes, porque ellas le recuerdan la bondad de Dios y al mismo tiempo la inagotable belleza del mundo en que nos ha puesto...

* * *

«He pasado ya varios días en el convento y estoy persuadida de que no hay mejor sitio para calmar las penas del corazón que esta soledad llena de ocupación, este retiro tranquilo y suave, este asilo piadoso y sencillo que llaman un monasterio. Todo aquí respira pureza, suavidad, modestia, resignación. Desde antes de amanecer estoy en pie, y al oír tocar la campana de maitines,[72] tan solemne y triste, me levanto a tientas[73] y mirando por la ventana veo pasar por entre la oscuridad las blancas formas de las monjas que se dirigen hacia la capilla. Atraviesan los claustros tranquilas, de una en una, silenciosas, con los brazos cruzados y la cabeza cubierta con sus mantos blancos o negros según su categoría.

«Esta mañana quise acompañar a las monjas en sus oraciones. Adelante iba una llevando una luz, y la seguían paso ante paso todas las demás. Los claustros y los pasadizos[74] estaban profundamente oscuros y la luz que llevaban sólo servia para hacer más patentes[75] las sombras. El coro[76] bajo, sitio

---

72　*Maitines*: primera de las horas canónicas, que se reza al amanecer.
73　*A tientas*: tentando para saber por dónde se va, cuando no puede utilizarse para ello la vista.
74　*Pasadizo*: pasillo o sitio estrecho por donde se pasa.
75　*Patente*: evidente, perceptible.
76　*Coro*: en los conventos de monjas, lugar donde se reúnen éstas para los rezos y devociones en común.

donde enterraban anteriormente a las religiosas, está separado de la iglesia por una doble reja y una gruesa cortina negra. Me arrodillé cerca de la cortina para poder ver el interior de la iglesia. Reinaba en el templo la más completa oscuridad; solamente en el altar mayor se veía arder una pequeña lámpara; algunas veces al mover su llama el viento, ésta se iluminaba repentinamente y brillaban los puntos más salientes, los dorados y las joyas de los altares vecinos... un momento después todo quedaba en tinieblas. En torno mío veía entre las sombras a las monjas, quienes hincadas[77] en diversas actitudes oraban en silencio. Ese espectáculo tan quieto y triste me hizo tanta impresión que se apoderó de mí un terror incierto, un pavor misterioso, y los ojos fijos en la iglesia silenciosa, sentía que había perdido el poder sobre mis sentidos. De improviso se levanta como un rumor vago en el interior de la iglesia, y un momento después oigo las suaves voces de las novicias en el coro superior cantando el Ave María. Ese sonido humano, esas frescas voces, aunque poco armoniosas, me volvieron los sentidos y pude unirme a las demás monjas en su oración.

«¡Y dicen que no hay emociones en un convento! Rara vez he sentido una emoción más profunda que la que se apoderó de mí en ese momento de misterioso terror, y embargó mis sentidos sin saber por qué.

* * *

«Durante el tiempo que he estado aquí me he ocupado en estudiar los diferentes tipos que se encuentran entre las monjas.

«En primer lugar está la madre Asunción. Ésta es una mujer de unos cincuenta años, gorda, rosada, y siempre de buen humor. Su vida está en su fisonomía franca y sencilla. Sus padres se opusieron a que permaneciese en el convento después de haberse educado en él, y la sacaron temerosos de que profesase,[78] pues ésa era la intención que había manifestado. Pasó varios años en *el mundo*, como dicen ellas, y aunque no se mostraba triste (su carácter no se lo permitía) abrigaba siempre la firme resolución de volver al convento. Al fin logró cumplir su deseo: profesó sin exhalar un suspiro, y desde entonces está completamente satisfecha, tomando grande interés en cuanto pasa en su pequeña esfera. Todo el día se la ve andando aprisa por todo el convento, componiendo las flores, visitando las despensas, riñendo a las criadas; pero a todas horas brindando sonrisas y chanzas. Es el tipo de la monja *satisfecha*.

* * *

«En oposición a ésta, la madre Fortaleza está siempre seria y casi imponente.[79] Cuando llega a entrar a nuestro departamento, callamos todas; en su fisonomía enjuta[80] rara vez llega a mostrarse una sonrisa. Ha sido dos veces

---

77 *Hincada*: arrodillada.
78 *Profesar*: ingresar haciendo los votos correspondientes, en una orden religiosa.
79 *Imponente*: el que impone miedo o respeto.
80 *Enjuta*: seca.

priora[81] y es la que *gobierna* en el convento, aunque ahora no está *reinando*.[82] Nunca se la encuentra en los jardines, y mira con desprecio a las que se ocupan de las flores, la música u otras frioleras[83] por el estilo. Rara vez levanta la voz; para ser obedecida le basta manifestar su disgusto con una mirada de esos ojos fríos y de color incierto. Por lo demás es amable con todas, y aunque no parece ser tan curiosa como las otras monjas, no se le escapa nada de lo que pasa dentro o fuera del convento.

* * *

«El tipo más dulce, más conmovedor es el de la madre Catalina. Tendrá unos treinta y ocho años. Sus ojos son grandes, negros y profundamente melancólicos; hay en el fondo de ellos una luz apagada de algún dolor olvidado, y se conoce que ha sufrido inmensamente aunque callada. Sus labios descoloridos tienen un movimiento nervioso a veces, y su sonrisa es singularmente triste; es como el reflejo de un recuerdo escondido en el fondo del alma. El timbre de su voz es delicioso por la dulzura; es una armonía que parece guardar en sí las lágrimas que jamás alcanzarán a salir. Tiene talle esbelto y majestuoso, y se conoce que su amplio vestido encubre formas perfectas.

«La historia de esa monja es corta y cruel.

«Había quedado huérfana bajo el cuidado de un hermano mayor, quien pronto la obligó a entrar al convento para impedir su matrimonio, arreglado por sus padres, con un primo suyo, joven a quien ella amaba. Sin embargo ella rehusaba tomar el velo. Una noche apareció asesinado el joven primo suyo; nadie supo jamás quién era el criminal. Al saber ese acontecimiento, Catalina tomó el velo inmediatamente, pero su espíritu parecía haber abandonado su morada terrestre. Sin decir una palabra de desesperación, su aire, su manejo lo denotaban. Durante largos años rehusó perentoriamente ver a su hermano. Pero al fin se fue calmando su dolor poco a poco, y empezó a tomar interés en lo que la rodeaba. Se refugió en una piedad entusiasta, exagerada y eso parece que tranquilizó su corazón. Al menos ya se sonríe con aquel aire de martirio, ya habla con esa cadencia de melancolía; pero al fin habla y se sonríe. Cumple sus obligaciones estrictamente, sin desmayar pero sin entusiasmarse, pues una piedad suave y tierna ha reemplazado el primer loco ímpetu de devoción. Hace dos o tres años que recibe las visitas de su hermano sin conmoverse, porque ha puesto ya los ojos en el cielo y se conoce que ha perdonado completamente las ofensas que le han hecho. La única cosa que le llama la atención es la música; dedica las horas que puede al canto y toca en su celda en un piano que su hermano le ha regalado. Todas las monjas la quieren con sumo cariño y ella se presta con apática bondad a cuanto desean. Esta es la monja *resignada*.

---

81 *Priora*: superiora de una orden religiosa.
82 *Reinar*: predominar sobre otras personas.
83 *Friolera*: cosa de poco valor.

«Resignada, sí; ¡pero qué de combates sostendría ese triste y apasionado corazón! ¿Habría sido acaso más feliz fuera del convento? Indudablemente no, pues el que era dueño de su suerte estaba decidido a labrar su desgracia. Al contrario ¿qué mejor lugar para un corazón sin esperanza, que estos vastos y silenciosos jardines, estos patios espaciosos, estos claustros tan llenos de misterios, en los cuales puede la monja meditar con libertad durante las horas de sus silenciosos deberes?

* * *

«Pasa aprisa y muy envuelta en su manto otra monja: la madre Concepción. Su edad es incierta; puede tener veinticinco años, o quizás cuarenta. Sus ojos azules están rodeados de anchas ojeras; su mirada es la de una profunda, inagotable y agitada desesperación; su fisonomía está ajada por las lágrimas y arrugada por los insomnios. Es poco querida por las demás monjas; su indiferencia por todo, su abatimiento, sus lágrimas casi continuas y su gran reserva, no ha inspirado simpatía. Parece que ahora diez años vino a pedir asilo; dicen que entonces, aunque se manifestaba tan triste, tan abatida como ahora, su hermosura era sorprendente... Viéndola tan desesperada cuando acababa su noviciado, la priora le preguntó si deseaba salir nuevamente. Sus ojos brillaron con una ráfaga de fuego; su figura tomó un aspecto radiante; pero esa expresión fue momentánea. Se precipitó a los pies de la monja y le rogó con las más tiernas súplicas que no la abandonara a su suerte, que la recibiera en este santo asilo, único refugio contra su corazón. Profesó poco después.

«No ha mucho tiempo que vino a visitar a la madre Concepción una mujer del pueblo acompañada de una niña de diez a doce años limpiamente vestida aunque sin lujo. Desde entonces vienen de tiempo en tiempo, y a veces la monja pide licencia para verlas en la portería, donde puede abrazar a la niña. Hoy cabalmente vinieron a visitarla, y desde que se fueron hasta ahora ha permanecido hincada en la capilla, como anonadada[84] por una meditación sin fin.

—«Se vuelve como demente cada vez que vienen las únicas personas que la visitan». —Y la que dijo estas palabras me refirió lo que acabo de escribir.

—«¿La madre Concepción es de Bogotá?

—«No sé —me contestó mi interlocutora—; pero cuando llegó dijo que acababa de venir de las provincias del norte. Tenía entonces muchas joyas que regaló a las santas imágenes; sólo guardó una crucecita de diamantes que suspendió del cuello de la niña el primer día que vino a verla.

—«¡Pobre mujer! adivino su triste historia, —contesté.

—«No hagamos juicios temerarios —me dijo la otra—; es una infeliz que vive sola y sin querer las simpatías de sus compañeras. Nadie entra a su

---

84 *Anonadada*: disminuida, derrotada, aniquilada.

celda, y cuando está adentro pasa horas enteras sentada en su único sillón, sin moverse, y cubriéndose la cara con las manos.

«Este es el tipo de la monja por *arrepentimiento*.

* * *

«Hoy estuve visitando todo el convento; la simpática madre Florentina me acompañaba. Esta excelente monja me ha servido de hermana desde que estoy aquí. Apenas tiene veinte y seis años y hace uno que profesó. Su aspecto es bastante bello; tiene hermosos ojos negros, labios rosados, dientes blancos y al reírse aparecen en sus mejillas graciosos hoyuelos; se le van y vienen los colores a la menor emoción; su hablar es vivo y aun bullicioso; es curiosísima de las cosas del *mundo*; le gusta oír hablar de fiestas y diversiones. Su celda está llena de adornos y arreglada con buen gusto; el balconcillo que corresponde a su vivienda está cubierto de lindas flores.

«Florentina entró al convento a la edad de seis años; no tiene parientes ni amigos fuera de aquí; no sabe lo que es sociedad; pero la presiente, y a veces, después de habernos hecho contar alguna historia, se queda cabizbaja y pensativa... Hoy, al pasar por el cementerio de las monjas, que llaman aquí panteón, le rogué que me permitiese entrar... «¡Qué triste será morir aquí! —exclamé involuntariamente al ver la hilera de tumbas vacías que aguardaban otros moradores. La monja se inclinó sobre una tumba y vi que se limpiaba una lágrima. ¡Pobre mujer!... ¡cuántas amarguras en aquella lágrima; cuántos sueños estériles, cuántas esperanzas vanas, cuántos recuerdos vagos de una niñez dudosa! Después subimos a la torre, y mientras yo contemplaba la ciudad, ella miraba con tristeza las calles que nunca pisará; y al mostrarme los diferentes monumentos que se ven desde allí, tenía la voz oprimida, y la mirada apagada. Pero en medio de esos deseos vagos, de esas ideas apenas formadas que son quizás de arrepentimiento, la vienen a llamar para asistir alguna enferma, y la monja se levanta; su aspecto ha cambiado, su fisonomía es otra. Sus ojos brillan con suma bondad, y con ademán suave y presuroso corre al lecho de dolor. Todas las demás monjas la quieren mucho y no se cansan de referir cuán caritativa es; es la enfermera, y su paciencia, su arte para manejar a las enfermas, su continuo buen humor y su carácter angelical, son el tema de la conversación de todas sus compañeras.

«No hay duda que ese cariño con que se ve rodeada, esa vida tranquila y silenciosa, esa seguridad de cumplir con sus deberes, unida a una piedad profunda y verdadera, la hacen más feliz que si estuviera en el mundo, tal vez despreciada por su nacimiento e infeliz con su pobreza. Las enfermas la quieren tanto que no permiten que otra les haga los remedios. Se levanta a todas horas de la noche para acudir a donde la llaman, y sin quejarse nunca pasa a veces muchas noches, sin dormir. Esta es la monja por *necesidad*.

* * *

«Apoyada sobre el brazo de una novicia, con el rosario entre los dedos, los ojos bajos y los labios apretados y secos, llega la madre Martina. Siempre enferma a causa de sus innumerables cilicios[85] y penitencias, esta monja causa suma lástima y aun repulsión. Su alma es un abismo de devoción. La idea del pecado la horroriza. Sus oraciones no tienen fin, y teme tanto a cuanto viene de fuera, que al vernos nos huye con odio. Para ella el mundo está plagado de criminales; toda idea que no sea de devoción le parece pecado mortal. Se confiesa todos los días y vive atormentada por los crímenes imaginarios que comete continuamente. Su corazón es un desierto, y su alma es para ella el tormento más grande. Hace muchos años que vive en el convento, a donde no quiere que sus parientes la vayan a ver, porque se considera manchada por el pecado al hablar con ellos. Esta es la monja egoísta por *piedad*, el egoísmo menos caritativo del mundo, y el tipo de la religiosa por *devoción*»....

* * *

Cada uno de estos tipos demuestra claramente que el quitarles sus conventos a esas infelices a quienes la *ambición*, la *vocación*, el *remordimiento*, la *desgracia*, la *necesidad* o la *devoción*, han hecho buscar allí un asilo, es la crueldad más grande que se puede cometer. Sin embargo, la expulsión de las monjas de sus conventos, ha sido ejecutada en nombre de la civilización, es decir, de la humanidad, y en nombre del progreso, es decir, ¡de la libertad individual!

---

85   *Cilicio:* vestidura de tela de saco o de otra clase, áspera, que se lleva sobre la carne para mortificarse por penitencia. Por extensión, cinturón con cerdas o pinchos, o cadena que se lleva con el mismo objeto.

II. Mi Madrina

Recuerdos de santa Fé

Siendo yo niño (de esto hace luengos[86] años) cuando mi madre y mis hermanas preparaban algún amasijo[87] o cosa delicada, para cuya cooperación no necesitaban de mis deditos que en todo se metían, ni de mi lengüita que todo lo repetía, todas decían en coro:

«Que lleven a Pachito a casa de su madrina». Yo escuchaba esta sentencia sin apelación, entre alegre y mohíno,[88] y salía de la casa muy despacio, siguiendo a la criada a media cuadra de distancia, y deteniéndome a cada momento para atar las correas de mis botines y recoger la cacucha[89] que me servía de pelota, y así distraía las penas de mi destierro.

Sin embargo, al llegar a casa de mi madrina, las delicias que me aguardaban allí me hacían olvidar las que perdía. Pero antes de entrar, digamos quiénes éramos mi madrina y yo. Yo (*ab jove principium*)[90] era el último de los diez hijos que mi pobre madre dio a luz: mis nueve hermanas mayores no me idolatraban menos que las nueve musas a Apolo,[91] y yo era naturalmente, en la familia considerado como un fénix,[92] un portento.[93] En ella

---

86   *Luengos*: largos.
87   *Amasijo*: porción de harina amasada de una vez.
88   *Mohíno*: enfadado, disgustado.
89   *Cachucha*: gorra con visera.
90   *Ab Jove principium*: frase de Virgilio (*Églogas*) que señala que debemos empezar por lo más principal o importante.
91   *Las nueve mudas de Apolo*: nombre aplicado a ciertas divinidades griegas que habitaban el Parnaso o el Helicón con el dios Apolo, cada una de las cuales protegía un arte o actividad distinta. Euterpe, musa del canto y la música. Calíope, musa de la poesía épica y heroica. Clío, musa de la historia. Erato, musa de la poesía lírica y amorosa. Melpómene, musa de la tragedia. Polimnia, musa de la retórica y la pantomima. En otras versiones, es la musa de la poesía lírica y los cantos sagrados. Terpsícore, musa de la danza y el baile. Talía, musa de la comedia. Urania, musa de la astronomía.
92   *Fénix*: persona única en su especie.
93   *Portento*: prodigio. Persona extraordinaria.

abundaban dos plagas: pobreza y mujeres. Mi padre, después de trabajar mucho y como un esclavo, murió, a poco de nacido yo, dejándonos escasamente lo necesario para vivir con humildad; mas a pesar de nuestra pobreza, vivíamos todos unidos y satisfechos: ¡*preciosa medianía*,[94] por cierto, en la que se vive sin afanes y contento y tranquilo!...

Doña María Francisca Pedroza, mi madrina, tenía unos sesenta y cinco años cuando la conocí, o más bien, cuando mis recuerdos me la muestran por primera vez. Era la última persona que existía de esa rama de nuestra familia; se preciaba de haber conocido mucho a los virreyes y frecuentado el *palacio* en esos tiempos, y lamentábase amargamente de la independencia que había sumido a su familia en la pobreza, quedándole a ella por único patrimonio una casita. Cada vez que estallaba una revolución, mi madrina se mostraba muy chocada, asegurando que este país no se compondría hasta que volvieran los españoles. Era de pequeña estatura y enjutas carnes, morena, de tez de español viejo, es decir, amarillenta, ojos negros y pequeños y nariz afilada; no debía, en fin, de haber sido bonita en sus mocedades,[95] y mis hermanas sospechaban que por eso había permanecido soltera y era acérrima[96] enemiga del matrimonio.

Vivía sola con dos criadas a quienes había recogido desde pequeñas, y a quienes no pagaba sino como y cuando lo tenía por conveniente, dándoles su ropa vieja, larguísimos regaños y muchos pellizcos por salario; se mantenía haciendo dulces, bizcochitos, chocolate y velas, y sacando aguardiente, que entonces era de contrabando. Este último negocio lo procuraba ocultar a todos y particularmente a los muchachos; pero lo hacía con tanto misterio, que naturalmente picó mi curiosidad de niño; por lo que resolví averiguar a todo trance aquello que me ocultaban.

No tuve que aguardar mucho: un día se incendió algo y tuvieron que abrir la puerta y salir al patio a buscar agua; aproveché ese momento de afán[97] y penetré a hurtadillas[98] al recinto vedado.[99] Examiné, sin que cayeran en cuenta de mi presencia, las vasijas[100] de extraño aspecto, y las maravillosas maniobras que se hacían allí. Inmediatamente que fui a casa y pregunté a mi hermana mayor lo que aquello significaba, me lo explicó, recomendándome el mayor sigilo,[101] pues mi madrina correría riesgo si la policía lo llegaba a descubrir; guardé el secreto y mi madrina nunca supo que yo era poseedor de él.

Ahora veamos cómo era la casa en que vivía. La habitación de mi madrina, sita[102] en las Nieves,[103] no lejos de la plazuela de San Francisco (perdone el lector, quiero decir, la plaza de Santander), era pequeña, pero su-

---

94   *Medianía*: mediocridad.
95   *Mocedad*: juventud.
96   *Acérrima*: superlativo de acre. Alguien que hace algo con sentido superlativo.
97   *De afán*: de prisa.
98   *A hurtadillas*. Oculta o disimuladamente.
99   *Vedar*: prohibir.
100   *Vasija*: recipiente.
101   *Sigilo*: secreto.
102   *Sita*: localizada.
103   *Las Nieves*: uno de los barrios (seccionado en Oriental y Occidental) en los que estaba dividida Bogotá. Los otros eran: del Príncipe, San Jorge, la Catedral, el Palacio, San Victorino y Santa Bárbara.

ficiente para su moradora: a la entrada, después de atravesar el zaguán empedrado toscamente, se encontraba un corredor cuadrado, separado del patiecito por un poyo[104] de adobes y ladrillos, el cual estaba también empedrado, pero lleno de arbustos y flores, por lo que era para mi imaginación infantil un verdadero paraíso, que comparaba con los de los príncipes y princesas de los cuentos que me refería Juana, una de las criadas de mi madrina.

Todavía me represento aquel sitio como era entonces... veo el alto romero[105] siempre florido, el tomate quiteño, el ciruelo y el retamo,[106] a cuyo pie crecían en alegre desorden, en medio de las piedras arrancadas para darles holgura,[107] algunas plantas de malvarrosa,[108] muchos rosales llamados de la *alameda*, de Jericó, &.; a la sombra de estos se extendía mullida[109] alfombra de manzanilla, *trinitarias*[110] matizadas y olorosas (los *pensamientos* que reemplazan ahora las trinitarias no tienen perfume), y un fresal entre cuyas hojas me admiraba de encontrar siempre alguna frutilla. En contorno de la pared crecían algunas matas de *novios*,[111] de *boquiabiertos* y de *patita de tórtola*. En el poyo que separaba el patio del corredor se veían tazas de flores más cuidadas: contenían farolillos blancos y azules, ridículos amarillos, oscuras y olorosas *pomas*, botón de oro y de plata, *pajaritos* de todos colores, y otras plantas; en las columnas enredaban *don–zenones* y madreselvas; y por último, en el suelo, al pie de cuatro grandes moyas[112] con su capa de lama[113] verde (para coger agua en invierno), se veían muchos *tiestos*[114] de ollas y platones rotos, en que crecían los piececitos que debían ser trasplantados a su tiempo. Casi todas las flores que prefería mi madrina han perdido su auge[115] y no se encuentran ya sino en las anticuadas huertas de los santafereños rancios.

Después de merendar a las cinco con una hirviente jícara[116] de chocolate, acompañada de carne frita y tajadas de plátano, queso y pan, mi madrina se envolvía en su pañolón de lana, y poniéndose un sombrero de paja que tenía para ese uso, salía al patio, armada de un par de tijeras, y podaba,[117] componía

---

104   *Poyo*: banco de obra de albañilería o de piedra que se construye junto a la pared en las casas de los pueblos, por ejemplo para poner los cántaros.
105   *Romero*: arbusto leñoso y perenne que puede alcanzar 2 m. de altura. Su tallo es leñoso, las hojas aromáticas son oscuras por el dorso y plateadas por el revés. Las flores son de color azul pálido, y nacen en el encuentro de las hojas con el tallo.
106   *El retamo*: arbusto de ramaje suave disperso, cuyas ramas son peludas cuando jóvenes; las hojas tricompuestas de peciolos cortos, ovaladas; flores amarillas perfumadas en espiga de pocas flores, fruto en vaina.
107   *Holgura*: amplitud.
108   *La malvarrosa*: es una planta que posee las características de las malvas y de las rosas. Planta malvácea de tallo recto que puede alcanzar hasta 3 m. de altura, a lo largo del cual salen las flores, grandes, sentadas, de color de rosa, blanco, malva o rojo.
109   *Mullido*: algo esponjoso, ablandado.
110   *Trinitaria*: planta con flores de tres colores.
111   *Los novios*: planta de larga vida de flores rojas, rosadas, blancas o jaspeadas.
112   *Moya*: del quechua: recipiente de barro cocido sin vidriar que sirve principalmente para cocer la sal.
113   *Lama*: verdín que crece en las aguas dulces.
114   *Tiesto*: maceta.
115   *Auge*: apogeo.
116   *Jícara*: taza pequeña de fondo muy grueso, que se usaba particularmente para el chocolate.
117   *Podar*: quitar selectivamente ramas o parte de éstas a los árboles o arbustos con fines determinados, como facilitar el crecimiento, retirar partes enfermas, mejorar la producción de frutos, conseguir efectos estéticos, etc.

y arreglaba su jardín; recortaba una flor aquí y allí para dármelas, y yo las recibía como un precioso regalo, pues era prohibido que tocásemos las flores.

Además de este patio había otro detrás de la cocina, en donde, alrededor de un aljibe,[118] vivían multitud de gallinas, pavos y patos, y estaba el perro amarrado todo el día. También había una huerta en que crecían malvas, ortigas y yerbas en profusión, pero en cuyo centro se hallaban varios manzanos y duraznos, mientras que en las paredes del contorno se enredaban matorrales de *curubos*[119] y bosquecillos de *chisgua*.[120] A veces sembraban también algunas matas de maíz y de papas, pero las criadas no tenían tiempo para cultivarlas, y así rara vez se arrancaban en sazón.

La salita tenía una ventana alta que daba sobre la calle, con poyos esterados,[121] y en lugar de vidrieras un bastidor[122] de percala[123]. Dos canapés[124] forrados en damasco[125] amarillo de lana, cuidadosamente cubiertos con sus forros lancos, dos *idem*[126] de zaraza,[127] desiguales, cuatro grandes sillas de brazos y espaldar de cuero con arabescos dorados, y dos mesitas con sus cajones de Niño–Dios, completaban el ajuar de la sala. Olvidaba decir que en contorno de los cajones de Niño–Dios se veían monos, pavos, caballos, &., hechos con tabaco y con pastilla popayaneja.[128] En la pared principal había un cuadro grande representando a Nuestra Señora de las Mercedes, a cuyo pie estaban Adán y Eva en el paraíso terrenal, rodeados de fieras y en completa desnudez; ligereza de vestido que no pude comprender nunca cómo la toleraba mi madrina sin escandalizarse, pues ponía los gritos en el cielo o invocaba a todos los santos, si por casualidad veía a una de mis hermanas vestida para alguna modesta tertulia. Por último, había un *pequeño* San Cristóbal sobre la puerta de entrada, y un San Antonio sobre la de la alcoba. *Item* más: durante muchas semanas del año vivía en la mitad de la sala, cubierto con una colcha, un San Miguel que vestía mi madrina para la iglesia de San Francisco; lo disfrazaba a la *última* moda, con mangas anchas o angostas, corpiño alto o cotilla, según se usaba en los días de su fiesta; y se lo enviaban después a la casa

---

118 *Aljibe*: depósito de agua, cisterna.
119 *Curubo*: planta pasiflorácea enredadera, de Colombia. Su fruto es una baya oblonga u ovoide con pericarpio coriáceo o blando de color amarillo al madurar.
120 *Chisgua*. (Colombia): achira. La achira es de origen Suramericano, hallazgos arqueológicos en el Perú demuestran que su cultivo data de 2 500 años A.C. (según Gade). Los Incas la cultivaron hace once siglos. Se especula que Colombia sería el centro de dispersión. Se cultiva en pequeñas áreas para obtener harina para el autoconsumo.
121 *Esterado*: recubierto de esteras (= material grueso de esparto o de cualquier otra materia basta semejante).
122 *Bastidor*: biombo.
123 *Percala*: tela semejante al percal, de peor calidad, muy aprestada, y brillante por un lado.
124 *Canapé*: mueble mullido, con o sin respaldo y con o sin brazos, sobre el que se puede estar sentado o acostado; a veces es más alto por uno de los extremos, para poder estar reclinado. Diván.
125 *Damasco*: tela de seda de un solo color, con dibujos brillantes sobre fondo mate formados por contraste del ligamento.
126 *Idem*: pronombre latino que significa «el mismo» o «lo mismo»; se usa particularmente en una lista, para indicar que se repite parte o todo lo del asiento anterior.
127 *Zaraza*: tela de algodón muy fina, con dibujo de colores, a listas o de otra forma, que se traía de Asia.
128 *Popayaneja*: de Popayán, Popayán es la capital del Departamento del Cauca, República de Colombia.

para que le pusiera los vestidos viejos, buenos para el resto del año. Cuando alguno criticaba a mi madrina su manía de vestir al pobre arcángel como los figurines[129] de modas, contestaba muy indignada: «¿Acaso los santos han de estar peor vestidos que ustedes?».

La alcoba con su cama de blancas colgaduras y su canapé alto de patas y brazos tallados y dorados (que ahora sería una curiosidad), sus mesitas de costura y de hacer tabacos, sus baúles de extrañas formas y sus innumerables cuadros y estampas representando los santos de su devoción; aquel olor a rosa seca y a viejo, olor penetrante que tiene para mí tan tiernos recuerdos... todo eso vuelvo a verlo y a sentirlo en mis sueños de hombre ya viejo, y haciéndome niño otra vez, miro aquello con el encanto de antes, para despertarme con un doloroso suspiro.

Contiguo a la alcoba, estaba el oratorio, muy pequeñito, pero muy adornado, y que todos los años llenábamos casi completamente con el pesebre.[130]

Además de mi madrina, el tipo más curioso y digno de mencionarse que había en su casa era la criada más vieja, la pobre Cruz. Recogida desde su niñez en casa de mi madrina, y no habiendo podido desarrollarse ni crecer bajo el régimen severo que se observó con ella, su señora no podía convencerse de que no era niña, ni joven, y la reñía,[131] y le hablaba como a la infeliz *china*[132] que más de cuarenta años antes había quitado de entre los brazos de su madre, muerta de miseria a las puertas de su casa. Su madre había sido *voluntaria*,[133] y no queriendo abandonar el regimiento que seguía, ¡prefirió morir más bien que descansar!

Cruz era pequeñita, gruesa, *cari–afligida*, extrañamente fea, y tan inclinada al llanto que con la mayor facilidad prorrumpía en lágrimas y sollozos. Me gustaba mucho verla peinarse y coser, proezas[134] que ejecutaba los sábados en la tarde sentada a la puerta de la cocina. Verla quitarse el pañuelo y contemplar su cabeza casi pelada, salpicada apenas por larguísimos mechones, que ella trenzaba cuidadosamente una vez por semana, era cosa de gran diversión para mí. Cruz, en el apogeo de su fealdad, se me aparecía como la personificación del ídolo japonés que había visto en el *Instructor*, y al recordarlo me causaba una risa tan homérica[135] y contagiosa, que ella misma me acom-

---

129 *Figurín*: persona vestida con elegancia afectada.
130 *Pesebre*: Belén (representación del nacimiento de Jesucristo).
131 *Reñir*: regañar, reprender.
132 *China*: de origen quechua: parece extensión del nombre que se da en algunas partes a la india mestiza que se dedica al servicio doméstico.
133 *Voluntaria*: la participación de las mujeres en las transformaciones políticas determinadas por las guerras civiles tuvo la forma de combatir y de dedicarse al espionaje por ser las más atrevidas, o de seguir a los ejércitos como soldaderas, o de abastecimiento económico por otras. Ha habido dos tipos principales de mujeres: las que actuaban como soldados y las soldaderas. Las primeras lograban tener respeto y rango entre sus compañeros de lucha al asumir papeles masculinos y proyectar una imagen de liderazgo activo que modificaba su femineidad. La soldadera, por el contrario, desempeñaba los trabajos que se esperaban de una mujer en un anonimato tradicional ejerciendo todos los servicios públicos y privados para los hombres.
134 *Proeza*: acción heroica. Se emplea con frecuencia hiperbólica y, también, irónicamente.
135 *Risa homérica*: carcajada muy fuerte.

pañaba en mis carcajadas, diciendo candorosamente sin saber la causa de mi alegría: ¡El niño Pachito sí que está contento!

La otra proeza, la costura, no dejaba tampoco de ser original: para economizar tiempo, según decía ella, como le costaba mucho trabajo ensartar[136] la aguja (tanto había llorado que ya no veía) ponía una hebra tan larga que gastaba por lo menos cinco minutos en cada puntada, y casi lloraba cada vez que se le enredaba el hilo, lo que naturalmente sucedía sin cesar.

Casi toda la devoción de esta infeliz estaba concentrada en un santo, ya no me acuerdo cuál, cuya imagen tenía a la cabecera de su cama, y que decía ser milagroso porque se había retocado por sí solo. Efectivamente, la desteñida cara del santo y sus marchitos vestidos habían tomado repentinamente un color vivo, gracias a la paleta de uno de nuestros parientes que se había querido divertir burlándose de la pobre mujer; pero después la vimos tan feliz y satisfecha con el milagro, que nadie tuvo valor para desengañarla, y murió convencida de que el santo se había retocado por amor a ella.

Aunque mi madrina no había tomado hábito, su excesiva devoción y lo mucho que frecuentaba las iglesias le habían hecho llevar en nuestra familia el sobrenombre de la *beata*.[137] Su vida era monótona al par que variada a su modo. A las seis y media le llevaban el chocolate a la cama, y después de tomarlo se ponía su saya de lana y su mantilla de paño y sombrero de *huevo frito*, y llevando muchas camándulas[138] y libros de devoción se encaminaba a la Vera Cruz,[139] la Tercera[140] y San Francisco[141] (rara vez pasaba el puente), y acompañada por Cruz con un gran tapete quiteño debajo del brazo, oía muchas misas.

Conocía todos los frailes, sacristanes y legos, de pe a pa,[142] y hablaba con

---

136   Ensartar: enhebrar; pasar un hilo por el ojo de la aguja.
137   *Beata*: persona exagerada en las prácticas religiosas, o de religiosidad afectada.
138   *Camándula*: rosario.
139   *Iglesia de la Veracruz*: fue una de las primeras iglesias levantadas por los conquistadores en Santa Fe (1546). Años más tarde, en 1631, cuando ya se había formado la plaza de mercado de San Francisco (hoy Parque de Santander), la ermita fue ampliada pero el terremoto de 1827 la destruyó en gran parte, siendo reconstruida posteriormente. Entre 1904 y 1910 fue declarada Panteón Nacional.
140   *Iglesia de la Tercera Orden Franciscana*: posee el mejor ejemplo de decoración dieciochesca, ya que aparecen aquí por primera vez los motivos del rococó. Se comenzó a construir en 1761 y se terminó hacia 1774 o 1880. El valor inmenso de este templo, radica en el trabajo decorativo rococó de altares, retablos, púlpitos y confesionarios realizado por el entallador Pablo Caballero. Se conserva el más importante conjunto de talla peinada que ostenta la ciudad. Una rica iconografía representa hojas, flores, frutos, pequeños rostros de ángeles y estilizadas figuras de animales; el color predominante es el sepia. Junto con las iglesias de San Francisco y de La Veracruz, situadas a pocos pasos entre sí, forman el conjunto de arquitectura religiosa más importante de Bogotá.
141   *Iglesia de San Francisco*: junto con la de San Diego, aunque muy alterada por restauraciones, es el templo más antiguo de la Capital (1566). Terminado durante la segunda mitad del siglo XVI, resultó gravemente averiado por el terremoto de 1785 pero tuvo una fiel reconstrucción. En años recientes la iglesia fue desprovista de su pañete blanco exterior y sus cubiertas e interior fueron alterados hasta el punto que los únicos documentos históricos que sobreviven son la fachada principal, la torre y el presbiterio. Resaltan sus fabulosos retablos dorados, y tallas en madera que conforman el más impresionante conjunto barroco de la ciudad, además de poseer antiguas imágenes en bulto y pinturas de devoción popular, destinadas al culto religioso.
142   *De pe a pa*: con verbos como «saber, decir» o «contar», equivale a «desde el principio hasta el fin».

ellos en voz alta en los intermedios de las misas, chanceándose con todos, con un desembarazo que sólo adquieren en las iglesias los que las frecuentan demasiado, porque olvidan lo sagrado del sitio y pierden el respeto a causa de la familiaridad que tienen allí.

A las ocho y media volvía a almorzar, veía las cosas de la casa, disponía los dulces, bizcochos y espejuelos[143] que debían hacer aquel día bajo los cuidados de Cruz y Juana, y después, si no iba a visitar a algún miembro de la familia, se subía al canapé de su alcoba y rezaba hasta que le llevaban una buena taza de chocolate a las once. Pero estas oraciones tenían los intermedios más graciosos: sin duda eran puramente maquinales, y estaba pensando en lo que se hacía en el interior de la casa; así es que a cada rato interrumpía el rezo para llamar a Cruz o a Juana, y si éstas no oían se bajaba del canapé y con la camándula en la mano corría a la cocina colérica y gritando: «¿metieron el almidón? ¿les dieron de comer a los pisquitos?[144] ¿rallaron[145] las cidras?» u otras cosas por el estilo. Si eso no se había hecho como lo tenía mandado, arremetía[146] sobre las criadas, les tiraba las orejas, les daba empellones,[147] y al verlas hacer su voluntad, dejando a Cruz bañada en lágrimas, volvía tranquilamente a sus oraciones.

A la una comía, y por la tarde se iba a oír algún sermón, o los días de fiesta salía con las criadas a visitar a alguna de sus vecinas o amigas viejas. Después de cerrar el portón con mil trabajos, pues era preciso que las dos criadas y la señora ayudasen a hacer dar la vuelta la enorme llave en la cerradura, mi madrina la colgaba en seguida al brazo de Juana (para lo cual tenía una correa de cuero crudo) recomendando no la fuera a perder. A la oración volvía, o inmediatamente se reunían en la sala o en la alcoba a rezar hasta las ocho. Juana había aprendido a rezar dormida y de rodillas, pero la pobre Cruz no podía menos que cabecear de vez en cuando, atrayendo sobre su cabeza de mártir no muy blandos coscorrones.[148] A las ocho y media todas dormían... Así pasaron los días en aquella casa durante más de sesenta años, sin otra variedad que la visita de alguna amiga o amigo viejo.

Entre estos últimos había varios frailes que iban de visita por la tarde, y después de tomar el chocolate con sus *arandelas*[149] de bizcochos y dulces más de su agrado, noté que muchas veces cerraban sigilosamente la puerta de la sala y mi madrina entraba y salía con aire misterioso. Mucho tiempo permanecí sin poder descubrir lo que aquello significaba; pero una tarde me oculté tras de un canapé y comprendí la causa del encierro. Después de cerrar la puerta, mi madrina entró, llevando algunas botellas de aguardiente y mistela,[150] y cuando hubo hecho probar a los dos frailes una copita de cada

---

143 *Espejuelo*: trozos de cidra, calabaza u otra fruta en dulce, brillantes por el corte.
144 *Pisco*: pavo.
145 *Rallar*: desmenuzar una cosa raspándola con un rallador.
146 *Arremeter*: atacar.
147 *Empellón*: golpe.
148 *Coscorrón*: golpe intencional fuerte en la cabeza dado con las articulaciones de los dedos cuando están doblados.
149 *Arandelas*: (Colombia, plural). Pastas o bizcochos que se sirven con el té, café o chocolate.
150 *Mistela*: bebida hecha con aguardiente, agua, azúcar y canela.

calidad, les llenó las botellas que habían llevado para el caso, y ellos, ocultándolas bajo sus hábitos, salieron con aire compungido[151] y humilde.

Cuando alguno de los amigos o parientes de mi madrina enfermaba, la primera que se presentaba en la casa era ella: entraba hasta donde se hallaba el enfermo, sin que nadie la pudiese detener, lo examinaba con curiosidad y muy cariñosa le hablaba del riesgo[152] que tenía de morir; lo exhortaba a que se arrepintiese de sus pecados, y al salir aseguraba a la familia que estaba muy grave el enfermo y que probablemente su muerte sería próxima, para lo cual era preciso prepararse con tiempo.

Cuando moría algún niño, la digna señora manifestaba mucho contento, y reñía a los padres porque lloraban en lugar de estar llenos de júbilo al recordar que el *angelito*[153] estaba gozando de la presencia de Dios. Esto no lo hacía porque tuviera mal corazón, sino por un sentimiento de fe viva y verdadera, y un profundo y sublime despego de las cosas del mundo.

Lo que recuerdo de aquellos tiempos con mayor dicha es el pesebre. ¡Qué encanto era el mío y el de todos los muchachos de la familia cuando llegaba diciembre! Desde principios del mes empezaban las excursiones en busca de helechos y musgos con que adornar el pesebre.

Comíamos muy temprano, mi madrina, mis hermanas y yo, con las criadas de una y otra casa, y nos encaminábamos al cerro. Cada cual llevaba un canasto a la medida de sus fuerzas y unas tijeras o navaja; nos dispersábamos sobre las faldas de Guadalupe, Monserrate o la Peña,[154] y en donde quiera que encontrábamos alguna bonita rama de *chite*[155] o algún musgo o helecho curioso, lo arrancábamos con cuidado para que no se dañase. Al principio yo empezaba a llenar mi canasto con mucho juicio; pero de repente lo abandonaba en manos de una de mis hermanas, y corría tras de algún brillante insecto o pintada mariposa, o atravesaba, haciendo maroma[156] sobre las piedras, el río del Boquerón, y desde allí recitaba mis versos favoritos. Otras veces me subía a algún risco escarpado, en busca de *arrayanes*, *uvas de anís* o *esmeraldas*, u olvidaba mi canasto de musgos con el encanto de encontrar una matita cargada de *niguas*.[157]

¡Oh alegrías! ¡oh emociones inocentes!... aún ahora, después de tantos años, y enfriado ya por la nieve del tiempo y de los desengaños, me siento enternecida cuando mis pasos me llevan a aquellos sitios poblados por los dulces recuerdos de mi infancia. En cada pliegue de terreno, en cada piedra o risco

---

151 *Compungido*: apenado, particularmente por haber hecho alguna cosa mala.
152 *Riesgo*: posibilidad de que ocurra una desgracia.
153 *Angelito*: aplicado a los niños, particularmente con lástima.
154 *Iglesia de la Peña*: Construida a comienzos del siglo XIX. Su más importante legado lo constituye el conjunto de imágenes de la Sagrada Familia que reposan en el altar mayor. Según la tradición, en 1685 se hallaron, insinuadas en la peña, unas figuras que fueron desprendidas y trasladadas a una capilla; posteriormente la roca fue tallada por el maestro cantero Luis Herrera y perfeccionada por Pedro Laboria. En su parte externa se destaca la cúpula en forma de media naranja y la extraordinaria panorámica que se aprecia del centro oriente de la ciudad.
155 *Chite*: nombre de diversas plantas gutíferas, pequeños arbustos de ramas delgadas; algunas tienen uso medicinal y con otras se hacen escobas.
156 *Maroma*: pirueta.
157 *Nigua*: insectos que penetran bajo la piel.

veo aparecer retrospectivamente un niño risueño y feliz, en el cual con dificultad me reconozco...

Hasta que los últimos rayos del sol desaparecían de las más altas cimas de los corros[158] no pensábamos que era preciso volver a la casa; entonces, cansados pero formando proyectos para otro día (proyectos que rara vez se cumplían), contentos, alegres y llenos de esperanzas, bajábamos lentamente a la ciudad. A veces, antes de llegar, el sol se había ocultado completamente, y en su lugar la luna bañaba el tranquilo paisaje, iluminando a lo lejos las plateadas lagunas de la Sabana.

* * *

Así se pasaron años y años: me ausenté por mucho tiempo, viví, trabajé y sufrí en lejanas provincias, tuve penas y alegrías, inquietudes y satisfacciones; pasó mi juventud; murieron mi madre y mi madrina y se dispersaron mis hermanas, y tan sólo quedaban algunos pocos que recordaban nuestra niñez, cuando volví solterón viejo a Bogotá.

Busqué con tierno afán aquel rincón oculto donde se despertó mi espíritu, donde nacieron mis más puros afectos y empecé a pensar... pero todo había cambiado: ya la casa no es la triste morada (alegre para mí) de una pobre anciana, sino el moderno hogar de un joven literato de talento y esperanzas, que por suerte es uno de mis buenos amigos; no ha quedado ni una planta, ni una piedra de los viejos tiempos; pero allá en el fondo de mi corazón vive siempre tierno y amable el recuerdo de mi madrina, como la página más dichosamente tranquila de mi existencia.

---

158   *Corro*: grupo de personas que se aglomeran alrededor de alguien o de algo.

Un crimen

Un crimen

Non vedes las yerbas verdes y floridas,
que amanecen verdes y anochecen secas.
JUAN LORENZO

I

En el promedio de un alto cerro y la llanura suavemente inclinada blanqueaban entre arbustos y bejucos las paredes de la estancia del «Mirador»: hacia atrás se levantaba el cerro cubierto de espeso monte, cuyos árboles crecían majestuosos cobijando la mole[159] por entero, excepto los riscos de las cumbres que desnudos resaltaban contrapuestos al azul del cielo. La casita, situada sobre la falda, era más cómoda que las chozas comunes de aquellos parajes:[160] tenía una aseada salita con su pequeña alcoba, aparte de la diminuta cocina; además, un gallinero bien provisto, el patio muy limpio, adornado con dos o tres matitas de rosa a cuyo pie habían puesto largas guaduas hendidas y llenas de agua para que bebiesen los animales: varios pavos graves y orgullosamente satisfechos, barrían el suelo continuamente con las alas y marchaban por en medio de las prosaicas gallinas que no les hacían caso, o los miraban con cierto aire de burla; cinco o seis perros dormían todo el día cerca de la puerta de la casa y velaban toda la noche cuidando el haber de sus amos. De este patio situado en alta explanada, se bajaba por gradas hasta una vereda escarpada que descendía terminando en una llanurita sombreada por el frondoso y reluciente platanar, que interpolado de mangos, ciruelos y chirimoyos cerraba por este lado el paisaje inmediato, alegrado a derecha e izquierda por sementeras de maíz, yucas, batatas y otras plantas que formaban la riqueza de los habitantes del «Mirador». Desde el patio se veía el camino para el Valle, que después de atravesar el platanar se perdía en el monte, apareciendo a trechos más abajo conforme se despejaba de árboles el terreno, hasta que por fin se ofuscaba enteramente en lontananza, donde se abría el valle entre dos cerros cubiertos de bosques tras los cuales se divisaban varias cadenas de montes arrugados que formaban horizonte. Ol-

---

159 *Mole*: masa muy grande.
160 *Paraje*: lugar.

vidaba decir que a menos de media cuadra de distancia de la casa corría un
cristalino riachuelo, que bajaba jugueteando por entre la soberbia vegetación
de las tierras templadas, y se detenía en un pozo sombreado por los árboles,
bajo los cuales estaba la piedra en que se lavaba la escasa ropa de la familia.

Un claro y sereno sol de enero brillaba sobre aquel paraje, haciendo relucir todas sus bellezas y destacando y poniendo en relieve cada punto más
digno de atención, como retoca el pintor la obra que concluyó. En el momento
en que un hombre subía por el camino del platanar, una mujer con el pelo
suelto y llevando un niño en los brazos asomaba por la estrecha vereda que
conducía a la quebrada.

—¡Luz! —exclamó el hombre al verla—, ¿ya estás fuera de la casa?

—Sí —contestó ella sonriéndose, y apresurando el paso se llegó a aquel
hombre, que era su marido, y le estrechó cariñosamente la mano.

—La comadre Prudencia —añadió—, se fue esta mañana para su casa,
yo estoy buena...

—¿Y el niño cómo ha seguido desde ayer?

—Míralo —contestó levantándolo hacia la cara del padre—; parece que
se ríe ya contigo y apenas tiene ocho días...

En eso llegó de la sementera con el azadón al hombro un niño de diez a
once años de edad que había estado trabajando, y seguido por tres niños más
pequeños, todos corrieron a recibir a su padre con exclamaciones de alegría.

—Juliana —gritó la madre—, ¡baja el almuerzo que aquí está tu padre!

Una muchacha que apenas llegaría a los nueve años, salió entonces a la
puerta de la cocina con una humeante olla trabajosamente sostenida en ambas
manos, y la depositó con mucho tiento bajo el alar, siendo aquel el centro del
concurso de todos los miembros de la familia, que provistos de platos de barro
y cucharas de palo, asaltaron briosamente la olla sacando del fondo de ella la
parte que más les gustaba del sancocho de plátano verde con yuca y trozos de
carne de marrano.

En seguida se sentaron en las piedras colocadas como estrado[161] a en-
trambos lados de la puerta, y la madre se atareó[162] a servir a los más chicos
sin dejar de abrazar y arrullar al recién nacido; todos alegres, todos sanos y
robustos, compitiendo en buen apetito, formaban un bello grupo de familia:
el hombre con su ancho sombrero de paja que aún dejaba ver los extremos
de la ondeada cabellera negra: el rostro varonil animado por un par de ojos
llenos de vida, mostraba cierta gracia innata en el ademán garboso con que
levantó el canto de la ruana blanca sobre el hombro izquierdo; la mujer joven
todavía, y aunque había perdido la frescura de la primera juventud, bella y
airosa era la imagen de la actividad sonriente y del ingenuo cariño; los niños
mayores, juiciosos y callados, atentos al sabroso almuerzo, y los pequeñuelos
inquietos, preguntones, turbulentos y cambiando de lugar a cada momento
en el grupo.

---

161 *Estrado*: tarima.
162 *Atarearse*: afanarse, ocuparse.

—¿No te hacen a veces falta tu familia y tu pueblo, Luz? —preguntó el hombre, mientras que la mujer le servía otro plato de sancocho.

—No, por cierto; ninguna —contestó, mirándolo cariñosamente—; aquí a lo menos vivimos tranquilos, sin aprehensiones ni afán.

—Pero con más pobreza de la necesaria —repuso él con cierta melancolía—. En los años que hemos vivido aquí, ya ves que poco hemos ganado... Esto me desconsuela.

—¡Pero nada nos falta!

—Ni nos sobra...

Después de guardar silencio un momento continuó:

—En verdad, hoy vi en la plaza del Valle a don Bernardino.

—¡A don Bernardino! —exclamó azorada Luz—; no me lo digas... y una expresión dolorosa inmutó su antes alegre fisonomía demudándola completamente.

—No seas aprehensiva —dijo el hombre acercándose, para recibir al niño y arrullarlo en los brazos, mientras que la mujer ayudaba a su hija a recoger los platos; y añadió con ternura paternal—: ¿éste es el más blanco, no, Luz? El domingo lo llevaremos a bautizar; ¿qué día nació?

—El de la Cátedra de San Pedro, 18 del mes... —contestó Luz, distraída y con visible inquietud—: dime —preguntó—, ¿qué vino a hacer hasta aquí don Bernardino?

—A intrigar en las elecciones, y lograr que lo nombren alcalde.

—No vuelvas al pueblo, Rafael, mientras ese hombre permanezca en el Valle.

—¿Y quién irá al mercado a vender los plátanos, las yucas, el maíz, y a comprar lo que se necesita?

—Yo.

—¡Tú! ¿Pero no comprendes que eso sería peor porque él te vería otra vez?

—Él ni se acordará de mí después de tanto tiempo; pero estoy segura de que a ti no te ha olvidado, ni tampoco el odio que te tenía.

—¡Ah! Luz, te equivocas: don Bernardino sólo piensa en política y se ha vuelto muy amable.

—¿Con quién?

—Conmigo.

—¿Te vio? ¡Dios mío! ¡Dios mío!

—No solamente me vio sino que se me acercó y me habló.

—¿Y qué te dijo?

—Me preguntó por quiénes pensaba votar y me dio una lista para que fuera el domingo. Mírala, aquí la tengo; me la dio a pesar de que le dije que esos no eran mis candidatos y que aquí nadie votaría por ellos.

Y sacando un papel ajado del bolsillo, se lo dio a Luz, quien lo recibió y lo abrió con un ademán de horror, lo que hizo reír a Rafael.

—Parece como si temieras que el papel fuese una culebra.

—¡Qué más culebra que el que te lo dio! No, ya se acabó la tranquilidad para mí: en adelante no tendré paz y jamás te dejaré ir solo al pueblo.

—¡Ya tengo quién me proteja! —dijo Rafael en tono de burla, y entraron a la casa, emprendiendo cada cual sus quehaceres.

II

El sol que había continuado su impasible marcha, se hallaba ya cerca del opuesto monte cuando Luz, Rafael y los niños tornaron a reunirse en el patio; los perros ladraban furiosamente hacía algunos momentos y toda la familia había salido a ver cuál era la causa de semejante alboroto. Cerca de la casa no había ninguna novedad, pero vieron brillar a lo lejos en el camino una, dos, cuatro armas, que luego ocultó el monte para reaparecer más cerca.

Luz se asió del brazo de su marido llena de temor, pero no dijo nada; un rato después se oyeron voces y pasos más cercanos y vieron que desembocaron, por el camino del platanar cuatro hombres armados: tres con escopetas y uno con lanza. Rafael llamó a los perros que salían ya frenéticos del patio y se adelantó hacia los hombres. Tres eran desconocidos para él; pero no el de la lanza, que había sido alguacil en el Valle y se apellidaba Álvarez.

—¿A quién buscan ustedes, señores? —preguntó.

—¿Usted es acaso Rafael Rozo? —contestó uno de ellos.

—El señor me conoce —dijo mostrando al alguacil.

Este había permanecido detrás de los demás y contestó con embarazo:

—¿No les dije que aquí era la estancia de Rafael?

—¿Entonces en qué les puedo servir?

—¿Sabe usted leer? —preguntó el primero que había hablado.

—Yo no mucho, pero Luz sí. Ven acá, —añadió llamándola y dándole un papel que le habían entregado—, lee esto.

Ella se acercó, y su mano temblaba tanto que apenas pudo abrir el pliego. Era una orden del alcalde para que Rafael Rozo compareciera inmediatamente a dar una declaración acerca de una riña[163] que había presenciado esa mañana en el mercado del Valle.

—¿La que tuvo lugar entre Juan y Manuel? —dijo Rafael—; ¡pero si esa disputa no siguió adelante!

—¡Cómo no! Después que los separaron se volvieron a encontrar y se dieron hasta de cuchilladas.

---

163 *Riña*: pelea, pendencia, reyerta.

—Yo no presencié esa parte.

—No importa. El señor alcalde quiere que se guarde orden a todo trance y desea indagar el origen de la pelea.

—Bien, pues, —dijo Rafael—, mañana tengo que ir al pueblo y pasaré por allá.

—No es mañana, ha de ser ahora mismo.

—¿Pero no ven ustedes que no tendré tiempo de volver hasta tarde de la noche?...

—Hay luna; y sobre todo ésa fue la orden que nos dio el alcalde.

—¡Vámonos, antes de que cierre la noche. Apure!

—Aguárdenme un momento; voy a buscar mi sombrero.

Al entrar a la casa vio que uno de los hombres lo seguía, parándose en la puerta de la sala mientras que otros dos se situaron detrás de la casa. Al punto Rafael comprendió que estaba preso, y aunque lo deseara no podría escaparse. Luz estaba en la alcoba y llorando lo abrazó.

—¿No te vayas con esos hombres! —le dijo al oído—, no te vayas Rafael... ¡tengo miedo!

—¿Pero miedo de qué? —le contestó con fingida indiferencia—; no veo motivo para afanarte tanto.

—Busca cualquier pretexto para que no te obliguen a ir esta tarde.

—¡Imposible! Creo que sería peor hacer resistencia.

—Deja a lo menos que te acompañe Pepito y no vuelvas esta noche, es decir, si te dejan libre —añadió con un suspiro—. Pepito llevará un racimo de plátanos guineos[164] que me encargó el señor cura, y así te podrás quedar en su casa.

Cuando estaban preparando los plátanos que debería llevar el niño, el alguacil que había permanecido separado de los demás, preguntó si el niño acompañaría a su padre, y al afirmárselo, dijo a Luz con cierta insistencia:

—No lo deje usted ir: es mejor que se quede.

—¿Por qué?

—Es lejos y muy tarde ya.

—Por lo mismo no quiero que Rafael vuelva solo por el monte.

Juliana se acercó con una totuma[165] de guarapo[166] para su padre.

—Ofrécelo a los señores, primero —dijo Rafael con natural cortesía—: ellos estarán cansados y sedientos.

Todos aceptaron, menos el alguacil, que manifestó repugnancia, y acercándose, a la tinaja[167] que estaba debajo de un naranjo al lado de la casa, sacó una vasija de su carriel y tomó agua.

En seguida emprendieron marcha, quedándose Luz en la puerta de su casa, poseída de temor, inmóvil y callada, hasta que se ocultaron todos en el platanar, y entonces sentándose prorrumpió en llanto.

Así permaneció largo rato hasta que oyó llorar al niño: corrió a sacarlo,

---

164 *Plátano guineo*: banana pequeña.
165 *Totuma*: vasija para beber o para llevar agua, hecha del fruto del totumo.
166 *Guarapo*: bebida fermentada compuesta del jugo de caña de azúcar o de maíz; también, agua fermentada en la que sobrenadan cortezas de piña.
167 *Tinaja*: recipiente de barro cocido.

volviendo a situarse en donde pudiese ver relucir en los sitios abiertos las armas de los que se llevaban a su marido.

—Anda —dijo a su hija mayor—, anda a la casa de la comadre Prudencia y dile que he quedado otra vez sola y que me venga a acompañar esta noche.

La niña desapareció prontamente, y cruzando la quebrada tomó una vereda[168] sombreada, que subía hasta la cima de la montaña donde estaba la choza de la amiga de Luz.

La acongojada madre en tanto vio pasar y relucir las armas por el último sitio abierto de la montaña, pero no se movía de allí. El sol se había ocultado tras las copas de los árboles de la fronteriza montaña, y las gallinas y demás aves domésticas comenzaban a elegir su dormitorio en la barbacoa,[169] pisoteándose y aleteando cuidadosamente, sin haber motivo para todo aquel trasiego;[170] los perros se acercaron a su ama y lamiéndole las manos y los pies, se echaron a su lado. Ya no se distinguía el paisaje sino confusamente y sólo la parte más alta de los cerros brillaba con los últimos destellos del sol. Un momento después se hundió bajo el horizonte y al mismo tiempo se oyeron distintamente dos, tres tiros, cuyo estruendo repitió el eco de cerro en cerro.

—¡Dios mío! Dios mío! —gritó Luz levantándose convulsa, y tambaleando hubo de apoyarse contra la pared de la casa.

En aquel mismo instante los niños reían gozosos retozando en el baño de la quebrada, y un pajarito posado en una rama del árbol vecino cantaba alegremente sus adioses al día!

III

Cuando llegó la amiga de Luz, la vieja Prudencia, encontró a la casera con los ojos desmedidamente abiertos que miraba hacia lo lejos como que si hubiese visto un espectro.

—¿Qué sucede, comadre, que está como difunta?

Con voz entrecortada le refirió Luz lo acaecido, y cómo habían resonado aquellas ominosas descargas en la soledad de la montaña.

—¡Vaya con las aprehensiones de mi comadre! —exclamó la recién venida—; ¿no me dice que los alguaciles llevaban escopetas? le habrán tirado a algún pájaro o armadillo...

—¡No! —contestó Luz—, conozco cuando se dispara con munición o con bala... Fueron balazos, y aún me pareció haber oído un grito. ¿Por qué dejé ir a Rafael? ¡lo pude haber escondido en la montaña!

---

168   *Vereda*: camino muy estrecho, sendero.
169   *Barbacoa*: armazón de tabla o de cañizo.
170   *Trasiego*: movimiento, traslado.

—No entiendo este afán —repuso la otra—, ¿quién le va a hacer ningún mal a un hombre tan pacífico como mi compadre?

—¡Pero ha venido de alcalde don Bernardino!

—¿Quién es don Bernardino?

—¡Cierto que usted no sabe! Don Bernardino es hijo del «gamonal» del pueblo de donde somos nosotros: se encaprichó en galantearme antes de casarme con Rafael; pero siempre le hice mala cara, y hasta le tenía miedo... ¿No oye usted sonar alguna cosa?

—No, nada, siga su cuento.

—Con todo, me perseguía y trataba de hablar conmigo. Un día Rafael lo encontró rondándome la casa y trabaron agrias palabras, y por consecuencia de esto el otro se fue del lugar y no volvió sino mucho después de haberme casado. Pero no se le había olvidado su resentimiento con mi marido y se propuso molestarnos de todos modos. Rafael entonces intrigó para que no votaran por él para no sé qué empleo, saliendo otro en su lugar. Esa fue la causa de nuestra ruina: hizo que su padre nos quitara la estancia y tuvimos que vender los animales por cualquier cosa e irnos del pueblo; pero no antes de que Rafael le dijera cuatro verdades en la plaza, a lo que el otro le contestó prometiendo vengarse de todos modos, y nos persiguió mucho, hasta que vinimos aquí, en donde hasta ahora habíamos vivido tranquilos... Estoy segura de que oigo ruido en la montaña.

—¡Nada! son ideas... ¿Mucha pena le daría dejar a sus padres?

—¡Mucha! Pero Rafael es tan bueno, como usted sabe, que no los echo de menos cuando está conmigo. ¿No ve usted cómo se mueve una cosa allá abajo?

Los perros que habían permanecido echados a sus pies se levantaron gruñendo. Para entonces había oscurecido completamente; un aire fresco movía las hojas de los árboles y en la espesura y por todos lados se oían los indecisos ruidos de animales que de noche dan temerosa voz a los bosques americanos, sin permitir un solo momento de silencio. La luna, cubierta hasta entonces por una nube, se despejó, iluminando el grupo compuesto de las dos mujeres sentadas en el quicio de la puerta y los niños agazapados en contorno de la madre. Los perros, después de haber husmeado[171] en varias direcciones, se precipitaron por el camino del platanar, y al cabo de un instante se les oyó ladrar alegremente; poco después a los ladridos sucedió un aullido lastimoso y prolongado.

—Por ahí viene Rafael o Pepe —dijo Luz—, ¿qué habrá sucedido?

De nuevo se oscureció la noche y el viento susurraba entre las ramas de los árboles acarreando los aromas del bosque hasta la casita de Luz. Hízose visible un bulto que se movía en la vereda, y cuando llegó al patio, la luna iluminó claramente al niño que temblando y cubierto de sangre prorrumpió en sollozos al ver a su madre.

---

171 *Husmear*: rastrear con el olfato.

—¡Mamá! mamá! ¿qué haremos? —gritó al fin.

Luz arrojó al regazo de Juliana el niño que tenía dormido en los brazos, y abalanzándose a Pepe exclamó toda trémula:

—¡Habla! habla!... ¿qué ha sucedido?

—¡Mi padre!

—¿Dónde lo dejaste?

—Allá abajo, cerca del *charco hondo*... lo amarraron...

—¿Lo amarraron?

—¡Y después se fueron!

—¿Y no se podía desatar?

—¡Yo no pude!... Le dieron dos balazos en el pecho y otro en la cabeza...

Luz no contestó: bajó desolada[172] a todo correr las gradas del patio y la pendiente vereda, atravesó el platanar y se internó en el bosque seguida de todos los niños, menos Juliana que arrullaba al más chiquito. La vieja Prudencia procuró acompañar a la pobre mujer, pero no podía correr tan aprisa. La oscuridad era densa en la espesura del bosque, pues la luna, todavía muy baja, apenas rasaba con sus pálidos rayos las más altas copas de los árboles, sin penetrar por entre las tupidas ramas; pero se distinguía el camino por el que corría sin detenerse Luz con los perros adelante y detrás de ella los espantados hijos, dispersos, según su edad, llorando unos, gritando otros, llamando angustiado a su madre el más pequeño, a quien ella no hacía caso, como no lo hacía de las piedras en que tropezaba, ni de las ramas que azotaban su rostro desencajado. Atrás, muy atrás, seguía Prudencia invocando a los santos y deteniéndose a recoger fuerzas para seguir...

Al cabo de media hora, Pepe, que se había adelantado a su madre para indicarle el camino, dio un grito y se detuvo en un espacio abierto que iluminaba la luna, cayendo sus rayos sobre un cuerpo inclinado hacia adelante y atado a un árbol.

Luz exhaló por primera vez un intenso gemido, pero sin llorar, y se acercó... Rafael estaba ya frío y la sangre coagulada cubría sus vestidos y formaba en el suelo una charca; lo desató con cuidado, y lo acostó en el suelo; después con amantes manos levantó el cabello que cubría su frente; tenía los ojos abiertos y vidriosos; depositó la cabeza sobre su regazo y lo llamó varias veces; pero viendo que no se movía, fijó los ojos en él y quedó como anonadada. Los niños, a medida que iban llegando, se acercaban al grupo, y aterrados se hacían a un lado. Pepe corrió al charco vecino y volvió con la copa del sombrero llena de agua y se la tiró a su padre en la cara, pero viendo que no le hacia impresión prorrumpió en llanto, a tiempo que llegaba la comadre Prudencia jadeante. La vieja se arrodilló al lado de Rafael y conociendo que estaba perfectamente muerto, procuró quitárselo de encima a Luz; pero ésta aunque callada, se opuso a ello.

—¡Qué haremos aquí solas! —dijo la vieja levantándose llena de afán,

---

172 *Desolada*: afligida, desconsolada.

y dirigiéndose a Pepe añadió—; vuela, hijito, al pueblo, avisa allá para que venga gente a llevarse a este pobre hombre.

IV

Luz no se movía, con la cabeza del muerto sobre su regazo,[173] sin querer ni poder contestar a las palabras de su comadre, ni oír los gritos y sollozos de los niños que la rodeaban.

Así se pasó una hora, al cabo de la cual se oyeron voces y pasos por el camino de la aldea, y un momento después el alcalde a caballo y otras personas a pie se acercaron al grupo.

Don Bernardino se desmontó y acercándose a Luz procuró mirar al muerto; pero ella se lo impidió, quitándose el pañuelo del pecho y cubriendo con él la cara de Rafael; después, poniendo la cabeza del muerto en el suelo con suavidad, se levantó, y situándose delante del cadáver recuperó la palabra para gritar furiosa:

—¡Tú fuiste! ¡gózate en tu obra!

Don Bernardino dio un paso atrás, pero no contestó.

—Qué levanten este cuerpo —dijo dirigiéndose a algunos hombres—, y lo lleven al pueblo.

—¡Ah! —exclamó Luz—, ya no está vivo. ¿Aún le tienes miedo? Escuchen, —añadió—: este hombre, este hombre es quien mandó asesinarlo... ¡Asesino! ¡Dios te ha visto! ¡Dios te juzgará!

—¡Esta mujer está loca —dijo el alcalde desdeñosamente—. ¿Qué parte tengo yo en la muerte de este hombre?

Ella contó entonces cómo se habían aparecido esa tarde cuatro hombres en la casa de Rafael y se lo habían llevado por orden del alcalde.

—¡Yo no he dado tal orden!

—¿Dónde están los hombres? ¿quiénes eran? —preguntó uno.

—El uno era el alguacil Álvarez —y los otros no los conoció Luz.

—Hace días que Álvarez se fue del Valle —contestó don Bernardino.

—Yo lo vi esta mañana, repuso otro de los que preparaban la barbacoa de ramas para llevar al muerto.

—Pero en resumidas cuentas, ¿cómo y por qué lo mataron? —preguntaron todos—; Rafael no tenía aquí enemigos...

Pepe entonces refirió cómo apenas habían andado algunas cuadras por el monte, dos de los hombres le ataron las manos a su padre, a pesar de sus protestas, y le dijeron al niño que se volviera a su casa, amenazándolo con azo-

---

173 *Regazo*: hueco formado por la falda entre la cintura y las rodillas cuando una mujer está sentada.

tarlo si no obedecía. El fingió volverse, pero metiéndose entre el monte y escondiéndose detrás de los árboles, los siguió de lejos. Cuando hubieron llegado a un sitio más abierto, se internaron en el monte, dieron algunos pasos por él, aunque su padre parecía resistirse a seguirlos, y llegando al sitio en que se hallaban, lo ataron a un árbol. El niño asustado olvidó toda precaución y se adelantó, a tiempo que los tres hombres que llevaban escopeta desfilaban por delante de la víctima y se las descargaban en el pecho. Fue tal el terror que se apoderó de Pepe, que se tiró al suelo y permaneció casi sin sentido entre los espinos, hasta que hubieron pasado a su lado los verdugos de su padre y alejádose por el camino del Valle. Apenas los perdió de vista corrió hacia Rafael y lo encontró en las últimas agonías de la muerte.

—Anda —le dijo el moribundo al verlo—, tal vez tu madre llegue a tiempo...

Pero al tratar de quitarle las ataduras de los lazos, le dio una convulsión y quedó muerto. Pepe huyó despavorido.

El resto lo sabemos.

¡Pocas horas después de haber visto aquí la familia gozando de una dicha tan verdadera como humilde, un grupo de personas entraban al Valle llevando en una barbacoa hecha deprisa y cubierta de ramas el cadáver de Rafael! Detrás, y asida de la camilla iba una mujer con los vestidos desgarrados y sollozando: la gente callaba en torno suyo, respetando su dolor.

Nunca se pudo descubrir quién fue el verdadero autor de aquel crimen. La orden escrita del alcalde, no pareció; don Bernardino negó siempre haber tenido participación en aquello, y aunque sus adversarios políticos procuraron hacer muchas indagaciones, no tanto por amor a la justicia cuanto porque les convenía perderlo, todas fueron en vano: nada se descubrió. El alguacil Álvarez y los demás hombres que lo acompañaban no volvieron a verse en el Valle, y pasado algún tiempo pocas personas se acordaban de aquel suceso trágico.

* * *

Años después me fue referido este drama por la misma Luz, en cuya casa nos albergamos en la villa del Guamo, donde moraba triste, silenciosa y cubierta de canas prematuras, esperando la justicia de Dios, ya que la de los hombres le había faltado.

Apéndice I

Memorias íntimas, 1875

Infancia

Tendría yo tres años cuando por primera vez —lo recuerdo perfectamente— estando no sé por que oculta en el rincón de una alcoba, me asaltó esta idea: «¿Quien soy yo, de donde vengo y adonde voy?». La idea me hizo una impresión tan grande que aún me dura y no he podido todavía darme a mí misma una respuesta.

Otra vez, ya más grande, estando una noche recostada sobre la baranda que daba sobre un patio de mi casa, vi salir repentinamente, detrás de un laurel que allí había, la luna, esplendida, redonda, clara y hermosísima como jamás la había visto. Vínome entonces al pensamiento (seguramente algo había oído acerca de esto) de las muchas generaciones que se habían sucedido en el mundo, las que como yo habían visto esa misma luna para morir después de haber vivido. Aquello me llenó de una grande melancolía y sentándome en el suelo lloré amargamente, porque no entendía lo que era la inmortalidad y el misterio de la muerte me causaba indecible impresión.

Mi padre era un militar y amigo de las letras y una de mis primera impresiones agradables era verle vestido con su uniforme, así como me encantaba con la vista del ejercicio que hacían los soldados en la Plaza de San Francisco en donde estaba la casa de mis padres.

El amor a los libros fue una de mis primeras pasiones y aunque no sabía leer estando enteramente pequeña me embebía hojeando los libros , y pasaba las horas sin sentirlas mirándolos y menoscabándolos.

En un cuadro llamado «Mi madrina», pinto con exactitud la casa y la persona que más campo tiene en mis recuerdos infantiles.

Tenía apenas cuatro años cuando mis padres emprendieron viaje al Ecuador por tierra, en donde mi padre había sido nombrado Ministro. Me llevaron en una sillita tapada como un cajón pero con una ventana al frente; cargábame un indio. Recuerdo que como me había criado sola, aquel aislamiento y soledad me era grata y no me fastidiaba nunca. Conversaba con los árboles, las piedras, las flores, los cerros, los animales que veía y hasta con mi carguero, el que sin duda me decía menos que la demás naturaleza salvaje. En resumen creo que aquel viaje contribuyó mucho a despertar en mi el espíritu de observación, que es una de mis pocas cualidades; el continuo cambio de horizonte me divertía y entretenía muchísimo.

De la ciudad de Quito recuerdo algunos menudos pormenores, como de la calle en que vivimos, la azotea de la casa, del Sr. Rocafuerte (el Presidente) que jugaba conmigo. De un niño que había en la casa que aprendía las letras con dificultad, empapaba el libro en lágrimas, y a quien yo miraba de lo alto de mi desprecio porque yo sabía deletrear.

También recuerdo con la mayor lucidez un negro sirviente que le encontraron una noche quemando la puerta de un cuarto, en donde quería entrarse a robar.

Al regreso, después de algunos meses de permanencia en el Ecuador, recuerdo el río Guayaquil. Y después cuando vi el mar por primera vez, el que me pareció hermosísimo; habiéndome llamado la atención la limpidez de las ondas, quise probar de esa agua y aquel fue uno de mis primeros desengaños, la amargura de las aguas cristalinas del hermoso mar, pues el hombre no puede enseñarse a que lo bello puede ser malo.

Ciertos puntos del río Agua y sus salvajes bogas cubiertos de escamas han quedado fotografiados en mi mente.

Después hay una gran laguna en mi memoria. Se habló entonces del testamento del General Santander (a quien recuerdo haber visto poco antes de morir una noche en casa envuelto en una capa), y tuve la idea de hacer el *mio*. Empezaba a aprender a escribir y con mucha dificultad hallé modo de ocultarme para hacerlo en secreta y sigilosamente.

Una noche vi a mi madre tocando en el piano ciertos cantos populares de Quito, restos de la música triste y extraña de los indios antes de la Conquista. Aquello me causó una indecible melancolía, pues ya empezaba a ver con tristeza mi pasado. Recordé a Quito y una Quinta llamada Chillo en que habíamos pasado una temporada y oculta detrás del piano y entre las cortinas de una ventana lloré mucho.

Yo era una niña muy traviesa amiga de la agitación y el movimiento, pero no de las fiestas y la multitud. Como me gustaba subirme a los árboles y a los tejados y me encantaban los libros confundí ambos placeres en uno: me subía a los árboles a leer.

Casi de las primeras impresiones que recuerdo fue la primera vez que vi el teatro. Aquel espectáculo me encantó y aún recuerdo la pieza; pero mi salud era delicada y mi agitación fue tal que me trastorné enteramente, y fuéme preciso abandonarlo antes de concluir la representación y sin haber visto el fin, cosa que me afligió mucho.

Una de mis mayores dichas era que me llevaran a casa del General Acevedo, amigo íntimo de mi padre. Allí no había niños, los que eran para mí un tormento. Habiéndome criado siempre sola me disgustaban los juegos en que no estuviera yo no más. Pasaba en aquella la casa las horas a mi antojo: en los patios, el jardincillo y en unas escaleras de piedra en que brincaba. Algunas veces pasaba los domingos en casa del General un estudiante caucano, bastante mayor que yo pero a quien agradecía muchísimo que jugara conmigo y me bajara del árbol flores de *raque* y cogiera para mi rojos *arrayanes* del arbusto que había en el patio, para lo cual se subía por la parte exterior de la baranda, lo que me parecía un hecho heroico pues yo, en medio de mis travesuras, no me atrevía a tanto. Éste es un recuerdo tan vivo en mi memoria que jamás veo arrayanes sin acordarme del Teodoro Valenzuela de aquel tiempo. De una vez diré lo que aquel joven ha sido en mi vida, al través de la cual ha pasado sólo como una sombra y sólo últimamente le he tratado en realidad un poco.

Después de aquella época no le he vuelto a recordar y probablemente él ha olvidado aquellas futilidades de la primera edad. Habiéndonos ido para Europa poco después (lo referiré más allá) no volví sino cuando tenía dieciséis años a Bogotá. Un día una amiga mía se llevó a su casa un álbum de grabados que yo tenía (pues nunca he gustado de que me escriban elogios en álbums que sólo sirven para pedir limosna de alabanza). Al cabo de algunos días lo devolvió y yo encontré en una pagina en blanco unos versos firmados *anónimo,* dirigidos a mi, y aunque nada significaban en realidad el mismo misterio de ocultar el nombre del autor me llamó la atención. Mi amiga me confió en secreto que eran de un joven caucano Teodoro Valenzuela pero que él no quería que yo supiese que los había escrito. Después de aquello me lo señalaron en la calle y no recuerdo si le encontré en una casa amiga en aquella época.

Yo me volví a Guaduas en donde vivía, y pasaron años. Oía hablar de él como joven de talento, de porvenir, pero no le volví a ver en mucho tiempo. Durante la revolución de Melo sin embargo estuve aislada en un convento de Bogotá con algunas otras señoritas de la sociedad. Todas teníamos a nuestros novios comprometidos en la revolución para echar abajo a los alzados con el mando, y aunque sobresaltadas y afligidas, tratábamos de ocultar nuestros sentimientos. Un día vi que una de ellas lloraba amargamente derramando torrentes de lágrimas. Pregunté a otra por que se afligía tanto. Me contesto que temía por la suerte de su novio que estaba ausente y que sin duda había tornado las armas: —¿Quién es él? —pregunté. —Teodoro Valenzuela —me contestaron.

En el mismo año nos casamos casi todas las novias y entre otras la afligida. Seguramente nos visitábamos y veíamos sin que yo recuerde haberle

hablado a Valenzuela nunca, a pesar de que el arrayán me ponía de manifiesto la casa del General Acevedo y el estudiante caucano, pues nada está
tan arraigado en mí como los recuerdos de mi infancia. Pasaron años y sólo
hasta este año de 1875, con motivo de los acontecimientos políticos, es que he
tenido ocasión de tratar a Valenzuela con alguna frecuencia y le veo con gusto
porque recuerdo las horas más felices de mi vida, las de la infancia.

No sé si todos recordarán sus primeros años con el recogimiento y
ternura que yo.

Siento que entonces germinaban en embrión en mi espíritu todos los pensamientos, los entusiasmos, las melancolías, los pesares, las desilusiones, los
dolores del alma y las pocas alegrías que he sentido después. Mi infancia explica mi vida, fue un presentimiento de lo que sería después. Así la recuerdo
casi con respeto, como hacen los nobles con los pergaminos en que están escritas las genealogías de sus familias: ellos ven allí la cuna de sus antepasados,
yo veo la cuna de mis mejores pensamientos. Por eso las personas que vi, que
traté y que pasaron por mi vida en aquellos tiempos son para mi sagradas y
nunca podré mirarlas con indiferencia.

Hay otra persona que encuentro a veces por la calle, la que probablemente ni me conoce. Es Amalia Mosquera, la que fue en mi niñez uno de
aquellos afectos espontáneos y entusiastas que surgen en el corazón del niño
enteramente sin causa aparente: misteriosas simpatías que no toman nunca
cuerpo y que jamás maduramos, pero que si nuestros espíritus estuvieran
menos materializados quizás comprenderíamos. Amalia era para mí entonces el tipo ideal de la señorita y me esforzaba con la imaginación en figu-
rarme a mí misma grande y haciendo en la sociedad el papel que yo pensaba
que ella haría. Así fue con la mayor pena que yo supe que se casaba con el General Herrán, un hombre excelente, amigo de mi padre, pero ya entrado en
edad y que todo podía ser menos el tipo romántico que yo había ideado para
el esposo de la que yo creía un ser casi perfecto física y moralmente.

Por aquel tiempo murió en la costa un joven hijo de una señora vieja con
quien mi familia tenía amistad, cosa que me impresionó mucho, lo que he referido exactamente en un cuadrito llamado Federico.

Otro recuerdo de mi primera infancia: Carolina Elbers. Vivía en la plazuela de San Francisco, a corta distancia de mi casa. Recuerdo que yo admiraba secretamente sus proverbiales locuras, sus paseos a caballo vestida de
hombre y su completa independencia. Era para mí objeto de escándalo y admiración. Yo era loca pero no independiente, gustaba de travesuras pero a
solas, y si me subía a los árboles y los tejados en el interior de mi casa jamás
hubiera hecho lo que ella: vestirme de hombre y subirme a la baranda del
balcón exterior y andar a caballo seguida de los *chinos* a los que se les ocurrió
escoltarla. Repentinamente Carolina desaparece de mi memoria: su madre
había muerto y ella había tenido que ir a vivir con una parienta lejana. A mi

vuelta de Europa la encontré ya señorita y reina de las fiestas a que asistía, en tanto que yo era todavía una niña reservada y poco comunicativa. Como sucede siempre Carolina me encantó y durante un paseo que hice con ella a la quinta de Fucha de su tía, me cautivó tanto que a mi regreso pensaba en ella con tanta ternura y admiración como lo hubiera hecho un enamorado. Recuerdo que el libro que leía en aquellos tiempos se poblaba de tal manera con su recuerdo que aún hoy cuando lo veo está enlazado con Carolina. Después de aquel día las circunstancias de la vida nos separaron completamente y se pasaron más de veinte años sin volverle a hablar. Últimamente con motivo de las circunstancias políticas la he vuelto a ver algunas veces y en mi mente veo renacer a las Carolinas de otras épocas como personas diferentes que alguna influencia deben de haber ejercido en la vida de mi espíritu infantil (Acosta de Samper 2004, 589-597).

Thank you for acquiring

Novelas y Cuadros de la vida Sur-Americana

from the
Stockcero collection of Spanish and Latin American significant books of the past and present.

This book is one of a large and ever-expanding list of titles Stockcero regards as classics of Spanish and Latin American literature, history, economics, and cultural studies. A series of important books are being brought back into print with modern readers and students in mind, and thus including updated footnotes, prefaces, and bibliographies.

We invite you to look for more complete information on our website, **www.stockcero.com**, where you can view a list of titles currently available, as well as those in preparation. On this website, you may register to receive desk copies, view additional information about the books, and suggest titles you would like to see brought back into print. We are most eager to receive these suggestions, and if possible, to discuss them with you. Any comments you wish to make about Stockcero books would be most helpful.

The Stockcero website will also provide access to an increasing number of links to critical articles, libraries, databanks, bibliographies and other materials relating to the texts we are publishing.

By registering on our website, you will allow us to inform you of services and connections that will enhance your reading and teaching of an expanding list of important books.

You may additionally help us improve the way we serve your needs by registering your purchase at:
http://www.stockcero.com/bookregister.htm

Printed in the United States
207287BV00001B/241-255/A

9 789871 136452